In Focşani, einer Provinzstadt in Rumänien, scheinen sich die
Wege des aus seiner Heimat vertriebenen armenischen Volkes
zu kreuzen: Da ist Sahag, der von seiner Mutter für einen Sack
Mehl verkauft wurde, und Siruni, die von den Russen nach
Sibirien deportiert wurde. Und da ist Großvater Garabet, der
weise die Fäden dieser so wunder- wie grausamen Saga
zusammenhält. Eine fremde und ferne Welt, voll von
phantastischen Geschichten und von tragischer Geschichte –
das Schicksal des Volkes von Armenien als epochaler Roman.

VARUJAN VOSGANIAN, geboren 1958 in Craiova, Rumänien,
verbrachte seine Kindheit und Jugend in Focşani. Von 2006 bis
2008 rumänischer Finanz- und Wirtschaftsminister, 2012 bis
2013 Minister für Handel und Industrie. Er ist Präsident der
Vereinigung der Armenier in Rumänien.

Varujan Vosganian

Buch des Flüsterns

Roman

Aus dem Rumänischen
von Ernest Wichner

btb

Die rumänische Originalausgabe erschien erstmals 2009 unter
dem Titel »Cartea soaptelor« in der Editura Polirom, Bukarest.

Verlagsgruppe Random House FSC® N001967

1. Auflage
Genehmigte Taschenbuchausgabe April 2018
by btb Verlag in der Verlagstruppe Random House GmbH,
Neumarkter Str. 28, 81673 München
Copyright © Varujan Vosganian, 2009
Copyright © der deutschsprachigen Ausgabe by
Paul Zsolnay Verlag, Wien 2013
Covergestaltung: semper smile, München
nach einem Entwurf von Hauptmann & Kompanie Werbeagentur,
Zürich, Kim Becker, unter Verwendung eines Fotos
von Garabet Vosganian (Fotomitte) mit Familie,
1926 © Archiv Vosganian
Druck und Einband: GGP Media GmbH, Pößneck
AH · Herstellung: sc
Printed in Germany
ISBN 978-3-442-71633-3

www.btb-verlag.de
www.facebook.com/btbverlag

»Wir unterscheiden uns nicht durch das, was wir sind,
sondern durch die Toten, die jeder von uns beweint.«

EINS

Ich bin vor allem das, was ich nicht vollenden konnte.

Das wahrhaftigste der Leben, die ich führe, wie ein an seinem Ende verknotetes Schlangenknäuel, ist das nichtgelebte Leben. Ich bin ein Mensch, der unsagbar vieles auf dieser Welt erlebt hat. Und der im gleichen Maße nicht gelebt hat.

Meine Eltern leben noch. Das bedeutet, dass ich noch nicht zur Gänze geboren bin. Sie runden noch meine kantigen Schultern ab. Gießen noch etwas Seele in meine Brust, die ihre Umrisse noch verändert, wie die Amphoren der alten Griechen, welche die Form des Weines annahmen, der sich in ihrem Inneren verdickte. Glätten noch mein kupfernes Antlitz.

Weil ich noch nicht ganz geboren bin, ist der Tod noch fern. Ich bin so jung, dass ich ihn lieben könnte wie eine schöne Frau.

Mein erster Lehrer war ein alter Engel. Hätte uns jemand von weit her betrachtet, hinten im Hof, er hätte ein Kind unter einem riesigen Nussbaum sitzen gesehen. Eigentlich aber saß ich zu Füßen jenes alten Engels, der mein Lehrer war. Sein Schatten roch nach Jod, und meine schreibenden Finger waren befleckt von diesem Schatten, wie geronnenes Blut. Sodass ich nicht mehr wusste, wessen Wunde das war, meine oder seine.

Von ihm habe ich gelernt, dass der Name einem überhaupt nichts nützt. Selbst der eigene nicht. Er lehrte mich, ihn mit kleinem Anfangsbuchstaben zu schreiben, wie den Namen eines Baumes oder irgendeines Getiers. Ohne Worte sprachen wir miteinander, und es war ebenso gut, wie barfuß durch das Gras zu rennen. Es hinterlässt keine Spuren, deshalb ist Gehen durch das Gras niemals sündig. Ich warf die Sandalen weg und rannte über das Feld am Rande der Stadt. Sein Schatten legte sich über meinen, und wir waren glücklich.

Eines Tages verschwand der alte Engel. Verwundert schaute ich den Nussbaum an, seinen dicken Stamm, die fleischigen Blätter. Auf den Ästen ließen sich Vögel nieder. Im Herbst schüttelte der Wind die Äste, und die Nüsse fielen zu Boden. Ich habe ihre Schale aufgeknackt und sie gegessen. Sie waren wohlschmeckend. Ich aß von seinem Leib. Seitdem habe ich den alten Engel nicht mehr gesucht. Nur der Jodgeruch ist geblieben, und manchmal sehe ich die grünlich-schwarzen Spuren an den Fingern. Ein Zeichen dafür, dass das Fleisch darunter noch nicht geheilt ist.

Das Focşani meiner Kindheit war eine Stadt mit breiten Straßen und eindrucksvollen Häusern. Während ich heranwuchs, verengten sich die Straßen, und die Häuser verkümmerten. So waren sie immer gewesen, aber mein kindliches Auge hatte ihnen, wie übrigens der gesamten mich umgebenden Welt, allein für mich gewaltige Ausmaße verliehen. Man dürfte in das Fundament der Häuser und die Säulen der Flurgänge keine Balken aus trockenem Holz einbauen, sondern müsste lebende Stämme verwenden. Auf diese Weise würden die Häuser mit den Menschen wachsen, die Welt würde nicht kleiner und die Zeit nicht kürzer werden.

Wenige Dinge hatten sich seit dem zweiten Krieg verändert. Unsere Vorstadt im Osten der Stadt hatte ungepflasterte Straßen und ebensolche Bürgersteige, die sich von der Straße lediglich durch einen handhohen Randstein abhoben. Die Zäune waren aus Holz, mitunter frisch gestrichen. Zumeist waren die ungleichmäßigen Latten mit Nägeln übereinander befestigt und blieben ungestrichen oder waren mit Kalk geweißelt. An den Zaunrändern wuchsen Kamillen. Im Sommer sammelte ich ihre kleinen duftenden Blüten. Großmutter legte sie im Hof zum Trocknen aus für die Heiltees, die wir im Winter bekamen. Ebenso hielt sie es sommers mit den Aprikosenhälften und etwas später im Jahr mit den Pflaumen und Apfelscheiben. Die getrockneten Früchte vertrieben den Hunger, denn man kaute lange darauf herum. Und wenn man Geduld hatte, sie ganz lange zu kauen, bekamen sie Fleischge-schmack.

Unsere Straße war kurz. Sie hatte nur zehn Häuser, und an der Ecke erhob sich die Mauer einer Eisfabrik, die wir »Kühlschrank« nannten. Der Name der Straße lautete 6. März 1945. Auf einem Täfelchen war die Erklärung beigegeben: »Errichtung der ersten demokratischen Regie-rung«. Nach der Revolution von 1989, als dem Bürgermeisteramt die Regierung von 1945 nicht mehr gar so demokratisch vorkam, wurde der Straßenname aus mir unbekannten Gründen in Jiliște umbenannt. Damals habe ich einen Brief nachhause abgeschickt. Er kam nach ein paar Monaten an. Die Post hatte den Brief so, wie es ihr geboten schien, zwar in den Kreis Vrancea, aber in das Dorf Jiliște geschickt. Blut rinnt langsamer als die Zeit. Deshalb verändern sich Gewohnheiten nicht so leicht. Ein anderer Straßenname ein paar Ecken weiter erwies sich als sehr viel einfallsreicher: Straße der Revolution. Nach 1989 blieb dieser Name unverändert. Jeder dachte an die Revolution, die ihm genehm war.

Wenn es regnete, entstanden kleine Bäche auf unserer Straße, die in-einanderflossen. Ich hatte das Wort vernommen, das jene Rinnsale be-nannte; bei großer Hitze zerfielen all diese Unebenheiten zu pulver-feinem Staub. Die Rinnsale hießen Spurrinnen. Nussschalen waren die Schiffe auf den schnellen Bächen dieser Rinnen. Ich knetete teig-warmen Schlamm in die Nussschalen und steckte Truthahnfedern als Segelersatz hinein.

Selten nur fuhren Autos vorbei. Aber es gab Pferdewagen mit Alu-miniumkannen voller Milch. Um die Ecke war die Sammel- und Ver-arbeitungsstelle für Milch. Die Fuhrwerke standen hintereinander auf-gereiht, jedes mit seinen Milchkannen. Wir hängten uns hinten an die Wagenschragen und fuhren so eine Weile mit. Manch ein verdrießlicher Kutscher, vielleicht war er beim Milchverkauf nicht auf seine Kosten gekommen, brannte uns einen Peitschenhieb auf den Rücken. Wir lie-ßen vom Wagen ab, und er trieb seine Pferde an.

Zu jener Zeit gab es keine Wohnblocks in der Stadt, und Häuser, die ein Stockwerk hatten, konnte man an den Fingern einer Hand abzählen.

Häuser mit Stockwerk und Mansarde waren die früheren jüdischen Geschäfte in der Hauptstraße. Beim Erdbeben von 1940 waren die oberen Stockwerke eingestürzt, und die Geschäftsräume bucklig und krumm geworden und hatten sich ineinandergeschoben.

Die Menschen in unserem Viertel waren arm. Auch wir hatten kaum etwas, dessen wir uns hätten rühmen können, nur waren meine Eltern Studierte, Ingenieure. Zeitungen kamen selten, die Nachrichten erfuhr man in den Wochenschauen im Kino oder vom Lautsprecher, einem gelben Kasten, der von der Wand herab Nachrichten, Volksmusik und patriotische Chöre knatterte. Als Frau Maria, die Nachbarin von vis-à-vis, sich einen Fernseher kaufte, war dies in unserer Straße ein großes Ereignis. Der Fernseher, Marke Rubin, war wie fast alle Gegenstände zu jener Zeit ein russisches Produkt. Sein Bildschirm war so groß wie ein Teller. An warmen Abenden stellte Frau Maria ihn in den Hof, und alle kamen mit ihrem Stuhl von zuhause. Ich schlief auf meinem Stuhl bald ein, aber ich empfand den Stolz der Erwachsenen. Was ich zur Gänze und ohne dabei einzuschlafen sehen konnte, waren die Begräbnisse, denn die wurden mittags übertragen. Das von Leontin Sălăjan, dem Armeeminister, und das von Gheorghe Gheorghiu-Dej. Stundenlang verfolgte die Vorstadt den Leichenzug, doch eher neugierig denn schmerzerfüllt, man trank Schnaps und kommentierte das Geschehen wie beim Fußball. Solche Beerdigungen gab es nach dem Geschmack meines Großvaters Garabet und vor allem dem seines Cousins Sahag Șeitanian zu selten. Ansonsten geschah in unserer Vorstadt so gut wie gar nichts.

Mittlerweile sind die Feuer verschwunden. Sie haben sich leise summend in die elektrischen Leitungen zurückgezogen, sich in den Wänden versteckt, in den Boden eingegraben. Aber in meiner Kindheit waren überall Feuer zu sehen. Die verspielte Flamme der Kerze oder die gemächliche Flamme der Gaslampe. Das rötliche Glosen der Glut im Ofen. Das Feuer unter dem Kessel, in dem das Pflaumenmus blubberte. Und jenes unter dem schwarzen Kessel, in dem das Pech für die Dachpappe geschmolzen wurde oder das Fett für die Kernseife zum Waschen.

Die rauchenden und rußenden Flammen der trockenen Blätter im Frühling. Die Nächte waren damals länger und reicher, es gab weniger Licht und lebendigere Schatten. Im Spiel der Schatten an den Wänden kamen einem viele Phantasmen als wirklich vor. Das Feuer war ein lebendiges Wesen, es saß neben uns am Tisch, legte sich mit seinen Schatten auf unsere Schultern, zog unsere Gesichter in die Länge und vertiefte die Blicke. Viele Geschichten von jenen beweglichen Wänden erzählten sich von alleine weiter und wiederholten sich, wenn ich sie einmal gehört hatte. Deshalb war meine Kindheit unbefangener und reicher. Selbst den Toten ging es so besser.

Andere Begleiter meiner Kindheit waren die Gerüche. Von allen Sinnen wird der Geruch am stärksten vom Gedächtnis beladen. Es genügt schon, dass man eine Tür öffnet, durch die ein Familienduft weht, und sämtliche Geschehnisse, die sich damit verbinden, fallen einem wieder ein. Ein ganzes Leben könnte anhand seiner Geruchsaromen beschrieben werden. Ebenso könnte meine Kindheit erzählt werden.

Allen voran der Duft von weichem Teig. Müsste ich meine Kindheit in einer einzigen Formel konzentrieren, würde ich »Teig« sagen. Und zwar der warme Teig in Großmutters Zuber. Er quoll von abends bis morgens wie ein lebendiges Wesen. Ich war fasziniert. Und dermaßen an das in ihm heranwachsende Leben gebunden, dass ich spüren konnte, wie jede Bewegung der ihn knetenden Hände ihn schmerzte. Ich beruhigte mich erst, wenn ich sah, wie Großmutter Arşaluis, auf Rumänisch Aurora, und ihre Schwester Armenuhi ihn ausbreiteten und streichelten, bis er sich zu feinsten Blättern verwandelte. Die Frauen breiteten glatte Leintücher über Betten und Tische und zogen darüber die feinen Teigbahnen für die Baklava aus.

In solchen Nächten schliefen wir aneinandergekauert auf den Kanapees. Die Teigblätter durften weder durch eine Bewegung noch durch Lärm gestört werden. Vorsichtig und flüsternd bewegten wir uns zwischen ihnen hindurch. Ab und zu wachte Großmutter auf und bestrich sie beim Licht der Petroleumlampe mit einer Mischung aus Öl und Ei. Am Morgen dann, sie waren trocken wie Tonplatten und raschelten wie Heu vom letzten Jahr, wurden sie übereinandergelegt. Zwischen die Teigblätter wurden gemahlene Nüsse gestreut und darüber wurde warmer Sirup gegossen. Die Ränder wurden abgeschnitten, sodass die Blätter die Form der Platten annahmen, in denen sie dann langsam im Backofen gebräunt wurden. Beim sonntäglichen Mittagessen zerschnitt Großvater Garabet die Baklava mit einem großen Messer und verteilte sie gleichmäßig.

Das gleiche Messer wurde auch zum Schneiden des getrockneten Rindfleischs benutzt, das wir türkisch *Pastârma* nannten. Das Fleisch wurde unter das Vordach des Hauses gehängt, damit der Wind es trockne und das Licht ihm Süße gebe. Von allem, so Großvater, ist der Windgeschmack am besten. Man muss es verstehen, ihn ins Essen eindringen zu lassen. Das trockene Fleisch wurde zum Aufweichen in eine Paste gelegt, die *Cemen* hieß und direkt aus Jerewan geschickt wurde. Großvater nahm das Messer und schnitt die erste Scheibe ab. Ich ging hinaus in den Hof und schaute durch die Scheibe rötlichen Fleisches. Man kann den Mond nicht sehen, sagte ich. Und Großvater: Das ist nicht gut. Er wetzte das Messer am nassen Stein und schnitt eine weitere Scheibe ab. Von den Strahlen des Mondes durchdrungen, nahm das dünne Fleisch eine gelbliche Farbe an. Nun sieht man ihn, sagte ich. Dann ist es gut, befand Großvater. Licht und Wind sind, zusammengenommen, am schmackhaftesten. Da ist die Frucht bestens gereift, und das Fleisch lässt sich so schneiden, wie es sich gehört.

Der Duft der Früchte füllte das ganze Haus. Vor allem zu Neujahr, wenn für die Armenier noch das Weihnachtsfasten gilt und in großen Schüsseln *Anuş-Abur* gekocht wird. Was übersetzt süße Suppe bedeutet. Es ist eine Art Opferbrei, nur dass in den gekochten Weizen allerhand Früchte gemischt werden: Feigen, Datteln, Rosinen, Nüsse, Orangen. Und darüber streut man zu Pulver zermahlene Gewürznelken.

Dann der Geruch der Schlupfwinkel. Verborgene Orte, düster verschattet oder frei sich dem Blick darbietend, die sich aber selten öffnen, und, noch verlockender, die verbotenen Orte. Ohne Schlupfwinkel, durch die man stromern kann, hat eine Kindheit keinen Sinn. Nur was verborgen ist, lohnt gesehen zu werden. Zum Geruch der Schlupfwinkel tritt die Stille, die ihrerseits auch ihre Gerüche hat. An erster Stelle die Kleiderschränke, auf deren Boden die zusammengefalteten Bettdecken und Strohsäcke lagen. In Großmutters Schrank wurden nur die schweren Kleidungsstücke aufbewahrt, Wintermäntel, die nach Naphtalin rochen, und von denen einige sogar noch meiner Urgroßmutter Heghine Terzian gehört hatten. Von den Kleidern meines Urgroßvaters konnte nichts aufbewahrt werden, alles war auf einer Straße in Konstantinopel geblieben, in der man die Sonne über dem Bosporus untergehen sah. Sie waren eines Nachts mit den Kleidern geflohen, die sie an sich trugen, und hatten nur ein paar Bündel dabei, in denen sie in aller Eile ein paar leicht verkäufliche Dinge verstaut hatten. Das Gerücht hatte die Runde gemacht, am Hafen von Pera habe ein Schiff angelegt, das armenische Flüchtlinge an Bord nehme. Als er die Brücke hochstieg, ging mein Urgroßvater inmitten der verstörten und verängstigten Menschenmenge in die Knie, dann fiel er, die beiden Mädchen an den Händen, vornüber zu Boden. Sie drehten ihn um, schlossen ihm die Augen und öffneten seine verkrampften Hände. Dann wachten sie bei ihm, hatten wunderswo einen Kerzenstummel gefunden. Er war nicht der Einzige, der in dem damaligen Durcheinander vor Angst seine Seele ausgehaucht hat. Bevor sie nach Constanța kamen, gab der Kapitän den Befehl, alle Toten ins Meer zu werfen. So kam es, dass das Schwarze Meer zum bewegten Grab meines Urgroßvaters Baghdasar Terzian wurde.

Dann war da noch der Schrank mit den Büchern. Großvater Garabet kannte fast alle Alphabete: das lateinische, das kyrillische, das griechische und das arabische. Damit du keinen Fehler machst, sagte er. Das Alphabet ist der Anfang, deshalb heißt es auch Alphabet. Du kannst beginnen, wo auch immer du magst, aber unter der Voraussetzung, dass du den Anfang entschlüsseln kannst. Großvater hat die Anfänge entschlüsselt, aber er hat die Enden durcheinandergebracht. Als er auf dem Totenbett lag, wurden wir, die Kinder, herbeigerufen, ihn zu sehen. Wir verstanden nicht, was er sagte. Er wirkte ruhig und sprach mit großer Weisheit. Aber ich konnte nichts verstehen. Danach erklärte mir Vater, Großvater habe beim Sprechen die Sprachen vermengt: das

Persische, Arabische, Türkische und Armenische. Sämtliche Gefilde, die er in seiner Kindheit und Jugend gekannt hatte, waren in ihm wieder lebendig geworden. Genauso wie einer vor der Abreise in aller Eile die Dinge packt, die ihm in die Hand geraten, hatte auch er, bevor er von dieser Welt ging, aufs Geratewohl nach den Wörtern geschnappt.

Ebenso die Bücher. Es gab türkische Bücher mit alten orientalischen Lettern, Zeichenlehrbücher auf Englisch und alte Ausgaben des Larousse. Häufig blätterte Großvater in einem wunderbaren Buch in deutscher Sprache, es war ein Buch über Teppiche. Unsere Teppiche sind wie die Bibel, sagte er. Du kannst alles darin finden, von den Anfängen bis heute. Beide suchten wir die Erscheinungsformen der Welt. Hier ist das Auge Gottes, riet ich, und Großvater bestätigte es. Und das ist ein Engel. Nein, das ist kein Engel. Er ist alt, es muss ein Erzengel sein. Vielleicht Raphael, er ist der älteste von allen. Gerne hätte ich ihm etwas von dem alten Engel draußen im Hof erzählt, der sommers nach Jod roch und sich im Winter die nackten Füße im Schnee wusch. Aber ich hatte begriffen, dass es den Menschen, die ihre Kindheit nicht ohne Angst verlebt hatten, nicht möglich war, alten Engeln zu begegnen. Und Großvater gelangte zu der Seite, auf die er am stolzesten war: der Teppich, den er selbst gewebt hatte. Dieser Teppich lag in unserem Zimmer, dem Kinderzimmer, und heute befindet er sich im Zimmer meiner Tochter Armine. Es ist wichtig, sagte Großvater, über dem Kopf ein sicheres Dach und unter den Füßen einen dicken Teppich zu haben. Unser Perserteppich war dicht, von Hand geknüpft, mit vielen Knoten. Ein Teppich muss so dick sein, erklärte Großvater, dass er eingerollt genau so wenig durchhängt wie ein Baumstamm der gleichen Stärke. Unser Teppich ist durch die Geschichte gegangen, und das nicht irgendwie. Im August 1944 waren drei russische Offiziere bei uns im Haus einquartiert. Sie tranken die ganze Nacht und besoffen sich gründlich. Großvater und sein Cousin Sahag Şeitanian, der Mann von Tante Armenuhi, saßen bis zum Morgengrauen wach und passten auf; jedes Mal, wenn einer der Russen den brennenden Zigarettenrest auf den Teppich fallen ließ, sprangen sie herbei. Unter Rempeleien und Schmähungen haben Garabet und Sahag alle Stummel eingesammelt. Es blieben bloß zwei, drei kleine Brandstellen zurück, die man heute noch sehen kann. Großvater hatte eine wahrhaft kantianische Sicht auf die Welt: das Dach über dem Kopf, den Altar vor Augen und einen weichen Teppich unter den Füßen.

Ich konnte nicht alle Bücher im Haus lesen. Aber ich kannte sie nach ihrem Geruch. Großvater Garabet hat mich gelehrt, auf diese Weise die Bücher zu unterscheiden. Ein gutes Buch hat einen bestimmten Geruch. Fest in seine Lederdeckel eingebunden, riecht es beinahe menschlich. Manchmal ertappe ich mich, wie ich in Buchhandlungen an den Büchern schnuppere. Als wäre ich blind, sagte ich. Und wenn, zuckte Großvater Garabet mit der Schulter. Von alledem, was du bist, gehören die Augen am wenigsten dir. Das Licht ist wie ein Vogel, der seine Eier in ein fremdes Nest legt.

Ich verstand die Bücher vor allem durch Betasten und Riechen. Und ich war nicht allein. Zwischen den Seiten sah ich manchmal ein rötliches Kerbtierchen. Lass es leben, bremste mich Großvater. Es ist der Bücherskorpion. Jede Welt muss ihre eigenen Lebewesen haben. Auch ein Buch ist eine Welt. Das Geschick dieser Lebewesen ist es, sich von den Sünden und Fehlern der Welt zu ernähren. So auch dieser Skorpion, er rückt die Fehler im Buch zurecht. Ich glaubte ihm lange nicht. Nun aber bin ich der Erzähler, eine Art Schreiber, der die alten Fehler geradezurücken versucht. Also bin ich ein Bücherskorpion.

Und dann der andere Geruch, der meine Kindheit weit weg und zwischen die Spezereien des Orients gelenkt hat: der Duft des Kaffees. Diese Fertigkeit hatten meine Großeltern aus ihrer anatolischen Heimat mitgebracht. Sie bereiteten den Kaffee völlig selbstverständlich zu, etwa so, wie der Handwerker am Geschmack erkennt, ob der Ton sich zum Modellieren eignet oder nicht. Sie gingen ehrerbietig vor, verachteten aber diejenigen, die den Kaffee tranken, ohne seinen Sinn zu kennen.

Vor allem kauften meine Großeltern keinen gerösteten Kaffe oder – Gott bewahre! – gemahlenen. Wir hatten eine Kupferpfanne, die vom vielen Rösten schwarz geworden war. Im Deckel befand sich ein bestimmter Mechanismus, den man mit einer Kurbel in Bewegung setzte, und der dafür sorgte, dass die Bohnen gleichmäßig geröstet wurden. Auf kleiner Flamme dauerte dieser Vorgang etwa eine Stunde. Alles, was wir Kinder bekamen, waren die gerösteten Bohnen. Wir lutschten daran, als wären es Bonbons, und wenn das Aroma sich verlor, knackten wir sie mit den Zähnen auf und zerkauten sie.

Dann folgte das Mahlen. Auch heute noch sehe ich in snobistischen Sammlungen solche Mühlen, sie sind zylindrisch, haben einen gerundeten Deckel, sind vergoldet und mit Arabesken verziert. So stehen sie unter anderen nutzlos gewordenen Dingen, Samowaren etwa oder alten Kohlebügeleisen. In meiner Kindheit war diese Kaffeemühle ein Familienmitglied. Das Mahlen dauerte lange. Die Alten versammelten sich schon im Hof. Großmutter legte weiche Kissen auf die Holzbänke mit den schmiedeeisernen Armlehnen. Sie mahlten reihum und zählten dabei still bis hundert. Wer mahlte, mischte sich nicht ins Gespräch ein, damit er nicht den Faden verlor. Wenn er sich doch einmal einmischte, musste es sich um eine äußerst wichtige Angelegenheit handeln. Als sähe ich sie unter dem Aprikosenbaum im Hof: Großvater Garabet Vosganian, besonnen, mit seinem verschwenderischen Blick auf die Welt, Sahag Şeitanian, sein Schwager, ungestümer und etwas streitsüchtig, Anton Merzian, der Schuster, der immer die gleiche Geschichte erzählte – wie er seine Frau Zaruhi aus ihrem Elternhaus in Panciu gestohlen hat. Der etwa zwanzig Kilometer lange Weg bis Focşani, den er vor über vierzig Jahren reitend zurückgelegt hatte, war dem Erzähler so bedeutsam geworden wie die Flucht aus Ägypten. Jedes Mal schmückte er seine Geschichte neu aus, denn Zaruhi, taub wie Holz, konnte ihm nicht widersprechen. Dann war da noch Krikor Minasian, der andere Schuhmacher aus der Hauptstraße, mit dem Anton Merzian sich in hartem Wettstreit befand. Und schließlich Ohanes Krikorian und Arşag, der Rotschopf, Glöckner der armenischen Kirche und Vogeljäger. Und ringsum ihre dicklichen Frauen, die ihre Hände im Schoß liegen hatten und nach Kölnischwasser rochen. Arşaluis, meine Großmutter, ihre Schwester Armenuhi, dann Paranţem, Zaruhi und Satenig.

Das Mahlen dauerte etwa tausendfünfhundert Umdrehungen lang.

Die Mühle wurde warm. Bis man sie nicht mehr in der Hand halten kann, sagte Großvater. Bis der Kaffee wie Sand ist, fügte er hinzu. Dies aber nur, wenn Sahag Şeitanian nicht zugegen war. Er mochte keinen Sand.

Manchmal bekam auch ich die Mühle und durfte am Mahlstab drehen. Das Messing wurde heiß, und durch die Ritzen drang der Kaffeeduft. Ab und zu streute sich Großvater ein bisschen auf die Handfläche und schnupperte daran mit der Miene, die Detektive machen, wenn sie beschlagnahmte Narkotika untersuchen. Oftmals befahl Großvater noch eine Runde, und die Alten fügten sich, damit das duftende Pulver noch feiner wurde.

Dann folgte das Kochen des Kaffees. Der Topf verbreitete sich konisch und hatte einen engen Hals. Damit die Dämpfe zusammengedrängt werden und der Kaffee singt, sagte Großvater. Je stärker die Dämpfe unter Druck geraten, umso geschmackvoller ist der Sud. Ab und zu wurde umgerührt. Auch dafür gab es eine Regel: Der Topf stand auf dem Herd, bis die Flüssigkeit wallend zu kochen drohte. Dann wurde der Schaum mit dem Löffelchen abgeschöpft und kam in eine der Tassen. Anschließend wurde der Topf wieder auf den Herd gestellt. Und es folgte das Gleiche, der Kaffee wurde so oft gekocht, wie Tassen bereitstanden. Ich stand gerne beim Großvater, wenn er Kaffee zubereitete. Er war geschickt und weise. Dabei erzählte er mir die merkwürdigsten Dinge. Während du den Kaffee kochst, kannst du alles sagen, was dir durch den Kopf geht, sagte er. Alles wird verziehen. Wer sich um den Kaffee versammelt, darf nicht streiten. Danach mag jeder tun, was er für richtig hält. Es waren seine Freiheitsmomente. Dann ähnelte er meinem alten Engel.

Nun zu den Tassen. Wie so viele vergessene Gebräuche, ist auch jener des Kaffeetrinkens dahin. Heute trinkt man aus allerlei Tassen, häufig sogar aus den großen Tassen, aus denen man sonst Wasser trinken mag. Auch trinkt man Nescafé, der keinen Satz bildet und erst recht keinen Schaum hat. Der Schaum ist das Wappen des Kaffees, erklärte Großvater, während er mit dem Löffelchen umrührte. Die Stühle sind nicht mehr weich gepolstert und im Kreis aufgestellt zum Gespräch. Die

Menschen trinken frühmorgens, noch schlaftrunken und ohne Lust auf ein Gespräch ihren Kaffee. Und für viele ist der Kaffee bloß ein Vorwand, um an der Zigarette zu ziehen.

Die Kaffeetassen waren klein, schön bunt und von der gleichen Art wie die Untertassen. Die Kaffeekanne hieß auf Türkisch *gezve* und die Tasse *fingean*. Alle Gerätschaften hatten türkische Namen, und selbst den Kaffee nannte man mitunter türkisch *khaife*. Wahrscheinlich hatten sich meinen Ahnen, die diese Dinge vor Zeiten bei ihren Großeltern an den Ufern des Bosporus oder des Euphrat gesehen hatten, die Erinnerungen und die Wörter vermengt.

Die alten Leute meiner Kindheit tranken ihren Kaffee gegen sechs Uhr abends. Schon die Zeremonie der Zubereitung lenkte das Gespräch auf eine gemäßigte Bahn. Sie schufen sich ein kleines Plätzchen zwischen den Kissen. Dann tranken sie gemächlich den Kaffee, wobei sie geräuschvoll schlürften und zufrieden schnalzten. Es war der Moment, in dem die Welt trotz der Vertreibungen, der blutigen Erinnerungen und verrinnenden Zeit unverändert schien und sorgenfrei, und die Seelen wirkten versöhnt.

Großvater nahm seine Geige und spielte, bis der Satz in den Tassen getrocknet war und allerlei geschwungene Pfade aufwies. Großmutter las nicht im Kaffeesatz, weil Großvater gesagt hatte, was geschrieben steht, muss ohnehin geschehen. Und das Unglück ist der Welt gegeben wie das Gras und der Regen. Und wenn du das vorgesehene Ungemach zu vermeiden versuchst, ereignet es sich trotzdem, nur dass du es dann anderen aufbürdest. Weshalb also sollte man bei alledem, was man zu erleiden hat, sich auf diese Weise mit einer zusätzlichen Sünde belasten?

Jetzt muss ich ein paar Worte über den anderen Großvater verlieren, den mütterlicherseits, Setrak Melichian. Er war ein guter und heiterer Mensch. Was ihm das Leben gegeben hat, hatte er angenommen. Und was es ihm genommen hat, war ihm eben genommen worden. Wer mag da etwas aufrechnen, wenn es ihm viel mehr genommen als es ihm gegeben hatte. Er zuckte mit den Schultern, klatschte in die Hände und lachte los. Wie Aischylos auf dem Schlachtfeld von Salamis. Dies war seine Philosophie, sie schwebte über den Zeiten und Menschen. Ansonsten hätte er, konfrontiert mit seinen eigenen Erinnerungen, den Verstand verloren.

Die Familie meiner Mutter stammte aus Persien. Der erste einigermaßen identifizierbare Urahn war eine Art Prinz, dessen Besitztümer sich östlich des Urmia-Sees erstreckten, in den heutigen Gebieten um Täbris. Man nannte ihn Melic, was in persischer Sprache Prinz heißt. Davon leitet sich auch der Familienname meiner Mutter ab: Melichian, also die des Melic.

Prinz Melic widersetzte sich den Türken, bis er begriffen hatte, dass sein Widerstand aussichtslos war, dann nahm er seine Familie und seine bewegliche Habe und zog in die Berge des Karabagh, weiter westlich. Später, wiederum von Eroberern vertrieben, ließ er sich auf einem der Bergplateaus um Erzerum nieder. Diese Geschichte ist dreihundert Jahre alt und älter. Melic hatte sieben Söhne. Mit ihren Familien haben sie eine Niederlassung gegründet, die Zakar hieß.

Großvater Setrak spielte mit mir. Wir banden Knoten in einen Bindfaden und rechneten. Manchmal stellte ich mir den Bindfaden wie ein dickes Seil vor, das an einer Glocke hängt. Der Wind konnte es schaukeln oder der Arm eines einsamen Reisenden. Dann hätte die Glocke geschlagen. Ich habe mir den Glockenton immer wie die passendste Stimme meines Volkes vorgestellt. Jeder Knoten, festgezogen und geschlossen wie eine Faust, wäre einer meiner Urahnen gewesen. Das Seil war eigentlich eine Aneinanderreihung von geballten Fäusten. Dann stellte ich gemeinsam mit Großvater Setrak die Chronik auf. Der Erste war Melic, dachten wir. Der Knoten gleich unterhalb der Glocke. So nah, dass ihm die Glocke mitunter wie ein galoppierendes Pferd klang. Der Nächste wäre mein Ururgroßvater Haciadur gewesen. Ein stattlicher und reicher Mann, der nach Konstantinopel geritten kam. Die Kaufleute kannten ihn und baten ihn herein. Großvater erzählte von dem silbernen Teeservice mit vergoldeten Henkeln, das drei Generationen benutzt hatten, und vom verwunderten Blick eines Kaufmanns, der sah, wie viel Geld einer bei sich tragen kann. Ansonsten war Ururgroßvater Haciadur ein bedächtiger Mann. Obwohl sie von erlesener

Abkunft waren, begnügten sich die Geschlechter der Melichians mit dem rauhen Leben der Hirten.

Mein Urgroßvater David Melichian war ein gelehrter Mann. Er hatte in Konstantinopel die Schule besucht, das Robert College. Er schrieb Gedichte und hatte eine so schöne Handschrift, dass die Leute aus den umliegenden Dörfern und sogar aus Erzerum zu ihm kamen, damit er ihre Abmachungen aufschreibe. David Melichian war der Anführer des Gebiets, etwa das, was heute ein Bürgermeister ist. Als im Frühjahr 1915 die Janitscharen kamen, steckten sie ihn in ein Haus, dessen Grundmauern man eben hochzuziehen begonnen hatte, und brachten ihn mit Steinwürfen um. Auf diese Weise wurden auch andernorts die armenischen Vorsteher umgebracht. Offenbar redeten die alten Leute deshalb eher vom Dach als vom Himmel, wenn sie die Ränder der Welt benannten. Ein Kind ohne Eltern ist wie ein Haus ohne Dach. Nichts ist schlimmer als ein ungedecktes Dach. Von dort kann der Tod herkommen.

Großvater Setrak kannte sein Geburtsjahr nicht mit Sicherheit. Er wusste bloß, dass er zur Zeit der Mahd geboren war, und dies schien ihm ausreichend. Später dann, als die Jahre für ihn allmählich einen Sinn bekamen, sollte er sagen, er sei mit dem Jahrhundert geboren worden. So ließ es sich leichter zählen.

Sie waren fünf Geschwister: zwei Buben und drei Mädchen. Macruhi, die älteste Schwester, hatte nach Erzerum geheiratet. Dann folgten Harutiun, Maro, Großvater und die Kleinste, Satenig. Macruhi starb zur Zeit der Massaker. Eines Nachts hatten sich die türkischen Soldaten zurückgezogen und den Konvoi mit den Deportierten auf dem Weg nach Aleppo den kurdischen Banden zum Ausplündern überlassen. Macruhi und ihr Mann wurden abgeschlachtet. Von ihrem kleinen Kind hat man nichts mehr gehört.

Die Melichians lehnten es ab, sich den Konvois anzuschließen, die nach Deir-ez-Zor zogen, und als die Soldaten das Dorf umzingelt hatten, wurde Maro mit ein paar weiteren Mädchen abgeholt. Eines Nachts aber gelang ihr die Flucht, und noch bevor die Wächter es merkten, hatte sie sich von den Felsen in den Euphrat gestürzt. Zur Erinnerung an sie taufte Großvater seine älteste Tochter auf den gleichen Namen, Maro.

Großvater hatte sich zusammen mit seiner Großmutter, der Frau von Haciadur, in Erzerum bei Verwandten befunden. Als sie zurückkehrten, sahen sie das brennende Dorf. Harutiun, der größere Bruder, kam ihnen entgegen und erzählte, welche Grausamkeiten sich dort zutrugen. Ihre Großmutter empfahl ihnen zu fliehen, sie war zu alt, als dass sie ihnen hätte folgen können. Sie versteckten sich im Wald. Aber sie stellten sich zu ungeschickt an und wurden gefangen. Diesen Teil hatte Großvater nur einmal in seinem Leben erzählt. Wir wissen es von unserem Vetter Khoren, der unter ganz bestimmten Umständen davon erfahren und es weitererzählt hat. Damals hat der Anführer der Janitscharen sie zu sich bringen lassen und ihnen befohlen, niederzuknien. Dann zog er das Schwert und brachte Harutiun, den größeren Bruder, um. Im Armenischen bedeutet Harutiun Auferstehung. Vielleicht irgendwann, wer weiß ...

Dann ging er auf den zu, der mein Großvater werden sollte und nun weinte, die Augen zu Boden gerichtet. Er zerrte ihn an den Haaren, bis der Bursche genötigt war, ihm ins Gesicht zu schauen. Sieh mich gut an, befahl der Anführer und drehte seinen Blick dem Dorf zu, das am Fuße des Hügels in Flammen stand, und zum Leichnam seines Bruders. Weißt du, wie ich heiße? Mit tränentrüben Augen zeigte Großvater, dass er es nicht wisse. Der Anführer nannte seinen Namen und ließ ihn wiederholen. Dann fügte er hinzu: Du wirst leben! Bist groß genug zu verstehen. Sage allen Deinen, wer ich bin und was ich dir und deinem Volk angetan habe! Großvater konnte nicht glauben, dass er mit dem Leben davonkommen sollte. Erst nachdem er ihn mehrmals wie einen streunenden Hund mit den Stiefeln getreten hatte, entfernte er sich, anfangs noch ungläubig, dann aber rannte er auf seinen zitternden, aber schnellen Jünglingsbeinen davon. An diesem Anführer rächte er sich auf die einzige Art, mit der er es tun konnte. Er vergaß ihn nicht, aber er verschwieg seinen Namen für immer.

Aus seinem Dorf war von keinem Überlebenden zu hören. Außer von seiner kleinen Schwester Satenig, die er jahrelang gesucht hatte, nachdem er in Craiova Kaufmann geworden war und für die Suche in den Waisenhäusern der fremden Glaubensgemeinschaften bezahlen konnte. Nach mehreren Jahren erhielt er eine Antwort von einem Waisenhaus für Mädchen in Aleppo. Er schickte Geld für sie und für eine Begleitperson. Damit ihr Begleiter sich überzeugen konnte, dass Großvater ihr Bruder war und sie ihm übergeben konnte, ließ er sich im Hafen von Constanța von beiden separat die Namen der Großeltern, Eltern und Geschwister nennen. Es klang wie eine Totenlitanei. Alle waren sie in einem Bergdorf bei Erzerum gestorben. Als der Beweis erbracht war, dass beide die gleichen Toten beklagten, vertraute der Begleiter sie ihm an. Satenig heiratete dann einige Zeit später in Brăila einen Kaufmann. Nach dem Krieg ging sie nach Amerika und starb dort. Ich kenne sie nur von Fotos.

Großvater verbarg sich, wo er konnte. Ein paar anständige Türken, die seinen Vater gekannt hatten, versteckten ihn in einem Stall beim Vieh und heilten seinen Typhus. Er war unterwegs erkrankt, als er aß, was er finden konnte, und eingerollt wie die Viecher in der Kälte unter freiem Himmel schlief. Als er wieder bei Kräften war, gaben die Türken ihm eine Wegzehrung und einen Fes, den er sich aufsetzen sollte, damit ihn kein fremdes Auge erkannte. Großvater ging gen Mittag zu, schlug den Weg zum Berg Moses' ein, zum Musa Dagh, wie er auf Türkisch heißt. Er hatte gehört, dorthin kämen französische Schiffe, um die armenischen Flüchtlinge aufzunehmen. Er ging nachts, mied die Straßen, hütete sich vor dem Galopp der kurdischen Banden und vor den Routen der Konvois mit Deportierten, die den Wüsten Mesopotamiens zustrebten. Und weiters erzählte Vetter Khoren, wie Großvater mit dem Fes im Schoß dasaß und weinte, dabei schaute er auf die Wasser des Euphrat, auf dem die Leichen trieben, und die Wasser waren schwer und rötlich geworden wie geflochtene Zöpfe, so wie in alter Zeit die Wasser von Babylon gewesen sein mussten. Hast du denn deinen Fes nicht weggeworfen?, fragte ich, nachdem Großmutter Sofia mir die Geschichte seines Weinens am Euphrat erzählt hatte. Warum?, fragte Großvater. Ich hatte ihn von menschlich empfindenden Türken bekommen, und er schützte mich immerhin vor der Sonne. Ich setzte ihn auf und ging weiter. Was weißt du schon? Ich musste leben. Dann stach Großvater sich in den Finger und zeigte mir den Blutstropfen. Nun will ich einmal sehen, ob du das aushältst? Ich hatte Angst, aber ich schämte mich auch für meine Angst. Mit geschlossenen Augen ließ ich mich stechen, dabei umklammerte und drückte ich meinen Finger, damit es nicht weh tue. Dann trat mein Blutstropfen heraus. Ich bin alt, und du bist ein Kind. Aber schau, dein Blut ist genauso lebendig wie meines. Das ist die Lebensfreude. Großvater liebte es, mitunter seine Erinnerungen zu schönen, und er redete deshalb auf etwas merkwürdige Weise vom Blut. Er war ein Philosoph des Blutes. Das Blut ist weniger unterwürfig als das Fleisch, sagte er. Deshalb spricht man von der Stimme des Blutes oder dem Fluch des Blutes. Und: Wenn das Blut müde wird, greifst du zum Stock. Sonst aber ist das Blut ein innerer Stock. Jedermann stützt sich auf sein Blut. Ein andermal sagte er: Das Blut kehrt immer wieder um, wie ein Tier mit nasser Schnauze, und beißt dir etwas ab. Es wird niemals satt. Behüte Gott, dass es einmal gesättigt ist. Manchmal ermahnte er mich: Vergiss nicht, dein Blut ist wie ein Schwert, das man in den Boden rammt. Wahrscheinlich war ein Teil von ihm für alle Zeiten am Ufer des Euphrat verblieben und sprach mit dem blutgetränkten Wasser. Die Menschen sprechen ganz oft mit ihren eigenen Gedanken. Großvater Setrak sprach mit seinem eigenen Blut.

Er erreichte den Fuß des Musa-Berges zu spät. Die Kämpfe hatten aufgehört, und die Schiffe, die die letzten Kämpfer vom Berg gerettet hatten, waren schon lange ausgelaufen. Also wandte mein Großvater sein Gesicht ab vom Meer und zog wieder nach Norden, gegen Russland hin. Ein langer Weg: Jerewan, Tiflis, Rostow am Don.

Er ging nach Europa. Dies war Familienbrauch, wie seinerzeit Peter der Große reisten die jungen Leute nach Europa, wo sie sich Handwerke aneigneten, gute Umgangsformen und europäisch sprechen lernten. Dann kehrten sie nachhause zurück und heirateten. So war es einigen seiner älteren Cousins aus der Melichianschen Linie gelungen, dem Gemetzel zu entkommen: Oskian, Artur, Melcon, Calust, Nşan und Khoren. Aus den Briefen, die in ruhigen Zeiten sonntags in der Kirche vorgelesen wurden, hatte mein Großvater erfahren, dass sie in Rumänien gelandet waren. Nun ging auch er dorthin, nach Westen. Mittlerweile hatte sich die ihn umgebende Welt verändert. Man sah Soldaten ohne Schulterklappen, die sich mit ihren Gebrechen dahinschleppten, verstreut umherirrende Gruppen, die verschwanden, wenn sie das Hufgetrappel der herrschaftlichen Polizei vernahmen. Die russische Revolution rückte näher.

Unter Soldatenkonvois, Pferdewagen mit Markleuten und Bettlerbanden gelangte Großvater Setrak nach Odessa. Dort fand er eine Anstellung bei einem armenischen Barbier, der ihn mit dem Hintergedanken, ihm den Laden zu übertragen und mit seiner Tochter zu verheiraten, als Lehrjungen angenommen hatte. Großvater fegte die herabgefallenen Haare zusammen und wusch die Handtücher. Eines Tages kam ein junger Mann angeritten, band das Pferd an der Eingangstür fest und betrat den Laden. Als Großvater ihm das Tuch umlegen wollte, trafen sich ihre Blicke im Spiegel. Es gibt Dinge, die fügt das Leben auf eine Weise, dass es selbst davon verblüfft wird. Der junge Mann war kein anderer als der Cousin Khoren, den die anderen Geschwisterkinder ausgesandt hatten, die Verwandtschaft aufzuspüren. Khoren wartete die Rasur nicht mehr ab. Er riss das Tuch weg, packte Großvater am Arm und sagte: Ein Melichian darf nirgendwo und bei niemandem den Diener machen! Er ließ ihn hinter sich auf dem Pferd aufsitzen, und sie brachen auf, zurück nach Craiova. Denn mittlerweile hatte Großvater ihm zwischen Schluchzern gesagt, dass es keinen Sinn mehr hatte, seine Reise weiter nach Osten hin fortzusetzen, denn alle anderen Melichians seien tot. Selbst Satenig, hatte er gesagt, ohne zu ahnen, dass es nach Jahren eine Begegnung im Hafen von Constanța geben sollte. Damals erzählte er zum einzigen Mal in seinem Leben vom Tod Harutiuns, seines älteren Bruders.

Die Geschwisterkinder legten zusammen und halfen ihm, ein Kolonialwarengeschäft zu eröffnen. Durch seiner Hände Arbeit hat sich Großvater eine ganze Ladenkette zugelegt und sich zwei Häuser gebaut. Auf den Bildern ist er immer schön angezogen, er trägt einen Strohhut, die Uhr an der Kette und eine Fliege. Mit gleichbleibender Heiterkeit trotzte er den Widrigkeiten der Geschichte. Weil er heimatlos war, mit

einem Nansen-Pass ausgestattet, gaben ihm die Liberalen nur nach großen Schwierigkeiten die Handelslizenz. Ein paar Legionäre hielten ihn
für einen Juden, und während der Rebellion hätten sie ihm beinahe das
Geschäft angezündet. Die Kommunisten nahmen ihm alles weg, und er
entkam nur mit knapper Not dem Gefängnis. Sein Glück war, dass er
zur Zeit der Deutschen den sowjetischen Gefangenen, unter denen sich
auch ein paar Armenier befanden, unentgeltlich Brot geschickt hatte.
Als die Rote Armee Craiova besetzte, erinnerte sich ein Offizier, der von
den Deutschen gefangen genommen war, an ihn, und so entging er dem
Gefängnis. Mit Hängen und Würgen schaffte er es dann bis zur Rente,
zuerst als Nachtwächter am Lyzeum »Gebrüder Buzeşti« und danach
in weiteren ähnlichen Beschäftigungen, die ihn gerade einmal so vor
dem Hungertod bewahrten. Er hatte sich mit niemandem verfeindet
und sich stets mit dem Schicksal versöhnt, das ihm auferlegt war. Er
war ein fröhlicher und weiser Alter, hat keinem etwas Böses getan und
allen verziehen, die ihm irgendein Ungemach bereitet hatten.

In seinen letzten Jahren in Craiova war das Leben für ihn einfach geworden. Vormittags begleitete ich ihn in den Park um die Kirche des
heiligen Dumitru. Dort spielten sie zu viert Karten. Einer der Mitspie-
ler war Herr Oberst, dessen Namen ich nie erfuhr. Herr Oberst kam in
eleganten Kleidern und mit einem Spazierstock mit Silberknauf. Er
hatte als Legionär viele Jahre im Zuchthaus verbracht. Die beiden anderen, feist und in zu engen Kleidern, waren die Genossen Botrâncă und
Butnaru. Botrâncă war als Angestellter des Volksrats pensioniert worden, er war einer von denen, die Jahre zuvor Großvaters Verhaftung in
die Wege geleitet hatten. Nun aber spielten sie alle zusammen Karten –
der Kommunist, der Legionär, der Kaufmann und der Prolet –, redeten
über Medikamente und über das Wetter. Dies war ihre Weise, sich nach
Jahren mit der Geschichte zu versöhnen. Das Kartenspiel war ihr Pots-
damer Abkommen.

Ansonsten, vor allem an frostigen Wintertagen, kommunizierte
mein Großvater mütterlicherseits, Setrak Melichian, mit der Welt.
Morgens um sechs hörte er die Nachrichten von Radio Bukarest. Um elf
Uhr hörte er Radio Moskau in rumänischer Sprache. Vor dem Essen

hörte er, wenn es ihn überkam, Radio Tirana. Dies amüsierte ihn am meisten. So gegen halb drei hörte er die Stimme Amerikas in rumänischer Sprache und danach Radio Liberty auf Armenisch. Nachmittags lauschte er Emil Georgescu und der Sendung »Rumänische Aktualitäten« bei Freies Europa. Dann, so gegen sieben Uhr abends, hörte er wieder die Stimme Amerikas und etwas später die Nachrichtensendung der BBC. Nach zehn Uhr abends, mit fast schon zugefallenen Augen an seinem Lindenblütentee schlürfend, hörte er »Der Tag in einer Stunde« von Radio Bukarest. Dann wandte er sich um und sagte zu mir: Siehst du, alles Lüge! Am nächsten Tag begann er von vorne. Dabei lachte er und klatschte in die Hände. Bei einer blutigen, quälenden und feindseligen Geschichte. Er lachte.

Er war ein sehr gesunder Mensch. Nicht einmal mit seinen Krankheiten hat er jemanden belästigt. Er starb vor Kälte im grausamen Winter 1985. Die Gasflämmchen zuckten kaum. Wahrscheinlich hatte das Blut, sein guter Freund, wegen der Kälte nicht mehr die Kraft zu fließen. Ich kam gerade rechtzeitig, um ihm die Gebetskränze aus Olivenkernen aus den Taschen zu nehmen, die ich seitdem in der Brusttasche meiner Sakkos bei mir trage. Als wir ihn in den Sarg legten, war er leicht wie ein Vogel.

ALEATORISCHES LIED. Meine Großväter Garabet Vosganian und Setrak Melichian haben aus ihrem Jahrhundert bloß verstanden, wie schwer es ist, in der gleichen Erde zu sterben, aus der man geboren wurde. Die alten Armenier meiner Kindheit hatten keine Gräber, an deren Kopfenden sie hätten sitzen und ihre Eltern beweinen können. Sie trugen ihre Gräber überall, wo sie herumirrten, bei sich; und so wie die Juden ihre Bundeslade irgendwo hinsetzten und darum herum ihren Tempel bauten, haben auch sie, wenn sie irgendwo rasteten, sich die Gräber von den Schultern genommen und ihren Hausstand gegründet.

Ich spüre sie oft, dort, in den Himmeln. Meinen Großvater Garabet Vosganian, bedachtsam und mit wohlabgewogener Rede. Meinen Großvater Setrak Melichian, lächelnd und den Gebetskranz durch die Finger gleiten lassend. Sie spielen *Ghiulbahar*. Du musst die Würfel in der Faust gut durchschütteln, damit sie wissen, was du von ihnen erwartest, sagt Großvater Garabet. Bedingung ist, dass du vor allem weißt, was du willst. Schaaau, freut er sich, die Eins und die Eins! Großvater Setrak lässt sich nicht verdrießen, er lacht und neigt sich unter dem Himmelsdach hervor. Wenn du die Eins und die Eins geworfen hast, gibt es wieder Krieg. Sieh nur dort, dort in der Ferne. Tatsächlich, irgendwo da unten war dunkel aufsteigender Rauch zu sehen. Großvater Setrak bläst in die Faust und wirft, mit aufgerissenen Augen die Würfel betrachtend. Sechs und sechs, lacht er und klatscht in die Hände. Siehst du, sagt er und schaut wieder herunter. Die dunklen Schwaden haben sich verzogen. Es ist Frieden. Du trickst, verfinstert sich Großvater Garabet. Das nächste Mal musst du die Würfel im Becher schütteln. Damit hast du den Käse fett gemacht, lacht ihn Großvater Setrak aus. Die Fünf und die Vier, das reicht nicht einmal für eine Sintflut. Schau her! Und er schmollt. Drei, zwei. Jetzt geschieht tatsächlich nichts. Nichts Neues! Bewahre uns Gott vor Neuheiten, sagt Großvater Garabet. Setrak starrt auf die Würfel. Was ist denn das? Schau, da ist mein Gesicht drauf und dort deines! Du hast sie durcheinandergebracht, sagt Garabet, der Weise. Das sind alte Würfel, die gehören jemand anderem. Gib sie zurück. Wem denn? Wem soll ich sie geben? Hier sind doch nur wir zwei! Großvater Garabet zuckt mit den Schultern. Nun ja! Wenn noch einmal unsere Gesichter beim Würfeln fallen, gilt es nicht. Du bist dran. Sie spielen weiter, sortieren mit ihren Würfeln die Welt, die Kriege, Geburten, Wunder und, vor allem, den Leidensweg.

Unter den Erscheinungsformen des Feuers, den Gerüchen der Kindheit, Bäumen und Phantasmen war ich geborgen.

Und trotzdem waren die Zeiten trübe. Manchmal sprachen Großvater Garabet und unser Nachbar Sahag Şeitanian nur im Flüsterton. Eines Tages tauchte im Hof auf der gegenüberliegenden Straßenseite ein alter Mann auf, den ich nicht kannte, Carol Spiegel. Eine Zeitlang ging der Alte nur in den Garten; sonst saß er auf dem Sofa und blickte ins Leere. Dann sah ich durch die Zaunlatten, wie er bis ans Tor kam und die Straße hinaufschaute. Eines Morgens trat er hinaus, die trockenen Blätter vom Bürgersteig zu fegen. Und noch ein paar Tage später, allerdings erst gegen Abend, traute er sich, auch an unser Tor zu klopfen.

Ich wusste nicht, was ein Gefängnis ist. Erst einige Zeit später verstand ich Großvaters Erklärung, die mir damals wie ein Spiel geklungen hatte: Das Gefängnis ist dort, wo die Welt der anderen sich so weit ausdehnt wie irgend möglich, und deine Welt ist winzig klein.

Carol Spiegel war das, was man einen Kollaborateur nannte. Während des Krieges arbeitete er im Bürgermeisteramt. Da er Deutscher war, diente er als Übersetzer. Übrigens hatte sich die deutsche Besatzung in der Stadt wohlgeordnet abgespielt. Die Deutschen ließen die Stadtbewohner in Ruhe, betranken sich nicht und machten keinen Krach. Ganz anders aber war es, als die Sowjets kamen. Die Mädchen blieben tagsüber zuhause eingesperrt, und die Kneipenwirte hatten ihre Getränkestuben verrammelt.

Im Falle der Bombardierungen war es umgekehrt. Die russischen waren leichter zu ertragen. Von allen Unglücksfällen, die während des Krieges über unsere Stadt gekommen waren, nannten meine Großeltern am häufigsten das große Erdbeben von 1940. Nicht die Bombardierungen. Was hatte es für einen Sinn, sich zu verstecken?, fragte Großvater Garabet. Wenn die amerikanischen Flugzeuge kamen, blieben wir ruhig sitzen. Sie suchten die deutschen Kasernen an der Landstraße. Sie bombardierten sie dermaßen präzise auf beiden Seiten der Straße, dass sie dem Erdboden gleichgemacht waren, aber die Straße war davon unberührt. Und was die Russen betrifft, so hatte man ebenfalls keinen Grund, sich zu fürchten. Ich weiß nicht, was die Russen suchten, aber was auch immer sie gesucht hätten, sie trafen es nie. Bloß eines Abends fielen zwei Bomben auf unsere Vorstadt. Keine von beiden ist explodiert. Die erste hat sich in einem Garten zwischen dem Gemüse eingegraben, und die andere ist auf ein Haus gefallen und hat ein Loch in das Dach geschlagen. Der Mann hat die Bombe vergraben, damit die Kinder nicht davor erschrecken, und dann hat er die Dachziegel erneuert.

Großvater war durch beide Kriege gegangen. Er hatte nicht gekämpft, aber ihnen zugeschaut. Die in die Kämpfe verwickelt waren, hatten weniger begriffen.

Deshalb erzählte Großvater Garabet davon. In seinen Geschichten waren die Sieger nicht immer diejenigen, die ich aus den Büchern kannte. Keine Hast, sagte er. Der gesiegt zu haben scheint, ist nur selten auch tatsächlich der Sieger. Und gemacht haben die Besiegten die Geschichte, nicht die Sieger. Siegen ist letztlich eine Art und Weise, aus der Geschichte hinauszutreten. Er griff nach dem großen Buch. Das ist Vartan Mamigonian. Und hier ist die Schlacht zwischen den Armeniern und den Persern im Jahre 451 auf dem Avarair-Feld. Unser Heer wurde vernichtet bis zum letzten Soldaten. Die Perser sagten sich zufrieden, es reicht für diesen Tag, und zogen mit dem Vorsatz ab, zurückzukehren und das gesamte armenische Reich zu erobern. Und was ist schließlich geschehen? Die Perser sind nicht mehr zurückgekommen, sie sahen sich gezwungen, auf ihren Glauben zu verzichten, und statt sich weiterhin vor der Sonne zu verbeugen, gingen sie zum Islam über. Dafür sind wir bis auf den heutigen Tag Christen geblieben. Also hat Vartan Mamigonian mit seinem hingemetzelten Haufen gesiegt.

Und Großvater Setrak, der Vater meiner Mutter, Philosoph des Blutes, sagte: Blut ist widersetzlicher als das Fleisch. Siegreich sein, bedeutet nicht, die Macht zu haben, das Blut anderer zu vergießen – das ist eher Gleichgültigkeit oder Hass –, sondern die Kraft, dein eigenes Blut zu vergießen. Und Großvater Setrak, der die Geschichte und deren Sieger an der Kraft des Blutes maß, setzte sich mit im Schoß ineinandergelegten Händen nieder, damit das Blut einen Kreis durchlaufen konnte und zur Ruhe kam.

Eben deshalb meinte Großvater Garabet, dass diejenigen, die wirklich Geschichte schreiben, nicht die Generäle, sondern die Dichter sind, und dass man die wirklichen Schlachten nicht unter den Hufen der Pferde suchen muss. Doch selbst Großvater war verblüfft und musste anerkennen, dass uns die Gesetze des Krieges nicht vollends vertraut waren. Denn nicht nur er kannte die Geschichte der im Garten vergrabenen Bombe. Auch ein paar Kinder hatten davon gehört und in aller Heimlichkeit begonnen, sie auszugraben. Es gibt eine Wirklichkeit, die so ist, wie wir sie sehen, und es gibt eine andere Wirklichkeit, die der Samen. Ohne davon etwas zu wissen, hatten die Kinder begonnen, die beiden Welten zu vermengen. Und der Samen des Krieges, lange schon vergraben, schoss zum Himmel empor. Sergiu, meinen größeren Freund, hat die Explosion sofort umgebracht, und der kleine Tofan kam gerade noch mit dem Leben davon, bis heute trägt er die Spuren eines Krieges auf der Brust, der nicht seiner war. Also, beschloss Großvater, ist der Krieg nicht vorbei. Welcher Krieg?, fragte ich. Es gibt bloß einen. Nur dass er immer an einer anderen Stelle ausbricht, wie Nesselfieber. Je mehr du kratzt, umso heftiger brennt es. Letztlich ist die Geschichte nichts als ein langes Kratzen.

Eines Tages kam ein Mann in einer Ledermontur und fragte Großvater nach Carol Spiegel. Großvater sagte nur wenig, meistens zuckte er mit den Schultern. Gegen Abend kam Carol Spiegel und fragte ihn über den Mann in der Ledermontur aus. Wieder zuckte Großvater mit den Schultern. Auf diese Weise hat er keinen von beiden überzeugt. Und trotzdem hat keiner weiter insistiert. Der Unbekannte kam nicht wieder, und Carol Spiegel starb ein paar Tage darauf. Bei der Beerdigung standen nur Großvater Garabet und sein Schwager Sahag bei Frau Spiegel. Alle anderen hatten nicht einmal gemerkt, dass Frau Spiegel eine kurze Zeit lang wieder bunte Kleider trug statt der schwarzen, an die man sich bei ihr vom Krieg an gewöhnt hatte. Für sie war Carol Spiegel viele Jahre vor seinem Tod bereits aus dieser Welt verschwunden. Wie Regen, der schon, bevor er vom Himmel fällt, über deine Schläfen rinnt.

In meiner Kindheit lebte ich in einer Welt des Flüsterns. Man sprach bedacht. Erst später habe ich erfahren, dass Flüstern auch andere Bedeutungen hat, etwa Zärtlichkeit oder Gebet.

Es gab aber auch Dinge, die man rückhaltlos aussprach. Sogar über den Zaun hinweg, beispielsweise dass das Auto mit dem Brot auf Bezugsscheine angekommen ist. Andere Sachen sagte man nur bei geschlossenem Fenster. Oder auf der Bank mitten im Hof, wenn niemand auf der Straße vorüberging. Und selbst dann sprach man mit gedämpfter Stimme, als hätte es da noch ein paar Fenster gegeben, die man nicht schließen, oder Passanten, die man nicht sehen konnte.

Einfacher wäre es gewesen, wenn die Leute noch näher beisammengesessen hätten, die Köpfe einander zugeneigt, und ohne den Zwang, sich allzu sehr zu konzentrieren, damit bloß kein Wort verpasst würde. Von weitem muss alles natürlich aussehen, erklärte Großvater. Sie sollen glauben, du erzählst irgendwelche Belanglosigkeiten, dich geht das nichts an. Sollen ruhig zuhören. Sozusagen. Und sie saßen auf ihren Holzbänken, den Rücken gerade, die Gesichter erhoben, und redeten. Sie beugten sich nicht zueinander, wenn sie die Stimme senkten. Mit unfasslicher Pfiffigkeit vernahmen sie ihr wechselseitiges Geflüster. Selbst Arşag, der wegen der Glocken etwas schwerhörig war. Wenn es ihm nicht gelang, von deinen Lippen zu lesen, ließ er dich das Gesagte wiederholen. Aber niemals die geflüsterten Wörter. Diese hörte er auf rätselhafte Weise immer. Sie vibrierten in der Luft, und er spürte sie durch die Haut wie die Fledermäuse.

Über mehrere Dinge durfte ich nicht sprechen. Aber vor allem durfte ich, heftigst vorgewarnt, niemandem, weder im Kindergarten noch jemand Unbekanntem sagen, dass bei uns zuhause manchmal im Flüsterton gesprochen wurde. Was flüsterst du da?, fragte ich. Ich lese, antwortete Großvater Garabet. Wie liest du? Wo ist dein Buch? Das brauche ich nicht mehr. Ich kann es auswendig. Gut, aber wie heißt dieses Buch? Wer hat es geschrieben? Du vielleicht, eines schönen Tages. Was ich jetzt tatsächlich auch mache. Und ich nenne es genau so: *Buch des Flüsterns*.

Ein Besucher, mit dem man bei uns zuhause im Flüsterton sprach, war Hagop Djololian Siruni. Ein untersetzter Mann mit zwei sorgsam gekämmten Haarbüscheln über den Ohren. Über den dicken Brillengläsern kräuselten sich seine Brauen beim Versuch, jemanden genau in den Blick zu kriegen, was ihm sichtlich schwerfiel. Diese Anstrengung ließ ihn ungeduldig erscheinen, was durch seine Hände noch verstärkt wurde, mit denen er im Rhythmus seiner Rede herumfuchtelte. Wenn er las, beugte er sich so tief über die Buchstaben, dass seine Augen beinahe die Seiten berührten. Er mochte vor allem die alten, mit arabischen Schriftzeichen bedruckten Bücher, von denen Großvater einige aufbewahrt hatte.

Siruni war vor einigen Jahren aus Sibirien zurückgekehrt. Großvater hatte mir erklärt, Sibirien sei ein Gebiet mit sehr viel Schnee, wo die Tiere wegen des Schnees und der Kälte weiß sind. Ich pflanzte mich mit meinem Buch *Fram, der Eisbär* vor Sirumi auf und fragte ihn, ob es dort, wo er war, auch so schön gewesen sei. Sogar noch schöner, antwortete er. Ich wunderte mich jedoch, als er sagte, er habe Jäger gesehen, aber keine Bären.

Siruni und dessen Geschichte waren Gegenstände, denen meine Familie übrigens strengstens auswich. Lange danach, und erst nachdem uns der Schriftsteller Bedros Horasangian dazu aufgefordert hatte, begannen wir die Dinge zu sortieren und zu verstehen. Wozu natürlich auch gehörte, dass die Jäger, von denen Siruni gesprochen hatte, Menschenjäger waren.

Meine Großväter Garabet und Setrak waren sehr gute Erzähler. Sie selbst aber fehlten in den Geschichten, die sie erzählten. Als lebten sie nicht auf dieser Erde. Geschichten ohne Erzähler, ihre Worte waren auf alten und anonymen Schriftrollen verstreut, die in Tongefäßen aufgefunden worden waren. Keiner erzählte von sich selbst. Jeder wurde zu einer Figur in der Erzählung eines anderen, und so musste man fortwährend bei diesem und jenem aufpassen, wenn man die Fortsetzung verstehen wollte. Deshalb ist die Geschichte der Armenier meiner Kindheit eine endlose Geschichte.

UND DOCH EINE GESCHICHTE VON SICH SELBST. Es geschah so. Mein Großvater Setrak setzte sich bei Einbruch der Dunkelheit in den Liegestuhl unter dem Firmament aus Weinreben seines Gartens in Craiova. Er ließ den Gebetskranz durch die Finger gleiten und schaukelte sich sachte durch den Druck seiner Fersen. Er murmelte. Dies konnte alles und jedes sein, vom Gebet bis hin zur Prophetie.

Mein Großvater Garabet schloss sich in seinem Zimmer ein und sang. Es waren seltsame Gesänge, auf Türkisch oder Arabisch, solche, wie die Derwische der Wüste sie auch heute noch singen. Das Gemurmel von Großvater Setrak und die Gesänge von Großvater Garabet kannten keine Unterbrechung. Sie atmeten anders, auch eine andere Art Luft. In solchen Momenten war es sinnlos, sie zu rufen oder an ihre Türen zu klopfen. Sie würden nicht antworten oder öffnen.

Mittlerweile war der Krieg zu Ende. Ein paar Armenier beeilten sich in diesem Durcheinander, auf die Seite der Sieger zu wechseln. Man kann aber kein Sieger sein, wenn man keine Besiegten beibringen kann. Also wurden sie an der Pforte der neu eingerichteten Botschaft der Sowjetunion vorstellig und präsentierten eine Liste mit »Kollaborateuren«, auf der, wie hätte es auch anders sein können, die gesamte Blüte der armenischen Intelligenz aus Bukarest stand. Und weil es im Herbst des Jahres 1944 keineswegs schwer war, Antikommunisten zu finden, brachten die neuen Kollaborateure nach der ersten bald auch eine zweite Liste an, und dann noch eine. Sodass selbst die Sowjets spürten, dass sie das Maß überzogen hatten. Angesichts der nicht mehr enden wollenden Listen beschloss Sava Dongulov, Konsul der Botschaft und darüber hinaus selbst Armenier, zu seiner Ehre: Hört auf! Wenn ihr in diesem Tempo weitermacht, löschen wir die ganze Gemeinschaft aus ...

Die erste Gruppe von zehn Personen, unter denen sich auch Siruni befand, wurde am 28. Dezember 1944 verhaftet. Von der Grenze aus wurden sie in einem verschlossenen Waggon nach Moskau gebracht und dort mit einem Lastkraftwagen zur Lubjanka, wo die Spreu vom Weizen getrennt wurde. Siruni wurde ohne jeden Prozess ins Arbeitslager von Marijinsk geschickt. Dort war seine Aufgabe, Kiefernharz zu sammeln. Den Blick also zu den Wipfeln zu erheben, wenn Wind und Schneetreiben dich eher gemahnten, dein Gesicht zu schützen. Diejenigen, die diese Fron überlebten, Siruni und der Rechtsanwalt Vahan Ghemigian, ehemals Vorsitzender des Vereins Armenischer Studenten, kehrten mit derart geschwächtem Sehvermögen aus Sibirien zurück, dass sie beim Lesen die Augen ganz tief über das Buch senkten und es aussah, als wollten sie die Wangen in ihren Handflächen vergraben.

Ich weiß nicht, ob es vor meiner Geburt etwas auf dieser Welt gegeben hat, ja nicht einmal, ob es die Welt selbst gegeben hat. Aber ich erzähle es Ihnen, als hätte es alles gegeben. Es ist der Herbst des Jahres 1952. Die Gefangenen sind im Speisesaal versammelt. Draußen hinter der Küche erhebt sich ein großer Haufen gefrorener Fische. Man hatte sie schon vor ein paar Jahren mit dem Lastkraftwagen herbeigebracht und dorthin gekippt, schon bei der Gründung des Lagers. Zweimal die Woche zerhacken die arbeitsunfähigen Gefangenen mit der Spitzhacke den Fischblock und werfen die glasartigen Splitter in Kessel, wo der Fisch so lange kocht, bis das Eis sich in eine Brühe verwandelt und sich das Fleisch von den Knochen löst. Es ist die richtige Nahrung für die Gefangenen, deren Zähne in den blutenden Kiefern wackeln. Der Fischgeruch friert über dem Putz des in feiertäglichem Glanz erstrahlenden Speisesaals. Eine aus Moskau angereiste Genossin spricht über die gewaltigen Errungenschaften, die auf den Großen Vaterländischen Krieg folgten. Viele von ihnen verstehen kein Russisch, aber sie tun so, als ob sie verstünden. Die Genossin fragt etwas bezüglich der Geschichte der KPdSU. Die Gefangenen reißen vor Angst die Augen auf. Diejenigen, die Russisch können, weil sie nicht wissen, was sie antworten sollen, und die anderen, weil sie nicht wissen, warum die Genossin plötzlich still ist. Dann erhebt Siruni sich von seinem Platz und antwortet. Die Genossin schaut ihn verwundert an, sie hat seinen rauhen kaukasischen Akzent gemerkt und fragt weiter. Und Siruni redet lange über die Situation des Kaukasus zu jener Anfangszeit, reiht Namen auf, Daten, Kriege und Übereinkünfte, all dies mit einer Genauigkeit, die einem bloß der GULAG und die Einsamkeit dort ermöglichen. Zurück in Moskau, berichtet die Frau dem Historiker Evgheni Tarlé, dessen Assistentin sie ist, über die ungewöhnlichen Kenntnisse des Gefangenen von Marijinsk, der darüber hinaus Armenisch, Türkisch, Persisch und Arabisch spricht, und zwar inklusive der mittelalterlichen Sprachformen, die sich nur noch als Sprachen der Kulte erhalten haben.

Tarlé insistierte dann so lange, bis die Akademie der Wissenschaften in Moskau die Überstellung Sirunis aus dem Arbeitslager an das Geschichtsmuseum von Jerewan erreichte. Nun hatte er den Auftrag, die alten Manuskripte zu entziffern.

Jeder Mensch lebt in der Welt, aber vor allem in einer Vorstellung von der Welt. Zu jener Zeit – und wer weiß, in wie vielen solchen Zeiten noch – erklärte sich dies kurz folgendermaßen: Dein Name wird zu einem Teil ausgesprochen und zu einem anderen Teil niedergeschrieben. Und der geschriebene Name steht auf einer Akte. Du musst dein Leben umsichtig führen. Wachst auf, erfrischst deine Wangen, rasierst dich, glättest dein Haar. Erblickst du dich in einem Stückchen Spiegel oder in einem Schaufenster, so straffst du die Falten deiner Kleidung. Das Leben ist eine Zeremonie. Die Akte enthält das gleiche Leben, aber dieses verläuft unvorhersehbar. Ein Haus, in dem jedes Zimmer drei Wände hat. Du kannst dich anlehnen, aber du kannst dich nirgends verstecken.

Auch für Siruni musste eine Akte angelegt werden. Und da sie immerzu in seinem unverhofft verlaufenen Leben herumstocherten, fanden sie in mühevoller Kleinarbeit einen Artikel, den er 1944 in der Bukarester Zeitung *Araz* veröffentlicht hatte und in dem Siruni den Tod eines vor mehreren Jahren in der Sowjetunion heimtückisch ermordeten Freundes beklagte. Die Würdigung des verschwundenen Freundes – er hieß Aghasi Khangian – verwandelte sich in eine Ermittlungsakte gegen Lawrenti Beria, der nun des Mordes angeklagt wurde. Und nicht allein dieses Mordes, sondern noch zahlreicher anderer. Im Unterschied zu vielen anderen wusste Siruni, was in der Sowjetunion geschieht. Und machte seinem Kummer Luft. Eine Anschuldigung, die man damals mit Leichtigkeit in einem mit den Deutschen alliierten Rumänien hätte vorbringen können, aber nicht auch in einer vom NKWD geführten Sowjetunion. Folglich wurde Siruni, krank und zur Hälfte erblindet, wieder ins Lager geschickt, diesmal nach Potma, einem Vernichtungsort. Jeder Fluchtversuch war ausgeschlossen. Wenn genügend Tote zusammengekommen waren, wurden sie auf einen offenen Wagen geschlichtet, aus dem Lager gefahren und in ein Massengrab geworfen. Es gab keine Eile, denn die Leichen konnten aufgrund der Kälte nicht verwesen. Damit kein Häftling sich tot stellt und auf diese Weise zu entkommen versucht, und um sicherzugehen, dass die Toten auch wirklich tot waren, schlugen ihnen die Wachen am Tor die Köpfe mit dem Hammer ein. Potma war zu weit außerhalb der Welt, als dass man dort vom Tode Stalins gehört hätte. Durch Porträts unendlich vervielfältigt, kam Stalins Wesen auch zu einem ins Unendliche vervielfältigten Tod. Eines Tages verschwand das Porträt aus dem Speisesaal. Dann, ein paar

Monate später, war auch Berias Foto aus dem Büro des Kommandanten weg. Der anklagende Artikel aus der Zeitung *Araz* von 1944 war nun vorausschauend geworden. Woroschilow persönlich setzte seine Unterschrift auf die Freilassungsverfügung, und Siruni wurde unter Ehrerbietungen nach Jerewan gebracht. Und von dort aus im Jahre 1955 nachhause. Wo sich die Welt völlig verändert hatte. Die Familie war verstreut, das Archiv und die Manuskripte waren beschlagnahmt und die Freunde größtenteils verschwunden. Einer von ihnen, Garabet Vosganian, erwartete ihn auf der Holzbank im Hof, von wo aus er über den Zaun hinweg auf die Fuhrwerke der Geschichte schaute, die beschwert von Kanonenlafetten und von zerlumpten Silhouetten mühsam vorangeschoben, im Straßendreck versanken.

Im *Buch des Flüsterns* sind die Namen der Toten aufgeschrieben. Über sie sprachen Siruni und Großvater Garabet mit schmalen Lippen. Auf die erste, im Dezember 1944 ausgehobene Gruppe folgte am 24. April 1945 die zweite. Der jüngste unter den damals Verhafteten, Levon Harutiunian, starb als Letzter 1999 in Los Angeles. Ich habe die Geschichte von ihm gehört. Großvater wäre es schwergefallen, mir zu erzählen, wie die Armenier dazu gekommen waren, sich gegenseitig zu verraten. Großvater näherte sich jener Zeit ohnehin recht scheu, denn damals hatte er einen der seltenen Impulse zu kämpfen empfunden. Ansonsten hielt er sich so gut es ging beiseite, schaute mit großen Augen zu und versuchte zu verstehen. Aber auch dazu braucht man Mut. Überleg mal, sagte er, du musst gefasst sein, der Wirklichkeit standzuhalten, unabhängig davon, was geschieht. Dein Gesicht gleichzeitig in alle vier Windrichtungen. Und auch dies: Ein Held zu sein, ist eine Form der Feigheit. Du kannst das Leid nicht ertragen und versuchst verzweifelt und um jeden Preis, es abzuwenden. Und doch hat er uns Kinder mit Heldengeschichten erzogen. Erzählte uns vom legendären Haig, über Ara den Schönen und über Tigran den Großen. Er philosophierte auf seine Weise, redete eher so alleine vor sich hin, den Blick auf das Fenster gerichtet: Das Einzige, was den Menschen gemeinsam ist, sind Geschichten. Wenn es heißt, zwei Menschen gehörten zum gleichen Volk, so bedeutet dies, dass sie die gleichen Geschichten gehört haben. Über

Helden kann man Geschichten erzählen, denn die haben immer einen Anfang und ein Ende. Von denen, die etwas erleiden, und insbesondere denen, die beim Erleiden etwas begreifen, kann man nicht erzählen, denn ihr Leid hat kein Ende. Und wer könnte Geschichten ohne Ende erzählen, wer wollte sie hören? Auch braucht man dafür nicht zuzuhören, es reicht schon, aus dem Fenster zu schauen. Oder, wie vor Zeiten, von den Festungszinnen herab ... Aber auch Festungen werden geschleift. Und Häuser werden abgerissen mitsamt ihren Fenstern. Das hat nichts zu bedeuten, widersprach Großvater, du findest immer ein Fenster, durch das du schauen kannst. Und es gibt immer mindestens eine nicht eroberte Festung.

Ich wusste damals nicht, dass ich nur das Ende der Geschichte kannte. Das heißt, wir hatten ein paar Schuhe, nicht unbedingt zueinander passende, die wir bei Regen im Hof benutzten. Damit wir sie auf der Türschwelle leichter abstreifen konnten und nicht mit dem Dreck ins Haus traten, hatte Großvater die engsten davon zum Schuster gebracht und die Fersen abtrennen lassen, wodurch sie zu geschnürten Pantoffeln verwandelt waren.

Dies ist also das Ende der Geschichte. Und den Anfang hatte ich eben zu erzählen begonnen. Mit dieser zweiten Gruppe von Verhafteten, bei der sich Levon Harutiunian befand, wurde auch unser Onkel Ervant Hovnanian zusammen mit seinem Bruder Vagharşag ausgehoben. Es geschah in der Karwoche. Die armenische Kirche in Focşani hatte einen großen, von riesigen Kastanien umstandenen Hof. Damals gab es viele Armenier, und an Feiertagen füllte sich die Kirche. Sodass der Mann, der Großvater am Ärmel zupfte, nachdem er ihn lange mit dem Blick in der Menge gesucht hatte, sich Platz verschaffen und die missbilligenden Blicke der Leute hatte ertragen müssen. Als Großvater ihm dann in den Kirchhof folgte, traten die Einheimischen brav beiseite. Großvater sah beeindruckend aus in seinen Lehrerkleidern, und die Leute dachten, das gehöre zum Gottesdienst. Der Unbekannte überreichte ihm ein Bündel Papier, das jemand an einer Straßenecke von einem Lastauto geworfen hatte. Es war ein Militärtransporter mit geschlossener Plane. Der Mann hatte Angst, aber er hatte die eilig auf eines der Blätter gekritzelte Bitte erfüllt: »Dem Küster der armenischen Kirche«. Es war Karfreitag, und er hatte sich vorgenommen, eine gute Tat zu vollbringen, ohne seinen Namen zu nennen. Er fragte nicht, was da drin geschrieben stand. Wollte sonst nichts wissen. Es war besser so.

Der Zettel enthielt auch etwas auf Armenisch. Ein einziges Wort: »leben«. Großvater kehrte zurück in die Kirche und nahm unter dem verwunderten Blick von Pfarrer Aslanian den zweiten Küster Sahag Şeitanian beiseite. So, in ihren Gottesdienstkleidern, gingen sie zwischen den seit dem Erdbeben baufälligen jüdischen Krämerläden auf der Hauptstraße entlang zu ihrem Geschäft, wo es ein Telefon gab. Sie riefen in Bukarest an, und ihr Verdacht bestätigte sich. Tante Nvart, Ervant Hovnanians Frau, weinte schluchzend. Sowjetische Soldaten waren in ihr Haus eingedrungen und hatten sie mit dem Gesicht zur Wand geschubst. Alles hatten sie durchwühlt, einen Koffer drunter und drüber mit Karten, Büchern und allerlei Abzeichen vollgestopft. Ervant hatten sie mitgenommen. Ebenso dessen Bruder Vagharşag und acht weitere »Kollaborateure«. Die einen sagten, man habe sie an der Mauer des Klosters Văcăreşti erschossen, andere wollten wissen, dass man sie in die Keller des Jilava-Gefängnisses geworfen habe. Sie waren zum Kloster geeilt, aber dessen Mauern sahen friedlich aus, und in der Nachbarschaft hatte niemand Schüsse gehört. Das heißt, dass sie nach Sibirien gebracht werden, sagte Großvater, schließlich war dies der einzige Ort, der außer dem Tod noch in Frage kam. Sibirien, Gott bewahre, schluchzte Tante Nvart am Telefon. Sie haben ihn in den Hauspantoffeln mitgenommen; die Füße werden ihm erfrieren ...

Großvater und Onkel Sahag kehrten zurück in die Kirche, wo der Gottesdienst zu Ende ging. Sie berieten sich mit Pfarrer Aslanian und den Mitgliedern des Kirchenvorstands. Der Pfarrer hielt die Kirche geöffnet, damit jeder mit den Schuhen zurückkehren konnte, die er zuhause fand. Ohanes Krikorian zog seine Schuhe aus und stellte sie in die große Kiste. Etwa zehn Paar kamen zusammen. Besser gesagt, zwanzig Schuhe, denn der eine oder andere hatte auch nur einen Schuh mitgebracht. Auch der war willkommen. Großvater stellte sie, hier ein linker, da ein rechter, der Größe nach zusammen und zählte sieben Paare.

Auch wenn die Schuhe eines Paares unterschiedliche Farben hatten. Wichtig war, dass sie gefüttert und die Sohlen noch intakt waren. Anton Merzian, der Schuster von der Hauptstraße, hatte sein Schuheisen mitgebracht und verstärkte die Sohlen, indem er kleine Holznägelchen hineintrieb. Vor der Präfektur hatte er einen Laster gesehen, der dem glich, von dem der Unbekannte gesprochen hatte.

In Levon Harutiunians Erinnerungen wird erzählt, dass die Festgenommenen vom Laster absteigen mussten und in ein Zimmer gepfercht wurden, wo sie von bewaffneten Soldaten bewacht wurden. Diese lösten sich ab und zwangen die Häftlinge, die ganze Zeit wach und auf den Beinen zu bleiben. Je müder sie waren, umso leichter waren sie zu bewachen. Die Schwächsten, wie Vagharşag Hovnanian, mussten von den anderen gestützt werden, denn wären sie zu Boden gesunken, hätten die Soldaten sie mit Stiefeltritten wieder zum Aufstehen gezwungen.

Großvater, der korrekt Rumänisch sprach, aber auch Russisch, ging nahe an die Präfekturwand heran und versuchte, durch die Fenster zu schauen. Ein Wachposten, der plötzlich hinter einer Ecke hervorkam, warnte ihn auf Russisch, packte ihn am Mantel und versuchte, ihn hineinzudrängen. Großvater riss sich los, der Soldat ließ ihn gehen und zeigte mit dem Gewehr, dass er die Straße hinab verschwinden solle.

Niemand kann sagen, er wisse genau, was Stille ist, wenn er in seinem Rücken nicht das Klicken der Waffe gehört hat, die durchgeladen wurde. Großvater begann, sich mit zögerlichen Schritten zu entfernen, dabei schaute er sich immer wieder um. Dann entsicherte der Russe seine Maschinenpistole. Und es wurde still. Nun rannte Großvater Garabet los, hielt sich immer nahe an den Wänden, bei jedem Geräusch sofort bereit, sich auf den Bürgersteig zu werfen und eins zu werden mit der Spur seiner Schritte.

Das Weitere erzählt Levon Harutiunian. Bei Tagesanbruch, die Jüngsten von ihnen mussten die Alten und Erschöpften stützen, wurden sie wieder auf einen Laster verladen. Sie hatten Durst. Der Lkw hielt an der Landstraße, an der Stelle, wo der Milcov beinahe die Straße berührt. Sie knieten am Ufer nieder und tranken aus dem Fluss, mit dem gleichen Wasser wuschen sie sich auch das Gesicht. Von der Grenze aus folgte ihr Weg dem der früheren Gruppe, die vier Monate vor ihnen verhaftet worden war. Die Lubjanka, die Sortierung, danach das Lefortowo-Gefängnis mit seinen dicken Mauern aus der Zeit der Kaiserin Katharina. Wo nicht einmal die einfachste Form der Freiheit, sich für den Tod zu entscheiden, erlaubt war. Die Gefangenen schliefen bei Licht und mussten die Arme über der Decke liegen lassen, damit nicht etwa einer, der sich einen scharfen Gegenstand beschafft haben mochte oder schlicht und einfach seine Zähne zu Hilfe nahm, sich die Venen öffnete und sich, solchermaßen verborgen und die Gefängniswärter täuschend, in den Tod beförderte. Und über dem ersten Stock war ein Drahtnetz gespannt, das sie daran hindern sollte, sich hinunterzustürzen, um auf dem Betonfußboden im Parterre zu zerschellen. Lebend waren die Gefangenen nützlicher, denn jeder von ihnen hätte durch seine Aussagen noch weitere nach sich ziehen können. Dort begann auch die Isolation. Man sperrte sie in separate Zellen, hatte sie ausgezogen, durchsucht, ihnen sogar den Anus geöffnet, nachdem man sie gezwungen hatte, etwa zwanzig Kniebeugen zu machen, und ihnen danach Häftlingshosen und -hemden gegeben. Meine Zigaretten sind bei Sarkis Saruni geblieben, antwortete Harutiunian dem ersten Vernehmer, der ihn gefragt hatte, ob er rauche. Hier gibt es niemanden mit diesem Namen, war die schneidende Antwort. Wir sind doch eben erst getrennt worden, beharrte der damals noch junge Harutiunian. Ich habe dir doch gesagt, dass es diese Person nicht gibt!, schlug der Vernehmer mit der Faust auf den Tisch. An einem der folgenden Tage sollte er feststellen, dass es auch die Person Levon Harutiunian nicht mehr gab. Nun hieß er 7-35. Wie heißt du?, wurde er gefragt, als er im Lager Kriwoschtschokowo in einem Vorort von Nowosibirsk am Ufer des Ob mit steifen Beinen soeben aus dem Zug gestiegen war. 7-35!, schrie Harutiunian, um das Geheul der Kettenhunde, die von den Soldaten aufgehetzt worden waren, zu übertönen. Und wie noch?, fragte der Offizier, der unter dem Torbogen des Lagers mit der Inschrift »Durch Arbeit zur Freiheit« stand. Das ist dein Vorname, und wie lautet dein Familienname? 58, rief Harutiunian jetzt, was nichts anderes als Volksfeind hieß. Nun war er Teil einer anderen, vielzähligen, durcheinandergewürfelten, entkräfteten und über ganz Sibirien verstreuten Familie der gefährlichen sozialen Elemente und Volksfeinde, wie sie ein Paragraf des Strafgesetzbuches bezeichnete.

Harutiunian kam nach elf Jahren Gefängnis wieder frei. Die Volksrepublik Rumänien empfing ihn auf mehrere Arten. Ein Mann, der ihn auf dem Bukarester Nordbahnhof in den üblichen Lagerschuhen und -kleidern erblickte, kaufte Brezeln und drückte sie ihm in die Hand. Ein anderer kam auf ihn zu und fragte ihn nach einem verschwundenen Verwandten. Und beim Verlassen des Bahnhofs empfing ihn eine Militärpatrouille, deren Laster ihn in den Innenhof der Securitate auf der Calea Rahovei brachte. Dort wurde ihm auch die Bescheinigung seitens der Botschaft der Sowjetunion ausgehändigt, etwas wie ein Diplom, das man Bestarbeitern überreichte.

BESCHEINIGUNG. Ausgestellt zugunsten des Bürgers Levon Harutiunovici Harutiunian, geboren im Jahre 1913, zum Zwecke der Bestätigung, dass er sich vom 8. Mai 1945 bis zum 24. September 1955 in der UdSSR aufgehalten hat. Harutiunian wurde zu verschiedenen Arbeiten herangezogen. In der letzten Zeit war er als Chefökonom im Bereich der Holzverarbeitung tätig. Er zeigte ein pflichtbewusstes Verhalten.

Tatsächlich. Im Augenblick seiner Verhaftung wog er 82 Kilo. Beim Verlassen des Gefängnisses wog er gerade mal fünfzig. Mitunter, wenn die Langeweile sie mitfühlend stimmte, nannten die Aufpasser sie tonki-zwonki, das heißt dünn und tönend, das heißt, dass die Knochen in ihnen klappernd und rasselnd aneinanderschlugen. Fast alle Haare waren ihm ausgefallen, nur an den Schläfen waren noch so viele übrig geblieben, dass es aussah, als hingen ihm zwei silbrig glänzende Hufeisen über den Ohren. Seine linke Hand zitterte leicht, deshalb hielt er sie beim Rauchen unter dem Tisch, verborgen vor den Blicken der anderen. Auch waren ihm die Zähne ausgefallen. Ach, du anständiger Mensch vom Nordbahnhof, der du dem Unbekannten in Lagerkleidung die Brezeln geschenkt hast, deine Güte bedeutete mehr, als jener annehmen konnte. Aber Harutiunian hatte gelernt, sich nicht zu beeilen. Er wälzte die trockenen Bissen in den Backentaschen, bis sie weich geworden waren.

Bei sich zuhause, sie wohnten nun in einer niedrigen und engen Mansarde, wurde er mit großer Freude empfangen. Seine Freunde erwarteten ihn, auch sie waren mittlerweile freigekommen: Siruni, Arşavir Acterian und Vahan Gemigian. Das Foto ist erhalten geblieben. Arşavir hatte auf die Rückseite »Vier Zuchthäusler« geschrieben. Mit anderen Worten: Das Zuchthaus kommt nicht und geht nicht vorbei, es ist wie Feuchtigkeit, die einem in den Knochen steckt, sodass man sie immer mit sich trägt, wenn sie einen einmal durchdrungen hat. Arşavir wollte damit sagen, dass es Gefängnisse gibt, denen man niemals entkommt, egal, wie viele Riegel aufgeschoben würden und Tore sich öffneten. Immer bleibt noch ein Tor übrig, das man nicht öffnen kann. Und dabei kann einem niemand helfen, keiner kann sich mit dir daran abarbeiten, denn nur du alleine kannst es sehen.

Und die vier Zuchthäusler machten sich auf, den fünften zu besuchen, Hovhannes Babikian. Er erwartete sie auf den Beinen, auf einen Stock gestützt. Vahan, der wusste, wie krank er war, wollte ihm behilflich sein, sich hinzulegen. Das ist nichts, gab Babikian zurück, das Bett ist für den Schlaf da. Den Tod empfängt man stehend. Als sie die Treppe hinuntergingen, hörten sie ihn noch *Mein Kilikien* singen, die Sehnsucht nach den heimatlichen Gefilden. Er sang das Lied noch zu Ende, obwohl seine Nichte angesichts des Glanzes in seinen Augen meinte, er sei schon nach der ersten Strophe gestorben. Ja, selbst seine Lippen hätten sich, obwohl man das Lied noch hören konnte, nicht mehr bewegt. Sie stiegen wieder hinauf, schoben das Bett zum Toten hin, der immer noch aufrecht stand, lehnten ihn schräg an die Wand zum Flur und legten ihn dann ins Bett. Damit die paar Leute, die immerhin noch zur Totenwache kommen sollten, nicht erschraken, wenn sie ihn so dastehen gesehen hätten. Wie einen Brunnenschacht, tief und rund, mussten sie ihm das Grab schaufeln.

Levon Harutiunian hat uns all dies in leserlicher Schrift und mit ganz wenigen Streichungen mitgebracht. Wir versicherten ihm, wir wollten uns beeilen, das Manuskript zu drucken. Nach meinem Tod, sagte er. Wir erzählten ihm von der Freude jedes Autors, sein frisch gedrucktes Buch in Händen zu halten und durchzublättern. Ich wäre sogar versucht, es zu lesen, nicht wahr?, lachte Harutiunian. Dann aber ernsthaft: Schreiben befreit. Ich habe es aufgeschrieben, nun kann ich es vergessen. Das Lesen aber belastet einen. Mögen es andere lesen, damit sie nicht vergessen. Ich habe sie alle lange genug im Gedächtnis behalten.

Ich glaube, was er da gesagt hatte, war nicht die ganze Wahrheit. Er konnte ohnehin nicht vergessen. Insbesondere deshalb nicht, weil er der letzte Überlebende war, er musste auch die Erinnerungen all der anderen bewahren. Die Erinnerungen sterben später als die Menschen. Wie Großvater Garabet gesagt hatte: Kein Mensch stirbt auf einmal, sondern immer ein bisschen, stückweise. Zuerst der Leib, dann der Name, dann die Erinnerungen der anderen an ihn, und ganz zuletzt seine Erinnerungen an andere.

Ich spielte unter dem Tisch im Hof, wenn die Alten sich flüsternd Geschichten erzählten oder schöne Lieder traurigen Inhalts summten, die sie wiederum in ihrer Kindheit auf den Hochebenen Anatoliens gehört hatten. Schickt das Kind hier weg, sagte manchmal eine der dicklichen und nach Kölnischwasser riechenden Frauen, Tante Paranţem oder Armenuhi. Lass ihn, sagte Großvater. Immer bleibt einer übrig, der erzählt. Vielleicht wird gerade er einmal der Erzähler sein.

Schon als ich noch ein kleiner Junge war, drückte er mir den Stift in die Hand und legte mir weiße Blätter hin, wie man anderen Kindern Süßigkeiten hinlegte oder sie mit Spielzeug umgab. So wurde ich zum Erzähler seines abgestuften Lebenswegs. Der auf diese Weise noch eine Weile andauern wird, bis auch er seine Erinnerungen an diese Welt verliert.

Wenn es regnete und ich den Hof überqueren musste, zog ich die alten Schuhe an. Sie hinterließen tiefe Spuren im Morast, ungewöhnlich tiefe Spuren für ein Kind. Meine Spuren waren mir fremd. Ich fürchtete mich vor ihnen. Wasser quoll hinein wie in die Hufabdrücke der Pferde. Wenn der Boden wieder trocknete, blieben sie erhalten, streng und tief wie die schweren Schritte eines Soldaten. Als lastete mir etwas auf den Schultern, das bei meinem Gang gierig in den Boden biss. Deshalb erkannte ich sie auch nicht wieder. Die im Morast zurückgebliebenen oder im trockenen Boden bewahrten Spuren waren nicht meine. Ich hatte noch kein Recht auf eigene Spuren, denn vor meiner Geburt waren zu viele schmerzhafte Dinge geschehen. Diese Spuren konnten jedem von ihnen gehören. Harutiun Atanasian, Vartan Arakelian, Ervant und Vagharşag Hovnanian, Kevork Kestanian, Ruben Israelian, Kevork Hazarian, Hapet Kasparian, Hosrov Bedrosian, Hovhannes Sahaghian oder Mhitar Harutiunian, die in der Erde Sibiriens verloren waren. Oder Jirair Karakaşian, Hovhannes Babikian, Zaven Saruni und Serop Surian, die kurz nach ihrer Heimkehr zuhause gestorben sind und sich im Lager mit dem Gedanken vertraut gemacht hatten, dass die Welt sie überleben werde, aber nicht darauf vorbereitet waren, dieser neuen Wirklichkeit standzuhalten, in der sie eine Welt überleben sollten, die einmal ihre war und die sie nun nicht wiedererkannten.

Selbst wenn die Kiste mit den Schuhen zu ihnen gelangt wäre, hätte mein Onkel Vagharşag Hovnanian keine Gelegenheit gehabt, seine eigenen zu tragen. Vom Weg erschöpft, war er als Erster schon in der Lubjanka gestorben, ohne bis nach Sibirien zu gelangen. Er starb barfuß, und das heißt, dass er selbst an jenem Ort den Tod gottesfürchtig empfangen hatte.

ZWEI

Für das Kind, das ich war, ist der Friedhof wie ein großer Garten gewesen, in dem die Blumen und Bäume eine Minute früher aufblühten als an jedem anderen Ort. Ich wusste nicht, wo die Kraft der Blumen und Bäume herkam. Damals hatte der Tod keine Bedeutung für mich. Ich fühlte ihn schweigen und aufblühen, und das reichte mir. Der Tod war eine Art vorzeitiger Frühling. Der erste Tote, den ich gesehen habe, war Großvater Garabet. Er hatte mir viele Dinge der Erde und der Luft beigebracht, indem er sie mir zeigte. Er wollte es auch sein, der mir den Tod zeigte. Etwas später sagte ich mir, dies sei so gekommen, weil die Welt zu klein war, uns beide gleichzeitig mit all unseren Phantasien zu fassen.

Wie keine zwei Leben einander gleichen, gleichen sich auch die Gräber nicht. Vielleicht werden die Toten eines schönen Tages dahin gelangen, einander zu gleichen, wie der Kirchenvater sagte. Aber die Erinnerungen an sie sind verschieden. Das Grab ist eine Art der Erinnerung, das den Namen jedoch draußen lässt, wie es beim Schwimmen geschieht, wenn man ein Schilfrohr benutzt, um damit zu atmen. Denkt man diesen Gedanken weiter, wird verständlich, dass man auch keine zwei Friedhöfe wird finden können, die einander gleichen. Der armenische Friedhof in Focşani war anders als andere Friedhöfe. Vor allem weil es mein Friedhof war und ich dort, ohne es zu wissen, dem Tod begegnet bin. Der sich mir in Gestalt eines blühenden Mirabellenbaums zeigte. Und zweitens, weil es dort keine Holzkreuze gab. Ich habe den Eindruck, dass in einer von Ordnungssinn bestimmten Welt, in der die Menschen zu ihrem Schutz allerlei Mauern und Wände zwischen sich und dem Tod aufrichten, Holzkreuze nur einen übereilt eingetretenen Tod bezeugen.

Die Armenier meiner Kindheit starben in wohlgeordneter Folge. Sie ließen sich Stein- oder Marmorkreuze anfertigen, wählten schöne Fotos aus und ließen sie auf glänzende Keramiktäfelchen gravieren. Wenn ihnen danach war, kamen sie, setzten sich auf Schemeln vor die Kreuze und betrachteten den eigenen Namen und das eigene Bild auf dem Stein. Bis sie dann eines Tages vor lauter Hinsehen nicht mehr wussten, wer der eine und wer der andere war, wer von ihnen wirklich noch lebte und wer es sich nur noch vorstellte. Der Tod war eine Weise, die Dinge durcheinanderzubringen, eine Art, den Heimweg zu vergessen. Die Armenier meiner Kindheit lebten lange und starben alle im hohen Alter. Ich glaubte, es ginge gar nicht anders. In ihnen steckte eine Müdigkeit, die sie daran hinderte, sich auszuruhen, und erst recht, zu sterben. Sie waren verwundert angesichts so vieler grausamer Dinge, die sie in ihrer Kindheit gesehen hatten, ohne sie verstehen zu können. Der Tod hat eine eigene, alles bereinigende Weisheit. Die Verwunderung hinderte sie daran, zu sterben.

Trotzdem stellte man meinen Großvätern anfangs je ein Holzkreuz hin. Sie, Garabet Vosganian und Setrak Melichian dachten, solange man lebt, sei man unsterblich. Sie waren sorglos durch die Welt gezogen, gaben sich dem Anschein hin, man könne jederzeit noch etwas richten. So waren eigentlich alle Männer aus meiner Verwandtschaft, und auch ich bin vermutlich nicht anders.

Großvater Garabet besaß ein Foto, das er am liebsten mochte. Es zeigte ihn im Staubmantel mit hochgestelltem Kragen und Hut auf dem Kopf. Als wir sein Holzkreuz durch ein Steinkreuz ersetzten, damit auch er sich in die Reihe der anderen Toten eingliedert, ließen wir über seinem Namen dieses auf ein Keramiktäfelchen gedruckte Foto anbringen. Aber Großvater hat uns getäuscht. Wir sagen: Komm, lass uns bei Großvater vorbeigehn! Wenn ich dann auf dem Friedhof bin und wir uns anschauen, entsteht ein seltsamer Eindruck. Mit seinem Hut auf dem Kopf und dem hochgeschlagenen Mantelkragen sieht es so aus, als komme er auf uns zu. Er setzt mit verschmitztem Lächeln seine Wanderschaft fort, und wir sind auf dieser Welt geblieben, auf die er hie und da zugeht. Dem Leben war es nicht gelungen, ihn zu mäßigen, und dem Tod erst recht nicht. Er überwand sie mit seinem Hut und dem karierten Überzieher – der hochgeschlagene Kragen ist nichts als eine Laune –, denn er scheint in jener anderen Welt genauso wenig zu frieren, wie er es in dieser tat.

Großvater Garabet besaß einen Fotoapparat mit dreibeinigem Stativ. Durch dieses Gerät schaute er sich die Welt an. Und auf uns. Seinerzeit war Großvater ein pfiffiger Fotograf. Zu der Zeit, als es noch kein Papier für Farbfotos gab, malte er seine Fotos mit Pastellfarben aus. Aber am liebsten fotografierte er sich selbst. Sieh, Großvater mit einem Bärtchenpflaster unter der Nase und einer Haartolle in der Stirn, wie er Hitler nachäfft. Hier mit einem schmalkrempigen und schief auf dem Kopf sitzenden Hütchen, lächelnd wie Charlie Chaplin. Doktor Jekyll und Mister Hyde. Lachend, weinend, zusammengekauert oder hüpfend. Sekunde!, rief er. Man fixierte die Stelle, machte einen Kreidestrich. Drückte auf den Knopf und rannte so schnell man konnte hinter den Strich, die Schuhspitzen daran ausgerichtet. Dafür hast du genau drei Sekunden. Dann wird automatisch ausgelöst. Großvater fotografierte sich selbst nur bis zum Kriegsausbruch. Eine Zeitlang war er dazu nicht mehr aufgelegt, dann war er zu langsam geworden, als dass er es in den drei Sekunden noch bis hinter die Kreidelinie geschafft hätte.

Wir haben viele Fotos. Die ältesten sind die schönsten. Meine Urgroßmütter Mariam und Heghine, Urgroßvater mit seinem rauhen Gesicht, den runden Brillengläsern im schwarzen Rahmen, der jugendliche Großvater beim Mandolinenspiel. Und unter die anderen gemengt, die Fotos des Großvaters mütterlicherseits, Setrak. Sieh, dieses Foto ist sogar von 1915. Im Hintergrund kann man ein paar weiße, von der anatolischen Sonne verbrannte Wände erkennen. Die Familie ist um den alten David versammelt, der in seinem Lehnsessel thront. Die Buben, Setrak und Harutiun, sitzen vor seinen Füßen auf dem Boden. Hinter ihm die Frauen. Die beiden Mädchen, Maro und Satenig, festlich gekleidet, mit Bändern im Haar und Kleidern mit weißen Spitzenkragen. Der Fotograf kündigte sich ein paar Tage vorher an. Er zog von Dorf zu

Dorf. Die Wohlhabenden erwarteten ihn zuhause und suchten zusammen mit ihm die geeignetste Stelle aus für den Lehnsessel, in den sich der älteste Mann der Familie setzte und um den sich dann alle anderen gruppierten. Alle anderen, die Ärmeren, kamen auf den Dorfplatz und standen Schlange, schwitzten in den gestärkten Kragen, den langen plissierten Kleidern und bestickten Schürzen. Einige Zeit später zog der Fotograf mit den gerahmten Bildern von neuem durch die Dörfer. Auf einem Stühlchen stehend, zeigte er die sepiafarbenen Kartons den Leuten. Wer sich erkannte, hob die Hand, bezahlte und nahm sein Foto entgegen, für das er so lange geschwitzt hatte.

In beinahe allen Haushalten alter Armenier habe ich solche Fotos gefunden. Familien, versammelt um ihre Ältesten. Ohne jedes Lächeln, steif, eher Ausstellungsstücke denn lebende Wesen. In jenen Jahren legten die Armenier größten Wert darauf, sich fotografieren zu lassen. Es war ihre Art, beisammenzubleiben, denn kurz darauf verkleinerten sich die Familien und verstreuten sich. Obwohl viele von ihnen verwundert und dermaßen scheu gestorben sind, dass man ihre Gräber bis auf den heutigen Tag nicht gefunden hat, blieben ihre Gestalten auf den sepiafarbenen, an den Rändern ausgeblichenen Kartons erhalten und weisen nachdrücklich darauf hin, dass es sie einstmals gegeben hat.

Großvater Garabet spielte mit mir. Er löste den Mechanismus aus und rief: Lauf! Und dann: Halt! Er lächelte und zuckte mit den Schultern. Die Sekunden sind um! Bist nicht allzu weit gekommen. Er hieß mich zuhören. Die Sekunde, mein Junge! Du hast keine Ahnung, wer du bist, wenn du nicht darauf vorbereitet bist, in drei Sekunden die Stelle zu erreichen, an der du sein musst. Oder du bis schon zu alt, wie ich. Er lehrte mich, die Sekunden zu messen, ohne auf einen Mechanismus von außerhalb angewiesen zu sein. Schnell in Gedanken das Herzgebet zu sprechen: Komm, Jesus Christus, und segne mich armen Sünder. Und das war's, die kurze Zeit war vorbei.

Die Chronik meiner Familie ist wie das Seil an jener großen Glocke. Jede umgeblätterte Seite ist wie ein Glockenschlag. So verlief auch das Leben dieser Familienmitglieder, Mönche, Prinzen, Kaufleute, Gelehrte und

Hirten, erschöpft umherziehend, das Gesicht schmal vom Wind, der aus mutig angegangenen Zeitläuften blies.

Für sie konnte die Geschichte keine Reihe von Gräbern sein, die sie in angemessener Folge umfangen hätte. Man stellt sich hoffnungsfrohe Leute vor, die hinter ihrem Anführer mit der Haselnussrute einhergehen. Grabt hier, sagt der Rutengänger. Ihr werdet auf Wasser stoßen. Die Nachricht von der Ankunft des Rutengängers ist ein Grund zum Feiern. Dort, wo es ein fließendes Gewässer gibt, wird es früher oder später in der Nähe einen Brunnen geben. Und wo es einen Brunnen gibt, wird man eines Tages ein Haus errichten.

Unser Anführer ist jedoch nicht freudig empfangen worden. Er trug keine städtische Kleidung, glich eher einem Mönch. Er ging barfuß, und sein Umhang schien keinen Nadelstich kennengelernt zu haben. Ohne sich die Haut aufzuschürfen, glitt er über die Steine. Die Leute ließen Häuser und Habseligkeiten zurück und folgten ihm schweigend, hielten die Kleinkinder in den Armen und ließen die größeren an der Hand neben ihnen hergehen. Grabt hier, sagte der Anführer. An dieser Stelle wird es ein Grab geben. Die Leute im Konvoi wurden immer weniger, wie eine zerrissene Perlenkette. Mit der Zeit kamen die Kleinkinder an den Brüsten der Mütter zu Kräften und wurden aus den Armen gelassen, andere folgten ihnen nach und nahmen ihren Platz ein. Sie waren schon so lange unterwegs, ohne zu wissen, wohin sie aufgebrochen waren, dass sie unmerklich zum Himmel aufzusteigen begannen. Auf dem unsichtbaren Seil einer Glocke, deren runde und unversehrte Ränder sie mit den Rändern des Horizonts verwechselten. Deshalb sind in mir viele Dinge nicht geboren worden und nicht gestorben, sie steigen immerzu herab.

Einmal ging Großvater mit mir in den Zirkus. Ein großes, dunkelfarbiges Zelt auf dem Gelände, wo früher die Rinderkoppel war. Der Dompteur zündete den Reifen an, den er in der Hand hielt, und die Löwin sprang nach kurzem Zögern hindurch. Dann ging sie und setzte sich brav an ihrem Platz nieder. Wartet, rief meine Tante Maro, wischte sich die nassen Hände an ihrer Kittelschürze ab und trat zu den anderen im Foto. Wie in einem Mikado-Spiel kümmert sich von hier aus jeder selbst um den Weg, den er zu gehen hat. Eine unbewusste Hand hebt die Stäbchen eines nach dem anderen hoch, ohne dass sich eines der verbliebenen Stäbchen bewegte. Auf dem Foto lächelt Maro, die Handflächen an den Rock gelegt. Damit die Feuchtigkeit darauf nicht glänze. Ihr rechtzeitiger Auftritt. Der Abgang folgt. Maro, von den Janitscharen verfolgt, stürzt sich von den Felsen ins trübe, rötlich gefärbte Wasser des Euphrat. Hinter ihr brennt der Reifen noch immer. Andere Frauen, Bräute oder Mütter, bereiten sich vor, hindurchzuspringen. Eine endlose Kolonne. Pietà. Schweigend treten sie herbei und setzen sich einen Augenblick lang in die Arme der Jungfrau. Was dann kommt, weiß ich nicht.

Unser einzig vollständiges Familienfoto befindet sich in meinem Briefmarkenalbum. Ihr werdet euch wundern, denn anstelle etlicher armenischen Gesichter mit dichten Brauen und dunklen Augen werdet ihr dort die gepuderte Perücke von George Washington finden, die Krone von Königin Elisabeth und die Zedern Libanons.

Großvater zeigte mir, wie man die Briefmarken von den Umschlägen ablöst, ohne sie zu beschädigen. Auf die Ecke mit der Briefmarke legt man einen wassergetränkten Wattebausch. Wird das Papier nass, biegt sich die Ecke, und mit aufgeweichtem Klebstoff lässt sich die Briefmarke leicht ablösen. Dann legt man die Briefmarken auf die glatte Ofenumrandung zum Trocknen. Und siehe da. Die neue Geschichte meiner Familie, die nach der Zerschlagung der Konvois übrig geblieben ist. Sie hat in Adana, Van, Afion-Karahisar und Konstantinopel ihren Anfang genommen. Ging durch die Wüsten Mesopotamiens, die an Straßenrändern liegenden oder im angeschwollenen Wasser treibenden Leichen, durch dunkle Schiffsbäuche, über schmierige Decks, durch Waisenhäuser und immer wieder hastig zusammengerafftes Gepäck. Ein weiterer Feuerkreis, der die Leiber zwang, dünner zu werden, damit sie durchspringen konnten.

Die Freiheitsstatue ist meine Tante Haigui, Sahag Şeitanians Schwester. Sie kam 1919 nach Rumänien und emigrierte nach dem zweiten Krieg über den Libanon in die Vereinigten Staaten. Die Briefmarken mit der Freiheitsstatue klebten auf Umschlägen mit ihrer gepflegten

Handschrift und waren in Hartford an der Ostküste abgeschickt worden. George Washington kommt von der Westküste. Die Adresse unter ihm ist von der eiligen Hand Kevork Kiulanians geschrieben, des Neffen meines Vaters, oder von der beflissenen Hand von Tante Anahid, der Schwester von Onkel Kevork. Und siehe, der amerikanische Adler mit ausgebreiteten Flügeln, den die Lippen von Tante Satenig befeuchtet haben, der Schwester von Großvater Setrak. Simon Bolivar mit Epauletten und der wie festgefroren auf dem Säbelknauf erstarrten Hand ist die Gestalt, unter der sich in Venezuela Haig verbirgt, der Bruder von Dicran Bedrosian, Uhrmacher auf der Hauptstraße. Die exotischen Vögel kommen aus Argentinien, Zaruhi hat sie geschickt, die Schwester von Großvater Garabet. Die kleinen Briefmarken mit slawischen Buchstaben erzählen von Ovanes, dem jüngeren Bruder des Großvaters Garabet, der seine Tage mit Müh und Not in einem Altersheim in Silistra zubringt. Die Briefmarken sind schief aufgeklebt, er sieht nicht mehr gut, und selbst die Schrift, meint Großvater, ist nicht mehr die seine, er diktiert seine Botschaften jemand anderem. Unter den finsteren Zügen von Gamal Abdel Nasser muss ich mir das vornehme Gesicht Luizes vorstellen, der in Kario verheirateten Tochter von Ovanes. Die Zedern des Libanon beherbergen in ihrem Schatten unsere anderen Neffen, die im Orient geblieben sind, weil sie meinten, das unserem Schicksal gegenüber so gleichgültig gebliebene Europa würde ihnen kein gutes Haus sein können. Und doch, sieh, das Antlitz Napoleons oder Delacroix' Gemälde, in dessen Zentrum die phrygische Mütze zum Kampf aufruft, diese hat Bergi geschickt, der Sohn des in Sibirien gestorbenen Ervant Hovnanian.

Ich ordne sie sorgfältig. Überlege, mit den allernächsten, den Blutsverwandten anzufangen, dann die durch Heiraten hinzugekommenen, mit denen meine Großeltern sich lediglich den Namen geteilt hatten, dann diejenigen, mit denen sie ihr Leid geteilt hatten. Ich beginne von vorne. Diesmal in der Reihenfolge der Trennungen. Zuerst diejenigen, die schon zur Zeit der Massaker einen anderen Weg eingeschlagen haben, indem sie nach Syrien hinüberwechselten, in den Libanon oder nach Ägypten, wo sie blieben oder das Mittelmeer überquerten und nach Marseille gelangten; die dort nicht heimisch wurden, überquerten den Atlantik bis nach New York. Dann die anderen, die von Anfang an nach Europa kamen, sie warteten die Öffnung der Schwarzmeerhäfen ab und trugen einen Namen, der bis dahin noch keinem Menschen verliehen worden war: Apatride. Das heißt nicht, dass sie keine Heimat hatten, die sie hätten lieben können, aber die Heimat, die sie beschützt hätte, hatten sie verloren. Damit sie immerhin einen Namen für die Nachschlagewerke hatten und ein Land, unter dessen Namen man auf einem Stückchen Papier ihre Identität eintragen konnte, wurde ein neuer Staat erfunden, der sich überall und nirgendwo befand. Die verlorenen Söhne, Diener dieses neuen und seltsamen Staates, dessen Errichtung Fridtjof Nansen, Hochkommissar des Völkerbundes für Flüchtlingsfragen, vorgeschlagen hatte. Der Staatenlosenpass bedeutete, dass man von allen Rechten, die man einmal hatte, nur diejenigen behielt, die von Gott gekommen waren, den Namen, den einem die Familie vererbt hat, und das Zeichen der Taufe, nämlich den Vornamen. Geburt und Taufe. Die Familiennamen der Armenier enden fast alle auf »ian«, was nach väterlicher Linie die Zugehörigkeit zu einer Familie anzeigt. Kevorkian beispielsweise. Nämlich der des Kevork, was auf Armenisch Georg heißt. Dank dieses neuen Stammvaters mit blauen Augen, weißer Haut und schneeweißem Haar, der für das braunhäutige und dunkeläugige Volk gänzlich ungewohnt war, nannten sie sich Nansenianer, das heißt Niemandes. Wir hatten das Foto von Nansen mit seinem weißen Schnauzbart und dem sanften Blick in unserer Wohnung hängen. Niemand anderer, nicht einmal die Norweger erwähnten den kühnen Forschungsreisenden häufiger als wir Armenier. »Wir erhielten die rumänische Staatsbürgerschaft erst 1948«, fand ich lange danach in Großvater Garabets Papieren notiert. »Bis dahin wurden wir nicht zum Militär eingezogen, konnten wir kein Geschäft unter unserem Namen eröffnen, durften wir hinziehen, wo wir hinziehen wollten, obwohl uns niemand aufnahm. Wir waren Nansenianer.« Dieses neue Geschlecht der Nansenianer durfte im Hafen von Constanța aufgrund einer Genehmigung der Brătianu-Regierung von Bord gehen, es war die erste Regierung der Welt, die bereit war anzuerkennen, dass es Bürger eines

Staates gibt, der sich auf keiner Landkarte befindet. Die Nansenianer, fleißig und verschwiegen, verteilten sich anfangs auf die näher gelegenen Ortschaften: Galați, Brăila, Babadag, Silistra und Balcic. Dann, etwas mutiger geworden, ging es hoch nach Focșani, Buzău, Ploiești, Bukarest, Pitești oder Craiova. Sie füllten die Straßen mit dem Aroma der orientalischen Spezereien, die sie in Geschäften mit runden Firmenschildern verkauften, trugen seltsame Namen und sprachen eine alte, rauhe und gleichzeitig wie eine Klagemelodie klingende Sprache, deutliche Worte, die sich um die Zeit meiner Geburt nach und nach in Flüstern verwandelte. Nach dem Krieg haben viele von ihnen, von der Wahrheit der kommunistischen Propaganda überzeugt, all ihren Besitz verkauft, noch einmal ihr Bündel geschnürt und sind aufgebrochen ins sowjetische Armenien. Andere haben davon profitiert, dass die neue Welt, nachdem sie vergeblich versucht hatte, sie von ihren Tugenden zu überzeugen, zur Schlussfolgerung gekommen ist, es sei besser, sie ziehen zu lassen. Also verstreuten sie sich wieder einmal dahin und dorthin. Die meisten gingen nach Amerika. Diese stecken in meinem Briefmarkenalbum als die letzte Welle. Selbst wenn sich eines schönen Tages erweisen sollte, dass auch dieses nicht das gesuchte Gestade ist, und sie sich wieder auf den Weg machen.

Dann beschloss ich, sie nach der einzigen Grenzlinie zu ordnen, die ich mit Gewissheit kenne: jene meiner Geburt. Zuerst steckte ich die ein, die ich kennengelernt habe, dann die weniger Bekannten und zum Abschluss die Unbekannten. Alles war durcheinander. Die Jüngsten waren den Alten voraus, die Lebenden vor den Toten, die nicht Vertriebenen vor jenen, die sich auf der Flucht verausgabt hatten. Urteilte man vom Sinn meiner Geburt her, so hatte die Geschichte keine Logik mehr. Mit anderen Worten: Nichts, was vorher geschah, hatte mich angekündigt. Ich war ein Zufall, und durch dieses Fenster betrachtet, das mein Leben war und durch das kaum ein Blick passte oder auch nur der Lauf einer Flinte, verwischten sich Sinn und Zweck der Geschichte, und sie selbst wurde zufällig.

Ich ordnete sie nach der Geburt. Aber die Menschen unterscheiden sich nicht darin: Alle werden wir geboren, und jeder bringt eine neue

Zählung mit sich. Dann habe ich mich mit Großvater Garabet geeinigt und sie in der Reihenfolge ihres Todes angeordnet. Die Menschen unterscheiden sich nicht durch die Art ihrer Geburt, sondern durch die Art und Weise ihres Sterbens. Der Erste war Lenin, umgeben von roten Fahnen. Lenin war der Verkündigungsengel von Herrn Hrant aus Constanța, der uns schrieb, er sei aus dem Lager entlassen worden, aber weil er weder die nötigen Papiere noch die Kraft habe, den Rückweg von der Halbinsel Taimâr anzutreten, habe er beschlossen, die ihm verbleibenden Tage in der Sowjetunion zuzubringen. Dann Simon Bolivar, der den erschöpften Leib der Schwester von Großvater Garabet bewachte. Sie war in Buenos Aires begraben worden, unweit des zu Ehren von Ohanes Țețian errichteten Denkmals, des Generals von Kussuth, der nach der Niederlage von 1849 aus Siebenbürgen nach Argentinien gelangt war, wo er die Militärakademie begründet hatte. Die Ordnung unter den in unserer Familie Gestorbenen war leicht zu wahren. Aber die der Lebenden? Mit der Unerbittlichkeit und Einfalt des Kindes verfügte ich über ihr Geschick. Dies also ist ihr Foto nach einem Jahrhundert des Herumziehens, zwei Weltkriegen und so viel Exodus. Sie wandern aus dem Buch der zufälligen Geschichte hinüber auf die festen Seiten des Briefmarkenalbums, die nun den sepiafarbenen Platten der Daguerreotypie gleichen. Zeichen meines Geschlechts, dem die Erde immer schon rund war und ohne Ende. Das seltsame Gesichter aufsetzte, je nach Maßgabe der Westrecken, die es sich wie dicke Isfahan-Teppiche unter die Sohlen genommen hatte.

In der Mitte thronte stets George Washington mit seinem runden Gesicht und der gekringelten Perücke, selbstgefällig stützte er sich auf den Säbelgriff. Daneben, rechts und links von ihm, Napoleon Bonaparte und Gamal Abdel Nasser. Diese traten einen Schritt zurück und baten Königin Elisabeth II. nach vorne, die, von so vielen heldenhaften Geistern stimuliert, die Krone abnahm und sich die phrygische Mütze über die Ohren zog, die neue Gefährtin meines in Paris lebenden Onkels Bergi Hovnanian. Im Hintergrund konnte man die dicken Zedernäste erkennen, in denen die absteigenden Jahrhunderte wie Blätter raschelten. Noch weiter am Rand, mit schrägstehenden und misstrauischen

Augen, Lenin und Dimitroff. Lächelt!, sage ich zu ihnen. Sie unterwerfen sich der Anordnung des Kindes und fuchteln ernsthaft und linkisch herum, denn von all den Dingen, in denen die Geschichte sie unterweisen könnte, ist das Lächelnlernen am schwersten.

Was verbindet all diese Königinnen, Kaiser und Generäle, die hoch zu Ross oder mit den Sporen an ihren Stiefeln frisch eroberte, mithin blutende Landstriche betreten? Wie vermögen sie, das Gruppenfoto meiner Familie abzugeben? Was ist all diesen gepuderten, gekrönten grausamen oder selbstzufriedenen Gesichtern auf den Briefmarken gemeinsam? Welches Zeichen hat wohl der Fotograf, der vor langer Zeit, nur wenige Tage vor dem Massaker und der Vertreibung, meine Familie in dem Dorf Zakar in Anatolien fotografierte, verwundert retouchiert? Dieses Zeichen ist der Stempel. Wie das himmelwärts gewandte Hufeisen eines toten Pferdes. Jedes Gesicht trägt einen Stempel. Vollständig und rund oder bloß auf einer Briefmarkenecke, wie ein Stück aus einem Wagenrad. Das über steinige Straßen holpert, im Sand versinkt, von Reif überzogen ist oder schwarz vor Morast. Stempel, die dem Feuerkreis gleichen, der angehaltene Augenblick, durch den die Leiber springen, der Reihe nach, sich strecken und springen.

Ihr lächelt. Meine Vorfahren, die Onkel und Tanten ziehen sich zurück hinter die Vorhänge, hinter die Faltenwürfe der Salonkleider und die schweißgegerbten Sättel. Sie quälen sich ein Lächeln ab, damit sie, Kaiser, Könige und Königinnen, Generäle und Monsignores, wild durcheinander in mein Album passen. Was aber zwischen all den Faltenwürfen königlicher Schleppen, zwischen den Uniformen und Salonröcken, dem Glanz der Säbel und der Dunkelheit in der Mündung der Kanonenrohre an mein armenisches Volk gemahnt, sind lediglich ein paar Stempel.

Dies ist das neue Foto meiner Familie. Eine gestempelte Geschichte.

Spiegel mochte ich nicht. Sie spürten das und bestraften mich. Ein riesiges Wesen betrachtete mich und öffnete ab und zu schlaftrunken ein Auge. Ein gieriges Wesen, das sich der Spiegel oder anderer spiegelnder Gegenstände bediente, um mir die Seele zu rauben.

All diese Dinge habe ich von Großmutter Arşaluis erfahren. Die Tochter des Schusters Ionescu, der seine Werkstatt an unserer Straßenecke hatte, ist jung gestorben. Sie war nicht krank gewesen, jedenfalls hatte sie kein irdisches Leiden. Sie war abgemagert, die Augen waren ihr tief in den Schädel eingesunken, und dann war sie plötzlich von dieser Welt gegangen. Niemand konnte sich an ihre Beerdigung erinnern, wenn diese überhaupt stattgefunden hatte. Der Schuster bewahrte ihr Foto auf einem Wandbrettchen in seiner Werkstatt auf, zwischen Kleistertöpfen und Leisten. Das Foto war matt geworden, und die Gesichtszüge waren kaum mehr zu erkennen. Wie sie sich aus dem Leben zurückgezogen hatte, war sie allmählich auch vom Silberabzug verschwunden. Großmutter Arşaluis hatte die Todesursache erfahren: Ihr Schlaf hatte sich im Spiegel gespiegelt. Das Bett des Mädchens hatte vor dem Spiegel gestanden. Die Menschen können sich so oft sie mögen im Spiegel anschauen, nicht aber die Träume. Diese verbleiben, wenn sie sich einmal gespiegelt haben, darin zurück. Statt am frühen Morgen zu verfliegen, versammeln sie sich auf der Stirn wie Rauhreif, wie kalter Angstschweiß. Dies war übrigens das einzige Krankheitszeichen des Mädchens. Die Träume versammelten sich kalt auf ihrer Stirn. Doktor Zilbermann, nach dem Krieg zu Argintaru geworden, wollte das ums Verrecken nicht glauben. Aber auch er musste anerkennen, wie ungewöhnlich es war, dass sich eine kalte Stirn ohne jedes Fieber derart mit kaltem Schweiß überzog. Die Tochter des Schusters Ionescu starb, weil sie nicht aus den eigenen Träumen heraustreten konnte. Immer tiefer in die Träume ihrer Träume versunken, hatte sie sich langsam aufgelöst.

Großvater Garabet hingegen faszinierte das kurze Gedächtnis der Spiegel. Überhaupt keine Spur, sagte er und streichelte die glänzende Fläche. Keinerlei Zucken, kein Echo. Im Spiegel betrachtet, ist die Geschichte gleich null.

Dann schlug Großvater mir vor, die Spiegel zu überwinden. Gemeinsam nahmen wir den Kampf gegen sie auf. Die grausamste Waffe gegen Spiegel ist das Gedächtnis, beschloss Großvater. Geben wir also den Spiegeln ein Gedächtnis.

Der große Spiegel erwies sich als ein Gegner, der zu fürchten war.

Nur mittels einer List konnten wir ihn überwinden. Wir begannen damit, dass wir den Verrat der Spiegel benutzten. Ein anderer, vor den großen Spiegel gestellter Spiegel vervielfältigte die Bilder endlos. Dadurch erreichten wir jedoch nichts. Der Augenblick des Spiegels stellte sich bildlich als endlos heraus, dabei hinterließ er jedoch keine Spuren. Der Augenblick hatte Tiefe, aber keine Dauer.

Wir mussten etwas anderes suchen. Großvater stellte das Stativ vor den Spiegel. Wenn er es denn partout nicht will, werden wir ihm das Gedächtnis mit Gewalt in den Rachen stecken. Das Fotografieren des Spiegels schien die einfachste Sache der Welt zu sein. Man musste ihm nicht auflauern, er stand ohnehin unbeweglich da. Wie aber musste man es anstellen, um das Gedächtnis dazu zu bringen, näher zu treten, ohne die List zu durchschauen? Der Fotograf und sein Apparat mussten das Bild überraschen, ohne selber hineinzugeraten. Der Spiegel erwies sich als überaus habgierig. Er warf schlicht und einfach ein ganzes Lichtnetz über uns und erwischte uns jedes Mal. Jede Verrenkung war zwecklos. Es war wie eine verkehrte Art des Fischens, als würde das Netz etwa vom Wasser aus aufs Land geworfen werden. Wir beschlossen, von der Seite her zu fotografieren, damit er uns nicht sieht. Dann aber verwandelte sich der Spiegel in eine Messerklinge. Auf der es keine Bilder, sondern nur noch den Glanz gab. Und ohne Bilder zerrann uns das Gedächtnis zwischen den Fingern.

Wie fotografiert man einen Spiegel, ohne dass man sich selbst darin sieht? Wie kann man die Welt verstehen, wenn man sich außerhalb ihrer plaziert?

Diese Angelegenheit ist letztlich trigonometrischer Natur. Die Stellung in oder außerhalb der Welt wird durch Sinus- oder Kosinus-Funktionen ausgedrückt. Großvater begann zu rechnen. Als günstigster Winkel erwies sich einer von 23 Grad. Wir befinden uns zu hoch oben, schätzte Großvater. Wir müssten von den Tropen her auf den innersten Kern der Erde schauen. Es ist die beste Stelle, um von außerhalb der Welt darauf zu schauen. Je weiter man auf den Nordpol zugeht, umso schneller verschlingt einen das Leben. Unser Zimmer mit der Pendeluhr, dem großen Spiegel, dem Schrank mit den rätselhaften Büchern, mit den Fotografenutensilien und Farbtöpfen kam mir so weitläufig vor wie die Welt. Wir mussten also annehmen, der große und habgierige Spiegel sei der Erdkern, damit auch unser Zimmer seine Tropenregion habe. Ich vermaß den Fußboden mit meinen Schritten. Halt! Großvater markierte die Stelle mit der Kreide und stellte das Stativ auf. Wir mussten auf der Hut sein, damit der Spiegel sich nicht auf uns stürzte und Großvater mitsamt dem Stativ verschlang. Wir müssen ihn irgendwie täuschen, seine Aufmerksamkeit ablenken. Du wirst ihn ködern. Ich setzte mich davor. Streckte meine Arme aus, damit er möglichst viel zu tun habe. Das Bild war schön. Wenn da nicht der breite Rahmen aus schwarzem Holz gewesen wäre, der in einer Akkolade auslief, hätte ich sogar als ich selbst gelten können. Aber ich war es nicht, denn im Unterschied zu jenem lächelnden Bild wusste ich, dass wir es nicht schaffen würden. Aus den Augenwinkeln sah ich das Abbild des Stativs im Spiegel. Ich begriff, dass unser Kampf vergeblich war. Wir kämpften nicht gegen den Spiegel, sondern gegen die Welt. Umso mehr, als das Problem, so gesehen, gelöst war. Das Licht, selbst wenn es auf einen Spiegel trifft, hat ein Gedächtnis.

Der große Spiegel wusste dies und rächte sich. Großvater beharrte noch eine Weile lang darauf, Winkel zu suchen und sich unentdeckt mit seinem Stativ anzuschleichen. Wir versuchten es auch nach Sonnenuntergang, aber der Spiegel war nie schläfrig. Großvater gab sich geschlagen. Er setzte sich vor den Spiegel und sprach auf ihn ein. Redete zu seinem Bild, das ihm nicht antworten konnte. Oder aber es antwortete auf eine ganz bestimmte Weise, denn Großvater redete nach ein paar Augenblicken des Schweigens weiter. Und brachte wieder all die Sprachen durcheinander, die er kannte.

Bis eines Tages. Der große Spiegel war alt, manchmal waren die Bilder darin schräg zusammengefügt, verschwommen. Er rief mich herbei. Meine Spiegelecke war rein und mein Abbild glatt und klar. Seine Spiegelseite war etwas trüber, und das Abbild war verschwommen. Siehst du, sagte Großvater Garabet, selbst die Spiegel haben genug von mir. Es ist an der Zeit, dass ich sterbe.

Die Großeltern waren Kaufleute. Alle Reisenden meines Volkes haben auf die eine oder andere Weise Handel getrieben. Sie brachten den melancholischen Duft der Spezereien nach Europa. Sie ließen sich vom Kaffeeduft und von den Aromen der geformten *Lokum* und Halva-Stücke einhüllen. Gelangten in die westlichen Häfen, nach Amsterdam und Marseille. Von dort brachen die Mutigsten auf nach Amerika, dabei mischten sie die Kaffeebohnen oder gerösteten Kichererbsen unter den Reis, damit die feuchte Ozeanluft, die so gierig war auf Trockenes, sich von den Reiskörnern verführen und den Kaffee unberührt ließe. Die Wege der Kaufleute waren lang. Sie erwarteten ihre Waren in den Häfen, verwahrten sie in den Lagerhallen von Aleppo, Täbris oder Tiflis und zogen dann auf gesicherteren Wegen nach Odessa und Lemberg. Einige von ihnen kamen hinunter nach Suceava, wo es Rindermärkte gab, und begaben sich von dort über die Berge auf den Weg nach Wien. Andere gelangten in die nebligen Gegenden des Nordmeers. Zu jenen Zeiten waren Pfefferkörner selten und teuer. Über das zum Trocknen ausgelegte Fleisch gestreut, machten sie es einen ganzen Sommer lang haltbar, und mit ihrer Schärfe belebten sie den Körper. Die armenischen Kaufleute erhielten dafür gutes Geld, das sie zwischen den Zähnen prüften oder mit der Nadel ritzten. Oder aber sie drückten es in der geschlossenen Faust und schlossen still die Augen. Das Blut spürte das Gold, es pochte und wärmte ihre Finger.

Dann kauften sie Werkzeuge, Tuchwaren, Wein und Honig, Sachen, die man in den trockenen und gebirgigen Gegenden Anatoliens nur schwer finden konnte. In Karabagh oder Buchara tauschten die Kaufleute ihre Münzen gegen Teppiche, die in jenen rauhen Gegenden dick und weich waren, damit sie das Gras unter den Fußsohlen ersetzen konnten. Der fertige Teppich wurde auf dem Boden vor dem Geschäft ausgebreitet, damit die darüber gehenden Menschen ihn weich machten und seine Farben fixierten. Der Weg der Teppiche führte ans andere Ende der Welt, nach Bombay, Kalkutta und noch weiter, bis nach Macao und Shanghai. Dort, am Gelben Meer, endete er, und zurück ging es auf der Seidenstraße. Die Kaufleute hielten niemals inne. Von manch einem hieß es beim Anblick eines durchsichtigen Streifens am

Horizont, er sei, Gelder und Zeiten vermengend, schon seit Jahrhunderten unterwegs auf den öden Straßen und durch verlassene Karawansereien.

Wenn aber Diener und Lasttiere, Esel und Kamele ihr Recht auf eine Rast geltend machten, zogen die Kaufleute engere, dafür nicht weniger ertragreiche Kreise. Sie beluden ihre Wagen in Jerewan oder Baku mit Früchten – Granatäpfeln, Melonen mit rotem Fruchtfleisch oder honiggelbem, sogenannte Turkestaner, faustdicken Aprikosen oder Weintrauben mit kleinen kernlosen Beeren, sommers frisch und als Rosinen getrocknet im Winter. Diese Früchte wurden auf einem kürzeren Weg nach Rostow und Simferopol gebracht, wo sie gegen gesalzenen Fisch und in Lake eingelegten Käse in Holzfässern eingetauscht wurden. Der Handel mit Lebensmitteln verlief kurzfristiger, war von den Jahreszeiten abhängig und hatte nichts von der einsamen Größe, die den Weg der Gewürze beherrschte und die Ozeane ebenso verband wie die Himmelsrichtungen. Die dunkelhäutigen Kaufleute mit pfefferkornfarbenen Augen lenkten die Karawanen, schliefen, das Kinn auf der Brust, auf dem Rücken der Pferde, prüften wie das Getier den Himmel in Erwartung der Gewitter, ließen sich die Gesichter von der Schärfe des windgetriebenen Sandes kerben und den Schneestürmen der Hochebenen. Wenn das Wasser schmaler wurde und sich aufgrund der Hitze wie die Schlangen im Boden verbarg, hatten die armenischen Kaufleute einen Granatapfelkern unter der Zunge, womit sie ihren Mund kühlten und den Durst betrogen.

Gemeinsam verfolgten wir die Wege der Karawanen. Ich mischte mich unter die ihrer Lasten entledigten Pferde, zwischen die Feuer, um die sie tanzten und die sie im Rhythmus der Trommeln und Schellen übersprangen, unter die eingenickten Gestalten, die bei ihrer niemals zur Ruhe kommenden Wanderschaft aufschraken. Dann suchte ich in der Stadt meiner Kindheit nach ihnen, in engen gepflasterten Gassen mit Holzzäunen. Ich spähte durch eingestaubte Fenster und trat hinein, suchte im Dunkel der Hanfsäcke nach dem Aroma des Kaffees und der Gewürze. Focşani, eine Stadt in der Ebene, an einer Wegkreuzung gelegen, hatte als Rastort begonnen. Dann hatte die Raststelle sich, wie jeder Erholungsort an einem Flusslauf, herausgemacht und befestigt. Die Woiwoden erhoben Zölle zwischen der Moldau und Muntenien, und die Kaufleute, die ebendort erschöpft festsaßen, banden ihre Pferde an und bauten Häuser. Riesige Bäume, wie etwa die Zedern Libanons, ziehen beim Wachsen den Boden an sich, halten ihn fest und erheben ihn. So erhoben sich auch die Städte, fest verankert mit dem großen Baum, der die Kirche ist. Nachdem der erste Altar hingesetzt worden war, tauchten um die Kirche herum die Krämerläden auf. Sie verlängerten die Straße, jeder neue Laden versuchte der erste zu sein, der die Kundschaft empfing. Diese Straße nannte sich, wie hätte es sonst sein können, Hauptstraße, und nachdem in Focşani die Kommission der Fürstentümer gegründet worden war, erhielt sie den Namen, der ihr bis heute erhalten geblieben ist: Hauptstraße der Einheit. Die Kaufleute waren verschiedener Herkunft: Armenier, die über die Lwower Landstraße aus Botoşani, Iaşi oder Suceava heruntergekommen waren, Griechen, die Waren von den Donauhäfen brachten, Albaner, die Zuckerwaren und Naschwerk verkauften, und Handwerker aus Vrancea, die ihr Gebirgshandwerk in der Stadt in der Ebene fortsetzten: Sie webten und fertigten Holzschnitzereien an. Gegen Ende des 19. Jahrhunderts kamen, durch gastfreundliche Gesetze begünstigt, vom Osten her auch die jüdischen Kaufleute und ließen sich an der Hauptstraße nieder. Sie begannen, eine völlig ungewöhnliche Ware zu verkaufen, die bis dahin noch niemand auf seinen Verkaufstisch gelegt hatte: die Zeit. Die Zeithändler hatten keine Regale, ihre Schaufenster, zur Hälfte von Rollläden bedeckt, wirkten nicht einladend, die Räume waren düster und die Tische schmal. Aber sie reichten aus, um diese imaginäre Ware aufzuhäufen, die in einer Stadt, welche sich bis dahin außerhalb der Zeit befunden hatte, eine große Kundschaft fand. Jene Kaufleute hatten forschende Augen, die einen durchbohrten. Sie saßen gekrümmt, die Schultern über die sich fortwährend wie Walzen reibenden Hände gebeugt. Sie benutzten keine Waagen und Gewichte, jedermanns Zeit wurde in den vergilbten Seiten eines Registerbuches eingetragen. Wer Zeit kaufen gekommen war, erfuhr den Preis erst später. Während er verbrauchte, was er gekauft hatte, nämlich den

Aufschub, verwandelte sich die scheinbare Ruhe in Unruhe, die Sorglosigkeit in Besorgnis. Dies war der erste Preis, den er zahlte. Die Zeit erwies sich stets als eine teurere Ware, als sie es beim ersten Blick zu sein schien. In seinem Inneren verfluchte der Kunde den Händler, verdammte den Vertrag, den er geschlossen hatte, denn er hatte zu spät begriffen, dass die gekaufte Zeit zu kurz blieb, unnütz, ungelebt. Und weil die als solche benannte Zeit nicht den Menschen gehört und man so, wie man nicht Nacht verkaufen kann, Wind oder Licht, auch keine Zeit verkaufen kann, hatten die Kaufleute ihr einen anderen Namen gegeben: Zinsen. Je mehr Zeit man benötigte, umso höher waren die Zinsen.

Die Zeit fließt mit dem Blut. Eine Welt ohne Blut ist eine Welt ohne Zeit. Die Kunden hatten bleiche Wangen, und ihr Blut war verdünnt wegen der zu geringen Zeit, die ihnen zur Verfügung stand. Die Kaufleute schätzten sie mit den Blicken ab. Dann zogen sie verstohlen und mit im Dunkeln leuchtenden Augen die polierten Münzen hervor. Der Mann nahm die Handvoll Münzen und gewann etwas Zeit, aber was er zurückzahlen musste, war stets mehr, zu viel für ihn. Deshalb wurden die Zeithändler angefeindet. Die Pfarrer verdammten die Wucherer. Am Tage wechselten die Leute die Straßenseite. Gegen Abend jedoch klopften die Schuldner und Bankrotteure, die Kartenspieler, gefallenen Frauen und verarmten Kaufleute wieder an ihre Türen und schlichen nach einem verängstigten Blick über die Straße hinein. Weil dieses Geschäft nicht mehr lange fortgesetzt werden konnte, ohne dass die Anfeindungen für sie gefährlich geworden wären, verzichteten die Juden nach und nach darauf. Sie sattelten um auf Kolonialwaren, wurden Kneipenwirte, manch einer auch Handwerker. Nun errichteten sie zweigeschossige Geschäftshäuser, und die Hauptstraße mit ihrem Kopfsteinpflaster, den breiten Bürgersteigen und schattigen Kastanien wurde zu einem Ort, an dem es eine Freude war, abends spazieren zu gehen und die Leute durch eine Verneigung des Kopfes zu grüßen. Diese Grußform hatte keinen anderen Zweck, als beim Gegrüßten die gleiche Verneigung zu erzwingen. Die Hauptstraße war für den Auto- und Fuhrwerksverkehr gesperrt. Am 10. Mai, dem Jubiläumstag der Dynastie, zog das Regiment im Stechschritt an den gedrängt auf den Bürgersteigen stehenden Passanten vorbei, darauf folgte die Blaskapelle und eine Schar von Kindern. Ein paarmal fuhr auch der König selber in seiner Kalesche mit den fransen- und quastengeschmückten Pferden auf seinem Weg nach Czernowitz hier vorbei. Mit dem Kriegsausbruch wurden die jüdischen Geschäfte nach und nach geschlossen. Das Erdbeben von 1940 hat die oberen Etagen weggefegt. Die unverkaufte Zeit befreite sich aus den verriegelten Kisten und erhob sich über der Stadt. Stundenlang schwebte der Staub über den Ruinen.

Nach dem Krieg, während der Hungerszeiten, verlagerte sich der Handel an den Stadtrand, wo mit der Eisenbahn aus Oltenien herbeigeschafftes Getreide verkauft wurde. Und als die Kommunisten kamen und der freie Handel nicht mehr möglich war, nahmen die im Staatshandel angestellten Verkäufer die Stelle der vormaligen Kaufleute ein. Die etwas stureren Kaufleute und Handwerker – die Armenier zählten zu dieser Gruppe – verlagerten Handel und Beruf ins eigene Heim, wo sie nach Sonnenuntergang tätig wurden. Bei Tageslicht waren sie angestellte Verkäufer und Mitarbeiter der Kooperativen, sie waren angehalten, auf Punkte zu verkaufen, auf Bezugsscheine oder zu Preisen, die in der Zeitung veröffentlicht und an Wänden und Mauern plakatiert wurden. Preisen, die am 1. Mai und am 23. August* um je fünf Bani gesenkt wurden, um damit die Überlegenheit der neuen kommunistischen Ordnung gegenüber dem vermoderten Kapitalismus unter Beweis zu stellen. Großvater Garabet und sein Schwager Sahag schlossen ihre Läden auf der Hauptstraße. Während des Krieges stellte Großmutter Arşaluis Puppen her und verkaufte sie. Großvater ging, das Stativ auf dem Rücken, durch die Straßen. Manchmal hielt ihn ein deutscher Soldat an und ließ sich fotografieren, um denen zuhause anzuzeigen, dass er in diesem Krieg gegen die Russen noch am Leben war. Etwas

---

* 23. August: In der kommunistischen Terminologie: »Tag der Befreiung vom faschistischen Joch«; König Michael von Rumänien ließ den mit dem nationalsozialistischen Deutschland verbündeten Marschall Ion Antonescu verhaften, und Rumänien wechselte an die Seite der Sowjetunion. (A.d.Ü.)

später fotografierte er die Russen, die denen zuhause beweisen wollten, dass sie im Krieg gegen die Deutschen noch am Leben waren. Und zuletzt fotografierte er die Heimkehrer, die niemanden hatten, an den sie die Fotos hätten schicken können, sie wollten sich selbst beweisen, dass sie noch lebten.

Von den Mönchen meines Volkes habe ich die Kraft empfangen, das Herzgebet ohne Worte zu sprechen. Und das Kreuz zu schlagen, worüber mir Großvater Garabet Folgendes erzählte: Die Bäume tragen das Kreuz an der Stelle, wo die Zweige sich überschneiden. Wenn die Vögel ihre Flügel ausbreiten und fliegen, machen sie das Kreuz am Himmel. Von allen Wesen, die es auf der Welt gibt, trägt nur der Mensch dieses Zeichen nicht am Leib. Deshalb hat sich unser Herr Jesus Christus für uns kreuzigen lassen.

Von den Kriegern meines Volkes habe ich die Kraft empfangen, mich besiegen zu lassen, denn nur Besiegte sterben tatsächlich für ihre Ideen. Aber auch, dass man sich gerade deshalb wie ein Sieger zu verhalten hat. Ich lernte, die Geschichte anders zu lesen, anhand der Spuren, welche die Hufe der Pferde hinterlassen. Diese Spuren besagen, dass in der Stille nach der Schlacht ein Pfeil in der Luft bleibt, der noch nicht niedergegangen ist, dass eine Wunde übrig bleibt, die nicht genug geblutet hat, dass man ein Wiehern hört, das der Schaum an der Kandare nicht erstickt hat. Ich spüre unterschiedliche Geschmäcker im Mund. Die Krieger meines Volkes haben reitend immer den geraden Weg eingeschlagen, wie oft die Zeitläufte auch auf- oder abgestiegen sein mochten. Auf dieses Weise hat mein Volk die Geschichte ebenso gekreuzt, wie man nicht von einem zum anderen Ufer gelangen kann, ohne das Wasser zu überqueren.

Von den Hirten meines Volkes habe ich die Kraft empfangen, die Jahreszeiten zu ehren. Die Kaufleute aufzusuchen, habe ich aber nicht aufgehört. Schon als Kind war ich fasziniert vom Verkaufstresen. Ich hockte auf den Steintreppen, schaute durch das Fenster in den Laden hinein oder verweilte darin. Das Holz war dunkel, speckig oder von Krümeln bedeckt, Hände wurden darüber hinweg gestreckt, um die Geldbündel zu fassen, und Waren wurden ausgebreitet, betastet, begutachtet. Eine

Grenzlinie, die sich auf keiner Landkarte wiederfindet. Wünsche und Trugbilder konnten hinüberwechseln, aber niemals Menschen, wie über die Ufer des Acheron.

Ich lebte unter armen Leuten. Auch das Warenangebot war danach. Zucker und Mehl wurden direkt aus den Säcken verkauft, den Reis putzten wir, über ausgebreitete Zeitungen gegossen, klaubten die Unkrautsamen heraus. Die Marmelade wurde mit dem Messer vom Stück abgeschnitten, und der Käse, von dem es nur eine Sorte gab, wurde aus Fässern verkauft, in denen die Salzlauge dazu diente, Frische vorzutäuschen. Die Fußbodendielen waren mit Gasöl eingelassen, damit die Bretter von den vielen Schritten nicht durchgetreten würden, und an den Decken hing eine Art Ventilator, wie ein Propeller, der die Mücken vertrieb und einen Hauch Kühle über die Fleischwaren wehte, deren Blut an den schwarzen Rändern gerann. Viele andere Dinge stellten wir zuhause her. Aus den Früchten im Hof, vom Baum gepflückt oder bunt durcheinander vom Boden aufgesammelt, wurde Kompott gemacht. Die grünen Tomaten und das Kraut wurden in Holzfässer gestopft, die erst vor den Feiertagen geöffnet wurden. Die ranzig gewordenen Fette wurden in der Kammer gesammelt und einen Tag lang blubbernd eingekocht, bis sie sich eindickten zu Seife. Lindenblüten und Kamillen, Pfefferminzblätter und Hagebutten wurden getrocknet für den Tee. In den Hinterhöfen gab es Hühnerställe und mitunter auch Schweinekoben. Das Fleisch wurde in Dunstgläsern unter Schmalz aufbewahrt. Viele hatten sich zur Kriegszeit angewöhnt, das Brot zuhause zu backen, und stellten abends den Teig hin zum Aufgehen, schauten verwundert zu, wie die Hefe die Masse anschwellen ließ. Andächtig betrachteten wir die wenigen Speisen, die man kaufte. Als wären sie Gäste. Wir verzehrten sie verlegen, besahen nach jedem Bissen den noch übrig gebliebenen Teil.

Und eben deshalb, welch eine Herrlichkeit war das Geschäft! Ich schlich mich alleine hinein oder an Großvaters Hand und freute mich. Die Hanfsäcke mit Mehl, geschrotetem Mais, Zucker und Reis in Bobârcăs Lebensmittelladen kamen mir vor wie die Goldsäcke einer Schatzkammer. Alles, was sich jenseits des Verkaufstresens befand, bekam den Glanz und das verlockende Aroma einer verbotenen Welt. Der Tresen war eine zu hohe Schwelle für meine Kinderstatur.

Bobârcă, der Zöllner, der die verbotenen und verlockenden Dinge bewachte, hatte etwas dunklere Haut und trug immer Kittel mit weiten Ärmeln. Das breite Messer steckte an seinem Gürtel, und wenn er es über die Marmeladen oder Halva-Stücke erhob, vollführte er damit ein Paar Drehungen in der Luft, als forderte die glänzende Klinge ein Opfer. Die Oliven waren getrocknet, und Großmutter goss Öl darüber, ließ sie eine Weile so stehen, damit sich die Hülle über dem Kern vollsog und man etwas daran zu essen hatte. Der gesalzene Fisch war schauderlich, und die Tüten aus bräunlichem Papier verstreuten an den Ecken feine gräuliche Mehlspuren. Drinnen aber wurde alles viel schöner! Das Mehl schien Silberpulver zu sein, und die Salzkrümel glitzerten wie Bergkristall. Die offenen Schlünde der Hanfsäcke schauten wie die Augen großer Meerestiere, die Pakete waren elfenbeinern, und die Speckseiten und Salamis, die an Haken hingen, drehten sich wie Vögel mit ausgebreiteten Schwingen. Und dies noch, und das, sagte Großvater. Bobârcă schwebte über den Dingen und wedelte mit den Armen. Zu viel für eine Person, aber er besaß für alles je ein bestimmtes Instrument zum Schneiden, Häckseln und Binden. Und etwas für den Buben, fügte Großvater hinzu. Wir traten hinaus, und es wurde Tag. Ich musste mich an die Helligkeit draußen gewöhnen und hielt mir die Hand wie ein Vordach an die Stirn.

Ich gelangte nie auf die andere Seite von Bobârcăs Tresen. Und kann mich auch nicht erinnern, dass er jemals auf diese Seite gekommen wäre. Bobârcă schaute lange zum Fenster hinaus. Er saß auf einem Hocker, hatte den Ellbogen auf den Tresen gestützt und schaute auf die Straße. Er schien sich nicht zu freuen, wenn er uns eintraten sah. Wenn wir ihm etwas von der Welt draußen erzählten, raubten wir ein Stück von seinen Vorstellungen über jene Welt. Ich weiß nicht einmal mehr, wann er verschwand. Er zerrann zwischen seinen Säcken. Als zusätzlicher Feuchtkörper in der schattigen Luft von den gierigen Mehlstäuben, den Reiskörnern und dem Maisgrieß absorbiert.

Im anderen Geschäft war das Licht gebrochen, es verteilte sich in den Stücken Kandiszucker oder es füllte, dick wie Honig, ganze Glasbehälter. Ich steckte meine Hände hinein und rieb mir damit über das Gesicht. Die nur halb gesehenen Dinge in Bobârcăs Welt erschreckten mich manchmal. Die eingesalzenen Fische mit den offenen Bäuchen, die Rohre, Trichter, das Messer mit der breiten Klinge, Knochen, die wie Pferdeschädel mit offener Schnauze aussahen. Aber im Süßwarengeschäft von Angheluță war es immer schön. Durch das Fenster kam nicht so arg viel Licht herein, aber drinnen wurde es heller. Das Licht umhüllte die Dinge auf eine Weise, dass man nicht zu sagen wusste, ob sie beschienen oder selber Lichtquellen waren.

Angheluță war alt und bucklig. Seine Wangen waren trocken-fahl und seine Hände ebenso. Sein Körper war das einzige unter den Dingen, das keinen Anteil hatte am Licht ringsum. Er war zu deren Hüter bestimmt und konnte für sich nichts davon zurückbehalten. Aber er begehrte es mit trüben Augen. Er sprach langsam und bewegte sich im Rhythmus seiner Worte. Auf den Steinfliesen waren Bobârcăs Schritte so laut zu hören, als hätte er Militärstiefel getragen. Dafür war Angheluțăs Gang nicht zu hören. Ich glaube, er ging barfuß. Eine Einzelheit verband Angheluță und Bobârcă. Beide schauten sie lange durchs Fenster auf die Straße. Sie sehnten sich. Bobârcă sehnte sich nach dem Licht auf der Straße, das heller war als in seinem Laden, wo es vor allem dem Glitzern des Salzes auf dem getrockneten Fleisch entsprang. Angheluță sehnte sich nach dem Licht auf der Straße, das nicht so hell war wie in seinem Laden, dafür aber wärmer.

Bei Angheluță gab es nun mal die Süßwaren. Der Kandiszucker glich den Glaskristallen am großen Kronleuchter der armenischen Kirche. Die *Rahat*-Stücke verbargen ihre Farben, Grün, Gelb, Rosa, unter dem weißen Staubzucker, der kühl wie Schneeflocken auf der Zunge zerging. Die Packungen mit Neapolitaner-Keksen raschelten in den Händen wie trockene Blätter. In hohen Glasgefäßen klebten die Dragees, Kakao- und Karamelbonbons aneinander. Im Mund schob ich sie fast ohne zu atmen von einer Seite auf die andere, dabei schluckte ich nicht, damit der Geschmack möglichst lange anhielt. Die knusprigen Geleebonbons mit ihrem Aroma nach ineinander vermengten Jahreszeiten.

Dafür schien an Mercans Handel nicht die Spur eines Geheimnisses zu haften. Er betrieb sein Geschäft nicht in einem Laden und schaute nicht sehnsüchtig durchs Fenster. Mercans Lager war unter freiem Himmel. In seinem Hof erhoben sich aufgeschichtet die Flaschen und Einmachgläser, bildeten eine Art Gatter, das einen Durchgang offen ließ, etwa wie das Tor einer zufällig hier angetroffenen Burg – aus Sand. Es ist an der Zeit!, kündigte Großvater beim Blick auf die überquellenden Regale an. Für uns Jungen war dies das Signal, dass es ans Glaswaschen ging. Die grünen und gelben Ölflaschen, die Einmachgläser, Milchflaschen, manchmal sogar eine Sektflasche, die war am wertvollsten. Wir schrubbten mit der Bürste in den Flaschen herum, reinigten sie von Ölflecken, klebrigen Saucen, Schimmelresten. Damit sie angenommen wurden, mussten die Glaswaren am Boden eine Inschrift aufweisen, vier Großbuchstaben im Relief, fehlten diese, wies Mercan sie zurück: STAS. Das heißt Staatsstandard. Die ohne STAS waren nicht gut. Auch wenn sie alt aussahen oder aus dem Ausland kamen, sogar die allerschönsten. Seltsam geformt und modelliert. In meiner Kindheit gab es nur Raum für STAS-Dinge, die allesamt gleich waren. Die man nur aufgrund ihrer Gleichheit beurteilte. Die Flaschen und Gläser waren auf dem Wandbrett aufgereiht. Großvater prüfte sie der Reihe nach. Diese waren gut, ohne angeschlagene Stellen, Sprünge, Ölflecken oder Etikettenreste. Die anderen nicht. Und wenn die ohne STAS oder die angeschlagenen einen zu engen Hals hatten, als dass man sie für Kompott oder Tomatensauce hätte gebrauchen können, brachten wir sie an einen finsteren Ort, der DCA hieß, also Sammel- und Ankaufstelle für Altwaren. Dort gab es ein Durcheinander von Scherben, haufenweise abgenutzte Kleider, Stoffe und Gewebe, auseinandergefallene vergilbte Bücher und die verrosteten metallischen Skelette von Maschinen. Auf den nahen Feldern grasten die Pferde der Zigeuner, die mit ihren Wagen angekommen waren, all das Zeug aufzuladen. Hin und wieder tauchten aus den Haufen unnützen Zeugs die großen flachen Knochen von Lasttieren auf. Einmal sah ich dort einen von der Sonne gebleichten Pferdeschädel. Die Pferde nebenan weideten aber friedlich. Solange es Gras gab, fühlten sie sich geschützt. Entweder Gras oder Tod. Auf dem Gelände mit den verkommenen Haufen, die immerzu von den Schaufel-gabeln der Fuhrleute durchwühlt wurden, wuchs hartnäckig und unbe-kümmert Gras.

Mercan kaufte Flaschen und Gläser. Er lebte zwischen den Stapeln, die unaufhörlich anwuchsen und bei starkem Wind wie ein Silberwald tönten. In der Stadt war er der Erste, der zunehmenden Wind spürte. Ich weiß nicht, ob er groß oder klein war, denn ich habe ihn nie anders als sitzend gesehen. Ich glaube, er war eher klein, denn sonst hätte sein Kopf nicht das Bedürfnis gehabt, dermaßen groß und lang zu werden. Er hatte große Nasenlöcher und Schlappohren, die extra so beschaffen waren, damit sie sich die Luft und ihre Geräusche einverleiben konn-ten. Als Herrscher über ein Volk von Bläsern lauerte er mit den riesi-gen fleischigen Trichtern, die anstelle von Nase und Ohren an ihm hin-gen, auf ihre Töne. Mit flatternden Nüstern erstarrte er. Richte deinem Großvater aus, dass der Frühling kommt, sagte er. Ich rannte schnur-stracks nachhause. Der Frühling kommt, keuchte ich, Mercan hat es gesagt. Endlich, Gott sei Dank, freute sich Großvater. Und brachte die Setzlinge im Hof aus. Und ein andermal: Dies ist der Nordwind. Mor-gen oder übermorgen schneit es. Großvater wartete nicht, dass man es ihm zweimal sagte, auch wenn wir erst Mitte November hatten. So-gleich packte er die Rosenstöcke ein.

Wenn die Luft ganz leicht war, hier wie dort, und auf diese Weise Ruhe im Himmel eingekehrt war, prüfte Mercan jede Flasche und jedes Weckglas ganz aufmerksam. Er fuhr mit dem Finger über ihre Ränder, erhob sie ins Licht, roch daran mit gierigen Nüstern. Zwei, drei gab er mir zurück. Die anderen stellte er ringsum hin. Warum?, versuchte ich zu widersprechen, denn ich wusste, wie sehr sich Großvater in seinem blinden Krieg gegen Mercan über jede abgelehnte Flasche ärgerte. Er aber folgte dem Gesetz nach seinem ureigenen Recht und gab nie nach. Und diese?, probierte ich es verzweifelt. Er schaute auf und führte den Finger an die Lippen. Sssst! Und nach einigen Augenblicken: Ein Vogel fliegt. Um ihn zu erweichen, half ich ihm, die Flaschen in die Kisten zu packen. Stell diese zu den Schmetterlingen, sagte er und zeigte auf die Stapel. Das andere zu den Vögeln. Ich schaute verwundert das leere

Einmachglas an. Wo ist der Schmetterling? Er schnupperte lange und mit geschlossenen Augen, wie es die Weinverkoster über dem Glasrund tun. Hier ist ein Schmetterling drüber geflogen, fügte er unbeirrt hinzu. Tu also, was ich gesagt habe. Woher wissen Sie das? In der Luft werden die Spuren nicht verwischt. Da gibt es kein Gras, das sie überdeckte. Ich fügte mich. Dies zu den Schmetterlingen. Jenes zu den Blättern. Und das andere zu den Vögeln. Einmal zögerte er, schnupperte noch einmal lange daran und wies in einer Ecke auf einen kleinen Stapel mit Flaschen. Diese stellst du zu den Engeln.

Bei Mercan fühlte ich mich in meinem Element. Hier gab es keinen Tresen. Oder wenn es einen gab, so schwebte er über unseren Köpfen.

Dafür war der Verkaufsstand des Halva-Verkäufers überall. Auf Schritt und Tritt gibt es je eine Zollstation, durch die man hindurchmuss. Er kam aus einer westlich der Stadt gelegenen Gegend. Frühmorgens von jenseits der Schranke auf dem Weg zum Dorf Câmpineanca über den Bahndamm. Eben nicht, schworen andere. Morgens kommt er von der Schranke Richtung Brăila, die im Osten ist. Tagsüber traf ich ihn immer woanders an. Sein Verkaufsort war eine rechteckige Kiste, worauf die Halva lag. Die Kiste war über zwei Rädern montiert und hatte an den Seiten zwei lange Arme. Der Halva-Verkäufer hatte beide Griffe gefasst und schob sein Wägelchen. Er ging langsam, wiegend, am Straßenrand und schaute den Autos nach, die ihn überholten. Häufig hielt er an Kreuzungen, wo die Passanten sich entscheiden mussten und innehielten. Er streifte sich zwei weiße Ärmelschoner über die Hemdsärmel, die nahe des Ellbogens durch einen Gummizug festgehalten waren. Dann nahm er das Tablett mit dem Halva-Stück heraus und zerschnitt es mit einem langen Messer. Das Stück kostete einen Leu. Als der Leu an Wert zu verlieren begann, erhöhte der Halva-Verkäufer den Preis nicht, aber er schnitt die Stücke etwas kleiner, sodass er immer noch pro Stück die gleiche Münze einnahm.

Wir rannten hin und wollten uns Halva kaufen. Aber wo war das Verkaufswägelchen? Wir gaben auf. Als wir dann jedoch beim Spielen waren und darauf vergessen hatten, erschien er an der Kreuzung. Man musste jederzeit die Münze parat halten. Das Verkaufswägelchen mit der Halva war eine andere Zollstation als die übrigen. Man suchte sie und fand sie nicht. Sie tauchte unerwartet auf. Es war der Zoll, auf den man immerzu gefasst sein musste.

Bobârcă hatte den Tintenstift hinterm Ohr. Er benetzte ihn zwischen den Lippen und rechnete in seinem Heft. Man zählte ihm das Geld hin, und er händigte einem den Rest aus. Angheluță rechnete nicht mit dem Bleistift. Er befeuchtete seinen Finger im Mund und rechnete auf dem weißen Zuckerstaub, der den Tresen bedeckte. Man musste ihm aufs Wort glauben, konnte nichts überprüfen, denn wie Laugen, die durch die Wände dringen, schloss sich der weiße Staubzucker bald wieder und war nun bereit für eine neue Rechnung.

Der Halva-Verkäufer brauchte nicht zu rechnen. Für ihn waren die Dinge einfach. Jeder Kunde musste seine eigene Rechnung machen und wissen, worauf er sich vorbereitet hatte und wie viele gleichmäßig zugeschnittene Stücke ihm zustanden.

Wir hatten uns auf die Straßenecken verteilt, um ihn im Blick zu behalten. Gegen Abend packte er an der für diesen Tag bestimmten Straßenecke die Stücke ein, die ihm angesichts dieser noch nicht darauf vorbereiteten Welt übrig geblieben waren, nahm die Ärmelschoner ab, wischte das Messer an seinen Rockschößen ab und machte sich gemächlich auf den Weg. Man konnte ihm leicht folgen, denn er beschleunigte seine Schritte nicht und schaute sich nicht um. Er ging am Kino vorbei und dann die Gerberstraße hinab. Er geht nach Westen, meinten wir. Plötzlich aber sahen wir, dass er anhielt und sich uns zuwandte. Wir bückten uns und warteten, dass er sich tadelnd vor uns aufpflanze. Er aber kam näher, indem er sich anscheinend entfernte. Kam auf uns zu und wurde dabei immer kleiner, bis er ganz verschwunden war. Wenn wir ihn so beobachteten, wussten wir nie, ob er nun näher kam oder sich entfernte.

Die Stadt wurde durch ein dünnmaschiges Netz zusammengehalten, damit sie sich nicht verstreute – durch die Kaufmannschaft. Auf den Karawanenstraßen hierhergelangt, fuhren sie selbst in den ganz und gar nicht wohlhabenden Zeiten des Kommunismus damit fort, ihre Netze zu knüpfen. Herr Romașcanu, der Sodawasser machte. Der alte Ardeleanu, der Backwaren mit Käse im »Fröhlichen Invaliden« verkaufte. Tante Azoiții im Gemüsegeschäft. Dann die Armenier. Dicran Bedrosian, der Füllfederverkäufer. Vrej Papazian, der Uhrmacher. Und Arusica, seine Frau, immerzu mit einer heute verschwundenen Tätigkeit über die kleine Tischleuchte gebeugt: Sie stopfte die Maschen an den Damenstrümpfen. Anton Merzian und Krikor Minasian, die Schuster. Mein Pate Sahag Șeitanian mit der Konditorei beim Bahnhof, die er zu nachtschlafender Zeit schon für die Reisenden öffnete, die den Zug nach Bukarest nahmen. Der letzte der Juden, Herr Weißmann, der das Geschäft aller Geschäfte durch seinen Kommissionshandel mit alten Möbeln und Gebrauchsgegenständen am Marktplatz betrieb. Und dazwischen ein ständiges Kommen und Gehen der fliegenden Händler, die alles Mögliche anboten. Von Fisch über Rindermägen bis zu Löffeln und Kochlöffeln, die von den Mönchen in Sihla aus Holz geschnitzt wurden.

In einer feindseligen Welt, die nun lernen musste, sich möglichst wenig zu bewegen, wo Kleidungsstücke auf Punkte verkauft wurden und das Brot auf Bezugsscheine, wo die meisten der munteren Geschäfte von einst mit neuen Gepflogenheiten ausgestattet wurden, mit Verwaltern, Revisoren, Gewerkschaftssitzungen, Plakaten zum Arbeitsschutz und zum Schutz vor Bränden, mit Inventuren und den Kitteln der Angestellten, ließ der wahre Handel seine unruhigen Triebe wie Rinnsale unter einer dichten Schneedecke voranrieseln.

Das Blut ist nur lebendig, wenn es sich in Blut ergießt. Ebenso suchten die Kaufleute sich mitunter gegenseitig auf. Angheluță schließt die Rollläden über seiner Wunderwelt und steigt von der Westschranke her in die Stadt hinab. Mercan lässt die frei herumfliegenden Wesen sich wie eine Wolke über der Stadt versammeln und folgt ihm nach. Am schwierigsten zu erweichen ist Bobârcă. Er, der sich in der Dunkelheit seines Ladens nicht einmal im Spiegel betrachten kann, scheut die Begegnung mit den Menschen. Es ist dunkel, obwohl ein unwirkliches Licht in der Luft liegt. Aber dort oben gibt es ein anderes Licht, das sich selbst beleuchtet und niemals auf die Erde herabsinkt. Sodass Bobârcă, der seine Rollläden nicht herablassen muss, denn seine Schaufenster liegen ohnehin im Schatten, schüchtern hinaustritt und gemächlich über das Pflaster geht. Die anderen Kaufleute treten aus der Dunkelheit der Mauern, fließen wie die Farbanstriche auf den Wänden, schlüpfen durch die Türkanten, gleiten unter den abblätternden Lidern der Schlagläden dahin. Sie schlagen die geflickten Kragen hoch, vergraben die Hände tief in den ausgebesserten Hosentaschen, grüßen sich schweigend, als wären sie sich zufällig begegnet, und gehen doch eng beieinander, Schulter an Schulter und Schritt an Schritt wie in der unaufhörlichen und tiefen Ordnung der Wallfahrer. Eine der vielen gleichen Gestalten hebt einen Abakus hoch und reiht mit den Fingerspitzen weiße und schwarze Kugeln auf, als spielte er Harfe. Ein anderer pfeift durch die Nasenlöcher, sie sind ihm zu eng geraten für den Hunger seines Blutes. Niemand schaut zum Himmel, denn Himmel gibt es überall. Sie schauen auch nicht auf das Kopfsteinpflaster, auf die morastigen Furchen und die freigelegten Wurzeln, denn dort kommen sie her. Die Finger suchen in den Säumen die versteckten Goldstücke. Sie sind an ihrem Platz. Oder auch nicht. Die Finger suchen weiter, tasten die Verstecke in den Kleidern oder an den Körpern ab. Die Goldmünzen, Napoleondor, Taler, Dublonen und Dukaten klimpern. Gott sei Dank ist die Welt noch nicht ganz verloren, sind ihre Konturen noch nicht gänzlich verwischt. Gott sei Dank hat die Welt noch eine Münzrändelung. Begleitet vom Sporengeklingel in den Hosentaschen schreitet das Gefolge voran. Schweigend und im Schneckentempo ziehen die Kaufleute durch die Straßen. Die weiten Kleider gleiten über Zäune, durch Stacheln hindurch und durch spaltweit offene Türen, ohne irgendwo hängen zu bleiben. Ein vollendetes Gleiten. Ebenso das Murmeln, Klimpern und Rascheln der blinden, dafür nicht weniger genauen Zählung in den Tiefen der Taschen. Sie bewegen sich auf die gleiche Weise und sind doch so verschieden. Schafhirten mit zottigen Pelzjacken und bis auf die Brauen in die Stirn gedrückten Mützen. Die Krämer vom Viehmarkt, die Gemüseverkäufer, Obsthändler, die Hüter der Melonenhaufen, die Metzger und die Fischverkäufer mit den schwarzen Rändern unter den Fingernägeln vom getrockneten Blut. Juden mit forschenden Augen, mit breiten und geflochtenen Bärten, eingezogenen Schultern und feuchten Händen. Die Griechen mit den Hosen in den Stiefeln, die aus Brăila und Galați Käsewaren, Oliven und getrockneten Fisch bringen. Die Albaner mit Schöpflöffeln für den Hirsetrank und Gerstezucker. Die Armenier mit kräftigen Brauen und krummen Nasen, die den feinen, mitunter süßlichen, dann wieder scharfen Duft der Gewürze verbreiten.

Auf ein Zeichen hin bleiben sie stehen. An unserem Tor herrscht Stille. Noch haben wir den Lattenzaun mit den aufs Geratewohl angenagelten Latten, je nachdem, ob gerade eine zur Hand war, wenn der Regen welche verfaulen und der Wind sie hatte austrocknen lassen. Der Himmel ist erleuchtet und flackert wie eine Kerze. Die Erde ist dunkel und beweglich wie Wasser. Nichts ist mehr so, wie es war. Es ist der Augenblick, da man sich eher an die Zukunft erinnert denn an die Vergangenheit. Angheluță schiebt den Riegel zurück und öffnet. Einer nach dem anderen treten sie ein und füllen den ganzen Hof. Scheu treten sie ans Fenster heran. Sehen das, was sie wussten. Und trotzdem schauen sie, indem sie den Kopf ganz nahe an die Fensterscheibe heran beugen. Als wäre das Fenster ein großes Auge, und sie wollten es mit ihrem Auge ausfüllen. Die ersten treten in die Stube. Die anderen folgen. Herinnen ist es eng. Sie drängeln nicht und passen doch alle herein. Die einen sagten später, ich hätte sie aus alten Augen angeschaut, so wie Mutter sagt, ich hätte bei meiner Geburt nicht geweint, sondern gelacht. Die meisten sagten, ich sei auch damals ein stilles Kind gewesen. Ich hätte die Augen geschlossen gehabt, sagen die meisten, also habe ich geschlafen oder mich gefürchtet.

Als Erster kommt Angheluță heran. Sein Geschenk ist weißer als der Staubzucker auf seinen Fingern und leuchtender. Es ist eine Lichtkugel, die sich nicht rührt, in der es aber zuckt und pulsiert und rollt. Angheluță tritt zurück unter die anderen. Der Zweite ist Bobârcă. Er kommt schüchtern heran, nicht geradewegs, sondern folgt dem Lichtkreis der glühenden Kugel. Er legt seine schattige Kugel daneben. Deren Schattenwurf legt sich nicht über das Licht. Auf diese Weise glänzt jedes der beiden Geschenke auf seine Weise. Dann tritt Mercan schweigend vor. Sein Geschenk sollte sich über die der anderen erheben. Er bläst in seine hohlen Hände. Da breiten sich Schwingen aus, füllen die Stube von einer Ecke bis zur anderen und lassen sich dann auf die schatten- und lichtglühenden Geschenke der anderen herab, ohne sie jedoch zu bedecken. Sie stehen vornübergebeugt, die Hände auf der Brust, und schauen so, als beteten sie, wie auf den Bildern, die ich erst später sah. Kaspar, Melchior und Balthasar. Der Kreis öffnet sich, um den Halva-Verkäufer durchzulassen. Taor mit seinem wiegenden Gang, der gleichzeitig näher kommt und sich entfernt. Taors Tanz ist die Zeit selbst.

In Focşani gab es zwei armenische Kirchen. In der Moldau gibt es kaum eine Stadt, in der die Armenier keine Kirchen gebaut hatten. Zu Zeiten, da es keine anderen Versammlungsorte gab, war die Kirche der Beweis für das Vorhandensein einer Gemeinschaft. Wenn etwa zwanzig Familien zusammengekommen waren, bildeten ihre Oberhäupter einen Kirchenrat und suchten einen Platz für die Kirche aus. Die Geschäfte, Häuser, und die Mündungen der Straßen, die auch heute noch in Suceava, Bacău und Bukarest Armenische Straße heißen, wurden nach der Kirche ausgerichtet. In der Vorhalle, die oftmals nach moldauischem und nicht armenischem Brauch eine Seitentür hatte, gab es eine Tafel, auf der die ersten Stifter der Kirche genannt wurden. Die armenischen Namen, mit denen sie von weither gekommen waren, haben sich zwischendurch verändert. Sei es, dass sie russische Endungen erhielten, polnische, oder dass die Endungen überhaupt wegfielen. Es sind alte Namen; viele von ihnen sind nur noch auf den Kirchenwänden oder auf den Gräbern der Friedhöfe erhalten geblieben. Missir, Alaci, Trancu, Buicliu, Pruncu, Ciuntu, Ciomac, Ferhat, Aburel, Asvadurov. Asachievici, Simonovici, Iacobovici.

Selbst Klöster haben sie gebaut. Eines Abends, als die Brüder Donavak mit ihren Herden gegen Westen zogen, rasteten sie an einer Straße in der Nähe von Suceava. Dort träumten sie beide den gleichen Traum. Die Muttergottes zeigte ihnen jenen Ort. Sie verkauften ihr Vieh auf dem Leipziger Markt und errichteten nach ihrer Rückkehr ein Kloster, das sie ihr widmeten. Es war um 1512. Und damit eines der ersten armenischen Klöster, die in Europa errichtet wurden. Es besteht auch heute noch und heißt auf Armenisch *Hacigadar*, also Erfüllung der Wünsche. Am Tag des Entschlafens der Muttergottes kommen die Frauen schon bei Sonnenaufgang und kriechen auf Knien den Berg hinauf. Sie umkreisen dreimal die Kirche und stecken kleine Zettel in die Mauerrisse, auf denen sie ihre Wünsche aufgeschrieben haben.

Gegen Ende des gleichen 16. Jahrhunderts errichteten die Armenier auf der anderen Seite von Suceava ein weiteres Kloster, das von Festungsmauern umgeben war und Zamca genannt wurde. Auch dieses gibt es heute noch. Mönche gibt es dort aber keine mehr. Menschen verschiedener Nationen versammeln sich dort und gedenken ihrer Toten. Hier gibt es einen anderen Begegnungsort. Wenn die Böden in den Niederungen zu schwer werden, steigen die Toten durch die Bodenspalten hoch, jeder wie er kann, als Gras, Dunst oder Wurzel, und sammeln die Krümel von den Festen der Lebenden ein.

Ebenso in Botoşani, Iaşi, Roman, Târgu-Neamţ, Gura Humorului, Târgu-Ocna, Bacău, Brăila, Galaţi. Von Alexandru dem Guten sowie Stefan dem Großen, Herrscher der Moldau, dazu eingeladen, verbreiteten die Armenier ihren Handel, ihre Bräuche und Kirchen entlang der Handelsstraßen nach Süden hin.

Unsere Kirche wurde 1780 gebaut. Zwei, drei Straßen weiter gibt es noch eine armenische Kirche, sie ist jetzt aufgelassen, hat keinen Turm und ist von einer leeren Fläche umgeben. Früher gab es hier viele Armenier. Weil die Kirchen nicht geräumig genug waren, umgab man sie mit großen Höfen, die man vor allem in der Auferstehungsnacht nutzte.

Im Laufe der Zeit schrumpfte die Zahl der Armenier. Die zuletzt ankamen, vom Elend und anschließend von den Anfeindungen in ihren Siedlungsgebieten vertrieben, trugen frische armenische Namen und ebenso frische Wunden. Die einen wurden von den Wegen, die sie hierhergeführt hatten, weitergetrieben, andere sind gestorben, und wieder andere haben vergessen.

Es wurde beschlossen, dass unsere Kirche renoviert werden müsse. Ich werde Ihnen im Verschwiegenen alle der Reihe nach vorstellen. Den Kirchenrat. Also mein Großvater Garabet Vosganian, sein Schwager Sahag Şeitanian. Arşag, der Glöckner. Krikor Minasian, der Schuster.

Anton Merzian, der andere Schuster, beide mit ihren Söhnen Krikor und Dicran. Agop Aslanian, der die Kanzleischlüssel verwahrte. Dann die Uhrmacher: Vrej Papazian, Dicran Bedrosian, Măgârdici Ceslov. Anton Grigoriu, der für alles zu gebrauchen war. Ştefănucă Ibrăileanu, der eine Zigarette an der anderen ansteckte. Dicran Haceadurian mit der großen Nase. Ohanes Krikorian mit vom Trinken geröteten Wangen. Der blinde Minas Ohanesian und mein Vater, Bergi Vosganian, der Letzte von ihnen, der hartnäckig die Dinge so bewahrt, wie sie einmal waren.

Wir zünden ringsum die Kerzen an, genau an den Stellen, wo jeder von ihnen gestanden hat. Damals gab es noch große Kerzenhalter aus Silber für die Lebenden und die Toten. Nun sind es immer mehr für die Toten und immer weniger für die Lebenden, ein kleiner Winkel.

Jeder zieht – wie eine über den Kopf gezogene Steppdecke – die Welt mit sich, in der er geboren wurde. Die Dinge stehen so: Wenn du geboren wirst, ist deine Welt die größtmögliche. Alles ist möglich. Während du heranwächst, verkleinert sich deine Welt. Du wächst ständig, anfangs wachsen deine Knochen, dann die Erinnerungen, etwas vergilbtere Knochen. Zu einem gewissen Zeitpunkt wird die Welt um dich herum so klein, dass du schlicht und einfach nirgends mehr hin wachsen kannst.

Großvater Garabet: Ich gehöre zu deiner Welt, *manciăs* – was mein Junge heißt –, aber du gehörst nicht zu meiner Welt. Mehr noch. Du fügst meinen Erinnerungen etwas hinzu, ohne meiner Welt anzugehören. In gewisser Weise beschleunigst du meinen Tod. Schiebst mich von hinten. Ich war traurig. Er aber lachte. Wie auch immer du es betrachten magst, das Leben hat keinen rechten Sinn. Wenn wenigstens der Tod irgendeinen Sinn hat, kannst du dich glücklich schätzen. So gesehen, *manciăs*, verleihst du meinem Tod einen Sinn.

Tatsächlich, ich gehörte seiner Welt nicht an. Die Fotos sahen für mich seltsam aus. Der Urgroßvater Kevork Vosganian trug einen Fes. Großvater Garabet, auf dem Foto an seiner Seite, spielte Mandoline. Er hat eine bestickte Weste an und weite Hosen. Im Hintergrund sieht man die von halbkreisförmigen Ziegeln eingefassten weißen Terrassen eines Mittelmeerhafens, vielleicht Adana. Der Himmel wirkt ruhig. Seit den Massakern, die 1909 in der Stadt gewütet hatten, waren, wie das Datum unter dem Foto anzeigt, zwei Jahre vergangen. Zehntausende Armenier wurden damals in der Stadt und in der näheren Umgebung der Stadt umgebracht. Auf einem anderen Foto sieht man meine Ur-großmutter im Türkensitz, die Beine unter sich gekreuzt, in Schalwars und Wickelbluse, wie es zu jenem Jahrhundertende in Konstantinopel Mode war. Dies war die Welt meines Großvaters Garabet. Mit Fes und Schalwars?, frage ich. Damals wussten wir nicht, dass Schalwars Schal-wars sind und der Fes ein Fes ist. Sie waren Kleidungsstücke wie alle an-deren auch.

Jetzt sitzen Großvater und die anderen im Kreis unter den Kasta-nien des großen Kirchhofs der armenischen Kirche von Focşani. Hin-ter ihnen die Grabsteine des alten Friedhofs, bevor die Toten den neuen Friedhof am Waldrand bezogen, sie neigen sich zur Seite oder sind um-gefallen, die Vorderseite zum Himmel gewandt, und bedecken die al-ten Toten. Sie sitzen da, die Beine leicht gespreizt und die Hände in die Hüften gestemmt, als wären sie auf Streit aus. Der alte Minas stützt sich auf seinen Stock, aber auch an ihm kann man die gleiche Anspannung erkennen. In der Mitte das Feuer. Das trockene Holz aus den Vorjahren unterhält ein lebhaftes orangenes Feuer, es zerfällt knisternd. Darun-ter ist auch frisches Holz, das sich nach Kräften widersetzt und dichte Dunstschwaden freisetzt. Sie sitzen mit dem Gesicht zum Feuer, aber ich weiß nicht, ob sie das Feuer betrachten. Ihre Gesichter sind von Masken bedeckt. Der Erste, der sich bewegt, ist Großvater. Entschlos-sen tritt er mit dem rechten Fuß auf den Boden, dann mit dem linken. Als rammte er sie in den Boden. Die anderen tun es ihm nach. Es sieht so aus, als kreisten sie um das Feuer, aber sie bleiben auf der Stelle sit-zen. Ihre Tritte gebären einen Rhythmus, der wie ein Trommelwirbel auf dem Boden klingt. Als hätten ihn die ausgebreiteten Häute der alten Toten gehärtet. Großvaters Stimme ist rauh und wie ein Befehl zu vernehmen: Mensch du – du Baum. Und wieder: Mensch du – du Baum. Warum geht die Sonne auf und warum geht sie unter? Sie ant-worten der Reihe nach. Ich kann sie unter ihren Masken nicht mehr sehen. Ihre Kaufmanns- und Handwerkerkleidung, die alten und geflickten Westen kann man kaum noch erkennen. Sie wirken wie Tuniken, von den Schatten geglättet und vergröbert. Auf ein Zeichen von Großvater hin halten sie inne. Der Kreis wird größer. Ein paar Augenblicke lang verharren sie reglos. Zuerst die Jüngsten. Sie rennen auf das Feuer zu und springen ohne Zögern darüber hinweg. Auf der anderen Seite gehen sie in die Hocke. Verblüfft, wird das Feuer kleiner, seine Zungen kriechen wie Sträucher im Wind. Nun sind die Alten an der Reihe. Das Feuer lehnt sich auf, will sich an ihre Ärmel und Hosenbeine heften. Die Springer reißen sich los, Funken stieben auf ihre Kleider, ihre Gesichter glühen. Nun ist der Blinde dran. Er kann das Feuer am besten sehen, denn er spürt schon von weitem seine Glut. Einer möchte ihm helfen, aber Großvater hält ihn zurück. Es ist der Kampf jedes Einzelnen. Der Blinde schafft es, er pflanzt zuerst seinen Stock in den Boden, dann auch die Beine. Und nimmt sogleich auch seinen tapsenden Gang wieder auf. Als Letzter springt Ohanes Krikorian. Das Feuer kommt wieder zu Kräften und heftet sich an seine Sohlen. Ohanes wälzt sich auf dem Boden, um die Flammen zu löschen, die nach ihm schnappen. Es gelingt ihm, und er sieht sich Ermutigung heischend rings um. Aber die anderen wissen und schauen weg. Tatsächlich, kurze Zeit später ist Ohanes Krikorian gestorben. Jetzt aber setzt er sich zu den anderen. Die Masken grinsen das Feuer an. Und das Feuer grinst die Masken an. Vorerst sind die Rechnungen abgeschlossen. Mit dem Sonnenaufgang, unter der neuen Sonne, werden die Fragen wieder gestellt. Bei uns im Vrancea-Land beginnt die Welt jeden Tag neu. Die Masken wechseln. Großvater Garabet hat seine abgenommen und mir das Zeichen gegeben, dass wir nun in die Kirche gehen.

In der Vorhalle brennen die Kerzen. Bei den Armeniern unterscheiden sich die Stellen nicht, an denen man Kerzen für die Lebenden und für die Toten brennt. Jeder, ob er nun lebt oder schon tot ist, nimmt sich so viel er braucht. Große Bilder schmücken die Wände. Sie wurden zu Beginn des 19. Jahrhunderts aus Wien gebracht, stammen aus den Ateliers der Mechitaristen. Die Leinwände glänzen dunkel, die Gesichter der Heiligen sind vom Kerzenrauch geschwärzt. Die Heiligenscheine über ihren Köpfen kann man kaum noch erkennen. Allein, gewiss, ungewöhnlich weiß und rein, der Strahl der Verkündigung. Die Kirche wurde leergeräumt, damit sie renoviert werden kann. Nur der große Kronleuchter aus böhmischem Kristall, den der Gutsbesitzer Simonovici zu Beginn des zwanzigsten Jahrhunderts gestiftet hatte, blieb hängen.

In Focșani hatten wie in einigen weiteren Städten der Moldau viele reiche armenische Familien gelebt. Wie alle Armenier liebten sie es, sich fotografieren zu lassen. Mit ihren gezwirbelten Schnauzbärten, den Westen, die ihnen über dem Bauch aufzuplatzen drohten, und den strengen Blicken, die sie auf Geheiß pfiffiger Fotografen ein bisschen zur Seite oder nach oben wandten. Sie saßen auf Stühlen mit abgerundeter Rückenlehne, und die Frauen standen in schweren Kleidern und schier ohnmächtig machenden Korsagen dahinter. Der Krieg hat die Welten durcheinandergewirbelt, und der Kommunismus hat sie mit strenger Faust gleich gemacht. In ihre Häuser in der Bahngasse fielen lärmende Haufen ein, deren Stiefel die Teppiche zerfetzten. Dann wurden in den Häusern, aus denen man sie hinausgeworfen hatte, Verwaltungsinstitutionen und allerlei Museen untergebracht, die wir später dann von der Schule aus besichtigten. Die Bahnhofsgasse wurde umbenannt in Karl-Marx-Straße, ein Name, von dem Simonovici, Ferhat, Missir und Alaci noch nie etwas gehört hatten. Viele von ihnen haben sich noch vor der Ankunft der Russen in die sepiafarbene Welt der Daguerreotypien zurückgezogen und sind darin verschwunden. Andere, Geringere, die sich durch die Zeitläufte hatten schlängeln können, zogen sich in Mansarden oder in Halbkellern gelegene feuchte Stuben zurück, wo sie mit flohkleinen Herzen hören konnten, wie die russischen Stiefel durch die Gasträume trampelten. Wie es eben ging, stapelten sie die Waren aus den hastig geräumten Lagerräumen an anderen Orten, vermauerten die Goldmünzen hinter den Kacheln ihrer Öfen oder vergruben sie unter der Hundehütte.

Gleichmütig beleuchtete Simonovicis Kronleuchter die dahinfließende Zeit, ob nun Frieden herrschte oder Krieg, Hungersnot oder Überfluss. Ich betrachtete ihn gerne. Arșag, der Glöckner, nahm mich an der Hand, und wir betraten die Kirche. Komm, sagte er, lass uns dem Kronleuchter zuhören. Wir zündeten die Lichter an, gingen auf Zehenspitzen zu den Holzbänken und setzten uns nieder. Schweigend saßen wir da, hielten sogar den Atem an. In einem bestimmten Moment schlug sich Arşag mit den Handflächen zufrieden auf die Knie. Wir sind auch heute davongekommen. Der große Kronleuchter konnte Erdbeben ankündigen. In Vrancea, an der Stelle, wo sich die Berge zu den höheren Gipfeln des Bucegi-Gebirges krümmten, hatten sich die Erdmassen flüchtig und ungeordnet überlagert. Ab und zu erwachten sie aus ihrer Erstarrung. Die Erdbeben waren bis nach Bukarest zu spüren. So war es beispielsweise 1940 geschehen, als der Carlton-Block einstürzte. Die Erschütterungen hielten einige Tage an, und meine Vorfahren verlegten ihr Nachtquartier ins Lagergebäude, trauten sich erst nach einer Woche wieder in ihr Haus. Und später dann 1977, aber dies ist nunmehr schon meine Erinnerung. Arşag sagte, der Kronleuchter raschle an dem Tag, an dem es ein Erdbeben gibt, wie ein Silberwald.

Diesmal verharrte der Kronleuchter reglos. Wir hatten jeder einen Stuhl mitgebracht. Großvater setzte sich in die Mitte, und ich nahm vor ihm Platz. Es roch nach frischem Putz; die Wände waren noch nicht trocken. Die Luft war feucht, als tropfte es. Gierig sogen die Wände die Trockenheit und die Wärme auf. Ich spürte, wie sie auch nach unserer Körperwärme gierten. Es ist an der Zeit, sagte Großvater, nahm die Geige heraus und prüfte die Saiten. Er hatte sie schon zuhause sorgfältig gestimmt. Damit sich keine Dissonanz einschleicht, erklärte er. So etwas kann mit der Zeit zu Rissen führen. Er klemmte sich die Geige unters Kinn, setzte die Finger auf die Saiten und griff bedächtig nach dem Bogen. Als er die Augen schloss, wusste ich, dass er *Dle-iaman* spielen wird, das Lied von der Vertreibung. Es war eine langsame Melodie mit Tönen, die eine ganze Bogenlänge währten. Sie erhoben sich über uns und entfernten sich in immer größeren Kreisen, als tropften sie von der Erde her zum Himmel. Dann drangen sie in die Wände.

Zum Schluss horchten wir beide. Es war kein Echo zu hören. Die weißen Wände mit dem rohen Putz waren dermaßen gierig, dass sie alles aufsogen. Großvater war einverstanden und bückte sich, die Geige an ihren Platz zurückzulegen. Und in der gleichen Haltung, die offenen Handflächen auf den Knien, sang er nunmehr mit lauter Stimme. Das Lied des Kranichs. *Grunk.* Die Töne drangen in den Putz; dieser vergilbte ein klein bisschen. Wieder nahmen die Wände es auf, ließen sich kein Wort entgehen. Sie waren nicht mehr so bleich, hatten Leben gewonnen.

Beide saßen wir beim Feuer. Großvater horchte noch einmal, und die Stille schien ihn zufriedenzustellen. Die Kerzen waren erloschen, nur das ewige Licht mit seinem Körnchen Helligkeit war übrig geblieben. Großvater verschloss die hölzerne Kirchtür und legte den Schlüssel in das nur ihm und dem Glöckner bekannte Versteck. Dann setzten wir uns nieder. Von nun an wird es hier gut klingen. Jetzt war der günstigste Moment, um dem Lied beizustehen, in den Putz einzudringen. Die Echos werden nun so klingen, wie es sich gehört, erklärte er. Es war eine alte Geschichte. Die Töne verbanden den Anstrich. Und zwar so, dass auch die Stille sang. So taten es zu ihrer Zeit auch die Troubadoure, die nicht nur zu den Vergnügungen bestellt wurden, sondern auch die Kirchenbaumeister begleiteten. Die wirkliche Stille, so Großvater, der seine Maske und die Geige beiseitelegte und im Feuer herumstocherte, ist eine Stille, die singt.

Manchmal begleitete ich den blinden Minas bis zur Kirche. Er legte mir seine Hand auf die Schulter und ging einen halben Schritt hinter mir her. Ich war stolz auf das, was ich tat, obwohl ich so gut wie nichts tat, denn der Blinde, aus Gewohnheit hellsichtig geworden, kannte den Weg auch alleine.

Ich kannte ihn nicht anders denn als alten Mann. Fast alle Leute, in deren Mitte ich meine Kindheit verbrachte, waren alt. Was sucht dieses Kind unter uns?, fragte der Glöckner Arşag lachend. Lass ihn, antwortete Großvater Garabet. Er ist kein gewöhnliches Kind. Er ist ein an Tagen reiches Kind. Großvater nahm mich an der Hand, und wir betraten an einem beliebigen Morgen die Kirche. Erst einmal setzten wir uns hin und lauschten, Arşags Beispiel folgend, der großen Glocke. Der Silberwald im Kandelaber schwieg, ein Zeichen, dass der Boden ruhig war. Dann betrachteten wir die große Ikone am Altar. Die Muttergottes hatte keine Tränen in den Augen, ein Zeichen dafür, dass auch in den Himmeln Ruhe herrschte. Jesus ist kein gewöhnliches Kind. Siehst du? Ich kann nur sehen, dass er ein Kind mit einem kleinen Körper und einem großen Kopf ist, sagte ich. Genau das ist's. Er war ein weises Kind und meistens traurig. Ein Kind ohne Kindheit, schon erwachsen, als er geboren wurde. Mit einem Körper, der ihn nicht fassen konnte. Deshalb sage ich, Jesus war ein an Tagen reiches Kind. Großvater Garabet machte sich mit einem solchen Vergleich gewiss lustig über mich. Eigentlich ist es nicht das Gleiche, fügte er hinzu. Er ist an seinen eigenen Tagen gealtert. Du aber bist alt aufgrund unserer Tage. Was wir und die Unseren nicht erleben konnten, wird dir hinzugefügt. Ganze Heuschober ...

Großvater ermahnte mich: Sieh mal, was Minas tut. Der wohnte in einem der beiden Gebäude des Kirchhofs, die vor hundert Jahren als armenische Schulen erbaut worden waren, eine Mädchen- und eine Knabenschule. Jetzt war das andere Gebäude die Bistumskanzlei, in der es nach alten Möbeln roch, die Böden waren abgetreten, die Wände blätterten ab, und große Gemälde, die Heldengestalten oder Heilige darstellten, hingen daran. Dort gab es auch ein Porträt des Komitas als Bleistiftzeichnung, das von Haig, dem mit sechzehn Jahren an Tuberkulose gestorbenen Bruder von Vrej Papazian, mit verblüffendem Geschick angefertigt worden war. Mitunter sangen die Alten abends die Lieder von Komitas, Vater begleitete sie auf der Geige, und die Frauen weinten. Ist er tatsächlich als Verrückter gestorben?, fragte ich einmal, und plötzlich war es still um mich. Wer hat dir das gesagt?, herrschte mich mein Pate Sahag Şeitanian an. Ich habe es gelesen ..., stammelte ich. Dann begann Großvater wieder zu singen, und alle anderen sangen mit. Ich hatte recht. Erschüttert von der Tragödie seines Volkes, hatte Komitas vor Schmerz den Verstand verloren. Er starb mit verirrten Sinnen nach zwei Jahrzehnten in einem Sanatorium in Paris. Aber auch sie hatten recht, meine Alten. Verrückter als alle waren die Zeitläufte.

Ebenso brauchte ich Minas nicht zu sagen, dass er blind war. Siehst du, dass ich recht habe?, fragte ihn Großvater. Oder: Hast du gesehen, es ist wärmer geworden. Oder: Wie du siehst ..., wenn der Blinde recht hatte. Und Minas stimmte zu, ja, er sah all dies. All das, was die anderen verstanden, hörten oder spürten. Ich ging die Treppe hoch und öffnete die große Tür mit der eisernen Klinke. Armaveni?, hörte ich ihn rufen. Dann: Luiza? Die Namen seiner Töchter. Ich antwortete nicht, und dann wusste er, dass ich es war. Komm herein, mein Junge. Als er dann kranker war, rief er Namen, die ich nicht kannte. Ich bekam es mit der Angst zu tun und erfuhr, dass es die Namen seiner Toten waren, auf die er wartete.

Seine Augen waren ausgeblichen. Sie standen offen, suchten gierig. Er ließ sie den Geräuschen folgen, sodass ich glaubte, er höre mit den Augen. Ich führte ihn in die Kirche, wo er seinen Platz in der ersten Bank hatte. Dem Gottesdienst folgte er reglos. Dann gingen wir in den Garten, wo er sich auf das Kanapee unter den Kastanienbäumen setzte. Wenn der Schatten bei ihm anlangte, streckte er die Hand aus, als spürte er feine Regentropfen. Er konnte Licht und Schatten unterscheiden wie Trockenheit von Feuchtigkeit. Wenn es dunkel wurde, benötigte er keinen Führer mehr. Im Dunkeln wies er den Weg.

DIE GESCHICHTE DES BLINDEN MINAS. Am Anfang war das Licht. Einmal schlief das Licht ein. Es träumte, und so wurde aus seinem Traum der Schatten geboren. Als ich in deinem Alter war, sagte Minas, träumte ich, blind zu sein. Im Traum war es schön. Jetzt träume ich, zu sehen ...

In finsteren Nächten zündete er den Kerzenleuchter an und ging damit auf die Straße. Minas besaß einen Kerzenleuchter, wie ich noch nie einen gesehen hatte. Dickes Glas umhüllte ihn, es verstärkte das Licht und schützte die Flammen vor dem Wind. Aufgrund von Sparmaßnahmen wurden nachts in der Stadt die Lichter nicht angezündet. Selten nur fegten die Scheinwerfer eines Lastwagens durch die Straßen. Schau, sagten die Leute, der Blinde ist mit dem Kerzenleuchter in der Hand hinausgegangen.

Dann war der blinde Minas mit seinem Kerzenleuchter der beste und nützlichste aller Menschen. Die anderen folgten ihm, bis sie, einer nach dem anderen dankend vor ihrem Haus stehen blieben. Er blieb allein mit seinem Leuchter und wanderte durch die Gassen, bis er spürte, dass sich das Dunkel ausdünnte. In mondlosen Nächten war Minas der Herr der Stadt. Im Morgengrauen kehrte er in seine Kammer zurück, hob den Schirm vom Leuchter und legte die Hand auf die Flamme, bis diese erlosch. Rund und geschwärzt bewahrte er in seiner Handfläche das Zeichen der unterdrückten Flamme. Wenn der Tag anbrach, wurde er wieder zu dem Blinden, der er immer gewesen ist.

DIE GESCHICHTE DES BLINDEN MINAS LESEND. Minas war ein Blinder, der las. Er hatte eine Wand voll alter Bücher. Wenn er länger auf dem Bett saß und nicht seinen Knüttel hielt, nahm er ein Buch zur Hand. Er streichelte seinen festen Einband, redete oder saß einfach so da, den Blick verloren. Ab und zu blätterte er im Buch. Dann lächelte er. Wenn er sich erhob, blieb ein gelblicher Staub auf dem Boden zurück, der aus den alten brüchigen Seiten gerieselt war.

Großvater schickte mich manchmal mit einem Buch zu ihm. Armaveni?, fragte er. Luiza? Es waren seine Schwächemomente. Dann war er vollkommen blind, und seine Augen glänzten weiß und stumpf. Eines Tages rief er: Kevork? Bist es du? Als ich fragte, wer Kevork sei, wurde Großvater traurig. He, sagte er über die Schulter hinweg zu seinem Cousin und meinem Taufpaten Sahag Șeitanian, der arme Minas hat nach Kevork Ceauș gerufen.

Ich schlug das Buch irgendwo auf. Minas nickte zustimmend. Ich las. Er wunderte, empörte und amüsierte sich. Ein andermal: Wie denn, genau so steht es da? Er konnte es nicht glauben. Gib her, lass mal sehen. Er nahm das Buch und betastete es. Wo? Ich zeigte es ihm mit dem Finger und blieb ruhig sitzen, bis mich seine Hand berührte. Er fuhr mit dem Finger über die Seitenkante. Dann hatte er sich plötzlich Klarheit verschafft. Ja, genau so! Heimlich versuchte auch ich, die Buchseite zu betasten, aber ich merkte nichts. Ich hatte Minas in Verdacht, auch nichts zu erkennen, aber so zu tun als ob. Nur dass er manchmal das Buch nahm, die Seiten umblätterte, sie betastete und an irgendeiner Stelle mit dem Finger innehielt. Lies das noch einmal! Und es waren genau die Worte, die ihn vorhin verblüfft hatten. Wie kann man mit den Fingern auf einer glatten Buchseite lesen? Man kann es nicht, lachte Minas.

Manchmal versammelten sich die Alten zum Lesen. Die Bibel war um die Mitte des 19. Jahrhunderts in Konstantinopel gedruckt worden, der Stadt, die meine Alten kurz *Bolis* nannten, wenn sie von ihr sprachen. Und diejenigen, die wie Großmutter Arşaluis am Ufer des Bosporus geboren worden waren, nannten sich stolz *Boliseten*, also Städter. Dies war die Stadt, das Zentrum der Welt; und des Genozids wurde am 24. April gedacht, dem Tag, an dem die Massaker in der Stadt, also in Konstantinopel, begonnen hatten.

Die Seiten jener Bibel waren nicht eben glatt. Die Initialen jedes Kapitels waren als Tierbilder, Vögel oder Blumenmotive gestaltet, wie in den alten armenischen Manuskripten. Die Farbschichten machten sie dicker als die anderen Buchstaben. Ein zurückgebeugter Heiliger mit ausgestreckten Armen bildete den Buchstaben *Pen*. Ein im Sprung dargestellter Tiger war das *Re*. Und ein Kranich mit anliegenden Flügeln und zurückgewandtem Kopf war das *To*. Am besten gefiel mir der Buchstabe *Vo*, zwei Schwäne mit ineinander verschlungenen Hälsen. Gebrochene Liebe, sieh an, dies war der Buchstabe, mit dem auch mein Familienname begann. Für gewöhnlich verblieben Minas' Finger auf den Buchseiten, er wandte sie ohne Hast um und fuhr sachte mit der Hand darüber, so wie man die Wangen eines Kindes liebkost. Er liest tatsächlich, vertraute mir Großvater an. Liest er in Gedanken?, fragte ich. Nein, nicht in Gedanken. Er liest. Aber man kann nichts hören! Da ist nichts zu hören. Du liest und sprichst dabei, er liest tastend, das heißt, er sieht anders. Wenn du nicht gehört werden willst, flüsterst du. Er sieht im Flüsterton.

Dann wieder sah es mitunter so aus, als lese er tatsächlich. Sonntags saßen die Männer vor dem Beginn des Gottesdienstes mit vor der Brust gekreuzten Armen in den Bänken, und die Frauen hatten ihre Hände im Schoß liegen. Minas kündigte das Kapitel aus den Evangelien an, aus dem die Verse stammten, die in der Predigt kommentiert werden sollten. Dann las er mit der gleichen Stimme, dehnte nur die Vokale, wenn sich die Worte des Erlösers wiederholten. Er liest, zischelte ich in Großvaters Ohr. Nein, er liest nicht. Er erinnert sich ... Aber er hält das Buch in den Händen ... Das Buch ist der wichtigste Gegenstand. Ohne das Buch würde er zu verstehen geben, dass es seine eigenen Erinnerungen sind. Er hatte recht. Ich bin niemandem mehr begegnet, der das Evangelium deutlicher und schöner gelesen hätte als der Blinde.

WIE DER BLINDE MINAS GESTORBEN IST. Ich schwöre, dass ich ihn zum ersten Mal meinen Namen habe rufen hören und mich gefreut habe. Von all jenen, die nicht mehr auf der Welt waren und die Minas zu erwarten schien, kann ich mich noch am besten an Kevork erinnern. Es war sein Vetter väterlicherseits. Kevork Ceauș hatte zusammen mit General Antranig in den Bergen gekämpft. Großvater hatte mir in einer alten Zeitschrift sein Foto gezeigt. Mit einer Schafhirtenmütze und einem Patronengurt. In martialischer Haltung, das eine Bein an die ansteigende Gebirgswand angewinkelt und den Gewehrkolben aufs Knie gestützt. Als er dem Ende der Finsternis auf dieser Welt nahe gekommen war, hatte Minas das Licht der anderen Welt aufscheinen sehen und wahrscheinlich nach dem gerufen, den er dort als Ersten erblickt hatte, Kevork Ceauș.

Jetzt hatte Minas nur nach mir gerufen. Ich eilte die Treppen hinab, blieb aber vor Tante Amaveni, seiner jüngsten Tochter, stehen. Sie weinte. Der Blinde war tot. Vielleicht hatte er von drüben zurückgeschaut, und der Erste, den er gesehen hat, war ich. Das aber habe ich niemandem gesagt. Ebenso wie ich verwundert war, als ich ihn nach Kevork Ceauș rufen hörte, mag Kevork Ceauș verwundert gewesen sein, als er ihn dort meinen Namen rufen hörte.

Statt einer Ikone haben sie ihm die alte Bibel in die gefalteten Hände gedrückt, deren einziger Leser er in den letzten Jahren gewesen ist. Sie wollten ihm auch die Augenlider schließen, wie es sich gebührt. Lasst nur, sagte Großvater Garabet, er hat die Augen lange genug geschlossen gehabt.

Bei der Totenwache rückten die Alten etwas weiter weg von Minas' Kopfende. Sie fürchteten sich vor dem Toten mit den offenen weißen und glänzenden Augen – wie zwei Kieselsteine.

DREI

Es erfordert große Verantwortung, auf dieser Welt länger zu leben als Jesus Christus, sagte Großvater. Du musst stichhaltige Argumente haben, wenn du dich erkühnst, dies zu tun. Und wenn man sie nicht hat? Das wird man dann eines Tages sehen ... Denn auf dieser Welt leben viele Menschen länger als Jesus, ohne einen bestimmten Grund zu haben, das kann man doch sehen.

Ich dachte, dass Kennedy deshalb erschossen wurde. Wenn es so gewesen ist, war ich der einzige Mensch auf dieser Welt, der die Wahrheit kannte.

So wurde für mich das Kino geboren. Eigentlich waren wir uns einen Film mit Stan und Ollie anschauen gegangen. Mir war der Unterschied zwischen den drei Helden Stan, Ollie und Kennedy nicht ganz klar. Damals hatten die Leute noch keinen Fernseher. Im Kino wurde vor dem Hauptfilm eine Art Nachrichtenjournal gezeigt, ein zerkratzter Streifen mit schnarrenden Stimmen. Er begann stets unverändert mit einer Ansicht vom Flughafen Băneasa und der lächelnden Gestalt von Gheorghe Gheorghiu-Dej*, der entweder aus dem Flugzeug stieg und den ihn Erwartenden lächelnd zuwinkte oder auf dem Boden neben dem Flugzeug wartete und den daraus Herabsteigenden lächelnd zuwinkte. Das Ende der Wochenschau bildeten stets die Auslandsnachrichten: Demonstrationen gegen den Krieg oder Arbeiterstreiks in den kapitalistischen Ländern. Während es uns gut ging. Zum 23. August,

---

* Gheorghe Gheorghiu-Dej, 1901–1965, Generalsekretär der Kommunistischen Partei Rumäniens seit 1948 und von März 1961 bis zu seinem Tod am 19. März 1965 auch Vorsitzender des Staatsrates der Volksrepublik Rumänien – höchster Repräsentant und Machthaber seines Landes. (A.d.Ü.)

dem Nationalfeiertag, wurde die Butter um fünf Bani billiger. Was spielte es da für eine Rolle, dass man so gut wie nirgends welche kaufen konnte ...

Manuc Derderian war ein lebhafter Mann mit schnellem Gang. Wie geht's dir so, Manuc? Er blieb nicht stehen und antwortete; fuchtelte nur mit der offenen Hand, was so lala heißen sollte, und ging weiter. Immer wirkte er beschäftigt. Er hatte ein unglückliches Alter. Seine Familie machte es ihm schwer, drei Söhne, ebenso ungestüm wie er, glichen ihm auch sonst. Von den dreien sind zwei gestorben, der eine ist ertrunken, und der andere hatte einen Verkehrsunfall. Darüber hat er beinahe den Verstand verloren.

Manuc kam nur selten zur Gemeinde. Seine Eltern hatten ihn in einem französischen Flüchtlingslager in Syrien zur Welt gebracht, deshalb war er katholisch getauft worden. In die Kirche kam er nur alle paar Jahre, wenn das orthodoxe Osterfest mit dem katholischen zusammentraf. Manuc war der Direktor des Unirea-Kinos. In der Stadt gab es noch ein zweites Kino namens Flacăra, ein ziemlich heruntergekommenes Gebäude, wo nur russische Kriegsfilme gezeigt wurden, zu denen sich nur diejenigen drängelten, die sich für einen Leu und fünfzig Bani zwei Stunden lang aufwärmen oder vor sich hin dösen wollten.

Manuc schlug vor, wir sollten ins Kino gehen. Also habe ich eines Vormittags, von Großmutter Arşaluis eingemummelt und an der Hand meines Bruders Melic, der schon in die erste Klasse ging, mich auf die Gerberstraße begeben, an deren Ende es eine Kreuzung gab, wo direkt vis-à-vis der armenischen Kirche das Kino war. Wir waren begeistert, als wir wieder zuhause ankamen: Schließlich hat der Schnauzbärtige ihnen das Fenster eingeschlagen. Dann haben Stan und Ollie ihm die Windschutzscheibe an seinem Auto zerschlagen. Der hat sie böse angeschaut und ihre Haustür mit der Axt zerhauen. Dann haben sie ihm die Autotür zerdeppert. Wir ahmten sie nach, und Großvater Garabet lachte mit seinem Cousin Sahag über uns. Nichts mehr ist an seinem Platz geblieben. Am Schluss war das Auto kaputt, das Haus ist eingestürzt, und sie haben auch noch Kennedy erschossen. Großvater hörte auf zu lachen. Wir erzählten feixend, als rollte der Film mit Stan und Ollie immer noch weiter. Großvater ließ mich alles noch einmal erzählen. Ich begann noch einmal mit dem Anfang, und mein Bruder bestätigte das Erzählte. Dass also am Anfang ein paar Leute in dem Auto gesessen hatten, von denen einer, ich weiß nicht wie, mit dem Kopf nach hinten geschubst wurde, und die Frau an seiner Seite wollte aus dem Auto springen. Jetzt aber hatten wir Angst zu lachen. Denn Großvater drehte sich zu Sahag um: Ruf den Kirchenvorstand zusammen. In zwei Stunden in Seferians Gruft. Er schrieb mir etwas auf einen Zettel. Lauf zu Arşag, dem Glöckner. Den Zettel zeigst du niemandem sonst.

Ich blieb draußen, um auf der Friedhofsallee Wache zu stehen. Es war Spätherbst, der Boden war mit welken Blättern bedeckt. Ich suchte darunter nach Nüssen und Kastanien. Die ließ ich aufeinander zurollen, wenn sie sich trafen, hatte ich gewonnen. Ich hatte keine Angst zwischen den Gräbern. Der Friedhof war so lebendig mit seinen Bäumen, dem Rasen und den Blumen, dass ich mich nicht gewundert hätte, wenn mir jemand die Nüsse, die sich tief in die Bodenspalten hinein verkrochen hatten, von unten her zugeworfen hätte.

Die Kreuze auf dem Friedhof standen schütter. Es war mehr Platz übrig geblieben, als die neuen Toten besetzen konnten. Manche hatten auch für die Toten Kreuze aufgestellt, die in den Dörfern zurückgeblieben waren, aus denen sie geflohen waren, aber auch so blieb noch viel Platz zwischen den Kreuzen. Aus ihrer Kindheit damit vertraut, so viel Tod zu sehen, hatten die Armenier meiner Kindheit den Friedhof zum Waldrand hin ausgeweitet. Man sieht jedoch, dass sie die Sterbenskapazität der Gemeinde überschätzt hatten. Wir sind weniger geworden, schätzte Arşag, während er die Alleen mit seinen Schritten durchmaß. Wir haben nicht mehr die Kraft, ausreichend zu sterben. Der Exodus nach Amerika, der gleich nach dem Kriegsende eingesetzt hatte, hat den Friedhof noch unpassender erscheinen lassen. Die Wohlhabenden sind sogleich gegangen, noch vor dem endgültigen Machtantritt der Kommunisten, als die Verstaatlichungen noch nicht begonnen hatten. So waren die Familien Israelian, Varbaronian, Diarbekirian,

Varteresian und Seferian geradewegs nach Argentinien gegangen, wo sie meinten, sich in sicherer Entfernung vom Kommunismus zu befinden. Die geblieben waren, Alaci, Missir, Goilav, Frenkian und viele andere, wurden aus ihren Häusern geworfen, und glücklich konnten sich diejenigen von ihnen schätzen, die nicht im Gefängnis landeten oder nicht gänzlich auf die Straße geworfen wurden, da man ihnen wenigstens die Mansardenzimmer oder Kellerräume ihrer eigenen Häuser gelassen hatte. Aber auch dort waren die Kachelöfen abgebrochen und der Ruß und Staub darin sorgfältig durchkämmt worden, damit nicht etwa zwischen den Kacheln oder in der Asche des Ofens ein paar Goldmünzen verborgen blieben. Hähnchen nannte man sie. Ich habe nie welche gesehen. Im *Buch des Flüsterns* habe ich erfahren, dass auch Großvater noch vor dem Krieg durch seinen Kolonialwarenhandel ein paar beiseitegelegt hatte. Als der Unfug bei Romanoaie an unserer Straßenecke begann, sind innerhalb einer Nacht die Autos aufgefahren, Gestalten in Ledermänteln haben die Türen eingetreten, die Familien in die Höfe und in den Schnee gescheucht und das Haus durchstöbert, von der Asche der Öfen bis hin zu den Daunen in den Decken und Matratzen und den Büchern in den Bibliotheken, Seite für Seite. Mit der Begründung, Romanoaie habe Handel mit Getreide getrieben, brüllten sie die entsetzten Familien an, sie sollten das Geld aus den Verstecken holen. Großvater beschloss damals, es sei das Beste, wenn seine Goldmünzen verschwänden. Weshalb er sie eines Nachts an der bestbewachten Stelle im Hof vergrub, nämlich unter der Hundehütte. Diesen Hund hatte auch ich noch erlebt, er hieß Fidel, war weiß und dermaßen struppig, dass es den Anschein hatte, als wollte er zerfließen. Zwischenzeitlich aber war die Hundehütte ein paarmal umgezogen, sodass man nicht mehr wusste, wo sie ursprünglich gestanden hatte. Ganz bestimmt befand sich während meiner Kindheit in jenem Bereich des Hofes der Gemüsegarten. Und die beste Gelegenheit, etwas zu suchen, ergab sich im Frühjahr, wenn keiner der zufällig durch unsere Straße Gehenden sich fragte, warum man den Garten umgrub. Als ich ein Kerl geworden und in der Lage war, mich am Spaten zu verausgaben, habe ich jeden Spatenhub achtsam umgewandt und auf der Suche nach dem Schatz kleingehackt. Ich habe nichts gefunden. Es ist mir nie gelungen, den Spaten so tief in den Boden zu rammen, wie es die Angst meinem Vorfahren geboten hatte.

So hatten damals die ersten Abreisenden ihre Bündel geschnappt, alles eingetauscht, was man gegen Gold eintauschen konnte, und sich über den Hafen von Constanţa davongemacht, nicht einmal sie selbst wussten, wohin die Reise ging. Ihre Häuser ließen sie leer zurück, die Schrankschubladen waren durchwühlt, die Tastaturen der Wiener Pianinos zahnlückig, die Bilderrahmen leer, denn die Leinwände waren herausgetrennt, eingerollt und sorgfältig zwischen den Kleidungsstücken versteckt worden. Und so waren auch die Gräber zurückgeblieben, auf deren Steine sie ihre Namen geschrieben hatten, aber niemand wusste ihr Sterbejahr einzutragen; ein Friedhof mit nur einer Hälfte Toter. So auch die Gruft der Seferians, in der niemand beigesetzt worden war. Der alte Seferian, Kolonialwarenhändler mit Lagerräumen im Hafen von Brăila, ging, noch bevor er sein Dasein beschloss, nach Buenos Aires, wo Edoardo, sein Enkel, das mitgebrachte Geld vermehrte und zum wichtigsten Vertreter der armenischen Gemeinde in Argentinien wurde. Bisher waren die Nischen der Gruft leer geblieben und nicht vermauert worden. Ein geeigneter Ort für Begegnungen, von denen niemand sonst etwas hören oder sehen sollte.

Sie kamen der Reihe nach. Zuerst Arşag, der Glöckner, der die Umgebung prüfte. Dann der Pfarrer Varjabedian, gedrungen, mit weißen Haaren und einem wie von Hand rundgeschnittenen Bärtchen. Sie gingen zu den Gräbern, beteten und schwenkten da und dort das Weihrauchfässchen. Dann kamen auch die anderen: Großvater Garabet, mein Pate Sahag, Anton Merzian, Krikor Minasian, Ohanes Krikorian und die Jüngsten: Vrej Papazian, Dicran Bedrosian, Agop Aslanian und Măgârdici Ceslov.

Was tut der Pfarrer?, fragte Măgârdici verwundert.

Er tut nichts, klärte ihn Großvater auf. Er tut nur so, als hielte er eine Seelenandacht ab.

Dienstags eine Seelenandacht?

Wer weiß, das wird einer unserer armenischen Bräuche sein. Wenn heute kein passender Tag für eine Seelenandacht ist, denn Beerdigung gibt es keine, was suchen wir dann zu so vielen auf dem Friedhof?

Sie verkrochen sich einzeln hinein. Agop Aslanian sagte:

Ich hab Kerzen mitgebracht für den alten Seferian. Die leuchten auch uns ein bisschen.

Die Kerzenflammen zogen die Gesichter in die Länge, und auf den Wangen begannen die Schatten zu spielen, vermischten sich mit dem wenigen Licht, das von draußen hineindrang. Ihre Augenbrauen wirkten buschiger, und die Nasen, ohnehin schon groß, schienen in den Gesichtern herumzuhüpfen. Pfarrer Varjabedian schwenkte sein Weihrauchfässchen, setzte sich und machte auch Minas noch Platz.

Habt ihr es erfahren?, fragte Großvater.

Jeder hatte irgendetwas gehört. Und jeder scheute sich, als Erster zu sagen, was er gehört hatte.

Kennedy ist gestorben, fuhr Großvater im vom Weihrauchduft noch verstärkten Schweigen fort.

Nur wenn ganz und gar ungewöhnliche Dinge vorgefallen waren, trafen sie sich in der Gruft. Und Dinge, über die man nur in der Gruft sprechen konnte, waren üble Dinge. Zum ersten Mal hatten sie sich dort getroffen, als die Nachrichten von den Repatriierten eingetroffen waren. Zum zweiten Mal, als der König abgedankt hatte. Zum dritten Mal, als Großvater aus Bukarest die Nachricht gebracht hatte, dass Bischof Vazken zusammen mit seiner Mutter zu Mitternacht aus dem Bischofssitz geworfen und das Gebäude zu einem Holzlager umfunktioniert worden war. Zum vierten Mal nach der Revolution in Ungarn. Also war es nun das fünfte Mal. Seit sie sich nicht mehr hier getroffen hatten, waren einige Jahre vergangen, was nicht hieß, dass die Zeiten nun ruhiger geworden waren, sondern noch hoffnungsloser.

Was ist zu tun?, fragte Anton Merzian.

Es war selbstverständlich, dass er derjenige war, der fragte. Anton Merzian sprach nur in Frageform. Niemals sagte er, heute ist es schön, sondern stets, schönes Wetter, nicht? Oder: Ich fühle mich heute nicht gerade wohl, was meinst du? Und wenn alles besprochen und keine weitere Frage offengeblieben war, beschloss wiederum er: Nun ist's klar, oder? Und als wäre die erste Frage übereilt gewesen, stellte er gleich eine nächste: Wer steckt dahinter?

Auf diese Frage hatte jeder seine eigene, und zwar entschiedene Antwort. Sie lauteten wie folgt:

Sahag Şeitanian: Die Russen sind schuld.

Der Varjabedian: Die Kubaner sind schuld.

Arşag, der Glöckner: Die Türken sind schuld.

Anton Merzian: Die Kurden sind schuld.

Krikor Minasian: Die mafiotischen Lastwagenfahrer sind schuld.

Ohanes Krikorian: Die Albaner sind schuld.

Das mit den Albanern war ganz ungewöhnlich.

Ich hab Radio Tirana gehört, fügte er selbstsicher hinzu. Sie haben Kennedy Rache geschworen.

Rache wofür?, wollte Măgârdici Ceslov wissen.

Was weiß denn ich? Rache eben, und basta.

Die Albaner drohen der ganzen Welt ..., beharrte Măgârdici.

Wie du siehst ...

Aber damit waren die Hypothesen noch lange nicht erschöpft, denn:

Vrej Papazian: Die Vietnamesen sind schuld.

Măgârdici Ceslov: Die Mexikaner sind schuld.

Dicran Bedrosian: Die Amerikaner sind schuld. Der Imperialismus. Kennedy war Demokrat.

Nein, wenn du erlaubst, widersprach Sahag Şeitanian, die Imperialisten sind auf der anderen Seite, dort, wo die Sonne aufgeht.

Die Bolschewiken kämpfen für den Frieden, verteidigte sich Dicran Bedrosian.

Könnten sie nicht ein klein bisschen weniger kämpfen?, giftete Sahag. In diesem ganzen Friedenskampf werden wir alle noch zu Staub und Asche zerfallen. Hast du etwa vergessen, was sie dir angetan haben? Bist du noch immer nicht zur Vernunft gekommen?

Dicran Bedrosian errötete. Er war der Einzige von ihnen gewesen, der sich 1944 darüber gefreut hatte, dass die Russen kamen. Als Erster war er hinaus zur Bahnschranke geeilt, um sie zu empfangen. Hatte sich auf den ersten sowjetischen Soldaten gestürzt, der ihm begegnet war, und ihn auf beide Wangen geküsst. Der Soldat hatte sich etwas verdutzt umarmen lassen, dann aber strahlte plötzlich sein Gesicht, er steckte ihm den Gewehrlauf unters Kinn und wies auf sein Handgelenk. Zuerst wollte Dicran Bedrosian es nicht glauben, aber als er das Klacken des Gewehrs beim Durchladen hörte, erstarrte er. Er nahm die Uhr vom Handgelenk und gab sie ihm. Der sowjetische Soldat hatte allen Grund, zufrieden zu sein. Dicran Bedrosian war Uhrmacher, er hatte gewusst, was er für sich auszuwählen hatte. Der Soldat schnappte sich die Uhr und stieß Dicran mit dem Gewehrkolben in den Straßengraben. So hatte Dicran Bedrosian, der glühende Bewunderer des Bolschewismus, im Schlamm kniend, abwechselnd das Handgelenk und den Stich unterm Kinn reibend, ansonsten reglos und zitternd, die Ehre, als Erster, wenngleich in etwas unbequemer Haltung, die glorreiche sowjetische Armee in Augenschein nehmen zu können.

Wie sollte der zur Vernunft gelangen?, brummte Krikor, der Schuster.

Und an Dicran gewandt: Bring ihnen auch die große Uhr aus der Kirche. Damit sie sie an den Kremlturm hängen.

Also, sprach jetzt wieder Anton Merzian: Wer ist nun schuld?

Diesmal kam die Antwort mehrstimmig, aber als eine einzige, mithin klärende:

Die Boltürkurkubamexalbanamsen ...

Großvater hob die Hand. Es wurde still.

Der Krieg wird sich verschärfen, sagte er.

Warum sollte er sich verschärfen?, fragte Arşag. Es gibt jetzt doch gar keinen Krieg.

Die Menschheit steht am Scheideweg, sagte Großvater. Es handelt sich um eine verdeckte Wegscheide. Die Wörter kämpfen an unserer Stelle. Und wir sterben an ihrer Stelle.

Wir warten darauf, dass die Amerikaner kommen, und die sterben ..., klagte Mägârdici.

Ein bisschen leiser, mahnte Sahag. Geh noch eine Runde hinaus, Vater, und schwenk das Weihrauchfass.

Der Varjabedian erhob sich mit dem Weihrauchfass und trat auf die

Schwelle. Ich entfernte mich schnell mit meinen Kastanien, damit er mich nicht beim heimlichen Lauschen ertappte. Der Pfarrer rief mich herbei und gab mir eine Hostie. Dann ging er wieder hinein und hängte das Weihrauchfass an die Wand.

Ist jemand auf dem Friedhof?, fragte Großvater.

Nur der liebe Gott und diejenigen, denen er schon vergeben hat.

Du hättest etwas weniger Weihrauch nehmen können, klagte Vrej Papazian. Wir ersticken hier noch …

So muss es zum Seelengedenken sein. Es muss dicker Rauch rauskommen, klärte ihn Arşag auf.

Anton Merzian kratzte sich am Kopf: Mag schon sein, wie heißt es da? Möge ihnen die Erde leicht sein, nicht? Aber was machen wir jetzt?

Was sagen die Juden?, ereiferte sich Agop Aslanian. Fragen wir Doktor Argintaru. Wenn da etwas ist, erfahren die es zuerst … Wenn die Juden sich aufmachen, müssen auch wir uns rühren. Dann heißt es, dass es wieder losgeht …

Ich gehe nirgends mehr hin, gut?, sagte Anton Merzian entschieden. Hab ich meine Rente? Hab ich. Einen Ruheplatz auf dem Friedhof? Gott sei's gedankt, und zwar für alle Ungeborenen auch noch. Wirft die Schusterei noch was ab? Und Zaruhi, mein Weib, was soll man da sagen, ist sie nicht taub wie ein Stück Holz? Wo soll ich noch hinziehen?

Auch ich würde mich nicht mehr von der Stelle rühren, so Arşag. Halten wir fest: Von Şabin-Karahisar nach Aleppo, von Aleppo nach Odessa, Chişinău, Brăila, Silistra und jetzt, nach dem Krieg, hierher, nach Focşani. Ich habe in meinem ganzen Leben nicht einmal so viel zusammengetragen, wie auf einen Pferdewagen passt.

Du hast leicht reden, nicht?, sagte Anton Merzian. Ich aber, der ich mir ein Haus gebaut habe, soll ich es wie eine Schnecke auf den Rücken nehmen?

Um vom Grabplatz auf dem Friedhof gar nicht erst zu reden, nicht wahr?, äffte Krikor ihn nach.

Zwischen ihnen bestand eine alte Rivalität. Ihre Eltern waren Schuster in Malatya gewesen. Und da ihre Läden in der gleichen Straße lagen, schauten sie scheeläugig jeweils auf den Laden des anderen und trachteten danach, sich gegenseitig die Kunden wegzuschnappen. Zu jener Zeit war die Schuhmacherei höchst angesehen, und es gehörte schon einiges dazu, das Handwerk des Gerbers zu erlernen, das Zuschneiden und nach passendem Leisten einen Schuh anzufertigen. Die Werkstätten waren dem Erdboden gleichgemacht und von der armen türkischen und kurdischen Bevölkerung geplündert worden, während die Armenier am Stadtrand zu Konvois zusammengetrieben wurden. Mit dem von den Eltern erlernten Handwerk haben sich die Söhne vor dem Hunger gerettet. Und jeder seinen eigenen Weg nehmend, trafen sie tausend Kilometer weiter an der gleichen Kreuzung wieder aufeinander. Werkstatt an Werkstatt, Schusterei neben Schusterei auf der Hauptstraße von Focşani zwischen den jüdischen Geschäften. Die Juden sind gegangen oder aber sie haben ihre Geschäfte aufgegeben, die Läden der beiden sind geblieben. Eigentlich sind ihnen die Kunden geblieben, denn die Geschäfte liefen irgendwie illegal, ohne Firma und ohne Genehmigung. Umso verbissener und blindwütiger bekämpften sie sich gegenseitig. In letzter Zeit hatte Anton Merzian einen Vorteil errungen. Er hatte seine Söhne, Cocor und Dicran, bei der Handwerksgenossenschaft unterbringen können, und die brachten ihm abends Leder mit, Leim, Garn, Sohlen und Nägel, die sie in der heimischen Werkstatt brauchten. Krikor hatte gedroht, sie bei der Miliz anzuzeigen, bei der Securitate, den Finanzbehörden, überall. Bist du blöde?, fauchte Anton. Verhaften die nicht erst einmal dich, bevor sie mich abholen kommen? Wie steht es denn um deinen Betrieb? Krikor schluckte trocken, er hatte keine Kinder, die ihn unterstützen konnten, so saß er denn abends mit seiner Frau Paranţem, also Paraschiva, und zählte wütend die Kunden, die mit Taschen voller durchgelaufener Schuhe an Merzians Tür klopften.

Vielleicht wird es Krieg geben ..., sinnierte Vrej Papazian.

Wenn Krieg kommt, mischte sich Ovanes ein, werden sie schon genug gegeneinander zu kämpfen haben, da bleibt ihnen keine Zeit mehr, sich mit uns abzugeben.

Krieg ist das Schlimmste, beschloss Dicran, der seit seinem Erlebnis mit dem sowjetischen Soldaten seine Lektion gelernt hatte und keine

Uhr mehr am Arm trug. Wenn sie dich nicht absichtlich umbringen, bringen sie dich aus Versehen um.

Wenn die Russen gegen die Amerikaner kämpfen, kommen die Amerikaner vielleicht doch noch, sagte Sahag, der immer noch seinem unerfüllt gebliebenen Traum nachhing.

Bloß um uns die Totenglocken zu läuten, murrte Ovanes. Ich habe mein ganzes Leben nichts anderes getan, als auf die Amerikaner zu warten. Das erste Mal war ich noch ein kleiner Junge, es war 1909 in Adana. Als das Gemetzel begann, sagte Vater, wir sollten an den Hafen fliehen, denn bestimmt kämen die Amerikaner, um uns zu retten. Dann habe ich 1918 wieder darauf gewartet, dass sie uns vor den Türken und vor den Russen gleichermaßen retten. Und 1944, was soll man dazu noch sagen? ... Erinnere dich, Sahag, wie du eine Woche lang zwischen Fledermäusen und Totenkopffaltern auf dem Kirchturm ausgeharrt hast, damit du der Erste bist, der die ankommenden Amerikaner sieht. Und was blühte uns? Die Russen sind gekommen, und ihre Beinkleider platzten ihnen vor Verlangen nach Frauen, und ihre Rachen platzten ihnen vor Verlangen nach Wodka. Und dieser törichte Dicran Bedrosian lief ihnen wie ein Irrer entgegen, sie zu empfangen. Sie haben dir viel zu wenig weggenommen, die Armbanduhr, sie hätten dir auch die Hosen ausziehen sollen, damit du tatsächlich mit dem nackten Arsch hättest herumlaufen müssen. Die haben dir nicht genug angetan, denn sieh, du bist auch heute noch nicht zur Vernunft gekommen.

Wenn ich sterbe, grämte sich Mägârdici, holt mir die Amerikaner her, damit sie mir die Totenglocken läuten. Damit ich wenigstens dann weiß, dass sie gekommen sind ...

Letztlich geschah es auch so. Aber nicht die Amerikaner sind zu ihm gekommen, sondern er ist zu den Amerikanern, er ist in den siebziger Jahren mit der gesamten Familie ausgewandert. Was ihm nicht gut bekommen ist, denn er ist bald darauf gestorben, und von dem, der die Glocke läutete, bis zum Seil, den Sargbeschlägen und den Totenschmaushamburgern erwies sich alles rundum als amerikanisch.

Ihr seid völlig übergeschnappt, beschloss Arşag. Über uns wird nichts als Ungemach kommen. So war es auch mit Sarajevo und mit dem Tod von Armand Călinescu.* Ich erinnere mich auch heute noch an die Erschossenen mit den Pappkartons auf der Brust.

Wir müssen uns organisieren, intervenierte Großvater.

Lasst uns den großen Kronleuchter und die silbernen Gefäße verstecken, mischte sich Pfarrer Varjabedian ein.

Verstecken wir uns im Keller, riet Vrej Papazian.

Lasst uns in die Berge abhauen, bis sich die Dinge beruhigen, fügte Agop Aslanian hinzu.

Lasst uns die Waffen von General Dro suchen, sagte Sahag Şeitanian.

Dann trat Stille ein. Sie schauten sich verlegen an.

Schwenk das Weihrauchfass, Pfarrer, schlug Anton Merzian vor und vergaß zum ersten Mal die Frage, die ihm auf den Lippen lag.

Sie schwiegen und warteten. Pfarrer Varjabedian kam zurück und hängte das Weihrauchfass an den für die Ikone vorgesehenen Nagel.

Nichts, nur Krähen, sagte er. Ab und zu hört man, wie die Nüsse und Kastanien zu Boden fallen.

Die Waffen von General Dro gibt es nicht mehr, flüsterte Großvater.

Irgendwo müssen sie sein, widersprach Krikor. Du weißt doch, dass er '44 geflohen ist, da konnte er doch die Gewehre nicht mitnehmen.

Und was fangen wir mit den Gewehren an?, fragte Anton Merzian. Sollen wir damit auf die Straße gehen? Oder Schwarze Bauernhemden** spielen? Möchtest du dir vielleicht noch eine Kette mit Goldmünzen um den Hals legen, damit sie beim Hüpftanz schön klimpern?

Umsonst redet ihr so daher, fuhr Sahag dazwischen, schließlich war er der Einzige, der während des Krieges eine Zeitlang beim Militär war. Es war schon ganz gut, dass auch wir ein paar Gewehre hatten.

---

* Armand Călinescu, 1893–1939, rumänischer Politiker, Ministerpräsident und Verteidigungsminister, dessen Politik sich an Frankreich und Großbritannien orientierte, galt der faschistischen Eisernen Garde als verantwortlich für die Repressionen ihnen gegenüber, was zu seiner Ermordung am 21.9.1939 führte. (A.d.Ü.)
** »Die Schwarzen Bauernhemden« (Sumanele Negre), militärische Formation der »Heiducken des Avram Iancu«: bewaffneter antikommunistischer Widerstand in der zweiten Hälfte der 1940er Jahre. (A.d.Ü.)

Du kommst gar nicht dazu, sie zu benutzen, denn noch bevor die Amerikaner hier sind, hat man sie dir in den Rachen gesteckt, schnitt ihm Agop Aslanian das Wort ab. Schließlich haben die Amerikaner anderes zu tun, als sich mit unseren Kommunisten anzulegen, die haben jetzt gegen ihre eigenen Kommunisten zu kämpfen. Außerdem haben sie mit ihren Negern genug zu tun und mit den Vietnamesen ...

Was sind das nun für welche, diese Vietnamesen?, fragte Vrej Papazian.

Auch so eine Art Neger, nur eben gelbe, klärte ihn Agop auf.

Wie spät ist es?, fragte Garabet, mein Großvater, der diesmal maßvoll sprach.

Wer sonst, wenn nicht Dicran Bedrosian hätte nun antworten sollen? Obwohl auch Vrej und Mägârdici Uhrmacher waren, galt allein Dicran als der Uhrmacher, dem Großvater es zweimal im Jahr erlaubte, jeweils zur Fastenzeit vor Ostern und vor Weihnachten, den Mechanismus der Kirchenuhr zu ölen.

Fünf vor vier, antwortete dieser, nachdem er die Uhr, die er an einer Kette trug, konsultiert hatte. Wie gesagt, trug er keine Armbanduhr mehr, er hatte nur noch ein Lederarmband am Handgelenk, das aus Jerusalem stammte – jedenfalls bildete er sich ein, es komme von dort.

Moskauer Uhrzeit, grinste Sahag geringschätzig.

Dicran setzte zu einer Antwort an, aber Großvater ging dazwischen.

Wir haben keine Zeit für Mätzchen. Mägârdici, hol den Telefunken raus. Und Ihr, Vater, schwenkt nochmal das Weihrauchfässchen.

Der Varjabedian nahm das Weihrauchfass und ging hinaus, sich umzusehen. Mägârdici schob die Grabplatte beiseite, holte den Sack heraus und schnürte ihn auf. Er stellte das Radio in die Mitte. Sie benötigten nun keine Akkumulatoren mehr. Als die Friedhofskapelle einen Stromanschluss bekam, haben sie die Leitung bis in die Gruft hinein verlängert. Vrej rückte die verfaulten Blumenkränze beiseite, die absichtlich vor die Steckdose gelegt worden waren. Beide beugten sie sich über den Apparat. Die Kiste begann zu krächzen. Der Varjabedian kam zurück.

Wie steht's?, fragte Großvater.

Bloß Calustians Vartuhi bei ihren Eltern. Sie ist ein anständiges Mädchen. Ohne Glück.

Und was hat sie gesagt, da sie dich so alleine das Weihrauchfass schwenken sah?

Der arme Seferian, was sollte sie sonst sagen. Schön von Ihnen, Herr Pfarrer, der hat ja sonst niemanden, der ihm mal eine Kerze anzündet.

So ist's, Pfarrer, wirklich schön von dir. Aber noch schöner wäre es, wenn du das hier drin nicht weiter schwenktest, denn die Luft wird ganz stickig und unsere Nasen immer länger.

Agop hatte tatsächlich eine beeindruckende Nase. Als er noch klein war und noch kein Ekelempfinden hatte, so seine Mutter, die Pfarrersfrau Mariam, Gattin des verstorbenen Der Dagead, habe er sich die Nase heimlich mit der Zunge geputzt.

Ruhe jetzt!, gebot Vrej.

Wie schön das klingt ..., begeisterte sich Măgârdici, da er die Glockenschläge von Big Ben vom Parlamentsturm in London hörte.

Das sind Glocken, kein Witz! Arşag wischte sich gerührt eine weiche Altherrenträne aus dem Augenwinkel und wies auf seine Brust. Hier, seht, hier spüre ich sie ...

Die ersten Worte waren ihnen vertraut, die Worte des Sprechers, es war die gleiche Stimme wie während des Krieges, als sie ihr unter den Betten, in Kellern, Warenlagern oder zwischen Holzstapeln gelauscht hatten. Dann wurden die Dinge komplizierter.

Übersetz, Arşag, bat Großvater.

Er sagte, wenn man die Seele eines Volkes verstehen will, muss man dessen Glockenschläge verstehen. Die Sprachen der Glocken sind, wiewohl sie ähnlich zu klingen scheinen, von einem Volk zum anderen verschieden. Wie es auch der Himmel ist. Wenn die Menschen nach oben schauen, sehen sie den gleichen Himmel, aber jeder findet dort andere Götter oder Heilige vor. Arşag hatte an den Orten, wo er als Glöckner oder Messdiener tätig war, alle Sprachen gelernt. Von den Katholiken hatte er das Italienische aufgeschnappt. Bei den Protestanten das Englische und von den Lutheranern das Deutsche. Er verstand die Sprachen, sprach sie aber nicht. Wenn er reden sollte, äußerte er sich in unterschiedlichen Rhythmen und Tönen: Bang-ba-bang-ngabang. Das war Deutsch. Oder: Baganga-agabang. So ist das Italienische. Er sprach die Sprache jedes Volkes in der Sprache ihrer Glocken.

Rührt euch nicht!, sagte er, als er um Stille bat.

Um zu hören, benötigte Arşag keine Stille, sondern Reglosigkeit. Weil er taub war und, selbstverständlich, die Worte nicht von den Lippen des Sprechers ablesen konnte, kniete er nieder und legte das Ohr an die Holzverkleidung des Radios, um die Vibrationen zu spüren.

Was sagt er? Die Schuster Anton und Krikor reckten die Hälse.

Arşag erhob den ausgestreckten Finger und zeigte an, dass er zu verstehen begann.

Einer, Johnson, der neue Präsident. Der sagt also, sie sollen durchhalten. Das amerikanische Volk. Schwer. Tod. Justiz. Ihr werdet schon sehen. Gott segne Amerika. Das war Johnson. Jetzt der Sprecher. Streiks und Trauer. Den Mörder haben sie gefunden. Li Oswald hat Kennedy umgebracht. Jack Ruby hat Li umgebracht. Den Ruby hat noch niemand umgebracht.

Arşag hörte noch eine Minute lang zu, nickte schweigend Zustimmung. Anton stupste ihn ungeduldig an. Arşag erhob sich.

Das war alles. In einer Stunde gibt es wieder Nachrichten.

So lange bleiben wir nicht mehr, sagte Agop. Seelengedenken in der Dunkelheit, wo gibt's denn so was? Die werden glauben, wir sind irgendwelche Wiedergänger.

Es ist klar, sagte Sahag, die Kommunisten sind schuld.

Das haben sie nicht gesagt, widersprach Arşag.

Nun ja, die sind doch nicht dumm und sagen es so direkt. Wer gescheit genug ist, versteht es. Gehen wir es mal der Reihe nach durch. Dieser Li, der, sagst du, hat Kennedy umgebracht?

So hat er es gesagt. Und dass er zweimal geschossen hat ...

Gut, fuhr Sahag fort, und Li ist ein chinesischer Name. Einverstanden?

Nur die Chinesen haben so kurze Namen ..., bestätigte Krikor.

Sind die Chinesen Kommunisten? Sie sind es. Und wer hat Li umgebracht? Ruby. Gut, dass sie nicht gleich Rubinstein gesagt haben. Wer hat nun den Bolschewismus gebracht, nicht die Juden? Diese Lenin, Sinowjew, Kamenew und Trotzki waren mir schöne Prawoslawen. Sieh an. Ein Streit unter Kommunisten.

Die Kommunisten streiten sich nicht, wandte Dicran Bedrosian ein. Der proletarische Internationalismus ...

Pfui Teufel!, schüttelte sich Pfarrer Varjabedian.

Also dann, sieh, die Sache steht so, begann mein Pate Sahag, der nun Mut gefasst hatte. Die Welt dreht sich verkehrt rum. Die Amerikaner streiten sich mit den Russen, die Russen streiten sich mit den Chinesen, die Chinesen streiten sich mit den Vietnamesen, die Vietnamesen streiten sich untereinander in Indochina, Indochina streitet sich mit den Franzosen, und die Franzosen mit ihrem De Gaulle und allen anderen, die streiten sich mit den Amerikanern. Der Kreis schließt sich. Das ist kein Weltkrieg mehr, das ist ein universeller Krieg.

Wir haben schon zwei Kriege durchgemacht, reicht das nicht?, klagte Anton Merzian.

Du siehst ja, dass es nicht reicht, antwortete Agop Aslanian. Die Menschheit ist verrückt geworden.

Die Apokalypse, sagte Pfarrer Varjabedian und bekreuzigte sich dreimal.

Wir werden uns nicht mehr von da nach dort treiben lassen, beschloss Krikor Minasian. Ich habe so viele Kriege erlebt, dass ich ihrer müde bin. Wenn wir noch die Legionäre und die Kommunisten dazu nehmen, hat es uns wirklich knüppeldick erwischt.

Die Waffen von General Dro, begann nun Sahag Şeitanian wieder. Wir sollten sie suchen.

Großvater gab Arşag einen Wink, das Radio auszuschalten. Noch klebte er mit dem Ohr an der Holzkiste und nickte zustimmend, schien aber kaum mehr etwas zu verstehen.

Es kann Krieg sein und kann auch nicht Krieg sein. Die Russen haben vielleicht das Land nur verlassen, um wieder zurückkehren zu können. Wenn wir noch etwas erfahren, versammeln wir uns wieder. Was zu tun ist, weiß Gott allein. Und jetzt geht alle der Reihe nach.

Einer nach dem anderen gingen sie schweigend hinaus. Als Erster Ohanes Krikorian. Dann Arşag, der Glöckner. Pfarrer Varjabedian. Großvater Garabet, Anton und Krikor, die Schustermeister, und Sahag Şeitanian, und zuletzt die Jüngsten: Dicran Bedrosian, Agop Aslanian und Vrej Papazian. Mägârdici ging, um in anderen Gefilden sein Leben zu beenden, aber auch er hatte sich auf dem armenischen Friedhof – neben seiner Mutter Macruhi und seiner Tante Aghavni, welcher Name Täubchen hieß – einen Liegeplatz besorgt.

Danach hat Großvater mich nicht mehr ausgesandt, alle zusammenzurufen. In der Stadt und im Wäldchen erblühten wieder die Kastanien. Die reifen Nüsse und Kastanien vermischten sich auf den Alleen und in den Spielen meiner Kindheit. Die Tür zur Gruft von Seferian blieb stets halboffen für sie. Ab und zu dringt dünner und süßlicher Weihrauchduft daraus hervor. Arşag hängt sich an die dicken Seile der Big-Ben-Glocken, zieht daran, lässt sich hochlüpfen und jauchzt auf. Großvater schaut zu, wie sie sich streiten, und vermengt die Sesshaftigkeit mit der Wanderschaft, die Hilflosigkeit der leeren Hände mit den legendären Waffen von General Dro. Er hebt die Hand, damit Stille einkehre. Die Namen sind jedes Mal andere. Martin Luther King, Kennedy, diesmal aber Robert, Aldo Moro, Anwar al-Sadat, Olof Palme, Indira Gandhi, Itzhak Rabin, Anna Lindh, Benazir Bhutto. Und viele andere, weniger bekannte Namen, die sie jedoch alle kennen. Keine Bewegung!, ruft Arşag und buchstabiert die krächzenden und pfeifenden Worte aus dem Telefunken; aber auch das ist nicht mehr nötig, denn in der Welt zwischen den Wurzeln kennt man sämtliche Sprachen der Erde. Wer ist schuld?, fragt einer. Die Welt dreht sich verkehrt rum, sagt ein anderer. Ganz selten einmal, wenn auf der Erde Stille herrscht, hört man sie flüstern. Man würde meinen, es gebe nichts mehr, wovor sie Angst haben müssten, aber dem ist nicht so. Sie möchten das Lebendige schützen und benötigen es genauso wie früher. Denn nur eine lebendige Welt hat ein Anrecht auf ihre Toten.

Wenn sie von Ferne Mantus Tuba hörten, kamen die Leute haufenweise aus den Höfen. Und wenn sich den tiefen Vibrationen der Tuba die Klagetöne der Trompete und der Flügelhörner beigesellten, standen sie schon aufgereiht auf den Trottoirs der Gerberstraße, um den Leichenzug zu sehen.

Die Gerberstraße verband das Zentrum mit der Câmpineanca-Schranke. Jenseits der Schranke befand sich der Friedhof. Der einzige Weg, den die Leichenzüge nahmen. Der Tote wurde zuhause oder in der Kirche abgeholt. Der Mensch, krank bis zu diesem Zeitpunkt und ignoriert oder bei Kräften und von einem plötzlichen Tod hinweggerafft, rückte plötzlich in den Mittelpunkt der Aufmerksamkeit. Man interessierte sich für ihn, sprach voller Mitgefühl von ihm, wusch und kleidete ihn schön, trug ihn dahin und dorthin und begleitete ihn überallhin wie eine Braut.

In unserer Vorstadt verstanden sich ein paar ältere Frauen darauf, Witwen gewöhnlich auch sie. Sie tauchten unerwartet auf, mitunter sogar schon, bevor der Kranke seine Seele ausgehaucht hatte. Diese Frauen lösten Furcht aus, und hinter den Bretterzäunen schauten die Leute mit scheelen Augen nach ihnen. Sie verfügten über einen genauen Instinkt, hatten vorab schon den süßlichen Todesgeruch in der Nase, nichts konnte sie unvorbereitet überraschen. Wir atmeten im Rhythmus der Jahreszeiten und witterten so den rohen Duft der Frühlingsblumen, die schweren und trockenen Aromen des Sommers, die Dämpfe der Plaumenmuß-, der Schnaps- und Bouillonkessel im Herbst und den metallischen Geruch des Schnees. Für sie aber gab es nur eine Jahreszeit auf der Welt mit vermischten erdrückenden Gerüchen. Mitunter kam ein Gerücht auf: Madame Stavarache ist heute in unserer Straße, in der Schneeglöckchengasse, gewesen. Der arme Temelie, der Schreiner, er macht es wohl nicht mehr lange. So war es dann auch. Der Alte, der uns die Holzschwerter schliff, damit wir Haiducken spielen konnten, und der sich am Heldengedenktag gut anzog, sich die Medaillen an die Brust heftete und zur Heldenstatue vor dem Gerichtsgebäude eine Blume ablegen ging, verschied kurz darauf. Dann wiederum bemitleideten die Nachbarinnen in unserer Straße Mițu, die alte Frau Rădulescu. Denn die Witwe Nistor schlich ständig um die alte Kirche, die des heiligen Dumitru, in deren Hof die Familie Rădulescu wohnte. Die Witwe Nistor hatte recht, sie witterte den Geruch des sich verdünnenden Blutes.

Miţu aber lebte noch etwa zehn Jahre, rauchte ihre Carpaţi-Zigaretten auf dem Kanapee unter der Linde und hustete mannhaft. Wer starb, war ihr Sohn, Herr Rădulescu, den ich täglich auf seinem Weg zum Dienst mit dem Fahrrad vorbeifahren sah, die Manschetten seiner Hosen von Klammern zusammengerafft, damit sie nicht in die Kette gerieten.

Den Leuten tränten die Augen auch dann, wenn der Kranke lange leidend darniedergelegen oder über die Maßen alt geworden war. Wenn es kein grausamer Tod war und es sich nicht um einen noch bei Kräften befindlichen Menschen handelte, war das Weinen der Klageweiber eher ein Weinen um sich selbst.

Vor dem verrückten Mitică, der in einer Lehmhütte auf der Petru-Maior-Straße wohnte, fürchteten sich alle. Sein Gesicht war von Falten durchzogen, als wäre es von Krallen zerfurcht und die Kratzer niemals vollständig verheilt. Die Augen waren wässrig, die Iris hatte sich im Augapfelweiß aufgelöst, er war nicht blind, sondern sah gleichermaßen mit dem ganzen Auge, etwa so, wie es die Statuen der alten Griechen in den Büchern getan haben mussten. Er trug stets die gleichen khakifarbenen Hosen, Militärhosen, im Winter zog er auch den Uniformrock an. Diese Kleidungsstücke besaß er seit dem Krieg, damit war er entlassen worden, und wahrscheinlich wird man ihn darin auch beerdigen, wenn er sich nicht zuvor versteckt wie die Wölfe. Seine Hände waren schwielig vom Holzschneiden, davon lebte er. Die Nachbarn hatten Angst, ihn mit dem Beil in den Händen zu sehen. Sie verständigten sich mit ihm und hielten die Kinder anschließend bei verriegelten Türen im Haus. Das Essen stellten sie ihm auf einen Holzklotz, er aß, was man ihm gab, verlangte niemals etwas, nicht einmal Salz, wenn die Bohnen ungewürzt waren, auch keine Zwiebeln, wenn sie zu süß geraten waren, oder Wasser, wenn sie ihm versalzen vorkamen. Wenn er Durst hatte, trank er aus dem Fass unter der Regenrinne, in dem das Wasser zum Wäschewaschen aufgefangen wurde. Im Winter knetete er einen Schneeball und biss wie von einem Apfel Stücke davon ab. Beim Gehen war seine rechte Schulter nach vorne gebeugt, und er lachte unter dem Höcker über der linken Schulter, als verwunderte er sich selbst darüber, dass dieser ihm dorthin geklettert war. Er lachte immerzu, rauh und röchelnd, freudlos, als müsste er einen Erstickungsanfall im Rachen loswerden. Seit Stalingrad war er so, erzählte Temelie. Ein russischer Panzer war über ihn gerollt: Beim Davonrennen war er in ein Schneeloch gefallen, und über ihm hatten die Panzerketten gerasselt, die ihn nur mit ihrem Krach und der Todesangst erdrückt hatten. Lange hielt er sich verborgen, sie hatten ihn für tot gehalten und seine Sachen zu einem Bündel verschnürt, um sie nachhause zu schicken. Damals hatte er sich angewöhnt, Schnee zu essen, nicht nur daran zu lecken, wie die Tiere, sondern ihn richtig zu verschlingen, ihn knirschend zu zerkauen und die Eisstücke mit den Zähnen zu zermalmen wie dünne Knöchlein. Am Heldengedenktag gingen sie zusammen zur Statue vor dem Gerichtsgebäude, Temelie stets sorgfältig gekleidet, mit gebügeltem weißen Hemd und schwarzer Krawatte, die Auszeichnungen auf der Brust ordentlich aufgereiht, und hinter ihm, hopsend und lachend, Mitică in seinem ausgebeulten Militäraufzug. Der Tischler und der Brennholzmacher, die Helden von Stalingrad. Temelie legte eine Blume zu Füßen der Statue und verharrte reglos, den Blick gesenkt. Mitică schrie herum, verhackstückte seine Worte durch das Lachen und gab den Text von der Denkmalplatte wider, der an die Toten auf den Schlachtfeldern erinnerte. Aber er begnügte sich nicht damit, sondern las auch die Zeilen, welche die Kommunisten mittlerweile mit Mörtel zugeschmiert hatten, und die er – die Seele von den russischen Panzern zerquetscht – auswendig konnte.

»Im heiligen Krieg«, lachte Mitică, »zur Zeit der ruhmreichen Herrschaft von König Carol I., dem Begründer, und von König Ferdinand, dem Vollender des Landes«. Als die Miliz ihn zum Schweigen bringen wollte und ihn über den Platz zerrte, wehrte er sich zappelnd, schrie und lachte durcheinander, sodass sie es vorzogen, ihn alles bis zum Ende vorlesen zu lassen, die Buchstaben, die man sehen konnte, und die überdeckten. Dann holte Mitică sich sein Schnapsfläschchen aus der Gerberkneipe und verbarg sich hinter den Zäunen, wo er ausgiebig trank und seine Brust versengte, damit wenigstens ein Teil der Schneemassen schmolz, die er in sich trug. Benommen zog er los, keuchte seine

Lacher hervor. Begegnete er jemandem, so blieb er stehen und rammte diesem den Zeigefinger in die Brust. Schrie: Du wirst sterben! Dann der Nächste: Du wirst sterben! Du wirst sterben! Ich erzählte es Großvater. Er hat recht, antwortete dieser, Mitică hat vollkommen recht, und zwar bis zum Schluss. So verstand ich, dass die Menschen sich vor dem Tod fürchten, weil der Tod wahr ist.

Dann wurden jene Frauen plötzlich nützlich. Sie wussten alles. Wie das schwarze Handtuch über der Eingangstür anzubringen war. Dass man die Vorhänge zuziehen musste, damit das Sonnenlicht nicht bis zum Antlitz des Toten drang und es zerstörte. Wie die Spiegel mit schwarzen Tüchern zu verhängen waren, und dass derjenige unter den Verwandten des Toten, der in einen Spiegel schaute, innerhalb der nächsten sieben Jahre unweigerlich ins offene Grab gezerrt würde. Dass man sich weder die Hände noch das Gesicht waschen darf, dass man als Frau keinen Kamm durch die Haare führen darf und als Mann kein Rasiermesser über die Wangen, damit der Tod keine Krümel auf der Erde hinterlässt. Wie der Leib des Toten mit in Weihwasser und Narde-öl eingeweichten Tüchern unter den Achseln, im Gesicht und auf dem Bauch abgerieben werden muss, damit enttauft werde, was getauft war, das Grab sich tatsächlich und vollständig schließt und die Seele des Toten nicht auf der Erde herumirrt. Wie man ihm die Münze zwischen die Finger zu stecken hat, damit er seine Zollgebühr bezahlen kann, und die Hände über der Ikone gefaltet werden müssen zum Zeichen der Demut vor dem Jüngsten Gericht. Wie die Beine verschnürt werden müssen, damit der Leib bei der Messe ausgestreckt daliege, und wie sie anschließend wieder ausgewickelt werden müssen, damit ihn kein Bedauern auf dieser Erde zurückhält und er sich frei in jener anderen Welt bewegen kann. Wie die Totenwachtkerzen aufgestellt werden, wie der Docht mit der Schere abzuschneiden ist, damit nicht zu viel Licht, aber auch nicht zu viel Schatten entstehe, damit nicht zu viel Klarheit herrsche und sich nicht zu viel Rauch entwickele. Wie man das Grab verschließt, wie ein Leintuch nämlich, wie man die Erdklumpen auf den Sarg wirft, wie man den Wein darüber vergießt, wie man das Totengebäck verteilt, wie man die Sachen des Gestorbenen und die sauberen

Handtücher verschenkt, mit an den Ecken eingeknoteten Münzen, wie man die Totenklage abhält, und wie man, auch in diesen Situationen, seine Wünsche ausspricht: Bereite Gott dir seine Tage! Diese nämlich, die der Tote nicht mehr hatte erleben können.

In diesen Dingen steckt ein Sinn. Die Zeremonien und Traditionen wurden geschaffen, um den Schmerz zu lindern. Man hat zu tun, sieht darauf, dass die Dinge gut laufen, hört auf das, was die anderen sagen, und achtet nicht mehr auf den eigenen Schmerz. Dann sind die Witwen von Nutzen, die den Tod riechen können, denn sie wissen, was sich gehört. Für den Mann, für die Frau, für denjenigen, der eines grausamen oder unangekündigten Todes gestorben ist, für den unverheirateten Jüngling und für das ledige Mädchen. Der leblose Mensch, der bis dahin ein bescheidenes und unauffälliges Leben geführt hat, bekommt nun den Augenblick seiner Größe. Die Witwen verrichten ihr Geschäft so, dass die Beerdigung für manch einen zum wichtigsten, wenngleich letzten Ereignis seines Erdendaseins wird. Wer Geld hat, wird im Leichenwagen davongefahren oder auf dem Lastwagen, der Sarg steht schön auf einem dicken und bunten Teppich, und ihm folgt die Schar der Trauernden, die sich angesichts der Zuschauer auf den Bürgersteigen in ihren schwarzen Kleidern für mindestens genauso wichtig halten wie den Toten, dann kommen die angeschwemmten Begleiter, Gaffer, Bedürftigen und Bettler, die auf die Leichenkrapfen aus sind und denen man die Handtücher mit den Münzen gibt und Krapfenstücke auf Papptellern reicht. Vorneweg aber, den Leichenzug eröffnend, schritt stets die Blechbläserkapelle des Mantu. Schöne, glänzende Instrumente, ohrenbetäubend und klagend zugleich, verstummten sie jedoch plötzlich, wenn der Leichenzug an einer Kirche anhielt und der Pfarrer seinen Weihrauchkessel in alle vier Windrichtungen schwenkte.

Mantu war gedrungen und hager. Langsam trug er seine Tuba, klebte daran wie die Schnecke an ihrem Haus. Mitunter drehte er sich im Gehen um und dirigierte mit den Wimpern die Trompeten, Klarinetten, Posaunen und das Saxofon. Seinen Bruder, den kleinen Mantu, Budişteanu, Frunză, die Brüder Câlţea und Fofoc. Sommers trugen sie schwarze Hosen und weiße Hemden; im Winter hatten sie Pelzmäntel an und die Mützen über die Ohren gezogen, dann schwebten bläuliche Wölkchen hinter ihnen her, die von ihren geblähten Backen und an die Mundstücke gepressten Lippen verdichtete Luft.

Die Beerdigungen fanden gegen Mittag statt. Am weitesten war Mantus Tuba zu hören. Anfangs wie ein Druck in den Ohren, als wäre die Luft plötzlich schwer geworden und drückte auf die Trommelfelle. Dann wie ein fernes Donnern, das irgendwo jenseits der Ufer des Milcov erlosch. Die Leute schauten durch die Fenster, deren Scheiben klirrten. Bei heiterem Wetter wussten sie, dass es sich um Mantus Tuba handelte. War der Himmel bewölkt, warteten sie auf das nächste Zeichen, nämlich das Klagen der Posaune und den Schrei der Trompeten.

Zog der Leichenzug an unserem Haus vorbei, drückte die von Mantus Tuba ausgestoßene Luft uns auf die Schläfen, auf alle zarten und transparenten Dinge. Im Winter verwirbelte sie den Rauch der Schornsteine. Zu Weihnachten kamen die Weihnachtssänger mit der großen Pauke. Zum Rhythmus der Pauke tanzten die Weihnachtssänger mit Bären- oder Ziegenköpfen auf der Straße. Ich weiß nicht, wie der Kopf der riesigen Gestalt aussah, die im Rhythmus von Mantus Tuba über der Stadt tanzte. Wiewohl unsichtbar, gab es sie, denn wenn sie vorbeizog, mühte sich der Rauch vergeblich, aufzusteigen. Er verbreitete sich in den Höfen und über den Häusern und suchte tastend nach einer Lücke, durch die er entkommen und emporsteigen konnte. Der Tod fesselte den Rauch an den Boden. Entfernte sich Mantus Tuba, zogen auch die Spuren des Todes ab, entfernte sich auch der Rauch tanzend über der Stadt und begann, sich zum Himmel zu erheben. Der Himmel gewann die Klarheit wieder, die immer auf den Tod folgt.

Nachmittags konnte ich ihn bei uns am Tor sehen, er wischte sich mit dem Handtuch, das er bei der Beerdigung bekommen hatte, über die Stirn und steckte es danach wieder in die Tasche, wobei er den verknoteten Zipfel heraushängen ließ. Die Tuba hatte er an die Wand gelehnt, auch sie ist müde geworden, die Arme, sagte er, und setzte sich; vom vielen Blasen war er etwas geschrumpft und bläulich angelaufen. Er zündete sich eine Zigarette an, zog den Rauch tief in die Lungen, um sich wieder mit ihm anzufreunden, wo er ihn doch vorher noch in

Ketten gelegt hatte. Langsam trank er sein Glas Wein, fuhr sich mit der blauen Zunge über die Lippen und schaute mit bebender Neugierde Großvater an.

Die Posaune, sagte Großvater Garabet.

Und ein andermal:

Die Trompeten ...

Was ist mit den Trompeten?, fragte Mantu mit krächzend verlöschender Stimme, als zöge schlaftrunkene Luft durch den Trichter seiner Tuba.

Beim Marsch von Chopin war ihr Einsatz verfrüht. Sie hätten den Flügelhörnern noch ein Viertel länger Zeit geben sollen.

Nein, das war genau so, wie es sein muss. Ich hab ihnen das Zeichen gegeben.

Großvater schenkte ihm noch ein Glas ein, dann ging er ins Haus zurück. Mantu wusste, dass nun der schwierigste Augenblick folgte. Und er schrumpfte auf seinem Stuhl noch mehr ein, wie eine Katze. Er wusste, was nun geschehen würde, und wenn er gekonnt hätte, wäre er davongerannt. Aber es ging nicht. Er trennte sich niemals von seiner Tuba, und mit ihr auf dem Rücken hätte er nicht davonrennen können. Mit vierzehn Jahren hatte er Tuba zu spielen begonnen, als der alte Mantu meinte, nun, da seine Brust schon zwei Hände breit war, seien die Lungen zum Blasen geeignet. Wenn er nicht spielte, hielt er die Tuba nahebei und polierte sie mit dem Ärmel, bis sie spiegelte. Immer gingen sie zusammen, der Mann und die Tuba, langsamen Schrittes und mit vornübergebeugten Schultern. Von dem Tag an, da der Alte, ihn mit der Hand abmessend, beschlossen hatte, dass er nun in der Lage war, das Instrument zu spielen, war Mantu nicht mehr gerannt.

Jetzt aber hatte er Lust davonzurennen, aber es war schon zu viel Zeit verstrichen, und er wusste nicht mehr, wie er dies anstellen sollte, ohne dass sich seine Beine verhedderten. Denn das Unvermeidliche geschah: Großvater kehrte mit der Partitur zurück und schlug sie auf dem Tisch auf. Dann wies er mit dem Finger auf die Stelle.

Hier, befand er.

Mantu beugte sich über die Blätter und schaute sich die Stelle an, die ihm der Finger anzeigte. Er konnte nur ein paar schwarze Zeichen sehen, kraus und übereinandergestapelt sahen sie aus.

Es wird schon seine Richtigkeit haben, wenn du das sagst ...

Ein andermal hatte mit der Posaune etwas nicht gestimmt. Oder den Flügelhörnern. Großvater breitete die Notenblätter nacheinander aus, wie Strudelteig. Und fuhr mit dem Finger darüber. Die *Symphonie fantastique* von Hector Berlioz. Faurés *Requiem*. Der *Messias* von Händel. Mantus Lider verengten sich über den käferüberwuselten Blättern.

Welches ist die Tuba?, fragte er.

Die ganz unten, antwortete Großvater und wies auf die Reihe mit den wenigsten Käfern, die einem vor den Augen herumtanzten. Schau, da, ab und zu ein Kreis ohne Schwänzchen oder, mal darüber und mal darunter, mit einer Pfeilspitze.

Sieh an, verwunderte er sich, das bin ich?

Und seine glänzende Tuba betrachtend: Das sieht so leicht aus! Dabei muss man seine Seele zusammenknäueln und durch den Trichter quetschen, damit es klingt ...

Aber Großvater blieb verärgert über die Trompeten. Mantu rief sie alle zusammen, die Brüder Câlțea, Trompeter, dann den kleinen Mantu, Budișteanu, Frunză und Fofoc. Sie setzten sich im Hof auf die Schemel und leckten alle mit blau angelaufenen Lippen an ihrer Konfitüre. Großvater drehte die Ebonitplatte um, fuhr leicht mit seinem Jackenärmel darüber und legte sie auf das Gerät. Er hob den Arm des Plattenspielers an, gebot mit erhobenem Finger Aufmerksamkeit und setzte die Nadel auf. Die Zigeuner reckten die Hälse. Louis Armstrongs Trompete fegte über den Dixielandrhythmus und zerteilte die Luft. Großvater nickte und klatschte im Rhythmus der Musik in die Hände. Sie hörten fasziniert zu. Am Ende zogen sie die Köpfe wieder verlegen ein.

Habt ihr die hohen Töne gehört?, fragte Großvater Garabet.

Selbstverständlich hatten sie sie gehört. Großvater fuhr jedoch mitleidlos fort:

So hoch der Ton auch sein mag, er ist voll und offen. Warum geht das bei ihm und bei euch nicht?

Weil er gut genährt ist …, wagte sich der ältere der Câlțeas vor.

Bist du denn nicht gut genährt? Sieh doch, was für einen Bauch du hast …

Das kommt vom Ärger …, klagte der Zigeuner. Und von den unzerkaut verschlungenen Knödeln. Darum wächst ihm der Bauch so … vom Brot und vom Ärger. Hier aber kommt's auf die Puste an, wenn ich das richtig sehe, nicht auf den Bauch.

Ich aber glaube, hier braucht es Verstand, widersprach Großvater.

Umso schlimmer, erwiderte der Zigeuner. Brot verblödet.

Iss Mămăligă*, gab Budișteanu zurück.

Aber Mămăligă sättigt nicht …, warf Câlțea entmutigt ein, da er sah, dass ihm keiner mehr beisprang.

Ein andermal sehe ich sie auf dem kleinen Platz in der Straße des Vaterlands, im Zigeunerviertel. Sie sitzen mit rundem oder flachem Bauch im Kreis herum und haben Handtücher um ihre verschwitzten Nacken gelegt. Allein Mantu steht aufrecht, hat die Tuba an sich gelehnt und zieht an der Zigarette. Großvater sitzt vor ihnen am Tisch und erklärt. Und auf dem Tisch verstreut und damit den fettig-salzigen Schweißfluss der Bläser befördernd, liegen die Partituren.

Die Neunte Symphonie von Beethoven, kündigt Großvater an. Der dritte Teil, das Andante.

Stammt das auch von diesen Schwarzen?, fragt Câlțea verängstigt.

Schweig, Dummkopf, zischelt von hinten Budișteanu, der ein bisschen Musikunterricht in der Volkshochschule hatte und der Einzige unter ihnen war, der die Noten lesen konnte, die er stockend, als buchstabierte er eine Zeitung, zu benennen wusste.

Wenn es nichts von diesen Schwarzen ist, gab Câlțea zu bedenken, dann könnte es ja gehen …

Die Tuba wird den Kontrabass und die große Pauke gleichzeitig spielen. Die Posaune übernimmt die Violoncelli und die Hörner. Die Flügelhörner – alle weiteren Bläser. Und die Trompeten werden die Melodie der Geigen spielen.

---

* Maisbrei bzw. Polenta. (A.d.Ü.)

Wieso das?, riefen die Brüder Câlțea gekränkt. Die Geigen sind was für Spielmannskapellen. Wir sind keine Spielmänner ...

Und was sind wir sonst?, fragte Fofoc.

Spielmannskapellen passen zu Hochzeiten, erklärte Budișteanu. Wir spielen zu Beerdigungen. Uns nennt man Musikanten.

Nun halt einmal das Maul, du Musikant!, herrschte ihn Mantu an und steckte sich eine weitere Zigarette an.

Und an Großvater gewandt: Sag du's ihm, Chef!

Mantu sprach wenig. Da er immerzu mit aufgeblasenen Backen in seine Tuba blies, hatten seine Lippen Mühe, Worte zu formen, es wirkte stets so, als müssten sie sich richtiggehend losreißen. Auch reichte sein Atem nicht, um einen längeren Satz von Anfang bis zum Ende auf einmal auszusprechen. Husten schnitt ihm den Atem ab, und er lief blau an, nein, seine Miene verfinsterte sich geradezu ins Schwarze.

Wenn du nicht aufhörst mit dem Rauchen, ermahnte ihn Großvater, wirst du eines Tages mit der Zigarette verlöschen, die du eben weggeworfen hast. Wenn nicht vorher alle Kräfte aus dir schwinden und du mit der Zigarette zwischen den Lippen stirbst.

Mantu zuckte mit den Schultern. Er atmete rasselnd, als blase er in ein Mundstück. Er war es nicht gewohnt, umsonst zu atmen.

Mir reicht es, sagte er. Ich hab schon für drei Leben geblasen.

Mantu sprach völlig gleichgültig über den Tod. Seit dreißig Jahren hatte er ihn schon in jeder Gestalt gesehen, in jedem Alter und in allerlei Klagen und Gebräuche eingekleidet. Während des Krieges, erinnerte er sich, war es scheinbar etwas ruhiger. Der Tod schlug woanders zu, weiter weg. Ansonsten fürchtete er sich nicht. Für ihn war der Tod dort, wo das Leben und das kräftige, aus dem tiefsten Inneren vonstattengehende Atmen und Pusten ein und dasselbe, ja geradezu eine Pflicht waren, eher anheimelnd.

Ich puste genug, beschloss er, lass mich ab und zu auch mal ziehen. Also dann!

Großvater schlug mit der Linken den Takt und blätterte die Seiten um, wozu er leise summte. Dann folgten der Reihe nach die Trompeten, die Flügelhörner und die Posaune der Melodie und lernten sie auswendig. Ab und zu sprach Großvater seltsame Wörter aus: Moll, D-Dur, Tremolo ... Die Bläser konnten mit dem Verstand nicht begreifen, was sie nicht mit den Ohren verstanden hatten. Und deshalb wies Großvater mit dem Daumen nach oben, wenn er Dur sagte, und bei Moll nach unten, als wollte er jemandem anzeigen, er möge sein Glas wieder füllen, und das Tremolo war ein leichtes Flattern mit den Fingern. Und wenn seine Stimme nicht mehr ausreichte, holte er die Geige hervor und fuhr dort fort, wohin sein Gesang nicht aufsteigen konnte. Dann ließ er sie wie einen siebenstimmigen Chor spielen. Eigentlich sechs, denn Mantu blies hin und wieder seine Backen auf, wenn Großvater ihn mit zur Faust geschlossener Hand dazu aufforderte, und puffte: Bum-bum, dabei stampfte er zur Unterstützung mit der Schuhsole auf den Boden. Ihr Chor war jedoch eher ein Brummen. Zuerst muss man es mit der Stimme beherrschen, dann kommen die Finger ..., sagte Großvater. Spielt innen, damit man es draußen hört. Dann: Lauter, Trompeten! Und die Brüder Câlțea greinten. Tii-tiii-taaaa. Ba-da-bam, stampfte Budișteanu, der die Posaune blies. Und darunter, bum, bum, Mantus Tuba.

Sag, was du vorhast, verlangte Großvater.

Bei Eurem Tod, Chef ..., stammelte Mantu.

Unweigerlich sog der Zigeuner, anders als er es tagsüber gewohnt war, die Luft durch die Nase ein; er weinte.

Lass den Blödsinn, schnitt ihm Großvater das Wort ab. Sei ein Mann, schämst du dich nicht vor dieser Tuba, die du auf dem Rücken trägst? Sag!

Hat mich betrogen, Chef!

So ist's recht, gab Großvater zurück.

Und ließ ihn immerzu »be-tro-gen« wiederholen, bis klar war, dass dies die einzige Möglichkeit war, wie er sich den Namen merken konnte.

Beethoven also! Und weiter?

Andante ... Also langsam ...

Gemächlich, Bläser. Mal leise und mal laut. Aber gemächlich ...

Ja, Chef!

Und fehlerfrei ...

Beim Leben meiner Mutter …

Sonst stehe ich von den Toten auf.

Steh auf, Chef!

Der Knabe da ist mein Zeuge, sagte Großvater. Und er gab mir ein Zeichen herzukommen.

Ich ließ mein Spiel mit den Kastanien sein und ging hin.

Sieh mir in die Augen und wiederhole, damit auch er es hört.

Be-tro-gen … die Neunte … gemächlich … fehlerfrei …

Das war zu viel für Mantu. Von dem vielen Reden erstickte er beinahe. Und damit man seinen Husten nicht hörte, drückte er sich die Tuba an die Lippen. Der Husten verwandelte sich in ein abgehacktes Tubaspielen. Großvater ließ sich täuschen, nahm mich an der Hand und ging davon, gefolgt von den Tönen der Tuba, die vergeblich versuchten, die Löcher in Mantus schwacher Lunge zu überdecken.

Die Straße des Vaterlands war die Zigeunervorstadt. Sie traf an der Bahnschranke auf die Gerberstraße, die zum Dorf Câmpineanca führte, und zwar an der Stelle, wo sich Angheluțăs Laden befand, während jenseits der Bahnschranke der Friedhof war und etwas weiter, genau neben der Lichtung, der armenische Friedhof. Lang war sie und schnurgerade, ungepflastert und zerfurcht von den Pferdegespannen der Kesselflicker, die Alteisen sammelten. Mit Zäunen, an denen die Latten fehlten, die umgefallen waren oder sich altersschwach zu Boden neigten, die flüchtig abgestützt waren oder gänzlich fehlten – es braucht keine Zäune, denn der Zigeuner bestiehlt seinen Nachbarn nicht, sagte Mantu stolz –, mit Lehmhäusern, in denen schiefsitzende Fenster im Sommer davor schützten, dass die Wärme eindrang, und im Winter, dass sie daraus entwich. Sie sahen gotterbärmlich aus, die einen hatten keine Scheiben in den Fenstern, andere hatten anstelle der Türen Decken hängen, es gab keine Schornsteine, die Ofenrohre ragten zu den Fenstern hinaus und versauerten die Luft, die ohnehin schon scharf roch von all den Miasmen, die aus den Gartenfleckchen hinter den Häusern aufstiegen. Diejenigen, die einen Pferdewagen besaßen, hatten sich auch einen am Haus klebenden Stall für die Tiere gebaut. Sodass die Tiere winters mit ihrem Atem die Lehmwand aufwärmten, auf deren anderer Seite sich die Menschen in einem wirren Durcheinander drängelten. Ebenso wie wir nicht an den Bug* wollten, zog es uns auch nicht in die Stadt, sagte Mantu zur Erklärung der Zigeunervorstadt in der Straße des Vaterlands, aber die Stadt ist über uns gekommen ...! Ansonsten Heiterkeit. Die Frauen quasselten ununterbrochen, riefen sich über die Straße hinweg allerhand zu, unzählige Zigeunerkinder spielten im Dreck zwischen den Gänsen, die Hofhunde schliefen im Stehen, verkrochen sich eher unter den baufälligen Mauern dieser Leute, die vor Armut großzügig geworden waren.

Im Sommer trocknete der Schlamm und zerfiel zu Staub, die Räder der Pferdewagen knirschten, und die Kinder wetteiferten untereinander, indem sie Fahrradräder mit zerfledderten Reifen durch die Straße rollten. Im Herbst wurde der Schlamm tiefer und erhob sich gleichzeitig wie Efeu auf Häuser und Zäune. Ebenso im Frühjahr, wenn das Tauwetter ihn aufweichte. Im Winter hingegen war es schön wie überall bei Schneefall, ja sogar noch schöner, denn weil es weniger Feuer in diesen Häusern gab, schmolz der Schnee später. Wenn die Schlittenbahn auf der Straße des Vaterlands zu schmelzen begann, konnte man sicher sein, dass es keine weitere mehr in der Stadt gab.

Die Zigeunerbläser waren die Vorboten des Todes, aber sie waren es auch, die ihn mit sich nahmen, wenn sie sich entfernten, als führten sie einen Bären an der Kette, und die Luft schloss sich wieder über dem Geschehen. Der Himmel sank bis zu den Grashalmen herab, und die Rauchsäulen erhoben sich in den Himmel.

Großvater liebte die Bücher leidenschaftlich. Und deshalb geschah es genau zu der Zeit.

---

* Anspielung an die Deportation während des Antonescu-Regimes, als Juden und Zigeuner nach Transnistrien (an den Bug) deportiert wurden. (A.d.Ü.)

DER TAG, AN DEM DIE BÜCHER VERBRANNT WURDEN. Der Postbote brachte die Liste der verbotenen Bücher. Der Anhänger stand drei Tage lang an der Straßenecke. Die Leute trugen die Bücher sackweise hin. Sie wussten nicht, ob es gut oder schlecht war, wenn sie zeigten, dass sie verbotene Bücher besaßen. Bücher verdrehen den Verstand und gebären Volksfeinde. Die Bücherliste war so lang, selbst Texte aus Schulbüchern waren dort aufgeführt, dass es geradezu ausgeschlossen war, in einem Haus kein verbotenes Buch zu finden. Verlegen stopften die Leute ihre Bücher in die Säcke und atmeten erleichtert auf, wenn sie am Ende der Straße den Sack dem Mann in Arbeitermontur übergeben hatten, der auf der Leiter des Anhängers stand. Es ist besser so. Denn bevor sie kommen und danach suchen, bringen wir sie ihnen. Gut, gut, aber wir besitzen überhaupt kein Buch von dieser Liste. Oder bestenfalls eines oder zwei ... Womit sollen wir den Sack füllen? Was spielt das jetzt noch für eine Rolle?, zuckte das Familienoberhaupt mit den Schultern. Wir packen drunter und drüber alles hinein, was wir so im Haus haben ... Schließlich werden sie alle verbieten, also ist es besser, mit einem Mal alle loszuwerden. Wozu sollten uns heute die Bücher von gestern nützen? Sie quälen einen nur mit Erinnerungen.

Niemand prüfte die Bücher, sie verblieben in den mit Wäscheleinen verschnürten Säcken. So waren sie leichter abzuladen. Damit sie auf den Platz vor dem Pastia-Theater passten, wo wie durch ein Wunder noch die Büste des Mitiţă Filipescu* überdauert hatte, schoben Bagger die abgeworfenen Säcke zusammen. Es waren so viele Bücher zusammengekommen, dass sie den Platz füllten; von einer leichten Brise hochgewirbelt, schwebten lose Blätter wie weiße Vögel über dem Platz. Die Schritte der Leute zerwühlten sie, die Bücher versuchten zu entkommen, sie spürten, dass etwas nicht in Ordnung war, bis dahin waren die Menschen anders mit ihnen umgegangen. Stiefel beförderten sie zurück zu den anderen. Mit aufgefächerten Seiten sprangen sie durch die Luft, dann duckten sie sich an die anderen, warteten, dass

---

* Mitiţă Filipescu: aufgeklärter Freimaurer, gründete 1840 eine Geheimgesellschaft, die sich gegen die Feudalgesellschaft in der Walachei richtete. (A.d.Ü.)

anstelle der harten Stiefelschäfte wieder eine Hand komme und in ihnen blättere. Der Bagger, der die Papiermasse zusammenschob, zerriss die Säcke, aus denen durcheinandergemengt Blätter und Deckel quollen, ihr Geruch nach alten Schreinen, nach ewig schon zusammengefalteten Tüchern. Dann der stechende Geruch und der Glanz des darüber gegossenen Benzins. Und das Feuer. Ich war zu jener Zeit noch nicht geboren, mein Vater war ein junger Mann von gerade zwanzig Jahren, schmal und mit einem kleinen Schnurrbart schaute er zu, und es verschlug ihm sogar die Tränen, denn die Feuersbrunst versengte ihm die Wangen und trocknete die Tränen.

Die Flammen loderten die ganze Nacht. Die Hüter des Feuers sahen wie Riesen aus, das Licht der Flammen streckte ihre Schatten ins Hünenhafte und warf sie über die schweigenden Zuschauer, über die Häuser und Fenster, über die Stadt. Früh am Morgen erhob sich aus der glosenden Asche noch funkendurchsetzter Rauch. In der Stille der Stadt konnte man vom Hügelchen auf der Straße, die erst später ihren Namen erhalten sollte, die Melodien von Mantus Blechbläsern hören. Die Zigeunerbläser spielten den ganzen Tag über, bis zum nächsten Abend, Großvater Garabet war mitten unter ihnen und blätterte die Notenblätter um. Sodass sich der Rauch nicht erhob, sondern grau und dicht wie ein alter Buchdeckel in Bodennähe verweilte. Erst als die Nachricht zu ihnen vorgedrungen war, bewaffnete Soldaten seien aufgebrochen, sie zu suchen, zerstreuten sie sich und verschwanden in ihren armseligen Häusern. Nunmehr entbunden, erhoben sich die Rauchschwaden und lösten sich auf. Verwundert betrachteten die Leute den dichten Rauch, der wie eine Strafe vom Himmel herabhing. Nachdem die Nacht schon eine Weile hereingebrochen war, klarte der Himmel auf und man konnte die Sterne sehen. Am Tag, als die Bücher brannten, vollzog sich der Übergang von einer Nacht zur anderen ohne Sonnenaufgang und Sonnenuntergang, die ganze Zeit über herrschte eine düstere Dämmerung. Dies war der Macht von Mantus Tuba sowie der anderen Zigeunerbläser geschuldet, einer Macht, die sie selbst nicht verstanden, und vor der sie sich fürchteten.

Ebenso wie vor den Blicken von Großvater Garabet, der mit den Parturen wedelte. Beim Spielen floss ihnen der Schweiß. Der Leichenzug zog durch die Gerberstraße bis zum Friedhof, dann klopfte Mantu an unser Hoftor und bat um das Glas Wein und um Nachsicht. Die Großvater ihm nicht gewährte. Das Saxofon!, sagte er streng. Was ist mit dem Saxofon?, fragte der Bläser mit ersterbender Stimme. Es war einen Halbton zu hoch ... Budișteanu ist erkältet ..., probierte es Mantu. Seine Ohren sind verstopft. Fehlerfrei, hab ich gesagt!, war Großvaters Forderung, und der Zigeuner schluckte trocken.

Tatsächlich spielten sie letztlich fehlerfrei. Nur dass mein Großvater Garabet derjenige war, der die kleine Gruppe anführte, und man die Musik auf der Gerberstraße nicht hören konnte, sie setzte erst in der Straße des Vaterlands ein. Mantu hatte nicht krank im Bett gelegen. Er legte sich nieder und erlosch hustend. Um seinen trockenen Husten zu verbergen, drückte er sich mit letzter Kraft die Tuba an den Mund und lehnte sich mit ihr an die Wand. Bis nur noch stoßweise Töne hervorkamen, im Rhythmus der kranken, versagenden Lungen. Als der Ton nicht mehr unterbrochen wurde, sondern gleichmäßig anhielt, wie ein Apparat, der am Kopfende des Kranken den Herzstillstand anzeigt, wussten die anderen, dass es vorbei war. Fofoc beugte sich hinab und löste das Mundstück von seinen Lippen, damit sich Mantus Atem ausruhen konnte. Dann konnte der Himmel sich herabsenken, wie ein Vogel, der sich nach langem Kreisen endlich auf dem Boden niederlassen kann. Und die Rauchsäulen konnten sich wieder erheben, den Grashalmen gleich, die sich wieder aufrichten, wenn die Pferde über sie hinweggezogen sind.

Also, in unserem Hof gab es drei aneinandergeklebte Häuser. Das erste hatten die Meinen in den dreißiger Jahren auf einer Brache in der Umgebung der Kirche des heiligen Dumitru gebaut. In meiner Kindheit war die Kirche nach dem Tod des Pfarrers aufgegeben worden. Wir Kinder hatten uns dort einen richtigen Fußballplatz eingerichtet und organisierten unglaubliche Spiele »nach Straßen«. Also die Straße des 6. März gegen die Schneeglöckchenstraße oder die Gerberstraße gegen die Gheorghe Asachi. Mit Groß und Klein. Auf der anderen Seite war die Eisfabrik, die, wie hätte es auch anders sein können, »Kühlschrank« hieß, und dann folgte die Gerberstraße, die das Zentrum mit der westlichen Bahnschranke und den Friedhöfen verband. Ansonsten kleinere Häuser und größere, je nach Vorstellung, Geduld und Vermögen der Eigentümer, vom Regen abgewaschene, auf einem Sockel ruhende Zäune, hinter denen die Hunde bellten, gepflasterte und ungepflasterte Bürgersteige, Staub zu Trockenzeiten sowie Schlamm bei Regen, von Rädern aufgewühlt, und trübe Rinnsale, die durch die Straßengräben flossen. Dort haben Großvater Garabet und sein Schwager Sahag Şeitanian ihre Häuser gebaut. Und später hat dann auch Vater noch eines für sich und uns Kinder hinzugefügt. Der Hof war groß, voller Blumen, Bäume, verwinkelter Lauben und Schatten. Zu jenen Zeiten hatten die Menschen es nicht so eilig. Die Zeit war ungefähr. Kommt so gegen Abend, damit wir einen Kaffee trinken oder Tavla spielen, sagte Großvater Garabet seinen alten Freunden. Nicht zu der oder jener Uhrzeit, um sechs oder sieben. Oder: Wir sehen uns morgen früh auf der Hauptstraße. Trinken in der Uhrmacherei von Dicran Bedrosian einen Kaffee. Auf diese Weise war das Warten entspannt, und niemand kam zu spät. Und sie trafen sich immer. Auch die Essen dauerten länger. Die Leute begannen ganz allmählich zur Mittagszeit, und wenn sie aufhören sollten, gegen Abend, ließen sie sich noch einmal nieder zu Käsereien, Pastrami und geräucherten Ziegenwürsten, Speisen, von denen man nur ganz wenig zu sich nahm, auf denen man jedoch lange herumkaute.

Wenn ein Ort neu ist und man sich noch nicht recht daran gewöhnt hat, verrinnt die Zeit schneller. Aber zwischen Möbelstücken, an die man sich schon lange gewöhnt hat, wenn man in den gleichen Schubladen herumkramt, sich in die gleiche Decke wickelt und sich in den gleichen Sessel kauert, scheinen die Stunden länger zu währen. Die Uhren wurden erfunden aufgrund des Unvermögens, die Zeit zu beherrschen, sagte Meister Simon, ließ sich auf dem Kanapee im Hof in die weichen Kissen zurücksinken und schloss zufrieden die Augen. Ebenso wie die Waffen, die ein Zeichen menschlichen Unvermögens sind, nicht der Stärke. Er saß stundenlang nur so da und schaute in den

Garten. Er sprach wenig, und stets begleitete ihn eine gewisse Unzufriedenheit. Er hatte eine Müdigkeit in sich, die er nicht loswerden konnte, selbst an den Nachmittagen nicht, die er reglos und mit bis zu einem schmalen Schlitz geschlossenen Augen an seinem Kaffee schlürfend zubrachte.

Onkelchen Simon war der ältere Bruder von Onkel Sahag. Er war 1946 mit der ersten Gruppe von Repatriierten nach Armenien gegangen. Die Geschichte der Repatriierungen werdet ihr nirgends vorfinden, denn bei all ihren Schrecken wollte sie niemand bis zu Ende erzählen, geschweige denn aufschreiben. Und vielleicht hätte sie auch keinen Eingang ins *Buch des Flüsterns* gefunden, hätte Onkelchen Simon nicht das Laster gehabt, so viel zu rauchen. Solche Zigaretten hatte ich noch nie gesehen. Zur Hälfte waren sie mit Tabak gefüllt, ein beißender Geruch hing in ihrem gelblichen Rauch, als verbrenne man trockene Blätter. Die andere Hälfte war leer, ein Kartonröllchen, das der Rauch vergilbte.

Daidai Simon, Onkelchen, wie wir Kinder ihn auf Armenisch nannten, rauchte ununterbrochen, und wenn er nicht schwieg, sagte er seltsame Dinge. Wie alle Alten meiner Kindheit faszinierten Großvater Garabet die ätherischen Dinge: Luft und Licht. Wie schade, sagte Großvater, dass die Menschen nicht in der Lage sind, das Licht so zu sehen, wie es wirklich ist, und der Luft und ihren Melodien zu lauschen, ohne den Zwang, sie auseinanderzunehmen, sie aufzudröseln, sie zu beschleunigen oder abzuwürgen. Wenn die Luft singt, weil sie durch Röhren gepustet wird, durch Trichter oder Löcher, dann heißt dies nicht, dass irgendein Ton erfunden wird, sondern dass man die Töne spitzer oder lauter hört. Leider haben die Leute keine Geduld, die Luft in ihrem Ruhezustand zu verstehen. Großvater lauschte auch den Tönen, die man nicht hörte. Onkel Sahag zogen die Dinge an, die geschehen oder nicht. Er liebte die Würfel. Er spielte Tavla oder *Ghiulbahar*, erfand ausgeklügelte Methoden, die Würfel zu schütteln, in den Handhöhlen, in Tassen, die er mit der Hand verdeckte, indem er sie erst einmal in die Höhe warf, damit keinerlei menschliche Einflussnahme möglich war. Onkel Sahag war unruhig und jederzeit bereit, sich jedwede Phantasie, jedes Komplott, alle verborgenen oder verschlungenen Tücken vorzustellen oder anzunehmen. Ihm schien alles möglich. Jeder Mensch ist ein rollender Würfel. Die Welt besteht aus Millionen und Abermillionen Würfeln, die sich vermischen und dann auf die runde Tischplatte rollen. Mit kleinerer oder größerer Punktzahl, zusammenpassend oder völlig durcheinander.

Dafür zogen Onkelchen Simon weder die ätherischen noch die zweifelhaften Dinge an. Er sprach über die feststehenden und unbezweifelbaren Dinge. Über den Boden nämlich und über Steine. Der Boden gehörte zum lebendigen Teil, während die Steine zum toten Teil zählten, wie die Knochen im Leib, so schien es wenigstens. Großvater schaute in die Tiefe des Himmels hinauf und lachte über Arşag, den Glöckner, der beim Hochschauen schon in der Höhe der Vögel innehielt. Onkelchen Simon schaute zu Boden. Heute Nacht hatte ich eine Vision, hörte er sich sagen. Ich schaute zum Erdmittelpunkt hinunter. Dort war es hell wie am Himmel.

In seiner Kindheit war Onkelchen Simon Wassersucher. Die Böden in Anatolien waren trocken, es regnete selten und in großen, schnellen Tropfen. Der Regen reichte kaum aus, den Durst des Bodens zu stillen, geschweige denn den der Menschen. Deshalb schauten die Menschen, wenn sie Linderung suchten, nicht auf den Himmel, sondern auf den Boden. Wer verborgene Schätze suchte, war eigentlich Wassersucher. Einige von ihnen waren Zauberer, die allerlei merkwürdige Handlungen vollführten, um die Quellen in der Tiefe zu ermitteln. Sie stellten an geheimen Stellen Schwefelfeuer auf, schlugen auf gespannte Trommelfelle, brabbelten alte Wörter, armenische oder ägyptische. Andere wieder waren richtige Hochstapler. Sie ließen sich fürstlich bewirten, wiesen anschließend auf die Stelle, und während die Dorfleute sich ans Graben machten, verzogen sie sich und hinterließen die schrillen Klänge der ins Gestein getriebenen Spitzhacken. Da gab es auch die Zeichenleser. Sie deuteten den Gräserbestand, welche Kräuter und Gräser an dieser oder jener Stelle wuchsen, wie der Boden aufriss oder sich ineinanderfügte, welche Farbe er hatte, und hielten sich an die Eselswege oder die Pfade der Kamele. Manchmal trafen sie die richtige

Stelle, manchmal gingen sie fehl. Mal war das Wasser süß, mal war es salzig und nur für die Wäsche zu gebrauchen.

Onkelchen Simon hielt sich an den Geschmack des Bodens. Er ging langsam, den Kopf geneigt, als könne er durch den Boden schauen wie durch klares Wasser. Dann lauschte er, das Ohr am Boden. Zu guter Letzt, wenn das Gesehene und Gehörte ihn dazu ermutigte, scharrte er mit den Fingern. Wenn er auf weichen Boden stieß, nahm er ein bisschen davon auf die Zungenspitze und wälzte ihn mit geschlossenen Augen durch den ganzen Mund. Anfangs schauten sich die Leute dieses seltsame Kind ungläubig an, das wie ein Stück Vieh Erde verkostete, ihr nachschmeckte, zu ihr sprach und darauf herumkaute, als wäre sie Weizengebäck. Dann merkten sie, dass er selten fehlging, und sie kamen von weither, damit er ihnen den Weg zum Wasser weise.

Es gibt gute und schlechte Orte, sagte Onkelchen Simon. Wie die Welt und die Menschen verschieden sind, ist auch der Boden nicht überall gleich. Mal ist er fruchtbar oder karg, feucht gärend oder trocken, lebendig oder tot. Es gibt klebrigen Boden, für Töpfereien oder Glocken geeignet, und unbrauchbaren, der einem zwischen den Fingern zerbröselt und sich nicht verbindet. Boden für Häuser und Boden für Ackerfurchen, Boden für Blumen, Boden für Straßen und Wege und Boden für Grabstätten. Über unruhigem und bearbeitetem Boden herrscht Ruhe. Solches geschieht über Friedhöfen, wo der Boden selbst arbeitet und deshalb die Luft darüber stillsteht.

Im Jahre 1946 hatte sich Onkelchen Simon zusammen mit seiner Frau und den beiden Töchtern Arpine und Hermine in die Armenische Sowjetrepublik repatriieren lassen. Dort gibt es zu viele Steine, seufzte er. Hier hatte er Sehnsucht nach der Heimat, aber er liebte den Boden. In Armenien hatte er seine Heimat wiedergefunden, aber er sehnte sich nach dem Boden in Rumänien, mit dem er zu reden gewohnt war.

DIE GESCHICHTE VON SIMONS REPATRIIERUNG. Jeder zahlt auf seine Weise für seine Sehnsüchte. Der Ort, an dem du dich niederlässt, ist für das, was du zu bewahren suchst, nicht groß genug. Was dir gehört, gehört in gewisser Weise auch dem Ort an. Du wechselst den Ort, verzichtest auf gewisse Dinge und bekommst andere. Du erfüllst dir eine Sehnsucht, aber öffnest zugleich die Tür auf eine andere hin. Jede offene Wunde ist der Anfang eines Weges oder ein verlassener Weg. Während der Heilung wirst du verletzt.

Im Herbst 1945 waren die Vorsteher der armenischen Gemeinden nach Bukarest einbestellt worden. Nachdem die armenischen Emigranten jahrzehntelang die wenig wirksamen Nansen-Pässe trugen und nur mühsam die Genehmigungen für Geschäftseröffnungen erhielten, hatten sie es vorgezogen, von den Autoritäten vergessen zu werden, deshalb fürchteten und achteten sie die Gesetzte. Nun versammelten sie sich auf spektakuläre Weise. Die Sowjetunion bereitete sich darauf vor, in Kars und Ardahan einzumarschieren, in zwei armenische Provinzen, die wie einige weitere auf türkischem Gebiet verblieben waren. Die Armenier in Rumänien sollten eine Zusammenkunft organisieren und ihre Solidarität mit der Sowjetunion kundtun. Eine bolschewistische List, murrte mein künftiger Pate Sahag Şeitanian, aber er hatte keine Wahl. Also bestieg er mit den anderen Mitgliedern des Kirchenvorstands und einigen anderen den Morgenzug nach Bukarest. Den gleichen Zug, in den er sich ein Jahr darauf drängeln wird, eher an der Treppe zum Waggon hängend und zwischen Koffern und breiten Brustkörben in speckigen Kriegsmänteln ohne Epauletten eingequetscht, um nach Craiova zu gelangen, wo er auf dem Alten Markt neben dem Purcicarului-Brunnen zwei Säcke Weizen und einen Sack Maismehl kaufte, mit welchen er zwei Tage später in ein hungertaumelndes, von Trockenheit ausgezehrtes und von einer Gluthitze geschwärztes Focşani zurückkehrte.

Nun aber war erst Herbst 1945. Die Menschen hatten andere Sorgen. Die einen beweinten ihre Toten, die anderen freuten sich über den eingetretenen Frieden. Es gab auch solche, die gleichzeitig weinten und sich freuten, die sich in den einen toten Sohn und den anderen, den heimgekehrten Sohn aufspalteten. Die Toten waren in die Fotografien auf den Kommoden umgezogen, ihre Kleider hatte man zusammengefaltet und in Koffer gepfercht oder aber sie waren draußen geblieben und ließen ihre zu langen Ärmel an den schmächtigen Leibern der jüngeren Geschwister herumflattern. Die letzten Militäreinheiten, die man in den Garnisonen vergessen hatte, die eben aus einer Kriegsgefangenschaft oder von der Westfront zurückgekehrt waren, zogen sich zurück. Zwischen Soldaten in offenen Mänteln, trauerschwarzen Witwen, die jüngeren unter ihnen hatten leuchtende Augen, unter Flüchtlingen und Heimkehrern, einer Welt, die sich wieder sortierte, nachdem der Krieg sie durcheinandergewirbelt hatte, bestiegen meine Alten, damals Männer im besten Alter, den Zug und hielten sich in der Nähe von Großvater Garabet, der ihre Fahrkarten in einer schwarzen Tasche bei sich trug, einer Malertasche, die an seiner Schulter hing. Sahag Şeitanian hatte recht: Es hatte nicht im Geringsten mit den armenischen Gebieten zu tun, viel eher handelte es sich um ein prosowjetisches Meeting. Die antikommunistischen armenischen Parteien Rumäniens, die *Daşnaken* und die *Ramgawaren*, hatten sich aufgelöst, nur die Repräsentanten der prokommunistischen *Hânceag*-Gruppe waren noch aktiv. Die Vorsteher der Gemeinden, allesamt *Daşnaken*, hatte man schon nach Sibirien deportiert, von ihnen hörte man nichts mehr. Die Prokommunisten hatten die *Armenische Front* gegründet, der sie den Namen von Şahumian, eines revolutionären Armeniers, gegeben hatten, der zur Zeit des Zaren umgebracht worden war. Brav aufgereiht und zu ihrer Verwunderung in Kolonnen marschierten die Armenier vom Sitz der Front in der Armenischen Straße über den Boulevard Carol, hielten einen Augenblick am Universitätsplatz an, um sich zu »gruppieren«, und schwenkten dann nach rechts bis vor die Botschaft der Sowjetunion. Dort wurden sie in einen großen Saal gebeten, wo ein aus der Sowjetunion angereister Repräsentant zum ersten Mal etwas von einer Repatriierung verlauten ließ. Großvater merkte sich seinen Namen, weil dies an einem solchen Ort völlig ungewöhnlich war. Der Mann hieß Astvadzadurian, was übersetzt so viel bedeutet wie Gottesgeschenk. Er sprach vom unbeschreiblichen Wohlstand, der in der Armenischen Sowjetrepublik herrsche, von den neuen Wohnvierteln, den neuen breiten, lichtdurchfluteten Boulevards, von der brüderlichen Freude, mit der die Menschen ihrer Nation sie in Jerewan, Leninakan und in allen anderen Städten und Dörfern Armeniens erwarteten. Die Leute hörten mit großen Augen zu und versuchten, jene erdklumpenschwere armenische Sprache zu verstehen, die abgehackt klang und durchsetzt war mit russischen Wendungen.

Alles Lügen, stieß Sahag Şeitanian hervor, aber nicht dort, denn in der Botschaft hatten sie alle mit Blick auf die bewaffneten Soldaten mucksmäuschenstill geschwiegen, sondern, als sie zurückgekehrt waren, im quadratischen Saal der Kirchengemeinde.

Die Gebäude im Hof der armenischen Kirche in der Bahnhofsstraße von Focşani, die bis zu Beginn des Jahrhunderts als Schulen genutzt wurden, waren anderen Nutzungen zugeführt worden. In den Verwaltungsräumen der Knabenschule wohnten nun Minas, der Blinde, und zwei, drei weitere Arme aus der Gemeinde. Solche, die bei Beerdigungen zusammenliefen, um die in Handtücher eingewickelten Münzen entgegenzunehmen, und sich anschließend beim Gedenkgottesdienst um das Spanfeuer im Godin-Ofen versammelten, um sich ein bisschen aufzuwärmen. In der Mädchenschule war der Kanzlei-Raum noch in Betrieb, er roch nach ungelüfteter Stube, lange schwere Tische aus dunklem Holz standen darin, Bilder hingen an den Wänden, Heilige, Generäle und Herrscher drunter und drüber. Da sich die Zeitläufte unter verriegelten Schlössern und zwischen Buchseiten am allerbesten verbergen können, gab es in dieser Kanzlei ebenso wie in den Räumen dahinter noch allerhand. Mehr als zwanzig Jahre nachdem alles nach Bukarest ins Kirchenmuseum überführt worden war, konnte ich das Geheimnis der verriegelten Koffer lüften. Sie enthielten Kultgegenstände und -kleider aus der Zeit, als die Kirche der heiligen Maria errichtet worden war. Die Bücher, in schönstes Leder eingebunden, rochen nach dem Schweiß der Tiere, ihre Seiten waren im Laufe der Zeit, vom Weihrauch und durch die Finger, die sie umgeblättert hatten, vergilbt. Sie waren auf Altarmenisch geschrieben worden, das heute nur noch im Gottesdienst verwendet wird. Großvater hatte eine Bestandsliste beigefügt: zahlreiche Bibeln, die *Geschichte* des Moses von Khoren, die *Philosophie* von David, dem Unbesiegbaren, das *Buch der Klagen* des Gregor von Narek, die *Gedichte* von Saiat Nova. All diese Bücher lebten nur einmal im Jahr. Am Tag der heiligen Übersetzer Mesrob Maştoţ und Sahag Bartev, des Mönchs und des Patriarchen, die im fünften Jahrhundert die Bibel ins Armenische übersetzt hatten; wir Kinder zogen dann die Bücher aus den Regalen und wischten mit weichen Tüchern den Staub von ihnen. Wir durften sie nicht aufschlagen, ihre Seiten waren trocken wie Herbstlaub, und sie hätten uns in den Händen zerbröseln können. Großvater stellte sie wieder der Reihe nach auf, und sie schliefen ein weiteres Jahr, und noch ein Jahr. Für die Bücher vergingen die Jahrhunderte schneller.

All dies sind Lügen, wiederholte Sahag am Kopfende des Tisches, näher bei den Büchern, die er anscheinend als Zeugen aufrief. Fragt Temelie, der bis nach Stalingrad gelangt ist. Der soll euch berichten, was er in Russland gesehen hat.

Damals war Krieg ..., erwiderte Dicran Bedrosian.

Aus der ganzen Welt kommen die Menschen, fuhr Astvadzadurian mit rauher Stimme fort und schaute wie bei einer Vorführung über die Köpfe der Teilnehmer.

Die in den ersten Reihen stimmten zu und schauten aus den Augenwinkeln ans Ende ihrer Reihe, wo das Zeichen zum Beifall gegeben wurde. Damit hinterherzuhinken, ging nicht an. Und der Redner legte nun erst richtig los, er öffnete weit die Arme:

Aus Frankreich, aus Griechenland, aus Syrien, aus dem Libanon, von überallher. Armenien wird zum Mittelpunkt der Welt. Die Konvois mit Repatriierten kehren heim.

Vor allem gefällt mir dieses Wort nicht: Konvoi, begann Sahag Şeitanian seine Rede. Ein freies Volk begibt sich in keinen Konvoi. Bloß Flüchtlinge oder Deportierte ... die von hinten angetrieben werden.

Die Ratsmitglieder hatten die Blicke gesenkt. Auch ihnen gefiel dieses Wort nicht.

Konvois brechen irgendwo auf, aber niemand weiß, wohin sie ziehen. Oder ob sie irgendwann ankommen werden ..., flüsterte der alte Nşan

Maganian, ein Lehrer, der aus Ploieşti gekommen war und schweigsam den einen ebenso wie den anderen zugehört hatte.

Hätte er laut ausgesprochen, was ihm durch den Kopf ging, so hätte er das Gleiche wie Sahag Şeitanian gesagt. Er hatte zusammen mit seiner Frau Aziv, die ihre einjährige Tochter auf dem Arm hatte, an den Konvois teilgenommen, die aus Zeitun in die Wüsten Mesopotamiens aufgebrochen waren. Das Mädchen hatte die Gluthitze nicht überlebt. Sie hatten seinen Schlaf bewacht, es wiederzubeleben versucht, indem sie es an die Brust drückten, aber alles war vergeblich. Das Mädchen atmete nicht mehr. Sie taten das Einzige, was es noch schützen konnte, diesmal vor den Wüstenraubtieren, sie gruben ihm ein tiefes Loch im Sand. Erst lange danach sprach Azniv aus, was sie seitdem beunruhigt hatte, indem sie fragte, sich vielmehr selbst fragte: Was, wenn sie noch gelebt hat, und wir sie lebendig begraben haben? Wir hätten sie mit einer Nadel stechen müssen, um uns zu vergewissern ... Deshalb hatte der alte Maganian in Bukarest geschwiegen, als von den Konvois mit Repatriierten die Rede war. Und aus dem gleichen Grund schwieg Sahag Şeitanian nicht.

Aber die Zeitläufte schienen Astvadzadurian, dem Priester eines andersgearteten Gottes, recht zu geben. Die neuen Autoritäten flößten Furcht ein. Astvadzadurian kam auch nach Focşani. Großvater hatte vorgeschlagen, die Begegnung mit ihm in der Kirche stattfinden zu lassen, aber die Abgesandten aus Bukarest lehnten ab. Vielmehr wurde dem Pfarrer Dagead Aslanian geraten, sich zu seinem Wohl nicht zu zeigen. Der Saal des Pastia-Theaters war mit roten Draperien ausgeschlagen. Im Bühnenhintergrund hing ein Lenin-Bildnis, zu seiner Linken das Porträt des Generalissimus Stalin und zu seiner Rechten jenes des jungen Königs Michael. Auf der Bühne ein Präsidium, das aus den Repräsentanten der Armenischen Sowjetrepublik bestand: Papken Astvadzadurian, Vorsitzender des Repatriierungskomitees, sein Stellvertreter, Eduard Fabrikov, der Abgesandte der Sowjetischen Botschaft, ebenfalls ein Armenier, Sava (Sahag) Dongulov, und seitens des rumänischen Repatriierungskomitees in Bukarest Harutiun Baboian. Die Mitglieder der armenischen Gemeinde wurden in die ersten Reihen plaziert. Die Stühle etwas weiter hinten waren von unbekannten, finster dreinblickenden Gestalten besetzt. Großvater betrachtete die Repräsentanten der neuen Ordnung ebenso beunruhigt wie alle anderen, glichen sie doch in Habitus und Strenge kaum mehr den bis dahin gekannten Autoritäten. Auf beiden Seiten der Bühne standen in Ledermäntel gekleidete Männer, die drohende Blicke in den Saal warfen.

Von hinten kam jemand und begann, in den ersten Reihen rote Fähnchen zu verteilen; die Armenier wussten nicht, was sie damit tun sollten. Sahag war drauf und dran, seines wegzuwerfen, da verzog aber Großvater eine Braue und gebot ihm, damit noch zu warten. Also legten sie sich die Fähnchen auf den Schoß und schauten verwundert einmal die vor ihnen Stehenden, einmal über die Schultern jene Unbekannten an, die hinter ihnen ihre finsteren Mienen zur Schau stellten.

Lies!, sagte Großvater, indem er im Kanzleizimmer die Zeitung *Bahag*, die einzige armenischsprachige Publikation, die nach der sowjetischen Okkupation noch erscheinen durfte, dem Glöckner hinstreckte.

»Sonntagvormittag. In Focşani eilen die Armenier gruppenweise in den Saal des Pastia-Theaters. Zur angekündigten Uhrzeit trifft die Delegation ein: Die Zuhörer klatschen stehend Beifall ...«

Arşag, der Glöckner, hält verwirrt inne und wendet die Zeitung zu den anderen hin, als wollte er zeigen, dass genau dies darin stehe.

Lies weiter, ist Großvater Garabets Stimme zu vernehmen, der mit dem Zeigefinger auf die vor ihm auf dem Tisch liegende Zeitungsseite klopft.

Arşag sieht sich im Kreis um, schluckt einmal trocken und buchstabiert, um erst einmal selber den eigenen Ohren zu trauen.

»Erwartungsvolle Erregung herrscht im Saal. Über allem ein schier endloses Gemurmel. Und großer Respekt bei allen. Plötzlich verstummt der Saal für einen Augenblick; die Herzen der Armenier klopfen. Ihr Freund, Dr. Astvadzadurian betritt die Tribüne. An seiner Brust leuchtet eine rote Fahne. Glühender Enthusiasmus erfasst die Zuhörerschaft. Der gesamte Saal skandiert. Beifall, Hurrah-Rufe, Ovationen.«

Sie recken die Hälse. Arşag lässt die Zeitung wieder sinken.

Das sollen wir gewesen sein?, fragt endlich Anton Merzian.

Wie du siehst, antwortet Krikor Minasian, der andere Schuster.

Arşag faltet die Zeitung zusammen und legt sie an die Tischkante. Großvater fordert ihn nicht mehr auf weiterzulesen. Und trotzdem ist die Stimme von Astvadzadurian zu vernehmen, beinahe befehlend. An den Wänden wächst der Putz über die Bildnisse der Heiligen, der Herrscher und Generäle. Die Wände werden weiß, die Bilder ziehen sich zurück, die Gesichter zergehen wie ein in Wasser versenkter Salzklumpen.

Astvadzadurians Stimme ist zu hören, gleichmäßig und kraftvoll. Nichts ist wichtiger oder weniger wichtig, alles ist sehr wichtig.

Heute entwickeln wir uns in Freiheit, weil sich alles in den Händen des Staates befindet und vom Staat unterstützt wird. Wenn wir heute die Möglichkeit haben, frei zu leben und zu arbeiten, wenn die gesamte Welt von der Sklaverei errettet ist, sollten wir nicht vergessen, dass wir dies allein der Sowjetunion und der Roten Armee verdanken, die beide vom Generalissimus Stalin geleitet werden.

Von hinten ist frenetischer Beifall zu hören. Die in den ersten Reihen erschrecken. Die einen, schüchterner, führen ihre Hände zusammen, simulieren ein zaghaftes Klatschen. Man könnte meinen, sie beteten.

Macht mit und unterstützt die rumänischen demokratischen Organisationen, nur so werdet ihr eurer sowjetischen Heimat dienen. Das Schicksal des armenischen Volkes ist aufs Engste verknüpft mit dem großen russischen Volk, das uns mit elterlicher Fürsorge unterstützt und verteidigt hat. Entlarven wir die Perfidie der armenischen *Daşnagisten*, die ihr Vaterland verraten und sich wie Lakaien den Hitleristen angedient haben!

Die hinteren Reihen werden vom Aufruhr gepackt. Sie schreien ihre Empörung heraus: Nieder mit ihnen! Astvadzadurian spricht Armenisch. Er versteht nicht, was auf Rumänisch im Saal geschrien wird. Die in den hinteren Reihen verstehen nichts von Astvadzadurians Vortrag, denn sie können kein Armenisch und erkennen nur Eigennamen, ja selbst von diesen nicht alle. Erst recht wissen sie nicht, wer die *Daşnagisten* sind. Aber sie sehen, dass auf dem Balkon ein Arm nach oben weist, was für sie bedeutet, dass sie sich erheben und applaudieren müssen. Weist der Arm nach unten, so müssen sie empört sein. Am naheliegendsten und in keiner Situation verkehrt ist es dann, »Nieder mit ihnen!« zu rufen. Auch wenn überhaupt nicht klar ist, von wo man sie herunterholen will.

Der Sprechende versteht die Rufe aus dem Saal nicht. Die Rufer verstehen seine Rede nicht. Und trotzdem sind beide miteinander zufrieden. Großvater Garabet, Sahag Şeitanian, Krikor Minasian, Anton Merzian, Arşag, der Glöckner, und die anderen spüren, dass ihnen immer weniger Raum bleibt zwischen der rot drapierten Bühne, die sich mit immer neuen Treppenstufen in den Saal hinein verlängert, und den Rufen hinter ihnen, wo nun auch getrampelt wird, die sie einklemmen und anpöbeln. Gewiss denkt Großvater Garabet an seine verhafteten und nach Sibirien deportierten Freunde. Er weiß es noch nicht, aber die Rufe waren berechtigt. Nieder mit ihnen! Zu diesem Zeitpunkt, Anfang November 1945, waren die Brüder Hovnanian schon tot und in Massengräber geworfen worden; lange Zeit bestellten die Bauern aus Furcht, auf eines dieser Gräber zu stoßen, ihre Felder in der Nähe der Lager nicht. Tiefer hinab ging es nicht. Nieder mit wieder anderen. Und Astvadzadurian ist noch nicht zu Ende.

Im entschlossenen Gleichschritt mit den anderen Brudervölkern der Sowjetunion schreitet das armenische Sowjetvolk triumphierend dem Fortschritt entgegen und auf die Gipfelpunkte der menschlichen Zivilisation zu. Eine gewaltige Anstrengung. Gigantische Arbeitsleistung. Eine heldenhafte Epopöe, die jede Vorstellungskraft übersteigt. In alle vier Windrichtungen verstreute Armenier wünschen nun, in ihr Vaterland heimzukehren. Ihr Ort ist die Sowjetische Republik Armenien. Sie möchten Sowjetbürger werden und dem armenischen Sowjetstaat ihren Tribut an Arbeit und Schöpferkraft darbringen.

Auf ein Zeichen hin erhebt sich die Zuhörerschaft. Die in den ersten Reihen, sie haben das Zeichen vom Balkon nicht verstanden, erheben sich langsam der Reihe nach. Ihr Schweigen kann nicht gehört werden.

Großvater Garabet ist der Einzige, der aufrecht stehen bleibt. Er legt die Hand auf die Zeitung, als wollte er den Rhythmus des Klatschens, das ihnen noch in den Ohren dröhnt, zum Verstummen bringen. Er lässt seinen Blick über die Köpfe der anderen schweifen.

Sahag?, fragt er.

Sahag Şeitanian schweigt.

Anton?

Anton Merzian schweigt ebenfalls uns senkt den Blick.

Krikor?

Der Schuster reibt seine knotigen Hände. Großvater nennt der Reihe nach die Namen jedes Einzelnen. Das Schweigen hat, ebenso wie das Beifallsklatschen, seinen eigenen Rhythmus.

Simon?

Er antwortet auf seine Weise:

Der Boden ... unser Boden.

Da begriff Sahag Şeitanian, dass sein Bruder gehen wird. Für Simon, der die Welt verkehrt herum, nämlich zum Erdmittelpunkt hin betrachtete, spielten die Argumente der anderen kaum eine Rolle. Alles, was über der Erdoberfläche geschah, schien ihm ebenso unbedeutend wie Grashalme. Im Himmel fühlte mein Onkel Simon sich wie lebendig begraben.

Er trug seine Sachen zusammen, nahm seine Frau und die beiden Töchter, Arpine und Hermine, und ging. Großvater Garabet und Onkel Sahag begleiteten ihn im Zug bis nach Constanţa. Im Hafen lag gewaltig, lärmend und Vertrauen einflößend das Schiff »Rassia«. Nun war Frühling 1946. Nachdem er ihn umarmt hatte, sagte Großvater Garabet nicht, er möge uns schreiben, denn Onkel Simon war das Schreiben nicht so geläufig. Seine beim Kneten des Tons so fleißigen Finger, waren angesichts eines weißen Blattes Papier gänzlich ungelenk. Er sagte: Schick uns ein Foto. Onkel Simon, der als Knabe einst Schätze gesucht hatte, nunmehr ein kräftiger Mann, antwortete wie folgt: Ich werde euch eine Fotografie schicken, aus der ihr alles verstehen werdet. Wenn das Foto mich aufrecht stehend zeigt, ist alles in bester Ordnung. Wenn ich mich irgendwo anlehne, an eine Wandecke oder an eine Stuhllehne, dann ist's so und so. Wenn ihr mich sitzen seht, steht es schlimm. Auch andere hatten sich solche Hinweise ausgedacht, um geschützter und einfacher die Situation zu erklären. Jahrelang kam kein einziges Foto aus dem sowjetischen Armenien. Das erste Foto kam erst 1949 an, und zwar erhielt es die Familie Andonian in Bukarest. Das Foto ging in der Kirche von Hand zu Hand. Die Familie hatte sich wie es eben ging vor der Kamera zusammen gedrängelt. Das Oberhaupt der Familie, Nerses Andonian, stand weder aufrecht noch lehnte er an etwas, auch saß er nicht, sondern er lag im Gras. Da war es jedoch schon zu spät. Die Repatriierungen hatten 1948 aufgehört, 1949 hatten schon die Deportationen begonnen.

Noch sind wir im Jahre 1946. Die Repatriierten versammelten sich auf dem Deck der »Rassia«, jeder wollte als Erster das Land hinter dem Meer sehen. Glücklicherweise war das Wetter gut, denn sonst hätten sie in die Kabinen gehen müssen, wo der Platz nicht für alle reichte. Nachts schliefen sie in dicke rauhe Decken gehüllt auf dem Deck. Dort aßen sie auch von über den Holzkoffern ausgebreiteten Zeitungsseiten.

Am diesseitigen Ufer des Meeres sucht Großvater Garabet in armenischen und rumänischen Zeitschriften nach Korrespondenzen aus der Armenischen Sowjetrepublik. Arşag liest, aber Großvater, bewanderter mit den lateinischen Schriftzeichen und vom Buchstabieren des Glöckners gelangweilt, nimmt ihm die Zeitung aus der Hand und fährt fort:

»Vor der Einfahrt des Schiffes ›Rassia‹ in den Hafen von Batumi löste sich ein Motorboot vom Kai und nahm Kurs auf das Schiff mit den Repatriierten. Wenige Minuten später stieg ein armenischer General in Begleitung von Dr. P. Astvadzaturian, der ein sechsjähriges Kind auf dem Arm hatte, über die Brücke an Land. Währenddessen spielte ein von den Repatriierten zusammengestelltes Orchester an Bord des Schiffes. Unter dem Applaus und den Hurrah-Rufen der auf dem Kai Versammelten begannen sich die Kolonnen der Repatriierten in die Stadt zu ergießen. Überall wurden die Neuankömmlinge wärmstens begrüßt. Ein Augenzeuge beschreibt die Szenen, die sich im Hafen von Batumi abgespielt haben. Umarmungen, Küsse, Weinkrämpfe; ein allgemeiner Freudentaumel. Dann werden die Repatriierten zu den speziell für ihre Verweildauer in Batumi eingerichteten Wohnungen geleitet, wo sie bis zu ihrer Weiterreise nach Jerewan wohnen werden.«

Ob es wohl so war?, fragte Anton Merzian.

So war es. Denn erst nach einer weiteren an Deck verbrachten Nacht sahen sie morgens in einiger Entfernung den Hafen. Manch einer hatte sein bisheriges Leben auf der Grenze zwischen zwei Häfen zugebracht, der eine entfernte sich und der andere kam näher. Konstantinopel, Izmir, Trapezunt und Antakya entfernten sich ebenso wie namenlose Ufer, die Schiffen offenstanden, etwa jenes am Fuße des Musa-Gebirges, wo die französischen Schiffe angelegt hatten, um die armenischen Flüchtlinge aufzunehmen, die so lange auf den Berghängen ausgeharrt hatten. Und es näherten sich Häfen mit Häusern, die anders aussahen als die zurückgelassenen mit ihren weißen, von der Sonne verbrannten Wänden und den Flachdächern der Landstriche ohne Regen – Marseille, Piräus, Constanţa und sogar sehr viel entferntere: New York, Montevideo oder Mar del Plata. Und für einige entfernte sich nun Constanţa aufs Neue, und Batumi kam näher mit seinen gedrungenen und schwarzen Häusern, mit ärmlichen Docks, in denen die Fenster eingeschlagen waren wie leere Augenhöhlen oder mit schiefsitzenden Platten vernagelt. Die Annäherung an einen Hafen wird stets unruhig erwartet. Diesmal gesellte sich Verwunderung der Aufregung hinzu.

DIE VERMEHRUNG DER BROTE. Statt in den Hafen einzulaufen, verlangsamte das gewaltige Schiff »Rassia« seine Fahrt und stellte sich quer zur Fahrtrichtung. Der Kapitän befahl alle an Deck, was jedoch nicht mehr nötig war, denn die Passagiere waren schon alle an Deck. Dann bahnten sich ein paar Seeleute, die eine zusammengerollte Plane schleppten, den Weg durch die Passagiere und blieben mitten unter der zusammengedrängten Menge stehen. Sie wiesen die Leute an, mehr Platz zu machen. Die drückten sich noch mehr aneinander, und wer ein kleines Kind dabeihatte, nahm es auf die Schultern, damit es nicht erdrückt werde oder verlorengehe.

Russisch!, war die Stimme des Kapitäns zu vernehmen, der versuchte, die wenigen rumänischen Worte, die er kannte, aneinanderzufügen. Wer kann Russisch?

Garabet Daglarian aus der Constanțaer Gruppe trat vor. Der Kapitän rief ihn an seine Seite und auf das Podest, auf dem er stand. Dann erhob er drohend die Stimme. Es war ziemlich heiter für einen Frühlingsmorgen auf dem Meer. Die Stimme des Kapitäns war deutlich zu hören, unverständlich zwar und abgehackt. Die Leute schauten ängstlich zu Garabet Daglarian, der verstand und verwundert den Kapitän anschaute. So kraftvoll er begonnen hatte, so unerwartet war der Redeschwall des Kapitäns abgebrochen. Nun begann er, aber sogleich war er wieder still, man hatte ihn angeschubst. Er möge lauter sprechen.

Der Kapitän fragt, begann Daglarian und schrie nun jedes Wort heraus, ob ihr Brot und Mehl bei euch habt.

Die Armenier, durch Massaker gegangen und Vertreibungen, das Zeichen der Heimatlosen tragend und eher gewohnt, sich unbemerkt durchzumogeln, im Flüsterton zu sprechen und bescheiden zu leben, hatten sich das laute Sprechen abgewöhnt. Sie regten sich selten auf. Je seltener andere sich ihrer erinnerten, umso besser. Auf dieser Welt war der Platz für sie zu eng geworden. Sie hatten gelernt, verhalten zu leben.

Deshalb bereitete das Schreien Daglarian einige Mühe, so hörte er seine Stimme zum ersten Mal. Deshalb auch waren die Leute verwundert, einen der Ihren schreien zu hören, aber noch verwunderter waren sie über das, was man ihm zu sagen abverlangt hatte:

Der Kapitän sagt, wenn ihr noch Brot und Mehl dabeihabt, sollt ihr dies hier auf diese Plane tun. Wer nicht tut, was man ihm sagt, wird bestraft werden.

Nach einigen Augenblicken der Überraschung holte jemand einen Brotkanten hervor. Er scheute sich, ihn auf die Plane zu werfen, legte ihn sachte hin, wie eine Blume auf ein Grab. Ein anderer legte ein ganzes Brot auf die Plane, nachdem er eine möglichst saubere Stelle ausgesucht hatte. Sei es, dass er hoffte, das Brot zurückzubekommen, sei es aufgrund der selbstverständlichen Regung eines bedachten Menschen. Einen ganzen runden Brotlaib und einen Kanten. Die Menschen schauten sich schweigend an und drückten sich aneinander. Der Kapitän gab ein Zeichen, und einer der Seeleute schnappte sich einen geflochtenen Koffer. Ohne ihn zu öffnen, schlitzte er ihn mit dem Messer auf. Er wühlte in dem Durcheinander und zog ein Brot heraus, das er wie auf ein Tablett auf die flache Hand legte und zuerst dem Kapitän und dann der Menge zeigte, wie damals den Kopf von Johannes dem Täufer. Er warf es auf die Plane und wandte sich um zum Besitzer des Weidenkoffers. Dieser glaubte, er müsse jetzt etwas sagen, und stammelte etwas Unverständliches, wobei er auf seine Frau und seine Kinder wies. Aber der Matrose, der ihn nichts gefragt hatte, zeigte sich mit seiner Antwort nicht zufrieden, wie auch immer diese ausgefallen wäre. Dafür ohrfeigte er ihn ein paarmal so kräftig, dass der Mann sich erst auf die eine Seite neigte und dann auf die andere fiel, dabei bedeckte er seine schmerzglühenden Wangen. Der Kapitän deutete mit triumphierendem Lächeln an, dass er warte. Die Passagiere begannen nun, mit gemächlichen Bewegungen ihre Gepäckstücke zu öffnen und die Brote sowie Mehltüten hervorzuholen. Sie kamen der Reihe nach, denn sie brachten es nicht über sich, die Sachen von Hand zu Hand weiterzureichen, und legten ihre Brote bedächtig ab. Dabei stießen sie aneinander, stolperten über den zu Boden Gefallenen. Etliche Mehlsäckchen waren aufgeplatzt. Ein warmer Dunst erhob sich, weißlich und kosend, der sich jedoch schnell verzog, zerteilt auch vom Klang der Sirene, die nun ankündigte, dass hier auf dem Schiff die Sache beendet sei.

Vom Ufer her näherte sich ein Motorboot. Ein dürrer Mann in sowjetischer Offiziersuniform, die Brust voller Orden, stieg an Deck. Der Art nach, wie sich seine dichten schwarzen Brauen über der Wurzel der gekrümmten Nase schlossen, schien er Armenier zu sein. Dann sagte er beim Anblick des Brothaufens und des weißen Pulvers auf Armenisch:

Von nun an müsst ihr nicht mehr das Brot der Fremde essen!

Es waren, je nach Fertigkeit und Vermögen der Leute, Brote der verschiedensten Arten. Runde oder lange, mit glatter Rinde oder geschmückt mit allerlei eingeritztem Flechtwerk, gesäuertes Brot oder flache, ungesäuerte Fladen, die man *Lavash* nannte und die man im Herbst in die Speisekammer legte, um sie danach mit Wasser zu bespritzen und in der Pfanne aufzubacken. Mit Mehl bestreut, in der Sonne glänzend, sahen sie wie bei der Vorbereitung auf eine Hochzeit aus. Acht Matrosen waren vonnöten, um die Plane an den Rändern zu packen und hochzuheben. Die Passagiere trauten sich nicht, ihnen zu helfen, sie traten zur Seite und ließen sie auf die Brüstung zugehen. Dort schwenkten die Matrosen diese ungewöhnliche Last und warfen sie mit einem Ruck ins Meer.

Das Schiff nahm Fahrt auf. Die Brote wurden in den Wirbeln der Schiffsschraube noch einmal durcheinandergemengt. Dann wurde die Brücke an den Kai gelegt, und die Menschen, schwer mit Gepäck beladen, stiegen herab, dabei schauten sie zurück aufs weite Wasser, das mit seiner Macht, aufzuquellen, zu verdauen und aufzulösen, die Teigmassen verschlungen hatte.

Dann erzählte Simon vom erbärmlichen Anblick der Docks, von den schwarzen Gebäuden, von den fehlenden Türen und Fenstern, von den feindseligen Blicken und den barschen Fragen. Wenn man mit Frau und Kindern sowie dem verbliebenen Hab und Gut von einem Ort an einen anderen zieht, wenn man ein Dach über dem Kopf und Arbeit benötigt, machen einem die Leute nur widerwillig Platz, und man bleibt unerwünscht, unabhängig davon, wie man sich nennt: Exilant, Heimatvertriebener, Flüchtling, Repatriierter oder sonst wie. Die Prozeduren waren äußerst langwierig und kompliziert. Alle gingen an einem Tisch vorbei, an dem drei Männer in Militäruniformen saßen, von denen nur einer Armenisch konnte, diejenigen, die alles fragten und jede Antwort aufschrieben, ja sogar noch einiges mehr, waren Russen. Zuerst wurde der Mann aufgerufen, also Simon. Er übergab die Dokumente der gesamten Familie, die einbehalten und währenddessen sorgfältig abgeschrieben wurden. Sie sollten ihnen erst in dem Augenblick wieder ausgehändigt werden, wenn sie sich bei den Autoritäten des Ortes meldeten, dem sie zugeteilt worden waren. Eigentlich kam es nur auf die Repatriierungsbescheinigung an, der Nansen-Pass wurde ihnen niemals mehr zurückgegeben. Dann folgten Fragen über den Geburtsort, und im Fall dass dieser in Anatolien lag, wurde nach Einzelheiten darüber gefragt, wie man nach Rumänien gelangt sei. Dann wurde gefragt, was man getan habe, wovon man gelebt und welchen Beruf man habe, welche Art Politik man gemacht und ob man General Dro kennengelernt habe. Wonach man den Mann aufforderte, auf seine Frau und seine Kinder in der Menge zu zeigen und das Gepäck zu bringen. Der Frau stellte man die gleichen Fragen, die Koffer wurden geöffnet und durchwühlt. Wer mit seinen Antworten fertig war, ging in eine Baracke, an deren Tür bewaffnete Soldaten Wache hielten. Sodass sie nicht mit den noch Wartenden sprechen konnten, um sie über die Art der Fragen aufzuklären, und diese sich ihre Antworten nicht zurechtlegen konnten.

Die Befragung dauerte bis zum Einbruch der Nacht. Dann, beim Licht einiger Öllampen, die man an den Wänden angezündet hatte, wurde ihnen gesagt, dass sie nun, endlich, essen könnten. Man gab ihnen jedoch nichts als Brot, meinte wohl, sie hätten noch etwas von zuhause dabei. Das Brot war schwarz und krümelig. Man konnte es nicht brechen, sondern musste davon abbeißen, denn sonst zerrann es einem in den Händen wie Sand. Und ebenso wie Sand knirschte es zwischen den Zähnen. Deshalb hatten sie uns gezwungen, das Brot, das wir dabeihatten, wegzuwerfen, sagte Simon zum Schluss seiner Geschichte. Wir sollten den Unterschied zwischen dem Brot, das wir hinter uns zurückließen, und jenem, das wir von nun an bekommen würden, nicht merken.

Für den Weg nach Jerewan benötigten wir etwas mehr als einen Tag, obwohl es nicht so weit entfernt lag. In den Lastwaggons setzten sich alle auf den Boden, wie sie es vermochten, und der einzige Unterschied zwischen Deportierten und den Repatriierten, eingepfercht zwischen ihrem Gepäck, schwitzend und schlaflos, bestand darin, dass die Waggons nicht versiegelt waren und die Türen während der Fahrt ein kleines Stück offen standen, damit Licht und Luft nicht nur durch die Ritzen in den Waggonwänden eindringen konnten. Hin und wieder hielt der Zug auf offenem Feld, sodass diejenigen, die es für dringend geboten hielten, zusammen aussteigen konnten, wobei sie die von zuhause mitgebrachten Hemmungen zu überwinden hatten.

Sagen wir also, Simon habe Glück gehabt. Er wurde direkt nach Jerewan zugeteilt. Seine Familie wurde zusammen mit zwei anderen Familien, insgesamt fünfzehn Personen, zeitweilig in einem Haus mit drei Zimmern untergebracht. Das Haus war baufällig und schon zu lange nicht mehr beheizt worden, als dass die Frühlingssonne es hätte aufwärmen können. Eine Weile lang fand Simon keine Arbeit. Also verkaufte er alles, was sie mitgebracht hatten: Kleidung, Stoffe ... Eines Tages gab man ihnen ein Grundstück von hundert Quadratmetern, um sich darauf ein Haus zu bauen. Sie bauten es unter größten Mühen innerhalb eines Jahres, denn Baumaterialien gab es keine, und ihr Geld reichte kaum für das Essen. Dann begann sich ihr Leben ganz langsam zu regen. Die Repatriierten wurden misstrauisch beäugt; also gingen die von überallher Eingewanderten – aus dem Libanon, aus Bulgarien, Rumänien, Griechenland oder Frankreich – aufeinander zu. Sie trafen sich im Park und erzählten sich gegenseitig von der zurückgelassenen Welt, von ihren Gesprächskreisen und Kirchen, vom Brot, das nicht ins Meer geworfen worden war. Der Park, den es auch heute noch in Jerewan gibt – unweit des Republikplatzes und jener Stelle, an der sich die gewaltige Lenin-Statue erhebt –, trug lange den Namen »Latsi bardez«, also Garten der Klagen. Mitunter traten die Nostalgien zu Zeiten und an Orten auf, an denen man am allerwenigsten damit rechnen konnte. Im Herbst 1951, die erste Runde der Deportationen nach Sibirien war beendet, und die Leute wussten nicht so recht, was sie als Nächstes zu erwarten hätten, die Rückkehr der Deportierten oder die Deportation der bisher noch Verschonten, war Johnny Răducanu*, damals ein dunkelhäutiges Bürschchen, dessen Stimme noch nicht vom Tabak aufgerauht war, nach Jerewan zu einem Konzert im Saal der Philharmonie eingeladen worden. Er wusste nicht, dass sich im Saal vor allem Armenier befanden, die lange Zeit in Rumänien gelebt hatten, aber er sollte es auf eine Weise erfahren, die ihm einige Verlegenheit bereitete. Als das erste höfliche Klatschen verklungen war und Johnny die letzte Feinabstimmung an seinem Kontrabass vornahm, war in der Stille plötzlich vom Balkon her auf Rumänisch eine schrille und laute Stimme zu hören, der Mann hatte die Handflächen trichterförmig um den Mund gelegt: He, Johnny, sag mal, Junge, gibt es noch Huren bei Marna? Die Unruhe zeigte an, dass eine Mehrheit im Publikum verstanden hatte,

---

* Johnny Răducanu, 1931–2011, bedeutendster rumänischer Jazzmusiker. (A.d.Ü.)

worum es ging, aber Johnny Răducanu schluckte einmal trocken und begann zu spielen, schließlich wusste er nicht, was er an diesem Ort, wo solche Vorkommnisse unvorhersehbare Folgen haben konnten, hätte tun können. Da wir nun, mehr als ein halbes Jahrhundert nach diesem Vorfall, darüber nachdenken, sind wir, Johnny und ich, zu folgenden beiden Schlussfolgerungen gelangt – wobei ihm der entscheidende Beitrag zukommt. Erstens: Die in die Armenische Sowjetrepublik Repatriierten hatten eher zu den armen Armeniern gehört, denn die Huren in den Hotels um den Bukarester Nordbahnhof, wie das Marna eins war, waren eher zweitklassig. Und zweitens: Wie die in Rumänien verbliebenen Armenier so gut wie nichts über die nach Armenien Ausgewanderten wussten, wussten auch die Ausgewanderten nicht mehr, was in Rumänien geschah. Sonst wäre eine solche Frage unsinnig gewesen, zumal die armen Frauen mittlerweile aus den Hotels hinausgeworfen worden waren, und schließlich, nachdem die von der Front und aus der Kriegsgefangenschaft heimgekehrten Soldaten auf den Bahnsteigen des Nordbahnhofs immer weniger geworden waren, hatten auch sie klein beigegeben. Und in der neuen Welt des Kommunismus, der Geschäfte, in denen man auf Punkte oder mit Bezugsscheinen die wenigen Waren erhielt, gab es kaum noch einen Platz für sie, denn von Huren, die sich mit Punkten oder Bezugsscheinen bezahlen lassen, hat man noch nicht einmal aus der gleichesten aller möglichen Welten gehört, als welche sich diese ausgab.

DIE AUFFORDERUNG, AN ORT UND STELLE ZU BLEIBEN, ODER DIE GESCHICHTE DES GUTEN HERRN BLEIBWODUBISTIAN. Vielleicht verhielten sich die Dinge doch nicht ganz so, und die Viehwaggons und die wie Ställe vollgepferchten Unterkünfte, Armut und Kälte existierten nur in Simon Șeitanians Vorstellung. Oder aber es handelte sich nur um einen Teil der Wirklichkeit, der inneren. Denn die äußere Wirklichkeit sah völlig anders aus. Davon erzählte Großvater Garabet im Kanzleisaal der armenischen Kirche von Focșani, als er die Zeitungsspalte mit den Briefen aus der Sowjetunion vorlas:

Die Überschrift, kündigte Großvater an. »Die ersten Briefe der aus Rumänien Repatriierten sind eingetroffen.« Und dann: »Die bisher eingegangenen Briefe vermelden, dass die aus Rumänien Ausgereisten in der Heimat gut empfangen wurden und die Unterbringung schnell und unter besten Bedingungen erfolgte. Die Briefschreiber unterstreichen ganz besonders den Überfluss an Lebensmitteln und die jedem zugänglichen Preise, wobei sie hinzufügen, dass selbst diese geringen Preise noch ständig sinken. Die Wohnungen, in denen die Repatriierten beherbergt werden, sind äußerst komfortabel, und die Behandlung durch die Autoritäten übersteigt alle Lobensmöglichkeiten. Die öffentlichen Parks, die Restaurants, Theater, Kinos, ja sämtliche Unterhaltungslokalitäten werden von den Repatriierten, die überall freien Eintritt genießen, bestürmt. Tag für Tag gibt es zu Ehren der Repatriierten außergewöhnliche Aufführungen.«

Was soll man dazu sagen?, fragte Anton Merzian verwundert wie immer. Und wandte sich um zu Sahag Şeitanian, der alles versucht hatte, um seinen Bruder Simon von der Ausreise abzubringen. Dieser ignorierte die Frage, nahm die Zeitung und las alles noch einmal ganz genau durch.

Das ist doch seltsam hier, sagte er. Wenn das Briefe sind, die nachhause geschickt wurden, warum heißt es dann hier, es seien Briefe aus der Sowjetunion?

Hat irgendjemand von euch je einen Brief bekommen? Habt ihr gehört, dass jemand einen Brief bekommen hat?, insistierte Anton Merzian.

Stimmt, ich habe nichts gehört, gab Arşag, der Glöckner, zu. Und was soll das heißen?

Nun, dass jemand sie liest, bevor sie hier ankommen. Wo hat man denn je von Briefen gehört, die in Zeitungen gelangen, anstatt hier im Briefkasten zu landen?

Dort eben ... in der Sowjetunion ...

Woanders als in den Zeitungen gab es lange keine Briefe. Seit über einem Jahr schon wurden die Briefe an die in Rumänien Zurückgebliebenen direkt von der Sowjetunion geschrieben. Und gelesen wurden sie nur in der Rubrik Korrespondenzen. Der anonyme Absender war überaus zufrieden, alles ging voran, wenn es vorangehen sollte, die Löhne stiegen, die Produktion stieg, die Lebensmittelberge in den Geschäften wuchsen, und wenn alles sinken musste, sank alles, nämlich die Preise, die Steuern, alles ging voran, wenn Vorangehen Pflicht war, nämlich die Sowjets, die Arbeit und der Enthusiasmus, und zurück, wenn es sich so gehörte, gingen der Imperialismus und Coca-Cola. In den Briefen, welche die Sowjetunion fleißig für Großvater Garabet schrieb, gab es keine Namen, keine Gesichter und keine Gefühle. Der Name ist der erste Defekt des Menschen, er unterscheidet einen vom anderen. Der Gesprächspartner meines Großvaters und von Sahag Şeitanian sowie all der anderen, die sich die Nachrichten über die Repatriierten anhörten, war unmittelbar das sowjetische Volk.

Als die Sowjetunion sich nicht mehr darum kümmerte, Briefe zu schreiben, sondern sich damit begnügte, welche zu lesen – nun ja, mit einiger Aufmerksamkeit –, tauchten die ersten wirklichen Briefe auf. Wie es schien, kannten die Schreibenden ihre Leser und boten jedem von ihnen eine andere Möglichkeit des Verstehens an. Wie es Chöre mit Sängern für verschiedene Stimmen gibt, gibt es auch Leserchöre. Für den sowjetischen Leser waren die Briefe auf Armenisch geschrieben und kaum zugeklebt, damit er sich nicht allzu sehr aufregte, bis er sie geöffnet hatte. Hin und wieder schlich sich auch ein rumänisches Wort ein, damit auch der zuhause gebliebene Leser verstand, was zu verstehen war. So schrieb Simon für seine sukzessiven Leser, den sowjetischen und dann den rumänischen: Hier ist es sehr gut. Wir haben alles. Viele Leute besuchen uns. Beispielsweise Herr Fleisch (auf Rumänisch), der kommt etwa einmal im Monat vorbei. Herr Käse (ebenfalls Rumänisch) etwa einmal die Woche. Ihr müsst unbedingt auch kommen. Sucht für Anton Merzians Sohn Dicranig ein hübsches Mädchen aus, und wenn er geheiratet hat, kommt ihr unbedingt, damit wir uns alle zusammen freuen.

Da nun Anton Merzians Sohn Dicranig damals noch ein kleiner Junge war, durfte sich der sowjetische Leser in seiner an den Ellbogen abgeschabten Uniform freuen, er wusste und verstand nichts; doch welche Traurigkeit teilte sich dem Leser in Rumänien mit, der Bescheid wusste. Andere Briefe waren ohne solches Versteckspiel geschrieben. Manchmal erinnern wir uns abends an die zuhause. Geht unbedingt demnächst mal bei Herrn Bleibwodubistian vorbei und grüßt ihn schön von uns.

Je größer der Überfluss an Lebensmitteln bei stets geringeren Preisen wurde, je schöner die Häuser immerzu wurden, je weniger die Begeisterung zu bremsen war und je prächtiger die Konzerte zu Ehren der Repatriierten stets gerieten, umso mehr nahmen die liebenswürdig erdrückenden Hinweise auf Herrn Bleibwodubistian zu.

Eines schönen Tages war Schluss, sowohl mit den direkt von der Sowjetunion als auch mit den in deren Namen von ihren neuen Bürgern geschriebenen Briefen. Dies geschah im Jahre 1949. Damals begannen die Deportationen unter den Repatriierten. Dann erst begriffen die Repatriierten vollends, was ihnen geschehen war. Die Sowjetunion brauchte sie nicht. Eine Diaspora war jedoch eine ständige Gefahr von außen nach innen und eine Verlockung für die im Inneren nach außen. Die Diaspora musste an einen anderen Ort geschafft werden. In Sibirien gab es genug Platz, und außen gelüstete es niemanden danach. Viele der Repatriierten wurden nach Sibirien geschickt. Und die Einheimischen, die auf die dumme Idee verfallen waren, sich mit ihnen zu verschwägern, ebenso. Weißt du schon, sie haben diesen und jenen abgeholt, flüsterten sie sich zuhause zu. Die schutzlose Person wurde abgeholt, ausgehoben, verbracht. Die Aktion hatte nur ein präzises Objekt: die flüchtige Individualität dessen, der sich unterwirft. Während der Verursacher geheim bleibt, omnipräsent, aber unsichtbar.

Am Anfang war das Pronomen.

Wie ein Register, das sich selbst liest und im Wind umblättert. Jeder, der seinen Namen hört, erhebt sich schweigend und mit herabhängenden Schultern, verlässt den Saal. »L« ist ein Buchstabe, der alleine nicht gelesen wird, er benötigt Untertanen. Andere Konvois, andere Züge, diesmal mit versiegelten Türen. Wieder geht es in die Wüste, doch diesmal nicht in den Sand, sondern in den Schnee. Nur der Wind ist der gleiche. Und Herr Bleibwodubistian ist vollends allein geblieben.

Simon Şeitanian haben die Deportationen von 1949 verschont. Sie wurden eingestellt und sollten im Frühjahr 1953 wieder aufgenommen werden. Die Repatriierten bekamen bedeutungslose Gelegenheitsarbeiten. Jeder wusste, dass die Übriggebliebenen eines Tages auch deportiert werden würden. Das Warten ist aber von allen Übeln am schwersten zu ertragen. Und wieder versuchten manche zu entkommen. Machten sich auf den Weg nach Odessa und versuchten, auf die Schiffe zu schleichen und sich zwischen den Warenballen zu verbergen. Oder an die Grenze zu Rumänien zu gelangen, wo sie am schmalsten war, am Pruth oder in den Wäldern der Bukowina. Sie sollten unweigerlich jedes Mal geschnappt werden.

Simon hatte eine Familie, er konnte nicht abhauen. Er kaufte sich eine Säge und lernte Holz schneiden. Wusste, dass ihm dies in Sibirien nützen würde. Zum Glück starb Stalin im Frühjahr 1953. Und damit waren auch die Deportationen beendet.

Für Onkel Simon war die Erde nicht rund. Auch war sie nicht flach wie ein Teller, wie es auf den weiten Ebenen am Fuße des Ararat-Gebirges ausgesehen hatte. Für ihn war die Erde eine Linie, die dort begann, wo seine Fußsohlen sie berührten, und bis zum Mittelpunkt der Erde reichte, wo es tiefer nicht mehr ging. Deshalb genügte ihm zu seiner Welterkenntnis zwei Fußbreit Boden, der derart an seinen Fußsohlen klebte, dass nichts mehr dazwischen passte, wie zwischen Messer und Brot.

Für Stalin gab es auf der Welt weder einen Unterschlupf noch ein Versteck. Für ihn war sie flach wie eine Tischplatte, und er konnte mit seinem Zeigefinger bis an ihre Ränder darüber hinwegfahren. Seine Phantasien bezogen sich nicht auf die Tiefen, sondern auf die Grenzen. Und wenn sein Zeigefinger an einem Punkt dieser Tischplatte innehielt, und wenn die Grenzen sich nicht über das, was an jenem Ort geschah, hinausschieben ließen, dann mussten die Menschen dieses Ortes eben diesseits der Grenze gebracht werden. Die Diaspora ist umtriebig, schwer zu umarmen, zu erschöpft durch ihre Wanderschaften, als dass man sie verführen könnte, auch sind ihre Traumata noch zu wenig verheilt, als dass sie neue Mühsal auf sich laden könnte. Mit ihren Nostalgien, mit dem Traum, das historische Armenien wiederherzustellen, mit der Bereitschaft, sich dafür mit allen und jedem zu verbünden, wie es während des Krieges das Bataillon von General Dro getan hatte, das sich mit Deutschland gegen die Bolschewiken verbündet hatte, stellte die Diaspora für die Sowjetunion einen Unruheherd dar. Auf jener Erde, die sich flach wie ein Tischtuch ausbreitete, verstreute sich die Diaspora tröpfchengleich bis an den äußersten Rand, nach Australien, Argentinien, Äthiopien oder Kanada. Und weil man sie nicht wie Brotkrümel auf dem Tisch zusammenstreichen, in einer hohlen Hand versammeln und anschließend wegwerfen konnte, musste man diese die Wangen der Hemisphären wie Sommersprossen zeichnenden Punkte dazu überreden, sich an einem Ort zu versammeln. Da schlug Stalin vor, die Armenier zu repatriieren. Kurze Zeit nach der Kapitulation Japans hat der Oberste Sowjet der UdSSR dem »Wunsch der weltweit verstreuten Armenier sowie der Armenischen Sowjetrepublik« entsprochen und die Repatriierung der Armenier genehmigt, indem einige Erleichterungen in Aussicht gestellt wurden, etwa Grundstücke für den Hausbau, finanzielle Unterstützung durch den Staat und Steuerbefreiung, Entgegenkommen, die verspätet und dann auch nur zu geringen Teilen umgesetzt wurden. Die sowjetische Propaganda schätzte die Zahl der Rückwanderer auf etwa 300000 Personen, aber es könnten auch nur halb so viele gewesen sein. Da beschloss Stalin, dass man die Armenier in ihr Land rufen solle. Der Prozess sollte auf dem gesamten Globus gleichzeitig beginnen und schnell abgeschlossen werden, damit diejenigen, die sich repatriieren lassen wollten, keine Zeit hätten, von den schon Repatriierten zu erfahren, welcher Terror und welches Elend sie erwarte. Trotzdem dauerte diese Aktion zwei Jahre, und so lange sind die Briefe an den Grenzen gestoppt worden, von eifrigen Beamten wieder und wieder gelesen sowie neu geschrieben und in den gleichen Umschlägen weiterbefördert worden, dabei hatte man vom ursprünglichen Text bei der erneuten Niederschrift vielfach nur die Eigennamen bewahrt. Erst als die Grüße an Herrn Bleibwodubistian zunahmen, begannen die zuhause sich Sorgen zu machen und sich zu wundern. Der vielfach mit Liebesbezeugungen und Glückwünschen bedachte, weithin bekannte Herr Bleibwodubistian hat jedoch nicht die Neugierde der dienstbeflissenen Skribenten hervorgerufen, wie alle Skribenten nahmen auch diese ihre Arbeit ernst und hielten Herrn Bleibwodubistian für eine ehrenwerte Person, der man unverzüglich und bei jeder Gelegenheit seine Empfehlungen darzubringen hatte. Eine hinreichend, ja bis zur Unterwürfigkeit geachtete Person, denn niemand traute sich, sie direkt anzusprechen, sondern immer nur über Vermittler, wie eine jenseitige Gestalt, der man sich, im Bewusstsein der eigenen Schuld, mit niedergeschlagenem Blick und geneigtem Kopfe nähert. Doch als die Repatriierungen aufhörten, als sich der Dunst über dem Meer bei Batumi und Poti nicht mehr mit dem weißen, über die Brüstung geworfenen Mehlstaub vermengte, begannen die Deportationen. Gemächlich, ohne Eile, wie man eine Delikatesse verspeist, deren Genuss man in die Länge ziehen will. Zuerst die Repatriierten, dachte Stalin, dann, daruntergemischt, die Einheimischen. Bis die Sozialistische Sowjetrepublik Armenien weniger als eine Million Einwohner hat. Und was mit Nachitschewan und Bergkarabach begonnen hatte, sollte hier vollendet werden. Wenn Armenien weniger als eine Million Einwohner gehabt hätte, wäre es seines Republik-Status verlustig gegangen, und sein Territorium hätte zwischen Georgien und Aserbaidschan aufgeteilt werden können.

Bei Stalins Tod gab es auch im sowjetischen Armenien genügend Menschen, die ihn beweinten. Wahrscheinlich sogar in Sibirien, aber gewiss nur unter den alten Ortsansässigen. Die meisten beweinten ihn nicht. Und unter diesen befand sich selbstverständlich auch Simon Șeitanian. Das war nicht anders zu erwarten. Was sie vor allem unterschied, Stalin und Onkel Simon, war ihr Verhältnis zur Erde. Dass Stalins Sicht darauf falsch war, zeigte sich nun, das heißt, die Erde hat darauf bestanden, es ihm vorzuführen. Sodass Stalins Körper, der Eingeweide entleert, imprägniert mit Chemikalien, mit dem Pinsel angestrichen und aufgefrischt mit Schminke, lange Zeit unbeerdigt blieb. Während sich Simon die Erde bei der ersten Anrufung öffnete.

Es war der Herbst 1960. Verschont von der Gefahr der Deportation, begannen die Repatriierten zu heiraten und Kinder zu bekommen. So wurde Simon Şeitanian Großvater, nachdem er seine Töchter Arpine und Hermine verheiratet hatte. Und nach 1958, als sich die durch die ungarische Revolution ausgelösten Übergriffe gelegt hatten, wurde den aus Rumänien eingewanderten Repatriierten erlaubt, ihre Verwandten zu besuchen. Sodass nach beinahe 15 Jahren plötzlich Simon Şeitanian auf dem Kanapee unter dem Aprikosenbaum im Garten sitzt und ununterbrochen redet und raucht. Und auf einmal:

Armenien verdient es, geliebt zu werden. Wo man auch hinschaut, überall nichts als Steine. Im Gebirge wachsen die Steine schnell, wie Bäume. Ich habe Angst, dort zu sterben, wo sie mir Steine auf den Sarg werfen. Hier ist der Boden gut, hier lohnt es sich zu sterben.

Die Erde hörte auf ihn und hat sich ihm geöffnet. In der gleichen Nacht noch packte Onkel Simon ein Hustenanfall, ein dem Rauchen geschuldeter Husten. Er hustete, bis ihm das Herz platzte. In Focşani wurde er begraben. So ging er in den größeren Leib ein, aus dem er niemals so ganz geboren worden war. Auf dem armenischen Friedhof von Focşani war Simon Şeitanian einer unserer ersten Toten. Ihm folgte kurze Zeit später meine Urgroßmutter Heghine Terzian, die am Ufer des Bosporus geboren worden war und nun mit beinahe neunzig Jahren das andere Ufer erreicht hatte.

Jeden Morgen suchte sich Großvater zufällig ein paar Farben aus, mischte sie und strich sie mit dem Pinsel auf die Leinwand. Dann betrachtete er sie, beobachtete die Intensität der Farben, die Strichführung und die Art, wie die Farben sich durchdrangen. Schließlich stellte er fest: Wie gelassen wir heute Morgen doch sind! Oder: Heute bin ich etwas nervös aufgewacht ... Auch kam es vor, dass er ein Gespräch plötzlich abbrach und im Atelier verschwand. Dann kehrte er mit dem Pinsel oder einem Messer in der Hand und mit ölverschmierten Fingern zurück. Er bat seinen Gesprächspartner ins Atelier und wies auf die Leinwand auf der Staffelei. Schau, wie grell das Grün ist im Vergleich zum Weiß der Leinwand. Und wie unpassend mit dem darunter liegenden roten Rand. Und der Strich bricht plötzlich ab, als wäre der Maler mit einem Mal verschwunden. Der Besucher schaute verwundert auf die

Leinwand mit den sich kreuzenden Linien. Und was hat das zu bedeuten?, fragte er. Es besagt, dass du mich allzu sehr aufgebracht hast. Oder im Gegenteil: Diese Verbindung von Blau und Orange scheint gelungen. Vor allem weil die Farben hier wie dort weich sind, die Konturen sanft. Und die Strichführung ist leicht geschwungen, als erstreckte der Strich sich über die Erdoberfläche. Das heißt, dass es dir trotz all deiner Bemühungen und mit all deinen Albernheiten nicht gelungen ist, mich aus der Fassung zu bringen.

Was das Verständnis der Welt sehr viel einfacher machte. Alles ist nur eine Frage der Kombination von Strich und Farben. Einschließlich der Seele. Diese drückt sich mittels der Farbe, die ihr am besten entspricht, jeden Augenblick aus. Es wäre ein Fehler, die Welt aufgrund ihrer Formen verstehen zu wollen. Der Wein, den man in eine Karaffe gießt, in eine Amphore oder durch den Trichter in eine Flasche mit engem Hals, schmeckt stets gleich. Je schärfer der Geschmack der Farbe ist, je schriller, umso wütender ist die Seele. Sind die Farben kräftig und rein, bedeutet dies Fröhlichkeit. Sind sie gedämpft, so heißt dies Ruhe. Passen sie nicht zusammen, entstehen Verdacht, Unruhe, Verstörung.

Großvater hatte ein Tagebuch mit Aufzeichnungen. Rechts oben in die Ecke schrieb er das Datum, sonst gab es nur bunte Striche. Manchmal blätterte er darin: In letzter Zeit habe ich mich nicht wirklich wohlgefühlt, sagte er. Vielleicht bin ich älter geworden. Nimm halt auch mal andere Farben ..., sagte sein Schwager Sahag Şeitanian und schlürfte an seinem Kaffee. Das geht nicht, widersetzte sich Großvater. Nicht ich wähle die Farben, sie wählen mich. Hier gibt es kein Schummeln. Was sollte es denn bringen, wenn man sich täuscht?

Großvater malte Landschaften. Manchmal nahm er seine Staffelei auf den Rücken, und wir gingen auf die Lichtung jenseits der Eisenbahnlinie. Am häufigsten aber malte er nach alten Postkarten. Er unterteilte die Karte mit feinen geraden Bleistiftlinien in Vierecke. Worauf er sie Viereck für Viereck vergrößerte. Ein andermal stellte er einige Gegenstände auf eine Stellage – Krüge, Früchte und Tücher mit Stickereien. Er betrachtete sie lange, dann begann er zu malen. Auf der Palette mischte er die Farben. Die Palette gefiel mir am besten. Sie schien mir sein gelungenstes Bild zu sein. Sie hatte eine schöne Form, abgerundet und geschwungen, wie eine Geige. Außerdem war sie bunt und in verschiedenen Techniken bemalt. Man konnte die Spuren der Pinsel sehen, mal waren sie draufgedrückt worden, dann wieder sachte darüber gestrichen, wie die Haarsträhne einer Frau. Die Spur des Messers, das die Farben wie auf dünnen Früchtescheiben, grünen oder reifen, verstrichen hatte. Oder die Spur des Fingernagels, wenn die Farben gleich mit dem Finger vermengt worden waren. Aber am allermeisten gefiel mir, dass die Palette ein endloses Gemälde war. Großvater malte, aber was ich Gemälde nannte, war die Palette. Die überflüssigen Farben ergaben eigentlich das Bild auf der Leinwand. Großvater stimmte mir zu. Es ist nützlicher, die Dinge verkehrt herum zu betrachten.

Zuerst legte ich die Serviette zurecht, meistens kippte ein Zipfel über den Rand der Stellage. Dann den Krug, unbedingt mit Wasser gefüllt, damit er nützlich aussieht, und so arrangiert, dass man den Henkel sieht. Darum die Früchte, je nach Jahreszeit. Großvater schaute sie sich minutenlang an. Er kniff ein Auge zu und maß die Proportionen mit dem Bleistift, indem er mit dem Finger hinauf- und hinabfuhr. Manchmal rief er mich herbei, damit wir uns beide ansahen, was er malte, vor allem, wenn er zufrieden war. Ich schaute mir die Gegenstände an, dann auf die Leinwand. In den meisten Fällen malte er etwas völlig anderes. Statt des Kruges befand sich auf dem Bild ein Samowar, und statt der Äpfel gab es dort Trauben zu sehen. Das hat nichts zu bedeuten, sagte Großvater. Jede Wahl geschieht zufällig. Und warum habe ich dann diese Dinge dort hingesetzt? Und welchen Sinn hat es, dass du immer wieder hinschaust? Es ist ganz gut, sagte er, sich hin und wieder zu unterbrechen. Wenn man immerzu ein Ding anschaut, das gleiche Ding, dann sieht man es nicht mehr. Und schließlich kommt dieser Samowar nicht aus dem Nichts, ebenso wenig die Trauben. Es ist das Modell, das ich vor einem Monat hier stehen hatte. So ist es, bestätigte ich. Von damals, als du die Weinflasche mit den Pfirsichen gemalt hast. Das heißt, dass jetzt die Zeit dafür reif ist, sagte er.

Malte er keine Trauben statt Äpfeln und Pfirsiche statt Trauben, so malte Großvater, wie schon gesagt, Fotografien und Postkarten ab. Die er geschickt vergrößerte, und deren Einzelheiten er minutiös bewahrte. Vor Zeiten hatte er Pastellfarben direkt auf die Fotografien verteilt. Wir besaßen Alben mit farbigen Fotos aus den zwanziger Jahren. Aus der Zeit, als deine Großmutter jung war und all diese Farben verdiente. Der Zauber besteht darin, sich querzustellen zum Fluss der Zeit. Als die Farbfotografie noch nicht erfunden war, war es etwas Besonderes, sie bunt auszumalen. Jetzt, da man sie mit allen Farben herstellen kann, ist es angenehmer, hinter den Farben die Töne von Schwarz und Weiß zu entdecken.

Ich war ein Kind und konnte diese Dinge nur schwer begreifen. Aber ich hörte zu und verstand von dem, was sie beim eingehenden Betrachten eines Fotos sagten, was ich eben verstehen konnte; sie kalkulierten die Winkel, lösten Linien auf und suchten nach neuen Techniken. Hinter dem Schrank hatten wir Negative auf Glasplatten. Aber Großvater hatte sich angepasst. Er hatte ein Vergrößerungsgerät mit einem Balg aufgetrieben, in den er den Zelluloidfilm steckte. Vor dem Lichtstrahl brachte er eine Tafel mit veränderlichem Rahmen an, wo er das lichtempfindliche Papier einfügte. Dann regelte er den Lichtstrahl, bis die Konturen scharfgestellt waren. Also bis die Pupille des Fotografierten zu einem schwarzen Punkt wurde. Danach zählte er, je nach Qualität des Negativs. Manchmal eine ganze Minute. Nun wurden die Papiere in Plastikschalen geschwenkt, in denen er Entwickler- und Fixiersubstanzen aufgelöst hatte. Schließlich hängte er das noch nasse Foto, nachdem er es in Rotlicht überprüft hatte, an eine Schnur, die durch das ganze Zimmer gespannt war. So verharrten wir im roten und wundersamen Dunkel, beugten uns über die Schalen mit chemischen Düften, waren vom Rest der Welt durch die schwarz gestrichenen Pappendeckel getrennt, mit denen Großvater die Fenster zugestellt hatte.

Deshalb mochte ich es nicht, wenn Arşag Sâvagian zu uns kam. Ich zog mich in einen Winkel zurück. Sie bedeckten die Schalen mit den Chemikalien, schickten mich zu Großmutter und verschlossen die Tür hinter mir. Dann wusste ich, dass sie sich wieder jenes Foto anschauten.

Die Armenier, die auf den sonnenverbrannten Hochebenen in dem von den Seen Van, Sevan und Urmia gebildeten Dreieck aufgewachsen waren, hatten ein fahl-dunkles Gesicht, wie andere Bergbewohner auch, und waren eher kleinwüchsig. Gott legt seinen Finger jedem Geschlecht auf eine bestimmte Stelle am Körper, an der er sämtliche Ausprägungen versammelt. So wie die Hausfrau, wenn sie zu Ende genäht hat, den Garn verknotet, damit sich das Kleidungsstück nicht wieder auflöst. Das, woran ich mich vor allem anderen erinnere, wenn die Alten meiner Kindheit vor meinem inneren Auge vorbeiziehen, sind die Augenbrauen. Geschwungen oder gerade, wie sie ihnen eben gegeben waren, aber dicht, häufig ineinander übergehend und deshalb leicht zu verziehen. Und vor allem schwarz, also eigensinnig, voller Leben. Hätte es eine Welt nur von Augenbrauen gegeben, so wären die Armenier meiner Kindheit ganz gewiss deren Eroberer gewesen. Mithin ist Gottes Zeichen auf dem armenischen Antlitz jener Punkt über der Nasenwurzel, an dem die Brauen ineinander übergehen. Dort nehmen sie ihren Ausgang, schwarz, gut konturiert, über der geschwungenen und stattlichen Nase. Die Augen sind durchdringend und fangen deinen Blick an jenem Punkt ein, an dem sich das Gesicht zu öffnen scheint und sich zugleich versammelt.

Arşag Sâvagian glich nicht den anderen. Er war blond, und weil er grau geworden war, schien er noch blonder zu sein. Seine Haut war weiß, die Nase gerade, und seine Augen waren blau. Außerdem war er von hoher Statur und hatte sich noch seinen eleganten Gang bewahrt, den die Gefängnisjahre ihm nicht beschwert hatten. Auf das, was um ihn herum vorging, wirkte er abwesend, was ihm neben seinen anderen Eigenschaften einen besonderen Reiz verlieh. Arşag Sâvagian war ein Mann von Welt gewesen. Seine Jugendzeit hatte er in Konstantinopel verbracht, wo er mit der Kunst vertraut wurde, in den Kaffeehäusern zur Belebung der Gespräche gefällig zu wirken. Nach Rumänien war er nach dem Krieg von 1922 gekommen, als der größte Teil der Griechen, Italiener und die Armenier, die nach den Massakern von 1915 noch übrig geblieben waren, aus Konstantinopel vertrieben wurden. Mit der am Ufer des Bosporus erworbenen Gewandtheit fiel es Arşag leicht, die Welt von Ploieşti kennenzulernen, die obere Welt, amerikanische Ingenieure von den Raffinerien, die reiche Kaufmannschaft und die Intellektuellen, die Schärpen und enge Anzüge trugen, ebenso die darunter, Scharlatane, Pferdehändler, Hehler, Zuhälter und Messerstecher. Bunt dazwischen gestreut Anarchisten und Gesetzesfürchtige, Kommunisten, Legionäre, Philogermanen und Philorussen. Auf diese Weise, so meinte Arşag, werde ich auf den Beinen bleiben, unabhängig davon, wer an die Macht kommt. Selbstverständlich täuschte er sich. Wer auch immer an die Macht kommen sollte, ihn würde man ins Gefängnis stecken.

Arşag war alles, aber vor allem Uhrmacher und Fotograf. Mit der Uhrmacherei bestritt er seinen Lebensunterhalt. Wenn es nicht genug Uhren gab, um seine Ausgaben zu decken, und sie waren nicht eben gering, schliff er unter dem Pult den einen oder anderen Brillanten, den eine der eigenschaftslos aussehenden Gestalten geklaut hatte, die nach Einbruch der Nacht an sein Fenster klopften. Und wenn niemand auftauchte, ordnete er seine Fotos und schaute sie sich lange an. Er war Gelegenheitsfotograf, und die Gelegenheiten ergaben sich zumeist gänzlich unerwartet. Vor allem die Quästur benötigte seine Dienste, sie nahm sie in Anspruch, wenn irgendwo ein Fotograf benötigt wurde, aber keine Journalisten. Was ihn betraf, der gerne einmal mit den gewöhnlichen Kaffeehausbesuchern plauderte oder mit den Vorbeigehenden, machte sich die Quästur keine Sorgen. Die Genehmigung für seine Uhrmacherwerkstatt hatte man ihm als Geste des guten Willens erteilt, immerhin mehr, als das Gesetz einem Staatenlosen, Inhaber eines Nansen-Passes, zugestand. Und was die Diamanten betraf, die durch seine Hände gingen, die konnte er noch so gut unter seinem Arbeitspult verbergen, ihr Funkeln drang ganz gewiss auch durch die schmalen Fenster seiner Werkstatt. Deshalb hatte Arşag Sâvagian kaum eine Wahl und erfüllte diese seltsame und morbide Aufgabe, die so gar nicht zu seiner sonstigen Art zu passen schien. Lächeln!, sagte er zu den in schwarze Anzüge gequetschten Schwiegersöhnen und in engen Korsagen nach Luft japsenden Bräuten. Und den Umstehenden gab er das Zeichen zusammenzurücken, damit alle auf das Bild passten. Er stellte sie so hin, wie es sich gehörte, damit ihnen das Licht ins Gesicht und über die Wangen fiel und kein Schattenfleck entstand.

Aber Arşag Sâvagian sah sich genötigt – in letzter Zeit immer häufiger –, Gesichter zu fotografieren, die nicht lächelten. Der Tod ist nur eine andere Seinsweise des Lichts, eine Seinsweise, die nicht wiederkehrt. Die Augen sind leer, die Wangen fahl. Der tote Leib ist wie ein Brunnen, man kann so viel Licht hineinschütten wie man will, er wird nie gefüllt sein. Arşag hatte zweierlei Lampen. Ganz gewöhnliche, mit denen er die Lebenden fotografierte, und andere, viel stärkere, mit denen er die Blässe der Toten ausglich. Die an jenen viel offensichtlicher war, bei denen der Tod nicht von innen herrührte, sondern von außen, durch eine Kugel verursacht oder ein Messer, von Giften oder Stricken, die sich um den Hals geschlossen hatten. Manchmal, wenn der Geruch des Todes frisch war, eher süßlich denn sauer-bitterlich, wiesen Arşags Fotografien einen unerklärlichen Lichtfleck über der Stirn des Toten auf, den er für dessen Seele hielt. Deshalb, und um sich selbst von der Last seiner aufgezwungenen Tätigkeit zu befreien, sagte er sich: Ich, Arşag Sâvagian, bin kein Leichenfotograf, ich fotografiere Seelen.

Der Fotograf ist angekommen. Diesmal war es ein Waldrand. Die Dinge schienen sich an diesem Tag anders zu verhalten als gewöhnlich. In würdiger Haltung war der Quästor in Begleitung zweier Soldaten bei ihm zuhause vorbeigekommen, um ihn abzuholen. Sonst sprachen sie unterwegs miteinander. Sie tauschten Nichtigkeiten aus, die Worte glitten über sie hinweg wie ein Öl, das sie vom Herannahen des Todes bewahrte. Er probierte es auch diesmal, aber der Quästor schaute zum Fenster hinaus und tat so, als hörte er ihn nicht. Er hatte das Gefühl, schuldig zu sein, zum Tatort gebracht zu werden, damit er gestand. Der Quästor ging voraus. Es war dermaßen dunkel, dass Arşag mit Grausen dachte – so erinnerte er sich anschließend –, wenn wir nicht rechtzeitig stehen bleiben, stolpern wir über den Körper des Toten. Es waren drei Offiziere von der Quästur. Sie standen aufrecht und schauten, die Hände auf dem Rücken verschränkt. Sie gaben ihm die Perspektive an, aus der er zu fotografieren hatte. Das Licht schoss wie ein Stein hervor, der einen Spiegel in Scherben zerspringen lässt. Bildfragmente stürzten, spitz und scharf, von allen Seiten auf ihn ein. Arşag hatte den Eindruck, überall Blut zu sehen. Wie dem Toten war auch ihm ein Blutfaden zwischen Auge und Schläfe hinabgesickert, dort, wo sich die beiden schmerzhaften Zustände vereinten – die Dunkelheit und die Stille.

Er schaute sich den Körper nicht genau an. Begnügte sich mit dem, was die Leute ihn dort tun hießen. Plötzliches und grelles Licht über einem unbeseelten, in Dunkelheit gehüllten Leib ist indezent, als risse man ihm die Hülle vom Gesicht. Auf dem Rückweg kehrte das Leben in die Leiche zurück. Der Leib hatte sich schwerfällig erhoben, sich an den Bäumen abgestützt, den trockenen Morast von den Kleidern geschüttelt und die welken Blätter aus dem verletzten Bart geklaubt. Er war groß, kahlköpfig, leicht vornübergebeugt. Erst als er sich das Blut aus dem Gesicht gewischt hatte und noch einmal zum Objektiv des Fotoapparates geschaut hatte, erkannte Arşag Sâvagian ihn. Der Alte gab ihm ein Zeichen, er möge fotografieren, und erhob auf sehr eigene Weise den rechten Arm. Arşag wollte sagen: Lächeln Sie! Aber mit einem Mal schämte er sich. Der Alte spürte das, hörte mit seiner Verstellung auf, ließ die Arme hilflos sinken, und aus dem rechten Augenwinkel rann ihm ein feiner Blutfaden hinab. Arşag nahm das Taschentuch heraus und ging auf ihn zu, um ihn abzuwischen, aber die Stimme des Quästors hielt ihn zurück: Vorsicht! Mach bloß keinen Fehler ... Um ihm beizustehen, kehrte der Alte in den wie ein Baumstamm daliegenden Leib zurück, das Gesicht nach oben und mit einem erstarrten Blutfaden zwischen Auge und Schläfe.

Sie waren vor der Werkstatt angekommen. Arşag war plötzlich wieder bei Sinnen, der Quästor folgte ihm hinein. Arşag öffnete die Tür zur Dunkelkammer, schlug sie hinter sich zu und schob den Riegel vor. Von jenseits waren Schläge an die Tür zu hören, zuerst überraschte, dann aufgebrachte, mit Fäusten und Stiefeln. Arşag Sâvagian keuchte, schweißnass lehnte er am Holz der Tür. Bist du verrückt geworden? Mach sofort die Tür auf! Er konnte nicht. Erst einmal musste er sich überzeugen. Immer noch klaubte sich der Alte mit langsamen Bewegungen die blutbeschmierten Blätter aus dem Bart. Er lebte noch, hatte Licht. Ich habe den Apparat geöffnet, rief er denen zu, die sich draußen abmühten, die Tür aus den Angeln zu heben. Ich kann nicht aufmachen. Das Negativ verdirbt. Nur schwer gelang es ihm, den Deckel zu öffnen, denn seine ansonsten mit dieser Tätigkeit vertrauten Finger zitterten. Die Schläge endeten in einer Flut von Beschimpfungen und Flüchen. Erst eine ganze Weile später merkte Arşag, dass er das Rotlicht nicht eingeschaltet hatte. Er tastete mit zitternden Fingern herum, das Gesicht schweißüberströmt. Ich hatte Angst, das Licht einzuschalten. Weil es rot war. Ich wollte kein Rot mehr vor Augen haben. Du redest Unsinn, sagte Großvater. Licht ist Licht, und Blut ist Blut. Und dennoch, als Arşag das Foto vom Negativ ablöste, vermengten sich Licht und Blut vor seinen Augen. Nun hatte er keinen Zweifel mehr. Der Alte hatte nun wieder die Augen geschlossen, der Kopf war leicht auf die Seite gekippt, und ein Blutfaden verband das Auge mit der Schläfe. Es war tatsächlich Nicolae Iorga.* Er saß versonnen da, schaute auf das Bild. Die Schläge an die Tür begannen von neuem. In aller Eile fertigte er eine Kopie an, versteckte sie noch nass unter den Stapeln mit alten Fotografien und öffnete die Tür. Der Quästor riss ihm die Fotos und die Negative aus den Händen.

Seit damals wollte Arşag Sâvagian keine Fotos mehr machen. Er schloss sein Fotoatelier und verfrachtete seine Ausrüstung zusammen mit den alten Fotos in Kisten und Schachteln. Nur zwei hatte er behalten, die er sich jede Nacht anschaute. Eines, das er ein Jahr zuvor in Văleni gemacht hatte, auf dem Nicolae Iorga lächelte. Den Strohhut auf dem Kopf, stand er neben Siruni und einer Gruppe Armenier aus Ploieşti, die ihn besuchen gekommen waren. Hinter ihm konnte man die Köpfe zweier Kinder erkennen. Ich habe das Foto nach beinahe siebzig Jahren in der Zeitschrift *Ararat* veröffentlicht und alle, die dazu in der Lage sein konnten, gebeten, mir Informationen über die beiden Kinder zukommen zu lassen, die man hinter der breiten Schulter von Nicolae Iorga sehen konnte. Die Antwort kam aus Paris: Anuş Kârmâ-

---

* Nicolae Iorga, 1871–1940, bedeutender rumänischer Gelehrter und Politiker; wurde am 27. November 1940 von Mitgliedern der faschistischen Eisernen Garde erschossen. (A.d.Ü.)

zian, in Ploiești geboren und nach dem Krieg nach Frankreich gegangen, wo er einen Textilhandel betrieb, hatte sich in einem der beiden Jungs erkannt, der andere war Zadig Muradian, der ebenfalls nach Paris gelangt und ein berühmter Astronom geworden war. Sie beschrieben uns die Szene, die sich so viele Jahre zuvor abgespielt hatte, erinnerten sich an Arşag Sâvagians Apparat auf dem dreibeinigen Stativ, und wie er sie mit erhobenem Arm eingewiesen hatte.

Arşag Sâvagian, wie er zuerst Auge in Auge Nicolae Iorga gegenübersteht, dem lächelnden Riesen mit weit geöffneten Augen, von Leuten umringt, dann der andere, ebenso riesenhaft, aber reglos wie ein gefällter Baumstamm, das getrocknete Blut im Gesicht. Dann verging die Zeit schnell. Weder wollte der Fotograf Arşag weitermachen, noch hat man ihn deswegen noch einmal aufgesucht. Während der Kriegszeit Tote zu fotografieren, war die nutzloseste Sache überhaupt. Der Tod breitete sich über die Welt aus und nahm, wie die Facetten im Auge der Bienen, unzählige Gesichter an. Als der Krieg zu Ende war, in Arşag Sâvagians Schubladen funkelten keine Brillanten mehr, auch widerhallten die Kaffeehäuser nicht mehr von seiner warmen, von Alkohol und Tabak aufgerauhten Stimme, wartete er, den Blick auf seinen Fotografien verloren, darauf, dass ihm die Rechnung vorgelegt werde, die er zu bezahlen hatte. Tatsächlich kamen eines Nachts andere Menschen, andere Uniformen, aber sie traten auf die gleiche Weise gegen seine Tür. Auch diesmal öffnete Arşag Sâvagian nicht, nur zeigten diese sich nicht mehr überrascht. Sie strengten sich ein bisschen an und schlugen die Tür ein. Arşag, der währenddessen lediglich die Fotografien im Riss zwischen Fußboden und Wand versteckt hatte, zeigte sich über die Art und Weise ihres Eindringens keineswegs verwundert. Geduldig wartete er ab, bis sie alle Schachteln mit alten Fotos durchwühlt, die Vorhänge heruntergerissen, die Bücher aus dem Regal Seite für Seite durchgeblättert, die Teppiche zusammengerollt und den Fußboden abgeklopft hatten. Er bemühte sich nur, seine Augen aufs Fenster gerichtet zu halten, damit er nicht zwanghaft in jene Ecke schaute, in der seine Fotos in der schmalen Ritze zwischen Holz und Wandputz steckten. Der Grund dafür, dass er für schuldig galt, war denkbar einfach: Sein Name befand sich sicherlich auf der Liste der Quästur-Mitarbeiter. Er musste nichts erklären, denn es fragte ihn niemand. Auch später nicht, als er in Aiud landete und danach in Poarta Albă, am Kanal. Dort fragte sich keiner und fragte keiner den anderen, was er zwischen den Mauern zu suchen habe. Die Frage war vielmehr, wie es kam, dass jenseits des Stacheldrahts noch jemand verblieben war.

Als sich nach vielen Jahren auch für ihn das Gefängnistor öffnete, blieb Arşag Sâvagian einsam und verdutzt auf der Schwelle stehen. Bei den ersten Schritten schaute er eher zurück auf die grauen Mauern. Die neue Welt empfing ihn weder in Freundschaft noch Feindschaft, sondern gleichmütig. Wie im Kino, wenn nach dem Beginn des Films sämtliche Plätze besetzt sind und man im Dunkeln vergeblich zwischen den Stuhlreihen herumtastet, weil alle gebannt dem Geschehen auf der Leinwand folgen. Arşag Sâvagian, in einer Welt herumirrend, die sich lange schon hinter ihm verschlossen hatte, trat furchtsam auf. Zwischen ihm und den Fotos gab es nun keine Mauern mehr, die ihn beschützt hätten. Er döste in eiskalten Zügen vor sich hin, wies unzählige Male den Entlassungsschein vor, um den Schubsern und Püffen der Kontrolleure zu entgehen, schaute auf die endlosen Felder, verließ am Bahnhof von Piteşti unbemerkt den Zug und ging seine eigenen Spuren ab, die des ehemaligen Jünglings – sie waren zu schmal geworden für die klobigen Treter mit der breiten Sohle. Die Häuser auf der Bahnhofsstraße, einstmals frisch gestrichen und schön, waren grau, allein die Kastanienbäume, der Zerstörung durch Menschenhände enthoben, waren unverändert geblieben. Er hatte sich gewünscht, die Ladenbude, die ihm als Wohnung wie Geschäftsraum gedient hatte, nicht mehr vorzufinden, aber sie wartete mit verrostetem Vorhängeschloss auf ihn, das schon bei der ersten Berührung aufsprang. Auch die zwischen Fußboden und Wand verborgenen Fotos warteten auf ihn. Er ging über Scherben, setzte sich auf den Haufen durchgeschüttelter Bücher, sie waren in der Feuchtigkeit aufgequollen, trat über die zerfetzten und von Mäusen zernagten Matratzen, auf die Kleiderberge. Der Alte mit dem blutverschmierten Bart und dem sanften Blick war seine einzige Verbindung zu jener Welt geblieben, die er zurückgelassen hatte. Doch nein, da gab es hundert Kilometer weiter einen anderen Alten, dem er nun entgegenreiste, indem er wieder über schneebedeckte Felder fuhr, in anderen froststarren Zügen vor sich hin döste, vornübergebeugt durch eine weitere Bahnhofsstraße ging, diesmal in Focşani, wo es ebenfalls die Kastanien waren, die nichts außer den Jahreszeiten hatte verändern können. Der andere Alte, mein Großvater Garabet Vosganian, von dem Arşag Sâvagian die Kunst des Fotografierens gelernt hatte, war der Einzige, an dessen Tür er klopfte.

Mein Großvater legte das Foto auf den Tisch und fotografierte es noch einmal. Dann vergrößerte er das Negativ. Es hätte mehr Licht haben müssen, sagte Großvater. Dort war es zu dunkel, verteidigte sich Arşag Sâvagian. Nicht einmal ein Fleckchen Mond. Du hättest gewappnet sein müssen. Ich war es nicht. Es ist mir bis auf den heutigen Tag nicht gelungen. Weine nicht mehr, sagte Großvater. Ich weine nicht, erwiderte Arşag Sâvagian verzagt. Das hab ich mir im Gefängnis zugezogen, vom Wind.

Indem er das Foto vergrößerte und damit beinahe in dessen Raum eintrat, fügte Arşag Sâvagian sich Schmerzen zu, kratzte er mit den Fingernägeln den Grind ab, damit sich die Wunde nicht verschloss. Warum?, frage Großvater. Schließlich hast du so viele Tote verschiedenster Art fotografiert. Ich weiß nicht, zitterte Arşag von einer Kälte gepackt, die ihn nicht mehr verlassen wollte. Immer wieder habe ich darüber nachgedacht. Vielleicht erinnert er mich an Vater. Er hatte ganz genau so ausgesehen, als ich ihn in Pera, nach der Feuersbrunst im armenischen Viertel, unter den Toten entdeckte. Er erinnert mich an alle unsere Toten. Wenn sie blutbedeckt sind, gleichen sich alle Toten, nicht wahr?

Unter dem Hemd getragen, war das Foto vergilbt und an den Ecken zerknickt. Arşag Sâvagian betrachtete es so lange, bis sich die Gestalt ungewöhnlich langsam wieder zu regen begann. Der Alte richtete sich auf, stützte sich an den Baumstämmen ab, kam auf ihn zu und schüttelte sich dabei das trockene Laub aus dem Bart. Eines Morgens fand Arşag im Durcheinander auf dem Boden seiner Stube ein paar welke Blätter. Vor Schrecken fand er jetzt nur noch selten, eher zufällig und gegen Morgen in einen kurzen Schlaf. Aber die welken Blätter vermehrten sich. Um eine Erklärung für sie zu finden, begann Arşag Sâvagian, Blätter vom Bürgersteig einzusammeln, sie nachhause zu tragen und dort zu verstreuen. So fand man ihn auch eines Morgens, nicht diejenigen, die ihn gezielt suchten, sondern ein paar Streuner wie er, die durch die unverschlossene Tür eingedrungen waren, um sich ein bisschen aufzuwärmen. Er saß mit weit aufgerissenen Augen da, schaute auf das Foto und weit darüber hinaus. Auf seiner Brust und auf den Armen lagen welke Blätter, die von den Kastanien auf der Bahnhofsstraße herabgefallen waren und den Birken beim Strejnicu; vergilbt waren sie, rotbraun wie jenes Foto, das die Körpersäfte, die einem in feinen Rinnsalen die Schläfe hinabfließen können, Schweiß, Blut und Angst, verfärbt hatten.

Und dennoch, die Familiengruft der Seferians, wo die geheimen Gespräche des Kirchenvorstands stattfanden, war nicht völlig leer. Am Samstag vor Auferstehung, morgens früh, nachdem wir am Abend zuvor während der Grablegung im Kirchhof alle unter einer blumengeschmückten Truhe, die Jesus Christus' Sarg verkörpern sollte, hindurchgegangen waren, gingen wir auf den Friedhof, um uns all unserer Toten zu erinnern. Die Familien versammelten sich an ihren Gräbern und warteten auf den Pfarrer, der für jeden ein Gebet sprach, dabei zerteilten sie die Halva aus Grieß und gerösteten Nüssen, die hellbraunes Zimtpulver bedeckte, und vergossen ein paar Tropfen Wein auf dem vom Winterende her noch feuchten Boden rings um das Kreuz. Die Leute, von Jahr zu Jahr weniger geworden, weinten unterdrückt. Uns Kinder ließen diese Dinge gleichgültig. Der Tod war nur ein Dunst, er hatte den Duft gerösteter Nüsse und im Topf gerührten Grießes, gemahlenen und mit getrockneter Orangenschale vermengten Zimts. Wir hatten ihn vom vorherigen Feiertag im Gedächtnis behalten. Wir rannten durch die Alleen und schauten uns die Keramikporträts auf den Kreuzen an, als wären es Fotos in einem Album, spielten mit den Kastanien und Nüssen des Vorjahres, die wir unter den verfaulten Blättern gefunden hatten. Dann beobachteten wir verblüfft, wie der Pfarrer zusammen mit Arşag, dem Glöckner, vor der Gruft der Seferians das Gebet sprach. Damals wussten wir noch nicht, warum, aber wir spürten, dass die Leute mit einer gewissen Scheu hinzutraten. Und doch hatten sich die Männer schließlich im Halbkreis hinter dem Pfarrer versammelt und hörten ruhig zu. Niemand verteilte Halva, keiner goss Rotwein auf die faulen Blätter oder, wenn etwas früher Ostern war, direkt auf den Schnee. Niemand sprach, und es weinte auch niemand. War das Gebet beendet, so schlugen sie das Kreuz und gingen davon. Aber in dem langen Brief, den er seiner Schwester nach Buenos Aires schrieb, und den er mir reichte, damit ich ihn in den Umschlag steckte, fügte Großvater jedes Mal am Ende folgende, stets gleich lautende Zeilen an: Sag Eduard und seinen Eltern, dass wir auch dieses Jahr dort waren. Behüte ihn Gott.

Als der Pfarrer gegangen war und die anderen sich verlaufen hatten, blieb allein der Glöckner Arşag zurück. Er betrat die Gruft, blieb eine Weile drin und kam dann wieder heraus, aufmerksam um sich schauend.

Meines Wissens war in der Gruft niemand beerdigt. Der alte Seferian war vor langer Zeit schon mit seiner ganzen Familie nach Argentinien gezogen. Arşag war recht gemächlich in allem. Seine Beine bewegten sich schwerfällig beim Gehen, ebenso schlenkerten seine Arme rechts und links seines Leibes. Als wären seine Gliedmaßen mit einem Glockenseil verschnürt. So konnte ich, als er die Tür der Gruft hinter sich zuzog, eines der Seile erkennen, das seine Beweglichkeit verlangsamte: einen Lichtstrahl.

Das Licht ermutigte mich. Ich trat ein und schaute. Die Luft war kühl und unbewegt. An den Wänden kugelten die Schatten wie Wollknäuel. Ich hätte Angst haben müssen. Aber das Gesicht auf dem Foto war sanft. Ein großer Mann, aufrecht, in weißer Uniform, mit Epauletten und allerlei Tressen. Das Foto war nicht sehr groß, und den nicht eben scharfen Umrissen nach zu urteilen, musste es eilig ausgewählt worden sein, eher aufgrund seiner Bedeutung denn nach Maßgabe dessen, was es zeigte.

Im *Buch des Flüsterns* stehen oftmals Fotos anstelle der lebenden Personen. Da das zwanzigste Jahrhundert zu viele Leben allzu früh gekappt hat, gelang es den Leuten nicht immer, die Toten zuverlässig zu den Toten und die Lebenden zu den Lebenden zu rechnen. In diesem Jahrhundert hat der Tod die Menschen unverhofft ereilt und viel häufiger als jemals zuvor. Die Armenier, die in ihrem spärlich werdenden Kreis hockten, fügten immer dann, wenn einer von ihnen verschwunden war, an dessen Stelle ein Foto ein, damit der Kreis nicht vollends auseinanderfalle. Deshalb galt ihnen in ihren angestammten Gebieten, im Dreieck zwischen den Seen Van, Sevan und Urmia oder wo auch immer sie sonst umherirrten, das Foto als eine Art Vorausahnung auf den Tod.

Bilder waren für die Armenier jener Zeiten wie ein Testament oder eine Lebensversicherung. Kehrte der Mensch zurück von den Deportiertenkonvois, aus den Waisenhäusern, von den Reisen in den Bäuchen der Schiffe, wurde das Foto in Verwahrung genommen, und der lebende Mensch nahm seinen angestammten Platz unter den anderen wieder ein. Kam er nicht mehr heim, so brachte das Foto den Verschwundenen unter die Seinen zurück, wenn sich die alten und schön verzierten Schachteln an den Feiertagen öffneten. Das Foto wurde zur Entschuldigung jener, die in diesem allzu hastigen Jahrhundert davongegangen waren, ohne Abschied zu nehmen.

Die Armenier meiner Kindheit lebten mehr mit den Fotografien als unter den Menschen. Darunter auch dieses Foto auf dem armenischen Friedhof von Focşani, das auf seltsame Weise nicht bloß einen Lebenden, sondern gleichzeitig auch einen Toten vertrat. Dem der Glöckner Arşag mehr Aufmerksamkeit zukommen ließ als jedem anderen, dem zu gedenken war. Während sich bei jedem anderen Kreuz vor allem die Familienmitglieder zum Totengedenken um den Pfarrer scharten, versammelte dieses Foto sämtliche am Tag nach Karfreitag auf den Friedhof gekommenen Männer um ein nicht vorhandenes Grab.

In unserer Fotoschachtel habe ich das gleiche Foto gefunden, bloß war es etwas kleiner. So wusste ich, dass das Foto vom Friedhof von Großvater vergrößert worden war, der dabei die Kontraste etwas klarer herausgearbeitet hatte. Auf seiner Rückseite wies es eine leicht lesbare

Unterschrift auf: Onik Tokatlian. Und darunter: beim Aufbruch nach Odessa, 10. April 1944.

Um jedoch die Geschichte des Mannes zu erzählen, dessen Foto auf dem armenischen Friedhof auf einem Wandbrettchen stand, und dem durch Arşags Sorge oder derer, die eben vorbeikamen, ein ewiges Licht leuchtete, müsste ich die Geschichte eines anderen Mannes hinzufügen, den man in keiner der Fotoschachteln meiner alten Kindheitsarmenier findet: Mesia Khacerian.

Auch später ist es mir nicht gelungen, ein Foto von Mesia Khacerian aus den vierziger Jahren des zwanzigsten Jahrhunderts zu finden, trotz meiner beharrlichen Suche, denn er darf im *Buch des Flüsterns* nicht fehlen. Ihm und einigen anderen seinesgleichen ist es zu verdanken, dass dieses Buch gelebt worden ist, bevor es geschrieben und, vor allem, im Flüsterton gelesen wurde.

Selten nur gibt es einen schöneren Namen als diesen. Mesia bedeutet auf Armenisch das Gleiche, was es für die, die zu verstehen bereit sind, auch auf Rumänisch oder in jeder anderen Sprache der Christenheit bedeutet. *Khaci* heißt auf Armenisch Kreuz. Deshalb gehörte es sich, Mesia Khacerian Mesia des Kreuzes zu nennen. Eigentlich eine tragische Ironie, denn Mesia hat sich schon in seiner Jugend auf die Seite des Antichristen geschlagen.

Vor kurzem fand ich ein Foto von ihm. Er sitzt an einer Tischecke neben dem Bariton David Ohanesian und dem Grafiker Cik Damadian und schaut verstohlen auf Martiros Sarian, den großen Maler, der zu Besuch nach Rumänien gekommen ist. Aufmerksam und listig, die Lippen zusammengepresst. Alt, sagt man sich, denn seine Haare sind vollkommen weiß.

Und wenn schon, würde Großvater Garabet sagen, verächtlich mit der Schulter zucken und schmallippig seinen Namen aussprechen. Du kannst dich nicht nach dem weißen Haar richten, willst du entscheiden, ob er jung oder alt ist, hätten auch andere gesagt, die ihm aus dem Weg gingen. Mesias Haare sind so, seit wir ihn kennen, er ist im Gefängnis weiß geworden, als er den Tod erwartete. Der nicht zu ihm kam, aber, da er ihn mochte, sich anderen gegenüber als Rächer erwies.

Diese Geschichte, die davon handelt, was Onik Tokatlian und Mesia Khacerian miteinander verband, warum man Ersterem über dem Foto die Kerze anzündete zum Gedenken, während sämtliche Spuren des anderen aus den Fotoschachteln der alten Armenier verschwunden waren, ist eine von jenen, ohne die das *Buch des Flüsterns* nicht verstanden werden kann. Das stille Gebet der Männer auf dem armenischen Friedhof von Focşani, die Briefe nach Argentinien mit ihrem lakonischen Ende, die umsichtigen Blicke von Arşag beim Verlassen der Seferian-Gruft, da er den Lichtfaden wie ein Glockenseil hinter sich herzog, all dies kann man ohne die würdige Gestalt des Onik Tokatlian, Schiffskapitän mit Hochseepatent, behängt mit Auszeichnungen und Tressen, und ohne das weiße Haar von Mesia Khacerian nicht verstehen. Jeder der beiden hat auf seine Art den Tod gewählt, und der Tod hat unter ihnen gewählt, auf seine Weise liebte er sie beide.

Sie sind sich ein einziges Mal begegnet, und zwar auf der gepflasterten Allee, die von der Kommandantur des Hafens Constanţa zum Ovid-Platz anstieg. Sie erkannten einander sofort, auch wenn sie sich bis dahin noch nie gesehen hatten. Mesia Khacerian, weil er Onik Tokatlian so lange schon belauerte und hasste. Und Onik Tokatlian, weil er sich so lange schon vor Mesia Khacerian hütete. Sie gingen aufeinander zu, Onik in seinem aufrechten Gang und Mesia begleitet vom Schlurfgeräusch seines Hinkebeins. Sie wechselten nur ein paar Worte, dann gingen sie auseinander, ohne sich umzusehen. Ich werde diese Worte wiedergeben, denn als geflüsterte Worte haben sie ihren Ort im *Buch des Flüsterns*.

Onik Tokatlian ist in Brăila geboren worden. Seine Eltern waren nach den Massakern von 1895 zur Zeit des Sultans Abdul Hamid nach Rumänien gekommen. Er bekam eine vorzügliche, jedoch strenge Erziehung, absolvierte das deutsche Lyzeum und die Schule der Marineoffiziere. Die Armenier sind ein Volk des Festlands. Von alters her betrachteten sie die Meervölker mit Misstrauen und erkühnten sich nicht, das Meer zu überqueren, es sei denn, um von einer Küste zur anderen zu gelangen. Mit Ausnahme einer kurzen Periode im Mittelalter, zur Zeit des Königreichs Kilikien, als sie sich Schiffe aus Holz bauten, mit denen sie kreuz und quer das Mittelmeer durchfuhren, hielten die Armenier das Meer eher für den Weg der Enttäuschung, der letzten Chance.

Onik Tokatlian war ein Mann des Meeres. Er durchquerte das Mittelmeer auf den Spuren seiner kilikischen Vorfahren, brachte und lud Waren in Constanța für Konstantinopel, Piräus, Triest oder Marseille. Aber in dem Augenblick, als das Meer wieder zur letzten Chance geworden war, ließ Tokatlian die Handelswege Handelswege sein und übernahm ein Schiff mit Militärtransporten für die Ostfront. Als Kommandant des Schiffes »Ardealul« beteiligte er sich an der Operation »60.000«, der Evakuierung, das heißt der Rettung rumänischer Soldaten, die auf der Krim eingeschlossen waren. Dafür erhielt er zahlreiche rumänische Auszeichnungen sowie als Zeichen deutscher Anerkennung das Eiserne Kreuz.

Mesia Khacerian hingegen hat keine Schule beendet. Er war das Kind armer Armenier, die ihn in den rumänischen und armenischen Schulen von Constanța bloß zwei, drei Volksschulklassen hatten besuchen lassen können. Danach war er Lehrling bei einem Schuster, und das ist er stets geblieben, jenseits der Ämter und Funktionen, mit denen ihn die Geschichte später ausstaffierte – Schuster. Constanța, die lebendige und umtriebige Stadt mit der bunt durchmischten Welt des Hafens, den vielen Kaufleuten, Kapitänen und Offizieren, Advokaten und Buchhaltern, die große Register mit roten und blauen Zahlentabellen führten, der Lehrerschaft des Lyzeums Mircea cel Bătrân und den Intellektuellenkreisen der Kaffeehäuser, den Redingoten- und Uniformträgern, deren Innentaschen mit Banknoten ausgepolstert waren und in denen Goldmünzen klimperten, dieses Constanța wirkte reich, vornehm und verführerisch. Und während die abendlichen Spaziergänger auf der Promenade bei Pfeifenrauch und mit weit ausholenden Gebärden die Hüte voreinander zogen und solcherart andere Redingotenträger und Inhaber gut ausgepolsterter Taschen als ihresgleichen anerkannten, empfand der schmächtige Schuster jeden Augenblick, den er, einen Sack mit den frisch besohlten Schuhen auf dem Rücken, unterwegs zu einer Kundschaft war, die sich nicht herabließ, den Blick zu heben und ihm seinen Dienst zu danken, als Demütigung.

Mesia stellte sich keine bessere Welt vor. Er stellte sich eine rächende Welt vor. Deshalb trat er in die Kommunistische Partei ein und wurde während der Illegalität einer ihrer eifrigsten Aktivisten. Als er im Kreis Constanţa zum Chef der Securitate wurde, ergoss er seinen wollüstigen Rachedurst über eine Welt, die ihn, ohne davon Kenntnis zu haben, stets gedemütigt hatte. Was umso strafwürdiger war, denn heftiger als die ätzende Missachtung, die er empfand, wenn er an der Promenade vor dem Haus des Manisalian auf den Treppenstufen saß und vornübergebeugt in die Welt schaute, schmerzte Mesia die Gleichgültigkeit dieser Leute, denen er, Mesia, nicht einmal so viel bedeutete wie eine Falte in einem Leintuch, der man immerhin die Mühe zukommen lässt, sie glattzustreichen. In seiner Rache an den Redingoten und Uniformen ging er methodisch vor, er verschwendete die Banknoten und Schatzbriefe, riss die Fußböden auf, schlug die Kacheln von den Öfen und die Fayencen von den Wänden, er durchstöberte die Schubladen und schüttelte die Bücher in den Bibliotheken durch; auf der Suche nach den Goldmünzen ließ er Tagelöhner die Gärten und Höfe umgraben und die Holzspeicher leeren, die großen Häuser ließ er räumen und warf die Eigentümer auf die Straße. Und all dies, die Räumung der Häuser, die Verhaftungen, Verhöre und Folterungen, geschah immer nur nachts. Wenn die Angst, vermengt mit Schlaftrunkenheit und Finsternis, noch größere Schrecken gebar. Zumal wenn man diesen hinkenden Mann mit den weißen Haaren sah, die ihm ansonsten einen Anflug von Rechtschaffenheit hätten verleihen können, verschärfte sich der Schrecken; sah man also Mesia, so wusste man, dass es kein Entrinnen gab. Er schaute sie sich der Reihe nach an, erfreute sich an ihrem Entsetzen, ließ sie niederknien und unterbrach sie nicht, unabhängig davon, wie lang, peinlich und selbstverständlich nutzlos ihr flehentliches Bitten war. Vor allem aber gefiel ihm der Angstschweiß, der ebenso wie Perlmutt sein eigenes Licht hatte, denn er glänzte, auch wenn es noch so dunkel war. Mesia schaute auf diesen Schweiß, wie er am Haaransatz auf der Stirn in Tropfen auftrat, an den Schläfen, wie er sich über das Gesicht ausbreitete, wie gebückte Menschen, die Kinder an der Brust oder eilig ihre Sachen zusammensuchend, ihn mit den Ärmeln wegzuwischen versuchten, ohne doch zu wissen, wie tief er in ihnen wurzelte. Es gab auch einige, die versuchten, ihm mit ihren Blicken die Stirn zu bieten, sich angesichts der durchwühlten Zimmer, der aufgeschlitzten Bettwäsche und der herausgerissenen Fußböden unbeeindruckt zu zeigen. Der Schweiß aber schlüpfte durch die Ritzen ihres Verstandes, und Mesia war hin und wieder danach, einen Tropfen davon auf die Fingerspitze zu nehmen und zu verkosten. Gewiss wären sie ihm süß vorgekommen, süß wie Honig. Aber dies ist nicht die verlorene Zeit, schwitzende Menschen unterscheiden sich voneinander, nur der Schweiß ist der gleiche.

Manisalians Haus, auf dessen Treppenstufen er eingesunken gesessen und den Spaziergang der Redingoten und plissierten Röcke auf der Promenade betrachtet hatte, wurde abgerissen. Ohnehin wären ihm nun diese Treppenstufen nutzlos gewesen. Jetzt spazierte er über die Promenade, gefolgt von zwei Männern in Ledermänteln. Die Leute wichen ihm aus und betrachteten ihn ängstlich. Die Rache schritt ihm voran wie die Flötenspieler den Königen. Manch einer kannte ihn vom Sehen, andere meinten ihn zu erkennen, da sie den hinkenden Gang und das weiße Haar sahen, die unverdiente Aura. Das ist Mesia, flüsterten sie und mehrten mit ihrer neuen Angst das ohnehin schon von Ängsten überfüllte *Buch des Flüsterns*. Mesia, der Verkünder einer finsteren Welt.

Im Unterschied zu Mesia hatte Dinar Marcarian das Abendlyzeum absolviert und war Sekretär der armenischen Schule von Constanţa. Er hatte ein sanftes Gesicht und eine weiche Stimme. Obwohl er später dann General der Securitate geworden ist und eine Weile das kommunistische Rumänien in den Institutionen der Vereinten Nationen in Genf vertreten hatte, hat er sich seinen Sanftmut, der auf die Menschen seiner Umgebung ungewohnt wirkte, bewahrt. Im *Buch des Flüsterns* werden Sie die unterschiedlichsten Personen vorfinden; die einen ziehen namen- und gesichtslos dahin, anonyme und kollektive Gestalten, die sich häufig unter der Last der Quersäcke und Waffen kaum auf den Beinen halten können, sie kennen anscheinend weder Anfang noch Ende und strahlen gerade deshalb eine gleichmütige Traurigkeit aus.

Die kollektiven Personen trugen das Siegel des zwanzigsten Jahrhunderts. Aufgrund der Kriege, Diktaturen, Deportationen und Massaker überwogen die Gemeinsamkeiten in den Biografien die Unterschiede. Auch gibt es Personen, die aus der Reihe getreten sind, die mehr Anordnungen und Befehle gegeben als sie empfangen haben und infolgedessen weniger Leid zu ertragen hatten, als sie um sich herum verbreiteten. Wenn wir jedoch nur über die Armenier aus dem *Buch des Flüsterns* sprechen, dann ist Dinar Marcarian mindestens in zweierlei Hinsicht besonders. Zum einen, weil er, Securitate-Offizier geworden, seinen Namen in Ion Moraru geändert hat – was die Armenier sonst nicht taten –, und zweitens, weil er es geschafft hat, über die Grenze seines Jahrhunderts hinaus und bis ins neue Jahrtausend hinein zu leben, zur Hälfte erblindet und zurückgezogen in einem Haus am Rande von Bukarest im Dorf Pantelimon, aber er hatte doch auch die Kraft, vor seinem Tode zurückzukehren zu seinem armenischen Namen, der ihm auf den Grabstein gemeißelt wurde.

Jetzt aber befinden wir uns erst im April 1943. Mesia Khacerian und Dinar Marcarian sind soeben von der Siguranţă* verhaftet worden. Hinter der armenischen Schule, in der Dinar als Sekretär tätig war, befand sich ein deutsches Waffenlager. Dinar hatte die Grundrisse der Depots ausgekundschaftet, und damit alles in die Luft flöge, bestimmte er den geeignetsten Platz für die Bombe. Mesia war nach Bukarest gefahren, den Sprengstoff zu beschaffen. Alles, was ich auf den Spuren von Mesia, der noch seine schwarzen Haare trug, gesunde Beine und einen schnellen Gang hatte, herauskriegen konnte, war, dass er jemanden traf, den er Duşa nannte, und der ihm eine Tasche überreichte, in der sich alles befand, was man zum Bau einer Bombe benötigte. Später dann erfuhren sie, dass alles, was sie betraf, von jenem Duşa herrührte, der in Bukarest verhaftet worden war. Dinar gestand und wurde zu Gefängnishaft verurteilt. In Mesia aber war der Hass stärker als der Schmerz. Er widerstand der Folter, ohne etwas zu gestehen. Infolge der

* Siguranţă – dt. Sicherheit, der Inlandsgeheimdienst des vorkommunistischen Rumänien. (A.d.Ü)

Folter ist sein Haar vollkommen weiß geworden, und er blieb für den Rest seines Lebens gehbehindert. Damals gab es nur noch sehr wenig, das für ihn zählte, denn der verbleibende Rest seines Lebens hatte sich als kurz angekündigt. Mesia Khacerian wurde der Sabotage für schuldig befunden und zum Tode verurteilt. Und mit ihm Ardaş Torosian, Hacig Kazangian und Garabet Daglarian, der Gleiche, dem wir ein paar Jahre später an Deck des Schiffes »Rassia« unter den Repatriierten begegnen sollten. Doch kurz vor der Urteilsvollstreckung hatte die rumänische Armee am 23. August 1944 die Waffen gewendet, und die Rote Armee erwies sich, wenigstens für Mesia Khacerian, als befreiend. Mesia spazierte in dieser neuen und leicht wiedererkennbaren Gestalt in die Welt hinaus, aber nun war er durch nichts mehr zu erweichen, weshalb ihm auch niemand mehr aus dem Wege gehen konnte. Er beteiligte sich an der Entwicklung der Securitate-Strukturen in der Dobrudscha, rekrutierte Leute, die so waren wie er selbst, die hassten und sich von der Angst nährten, die sie um sich herum verbreiteten.

Zu dieser Zeit nahm Onik Tokatlian das Eiserne Kreuz von der Brust, das ihm kurz vor dem Einmarsch der Russen ins Land verliehen worden war, und legte es in die Schublade neben die Krone Rumäniens und die militärischen Verdienstorden, die er an der Ostfront erworben hatte, wo er Waffen hingeliefert und von wo er im Frühjahr 1944 in einem heillosen Durcheinander rumänische, slowakische und deutsche Soldaten und Offiziere sowie Kriegsmaterial aus der Umzingelung durch die Rote Armee evakuiert hatte. Nach Kriegsende kehrte Onik Tokatlian zurück in die Handelsmarine und befuhr von Constanţa aus die Route durch das Mittelmeer nach Marseille. Aber wie für viele andere hatte der Krieg auch für ihn nicht aufgehört, und er rettete nach wie vor Eingekesselte. Nun wurde nicht mehr unter Nationen und Armeen Krieg geführt, dieser war tatsächlich beendet. Viel zu früh jedoch angesichts der Gründe, die ihn ausgelöst hatten. Dort, wo die Nationen sich nicht mehr bekriegten und nun endlich durchatmen wollten, begannen die Menschen der gleichen Nation gegeneinander Krieg zu führen. Statt der Geschosse töteten jetzt die Worte. Kalt und gnadenlos legte sich ein anderer Krieg über Europa, in dem das Wort der schlimmste Mörder war.

Die Welt der Kaufleute aller Art sah sich jeden Schutzes beraubt. Es war immer schwieriger geworden, Waren aufzutreiben, die Börsen stöhnten, die Goldmünzen begannen im Boden zu verschwinden, wurden vergraben, verschwanden unter dem Putz der Häuser, unter den Fußböden, schlichen sich nächtens unter Eiden davon wie die Hausschlange. Das Papiergeld wurde immer größer und bunter, doch dabei stets wertloser. In Constanța drohten die Leute von Mesia Khacerian. Man konnte sie an ihren Ledermänteln erkennen, an der ausgebeulten Stelle unter der Achsel, wo sie das Pistolenhalfter trugen, und an ihren Schatten, die länger waren als die der anderen Leute. Da der Hafen zunehmend verödete, die Kräne reglos in Erwartung von Schiffen verharrten, die nicht mehr ankamen, die Handelswaren beschlagnahmt waren und die Schaufenster grau, von einer anderen Asche überzogen, jener eines Krieges, der nach anderen Regeln geführt wurde, leuchteten die Verkaufsbuden nur noch selten auf, bis auch ihre Rollläden endgültig unten blieben. In ein paar Jahren waren sämtliche Geschäfte geschlossen und aus den Handelsregistern ausradiert, an ihrer Stelle tauchten andere auf, traurig waren sie und ärmlich, auch trugen sie keine Namen oder hießen schlicht und einfach: »Brot«, »Tabakladen«, »Lebensmittel«, »Textilien« oder, um nun gar keine Verpflichtung für den Verkäufer oder etwa eine Hoffnung für den Kunden auszudrücken, schlicht »Geschäft«, anders als der großartige oder verrückte, stolze oder exotische Name der früheren Verkaufsläden mit den bunten Schaufenstern und dem glänzenden Straßenpflaster davor, das vielfach noch mit dicken, aus Karabach oder Buchara mitgebrachten Teppichen belegt war. Die Firmennamen hatten Noahs gesamte Arche versammelt: »Zum Truthahn« war Zadig Tațichians Laden, »Zum Tiger« der Laden von Agop Kazazian, »Zum Elefanten« hieß die ein ganzes Erdgeschoss einnehmende Firma von Puizant Sahabian, »Zum goldenen Löwen« war Chircor Siropians Geschäft, und »Zur Ameise« gehörte Ovanes Daghlarian, während »Zum Papagei« der Maria Grigorian gehörte, »Zur Taube« war das Geschäft des Krikor Selian, und »Zum Storchen« gehörte Levon Horasangian, »Zum Kamel« gehörte Pilibos Kevorkian und »Zum Hahn« Manuc Ovanesian, »Zum Reh« Agop Apcarian, »Zum Adler« der Maria Levonian, und »Der Auerochs« gehörte Onic Kazazian. Die Geschäfte der armenischen Kaufleute verzeichneten auch eine endlose Reise auf den Straßen des Orients: »Nach Indien« lud die Kolonialwarenbude von Ervant Krikor, »Nach Ägypten« verlockte, ebenfalls mit Kolonialwaren, Micael Arichian, »Zum Bosporus« gemahnte Chircor Diarbechirian und »Im Kaukasus« Aram Mariginian. Und dann noch »Arabien« – Nişan Ovanisian, »Nach Buchara« – Nubar Papazian, »In Ceylon« – Dicran Balian. Die Reise verlief nicht nur über die Straßen, sondern auch entlang der Nadir-Linie des Orients: »Am Mond« des Mardiros Zacarian, »Zur Venus« des Nazaret Aramian oder, weiter entfernt als alle anderen: »Zum Planeten Jupiter« des Mihran Dobagian. Und dann hatte es noch angeberische Geschäftsnamen mit betörenden Aromen und schmierigem Lächeln gegeben: »Ideal« hieß das Versprechen des Hapet Kasparian, »Schweizerische Uhrmacherei« das Geschäft des Sarchis Boghosian und »Koafeur Elita« der Friseurladen des Suren Abramian. »Zum schicken Kavalier« hieß Armenac Silvans Geschäft und »Zum goldenen Hufeisen« das von Victoraş Cardaşian, »Zur modernen Lampe« das von Haigazun Pilibosian, und »Bon Marché« versprach Esai Eramian oder, etwas rumänischer, »Zur Billigkeit« Arşag Mardiros, dann gab es noch »Zur amerikanischen Uhrmacherei« und sogar »Amerikanische Wäscherei«, »Zum Konkurrenz-Basar«, die »Internationale Frisierstube«, eine »Spezial-Uhrmacherei«, eine »Spezial-Krone«, die »Königliche Krone«, »Zum C.F.R.-Chronometer«*, »Spezial-Brot«, »Zum dichten Schatten«, »Zum modernen Schick« und »Miss Rumänien« von Madame Araxi, die Bäckerei »Durchbruch«, »Zur Million« und »Original«, Firmen über Firmen auf dem Boulevard Ştefan cel Mare**, auf dem Boulevard Carol, auf dem Ovid-Platz; auf den geraden und sonnenverbrann-

---

* C.F.R. = Căile Ferate Române, Rumänische Eisenbahngesellschaft. (A.d.Ü.)
** Ştefan cel Mare = Stefan der Große, um 1433–1504, von 1457 bis zu seinem Tod Woiwode der Moldau. (A.d.Ü.)

ten, von salzhaltigen Winden ausgeblichenen Straßen und Gassen der Stadt wirkten sie wie lärmende bunte Vögel. Und wie in der Geschichte von Noahs Arche steht auch hier am Ende der Regenbogen als Zeichen dafür, dass sich die Wasser zurückgezogen haben, aber auch dass sich die dunklen und trockenen Wolken wieder zusammenziehen. Zuletzt, 1948 wegrasiert, schloss der Schuh- und Farbenladen namens »Regenbogen«, den die Brüder Agop und Garabet Kumbetlian führten. Agop hat man dann wegen seiner Unbotmäßigkeit, den Laden am Leben gehalten und Morgen für Morgen den Rollladen hochgestemmt zu haben, in Poarta Albă ins Arbeitslager gesperrt.

Diese alle zählten zu jenen, die ein kleineres Geschäft, eine Manufaktur oder eine Werkstatt mit ein paar Lehrjungen besaßen. Im Hof dahinter befand sich zumeist das Wohnhaus. Das Geld wurde stets wieder in neue Waren gesteckt, und der Entschluss, den Laden zu schließen, konnte nicht von heute auf morgen gefasst werden, sondern erst nach einer spürbaren Verringerung des Warenbestands.

Aber es gab auch Kaufleute, denen es gelungen war, etwas Geld beiseitezulegen und es dann in Gold oder Edelsteinen anzulegen. Diese gingen zuerst. Von den anderen wagten es manche erst nach fünfzehn Jahren aufgrund einer Aktion der gesamten armenischen Diaspora, in den Libanon oder nach Amerika zu gehen. Im Jahre 1945 aber waren die Zeitläufte düster, ebenso wie die Hauswände und die Menschen. Man wusste nicht, wem man vertrauen konnte. Wer weggehen wollte, sagte es niemandem. Ja, sie trafen sogar sinnlose und beruhigende Verabredungen, morgen sehen wir uns zum Kaffee oder zum Şerbet*, sie verliehen Geld oder bestellten Waren, die sie im Voraus bezahlten, damit niemand Verdacht schöpfte. Dann steckten sie ihre Edelsteine in kleine Säckchen, diese zuunterst in den Koffer, und brachen im Morgengrauen auf nach Constanţa. Von Galaţi, Brăila, Sulina und aus Bukarest. Dort versuchten sie, tagsüber im Gewusel der Stadt unterzutauchen, und gingen nachts zum Hafen hinunter, wo ein Vertrauensmann

---

* Şerbet: extrem süße Creme aus Früchten oder Rosenblättern, die zum Tee oder allein mit einem Glas Wasser serviert wird. (A.d.Ü.)

von Onik Tokatlian sie erwartete, um sie im feuchten und dunklen Bauch des Schiffes zwischen den Warenballen zu verstecken. In Marseille dann segneten sie alle Onik Tokatlian, versuchten vergeblich, ihn zu überzeugen, als Dank ein paar Edelsteine anzunehmen, und gingen hinunter in die Stadt, um sich eine Unterkunft in der recht großen Kolonie der Hafen-Armenier zu suchen, oder aber sie wechselten von dem einen auf ein anderes Schiff, das zu ferneren und dadurch noch mehr Sicherheit versprechenden Orten auslief. So gelangten die wohlhabenden armenischen Kaufmannsfamilien Israelian, Varteresian, Diarbekirian und Seferian zwischen Reissäcken, Stoffballen, Olivenfässern und Containern mit Getreide nach Buenos Aires; deshalb ist Seferians Gruft leer geblieben, beleuchtet allein von der Öllampe, die über dem Foto des ferne Meere durchfahrenden Kapitäns Onik Tokatlian brannte.

Noch ist Anfang Januar des Jahres 1946. Wie jedes Mal hat Onik Tokatlian das Entladen der Waren von seinem Schiff überwacht, etwas Geld an seine Mannschaft verteilt, und als alles in bester Ordnung war, den Hafen auf jener gepflasterten Allee verlassen, die von der Kommandantur zum Ovid-Platz führt. Zu jener Zeit standen die Baumgruppen noch dichter. Onik sah ihn schon, bevor er hinter dem Baum hervortrat. Er erkannte ihn am ungleichmäßigen Klang seiner Schritte. Es herrschte Frost, aber Mesia Khacerian trug keine Mütze, und seine Haare leuchteten. Weil niemand sonst bei dem Gespräch zugegen war, können wir es fehlerlos wiedergeben. Zumal man seinen Inhalt aufgrund der Folgen ahnen kann. Mesia sagte:

Ich weiß alles, Onik Tokatlian.

Der Kapitän fragte nichts, er verneinte nichts und bestätigte nichts. Dies musste so geschehen. Mesia fuhr mit seiner Stimme, trocken wie ein brechender Ast, fort:

Bei der nächsten Fahrt gehst du in Marseille an Land und verschwindest. Das ist alles, was ich für dich tun kann. Wenn du zurückkehrst, verhafte ich dich wegen Hochverrats.

Dann traten sie ganz nahe aneinander heran. Und es wäre bloß bei einem Monolog geblieben, wenn nicht Onik Tokatlian in dem Augenblick, da sie sich gegenüberstanden, gesagt hätte:

Gott möge dir vergeben, Mesia.

Und Mesia nicht geantwortet hätte:

Gott möge dir vergeben, Onik.

Die neue Welt, in der die Neuigkeiten zu den gefährlichsten Dingen gehörten, hatte sich eher an das gewöhnt, was der kommunistische Schuster Mesia Khacerian zu sagen pflegte, als an die Worte des Onik Tokatlian, des Helden aus dem Krieg gegen den Bolschewismus. Gewiss wäre Onik, ausgezeichnet mit dem Eisernen Kreuz und Retter der rumänischen Truppen, die im Osten gekämpft hatten, auf jeden Fall verhaftet worden, jedoch erst etwas später, zusammen mit vielen anderen Offizieren der rumänischen Armee, die sich aufgrund ihres Fahneneids nicht dazu verstehen hatten können, die Uniform mit der sowjetischen Arbeitskluft und den Heldenmut mit Desertion und Haft zu verwechseln, die mit den Panzern der Sowjetarmee zurückgekehrt waren.

Wir können uns vorstellen, und auch darin gehen wir kaum fehl, dass dieses Gespräch auf Armenisch geführt wurde. Mesia liebte seine Mutter. Sie war eine geplagte Frau, und wie alle anderen Frauen, die sich sonntags in der armenischen Schule am Ufer des Meeres versammelten, sie war nach dem Brand 1942 zur Kirche gemacht worden, war sie zutiefst davon überzeugt, dass ohne Gott nichts existieren konnte, nicht einmal ihr Leiden. Mesia konnte dieses Wort in Erinnerung an seine Mutter ausgesprochen haben oder allein deshalb, weil die von den Eltern gelernten Worte oftmals nicht überlegt, sondern aus schierer Gewohnheit geäußert werden.

Sie gingen auseinander, ohne zurückzuschauen. Mesia Khacerian zu einer seiner nächtlichen Aushebungen und Onik Tokatlian zum Bahnhof, um mit dem Zug nachhause nach Bukarest zu fahren. Mesia Khacerian inspizierte wie jedes Mal seine Leute. Es waren mal wieder die, die wussten, wie und wo zu suchen war. Die den Geruch des Goldes erschnupperten und die Münzen aus den unvorstellbarsten Verstecken hervorholten. Mesia suchte niemals, er schaute nur zu.

Onik Tokatlian hingegen traf sich danach mit niemandem mehr. Denn es kann sich niemand erinnern, ihn gesehen zu haben. Er ging nachhause in die Einsamkeit der Stube eines Fernstrecken-Seemanns.

Er nahm die weiße Gala-Uniform mit den Goldtressen aus dem Koffer, die gleiche, in der er auf der Fotografie in Seferians Gruft abgebildet ist. Wahrscheinlich hat er sich rasiert, möglicherweise war er da schon nicht mehr Herr über sich selbst, denn unter dem Ohr wies er einen dünnen Schnitt auf, der vom Rasiermesser herrührte. Sorgfältig legte er die Uniform an, von den Socken über den Riemen bis zum geschlossenen Koppel. Auch legte er alle seine Auszeichnungen an, wahrscheinlich auch das Eiserne Kreuz der Deutschen. Dieses wurde jedoch nicht mehr an ihm gesehen, einer von denen, die nach einigen Tagen in seine Behausung gestürmt waren und der sich ganz gewiss zu seinen Freunden zählte, nahm es ihm von der Brust und warf es weg; er hatte dummerweise, in jenen Zeiten war dies jedoch nicht verwunderlich, gedacht, er müsse Onik Tokatlian schützen, denn die neuen Inquisiteure konnten ihm selbst in dem Zustand, in dem er gefunden worden war, noch etwas Böses tun.

Seltsam ist, dass Oník Tokatlian in jenen Augenblicken das Bedürfnis gehabt haben mochte, sich im Spiegel zu betrachten. Er hat es abgelehnt, könnte man sagen, sich die Augen zubinden zu lassen, und hat dem Tod ins Antlitz geschaut. Dann schoss sich Onik Tokatlian, festlich gekleidet, sich im Spiegel betrachtend und somit Abschied nehmend von sich selbst, eine Kugel in die Schläfe.

Der armenische Friedhof war voller Menschen. Die Verwandten all jener, die es geschafft hatten, in die Schiffsbäuche gepfercht und von Kapitän Tokatlian beherbergt zu entkommen, all diejenigen, die noch anstanden und ebenfalls fliehen wollten, nun aber nicht mehr wussten, wie, und viele andere, ein großes Durcheinander. Unter ihnen unbekannte, lauernde Gestalten, die nicht zum Weinen gekommen waren und sich auch keine Mühe gaben, sich zu verstellen. Und trotzdem weinten die Leute, wiewohl sie sich beobachtet wussten. Angesichts der zahlreichen Einschränkungen und Unterdrückungen durch die Zeitläufte, die nun angebrochen und zur Herrschaft gelangt waren, blieb allein die Träne nicht unterwerfbar.

VIER

Das Jahr 1958 begann an einem Mittwoch, und am gleichen Tag wurde der Gemeinsame Europäische Markt aus der Taufe gehoben. Und wie es so häufig mit Jahren geschieht, die keine Schaltjahre sind, endete das Jahr 1958 auch an einem Mittwoch, und zwar genau an dem Tag, da Fulgenico Batista, von Fidel Castros Revolutionären verjagt, Kuba verlassen hat. Sodass sich das Jahr 1958, damit endend, dass ein Diktator durch einen anderen ausgetauscht wurde, besiegt zurückgezogen und es hilflos den künftigen Zeiten überlassen hat, das Gute vom Bösen zu scheiden.

Die Erde kreiste präzise um die Sonne, aber auch vorsichtig, auf Zehenspitzen, würde ich sagen, denn sie beschützte ihre Oberfläche und besänftigte die Dinge in ihrem Inneren, sodass es im Jahre 1958 zu keinen Naturkatastrophen kam. Wenn sie dann doch der einen oder anderen Zuckung nicht Herr werden konnte, verwies sie diese an entlegene Orte und erschütterte Alaska, von dem sie meinte, dass ihr Erschrecken, ja selbst Erdbeben der Stärke acht auf der Richterskala dort leichter zu ertragen seien. Wenn die Erde sich als besonnen und rücksichtsvoll erwies, konnte man von ihren Bewohnern nicht eben das Gleiche sagen. Sie waren aufs Äußerste beunruhigt, ja so kriegerisch wie kaum sonst. Die alten Kriege endeten in jenem Jahr 1958 keinesfalls, dafür begannen neue.

In Frankreich kam wieder der Kriegsheld Charles de Gaulle an die Macht, diesmal als erster Präsident der V. Republik, nachdem er zuvor infolge gewonnener Parlamentswahlen Premierminister gewesen war. Wenn in einem Land wie Frankreich jemand nur nacheinander Premierminister und Staatschef werden konnte, galten in der Sowjetunion solche Vorsichtsregeln nicht. Nichita Chruschtschow, Erster Sekretär der

Kommunistischen Partei der Sowjetunion, entfernte Nikolai Bulganin und wurde auch Premierminister, was ihn keinesfalls dazu anhielt, seine linksseitigen Zahnlücken füllen zu lassen; hemmungslos und zahnlückig lachte er mit offenem Mund zwischen zwei Drohungen mit Atomschlägen. Dem in nichts nachstehend, bloß ein klein wenig mehr bedacht auf sein Aussehen und vor allem auf die Schließen, mit denen sein Uniformkragen zusammengehalten wurde, löste Mao Tse-Tung den Großen Sprung nach vorne aus und zersplitterte die Niederlassungen Chinas in Zehntausende Gemeinden, in denen Millionen Chinesen mit dem Eimer Stahl gossen und Panzerhauben mit dem Schraubenzieher montierten. In die Sklaverei getrieben wie zur Zeit, als die Große Chinesische Mauer gebaut wurde, allerdings mit dem verheerenden Unterschied, dass mittlerweile die Ideologien aufgetaucht waren, hat die verschwendete Arbeitskraft des chinesischen Volkes den Großen Sprung nach vorne in eine Rolle rückwärts verwandelt in die Zeiten der Hungersnöte während des Bürgerkriegs. Im Mittleren Osten spitzte sich die Lage immer mehr zu. Ägypten und Syrien gründeten die Vereinigte Arabische Republik, der sich später auch Jemen anschloss, und wählten Gamal Abdel Nasser zu ihrem Präsidenten.

Israel bewaffnet sich. Europa aber hat bei sich zuhause genug zu tun. Der Kalte Krieg ist in eine neue dramatische Phase eingetreten, und der Streit um West-Berlin droht, den Kontinent in den Krieg zu stürzen. Und um zu beweisen, dass sie nicht scherzten, wiewohl die Völker, vor allem die Osteuropas, hinsichtlich dessen mittlerweile aufgeklärt waren und wussten, dass sich das Opfer nicht lohnte, wie übrigens jedes Opfer, beschlossen die Sowjets mit beträchtlichem Beistand der Rumänen, Imre Nagy zu hängen, den Anführer der ungarischen Revolution von 1956.

Wenn sie im Inneren niemanden hatten, den sie bekämpfen konnten, begannen die Völker sich gegenseitig zu bekämpfen. China und Taiwan setzten ihren Bürgerkrieg fort. Das in Europa siegreiche Frankreich, das seinen Triumph nun mit Konrad Adenauers Deutschland teilte, verliert in Afrika Gebiet um Gebiet: den Sudan, den Tschad, Kongo Brazzaville, Gabun und die Zentralafrikanische Republik, während Algerien sich zunehmend separiert und nur noch in den Büchern von Albert Camus wirklich französisch bleibt. Fidel Castro bestürmt Havanna, Faisal wird wie in einem verspäteten Echo der britischen Politik zur Zeit des Lawrence von Arabien Premierminister von Saudi-Arabien, während ein anderer Faisal, der junge König des Irak, bei einem Attentat ermordet wird, doch schließen sich der Irak und Jordanien nach dem Modell der Vereinigten Arabischen Republik zusammen und gehen noch schneller wieder auseinander als der neue, von Nasser geführte Staat.

Der Kalte Krieg auf der Erde erhitzt auch den Himmel. Die UdSSR setzt ihre Sputnik-Serie fort, während die USA ihre Explorer-Staffel auflegen und die Nasa gründen. In seinem Innersten durch den Unfug dieser Satellitenflüge verletzt, rächt sich der Himmel, wie und wo er kann. Der Fußballclub Manchester United verliert zwei Drittel seiner Mannschaft bei einem tragischen Unfall. Dem Kapitän der aus Belgrad mit der Fußballmannschaft zurückkehrenden Maschine missglückte der Start nach einem Tankstopp in München, zuvor hatte sich die Mannschaft mit einem Unentschieden gegen Roter Stern für das Europapokal-Halbfinale qualifiziert. Acht Spieler, darunter auch der Mannschaftskapitän Roger Byrne, kamen damals zu Tode. Der Trainer, der legendäre Matt Busby, und einer der Idole meiner Kindheit, der Held von 1966, der Stürmer Bobby Charlton, überlebten.

Wie fast immer, wenn er spürt, dass die Menschen ihren Glauben verlieren, beschloss Gott, den Papst zu sich zu bestellen; diesmal handelte es sich um Pius XII., der ein fast zwanzigjähriges Pontifikat absolviert hatte, während dessen er den Vatikan mit Geschick geführt hatte, wie die einen meinten, wohingegen andere der Meinung waren, er habe zu viele unerlaubte Konzessionen gemacht, was stets geschieht, wenn man sich gezwungen sieht, als Hüter seine Herde durch allerlei kalte und heiße Kriege zu steuern. Er selbst, im Zweifel um den Sinn der eigenen Existenz, verfasste vor seinem Tod die Enzyklika *Meminisse iuvat*, in der er zur Rückkehr zu den christlichen Werten aufruft, damit sich die Welt endlich läutern könne. Werte, die sein Nachfolger Johannes XXIII. ein Jahr darauf in seiner ersten Enzyklika, *Ad Petri*

Cathedram, aufzählt: die Wahrheit, die Einheit und den Frieden. Prinzipien, die, wenn wir an die Jahre denken, die dann folgten, allein in den schönen Bibliotheken des Vatikans und in den Aufzählungen der päpstlichen Biografen verblieben. Die Revolutionen und Kriege, zu Friedenszeiten durchsetzt von Attentaten, setzten sich fort und schufen ein unerschöpfliches Material für künftige Enzykliken.

Wenn die Kriegswunden sich im Jazz-Rhythmus schlossen und die Schmerzen im Rhythmus des Blues abklangen, so trugen sich die kalten und heißen Kriege des Jahres 1958 zwischen Westeuropa und dem kommunistischen Teil des Kontinents, wobei die Kontrahenten wie Leichenfledderer, als ginge es um einen auf dem Schlachtfeld liegengebliebenen Lumpen, an West-Berlin zerrten, im Cha-Cha-Rhythmus zu, Kriege zwischen einem China, das sich in Sprüngen nach vorne rückwärts bewegte, und einem noch linkischen Taiwan, zwischen Frankreich und den Rebellen im Norden Afrikas, zwischen der CIA und der indonesischen Regierung unter General Sukarno, die Bürgerkriege im Libanon und im Irak, ja sogar die Kriege der Satelliten, die Revolutionen, durch die müde Diktatoren vertrieben wurden und frischere an ihre Stelle traten, alles im Cha-Cha-Rhythmus, genauer im Rhythmus des Cha-Cha-Cha. Drei schnelle Schritte, »cha«, »cha« und nochmals »cha«, dann einen Schritt zurück, als wären die Dinge zu schnell vorangestürmt. Die andere Hälfte, die sich nicht in Kriegen verausgabt, die jenseits der in Bewegung geratenen Karten die Kinder Afrikas mit den geblähten Bäuchen und den streichholzdünnen Hungerarmen sieht und die Kälte der kommenden Regenschauer spürt, die aus den schwarzen, aus dem Bauch der Erde über dem Bikini-Atoll oder den Christmas-Inseln aufsteigenden Wolken fallen werden – welch eine Ironie, die Namen dieser Inseln mit Atomwaffentests zu verbinden – die andere Hälfte also träumt noch angesichts dieses Weges, der zu lang ist, als dass man an sein Ende gelangen könnte.

Dmitri Schostakowitsch, der Komponist der beiden Klavierkonzerte, befindet sich in Paris. Auf der gleichen Seite der Mauer sind auch Truman Capote und Jack Kerouac, die vom wachen Leid und von Irrfahrten schreiben. Auf der anderen Seite schreibt Boris Pasternak den

Doktor Schiwago, eine Art *Archipel Gulag* jener Menschen, die sich noch in Freiheit befinden, und in denen zu allen Schmerzen des Gulag noch das Leid aus Liebe hinzutritt. Boris Pasternak wird von den sowjetischen Behörden gezwungen, den Nobelpreis abzulehnen, aber er bleibt, am Fuße der Mauer, der große Gewinner des Jahres 1958. Und auf dem Mauerrundgang, weder auf der westlichen noch auf der östlichen Seite des Bauwerks seinen Platz findend, Albert Camus, der unablässig raucht.

Vladimir Nabokov hatte drei Jahre zuvor *Lolita* geschrieben, und, ganz und gar merkwürdig, eine Art tragischer Lolita, die auf den Namen Marilyn Van Derbur hört, gewinnt den Titel der Miss America. Sie wird viele Jahre später die Vergewaltigungen enthüllen, die sie während ihrer Kindheit durch ihren Vater zu erleiden hatte, und für die Linderung des verschwiegenen Leids kämpfen, das die inzestuösen Dramen hervorrufen.

Unzufrieden mit den Königen, welche ihnen die Dynastien anboten, die ihre Paläste beherbergten und die ihre siegreichen, dabei trotzdem kläglich scheiternden Revolutionen losbrechen ließen, schufen sich die Menschen ihre eigenen Könige, Könige der näherliegenden Fertigkeiten, die sie in freundlicheren Räumen empfingen, wie es die Stadions oder die Konzertsäle waren. Die neuen Könige waren jung, und ihre Herrschaft sollte niemals enden. Einer von ihnen, Elvis Presley, wurde zum König des Rock. Wenn der Cha-Cha-Cha, der Salontanz des Jahres 1958, aus dem Mambo entsprungen und, selber dann den Salsa gebärend, aus Lateinamerika gekommen war, kam der Rock von nirgendwo, er hatte sich schon über ein Jahrhundert am gleichen Ort aufgehalten, in den Randgebieten von Memphis, die von Schwarzen bewohnt waren, welche den Blues von Robert Johnson oder John Lee Hooker mit den Gospels vermengten, die in den Kirchen gesungen wurden. 1958 wurde Elvis Presley zur Armee eingezogen und nach Deutschland geschickt, was die Sehnsucht der hingerissenen Mädchen schier ins Maßlose steigerte und den Legendenbastlern die Gelegenheit bot, ihn noch dauerhafter auf ihren Sockel zu heben, zumal dieser auf dem Fundament seiner Abwesenheit errichtet war.

Der andere König des Jahres 1958, als solcher geboren und nicht dazu gemacht, war Pelé, der König des Fußballs. Brasilien wurde in diesem Jahr mit einer Mannschaft Weltmeister, zu der Gilmar gehörte, die beiden Santos, Garrincha, dessen eines Bein kürzer war als das andere, Zagalo und die anderen, deren Namen wie das Rauschen der Regentropfen klangen: Didi, Vava, Zito und Pelé. Und siehe, wie der Achtzehnjährige vor Freude weint, nachdem er den Franzosen der Kopa und Fontaine im Halbfinale drei Tore eingeschenkt hatte und den Schweden zwei im Finale, er weinte so, wie die lorbeergekrönten Könige zu weinen verstehen, aber niemals die mit Edelsteinen gekrönten Häupter.

1958 war das Jahr der Konfusionen und der Luzidität. Was Ersteres angeht, so hat sich das Jahr selber in Alfred Hitchcocks Film *Vertigo* mit James Stewart und Kim Novak als Protagonisten beschrieben. Und die Luzidität: die Erfindung des Lasers. Konfusion und Präzision: wie eine Waffe mit Zielfernrohr, die langsam über den Köpfen der Menge kreist, dabei zielt und zufällig schießt. Diese vermischten Erfindungen des Jahres 1958 kündigten auf ihre Weise den Genozid der zweiten Jahrhunderthälfte an, und zwar den MORD DURCH ZUFALL, der sich, wie man sieht, gegen das schweigsame und verwunderte Volk der unverhofft Ermordeten oder Bedrohten richtete. Eine Kombination, bei der nur Ersterer gewinnen kann: Einer setzt den Zweck, der andere das Blut.

Und diejenigen, die Zweck und Blut zum Einsatz brachten, zogen sich nach und nach in die Wüsten oder ins Gebirge zurück. Im Jahre 1958 war Rumänien das einzige Land verblieben, in dem es noch einen antikommunistischen Widerstand gab. Er sollte noch bis ins Jahr 1962 anhalten. Der letzte Widerstandsheld war ein Bauer namens Ion Banda, der von den Truppen der Securitate in den Banater Bergen umgebracht wurde.

1958 starb Petru Groza. Man hat ihm ein überaus prächtiges Begräbnis ausgerichtet. Ion Gheorghe Maurer folgte auf ihn als Präsident der Großen Nationalversammlung. Während Rumänien in den auswärtigen Angelegenheiten allerlei Verträge unterzeichnete, verschärfte sich im Inneren die Repression, damit die Russen sahen, dass die Regierung die Situation beherrschte und die Rote Armee sich unbesorgt vom Gebiet Rumäniens zurückziehen konnte. Und die Repression wandte sich, praktischerweise, vor allem gegen die Intellektualität. Die Jugendlichen, die nach der Revolution in Ungarn verhört wurden, entfernte man aus den Universitäten. Constantin Noica, Arşavir Acterian und viele andere wurden eingesperrt. Ebenso die Begründer des »Flammenden Scheiterhaufens«.* Pater Daniel Tudor starb kurz nach seiner Verhaftung im Gefängnis, und der Dichter Vasile Voiculescu ist ein paar Monate nach dem Ende seiner Haft gestorben. Ebenso wurden Arsene Papacioc, der spätere große Seelsorger, und Dumitru Stăniloaie eingesperrt. Ihr wolltet mit eurem flammenden Scheiterhaufen den Kommunismus in Brand setzen!, brüllte der Staatsanwalt. Und trotzdem schwelte das Feuer auch noch dreißig Jahre danach.

Die alten Henker des Leibes und der Seele sind beseitigt: Iosif Chişinevschi oder Mihail Roller, der sich, ganz und gar unerklärlich bei diesem Menschenschlag, umbringt. Also nicht in den Selbstmord getrieben wird, sondern sich richtiggehend umbringt. Damals verschärften die neuen Henker die Hatz. Auf wohlhabende Bauern, auf Kaufleute. Es begannen entbehrungsreiche Anstrengungen zur Industrialisierung. Wie in China verarmten die Leute umso mehr, als die Wirtschaftstätigkeit zunahm. Was sollen wir tun?, fragte Gheorghe Gheorghiu-Dej Nichita Chruschtschow. Mit seinem zahnlückigen Grinsen, das auch den Schlag mit dem Schuh aufs Pult der Vereinten Nationen begleiten sollte, gab er ihm einen weisen, typisch sowjetischen Rat: Verkauft die Juden! Was auch geschah. Die Preise wurden pro Kopf festgelegt. Erst später hat Ceauşescu die Preise den Anforderungen des Marktes angepasst, selbst wenn die solcherart festgesetzten Preise nicht zum Wertesystem der Diktatur des Proletariats passten: und zwar um das Mehrfache höhere Preise für einen Intellektuellen als für einen

* Der flammende Scheiterhaufen, rum. Rugul Aprins; ein 1945 im Kloster Antim gegründeter und 1948 von der Securitate zerschlagener, antikommunistisch-orthodoxer Gesprächskreis, an dem sich neben Geistlichen auch Schriftsteller, Philosophen und Soziologen beteiligten. (A.d.Ü.)

Arbeiter. Und da es unter den Juden viele Intellektuelle gab, blühte der Handel und gedieh.

Das Leben fließt dahin. Mit den Gewehren der Securitate von jedem Rest antikommunistischen Widerstands gereinigt, werden die Wälder in der Region Haţeg nach zwei Jahrhunderten wieder mit Wisenten bevölkert. Das erste Paar wird aus Polen gebracht, und zu seinen Ehren wird eine Briefmarkenserie aufgelegt. In Rumänien wird das Fernsehen eingeführt. Und es gibt ein paar neue Filme: *Zwei Nachbarn* von Geo Saizescu und *Hallo, falsch verbunden*, Komödien mit jungen und schönen Schauspielern: Iurie Darie, Ştefan Tapalagă, Rodica Tapalagă, Stela Popescu. Drei Jahre nach dem Tod des Maestros findet das erste Festival George Enescu statt. Die neue Nomenklatura applaudiert Yehudi Menuhin und David Oistrach zu Bachs Doppelkonzert für zwei Violinen, dirigiert von George Georgescu, dem man bei dieser Gelegenheit seine germanophilen Gefühle vergibt. David Ohanesian empfängt Ovationen zum ersten rumänischen *Oedipus*, den Constantin Silvestri dirigiert. Iolanda Balaş erringt ihren ersten Titel als Europameisterin im Hochsprung, und Petrolul Ploieşti gewinnt unter ihrem Kapitän Pahonţu die nationale Fußballmeisterschaft.

In unserem Hof in Focşani versammeln sich nachmittags die Alten auf der Bank unter dem Aprikosenbaum und erzählen von den Sonnenuntergängen am Ufer des Bosporus und vom Geschmack der Trauben in ihrer Kindheit. Die jungen Leute überbieten den Jahresplan und werden gewiss auch den Fünfjahresplan überbieten, sie schreiten stolz im Stil von Sergiu Malagamba einher und fahren samstags mit den Kübelwagen des Betriebs ins Grüne. In unserer Straße kehrt Carol Spiegel aus dem Gefängnis zurück und wird nach kaum drei Monaten von neuem verhaftet. Als er 1964 dann tatsächlich zurückkehrt, geschieht dies nur aufgrund des schwer zu begreifenden Eigensinns, woanders sterben zu wollen als unter den gleichgültigen Blicken der Gefängniswärter.

Temelie, der Tischler, und Mitică, der irre Holzmacher, jeder gibt und kleidet sich auf eigene Weise, überqueren am 10. Mai die Straße und gehen zum Heldendenkmal. Sie sind die Einzigen, die am Tag der Dynastie noch die Helden ehren, denn die an den Wänden angebrachten Lautsprecher trällern in russischer Tonalität patriotische Lieder, und zwar schon am Tag davor, am 9. Mai, dem Tag des Sieges über das nazistische Deutschland, wodurch unsere Helden hinter den russischen Panzern eingereiht werden und den roten Stern auf ihre fahlen Stirnen verpasst bekommen.

Ein trauriges, von Gewissensbissen geplagtes Jahr, das im Versuch, die kommenden Zeiten etwas zu versüßen, Madonna gebiert, Sharon Stone und die blonde Barbie-Puppe.

Was mich betrifft, erinnert Mutter sich, dass man im Augenblick meiner Geburt unter den Fenstern einen von der Blaskapelle begleiteten Leichenzug vorbeiziehen hörte. Mithin geschah dies zur Mittagsstunde. Die Helferinnen drängelten zu den Fenstern und Mutter schrie mit erschöpfter und schreckverzerrter Stimme: Das Kind fällt heraus! Ich fiel nicht. Dafür habe ich im Bogen gepinkelt und somit auf die selbstverständlichste Weise meinen Einstand im Verhältnis zur Welt gegeben. So erfuhr Mutter, ohne jemanden fragen zu müssen, dass sie einen Sohn geboren hatte. Wer derjenige war, der zum scheppernden Klang der Blechbläser und unter eher neugierigen denn trauernden Blicken zu Grabe getragen wurde, der gestorben war, um den Platz auf der Welt für mich frei zu machen, sollte ich nie erfahren.

Ebenfalls im Augenblick meiner Geburt fand in Bukarest Gheorghiu-Dejs Empfang anlässlich des Abzugs der letzten sowjetischen Militäreinheit aus Rumänien statt. Auf diese Weise begegnete ich in den ersten Momenten nach meiner Geburt dem Tod ebenso wie der Geschichte, und meine Geburt geriet an einen Kreuzungspunkt. Mit ihr überstieg die Zahl der Lebenden die der jemals und bis zu diesem Zeitpunkt Ermordeten.

Die alten Armenier meiner Kindheit hatten dreierlei Ereignisse erlebt: Ereignisse, die sie mieden, Ereignisse, die sie erwartet hatten, und Ereignisse, die sie vollends unerwartet trafen. Sieht man sich die Sache genauer an, so können alle Umstände, die sie durchzustehen hatten, zur letzten Kategorie gezählt werden, denn die Ereignisse, die sie gemieden hatten, haben schließlich doch stattgefunden, und die Ereignisse, die sie stets erwartet hatten, traten nicht ein. So gesehen, sind die Lebensläufe meiner Großeltern eine Art Chronik der unerwarteten Ereignisse.

Von den unerwarteten Ereignissen zu sprechen, ist auch eine Weise, das *Buch des Flüsterns* zu schreiben. Die Dinge aufzulisten, welche sie zu vermeiden trachteten, würde bedeuten, das *Buch des Flüsterns* verkehrt herum zu erzählen. Doch hinsichtlich der Dinge, deren Eintreffen sie erwarteten, hatten sich die Alten meiner Kindheit schon in zwei Lager aufgespalten, als sie noch nicht so alt waren wie jetzt: in diejenigen, die auf die Ankunft der Russen, und die, die auf die Amerikaner warteten. Letztlich aber verschmolzen beide Lager zu einem, denn nachdem die Russen tatsächlich gekommen waren und sich in Besäufnissen überboten, sich auf den Uhrenklau verlegten, ihr Beutegut bestaunten, wie Kolumbus' Indianer die Glasperlen bestaunt hatten, den Mädchen auf den Brachflächen am Rande der Stadt hinterherjagten und allerlei ungelernte Arbeiter und Tagelöhner in wichtige Ämter beförderten, verwandelten sich diejenigen, die auf die Ankunft der Russen gewartet hatten, ernüchtert in solche, die fortan auf die Amerikaner warteten. Das prorussische Lager bestand bei meinen alten Armeniern eigentlich nur aus einem Mann: Dicran Bedrosian. Geläutert, doch immer noch unter Verdacht stehend, denn man meinte, der Bolschewismus sei wie der Rheumatismus eine Krankheit, die einen für eine Weile verschont, von der man allerdings niemals geheilt werden könne, wurde Dicran Bedrosian im Kirchenvorstand und im proamerikanischen Lager aufgenommen, ja selbst bei den geheimen Sitzungen, die in Seferians Gruft abgehalten wurden, durfte er mit anwesend sein.

Im anderen Lager waren folglich alle anderen. Einige von ihnen hatten schon früher auf sie gewartet und waren immer noch nicht geheilt. Und nicht nur auf die Amerikaner warteten sie, sondern auch auf die Engländer und die Franzosen. Sie erinnerten sich noch daran, wie ihre Eltern zur Zeit des »Roten Sultans« Abdul Hamid, entsetzt über die Greuel, die man sich über die Massaker des Jahres 1895 erzählte, auf die amerikanischen Schiffe gewartet hatten, damit diese die Meerengen füllten und sie retteten. Von ihren Eltern hatten sie auch gehört, wie

Armen Garo und die Gruppe, die die Osmanische Bank besetzt hatte, von einem englischen Schiff gerettet worden waren. Auch weilten noch ein paar derer unter den Lebenden, die von den französischen Schiffen gehört hatten, die gekommen waren, die Kämpfer auf dem Musa-Berg zu retten, und die dann, etwa wie mein Urgroßvater Setrak, damals ein fünfzehnjähriger Knabe, loszogen, tagsüber irgendwo wie die Tiere zusammengekauert schliefen und nachts an Waldrändern oder Mauern entlang, Dörfer und Straßen meidend, in türkische Gewänder gekleidet, sich bis in den Süden ans Ufer des Mittelmeers durchschlugen. Aber es kamen keine englischen oder französischen Schiffe mehr, und nach der Schlacht von Gallipoli, die der Hauptmann von Saloniki, Kemal Pascha, der zukünftige Atatürk, 1916 gewonnen hatte, zeigten sich auch keine Amerikaner mehr. Vielmehr, erinnerte Anton Merzian, der Schuhmacher von der Strada Unirii, haben die Amerikaner sogar die kleine Armenische Republik preisgegeben, indem sie das beim Vertrag von Sèvres angebotene Protektorat ausschlugen. Sie werden uns nicht im Stich lassen, sagte mein Taufpate Sahag Şeitanian, der auch nachdem Arşag, der Glöckner, ihnen in Seferians Gruft, das Ohr am hölzernen Gehäuse des Radios, die Nachrichten der BBC über die Konferenz von Jalta wiedergegeben hatte, von diesem Spruch nicht lassen wollte. In der Zwischenzeit waren die Russen in Focşani einmarschiert, waren die armenischen Intellektuellen in Bukarest und Constanţa verhaftet und in die Lubjanka verschickt worden, um dort wie Gemüse sortiert und anschließend nach Sibirien deportiert zu werden; in Bukarest wurde die Front der Armenier gegründet, die als erste Maßnahme den Kampf gegen die Bücher der armenischen Bibliothek »Hovsep und Victoria Dudian« und die Fotografien an den Wänden begann und alle, die man für geeignet hielt, die neue Zeit zu schädigen, drunter und drüber in Kartonkisten packte, um sie schließlich im Hof der Kathedrale zu verbrennen. Im Gemeindebüro der Armenischen Kirche von Focşani verzichtete man zuerst auf das Foto Roosevelts und dann auf das von Churchill. Zuletzt verzichteten sie verbittert auch auf das Bild des Königs, dessen Rücktrittserklärung sie im Radio lauschten und dabei ihren Ohren nicht trauten. Sahag Şeitanian wollte um nichts auf der Welt das Foto des Generals Antranik verstecken, der gegen die osmanische Okkupation ebenso gekämpft hatte wie gegen die bolschewistische, auch nicht auf das seines Gefährten und Waffenbruders Kevork Ceauş, wobei er mit einigem Recht damit argumentierte, dass die beiden in militärischer Haltung dargestellt seien, Patronengurte und Astrachanmützen trügen und somit jederzeit eventuellen Besuchern des Gemeindebüros als Suren Spandarian, der ein Mitarbeiter von Lenin war, und Stepan Şahumian, Kämpfer von Baku, präsentiert werden könnten, die beide zu früh gestorben waren, als dass sie in die Bildergalerie der bolschewistischen Führungspersönlichkeiten hätten aufgenommen werden können. Mit dem allmählichen Verschwinden der Bücher aus den Regalen und der Fotos von den Wänden schwanden auch die Hoffnungen. Nur eine war noch übrig geblieben, die nur noch von wenigen und eher selten ausgesprochen wurde, auch klang sie dann eher nach einer Meinung denn wie ein Zeichen von Vernunft. Diese Geschichte aber wird, wenn man so sagen kann, eine der verschwiegensten im *Buch des Flüsterns*.

DIE WAFFEN DES GENERALS DRO. Ich habe schon von der Begegnung in Seferians Gruft erzählt, von der letzten, die infolge des Attentats auf Präsident Kennedy einberufen worden war. Damals konnte keiner der alten Herren meiner Kindheit, die sich von allerlei imaginären Bedrohungen umstellt sahen, auf die Frage antworten, was nun zu tun sei. Und doch hat mein Onkel Sahag Şeitanian es mit leiser Stimme getan, als fürchtete er, von jemandem gehört zu werden. Er schlug vor: Suchen wir die Waffen von General Dro. Plötzlich schwiegen alle, und Pater Varjabedian bekreuzigte sich, nicht weil er einen bösen Gedanken zu verscheuchen trachtete, sondern weil die Waffen des Generals Dro das Letzte waren, was man hätte suchen können; eine verzweifelte und heroische Tat, zu der manch einer von ihnen 1945 vielleicht noch in der Lage gewesen wäre, keinesfalls jedoch im Jahre 1963, und zwar nicht wegen der seitdem vergangenen Jahre, sondern wegen der Ereignisse, die sie überwältigt hatten.

Über die Waffen des Generals Dro hat Großvater Garabet mit mir nie gesprochen. Er hat mir viele Geschichten erzählt, über Thaddäus und Bartholomäus, die Apostel, welche die Armenier zum Christentum bekehrt hatten, über die heiligen Märtyrer Gaiane und Hripsime, über den König Drtad und die Visionen des Heiligen Lichtbringers Gregor, über Vartan Mamigonian und David Beg, über Kevork Ceauş und über den General Antranik, wahre Geschichten oder solche, die durch ständiges Wiederholen wahr wurden. Die Geschichte über die Waffen des Generals Dro ist jedoch eine jener Geschichten, von denen niemand wusste, ob sie wahr war. Diejenigen, die es wissen konnten, waren gestorben oder geflohen, und wer etwas wusste, sagte es keinem weiter, denn er wusste auch, dass er damit den anderen bloß die Köpfe vernebeln und ihre Hoffnungslosigkeit vertiefen würde. Einer von denen, die sich darauf versteift hatten, an den Wahrheitsgehalt der Geschichte zu glauben, oder vielmehr an ihre Illusion, war Sahag Şeitanian, er war es auch, der sie mir kurz vor seinem Tode erzählte. Eigentlich erzählte er Bruchstücke; das *Buch des Flüsterns* ist eine Geschichte, die niemand ganz erzählte, als hätte sich jeder gefürchtet, alles zu verstehen, und auf diese Weise versucht, sein Leben vor der Sinnlosigkeit zu bewahren.

Der Anfang der Geschichte ist eine Fotografie. Das Ende der Geschichte ist der kurze Satz, den mir Sahag Şeitanian kurz vor seinem Tod zuflüsterte, als er es für angebracht hielt, mir einiges von dieser Geschichte mitzuteilen: General Dros Waffen sind in einem Wald versteckt. Solche Geschichten, die aus nur einem Satz bestehen, zeigen an, dass sie nur deshalb so kurz sind, weil sie im Grunde endlos sind. Solche Geschichten wird es so lange geben, wie die Menschen sich auf die Vorstellung versteifen, dass jenseits dessen, was ihnen widerfährt, über ihren Köpfen noch etwas anderes geschehen kann, das auf dem Höhepunkt ihrer Verzweiflung vielleicht getan werden könnte. Sie wissen nicht genau, was, wissen auch nicht, wie, doch eben in dieser Unklarheit steckt die Unbesiegbarkeit der letzten Hoffnung.

Das erste Foto zeigt General Dro auf einem weißen Pferd auf einer Lichtung, in deren Hintergrund eine Gruppe junger Bäume steht. General Dro trägt eine Felduniform mit dem diagonal darüber liegenden

Offiziersgurt und einem Leibriemen, an denen alles hängt, was zur Kriegsführung benötigt wird. Auf dem Kopf trägt er eine weiße Schaffellmütze, die er über die Ohren und tief in die Stirn bis knapp über die kräftigen und geschwungenen Brauen gezogen hat. Er hat einen schwarzen Bart, den er sich später, als er von weißen Fäden durchzogen wurde, abrasieren sollte. Der herausfordernde Blick und die eingeübte Haltung – der Rücken gerade und eine Hand auf dem Oberschenkel ruhend – verraten, dass es sich um ein Foto handelt, das eher für andere als für ihn selbst angefertigt wurde. Es ist das Foto des Siegers von Sardarapat. Der Sieg über die russischen Truppen im Jahre 1918 gewährte der kleinen Armenischen Republik eine kurze Existenz. Drastamat Kanayan oder General Dro, wie sein Guerrilla-Name lautete, Verteidigungsminister geworden, sollte unermüdlich um die Wahrung der fragilen Unabhängigkeit seines Landes bemüht sein und angesichts des aggressiven Panturkismus der Türkei sowie des Bolschewismus Russlands nicht wissen, wem gegenüber er Konzessionen machen und gegen wen er kämpfen müsse. Schließlich entschied die Geschichte; die Armenier machten den einen wie den anderen gegenüber Konzessionen, und die Türkei teilte sich die armenischen Gebiete mit Russland. General Dro aber beschloss, zeit seines umtriebigen Lebens sowohl gegen die einen wie gegen die anderen zu kämpfen. Von den Russen verhaftet und drei Jahre unter Beobachtung gehalten, wurde dem General 1924 die Ausreise nach Rumänien gewährt, wo er bis 1944 blieb.

Ein zweites Foto erzählt von General Dro, nunmehr fülliger geworden, das Haar weiß, aber mit den gleichen geschwungenen schwarzen Brauen und dem gleichen verschatteten Blick. Großvater hatte einen vorteilhaften Ausschnitt ausgewählt, im Hintergrund kann man die Blocks auf der Armenischen Straße sowie eine Trauerweide sehen, die es auch heute noch gibt. Links kann man die Spitze einer Tanne sehen. Das Foto ist anlässlich der Enthüllung eines Denkmals für General Antranik im Hof der Armenischen Kathedrale in Bukarest aufgenommen worden. Die Statue steht inmitten eines mit Bändern durchwirkten Blumenrings. Ihre Stufen sind mit bunten Teppichen belegt, wie sie vielfach bei den Armeniern vorhanden waren, mit weiteren Sträußen und Bändern, über die General Antranik, ein Mann der schmalen Gebirgspfade sowie des schlichten und rauhen Lebens, nicht allzu sehr entzückt gewesen wäre. Mit ernstem Blick, die Brust voller Medaillen und mit der nicht eben glücklichen Aura der armlosen Büsten schaute General Antranik von oben auf den anderen General herab, auf Dro, mit dem zusammen er gekämpft hatte und der nun den Sonntagsanzug trägt, den Hut in der Hand hält und mit gepflegtem Bart irgendwie verbürgerlicht wirkt. Den anderen Protagonisten der Denkmalsenthüllung kann man im Hintergrund kaum erkennen. Es ist Grigore Trancu-Iași, einer der Repräsentanten der großen armenischen Familien aus der Moldau, mehrfacher Minister und ehemaliger Präsident des Verbands der Armenier sowie Autor des ersten Arbeitsgesetzbuches für Rumänien. Trancu-Iași hat bestimmt zur Eröffnung rumänisch gesprochen, worauf General Dro die vielen, die kaum einen Kleinhandel zuwege gebracht und eine Familie gegründet hatten oder – die Glücklicheren unter ihnen – ihre durch Massaker und Vertreibungen verstreuten Familienmitglieder wieder vereint hatten, auf Armenisch zum Kampf aufrief; sie waren wohl geneigt, die Eloquenz und den Enthusiasmus des Generals zu bewundern, aber nur allzu wenige schienen ihm folgen zu wollen. Das Datum ist, gemäß einem guten Brauch meines Großvaters, auf der Rückseite mit Kopierstift notiert: 13. April 1936.

Über General Dro ist nach dem Krieg in Rumänien kaum noch gesprochen worden. Die ihn aus der Nähe gekannt hatten, sind entweder aus dem Land geflohen oder verhaftet und im besten Fall nach Sibirien verschleppt worden. Die ihn nicht so gut gekannt hatten, obwohl sie von ihm gehört haben mussten, zogen es vor zu schweigen, um nicht unter Verdacht zu geraten. Und hinsichtlich dessen, was Dro während des Zweiten Weltkriegs organisiert hatte, war das Schweigen total. Ebenso was seine Waffen betraf. Wenn es sie je gegeben hatte, so waren sie durch das Schweigen viel besser verborgen, als Waffenkammern oder belaubte Waldböden es je tun könnten. In einem Wald also, wie mit ersterbender Stimme mein Taufpate Sahag Șeitanian zu mir gesagt hatte. Gewehre und Pistolen und Patronen, eingegraben wie Samenkörner. Die Ungenauigkeit der Ortsangabe bot die Chance zur Legendenbildung. Auf diese Weise werden die Waffen des Generals Dro für ewige Zeiten unauffindbar bleiben.

Drastamat Kanayan, General Dro, vormaliger Kämpfer in den Bergen und Verteidigungsminister in der kurzzeitig bestehenden Republik Armenien, einer der Helden der Schlacht von Sardarapat, in Moskau isoliert und mit Zwangsaufenthalt belegt, erhielt 1924 die Genehmigung, das Gebiet der Sowjetunion zu verlassen. Nun sollte er in Ploieşti und in Bukarest wohnen. Der Grund, weshalb der NKWD beschlossen hatte, General Dro freizulassen, ist bis heute nicht bekannt. Wer meint, General Dro sei verschont worden, damit es in Armenien zu keinen Erhebungen komme, schreibt dem NKWD Überlegungen zu, die dieser niemals angestellt hat. Mag sein, dass sie aufgrund maßloser Überheblichkeit so handelten und – schließlich behielten sie die Familienmitglieder des Generals als Geiseln – mit ins Kalkül gezogen hatten, ihn möglicherweise benutzen zu können. Hierin aber täuschten sie sich gewaltig und sollten es bereuen, aber wie in vielen anderen Fällen drückte sich die bolschewistische Reue nicht in Demut oder Trauer aus, sondern in blutigen Repressalien, denen von Ploieşti bis Odessa und Rostow am Don Tausende Menschen zum Opfer gefallen sind. Auch der eine Sohn und die Frau des Generals waren darunter, sie fanden in der sibirischen Taiga den Tod. Tatsache ist, dass der General zu seinen Lebzeiten nicht mehr nach Armenien zurückgekehrt ist, dies geschah erst am 24. Mai 2000, genau zweiundachtzig Jahre nach der Schlacht bei Sardarapat und vierundvierzig Jahre nach seinem Tod. Nun wurde er mit militärischen Ehren und unter Beteiligung einer gewaltigen Menschenmenge in Baş-Abaran noch einmal beigesetzt. Begleitet wurde er von Gayane, seiner zweiten Frau, die er 1935 in Rumänien geheiratet hatte. Und wie es bei Frauen öfter als bei den Männern geschieht, war es Gayane gelungen, das Jahrhundert zu überbieten, und dies sogar kampflos. Im Jahre 1900 in Nukhi im Karabach geboren, dann im rumänisch gewordenen Bessarabien in Cetatea Albă lebend, ist Gayane Kanayan im Alter von 105 Jahren am 24. April 2005 in Boston gestorben, am gleichen Tag, an dem die armenischen Gemeinden weltweit den neunzigsten Jahrestag des Genozids von 1915 begingen.

Die Geschichte der Waffen von General Dro beginnt 1924, als der General im Alter von einundvierzig Jahren rumänischen Boden betrat. Sein Bukarester Haus auf der Popa-Soare-Straße 55 steht auch heute noch. Es ist im Stil der Zeit gebaut, aber auf seinen Mauern sind in stilisierter armenischer Schrift die Buchstaben seines Kriegsnamens eingelassen. Dro wurde mithilfe seiner Freunde aus der Revolutionären Armenischen Föderation zum Verwalter einiger Erdölfirmen. Diese Partei war 1890 von Cristapor Micaelian, Rostom Zarian und Simon Zavarian gegründet worden und wurde kurz Föderation genannt, was auf Armenisch *daşnagţutiun* heißt, woher sich das Kurzwort *daşnaci* herleitet, das bei den Nachkriegsmeetings, die vom Kulturhaus am Boulevard Carol I. organisiert wurden – es war so etwas wie der zweite Sitz der Sowjetischen Botschaft geworden –, oder bei den Versammlungen im Miorița-Kino auf der Calea Moşilor, wenn nicht sogar auf dem Gelände der Sowjetischen Botschaft und unter den wachsamen Augen der Securitate-Leute, von den neuen Vorstehern der Gemeinschaft mit einem Unterton von Schändlichkeit ausgesprochen wurde, während die Manövriermassen, die keine Ahnung vom Armenischen hatten, es prompt lautstark verhöhnten.

Etwas über ein Jahrzehnt lang führte Dro ein bürgerliches Leben, er kümmerte sich um das Ölgeschäft, organisierte die kleine armenische Gemeinde in Ploieşti, schloss die Reihen der ehemaligen armenischen Regierungsmitglieder, die nach Rumänien geflohen waren, und nahm ab und zu an den Begegnungen des Zentralbüros der Revolutionären Armenischen Föderation in Paris teil, deren Repräsentant für die Balkanregion er geworden war. Die Ermordung seiner Familie in Omsk in der sibirischen Taiga fachte seinen Hass auf die Bolschewiki wieder an. Und Dro wurde zu einem der militantesten und aktivsten Kämpfer für die Befreiung Armeniens von der bolschewistischen Okkupation.

Meine Großväter Garabet Vosganian und Setrak Melichian haben mir nichts von alledem erzählt. Großvater Garabet hat meine Freude am Schreiben geweckt, er hoffte, ich würde eines Tages der Erzähler sein, aber er hielt mich nie dazu an und entwirrte mir auch den Faden der Geschichte nicht. Es wäre zu einfach gewesen, dachte ich. Es wäre ein Fehler, dachten meine Großväter. Und Setrak Melichian, mein Großvater mütterlicherseits, gestand mir eines Abends, als wir unter dem Baldachin aus Weintrauben in Craiova *Ghiulbahar* spielten und ich schon ein erwachsener Mann war: Wer gelitten hat, kann die Geschichte nicht so erzählen, wie sie sich zugetragen hat, sondern nur die eigene Geschichte. Wer gelitten hat, kann nicht verstehen. Auch wer hasst, kann nicht verstehen. Meine Großväter gehörten zu den Wegbegleitern, die vor dir einhergehen und den Kopf nicht wenden, zu sehen, ob du ihnen folgst.

Schließlich hatte ich den Faden der Legende um die Waffen des Generals Dro in der Hand, zwar hatte ich nicht das Ende des Fadens gefunden, also den Wald, unter dessen jungem Holz die Waffen vergraben waren, aber welche Legende könnte schon schädlich sein, wenn man sie zu Ende erzählt.

Die Gruppe um Dro hatte vor allem aus Freunden bestanden, die mit ihm das Schicksal teilten und sich ebenfalls in Rumänien niedergelassen hatten. Zu ihnen zählten die Mitglieder der früheren Regierungen Armeniens: Hovhannes Kaciaznuni, der erste Premierminister, Sarkis Araradian, ehemaliger Handels- und Finanzminister, Kevork Hazarian, Erziehungsminister, Hovhannes Devegian, erster Sekretär des Konsiliums, Abraham Kiulghandarian, Minister des Fernmeldewesens und der Justiz, und andere. Im Rumänien jener Jahre hätte man mühelos eine komplette Exilregierung Armeniens zusammenstellen können, vom Premierminister bis zu den Kanzleivorstehern. Aber weil er vielleicht dachte, seine Heimat könne nur durch bewaffneten Kampf befreit werden – und dies zu Recht, nachdem die Amerikaner und Engländer den Vertrag von Sèvres preisgegeben hatten, der die Illusion eines Großarmenien erweckt hatte –, versammelte er alle Mitglieder der »Nemesis«-Gruppe, die nach Rumänien geflohen waren, um sich: Misak Torlakian, seine rechte Hand, dann Ervant Fândâkian, Aram Yerganian und Măgârdici Măgârian.

Mir wurde beigebracht, dass ich das Gute vom Bösen unterscheiden muss, und selbstverständlich wurde ich auch angehalten, das Gute zu wählen, ohne dass recht klar geworden wäre, wo die Linie verläuft, die beide trennt. Erst später sollte ich erfahren, dass man zumeist zwischen zwei Übeln zu wählen hat, und dass wichtiger als die Wahl die Befähigung dazu ist. So war es ganz oft in der Geschichte der Armenier; umzingelt von allerlei Feinden, die nach ihrem Grund und Boden trachteten, von den Assyrern, Babyloniern, Medern, Persern, Parthern und Römern bis zu den Arabern, Tataren, Türken, Kurden und Russen, hatten die Armenier nicht zwischen Freund und Feind zu wählen, sondern zwischen Feinden, mit denen man sich verbünden konnte, und Feinden, gegen die man kämpfen musste.

Schließlich zeigte sich, dass es kein besseres Böses gibt und die Wahl zwischen zwei Übeln einem keine Chance lässt. So war es auch General Dro am Ende jenes Jahrzehnts ergangen, in dem der Krieg ausbrach. Er wählte die Kollaboration mit dem nationalsozialistischen Deutschland gegen das bolschewistische Russland, weil er meinte, damit zwei Dinge zu erreichen: die Armenier im von den Deutschen besetzten Europa beschützen und das von den Bolschewisten besetzte Armenien befreien zu können. Aber weder das eine noch das andere ist ihm gelungen.

So begann also die Rekrutierung für die Armenische Legion. Nicht etwa durch die Anwerbung der Armenier in den von den Deutschen besetzten Gebieten Europas, denn die waren größtenteils staatenlos und infolgedessen nicht zu den Waffen einberufen worden. Aufgrund dieser Situation, für die gerade die Armenier am wenigsten verantwortlich waren, kam es in Rumänien beinahe zu einer unangenehmen Entwicklung. Kaum ein halbes Jahr nach dem Überfall auf die Sowjetunion, als die Phantasmen des Generals Dro über ganz Europa schwappten und die deutschen Armeen mit ihren Verbündeten noch nicht im verbissenen Widerstand bei Stalingrad und in der Falle am Don-Knie stecken geblieben waren, sie also noch glaubten, es sei ihnen alles erlaubt, schauten Marschall Antonescus Berater ungehalten auf die Nansen-Leute, die heimatlosen Armenier, die man nur deshalb nicht einberufen hatte, weil sie in den rumänischen Akten nicht vorkamen. Im Gefühl, von diesen Immigranten nicht gebührend geachtet zu werden, die schließlich anderer und viel blutigerer Versuchungen schon teilhaftig geworden waren, versuchten die Berater, den Marschall zu überzeugen,

die Armenier nach Transnistrien zu deportieren. Was beinahe geschehen wäre. Die Delegation, die nach längerem Gefeilsche vor den Marschall trat – sie bestand aus genau so vielen Mitgliedern, wie genehmigt
worden waren, nämlich zwei –, war in der Absicht zusammengestellt
worden, ihn zu rühren. Es waren ein Mann und eine Frau. Der Mann
war der Erzbischof Husig Zohrabian, Kopf der Apostolischen Armenischen Kirche in Rumänien. Er sprach über die Jahrhunderte wäh-
rende Existenz der Armenier auf rumänischem Gebiet und schenkte
dem Marschall die Bulle des Alexandru cel Bun von 1401, die mit dem
Segen des Patriarchen von Konstantinopel die Gründung des armenischen Bistums von Suceava genehmigte. Die zweite Person aus der
Delegation musste nicht sehr viel sagen, sie hatte ohnehin einen gewissen Einfluss auf den Marschall. Es handelte sich um die graziöse Dame
Sofia Cihoski, geborene Ferhat, die Ehefrau eines Generals polnischer
Abstammung, vormals Armeeminister, strammer Kommandant der
rumänischen Armee im Ersten Weltkrieg, der einige Jahre später als
Häftling im Gefängnis Sighet sterben sollte. Für den Verzicht auf das
Vorhaben, die Nansen-Armenier nach Transnistrien zu deportieren,
akzeptierten diese ihre Einberufung zu den Waffen. Manch einer fand
ein tragisches Ende, und sein Name steht auf der Liste, die am Heldengedenktag auf dem armenischen Friedhof auf der Chaussee Pantelimon verlesen wird. Andere, etwa die alten Armenier meiner Kindheit,
sind kurz vor dem Ende des Krieges erst einberufen worden und hatten als einzigen Schrecken das alliierte Bombardement zu ertragen, das
dem Bukarester Nordbahnhof galt. Weil unter diesen Umständen niemand sich um sie kümmerte, kehrten sie trotz der sich verstärkenden
Gerüchte, die Front nähere sich der Linie Galați-Focșani, nachhause
zurück. Doch zu dieser Zeit war die Armenische Legion, die sich in den
Jahren 1941/42 gegründet hatte und über die Krim bis ans Don-Knie gelangt war, längst zerschlagen. Einige Soldaten der Legion, besser ausgebildet und mit dem Fallschirm jenseits der Front abgesprungen, deren Einsatz jedoch verraten worden war, sind schon in der Luft unter
Maschinengewehrbeschuss genommen worden und stürzten wie Ha-
gelkörner vom Himmel. Andere wurden mit wildem Zorn in den Wäl-

dern niedergestreckt. Tatsache ist, dass die Armenische Legion es nicht geschafft hatte, den Zweck zu erfüllen, für den sie gegründet worden war, weder erreichte sie jemals armenisches Gebiet, noch konnte sie es gar befreien.

1940 lagen diese Dinge noch in weiter Ferne. Deutschland war unbesiegt, ein Jahr darauf sollten die deutschen Truppen auf russisches Gebiet vordringen und sich täglich Hunderte Kilometer Land einverleiben. Von Stalingrad hatte noch niemand gehört. General Dro begann, durch deutsche Lager zu ziehen und nach sowjetischen Gefangenen armenischer Herkunft zu suchen. Für diese Leute schien es kein Entkommen zu geben. Als der Krieg begann, stellten ihnen die Offiziere der Roten Armee in Aussicht, dass es für sie bloß Kampf oder Tod gebe, und befahlen: eher Selbstmord als Kriegsgefangenschaft. Jeder sowjetische Soldat, der sich gefangen nehmen lässt, wird als Verräter betrachtet. Wenn du nicht für den Sieg der Sowjetunion kämpfen kannst, bist du schon tot. Die letzte Kugel im Lauf musst du für dich selbst aufbewahren. Angesichts der Gefahr, in den deutschen Lagern umgebracht, sowie der Drohung, von der Roten Armee als Verräter erschossen zu werden, fiel es dem mit großem Beharrungsvermögen ausgestatteten Drastamat Kanayan nicht sonderlich schwer, die Kriegsgefangenen zu überzeugen.

Im Herbst des Jahres 1941 hatte die Armenische Legion die stattliche Zahl von beinahe achttausend Freiwilligen erreicht. Auch aus Rumänien wurden etliche armenische Gefangene, die in Ermangelung von Lagern zu allerlei Arbeiten eingesetzt worden waren, nach Deutschland geschickt, um dort ausgebildet zu werden und die Reihen der Legion zu verstärken.

Somit wurde die Legion in Deutschland zusammengestellt, und um in dieser zusammengewürfelten Armee für Ordnung zu sorgen, hatte man die Offiziere vorwiegend aus den Reihen der deutschen Armee ausgesucht. Schließlich bestand die Legion aus einem wilden Haufen von kampfesmutigen Freiwilligen und von Todesangst gezeichneten Häftlingen, erprobten Kämpfern und unausgebildeten Soldaten, Patrioten und Angsthasen, von denen jeder auf seine Weise durchzukommen und sich vor dem Tod zu bewahren suchte. General Dro, der Organisator der Legion, oder, wie manch einer sagte, den das Wort Legion verschreckte, des Armenischen Bataillons, hatte den Kontinent kreuz und quer bereist, um die mehr oder weniger Freiwilligen zu rekrutieren. Hin und wieder kehrte er nach Ploieşti zurück, wo es eine andere Art Führungsspitze der Legion gab, eine illusorische, zieht man in Betracht, dass beinahe die gesamte Offiziersschaft der Wehrmacht angehörte. Was jenes vermeintliche Kommando nicht daran hinderte, ununterbrochen beeindruckende Siege zu erfinden, von den Steppen der Krim bis zur Ebene am Fuße des Ararat-Gebirges, wo einige der gegenwärtigen Soldaten der Legion die siegreiche Schlacht bei Sardarapat geschlagen hatten.

DIE GESCHICHTE VOM EIGENSINN DES HARUTIUN KHÂNTIRIAN. In Bukarest angekommen, war der erste Gang, den General Drastamat Kanayan als treuer Sohn seines Landes unternahm, der zum Konsulat der Republik Armenien. Für mich, den Erzähler, ist es etwas schwierig, den Faden der Geschichte zu bewahren. Sie kommt mir etwas zerhackt vor, wie ein Buch, das man beim Licht von Blitzschlägen liest. Vielleicht müsste diese Geschichte statt *Buch des Flüsterns* den Namen »Buch der Heilung« tragen. Denn sie erzählt von Menschen, die durch unvorstellbares Leid gegangen waren und sich, jeder auf seine Art, von diesem Leid zu heilen suchten. Da jedoch die Wirklichkeit kaum als Heilmittel der Wirklichkeit taugt, kam es meinen Großvätern und den Großvätern meiner Großväter mitunter so vor, als bewegten sie sich im Kreis und begegneten noch einmal den gleichen Schmerzen und Gespenstern. Also ließen sie die realen Tatsachen hinter sich zurück und hielten sich an imaginäre und vorgestellte Dinge, somit an Dinge, die es nicht gab, oder wenn es sie gab, so versteiften sie sich darauf, sie anders zu sehen, als sie in Wirklichkeit waren.

Das Konsulat war 1918 mit dem Enthusiasmus der Bukarester Armenier gegründet worden, die es am 28. Mai zugleich mit der Ausrufung der Republik eröffneten. Die rumänischen Behörden erkannten es umstandslos an, meinten, ein neues Land, das aus einem zerfallenden Imperium hervorgegangen war, könnte den Völkern und Provinzen des Habsburgerreiches als gutes Beispiel dienen. Zum Generalkonsul wurde Harutiun Khântírian bestimmt, einer der Begründer sowie erster Präsident der Vereinigung der Armenier Rumäniens.

Im Dezember 1920 besetzten die bolschewistischen Armeen von Anastas Mikoian und Alexandr Miasnikian ein von Hunger und Typhus geplagtes Armenien mit verängstigten Menschen, die sich aneinanderdrängten wie die Bewohner eines Hauses mit nur zwei Türen, einer nach Osten und einer nach Westen gehenden, die gleichzeitig unter feindlichem Geschützfeuer standen: Im Westen standen die türkischen und im Osten die bolschewistischen Truppen. Als erste öffnete sich die östliche Tür, vielmehr wurde sie aus den Angeln gerissen. Armenien wurde von einer zusammengewürfelten, jedoch von Armeniern angeführten Armee besetzt, einem Durcheinander aus Russen, Georgiern, Aserbaidschanern und Tataren. Eine Revolte der Einwohner Jerewans, angeführt von einigen Angehörigen der vorangegangenen unabhängigen Regierung, wurde im Februar 1921 blutig niedergeschlagen.

Zu jener Zeit durchlebte Harutiun Khântirian widersprüchliche Zustände. Verstört las er in den stets neuen Depeschen über das Schicksal der aufeinanderfolgenden Regierungen, die sich neu zusammenfügten und untereinander verfeindet waren. Ungetrübt schloss er die Büros des Konsulats auf, das ihm die Vereinigung der Armenier Rumäniens zur Verfügung gestellt hatte, und setzte sich aufrecht, das Kinn vorgereckt, unter die rot, blau und orange gestreifte Fahne Armeniens.

Im Jahre 1922 wurde Armenien Teil der Transkaukasischen Sowjetrepublik. Die letzten Flüchtlinge, Regierungsmitglieder, verschiedene andere Würdenträger, Generäle und Partisanen, kamen nach Rumänien oder zogen weiter gen Westen. Khântirian empfing sie und erfuhr Neuigkeiten, aber er konnte ihnen dafür keine Gegenleistung anbieten, nicht einmal einen Stempel auf ihren Reisepapieren. Denn nach 1921 erkannten die rumänischen Behörden die Existenz des Konsulats leider nicht mehr an. So pedantisch Herr Khântirian auch immer gewesen sein mochte in seiner karierten Weste und mit der Fliege am umgeschlagenen Hemdkragen, mit seinen buschigen Brauen, die ihm über den schwarzen Brillenrahmen hingen, so löblich seine Bereitschaft zur Pflichterfüllung auch gewesen und so viele diplomatische Eigenschaften und Eignungen er gehabt haben mochte, es ermangelte ihm einer grundlegenden Voraussetzung zur Diplomatie, nämlich jener, ein Land zu haben, das er hätte vertreten können. Und was die Beziehungen von Harutiun Khântirian zum sowjetischen Armenien betraf, waren die Dinge äußerst klar: Weder hatte Khântirian auch nur den geringsten Wunsch, den Bolschewismus in Rumänien zu repräsentieren, erst recht nicht einen in die Sowjetunion integrierten, noch kam es der vage unabhängigen Regierung Armeniens je in den Sinn, sich von dem kleinwüchsigen, quirligen und allzu umtriebigen Harutiun Khântirian vertreten zu lassen. Um nicht davon zu sprechen, dass die Situation auch jenseits dieser gegenseitigen Missachtung aussichtslos war. Das bolschewistische Armenien konnte in Rumänien nicht vertreten werden, denn weder die Regierung Averescu noch die von Brătianu hatten die Sowjetunion anerkannt.

Trotz all dieser Gegebenheiten behielt Khântirian seinen Stempel, aus dem einfachen Grund, dass niemand ihn ihm abverlangt hatte und es ohnehin niemanden gegeben hätte, dem er ihn hätte überreichen können. Ebenso behielt er die Briefumschläge und das Briefpapier mit dem Briefkopf des Konsulats, das mit der Zeit vergilbte. Die Fahne, die anfangs unter dem Mittelfenster hing, wanderte nun an die Wand hinter seinem Schreibtisch neben das Porträt des letzten Premierministers, Simon Vrațian, an dessen Stelle er anschließend das Porträt von Vartan Mamigonian hängte, der vor beinahe tausendfünfhundert Jahren die armenische Streitmacht angeführt hatte und somit an jede armenische Wand passte. Während Aram Vdaranți, sein getreuer Sekretär, nachdem er im Büro aufgeräumt und die Vorhänge vorgezogen hatte, sich ungestört in die Übersetzung der Rubai'yat des Omar Khayyam aus dem Persischen ins Armenische vertiefte, eine Beschäftigung, die gewissermaßen den Eifer erklärt, mit dem Aram seiner Tätigkeit als Angestellter eines Konsulats nachging, das eher Melancholien denn Realitäten vertrat. Etwas praktischer veranlagt, wie die Bewohner von Hafenstädten es überall auf der Welt sind, schlossen die Armenier in Constanţa ihr von Givan Altuian geführtes Vizekonsulat, ebenso verfuhren die Armenier in Galaţi, die ihre ehemaligen Vizekonsuln Simion Kehiaian und Harutiun Sbengian in allen Ehren entließen.

In Bukarest unterzeichnete Khântirian dienstbeflissen allerlei Depeschen, in denen er über den Stand der Dinge in einem Rumänien berichtete, das die Kriegswirren noch nicht bewältigt hatte, und die er nach Jerewan sandte. Er empfing seinerseits andere Depeschen, gewiss, es waren deutlich weniger, über die Appelle der armenischen Regierung, die Anerkennung des Vertrags von Sèvres betreffend. Nach Beendigung des Krieges schickte er weitere Depeschen über die armenischen Flüchtlinge, über den Sieg und danach den Niedergang der Averescu-Regierung, über Brătianu, über die Stärkung der armenischen Gemeinden durch die Flüchtlinge und über General Dro. Dafür gingen immer weniger Depeschen ein, bis er schließlich nichts mehr aus der Heimat erhielt, lediglich mal einen verschnarchten Brief von einer der verschiedenen Exilregierungen, die so ziemlich jeder der geflohenen ehemaligen Minister wunders wo ins Leben gerufen hatte: in Paris, New York oder Beirut. Solche Briefschaften nahm Khântirian nicht mehr in seine geschnürten und in schweren, versiegelten Schränken aufbewahrten Akten auf, denn sie enthielten keinerlei Geheimnis mehr, vielleicht eher etwas Rührendes, und ihr Inhalt stand ohnehin kurze Zeit später in den aus dem Ausland eintreffenden Zeitungen. Doch auch als er sah, dass ihm niemand mehr antwortete, fuhr Harutiun Khântirian fort, seine Depeschen zu formulieren und von seinem Sekretär Aram in dessen schöner Kalligrafie zu Papier bringen zu lassen. Aber er heftete sie unversandt sogleich in seinen Dossiers ab. Einmal monatlich klopfte es familiär an der Tür, übrigens das einzige Klopfen, das man im Konsulat noch zu hören bekam und das stets mit einer Mischung aus Freude und Beschämung erwartet wurde, denn es brachte einen Umschlag. Darin befand sich das Geld für den nächsten Monat sowie ein Brief, der bezeugte, dass die Vereinigung der Armenier ihre Pflicht durch das Einsammeln des Geldes erfüllt habe, und die werten Angestellten des Konsulats als Repräsentanten der Heimat grüße. Der Text war stets gleich, bloß die Unterschrift wechselte, je nachdem, wer zufällig in den Jahren, die das Konsulat fortbestand, Präsident der Vereinigung war: Grigore Trancu-Iași, Armenag Manisalian oder Terenig Danelian.

Dort, wo trotz ihrer kurzen Bestandsdauer die Republik Armenien die Gelegenheit gefunden hatte, auf den Weltkarten eingezeichnet zu werden, war das kleine Land lange schon wieder gelöscht worden, die Exilregierungen hatten ihre Aktivitäten samt ihren bombastischen Proklamationen komplett eingestellt, und die heimatvertriebenen Emigranten aus Anatolien hatten in allen vier Himmelsrichtungen Zuflucht gefunden, die Reste ihrer Familien um sich geschart und irgendeinen Handel aufgezogen, mit dem sie über die Runden zu kommen hofften. Allein das Bukarester Konsulat des Harutiun Khântirian und seines Sekretärs Aram, mit seinen hochgezogenen Stores und der rot-blau-orangen Fahne an der Wand sowie den Aktenordnern voller Depeschen nach Nirgendwo verblieb wie die Reliquie einer Republik, die nur noch in den armenischen Nostalgien und im offiziellen Stempel des Konsulats fortbestand. Am 7. Oktober 1929 wurde wieder einmal an die Tür geklopft und ein Umschlag abgeliefert, nur fand Harutiun Khântirian diesmal statt des Geldes einen Brief darin vor, der ebenso wie die vorangegangenen vom Präsidenten der Vereinigung unterschrieben war. Bloß dass in dem schließlich auf dem Schreibtisch vorgefundenen Brief, man hatte angesichts des beharrlichen Schweigens im Inneren des Konsulats schließlich die Tür aufbrechen müssen, nicht mehr vom Vaterland und der glänzenden konsularischen Vertretung die Rede war, sondern vom gleichen Vaterland, das jedoch unmöglich vertreten werden konnte, denn es war von der Landkarte verschwunden. Folglich: »Das Direktorium der Vereinigung der Armenier beschließt die Schließung des von der V.A.R. zur Verfügung gestellten, für ganz Rumänien zuständigen Konsulats.«

Die Vermutungen wurden der Reihe nach durchgesprochen und keine erwies sich als befriedigend. Allen Varianten war die Tatsache gemeinsam, dass der armenische Konsul Harutiun Khântirian nach dem Empfang des Schreibens die Stores herabgelassen und die Türen verriegelt hat. Von innen, schworen die einen. Von außen, insistierten andere. Und fügten hinzu: Wie sollte er sie denn von innen verriegelt haben, wenn das Schloss außen angebracht war?

Die Tür wurde in Anwesenheit einer Kommission aufgebrochen, die aus Seiner Höchsten Heiligkeit, dem Erzbischof Husig Zohrabian, und Terenig Danelian, dem Präsidenten der Vereinigung der Armenier, bestand und von allerlei Zaungästen aus dem Hof der armenischen Kirche begleitet wurde. Sie betraten die Räume mit einiger Scheu, waren auf alles gefasst, einschließlich darauf, den totenstarren Leib von Harutiun Khântirian vorzufinden. Den sie jedoch nicht fanden. Sie hatten nicht die nötige Geduld, in sämtlichen Schlupfwinkeln nach ihm zu suchen, in den Schränken, zwischen den Akten, wo Harutiun Khântirian sich zwischen den violetten Stempeln und den Siegeln mit dem doppelköpfigen Wappen wie ein Bücherskorpion aus diesem Leben hätte hinausschleichen können. Sie fanden bloß die Übersetzung des Gedichtes *Mortua est!* von Mihai Eminescu ins Armenische, sie war mit Tinte geschrieben und wirkte so frisch, dass man hätte schwören können, die Buchstaben seien gerade eben aufs Papier gesetzt worden.

Aber welche Rolle spielt da noch ein Schloss mehr oder weniger? Wichtig ist allein, dass seitdem niemand mehr Harutiun Khântirian gesehen hat. Man munkelte, er habe sich umgebracht. An seinem Schreibtisch sitzend, habe er in einer letzten Geste den Stempel in das frische Blut getaucht, das ihm die Schläfe hinunter troff und solcherart bereit war, sich in die Pässe der Bürger einer imaginären Republik eindrucken zu lassen. Auch gab es das Gerücht, er sei in die Welt hinausgezogen, nach Osten und auf das Land zu, das ihn im Stich gelassen hatte. Wieder andere erzählten im Laufe der Zeit, dass Harutiun Khântirian doch wiederaufgetaucht sei, die Sinne zwar etwas verwirrt, außerordentlich heiter und zu Scherzen aufgelegt, habe er kaum mehr dem gewissenhaften Angestellten des realen und imaginären Konsulats geglichen. Er war Autor von Fabeln, Skizzen und Satiren sowie von allerlei Komödien geworden und starb, wie jedermann, der Sinn für Humor hat, mit beinahe hundert Jahren. Das Einzige von alledem, das tatsächlich mit dem Tod von Harutiun Khântirian zu tun hat, ist Mihai Eminescus

Gedicht *Mortua est!*, das 1941 im *Armenischen Almanach* in der Diaspora erschienen ist.

Jetzt befinden wir uns aber im Jahre 1924. Harutiun Khântirian las fiebernd über die Verhandlungen hinsichtlich des Abkommens von Lausanne und suchte vergeblich nach irgendeinem Zeichen dafür, dass sich die daran beteiligten Länder an sein verlorenes Land erinnerten, und drückte ab und zu einen Stempel in den Pass eines Nansen-Bürgers, der mit der zweiten Flüchtlingswelle nach dem Griechisch-Türkischen Krieg von 1922 nach Rumänien gelangt war. Weil diese Staatenlosen zur Erlangung des Niederlassungsrechtes in Rumänien eine von der Vereinigung der Armenier auszustellende Bescheinigung über ihre ethnische Zugehörigkeit benötigten und das Konsulat im gleichen Gebäude untergebracht war, redete Khântirian sich ein, der Bittsteller habe sich nicht in der Tür geirrt, und drückte seinen immer nutzloseren, verbrauchten und violetten Stempel auf dessen Akten.

Was jedoch Drastamat Kanayan betraf, den General Dro, so hatte dieser sich nicht verirrt, er wollte tatsächlich zum Konsulat kommen. Aber der einzige Mensch, der zielgerichtet dorthin gekommen war, benötigte zu seiner Enttäuschung keinerlei Stempel. Und doch sollte sich zu seinem größten Entzücken herausstellen, dass er nicht der einzige Mensch auf der Welt war, der stur darauf beharrte, dass die Armenische Republik trotz der Besatzung, der aufgehobenen Grenzen, der ins Exil getriebenen Regierungen und der im Blut ertränkten Revolten weiterhin existierte.

Ja, mehr noch, denn nachdem Harutiun Khântirian spurlos verschwunden war, sich zwischen den Papieren verdünnisiert oder sich in den finsteren Winkeln und Nischen in den Wänden seines Büros aufgelöst hatte – etwa so wie Wasser spurlos aus einem Waschbecken verschwindet –, überlebte in General Dro auch seine Überzeugung, dass die Armenische Republik irgendwo existieren müsse und man sie finden könne, wenn man sie zu suchen verstand. Und wenn Harutiun Khântirian sich in seinem Kampf um das verlorene Armenien seines Stempels, der an der Wand fixierten Fahne und der verschnürten Aktenordner bediente, darin nur von seinem Sekretär Aram begleitet, gebrauchte General Dro wirkliche Waffen, begründete folglich die Armenische Legion, befreite die an der Wand des Konsulats gefangene Fahne und ließ sie an der Spitze seiner neuen Armeen im Winde flattern.

Zwischen zwei Erkundungsreisen kreuz und quer durch Europa kehrte General Dro nach Ploieşti zurück, um seinen militärischen Befehlsstand in Form zu halten. Nachdem er ihnen die Armenische Legion als neue Erlösungs-Armee vorgestellt hatte, organisierte der General die Feldübungen im Strejnicu-Wald. Diese Übungen boten zweifellos auch Unterhaltungsmöglichkeiten mit gut gefüllten Fresskörben und in Korbgeflecht eingefassten Flaschen voller Schnaps oder Wein, aber ebenso auch kriegerische Aktionen, bei denen General Dro auf dem Rücken seines Pferdes die Flinte reckte und den Sturm auf den Wald anordnete, welchen die Mitglieder seiner Gruppe, von den Justiziaren Misak Torlakian, Ervant Fândâkian und Simon Pilibossian, dem Kampfgefährten von Kevork Ceauş, bis hin zum Ploieştier Atam Altocaian, getreulich ausführten; sie brüllten ihren unbekannten Feind an, schossen in die Bäume und ließen reichen Blätterregen niedergehen. Nach diesen siegreichen Feldzügen gegen alle möglichen Feinde, von den Osmanenlümmeln bis hin zu den Bolschewiken, bei denen keine Gefangenen gemacht wurden, kehrte die Expeditionstruppe zu den Fresskörben und Schnapsflaschen zurück, die während der martialischen Ausfälle von Nşan Maganian, dem Lehrer an der armenischen Schule, strengstens bewacht worden waren, er selber fasste keine Waffe an, aber er beteiligte sich heißblütig an diesen Aktionen, bei denen er an die Rebellen von Zeitun aus seiner eigenen Kindheit dachte.

Dass diese Männer, die auf den Schlachtfeldern oder in Guerillaaktionen den Tod herausgefordert hatten, nun ebenso viel Eifer in den Beschuss von Bäumen legten, Phantome bekämpften, die sich hinter den Baumstämmen verbargen, verminderte weder ihren Elan noch die Siegesfreude, der sie sich im Wald von Strejnicu hingaben, einem Wald, der heute vor allem wegen Nicolae Iorgas Martyrium in Erinnerung behalten wird, keinesfalls als Ort einer ununterbrochenen Folge von durchschlagenden Erfolgen der Ploieştier Mitglieder in der Armenischen Legion. Mit dem Kriegsende und dem von der Roten Armee herbeigeführten Bruch des Bündnisses verstreute sich die Gruppe. General Dro und seine allernächsten Kameraden verließen Rumänien im Frühjahr 1944. Ja, selbst die Knaben, Anuş und Agop Kârmâzian, die Schildknappen der strammen Flintenträger, wurden von ihren Eltern weit weg gebracht, zuerst nach Konstantinopel, in eine Türkei, die noch mit Deutschland befreundet war, wo sie ein Schiff nach Marseille nahmen und sich aufmachten in die weite Welt. Nşan Maganian, der Lehrer, starb zurückgezogen in sich selbst, er war zu diskret in seinem Sonntagslehrerleben, als dass er die Aufmerksamkeit der neuen Autoritäten auf sich gezogen hätte, aber er tröstete sich damit, seinen einzigen Sohn unter vier Töchtern Setin getauft zu haben, nach dem Namen seines eigenen Geburtsortes: Zeitun. Zu jenen, die mit dem Leben bezahlten, zählte auch Atam Altocaian, und zwar auf eine Weise, die wieder einmal zeigt, dass sich die Geschichte mit breitem Lachen über uns lustig macht. Atam Altocaian ist an die Front gelangt, aber die im Wald von Strejnicu erhaltene Ausbildung war offenbar nicht ausreichend, denn schon bald war er Kriegsgefangener der Russen. Im Lager wurde er nun wieder rekrutiert, in die Division »Tudor Vladimirescu« gesteckt und kehrte nach dem 23. August 1944* zurück, um mit den Russen gegen die Deutschen zu kämpfen. Aber zu einem gewissen Zeitpunkt stellte selbst die Geschichte ihr Gelächter ein und befand, es sei genug. Nun lenkte sie seine kriegerischen Streifzüge kreuz und quer durch das östliche Europa und ließ ihn mal an der Seite der Deutschen gegen die Bolschewiken und mal mit den Bolschewiken gegen die Deutschen kämpfen. Zu seinem Pech konnte Atam Altocaian in diesem immer wieder verkehrten Krieg nur durch eine Kugel in die Stirn gestoppt werden, was in den Unterständen vor Bukarest geschah. Sein Name wird von unseren Priestern zu *Vartanank*, dem Tag der Märtyrer, zusammen mit den für die Unabhängigkeit Rumäniens in den

---

* Der Tag, an dem Rumänien das Bündnis mit dem nationalsozialistischen Deutschland aufkündigte und die rumänische Armee an die Seite der Sowjetunion wechselte. Fortan und bis 1990 als »Tag der Befreiung vom faschistischen Joch« in Rumänien gefeiert. (A.d.Ü.)

beiden Weltkriegen Gefallenen genannt. Alle anderen Berater und Gefährten von General Dro, unabhängig davon, zu welcher Zeit sie dies waren, wurden eingesammelt und nach Sibirien verbracht. Diejenigen, deren Knochen nicht dort verblieben, die zu jung waren, als dass sie die Weisheit besessen hätten, zu sterben, kehrten als gebrochene Gestalten zurück, mit weichen Kieferknochen und halbblind.

Großvater Garabet, strenger Bewahrer des Geheimnisses über die Waffen von General Dro, zählt nicht zu den Helden dieser Geschichten. Und es gelang ihm auch, die anderen zu überzeugen, sich nicht zum Weggehen überreden zu lassen. Dies fiel ihm nicht leicht, vor allem bei seinem Cousin Sahag Şeitanian, der in Konstantinopel von einer Großmutter erzogen worden war, die nachts unter dem Rock Waffen für den Angriff auf die Osmanische Bank transportiert hatte. Sorgfältig versteckte Großvater die armenischen Zeitungen mit den Aufrufen zur Eingliederung in die Legion. Zu viel Blut, sagte er, und erinnerte sich wahrscheinlich an die Albträume seiner Mutter, Urgroßmutter Marian, die mit stetig fortschreitender Erblindung zunehmend mehr Blut sah, das sich auf ihrer Netzhaut von den Massakern ihrer Jugendzeit quer durch Anatolien, von Tapezunt bis nach Adana, eingeprägt hatte. Sodass sie, als sie sich aufgrund altersbedingter Ungeschicklichkeit in die Hand schnitt, von all dem Blut um sie herum nicht mehr wusste, welches ihr eigenes und welches bloß Gesicht war. Man fand sie mit glasigen Augen, zusammengekrümmt und blutleer, aber auf ihrem Antlitz hatte sich ein Ausdruck großer Ruhe eingeprägt. Wie in Badewasser war sie in ihre eigenen Phantasien eingetaucht. Zu viel Blut, sagte Großvater. Es war erst Sommer 1941, und er wusste nicht, wie recht er hatte.

Plötzlich und unerwartet war eines Tages, von Constanţa her kommend, Măgârdici Musaian in unserer Stadt aufgetaucht. Sie versammelten sich in der Kirchengemeinde. Voller Begeisterung überbrachte Măgârdici ihnen die Botschaft von General Dro. Großvater zeigte sich reserviert und schaffte es, auch die anderen zur Besinnung zu rufen. Musanian fügte nichts hinzu, er schien ihn sogar zu verstehen. Sie begleiteten ihn geradewegs zum Zug, von der Kirche zum imponierenden Bahnhofsgebäude, umstanden von Kastanien und den großen Häusern der reichen armenischen und jüdischen Familien, die nunmehr vom deutschen Kommandostab besetzt waren. Dann verabschiedeten sie sich und dachten, damit wäre die Sache erledigt. Doch am nächsten Sonntag, es war der Mariensonntag, und viele Leute waren zum Beten in die Kirche gekommen, aber auch um danach beim Festmahl im Kirchhof Pilaw mit Rindfleisch zu essen, fuhr ein Militärjeep auf den Kirchhof, dem acht Soldaten in deutschen Uniformen entstiegen. Sie traten in die Kirche, und der Offizier pflanzte sich einen Schritt vor ihnen auf, nahe am Altar. Die Leute zogen sich erschrocken zurück, und Pfarrer Dagead Aslanian hielt in seiner Predigt inne. Nun nahmen die Soldaten ihre Käppis ab, und der Offizier trat zurück in die Reihe der anderen. Da er meinte, die Soldaten könnten ihn nicht verstehen, setzte Pfarrer Dagead seine Predigt fort, aber nicht an der Stelle, an der er sie unterbrochen hatte, sondern damit, dass er die Leute, selbstverständlich auf Armenisch, aufforderte, sich zu beherrschen und ihre Hoffnung auf den lieben Gott zu richten. Nun wusste er nichts mehr zu sagen, also wiederholte er noch ein *Vaterunser* und schaute die Soldaten aufmerksam an. Diese trugen den deutschen Adler mit den ausgebreiteten Flügeln auf der Brust, aber an den Armen hatten sie Bänder in den Farben der armenischen Trikolore. Und ihr Anführer, in Offiziersuniform, war niemand anderes als Tatevos Bedrosian, Geschichtslehrer und Direktor der armenischen Schule in Constanţa. Und er trat vor, um dem Pfarrer, der vor dem Altar erstarrt stehen geblieben war, die Hand zu küssen. Dann wandte sich Tatevos Bedrosian um zu den Kirchenbesuchern, sprach das Gebet von der Stelle aus, an der es zwischen den zusammengepresst erstarrten Lippen des Pfarrers stecken geblieben war, zu Ende und begann, vom Vaterland zu sprechen, vom durch die Bolschewiken besetzten Land, von der heiligen Pflicht, es zu befreien, und ermahnte die Männer, dem Beispiel der Fedajin aus dem Kaukasus-Gebirge zu folgen und sich freiwillig in die Armenische Legion einzureihen. Als Beispiel führte er die sieben anderen Armenier auf, ehemalige Kriegsgefangene, nunmehr Soldaten einer seltsamen Armee mit gemischten Symbolen. Verwundert schauten die Leute mal auf den Deutschen, der armenisch sprach, mal auf den deutschen Adler auf seiner

Brust und mal auf die Banderole mit der armenischen Trikolore, sie verstanden nicht und fürchteten sich deshalb. Schließlich wandte sich Tatevos Bedrosian um zu Der Dagead, an dem sich nur der Rauch aus dem Weihrauchkessel bewegte, und dann zu meinem Großvater, er wiegte leicht den Kopf, setzte sein Käppchen wieder auf, grüßte militärisch, vermied immerhin den nationalsozialistischen Gruß, und ging hinaus, steifen Schrittes von seinen Gefährten gefolgt, aber nicht ohne die Ankündigung, wiederzukommen. Sehr zur Freude der Armen, die sich auf dem alten Friedhof innerhalb des Kirchengeländes versammelt hatten, denn sonst verspürte niemand mehr ein Verlangen nach den Gerichten des Festmahls.

Tatevos Bedrosian, der zum deutschen Offizier gewordene Lehrer, kam nicht mehr nach Focșani, denn die Armenische Legion blies ausgerechnet in Holland zur Versammlung, wo sie einquartiert war. Tatevos kehrte nach Constanța zurück, wo damals etwa zehntausend Armenier lebten und die Chancen, jemanden rekrutieren zu können, größer waren. Er organisierte weiterhin Begegnungen, und an der einen oder anderen beteiligte sich auch General Dro. Eine Aufzeichnung einer solchen Begegnung ist auf uns gekommen, sodass wir ihre Teilnehmer kennen: Tatevos Bedrosian, Direktor der armenischen Schule von Constanța, Geschichtslehrer; Garo Zartarian, Industrieller, einflussreicher Politiker innerhalb der armenischen Gemeinschaft; Măgârdici Musaian, Gemüsebauer, vertrauter Mitarbeiter von Dro; Hapet Kasparian und Vazken Kasparian, Vater und Sohn, Kaffeehändler; Hosrov Bedrosian, Getreidehändler; Aram Sarchisian, Kaufmann; Hovhannes Sahaghian, Lehrer an der armenischen Schule. Diejenigen, denen es im Unterschied zu Tatevos Bedrosian nicht gelungen war, vor dem Eintreffen der Russen zu fliehen, wurden der Reihe nach verhaftet, und wenn sie nicht an Ort und Stelle erschossen wurden, wie es in Rostow oder Charkow geschah, hat man sie zu vielen Jahren Zwangsarbeit verurteilt und nach Sibirien deportiert.

Über Tatevos Bedrosians Soldaten hat man nichts mehr erfahren, vermutlich sind sie im Kessel von Stalingrad gestorben. Von Tatevos kursierte das Gerücht, er habe entkommen können und sei nach

Deutschland gegangen, verstärkt wurde dieses Gerücht auch dadurch, dass seine Frau und die beiden Töchter Emma und Seta letztlich ebenfalls dorthin gingen. Mägârdici Musanian wurde verhaftet und nach Sibirien geschickt. Er war ein gläubiger Mensch. Sein Leib verschied im Eis von Ostsibirien. Aber er hatte noch die Kraft, mit einem Restchen Seele an den trockensteifen Gelenken hängend, wie ein Kleidungszipfel, der sich an einer Kellertür verfangen hat, so lange zu überleben, bis er vom Pfarrer Hamazasp Bedikian aus Constanța die letzte Segnung empfangen hatte. Der statt der Worte, mit denen er gewöhnlich die Reihen der Kriegstoten und der im sibirischen Exil Gestorbenen bedachte, nämlich »auf den grausamen Tod unvorbereitet gestorben«, diesmal die beiden Tode des Mägârdici Musanian in einen zusammenfasste: »Dahingerafft von einem grausamen Tod, aber vorbereitet.«

Arachel, sein Sohn, versuchte danach in Erfahrung zu bringen, was mit seinem Vater geschehen war, um seine Leiden zu verstehen, sein Schweigen danach und, wieder heimgekehrt, die Eile beim Sterben. Da aber aus der Constanțaer Gruppe kein Deportierter mehr zurückkehrte und erzählen hätte können, erlaubte sich Arachel Musaian, als sich die Zeiten etwas geändert hatten und jede andere Möglichkeit, über das Schicksal seines Vaters während des ersten Nachkriegsjahrzehnts etwas zu erfahren, erschöpft war, den Behörden zu schreiben. Die Antwort des Rumänischen Informationsdienstes* schließt unsere Geschichte über die Armenische Legion in einer Weise ab, dass kein noch so zarter Lichtstrahl durch die Türritzen dringt: *Rumänien – Rumänischer Informationsdienst, Büro für öffentliche Angelegenheiten, Nr. 70865 vom 16.09.2005, Herrn Musaian Arachel, Constanța, Boulevard Ferdinand, Nr. 93, Kreis Constanța. Hinsichtlich Ihres an den S R I – Kreisbüro des Informationsdienstes Constanța gerichteten Schreibens vom 31.08.2005 mit der Registriernummer 3546158 teilen wir Ihnen mit, dass sich aufgrund unserer Überprüfungen im von den ehemaligen Securitate-Organen übernommenen Archivmaterial*

---

* SRI, im Original: Serviciul Român de Informații, Rumänischer Informationsdienst, der aus der Securitate hervorgegangene Geheimdienst im gegenwärtigen Rumänien. (A.d.Ü.)

Folgendes ergeben hat: Musaian Măgârdici, Sohn des Mesrop und der
Chiuvage, geboren am 25.01.1891 in der Türkei, wurde von einem sowjetischen
Offizier und zwei Zivilisten am 6. Juni 1945 aufgrund des Verdachts, sich im
Rahmen der Organisation »Daşnag« armenisch-nationalistischer Tätigkeiten
zu widmen, verhaftet. Nach seiner Festnahme wurde er in die UdSSR depor-
tiert und zu 5 (fünf) Jahren Gefängnis und weiteren 5 (fünf) Jahren Zwangs-
aufenthalt in Sibirien verurteilt. Am 15. Mai 1956 ist er heimgekehrt und
hat sich an seinem früheren Wohnsitz in Constanţa niedergelassen. Aus den
Unterlagen, über die wir verfügen, ist weder die Registriernummer des Urteils
zu entnehmen, noch kann das Gericht benannt werden, das dieses Urteil ver-
kündet hat. Unterschrieben ist dieser Brief mit einer Wellenlinie, die alle
Lesarten zulässt und suggeriert, dass der Unterzeichnende ebenso un-
erkannt bleiben möchte, wie es die Zivilisten und der Offizier waren,
welche die Verhaftung vorgenommen, und wie es die Instanz war, die
das Urteil gesprochen hat.

Die Legion begann Ende 1941. Die Namen der Rekruten kennt man
nicht ganz genau. Auch die Zahl der Soldaten wird unterschiedlich an-
gegeben, von achttausend bis zwanzigtausend. Das Problem bei diesen
unterschiedlichen Zahlenangaben besteht eigentlich darin, dass wir
nicht wissen, wie viele Tote wir den in den Kriegen Gefallenen hinzufügen müssen, Tote, die im Unterschied zu den auf gewöhnliche Weise
Gestorbenen das Unglück vereint, zweimal begraben worden zu sein:
in der Erde und in den Statistiken. In seiner antibolschewistischen Leidenschaft hat General Dro drei Dinge ignoriert. Zuvörderst, dass die
Deutschen nicht bereit sein würden, eine ganze Division zu bewaffnen,
ohne daraus einen Nutzen ziehen zu wollen, und dass sie das Schicksal der Armenier und Armeniens, wo auch immer dieses liegen mochte,
ebenso wenig interessierte, wie es die alliierten Mächte nach dem Ersten Weltkrieg interessiert hatte. Die armenischen Offiziere, die man aus
den Reihen der kriegsgefangenen Sowjets rekrutierte, verloren ihren
Rang, während die Offiziersgrade der Armenischen Legion aus den Reihen der Wehrmacht stammten. Als Nächstes, dass Hitler um nichts in
der Welt auf den Gedanken hätte kommen können, Armenien die Unabhängigkeit zu belassen – ebenso wie er nicht im Sinn hatte, irgend-

einem anderen Flecken in Europa seine Freiheit zu belassen. Absicht der deutsche Armee war es, unter Zuhilfenahme der Armenischen Legion Armenien genauso zu befreien, wie die Rote Armee ein paar Jahre später mithilfe der Division »Tudor Vladimirescu« Rumänien befreite, indem sie sich nämlich in eine Besatzungsarmee verwandelte. Und drittens ignorierte Dro, dass der Weg nach Armenien zwangsläufig an Stalingrad und dem Don-Knie vorbeiführte, insbesondere aber wusste er nicht, was dies für die deutsche Armee einmal bedeuten würde.

Wenn sie nicht schon am Himmel beim Versuch, sich hinter die sowjetischen Linien einzuschleusen, von Maschinengewehrfeuer niedergemacht wurden, oder einer nach dem anderen in den Wäldern sowie bei ihrem frostgebeutelten Hungermarsch über die schneebedeckten Steppen gejagt und niedergestreckt wurden, wenn sie nicht im Kessel von Stalingrad erfroren oder verhungert sind, wurden die Soldaten der Armenischen Legion von den Russen erschossen, die keine Gnade für sie kannten. Entlang der gesamten Strecke, die die Legion zurücklegte, gab es Repressionen – wer in den Verdacht geriet, sie beherbergt, ernährt oder ihr auch nur zugejubelt zu haben, wurde standrechtlich erschossen. General Drastamat Kanayan haben die Russen nicht finden können, obwohl sie mit großem Eifer in Bukarest und Ploieşti nach ihm suchten. Sie vermuteten, er verstecke sich in den Bergen, bis der General selbst, um sie ihrer Bemühungen zu entheben, in Beirut eine Erklärung abgab, wo er sich ebenso unversehrt wie unversöhnt aufhielt. Und von dort reiste er in die Vereinigten Staaten, wo er 1956 starb. Und, wie schon gesagt, von dort kehrte er über vierzig Jahre später wieder nach Armenien zurück, um unter Beteiligung von Zehntausenden auf dem Feld von Baş-Abaran beerdigt zu werden.

Über die Armenische Legion, die Kommandantur des Generals Dro in Ploieşti oder die Expeditionen in den Strejnicu-Wald hat niemand mehr ein Wort verlauten lassen. Jetzt, da ich das *Buch des Flüsterns* schreibe und den einen oder anderen darüber befrage, was damals geschehen ist, antwortet man mir, man wisse nichts, weil die Großeltern oder Eltern nie etwas darüber erzählt hätten. Im Strejnicu-Wald ist Gras über die Hufspuren der Pferde von General Dro gewachsen, und der

wilde Honig hat die Kugellöcher in den Baumstämmen verstopft. Und was die Waffen des Generals Dro betrifft, ob es sie gegeben hat und wo sie vergraben worden sind, sie haben sich immerhin insoweit als nützlich erwiesen, als sie die Illusionen derer genährt haben, für die es sonst keine Hoffnung mehr gab. Was in jenen Zeiten nicht gerade wenig war.

FÜNF

Diese Geschichte, die wir das *Buch des Flüsterns* nennen, ist nicht meine Geschichte. Sie begann lange vor meiner Kindheit, als man im Flüsterton sprach. Ja, sie begann sogar lange bevor sie ein Buch wurde. Und sie begann auch nicht im Focşani meiner Kindheit, sondern in Siwas, in Diarbekir, in Bitlis, in Adana und in der Region Kilikien, in Wan, in Trapezunt, in allen Wilajeten des östlichen Anatolien, wo die Menschen meiner Kindheit geboren wurden, die zu den Helden dieses Buches zählen. Ja, sie begann sogar noch sehr viel früher, und zwar mit den Legenden und Schrecknissen, welche die Greise meiner Kindheit in ihrer eigenen Kindheit gehört und nachempfunden hatten. Als es bloß ein paar durchstöberte und eher blutbefleckte denn gelesene Blätter gab; die Seiten des Buches fanden mit den Massakern der Jahre 1894/95 ihre Fortsetzung und mit dem erbitterten Widerstand des Bergvolks von Sasun, der Einwohner von Zeitun unter der Führung der Hânceag-Partei und der Fedajin aus Wan. Mit der Besetzung der Osmanischen Bank durch eine Gruppe von fünfundzwanzig bewaffneten Armeniern unter dem Kommando von Armen Garo, die ungefähr hundert Geiseln aus den Reihen der Bankangestellten genommen und gedroht hatte, den gesamten Schatz des Imperiums in die Luft zu sprengen, wenn die fremden Mächte nicht eingriffen und den Mord an den Armeniern stoppten, eine Tat, die von den Feinden der Armenier für den ersten terroristischen Akt der Geschichte gehalten wurde, während diejenigen, die sie begangen haben, sie für gerechtfertigt hielten, zielte sie doch darauf, die Aufmerksamkeit der gesamten Welt auf eine Tragödie zu lenken, die leider erst ihren Anfang genommen hatte.

Vielleicht beginnt das *Buch des Flüsterns* in seinem tiefgründigsten Abschnitt sogar mit einem anderen Buch – denn wie die Menschen von

Menschen geboren werden, gebären Bücher andere Bücher, die daraufhin alleine wachsen –, einem tausend Jahre früher geschriebenen Buch, das *Buch der Klagen* heißt und von Gregor von Narek geschrieben wurde. Dass das eine Buch ein Gebetbuch war und das Weinen als ein Linderungsmittel gegen die Zeitläufte galt, oftmals das einzige, beweist auch der Umstand, dass dieses Buch, ein Buch des Weinens, auch gegen Krankheiten eingesetzt wurde, man legte es, wenn nichts sonst mehr zu helfen schien, zu Kopfe des Kranken und hoffte auf Heilung. Dass jenes *Buch der Klagen* hieß, während dieses *Buch des Flüsterns* heißt, besagt nicht, dass der Weg vom Weinen zum Flüstern heilsam gewesen ist. Es besagt nur, dass die Menschen jener Zeit die Freiheit zu weinen noch nicht verloren hatten und Gott im von Gregor von Narek dem Herrn dargebrachten Lobpreis noch vorhanden war. Von jenem Weinen bis zu dem Flüstern hier wird nicht ein Leid durch ein anderes ersetzt, sondern allein zwischen dem Weinen und dem unterdrückten Weinen unterschieden. Im Jahrhundert meiner Geburt ist genauso viel Blut für eine Träne vergossen worden wie zu jener Zeit in hundert Kriegsjahren.

Dann jedoch, wenn die Dinge sich hinsichtlich ihrer Chronologie klären, wenn die Menschen Namen zu tragen beginnen und Gesichter, und wir die Häuser ausfindig machen können, in denen sie gewohnt haben, die Straßen, auf denen sie gegangen sind, wenn wir die von ihnen gelesenen Bücher durchblättern können und anhand der Eselsohren oder manch einer Randnotiz ihre Gedanken zu verstehen versuchen, nun ja, dann beginnt auch unsere Geschichte im Jahre 1890, als Misak Torlakian in dem kaum zweihundert Seelen zählenden armenischen Weiler Ghiuşana im Wilajet Trapezunt geboren wurde. Drei Jahre später ist in Afyonkarahisar mein Großvater geboren worden, Garabet Vosganian, der Vater meines Vaters. Sie konnten sich in ihrer Kindheit nicht kennengelernt haben, denn wenn Misak Torlakians Weiler im Norden ein paar Kilometer vom Meer entfernt lag, so befand sich Afyonkarahisar eher im Zentrum Anatoliens, und zu jener Zeit reisten die Armenier kaum. Und die Kinder noch weniger, selten einmal in die nächste Stadt, wie etwa mein Großvater mütterlicherseits, Setrak Melichian, der mit seiner Großmutter auf eine Pilgerreise nach Erzerum gegangen war. Weiter herum kamen die jungen Leute, die nach Europa reisten, um einen Beruf zu lernen oder fremde Sprachen, um ihren Verstand zu schärfen und etwas Geld mit nachhause zu bringen, in die arme biblische Welt, wo der Bergbewohner in die Ebene hinabstieg, die Wolle und den Käse seiner Schafe und Ziegen einzutauschen gegen das Mehl, die Früchte und das Gemüse der Leute, die das Land bearbeiteten. So sind die Melichianischen, etwas ältere Neffen von Großvater Setrak, nach Craiova gelangt. Und weil sie keinen Ort mehr hatten, in den sie hätten zurückkehren können, nachdem ihr Dorf durch Feuer und Schwert gegangen war, blieben sie in Craiova, fanden, wie schon berichtet, Großvater Setrak als Friseurgesellen in Odessa, dieser wiederum fand seine Schwester Satening in einem Waisenhaus in Aleppo und eröffnete einen Kolonialwarenladen, dessen Olivenbüchsen, Kakao- und Kaffeeschachteln, die ihm geblieben waren, nachdem die Kommunisten seinen Laden beschlagnahmt hatten, auch ich noch gesehen habe. Sie waren in Vorratskammern gepfercht worden und verschafften ihm die Illusion, eines schönen Tages sein Geschäft wiederaufnehmen zu können. Großvater Setrak hat meine Großmutter Sofia kennengelernt, die er heiratete, als sie kaum siebzehn Jahre zählte, dann wurde Tante Maro geboren und auf den Namen der älteren Schwester von Großvater getauft, die sich umgebracht hatte, indem sie sich ins Wasser des Euphrat stürzte, und etwas später kam Elisabeta, meine Mutter, die wiederum später meinen Bruder Melic, benannt nach dem legendären Urahn der Familie, dem Prinzen aus Urmia, geboren hat und danach mich, Varujan, was im alten Armenisch der Name eines Vogels ist, den es nicht wirklich gibt, der aber, wie der Flug, in jedem Vogel vorhanden ist, ich wiederum habe eine Tochter, Armine, was »kleine Armenierin« heißt, und sie wird sich meinen Urahnen ebenso anschließen wie meine Großmutter Arşalius, die Frau des anderen Großvaters, es angelegt hatte, als sie auf dem Innendeckel der Bibel die wichtigsten Geschehnisse ihres Lebens aufzeichnete. Namentlich das Niederbrennen der Häuser von Pera, die Flucht auf dem Schiff über den Bosporus, den Tod ihres Vaters Baghdasar Terzian auf der Brücke des Schiffes, die von Pater Ignadios vermittelte Heirat, die Geburt meines Vaters

Bergi. Danach hat sie nichts mehr aufgeschrieben, rechnete damit, ihr Leben reiche nicht aus, einiges von dem, was ihr zugestoßen war, wieder zu vergessen. Es reicht jedoch aus, von Großmutter Arşaluis bloß zwei Dinge heraufzubeschwören: die Sanftmut, mit der sie das Brot und den *Vospabur*, die Linsensuppe, auf den Tisch stellte, sowie die Ruhe und das Leuchten, die sie ausstrahlte, wenn sie sich kämmte.

Mein Urgroßvater Krikor Vosganian wirkte auf den Fotos wie ein strenger Mann mit kräftigem gezwirbelten Schnurrbart und runder Brille mit schwarzem Rahmen. Er ist Angestellter gewesen, hatte eine schöne Handschrift und – seinem Erscheinungsbild sowie der Uhrkette nach, die ihm aus der Tasche hing – führte ein geordnetes Leben. Manchmal trug er einen Fes, so wie ich, sein Urenkel, in Europa einen Hut trage. Großvater Garabet habe ich niemals, nicht einmal auf Fotos, mit Fes gesehen. Er trug einen Hut, und zwar für die zwanziger Jahre einen ziemlich modernen, und einen langen Überzieher mit hochgeschlagenem Kragen. Es ist ziemlich lustig, an die eigenen Großeltern wie an zwei junge Leute zu denken, Großmutter, eine füllige Mignon mit leuchtenden grünen Augen und langem welligen Haar, das ihr in einer zärtlichen Bewegung über die Schultern fiel, mit flaumbedeckten Händen und Grübchen an den Fingerwurzeln, die besonders auffielen, wenn sie die Finger bog, um ihre Ringe zu zeigen. Während Großvater, einerseits würdig, andererseits romantisch, ein jugendlicher Liebhaber war, in den sich Großmutter für die fünfundvierzig Jahre, die ihnen für ihr gemeinsames Leben zugemessen waren, heillos verliebte. Großvater ging in Galați zu Pater Ignadios, dieser zog die an jedem Jahresanfang sorgfältig aktualisierte Liste hervor, auf der er mit einem dicken Strich die erledigten Namen getilgt und neue hinzugefügt hatte, diese trug er jedoch nicht am Ende der Liste ein, sondern dort, wo er es, nach allein ihm bekannten Kriterien, für angebracht hielt. So kam es, dass Großmutter am Anfang der Liste mit den heiratsfähigen Mädchen stand, die Pater Ignadios angelegt hatte. Großvater aber, der wie jeder Mann im kraftvollsten Alter meinte, ihm gebühre alles, mithin auch, die Liste von ihrem oberen Ende her anzugehen, erkor seinen größeren Bruder David als Brautwerber, und so machten sie sich beide auf zum Haus des Herghine Terzian, in dem es zwei Mädchen gab, beide waren schön, aber bloß eine, Großmutter Arşaluis, befand sich im heiratsfähigen Alter. Großvater kaufte eine Schachtel Bonbons mit einer Schleife darum und einen großen Blumenstrauß, den sein größerer Bruder David trug. Als sie durch das Fenster die beiden kommen sah und dachte, David sei der Bräutigam und nicht Garabet, dessen Aussehen ihr so gut gefallen hatte, versteckte sich meine zukünftige Großmutter Arşaluis in einer Vorratskammer und wollte diese nicht mehr verlassen. Erst nach langem Bitten kam sie wieder heraus, und als man ihr versichert hatte, der Brautwerber sei tatsächlich Garabet. Dem sie seinerseits auch gefiel, sodass sich alles nach Pater Ignadios Wohlgefallen zu fügen schien. Nur dass kurze Zeit darauf mein Großvater verschwunden ist, und die Gerüchte besagten, er sei über die Donau nach Silistra gegangen, wo er eine Geliebte hatte. Was sich als wahr erwiesen hat. Großmutter Arşaluis, so unverheiratet wie untröstlich, lag krank danieder, und weder die Riechfläschchen noch das Einreiben ihrer Schläfen mit Kölnischwasser erbrachten irgendeine Linderung. Großvater war lediglich schnell über die zugefrorene Donau nach Silistra gegangen, um seine bulgarische Geliebte zu sehen und sich für immer von ihr zu verabschieden. Mit von den Riechsalzen geröteten Nasenflügeln und in einer Wolke von Kölnischwasser war Großmutter sofort wieder bei sich, als er zurückkehrte, sie rannte die Treppe hinab und ordnete sich eilig die Haare, um unverzüglich ihrem Verlobten an den Hals zu springen. Und Pater Ignadios, bei der Hochzeit zugegen, zog seine Liste und setzte nach aufmerksamer Beobachtung, heimlich und voller Genugtuung, Tante Armenuhi, Großmutters Schwester, auf die Liste der Heiratskandidatinnen.

Wenn ich heute, in dem Alter, das Großmutter bei meiner Geburt hatte, darauf schaue, beginnt meine Erinnerung an die alten Großeltern schon zu verblassen. Und dies merke ich vor allem deshalb, weil Großvater Garabet es sehr gut verstanden hatte, sich die Erinnerungen an sich selbst zu bewahren. Mit seiner Künstlernatur hatte er begriffen, dass die Geschichte jedes einzelnen Menschen sich lediglich zu einem Teil aus dem wirklich in der Zeit Erlebten zusammensetzt, der Rest besteht zu gleichen Teilen aus den Dingen, an die man sich erinnert, aus Dingen, die man sich erhofft, und jenen, vor denen man sich fürchtet. Großvater hatte sich ein paralleles Leben aus Fotografien gebaut; in seiner Jugendzeit waren es zahlreiche, im Erwachsenenalter wurden sie weniger, und im Alter hatte er kaum noch welche. Lassen Sie sich nicht davon täuschen, dass im *Buch des Flüsterns* von den alten Leuten meiner Kindheit die Rede ist. Garabet Vosganian, einer der Helden dieses Buches, ist entgegen seinem Alter kein alter Mann. Im gleichen Maße, in dem ich heranwuchs und älter wurde, begannen meine Großeltern, jünger zu werden. Jetzt ist Großmutter eine schöne Heranwachsende, ihre Finger sind klebrig vom Saft der Trauben, und ihr Blick verliert sich in einem vom asiatischen Ufer des Bosporus dargebotenen Sonnenuntergang, während Großvater der junge Mann ist, der von Silistra kommend über die zugefrorene Donau reitet, um Großmutter zu freien, ihre Mutter Heghine und ihre Schwester Armenuhi, Letztere fehlt noch auf der Liste von Pater Ignadios, sind mit dabei in ihrem beengten Häuschen in Galați, wo es neben den fehlenden Weintrauben und den gerösteten Haselnüssen von zuhause noch den Unterschied gab, dass die Sonne über den Wassern – des Stromes und nicht des Meeres – nicht sank, sondern aufging.

Und ein paar Zeilen weiter wird Großvater Garabet noch ein Kind sein. Wenn nun die Seiten dieses Buches sich dergestalt fortschreiben und weiterblättern und ich im Alter voranschreite, werden meine Großeltern immerzu jünger, während ich ein alter Mann sein und sie wiegen werde, wir werden zusammen geboren werden und sterben.

Misak Torlakian jedoch beschäftigte sich nicht mit seinem Leben, ja er missachtete es geradezu. Eher hielt er seinen Träumen die Treue als den Wachzuständen. Ihm fehlte jeder Zauber, er war ein gedrungener und robuster Mann mit schwarzen Augen und ebensolchen Haaren, die sich dazu noch kringelten, was seiner in sich gekehrten Gestalt keineswegs hilfreich war, sich zu öffnen. Er war linkisch, und darum blieb er auch in den erhebendsten Augenblicken stumm. Man hätte keinen unterschiedlicheren und deshalb passenderen Begleiter für General Dro finden können. Was ihn von jenem unterschied, ist klar. Passend war er deshalb, weil Misak Torlakians rauhes Leben ohne Wiederkehr bereit war, der Spur von Drastamat Kanayans Phantasmen bis ans Ende der Welt zu folgen. Schwerfällig und exaltiert in seinem Schweigen, hatte Misak Torlakian somit die Beharrlichkeit und Unerbittlichkeit eines Richters oder, wie man in seinen Biografien aus Gründen, die wir erfahren werden, schreiben wird, die Unerbittlichkeit eines *Nemesis*-Armeniers.

Misak Torlakian war fünf Jahre alt, als während der Herrschaft von Abdul Hamid die ersten Massaker im Osmanischen Reich ausgelöst wurden. In Trapezunt begonnen, wurden sie in den von Armeniern bewohnten Wilajeten fortgesetzt und erreichten im Süden, gegen Adana hin, ihren Höhepunkt. Trapezunt war damals eine Stadt mit etlichen Zehntausend Einwohnern verschiedenster Herkunft, von den Türken, Cirkasiern, Kurden und Aseriern bis hin zu den Griechen, Georgiern und Armeniern. Um den Hafen herum pulsierte das Leben der Stadt, und von hier aus strebten schnurgerade Straßen mit Häusern ohne Innenhöfe, glatten weißen Wänden und Flachdächern bis hinaus in die Randquartiere, inklusive jener, die von Christen bewohnt waren. Die Nachrichten, meistens hatten sie mit dem Hafenleben, den ein- und auslaufenden Schiffen und Seeleuten zu tun, verbreiteten sich in Windeseile. Wie es auch damals geschah, als Bahri Pascha, der Statthalter aus Wan, auf dem Weg nach Konstantinopel in Trapezunt Station machte; er war aufgrund eindringlicher Forderungen ausländischer Mächte, die vielfach auf die an den Armeniern begangenen Grausamkeiten hingewiesen hatten, von seinem Posten abberufen worden. Die Zahl der auf seinen Befehl hin Ermordeten schätzte man auf etwa eintausend, und mehr als fünftausend zählten diejenigen, die Häuser und Güter zurückgelassen hatten und aus Angst vor Repressalien geflohen waren, wohin sie die Beine trugen. Allseits bekannt also für die an den Armeniern begangenen Greuel, wurde der Statthalter im Hafen von Trapezunt seitens der moslemischen Bevölkerung wie ein echter Held empfangen und unter Beifall bis ins Stadtzentrum begleitet. Vielleicht war der kleine Misak damals an der Hand seines Onkels Manuk Aslanian auch auf der Straße, eingemengt unter die schweigenden

Armenier, die sorgenvoll den triumphalen Einzug von Bahri Pascha verfolgten.

Die alten Leute meiner Kindheit erzählten sich untereinander von diesen Ereignissen. Die Begegnungen, an denen Frauen und Kinder nicht teilnahmen, fanden nachmittags beim Kaffeetrinken statt. Es muss überall gleich gewesen sein, in Bukarest, Constanța, Ploiești, Pitești und Craiova, im Hof von Nșan Hazarian, Kaufmann in Buzău, oder in den Häusern mit langer Veranda in der Moldau. Gemächliche Gespräche, so wie jene, bei denen ich in meiner Kindheit im Hof unseres Hauses in Focșani auf der Straße des 6. März 1945, Nummer 9, zugehört hatte; die Holzbänke und die mit Kissen gepolsterten Sessel kreisförmig im Schatten des Aprikosenbaumes angeordnet. Doch wenn der Gast aus einer anderen Stadt gekommen war, fand das Treffen im Hof der armenischen Kirche statt. Gerade deshalb hatten die armenischen Kirchen überall geräumige Höfe und Laubbäume, die – diese Anlagen waren allerorten mindestens zwei-, dreihundert Jahre alt – ausreichend Schatten spendeten und gastfreundlich wirkten. Jeder erzählte seine Geschichte oder die Geschichte anderer, denn man empfand auch Verantwortlichkeit vor denen, die nicht mehr lebten.

Die Geschichte des Misak Torlakian begann am 2. Oktober 1895 so gegen fünf Uhr nachmittags, als Bahri Pascha in Begleitung von Hamdi Pascha, Militärkommandant in Trapezunt, auf der Promenaden-Allee das Stadtzentrum erreichte. Der Schuss war in den Ovationen ringsum nicht zu hören und wäre gänzlich unbemerkt geblieben, wenn Hamdi Pascha nicht gesehen hätte, dass Bahri Paschas Arm blutete. Es war eine Dummheit, sollte Misak Torlakian erzählen, aber nicht mit dem Schrecken des Kindes von damals, das an der Hand gehalten und weggezogen wurde, damit es nicht von der in alle Richtungen davoneilenden und schreienden Menge zerdrückt werde, während Bahri Pascha, von Soldaten umringt, in einem nahen Kaffeehaus in Sicherheit gebracht wurde, sondern mit der kühlen Gelassenheit und Weisheit des Fedajins. Es war eine Dummheit zu glauben, man könne aus solcher Entfernung jemanden mit einer Pistole erschießen. Bloß treffen konnte man ihn, aber in diesem Fall richtete man – wie sich bald zeigen sollte – mehr Schaden an als Nutzen. Daidai Manuk hatte keine Ahnung, wer so etwas tun konnte, auch keiner seiner Fedajin, die, wenn sie sich vorgenommen hätten, Bahri Pascha zu ermorden, mit einem Karabiner von einem der umliegenden Gebäude herab geschossen hätten. Aber unabhängig davon, wer es getan hatte, absichtlich oder aus Zufall, die Armenier wurden für schuldig befunden, und der Statthalter des Wilajets Trapezunt, Kadri Bey, verlangte von den Armeniern, den Angreifer auszuliefern. Selbst wenn sie gewusst hätten, wer es war, wie konnten die Armenier so etwas tun? Wie auch immer, der Attentäter wurde nie gefunden, obwohl die Autoritäten sich kurz darauf brüsteten, ihn gefangen und bestraft zu haben.

Die Folgen sind nun nicht mehr Teil der Geschichte von Misak Torlakian, über diese neuen Tatsachen ist in Büchern geschrieben worden, in offiziellen Akten, und der einzige Abschnitt, den Misak noch hinzufügen könnte, ist der Anblick seines von denjenigen, die sich mit dem Gemetzel und den Raubzügen in Trapezunt nicht begnügten, niedergebrannten Dorfes.

Es war ein lebensfroher Hafen, der Hafen von Trapezunt; die Waren aus dem Orient nahmen hier ihren Weg nach Europa. Deshalb hatten beinahe alle Mächte der Welt in den von der Meeresbrise gebleichten Häusern Konsulate eröffnet. Es muss Kadri Bey, den Statthalter von Trapezunt, überrascht haben, am Morgen des 5. Oktober 1895 diese Delegation in seinem Büro antreten zu sehen; sie war auf ihre Art einmalig, eine derart breitgefächerte Nationenvertretung, wie man sie bis zur Unterzeichnung des Vertrags von Versailles wahrscheinlich nicht mehr erleben würde. Damals aber wütete kein Krieg in Europa, der die kontinentalen Mächte gegeneinander aufgehetzt hätte, und infolgedessen forderten die in Trapezunt ansässigen Vertreter von Großbritannien, Österreich-Ungarn, Belgien, Spanien, Frankreich, Griechenland, Italien, Persien und Russland einstimmig, der Statthalter von Trapezunt möge Maßnahmen zum Schutz der armenischen Bevölkerung ergreifen. Alles, was der Walit ihnen zusagen konnte, war, dass er aufgrund seiner Amtspflichten den Schutz des diplomatischen Corps gewährleisten könne, was etwa bedeutete, sie mögen sich um ihre eigenen Dinge kümmern. Mit von der Verwaltung ausgeteilten Waffen und unter dem Schutz der Polizei und ihrer Agenten, welche die armen Bevölkerungsschichten der Städte aufhetzten, begannen die Massaker, wie Zeugen berichteten, am 8. Oktober um elf Uhr mit Trompetensignalen. Übrigens taucht in allen Zeugnissen von den Massakern des Jahres 1895, landauf, landab, quer durch ganz Anatolien, von Trapezunt bis nach Adana, dieses für Friedenszeiten ungewöhnliche Detail auf: der Klang der Trompeten, der den Sturm auf die armenischen Wohnviertel ankündigte.

Laut offiziellem Kommunique der Regierung in Konstantinopel wurden an jenem Tag einhundertzweiundachtzig Armenier und elf Türken umgebracht. Die Schätzungen der europäischen Konsulate schwanken zwischen sechshundert und achthundert umgebrachten Armeniern, aber alle sind sich in einem Punkt einig: Es wurde kein einziger Türke umgebracht. Die armenischen Bischöfe, der orthodoxe und der katholische, haben die genauen Zahlen aufgrund der Namenslisten der Opfer aufbewahrt. Sie haben fünfhunderteinundneunzig umgebrachte Armenier gezählt. Zu denen noch einundachtzig Opfer aus den umliegenden Dörfern hinzugezählt werden mussten. Gewohnt, alles genau zu verzeichnen, haben uns die Bischöfe auch die Schadenslisten hinterlassen: einhundertfünfunddreißig geplünderte Geschäfte, tausendeinhundertsiebenundsechzig zerstörte Häuser und Schäden in Höhe von einhundertvierunddreißigtausendsechshundertacht türkischen Lira. An diesem Punkt der Geschichte zuckt Misak Torlakian ebenso wie jeder andere, der dies erzählt, mit den Schultern. Als hätte dies, nicht wahr, noch irgendeine Bedeutung, mit wie vielen verdammten türkischen Lire die armenischen Bewohner geschädigt wurden! Angesichts der mehr als zweihunderttausend Toten, die noch bis zum Ende des Jahres 1895 folgen sollten.

In einem Alter, da andere Kinder sich über Schulbücher beugen, schaute Misak Torlakian bei den ersten Exekutionen zu, die von der Justiz der armenischen Revolutionäre beschlossen worden waren. Kurz darauf bekam er seine erste Pistole und verletzte sich damit schon beim ersten Mal, als er sie putzte. Doch dies erschreckte ihn nicht sonderlich. An Blut gewöhnt, machte er keinen Unterschied mehr zwischen seinem Blut und dem der anderen, und im Unterschied zu Großvater Setrak, der einem zärtlichen Blutkult anhing, pflegte Misak Torlakian das Blut zu verachten, bis hin zur Verachtung des eigenen Blutes. Großvater Setrak, der selber auch, und zwar am anderen Rand Anatoliens, in seiner Kindheit sehr viel vergossenes Blut gesehen hatte, wärmte und beruhigte das eigene Blut. Misak Torlakian aber war das eigene Blut eine Last. Er stach sich mit der Messerspitze in die von Warzen verdickten Beine, Folgen der endlos langen Tage im Hinterhalt in den Bergen, und schaute, die Stirn in die Handfläche gestützt und den Oberkörper langsam hin und her schaukelnd, wie feine Blutrinnsale über seine Schienbeine liefen und seine Füße wie mit schwarzen Socken bedeckten. Siehst du, sagte er, es ist zu dick und zu schwer. Ich muss stöhnen, damit es rauskommt. Deshalb hatte General Dro so große Macht über ihn, denn im Unterschied zu den anderen, die sich in solchen Augenblicken davonmachten, weil sie ihn für etwas gestört hielten, setzte sich der ansonsten schwer zu besänftigende General hin und schaute ihm schweigend zu, von der gleichen Faszination des Blutes ergriffen. Wenn das Blut die Zehenwurzeln erreichte, trocknete und dunkelte, sagte General Dro: Es reicht, Misak. Torlakian schreckte hoch, schaute sich verblüfft um, als wäre er eben aus dem Schlaf erwacht, und wenn er dann ganz bei sich war, ergriff er mit einer gewissen Traurigkeit die Leinenstreifen, die ihm der General hinhielt, und wickelte sie sich eng vom Knie abwärts um das Bein. Dann erhob er sich mit neuer, unerklärlicher Fröhlichkeit und stampfte, ebenso wie man beim Betreten eines Hauses den an den Stiefeln festgefrorenen Dreck abstampft, mit den blutbedeckten Sohlen auf den Boden.

Die Verachtung für das Blut gesellte sich, durchaus erklärlich, zur Begeisterung für alles Todbringende. Wie schon gesagt, mit zwölf Jahren bekam Misak von seinem Onkel Manuk Aslanian seine erste Pistole. Es war die einzige geschenkte Waffe, alle weiteren beschaffte er sich selbst, indem er sein eigenes Leben als Preis dafür anbot und unbekümmert veranschlagte, der bezahlte Preis sei geringer als das, was er dafür bekommen hatte. Um die Pistole gegen einen Karabiner und einen

Patronengurt eintauschen zu können, wurde er mit vierzehn Jahren zum Kurier der Partisanentruppen in den Bergen. Misak führte die Transporte mit den in Tiflis oder Baku gekauften Waffen über die gebirgigen Grenzen.

Dann erfüllte sich Misak noch ein Traum, für den er wiederum sein Leben zum Tausch angeboten und sich damit sorglos in Todesgefahr gebracht hatte. Nämlich den, mit der Kanone schießen zu lernen und das Kommando über eine Geschützstellung zu erhalten. Aber auf den engen Pfaden, wo nicht einmal ein Maulesel und ein Mensch nebeneinander Platz fanden, verfügten die Fedajin nicht über so etwas. Da besorgte er sich falsche Papiere, die ihn als Türken auswiesen, und ging mit neunzehn Jahren in die osmanische Artillerie. Die Kommandeure wunderten sich über seine Geschicklichkeit im Umgang mit den Waffen und fragten sich nicht, wo ein junger Mann unter zwanzig diese Fertigkeiten wohl gelernt haben mochte. Und so wurde Misak Torlakian, eine Art Gavroche der antiosmanischen Guerillakämpfe, zum Sergeanten des osmanischen Heeres und befehligte eine Garnison mit fünfundzwanzig Artilleristen im Westfort der Stadt Erzerum.

Mit dem Ausbruch des Krieges nahm Misak Torlakians Armeespiel ein Ende. Die tragischen Situationen fegten allen Menschen die Masken vom Gesicht, und im Herbst des Jahres 1914 konnte Misak Torlakian sich nicht mehr verstellen. Die ins osmanische Heer einberufenen Armenier wurden entwaffnet und zu Gleisbahnarbeiten geschickt. Viele von ihnen wurden umgebracht, bevor sie an ihren Zielort gelangten. Die anderen wurden einem Vernichtungsprogramm unterworfen. Misak stopfte sich so viele Patronen in den Rucksack, wie er tragen konnte, und verließ, das Gewehr auf dem Rücken, bei Einbruch der Nacht das Fort von Erzerum und kehrte auf nur ihm bekannten Wegen zurück in seine heimatlichen Gefilde. Desertion ist möglicherweise nicht das passendste Wort für seine Tat, denn Misak ist nicht geflohen, dies hatte er nie getan, auch nicht in Extremsituationen, er ist schlicht und einfach wieder er selbst geworden, riss die militärischen Tressen ab und zog die Schaffelljacke der Partisanen in den Bergen an.

Wir befinden uns im Januar 1915. Misak Torlakian, aufgewachsen unter Richtern, beschließt nun, selber ein Richter zu werden. Er nistet sich in der Höhle einer Gebirgsklamm ein und wartet unter dem Schutz der verschneiten Gipfel auf den Rückzug der von den Russen geschlagenen türkischen Armeen. Dabei trifft er eine Entscheidung von solcher Kühnheit und einem derartigen Leichtsinn, wie sie nur die Einsamkeit und Jugend einem eingeben können: Er wird Enver Pascha umbringen, den Kommandanten der geschlagenen osmanischen Armee und Verteidigungsminister in der Regierung der Jungtürken. Darauf rechnend, dass Enver Pascha durch die Pässe kommen muss, wenn er nach Trapezunt gelangen will, um von dort über das Meer nach Konstantinopel zu reisen, wartet Misak Torlakian in der Nähe seines Heimatdorfes und beobachtet reglos die Ferne. Die Beharrlichkeit und Ausdauer seines Geistes waren seinen körperlichen Kräften weitaus überlegen, denn seine Beine, erfroren und reglos, wie ich schon sagte, würden gebrechlich werden ohne Aussicht auf Heilung, auch wenn sie auf vielfache Weise mit dem Messer traktiert wurden.

Wir können nicht wissen, wie die Geschichte des Jahrhunderts verlaufen wäre, wenn Enver Pascha seiner erschöpften und demoralisierten Armee befohlen hätte, den Weg durch die Pässe Richtung Trapezunt einzuschlagen und er sich wenigstens einen Augenblick lang in Schussweite des Gewehrs von Misak Torlakian befunden hätte. Wahrscheinlich aber hat Enver Pascha, der etwas klein geratene Kommandeur, der davon träumte, Napoleon oder Friedrich der Große zu sein, dem jedoch nach der Niederlage bei Sarikamiş, wo von den beinahe hunderttausend Soldaten seiner Armee mehr als vier Fünftel – wie seinem kaiserlichen Idol ein Jahrhundert zuvor – von Typhus und Kälte dahingerafft worden waren, und der nun weitaus weniger hochmütig und leichtsinnig geworden war, beim Anblick der schneebedeckten Gipfel die Gefahr gerochen. Also hatte er beschlossen, auf den Weg über das Meer zu verzichten, zog über Sivas hinab ins Zentrum Anatoliens und hielt sich an die gepflasterten Straßen, mochten diese für die erschöpfte Armee und seine Stiefel mit den hohen, geradezu weibisch hohen Absätzen auch unbequemer gewesen sein, so erstreckten sich an ihren Seiten doch weite und damit mehr Sicherheit gewährende Hochebenen.

Sobald er in der Hauptstadt angelangt war – wie die beiden anderen Partner im Triumvirat, Talaat und Djemal, durch die eigene Schwäche gedemütigt und überaus rachsüchtig –, wies er in seinem ersten Befehl an, die Soldaten armenischer Abstammung im gesamten Heer zu entwaffnen und in Arbeitsbataillons einzuweisen.

Misak Torlakian blieb bis zum Frühlingsbeginn in seinen Gebirgsverstecken. Schließlich hatte er begriffen, dass sein Warten vergeblich war, und er stieg hinab in die Ebene. Dann hörte er von den Deportations- und Hinrichtungsbefehlen, denen die armenischen Männer in den Arbeitsbataillonen zum Opfer gefallen waren. Nun zog er noch einmal über die Berge, ging hinab in den Hafen von Trapezunt und heuerte auf einem Schiff an, das mit Getreide beladen das Schwarze Meer nach Batumi überquerte. Von dort aus machte er sich auf den Weg nach Tiflis, wo er den politischen Gruppierungen der Revolutionären Armenischen Föderation begegnete, die ihn nach Jerewan schickten und ihm empfahlen, Freiwillige zu rekrutieren, um mit ihnen die zaristische Armee zu begleiten und ihr beizustehen bei der Befreiung der Armenier im Osmanischen Reich. Und dies so schnell wie möglich, damit die Absicht der Jungtürken, die Armenier in den östlichen Wilajeten massenhaft zu deportieren und umzubringen, nicht umgesetzt werden kann. Misak Torlakian war in einem Zustand völliger Überreizung, angesichts derer sich der Wahnsinn wie Gemütsruhe ausnahm. Ebenso wie General Dro sollte er sie von diesem Zeitpunkt an stets verspüren, vor allem dann, wenn er andere davon überzeugen musste, an seiner Seite mit in den Tod zu gehen. Er rekrutierte etwa fünfzig Freiwillige, stellte eine Einheit zusammen und begab sich damit in die Vorhut der russischen Truppen. Er wies den Truppen den Weg, warf sich tollkühn in die Kämpfe und betrat als Erster, Anfang Dezember 1915, die Stadt Trapezunt, die von der osmanischen Armee, unfähig, dem russischen Ansturm zu widerstehen, aufgegeben worden war. Er ging ins armenische Viertel, betrat die Kaffeehäuser und suchte die Kirchen auf. Alles war verwüstet, verlassen, die Häuser waren durchstöbert, die Theken umgestürzt, die Kirchentüren aus den Angeln gerissen und die Altäre niedergebrannt worden. Aber nicht durch das

Kriegsgeschehen, denn der Rest der gut zehntausend Häuser in Trapezunt war unversehrt. Von zwei, drei zerlumpten Gestalten, die mit verstörtem Blick an den schwarzen, vereinzelt noch dastehenden Mauern im armenischen Viertel entlangschlichen, erfuhr Misak, dass die etwa tausendzweihundert armenischen Familien aus Trapezunt verjagt worden waren. Man hatte sie durch Ausrufer, die von Trommlern mit großen Trommeln begleitet wurden, damit die Massen sie über weite Entfernungen weg hören und sich an den Straßenkreuzungen versammeln konnten, davon in Kenntnis gesetzt, dass die gesamte armenischstämmige Bevölkerung auf Befehl der Hohen Pforte sich mit etwas Wegzehrung und allem, was sie tragen könne, vor das Haus zu begeben habe, um an den Südrand der Stadt geleitet zu werden, wo die Konvois gebildet würden. Wer sich dem Befehl nicht unterwerfe und nach Sonnenaufgang noch im Haus oder an einer anderen Stelle als jener, an der die Konvois aufbrechen, angetroffen würde, werde an Ort und Stelle mit dem Tod durch Erschießen oder, um anderen ein abschreckendes Beispiel zu sein, durch Erhängen auf einem öffentlichen Platz bestraft. Wer seine Kinder türkischen Familien anvertrauen wolle, dürfe dies tun, aber die Kinder würden zuerst der Armee übergeben, die sie anschließend zuteilen würde, damit die neuen Familien den Eltern nicht bekannt würden.

Die Konvois waren Ende Juni 1915 aufgebrochen. Damit die regulären türkischen Truppen bei der Zusammenstellung und Begleitung dieser Konvois keine Zeit verschwendeten, wurden die Konvois von Spezialtruppen begleitet. Die Idee, eine zusätzliche Gewalt aus irregulären Truppen zu bilden und sie den Armeen des Imperiums beizufügen, stammte von Doktor Nazîm, einem der Führer der Ittihad und – Ironie des Schicksals – zugleich auch Erziehungsminister. Diese Spezialtruppen sollten sich auf die Massen der Deportierten verheerend auswirken. Denn die Rekrutierungen für diese Spezialtruppen, eigentlich Horden, denen der Sinn nach Raub, Vergewaltigungen und Mord stand, waren unter Zuchthäuslern vorgenommen worden, denen man für ihren Eintritt in die Spezialtruppen die Freiheit versprochen hatte. Sie hatten sofort zugestimmt, und wie es anschließend das blutrote

Wasser des Euphrat und die Gemetzel an den Rändern der Landstra-
ßen oder die Massengräber in Deir-ez-Zor bewiesen, sind sie den ihnen
übertragenen Pflichten eifrig nachgekommen. Und wenn selbst sie von
so viel Mord und Vergewaltigungen ermüdet waren und nichts mehr
zu plündern war, verließen sie die Konvois schlicht und einfach und
überließen sie der Raublust kurdischer Banden, die ihnen in einigem
Abstand leise und geduldig gefolgt waren und den Moment abgewartet hatten, an dem sie sich über die preisgegebenen Massen hermachen
konnten. Die gleichen Banden, die Seite an Seite mit den in den armen Vorstädten Lauernden die verlassenen armenischen Wohnungen
plünderten, die Kirchen profanierten, indem sie die vergoldeten Rahmen der Ikonen oder die silbernen Kerzenleuchter an sich rissen und
schließlich, ohne selber so recht zu wissen, warum, oder gerade deshalb,
Feuer legten.

All dies sollte Misak Torlakian aus den gesammelten Zeugenaussagen während des Prozesses erfahren, bei dem eine eigens eingerichtete
Instanz des Reichskriegsgerichts 1919 über die Massaker von Trapezunt
urteilte. Etwa wie die Männer beim Verlassen der Stadt von den Frauen
und Kindern getrennt und die Frauen anschließend ausgeplündert und
vergewaltigt worden waren. Wie man einen Teil der Frauen auf Flach-
kähne verladen, sie anschließend erwürgt und ins Meer geworfen hat.
Wie die Mehrheit der in den Konvois Davongetriebenen, noch bevor sie
Erzânjan erreichten, unterwegs vor Erschöpfung oder Hungers starben.
Das Urteil des Militärgerichts vom 22. Mai 1919 erfolgte einstimmig:
Die Anführer der Massaker wurden zum Tode verurteilt. Aber dieses
Urteil wurde, wie viele andere Urteile, die das Militärgericht nach dem
Krieg verkündet hatte, niemals vollzogen. Denjenigen, die eine Verurteilung erwartete, wurde geholfen, aus dem Reich über das Meer zu ent-
kommen; und zwar in Schiffen, die von den Botschaftern europäischer
Staaten zur Verfügung gestellt worden waren. Trotzdem sollte das Urteil noch auf eine Weise vollstreckt werden, die von der Geschichte unterschiedlich gewertet, jedoch von den bei Misak Torlakian Sitzenden
und seinen Erzählungen über die Massaker von Trapezunt Lauschen-
den für einen Akt der Gerechtigkeit gehalten wurde.

Mit der Vorhut der russischen Truppen kam Misak Torlakian als Erster an und trotzdem zu spät. In Trapezunt hatte er außer zu klagen oder sich an jedem, der seinen Weg querte, blind zu rächen, nichts mehr zu tun. Und da er sich weder für das eine noch für das andere entschied, blieb ihm nichts weiter übrig, als in der Umgebung nach Überlebenden zu suchen. Die Konvois waren am 25. Juni losgezogen, also konnte er sie nicht mehr einholen. Das Erste, was ihm angesichts der stillen Straßen, der Häuser mit den blinden Fenstern und des Brandgeruches, den der Wind nicht hatte verstreuen können, der niedergerissenen Häuser und des Aasgestanks in den Sinn kam, war, seine Familie zu suchen. Wir begleiten Misak Torlakian auf seinem Ritt in sein Dorf, das etwa zehn Kilometer weiter südlich liegt, fast schon am Fuß der Berge. Wie die Trompetentöne, welche die alten Leute meiner Kindheit in ihrer Kindheit an den verschiedensten Orten die gleichen Gefahren verkünden gehört hatten, war das, was sie ihr gesamtes Leben begleitete, die Suche. Nicht die nach dem Glück oder der Rettung des eigenen Lebens, sondern die Suche der einen nach den anderen. Seit den Vernichtungsaktionen und den Vertreibungen des Jahres 1895 und vor allem des Jahres 1915 ist ein Jahrhundert vergangen, aber es gibt immer noch welche, Enkel oder Urenkel, die sich gegenseitig suchen. Die Väter und Brüder suchten ihre Töchter und Schwestern in den Harems, Eltern suchten ihre Kinder in Waisenhäusern, Ehemänner fragten nach ihren Frauen in den Webereien von Aleppo und Damaskus, wo Hunderte Frauen zur Zwangsarbeit eingesetzt worden waren, Briefe überquerten die Welt, angststickte Fragen wurden auf Schiffsdecks geflüstert, in den Lagern der Überlebenden, verzweifelte oder resignierte Anzeigen erschienen in den armenischen Zeitungen aller Kontinente. In meiner Familie gab es viele, die sich gegenseitig suchten, manchmal fanden sie sich über Tausende Kilometer hinweg, manchmal aber auch nicht. Hunderttausende Familien hatten jemanden zu suchen; ein Volk, das sich sucht, die einen die anderen, nach so viel Unglück; und deshalb hatte es selten die Ruhe, sich selbst wiederzufinden.

Das Bild dessen, der am Ortseingang angesichts des zerstörten Dorfes anhält, kennen alle Geschichten, die zur Kaffeezeit von den alten

Leuten meiner Kindheit erzählt wurden, die sich in die Berge zurückgezogen hatten und in der zweiten Hälfte des Jahres 1919 in ihre Geburtsorte zurückgekehrt waren. Bis auf ein paar Einzelheiten ähneln sich diese Geschichten übrigens so sehr, dass ich nun, da ich von der Rückkehr von Misak Torlakian berichte, den Eindruck habe, alle Geschichten gleichzeitig zu erzählen. Lediglich, wie schon gesagt, das Detail. Misak Torlakians Geschichte hat noch etwas mehr, das die meisten anderen Geschichten nicht haben oder nicht mit solcher Intensität erfassen: den Hass. Misak Torlakians Geschichte ist nicht die Geschichte einer Existenz, sondern eher die eines Gefühls. Der Hunger nach Rache. Die Missachtung jedweder Vorsicht, unüberlegte Gesten. Beispielsweise jene vom Nachmittag des 14. Dezember 1915. Misak ging schwankend durch die Gassen des Dorfes, er wollte an den Toren stehen bleiben und rufen, aber er sah, dass es sinnlos war. Ihr Haus war durchstöbert worden, die Türen waren aus den Angeln gerissen, die Kissen aufgeschlitzt, die Fußböden herausgerissen, die Tongefäße zerschlagen. Die hier etwas gesucht hatten, haben sich nicht beeilt, sie hatten Zeit genug, fürchteten sich nicht, denn die Eigentümer konnten nicht mehr zurückkehren. Wahrscheinlich fuhr ihm der Hass in die Mundwinkel, als er das Zimmer seines kleineren Bruders und seiner Schwester betrat, als er die zerstörten Betten sah, das durcheinandergeworfene Bettzeug und die zerschlagenen Spielsachen. Misak sprang aufs Pferd und galoppierte ohne Unterbrechung zwei Tage und Nächte, bis er bei den Passstraßen die sich zurückziehende türkische Armee eingeholt hatte. Dies waren die Orte, die er am besten kannte. Er folgte den Truppen mit dem Schritt einer Bestie. Als er den günstigsten Augenblick gekommen sah, sprang Misak im Schutze der Dunkelheit aus seiner Lauerstellung dem letzten Reiter auf den Rücken, schlug ihm mit dem Gewehrkolben auf den Kopf und schleifte ihn in das Höhlenversteck, in dem er vergeblich auf Enver Pascha gewartet hatte. Niemand war umgekehrt, um jenen Türken zu suchen, der, wie sich durch seinen Rang herausstellte, nicht eben irgendeiner war. Die Geschichte verzeichnet auch seinen Namen: Ismail Bey. Von ihm erfuhr Misak, dass Wali Djemal Azmi für die Massaker in Trapezunt verantwortlich war. Damals vernahm Misak zum ersten Mal auch den Namen des Aserbaidschaners Bahbud Khan Djivanşir. Wochenlang überquerte Misak dann auf der Suche nach seinen Partisanen die Berge, hinter Ismail, den er nachts fesselte, um sicherzugehen, dass er nicht floh.

Bald schon hatte Misak Torlakians Gruppe die Stärke von ein paar hundert Partisanen erreicht. Im illusorischen Versuch, die von Armeniern bewohnten Gebiete zu befreien, verbanden sie sich mit der russischen Armee. Die zaristische Armee, geschwächt durch die Verluste im Inneren des Reiches, an Munitions- und Nahrungsmittelknappheit leidend sowie unter der stets revolutionärer werdenden Geisteshaltung der Soldaten, hörte auf, ein vielversprechender Verbündeter zu sein, und mit der Installierung der Kerenski-Regierung begann der Rückzug an allen Fronten. Misak folgte ihnen mit seinen Leuten, und von dem gleichen Hafen in Trapezunt aus, den die türkischen Truppen unverzüglich zurückerobern sollten, überquerte er das Meer bis nach Batumi und danach, auf einem Weg, den er schon einmal zurückgelegt hatte, nach Tiflis. Hier stellte er eine richtige Division von etwa tausend Soldaten zusammen, mit der er sich in Jerewan der Armee der jungen Republik anschloss. Wieder kämpfte er gegen die osmanische Armee, diesmal unter dem Kommando des Generals Dro bei Kars, Alexandropol und Echmiadzin. Er geriet mit sieben seiner Soldaten in einen Hinterhalt und widerstand verletzt, bis die Truppen des Generals ihre Stellungen zurückerobert hatten.

Dro bat ihn, weiterhin in den Reihen der armenischen Armee zu verbleiben. Aber der Weltkrieg war zu Ende, und Misak Torlakian meinte, in Armenien würden jetzt vor allem Verwaltungskräfte und erfahrene Diplomaten gebraucht und nicht so sehr Krieger; dass das junge Armenien ganz besonders unter dem Fehlen von Verwaltungsfachleuten leide, beweise die Art und Weise, wie das Land organisiert gewesen sei. Und was die Diplomatie betrifft, so reicht es, wenn wir beschreiben, wie die in zwei Lager gespaltenen Armenier sich bei den Gesprächen über den Friedensvertrag präsentierten und ihre Ansprüche auf ein wiederherzustellendes Groß-Armenien vortrugen, das etwa den Umfang des Bagratidenreiches von vor tausend Jahren umfassen sollte, um zu begreifen, weshalb die Republik sich so geringer Unterstützung seitens der verbündeten Nationen erfreute. Die armenischen Krieger haben genug geleistet, um ihre ruhmreichen Namen zu bewahren, aber sie stellten sich als zu wenige heraus, als dass sie die Walzen der beiden Reiche hätten anhalten können, des zaristischen und des osmanischen Reiches, die beide durch die sozialistischen und republikanischen Bewegungen zu neuen Lebenskräften gelangt waren und den ohnehin zarten Leib Armeniens durch ihre Rotation zermalmten.

Misak Torlakian hatte im Garten seines zerstörten Hauses ein Rachegelübde abgelegt. Unter den Seinen konnte sein Gelübde nicht eingelöst werden. Mithin brach er, eben von den Wunden der Frühjahrskämpfe von 1918 genesen, auf nach Konstantinopel. In den Häfen der Krim legte er einen Zwischenaufenthalt von ein paar Monaten ein, wo er vom Tabakhandel bis zu Devisengeschäften alles ihm zu Gebote stehende unternahm, um Geld zu verdienen.

In der Zwischenzeit war der Krieg beendet. Auf den Straßen von Konstantinopel verkehrten die Patrouillen der fremden Armeen. Unter dem Druck der Alliierten strengten die neuen türkischen Autoritäten im Jahre 1919 vor dem Militärgerichtshof den Prozess gegen die der Massaker an den Armeniern Beschuldigten an. Jedoch erst dann, als die Angeklagten heimlich außer Landes gebracht worden waren. In der Nacht vom 1. auf den 2. November des Jahres 1918 nahmen die Führer der Ittihada an Bord des unter deutscher Flagge stehenden Schiffes »Lorelei« Kurs auf Malta. Und von dort aus ging es in verschiedene europäische Städte, vor allem nach Deutschland, Österreich und Italien.

Am 5. Juli 1919 befanden die fünf Richter des Militärgerichts die Anführer der Ittihada, das »Komitee für Einheit und Fortschritt«, einstimmig des Massenmords an den Armeniern für schuldig. Zum Tode verurteilt wurden: Talaat Pascha, ehemals Großwesir, Enver Pascha, ehemaliger Kriegsminister, Djemal Pascha, ehemaliger Marineminister, und Dr. Nazîm, ehemaliger Erziehungsminister und Gründer der Spezialorganisationen. Zu ihnen gesellten sich in zwei separaten Prozessen, welche die Massaker in den Wilajeten Trapezunt und Kharput betrafen, Djemal Azmi, Wali von Trapezunt, und Behaeddin Şakir.

Als jedoch Kemal Paşa Atatürks Revolution begann und der durch die Niederlage im Krieg schwer getroffene türkische Nationalismus wieder angefacht wurde, ließ der Eifer der Richter am Militärgericht nach. Am 9. Februar 1920 hat das Militärgericht Oghuz Bey lediglich zu fünf Jahren Gefängnis verurteilt. Dabei war Oghuz Bey derjenige, der am 24. April 1915 die Entführung einer großen Zahl armenischer Intellektueller aus der Hauptstadt des Reiches und die Ermordung der meisten von ihnen, darunter auch von Daniel Varujan, dem erst 31-jährigen, bedeutendsten Dichter der Armenier, angeführt hatte. Dann endeten die Prozesse. Vor dem Hintergrund des Friedensvertrages von Sèvres, der den Anschluss der östlichen Provinzen des Osmanischen Reiches an die junge Republik Armenien vorsah, loderten bei den politischen Führungspersonen und in der Armeespitze die antiarmenischen Gefühle wieder auf.

Von den Todesurteilen für die Anführer der Ittihada haben die neuen Autoritäten kein einziges vollstrecken lassen. Die türkische Regierung hat niemals die Überstellung eines der Verurteilten durch die Länder gefordert, in welche sie geflohen waren, ebenso wenig wie diese Länder, gewöhnlich ehemalige Verbündete der Türkei, die Initiative ergriffen und sie nach Konstantinopel geschickt hätten, damit sie ihre Strafe ereile.

Als ich zum ersten Mal die Aufzeichnungen meines Großvaters durchgeblättert habe, über die er sich nachts manchmal mit seinem Schwager Sahag Şeitanian beugte, der auch mein Taufpate und unser Nachbar war, habe ich kaum etwas verstanden. Da gab es ein paar vergilbte Blätter zwischen Pappdeckeln, die am Rande mit einer dünnen Schnur vernäht waren. Man konnte sehr wohl erkennen, dass Einband und Blätter dergestalt gebunden worden waren, dass sie lange hielten. Das ganze Heft war mit armenischen Buchstaben beschrieben, außer den Jahreszahlen, die nicht armenisch transkribiert worden waren, sondern in arabischen Zahlen dastanden. Auf den Umschlag war mit dicker Feder und in Großbuchstaben »Nemesis« geschrieben worden. Ich kannte niemanden und auch keinen Gegenstand, der diesen Namen trug. Und weil ich das Heft in einem Moment, da Großvater den

Schrank am Kopfende seines Bettes unverschlossen gelassen hatte, in aller Eile durchgeblättert hatte, fürchtete ich mich, danach zu fragen. Vielleicht war es sogar ein Name, aber er klang nicht armenisch. Die Antwort fand ich in einem Larousse, den Onkel Kevork aus Los Angeles geschickt hatte: »Nemesis – Göttin der Rache bei den alten Griechen ...«

Das Heft enthielt ein paar mit der Feder beschriebene Seiten, Namen, die in zwei Spalten untereinander eingetragen worden waren, und zwischen diesen, je zwei Namen verbindend, standen Jahreszahlen. Die Namen sagten mir nichts, aber die in der ersten Spalte klangen seltsam und endeten alle mit dem Beiwort »Pascha«. Dann gab es noch Pfeile über den Jahresangaben, die auf andere, diesmal armenische Namen verwiesen: Talaat Pascha – 15. März 1921, Berlin – Solomon Tehlirjan. Said Halim Pascha – 6. Dezember 1921, Rom – Arşavir Şiraghian. Djemal Pascha – 25. Juni 1922, Tiflis – Stepan Dzaghighian. Behaeddin Şakir – 17. April 1922, Berlin – Aram Yerganian / Arşavir Şiraghian. Djemal Azmi – 17. April 1922, Berlin – Aram Yerganian / Arşavir Şiraghian. Fath Ali Khan Khoiski – 19. Juni 1920 – Aram Yerganian. Bahbud Khan Djivanşir – 18. Juli 1921, Konstantinopel – Misak Torlakian.

Einige Jahrzehnte mussten vergehen, bis ich die Beziehungen zwischen diesen Namen begreifen konnte. In gewisser Weise war das Heft mit den Pappdeckeln eine der Personen meiner Kindheit. Großvater holte es erst nachts aus dem verriegelten Schrank, wenn ich schon lange hätte schlafen müssen. Häufig vergessen die Großen auf die Schrecknisse und Neugierde der Kinder: dass sie alle Schubfächer durchwühlen, in sämtlichen Papieren herumstöbern, verstehen, was sie eben mit ihrem Verstand so verstehen können, sich jedoch nicht zu fragen trauen, und dass sie vor allem stets auf der Lauer liegen und lauschen. So wie ich es tat. Fasziniert vom Getuschel meines Großvaters mit dem Schwager Sahag Şeitanian, spähte ich durch einen Spalt in der Tür und sah, wie sie, über das Heft mit den vergilbten Seiten gebeugt, mal einen Zeitungsausschnitt und mal ein Brieffragment hinzufügten, die von weither gekommen waren.

Bei den fremden Namen gab es kein weiteres Zeichen. Warum dies so war, begriff ich erst später; es bedurfte keines Zeichens, denn sie waren alle tot. Neben den armenischen Namen waren Zeichen eingetragen worden, die an Kreuze erinnerten. Aber es gab auch welche, hinter denen noch nichts eingetragen war. Darunter befand sich auch der Name von Misak Torlakian, dem ich auf diese Weise in meiner Kindheit auf den vergilbten Seiten begegnet bin und dessen Namen ich bloß einmal ausgesprochen gehört habe. Und zwar unter Umständen, von denen wir gleich etwas erfahren werden. Ich habe ihn jedoch persönlich nie gesehen. Er kam ins *Buch des Flüsterns* mit der merkwürdigen Gewohnheit, eher zu sterben als zu leben. Und war eigentlich sehr viel gegenwärtiger, als man hätte annehmen können, denn keiner von uns wusste, wie eng Großvaters Leben tatsächlich mit dem von Misak Torlakian verbunden war.

Wir befinden uns also im Jahre 1965 in Focşani, einem Städtchen im Süden der Moldau mit neununddreißigtausend Einwohnern, mit Textil- und Lebensmittelindustrie. Damals blätterte das Kind, das ich war, das mit dünner Schnur zusammengenähte Heft durch und war ratlos angesichts der Namen, der Chronologien und durcheinandergemengten Städte. Und wir befinden uns gleichzeitig im Jahr 1895 im von den salzigen Meerwinden ausgebleichten Trapezunt, wo man die Trompeten hört, wie man sie vor dem Fall der Mauern von Jericho gehört hatte. Nun kündigen sie den Beginn der Massaker an den Armeniern an, die erst drei Monate später bei den gleichen apokalyptischen Trompetenklängen zum Stillstand kommen werden, wir befinden uns in Adana, an der anderen, der südlichen Küste Anatoliens, am Mittelmeer, wo zweitausend Dörfer von der Landkarte getilgt werden, sodass zwischen den Küsten beider Meere wie in einer großen Rinne das Blut von mehr als zweihunderttausend Menschen zusammenfließt. Und wir befinden uns gleichzeitig im Jahr 1915 im Dorf Ghiuşana am Fuße der Berge, es ist zerstört, riecht nach Tod und verkohltem Holz, wie überall im Osten Anatoliens auf den sandigen Wüstenwegen nach Deir-ez-Zor. Und wir befinden uns im Jahr 1920, als Armen Garo, der zweieinhalb Jahrzehnte zuvor den Angriff auf die Osmanische Bank angeführt hatte, zusammen mit Şahan Natali die erste gerichtliche Spezialmission (Hadug Kordz) organisiert, zu deren Durchführung eine Spezialeinheit (Hadug Marmin) gegründet wird. Dass wir uns gleichzeitig in vier verschiedenen Zeiten befinden, die Trompeten von Trapezunt hören, die Trommeln der Ausrufer, die zwanzig Jahre später zur Versammlung der armenischen Bevölkerung im Morgengrauen vor ihren Häusern und mit gepackten Bündeln aufriefen, dann die Reden auf den Daşnac-Kongressen der zwanziger Jahre, bei denen die Notwendigkeit eines »Blutzolls« proklamiert wurde, sowie die Tatsache, dass all dies vom Flüstern in meiner Kindheit grundiert wurde, sollte uns nicht wundern. Die Zeit ist ein bucklig rennendes Biest, dessen Pfoten deutliche Spuren hinterlassen, aber sie kann mit allen ihren Pfoten gleichzeitig rennen. Wie lächerlich, auf der Stelle tretend und unwahr wäre es, stellte man sich die Zeit nur durch den Augenblick vor, den man erlebt. Ich habe bestimmt vereinfacht, indem ich die Zeit mit einem Wesen auf vier Beinen verglich, sie ist etwas ganz und gar Ungewöhnliches, so etwas wie ein Tausendfüßler mit einem Löwenkopf, mit einem Schnabel, mit dem sie jedoch verächtlich lächelt wie ein Mensch, mal bedeckt sie ihre Spuren mit heilendem Sand, und mal wirbelt sie diesen auf, damit die Wunden, die sie geschlagen hat, nicht trocknen können.

Armen Garos Aktion kann hinsichtlich ihres Umfangs und ihrer Unnachgiebigkeit mit jener verglichen werden, die Simon Wiesenthal einige Jahrzehnte später in dem Wunsch begann, die während des Zweiten Weltkriegs am jüdischen Volk verübten Verbrechen nicht unbestraft auf sich beruhen zu lassen. Nur dass Simon Wiesenthal in aller Offenheit tätig werden konnte, während die Operation »Nemesis« auch ein halbes Jahrhundert danach noch völlig unbekannt war, auch und sogar noch nach dem Tod von Misak Torlakian und meines Großvaters Garabet Vosganian.

Wenn Simon Wiesenthal, der Lagerhäftling von Mauthausen, eine zusätzliche Legitimation zum Aufbau seines Netzes besaß, mit dem er den nationalsozialistischen Kriegsverbrechern nachspürte, dann war auch Armen Garo zweifellos der Richtige, die Spezialmission anzuleiten. Karekin Pastermadjian, wie er tatsächlich hieß, Inhaber eines in Nancy erworbenen Diploms in Agronomie, war erst dreiundzwanzig

Jahre alt, als er am 26. August 1896 unter dem Namen Armen Garo an der Spitze eines Kommandos von fünfundzwanzig Leuten die Osmanische Bank besetzte und die Beendigung der Massaker an den Armeniern forderte. In seiner an die in Konstantinopel ansässigen Botschaften adressierten Erklärung sollte Armen Garo die historischen Worte aussprechen, die nicht nur das Ende des 19. Jahrhunderts markierten, sondern auch das gesamte folgende Jahrhundert: »Wir sind keine Kriminellen. Aber die kriminelle Gleichgültigkeit der Menschheit hat uns zu diesem Schritt getrieben.« Von der Vorstellung entsetzt, dass der ganze Staatsschatz in die Luft fliegen könnte, und dazu von den fremden Mächten gedrängt, die ihre eigenen Depots in den Tresoren der Osmanischen Bank hatten, akzeptierte Abdul Hamid, der blutrünstige Sultan, die Beendigung der antiarmenischen Grausamkeiten und erlaubte den Abzug des Kommandos nach Marseille, was mit der persönlichen Yacht des Direktors der Osmanischen Bank, Herrn Edgar Vincent, geschah, doch nicht bevor die drei Toten und die sechs Verwundeten der armenischen Gemeinde überstellt worden waren, wohingegen die restlichen sechzehn Mann ihre Revolver behielten, dafür die vierzig Bomben und elf Kilogramm Dynamit am Ufer zurückließen, mehr als genug, um den gesamten Schatz der Hohen Pforte in Staub und Asche zu verwandeln.

Armen Garo legte eine erste Liste mit mehr als sechshundert Namen der Personen an, die er für verantwortlich an den Massakern und Deportationen hielt. Weil aber die Zahl der Schuldigen ihre juristischen Ressourcen weitaus überstieg, reduzierten Armen Garo und Şahan Natali die Liste auf einundvierzig Namen. Dann hat er sie noch einmal verkleinert und behielt nur noch die sieben wichtigsten Verbrecher darauf, die übrigens auch vom Kriegsgericht schon zum Tode verurteilt worden waren. Er besorgte sich ihre Fotos sowie die ihrer Familien und vertraute sie der Gruppe an, die mit der Vollstreckung des Urteils beauftragt war.

Die Gruppe gab sich den Namen »Nemesis«. Die Göttin der Rache.

Im Laufe der nächsten zwei Jahre wurden alle sieben Verbrecher auf der Liste von Armen Garo von Angehörigen des Spezialcorps »Neme-

sis« durch Erschießung hingerichtet. Allein Enver Pascha, der Kriegsminister, bildete eine Ausnahme, einmal dem Gewehrfeuer Misak Torlakians entkommen, sollte er dies nicht auch noch ein zweites Mal
schaffen, da ebenfalls ein Gewehr auf ihn zielte, an dessen Abzug der
Finger eines Armeniers lag, doch gehörte dieser nicht der Gruppe »Nemesis« an, sondern war Soldat in der bolschewistischen Armee.

Der, mit dem jede Liste begann, unabhängig davon, wie lang sie war,
war Talaat Pascha, der Innenminister. Er hatte eigenhändig das Tele-
gramm aufgesetzt, das die Deportationen auslöste, und an die Wali der
Wilajete geschickt, in denen Armenier wohnten. Zu seiner Bestrafung
war Solomon Tehlirian ausgewählt worden, ein Student, der sich in
den Partisanenkämpfen ausgezeichnet hatte; was ihn aber besonders
hervorhob, war die Tatsache, dass er schon 1919 aus Eigeninitiative die
Reihe der Urteilsvollstreckungen begonnen hatte, indem er Harutiun
Mägârdician, dem Agenten von Talaat, eine Kugel mitten ist Herz
schoss. Dieser hatte die erste Liste mit dreihundert armenischen Intellektuellen angelegt, die am 24. April 1915 verhaftet und größtenteils erschossen werden sollten. Somit wurde der 24. April, der Tag, an dem
der größte armenische Dichter, Daniel Varujan, erschossen wurde, zu
dem Tag, an dem die Armenier überall auf der Welt des Völkermords
von 1915, der auf unterschiedliche Weise bis 1922 anhielt, gedenken.

Tehlirian hat seine Mission nach einer beinahe sechs Monate dau-
ernden Suche zu einem guten Ende gebracht. Unweit seiner Wohnung
in der Berliner Hardenbergstraße, Ecke Fasanenstraße wurde Talaat
von Solomon Tehlirian durch einen Schuss in den Nacken getötet. Solomon Tehlirian war an ihm vorbeigegangen, um ihn eindeutig zu identifizieren, dann hatte er sich blitzschnell mit gezückter Pistole umgedreht und abgedrückt. Es hieß, er habe ihn beim Namen gerufen, damit
dieser sich umdrehe und er ihm in die Augen schauen könne, sodass jener genau begreife, was ihm nun geschehe. Aber dies ist nur eine Geschichte, Tehlirian hatte nur einen einzigen Gedanken – ihn nicht zu
verfehlen. Dies hatte ihn so sehr in Anspruch genommen, dass er sich
beim Versuch, sogleich vom Tatort zu verschwinden, nicht sonderlich
geschickt anstellte und von den herbeigeeilten Passanten festgehalten

wurde. Tehlirian verteidigte sich nicht, er flüsterte bloß ununterbrochen: Ich Armenier, er Türke. Lassen Sie mich, es geht Sie nichts an ...

Während in Berlin Solomon Tehlirians Prozess begann und aus der ganzen Welt Armenier in die deutsche Hauptstadt reisten, um als Zeugen auszusagen oder bloß als Zuschauer zugegen sein zu können, bereitete Armen Garo die anderen Gruppenmitglieder vor. Obwohl er gebeten hatte, für die Bestrafung von Djemal Azmi, des Hauptschuldigen an den Massakern in Trapezunt, bestimmt zu werden, bekam Misak Torlakian die Aufgabe, Bahbud Khan Djivanşir umzubringen. Dieser war in seiner Eigenschaft als Innenminister von Aserbaidschan verantwortlich für die im September 1918 in Baku verübten Massaker, bei denen über zwanzigtausend Armenier ihr Leben verloren.

Misak Torlakian stellte sich nach Armen Garos Modell seine eigene Mannschaft zusammen, die nicht mehr als zwei bis drei Mann umfassen durfte, wollte sie nicht auffallen. Er wählte sich Harutiun Harutiunian, einen Kameraden, mit dem er unter dem Kommando von General Dro gekämpft und sich das Krankenhauszimmer geteilt hatte, als sie beide in der Schlacht am Fuße des Ararat verwundet worden waren, und Yervant Fândâkian, der wie Misak aus der Gegend um Trapezunt stammte und ebenfalls ein Kämpfer aus Dros Armee war. Die drei haben drei Monate lang intensiv nach Bahbud Khan gesucht, doch dass sie ihn aufspürten, hatten sie dem Zufall zu verdanken: Ein militanter Daşnac erkannte ihn auf einer Straße in Konstantinopel. Dann stellte sich heraus, dass Bahbud Khan sich dort als Handelsvertreter der bolschewistischen Regierung aufhielt.

Sie zogen Lose: Harutiun Harutiunian und Yervant Fândâkian würden ihm folgen, um den am besten geeigneten Ort zu bestimmen, und Misak Torlakian sollte das Urteil vollstrecken. Eine Woche darauf hatten die Mitglieder des Kommandos beschlossen, es sei am besten, Bahbud Khan vor dem Hotel »Pera Palace« zu erschießen, wo er untergebracht war. Da vor dem Hoteleingang immer zwei Limousinen auf ihn warteten und er zu keinen festen Zeiten ging oder kam, beschlossen die drei, ihm aufzulauern, indem sie in einem Café vis-à-vis endlose Partien Tavla oder Ghiulbahar spielten.

MISAKS TRAUM. Am Abend des 18. Juli 1921 fuhren die beiden Limousinen wie gewöhnlich am Eingag des Hotels »Pera Palace« vor. Bahbud Khan stieg in Begleitung von fünf weiteren Personen aus, die allesamt bolschewistische Mützen trugen. Doch anstatt das Hotel zu betreten, beschloss die Gruppe, einen Spaziergang in einem nahe gelegenen öffentlichen Park am Ufer des Bosporus zu unternehmen, wo sie sich anschließend bei einem Stand mit Erfrischungen an einen Tisch setzten. Die drei Armenier verließen das Café, mischten sich in die Menge und lauerten stundenlang in höchster Anspannung. Erst bei Einbruch der Nacht erhoben sich die sechs Männer und gingen Richtung Hotel. Misak Torlakian rannte zwischen den Autos hindurch quer über die Straße und erreichte sie vor dem Hotel auf dem breiten Bürgersteig.

Bahbud Khan Givanşir wandte sich um und sah ihn an. Dieser Abschnitt ist allen Schilderungen seitens der Mitglieder der »Nemesis«-Gruppe gemeinsam. Der Augenblick, da derjenige, der nun gleich töten wird, und derjenige, der getötet werden wird, sich anschauen. Nichts scheint mehr zu erklären oder mörderischer zu wirken als der Blick. Der nun gleich sterben wird, spürt die Gefahr, und sein Blick stürzt sich auf den anderen. Und der Mann mit der Waffe hat nun, bei all der unerschütterlichen Bestimmtheit während der Monate des Wartens und Lauerns, einen Moment des Zögerns.

Die Geschichte der Menschen ist eine Geschichte der Taten, der im Gedächtnis bleibenden Worte, aber sie ist insbesondere auch eine Geschichte der Blicke. Diese ist zwar schwer zu beschreiben, schwer zu entziffern, aber sie ist intensiver und wirklicher. Von den Blicken meiner Altvorderen kenne ich nur, was die Fotografien mir überliefert haben, tiefe Blicke, selten bloß lächelnd. Von den Blicken meiner Toten weiß ich, insoweit Zeugnisse auf mich gekommen sind, dass sie den Tod der Körper überlebten, viele von ihnen starben mit großen und geöffneten Augen. Und die Fotos von den ausgemergelten Toten mit gähnendem Blick sind umso verstörender, als sie, vor Hunger, Erschöpfung oder Krankheiten dahinsiechend und immer weniger werdend, ihre Augen ganz behielten, in den eingefallenen Gesichtern wirkten sie übergroß und gierig.

Solomon Tehlirian und Arşavir Şiraghian und Aram Yerganian und Stepan Dzaghighian müssen jedes Mal, wenn sie mit weißen Fingergelenken ob des Drucks, mit dem sie ihre Mauser-Revolver umklammerten, einen geradezu irren Blick gehabt haben, mit dem sie die Aufmerksamkeit des Verfolgten erregten. Genauso muss es bei Misak Torlakian gewesen sein, als er näher trat und die Pistole auf Bahbud Khan richtete, um ihm gleich danach zwei Kugeln in die Brust zu jagen.

Auf dem breiten Bürgersteig vor dem Hotel »Pera Palace« befanden sich, angelockt von der lauen Brise des Bosporus, viele Passanten. Als sie die Schüsse hörten, taten sie das, was ihnen in der Hast am ehesten geboten schien, um mit dem Leben davonzukommen. Die einen warfen sich flach auf das Straßenpflaster, andere gingen hinter den Bäumen im Park in Deckung oder hinter den geparkten Autos. Die Panik nutzend, rannte Misak Torlakian davon, unbehindert bog er am Ende des Gebäudes ab und verlor sich in den Gassen hinter dem Palast.

Nur wir verfolgen ihn. Alle anderen, beschämt möglicherweise wegen des Schreckens, der sie gepackt hatte, erheben sich, kommen hinter ihren Verstecken hervor und nähern sich dem Niedergeschossenen, von dem wir nicht wissen, ob er nur verletzt oder schon tot ist. Misak Torlakian rennt und hält immer noch den Revolver fest umklammert, bis er sich im Dunkel der Gassen geborgen fühlt. Er bleibt stehen, um durchzuatmen, drückt sich flach an die Wand und schließt die Augen. In diesem Augenblick erinnerte er sich seines Traumes. Es sah aus, als rannte er barfuß über ein Feld, das ebenjenes am Fuße des Berges war. Er sieht sein Dorf und den Rauch, der darüber aufsteigt, aber um dorthin zu gelangen, müsste Misak Torlakian die Richtung ändern, denn das Dorf befindet sich immerzu auf der entgegengesetzten Seite, obwohl schwer zu sagen ist, wo, denn er sieht es rauchen, wenn er den Blick nach links wendet, und er sieht es ebenso rauchen, wenn er nach rechts schaut. Aber er kann nicht von seinem Weg abweichen und sich dem Dorf nähern, um seinen Eltern beizustehen, den Brüdern und Schwestern, denn er hört immerzu, dass sich ein Pferd im Galopp nähert. Es ist der weiße Hengst des Bahbud Khan Djivanşir, der bedrohlich größer und größer wird. Er jagt auf ihn zu, und dennoch, es ist, als wollte er ihn nicht einholen, er hetzt ihn bloß unaufhörlich. Der Aseri ist verletzt, seine Kleider sind blutgetränkt, aber statt dass ihn dies schwächte, macht es ihn nur noch wütender. Misak hält die Pistole in der Hand und dreht sich im Lauf um, damit er noch einmal schießen kann. Aber seine Pistole verwandelt sich in eine Peitsche, und er kann damit keinen Schuss abgeben. Er stolpert und fällt, rappelt sich auf und rennt weiter, sein Herz dröhnt im Galopp-Rhythmus des weißen, mit dem Blut Bahbud Khans verschmierten Hengstes.

Im Augenblick, da Misak die Augen aufschlug, verstand er die Ungeheuerlichkeit des Traumes. Ich habe ihn nicht umgebracht, schrie etwas in ihm. Er sieht, dass er den Revolver in der Hand hält, und die Tatsache, dass er ihn bei seiner Flucht nicht weggeworfen hat, nimmt er als ein weiteres Zeichen. Zur Hälfte noch im Traum versunken, zur anderen Hälfte von dieser Erkenntnis erschüttert, beschließt er in diesem Augenblick, dass die einzige Möglichkeit, sich aus dem Traum zu befreien, darin besteht, zurückzukehren auf die Esplanade des Hotels »Pera Palace« und Bahbud Khan Djivanşir zu suchen. Von nun an ist er offenbar wieder in seinen Traum eingestiegen, denn seine Unbesonnenheit wies keinen Hauch von Vernunft mehr auf. Misak Torlakian rannte zurück. Die Menge meinte, er sei einer derjenigen, die sich eiligst an den Ort begeben, an dem der Aseri niedergesunken war – auch dann noch, als er die um den am Boden Liegenden Versammelten beiseitestieß. Misak Torlakian feuerte einmal in die Luft, und die Leute stoben überrascht und erschrocken auseinander. Somit stand Misak dem Liegenden von Angesicht zu Angesicht gegenüber und schoss erneut. In diesem Augenblick verwandelte sich der Lauf seiner Waffe nicht wieder in eine Peitsche, die Schüsse knallten simultan im Traum und in der Wirklichkeit, und der Galopp des Hengstes, den er hinter sich hörte, er dröhnte ihm in Herz und Schläfen, brach ab. In die Realität zurückgekehrt, schoss Misak Torlakian noch eine Kugel in die Luft, um die bestürzten Zeugen des Vorfalls davon abzuhalten, sich auf ihn zu werfen. Nun war er hellwach und versuchte, seine Haut zu retten, also rannte er zwischen den Autos hindurch und trat dabei hin und wieder auch auf den Leib eines auf dem Boden Liegenden. Nur einer von denen mit der bolschewistischen Mütze wollte ihn am Bein packen; Misak Torlakian schoss und verwundete ihn. Er ging hinter einem Auto in Deckung und behielt die Pistole im Anschlag, bis er unter den Leuten, die ihn umringt hatten, ein paar Soldaten der französischen Militärpolizei sah. Dann legte er seine Mauser auf die Motorhaube und trat mit erhobenen Händen hinter dem Auto hervor. Er nahm die Handschellen und die Schläge derer hin, die ihn, von ihrer bis dahin empfundenen Angst beschämt, auf diese Weise dafür bestrafen mussten, dass er sie verursacht hatte. In dem Durcheinander verlor der Franzose die Schlüssel für die Handschellen. Am nächsten Morgen mussten sie ihm die Handschellen mit der Eisensäge aufschneiden, damit er beim ersten Verhör seine Erklärung niederschreiben konnte.

SECHS

Das *Buch des Flüsterns* hatte auch eine verschwiegene Seite, sie wurde nicht nur vor mir oder vor jenen verborgen, die lauschten, sie wurde auch voreinander verborgen. Die verschwiegene Seite des *Buchs des Flüsterns*, die ich spürte, ohne sie beschreiben zu können, entdeckte ich erst viel später, als die Leute sich nicht mehr zu fürchten schienen. Nicht etwa weil die neuen Zeiten nicht auch ihre Lauscher hätten, sondern weil wir uns noch nicht an sie gewöhnt haben.

Aurel Dimofte starb am 4. Dezember 1957, beinahe ein Jahr vor meiner Geburt. Seine Frau, Anica, brachte uns einmal die Woche, mittwochs, aus Vadu Roşca die Milch und Kuhkäse. Eines Tages brachte sie uns einen Teller mit dem gekochten Weizen, der mit gemahlenen Nüssen und Zimt bestreut und mit bunten Bonbons geschmückt war. Ich hatte noch nie solcherart zubereiteten gekochten Weizen gegessen. Die Armenier überbieten sich nicht eben mit der Totenspeise. Trotzdem, wenn der Toten gedacht wird, bereiten die Frauen eine Art Halva aus in der Pfanne gebräuntem Grieß vor, unter den auf der Herdplatte geröstete Nüsse und Rosinen gemischt werden. Etwas diesem Weizengericht Ähnliches wird nur zu Weihnachten und zu Ostern zubereitet. Es heißt *anuş-abur* und wird ebenfalls aus geschältem Weizen zubereitet, aber es ist breiiger und wird mit getrockneten Früchten vermengt. Es gilt als Zeichen der Geburt und der Auferstehung und nicht so sehr des Todes, aber schließlich verbinden sich all diese Dinge. Das *anuş-abur* wurde in großen Kesseln gekocht, in Platten zum Auskühlen ausgebreitet und schließlich in Schüsselchen als Nachspeise serviert. Weil sie so vielen Hunderttausenden von Toten gleichzeitig zu gedenken hatten, sahen sich die alten Leute meiner Kindheit vielleicht genötigt, ihre Verpflichtungen gegenüber den Toten etwas zu verringern.

Wir aßen von der Speise für das Seelenheil des Aurel Dimofte. Sie war süß und gut. Großmutter fragte Tante Anica, ob viele Leute zum Totengedenken gekommen seien. Anica brach in Tränen aus und sagte uns, dass es gar kein richtiges Totengedenken gegeben habe. Sie haben die Speise auf den Tisch gestellt, haben auch ein Besteck für unseren Herrn Jesus Christus aufgelegt, haben alleine das *Vaterunser* gesprochen und das *Ewige Gedenken* gesungen, dabei haben sie die Teller erhoben und sie in den gefalteten Händen gewiegt. Weil Aurel Dimofte kein Grab mit einem Kreuz hat, und der Pope Angst hat, seinen Namen vor dem Altar und vor all den anderen Leuten auszusprechen. Als Tante Anica, ihr Tragjoch wiegend, gegangen war, sagte Großvater im Flüsterton zu Großmutter: Frag sie nicht mehr nach ihrem Mann. Er ist einer von den Aufständischen ... Wer weiß, wo seine Knochen vermodern.

Ohne ihn recht zu verstehen, hatte ich diesen Satz von Großvater schon einmal gehört. Sie saßen unter dem Aprikosenbaum im Hof, tranken ihren Kaffee und erzählten, blätterten in den alten Fotografien oder lasen in Zeitungen. Sie sprachen einen Namen aus und schwiegen eine Weile, und so wie der Pfarrer Amen sagte, wenn der Chor sein Lied gesungen hatte, sagte Großvater seufzend: Wer weiß, wo seine Knochen vermodern. Ich stellte mir ausgeblichene Knochen vor, die am Wegrand zerfielen, aber allmählich erfuhr ich, dass ebenso wie das über die Ufer getretene Wasser, das letztlich doch im Boden versickert, die Toten noch so viel Leben in sich haben, dass sie die Erde aufwühlen und sich in ihren Rissen verkriechen können, wie ein Mensch, der im Schlaf die Hände nach der Decke ausstreckt, um sich darin einzuwickeln. Die Erde widersetzt sich nicht, sie ist gut und heilsam, alles deckt sie zu.

Um mir diesen weißen Fleck meiner Kindheit erklären zu können, bei dem das einzig klare Gefühl der süße Geschmack der Totenspeise war, begab ich mich auf die Suche nach Aurel Dimofte.

Wir befinden uns im Jahre 1949. Und gleichzeitig sind wir im November 1957, als über den Feldern der Sereth-Senke schon der Crivăţ* wehte.

---

* Crivăţ – eiskalter Nordwind, der winters in südlicher Richtung von Sibirien bis zum Balkan-Gebirge (Bulgarien) weht. (A.d.Ü.)

Auch befinden wir uns im Jahre 1964, diesmal bin ich zusammen mit den anderen Personen des *Buchs des Flüsterns*, und unsere Finger greifen nach der breiigen Totenspeise. Und wir sind im November 2005, da sich die Zeitläufte anscheinend verändert haben, allein deshalb, weil sich der Druck, verfolgt zu werden und im Flüsterton sprechen zu müssen, umgewandelt hat in das bedrückende Gefühl, frei zu sein und nicht zu wissen, was man sagen soll, vor allem deshalb, weil man nicht wusste, was man zuerst aussprechen sollte.

Im Jahre 1949 geht es nicht um Personen aus dem *Buch des Flüsterns*, sie leben außerhalb. Vielmehr sind es solche, die gegen die Bücher hetzten und die Leute ermahnen, sie ins Feuer zu werfen. Im *Buch des Flüsterns* wird von dem Tag erzählt, als die Bücher brannten. Wie am Tag des Kindermords nicht alle Kinder umgebracht werden konnten, gelang es auch am Tag der Bücherverbrennung nicht, sämtliche Bücher zu vernichten. Im Krieg zwischen der Herrschaft und den Büchern kann die Herrschaft niemals obsiegen, wiewohl bloß die Bücher sterben. Denn die Menschen haben sehr viel mehr geschrieben, als ihnen zu vergessen möglich ist.

Als sie feststellten, wie mühsam ihr Kampf gegen die Bücher ist, entdeckten die neuen Machthaber einen bis dahin noch nicht beschrittenen Weg, sich durchzusetzen: Sie hetzten die Bücher aufeinander. Aber so wie die Vögel bei ihrem Flug über die Meere hin und wieder einen Bodenflecken benötigen, um sich niederzulassen, so bedürfen die Bücher zu ihrem Überleben der Menschen, die sie lesen, die ihre Deckel aufschlagen und darin blättern, damit sie atmen können. Sonst verenden sie erschöpft, wie es den neuen lärmenden Büchern geschehen ist, die in der Zeit geschrieben wurden, als die Menschen im Flüsterton sprachen. Aber zu jener Zeit war der Rauch der Scheiterhaufen noch nicht verflogen, und mit dem Verfassen neuer Bücher wurde eben erst begonnen, die kommunistischen Autoritäten umklammerten ihr Stückchen Ewigkeit, als hielten sie das Seil im Glockenturm fest, sie liefen rot an und platzten vor Stolz, wenn sie das ohrenbetäubende Gebimmel vernahmen. Dem sie, als reichte dies nicht, ihr an sich selbst gerichtetes, unermüdliches und abgehacktes Beifallsklatschen hinzufügten.

So muss die Vollversammlung des Zentralkomitees der Rumänischen Arbeiterpartei vom 3. bis 5. März 1949 verlaufen sein, in der die Kollektivierung der Landwirtschaft beschlossen wurde. Nachdem die vermögende Bauernschaft durch das System der Zwangsabgaben mürbe gemacht worden war, die Weigerung, diese Abgaben zu entrichten, hieß Sabotage und staatsfeindliche Aktion, somit Beschlagnahmung des Besitzes und Gefängnis, musste nun die gleiche Bauernschaft überzeugt werden, sich zusammenzutun, den Boden und einen Teil der Gerätschaften dem Kollektiv abzutreten. Man teilte die Bauern in drei Kategorien ein: arme, mittelständische und reiche Bauern, also ausbeuterische Großgrundbesitzer. Die arme Bauernschaft war eine leichte Beute, während gegen die Mittelbauern und die Großgrundbesitzer eine richtige Verfolgungsjagd losgetreten wurde. Die Region Constanţa war die erste, die vollständige Kollektivierung vermeldete, dann folgten der Süden des Bărăgan und die Sereth-Senke. Über diejenigen, die sich widersetzten, kursierten allerlei Gerüchte, sie waren nicht unbegründet und wurden gezielt verbreitet, um den Leuten Angst einzujagen.

In der Region Galaţi hatte man die Gebiete südlich von Focşani, Suraia und Vadu Roşca etwas hintangestellt. Die Menschen dort galten als widersetzlich, es gab nur wenige Arme, und Suraia war eine der am stärksten bevölkerten Niederlassungen des Bărăgan.

Es gab zweierlei Vorboten: Agitatoren und Werber. Einige davon waren aus dem Ort, die meisten aber kamen von außerhalb. Die armen Bauern, die keinen Boden besaßen und gewohnt waren, schwer zu arbeiten, den Rücken hinzuhalten oder sich beim Leichenschmaus herumzudrücken, die Zigeunerschaft vom Dorfrand und die Tagelöhner, die sich zu den Ernten verdingten, bekamen Kleidung, Mützen und Knüppel aus altem Weidenholz. Als die ersten Lastkraftwagen mit Lebensmitteln nach Suraia kamen, mit runden Schwarzbroten und dicken gesalzenen Frischwürsten, mit Weinfässern, aus denen der Wein in Blechkannen verteilt wurde, freuten sich einige und eilten hin, um gleich an Ort und Stelle rings um den Lastkraftwagen zu trinken und zu essen. Andere aber waren traurig. Es gibt nichts umsonst, dachten sie, und tatsächlich, die so dachten und nicht zu Brot und Wurst drängelten, sollten für das, was sie nicht gegessen haben, teuer bezahlen.

Wir unterhalten uns; wieder ist es November, aber 2005. Vasile Niculiţă, Gheorghe Porumboiu, Damian Pătraşcu, Sterian Răducanu, Gheorghe Mocanu. Die Hausherrin, Tochter des Damian Pătraşcu, hat eine Karaffe mit Wein und einen in dicke Scheiben aufgeschnittenen Zopfkuchen gebracht. Sie stoßen an, benetzen ihre Lippen mit Wein, doch dann trinken und essen sie nicht. Ungläubig, aber auch neugierig betrachten sie diesen Fremden, ein Mann in den besten Jahren, sie können es kaum glauben, dass jemand wie ich aus Bukarest bis hierher gekommen ist, um sich ihre Geschichte anzuhören. Aber ich bin kein erwachsener Mann in den besten Jahren, obwohl ich über einen Meter achtzig groß bin, mein Haar grau ist und schütter, auch bin ich nicht aus Bukarest, sondern von dort, zwölf Kilometer weiter nördlich, nämlich aus Focşani, und ich bin das Kind, das die Totenspeise zum Andenken an Aurel Dimofte isst.

Plötzlich wandte sich Vasile Niculiţă zu dem Mann rechts von ihm, Gheorghe Mocanu, und sagte: Du aber gehst raus! Dann zu mir: Ich sage nichts, bis Sie den nicht rausgeschmissen haben! Und der, also Gheorghe Mocanu, schaute verlegen, auf alles gefasst, zu bleiben ebenso wie hinausgeworfen zu werden; so alt und körperlich abgezehrt, wie sie waren, konnte ich den einen nicht vom anderen unterscheiden, auch wusste ich nicht, warum von den Überlebenden von damals die einen bleiben durften und andere nicht. Sie aber wussten es. Weil er einer der Werber war, klärte mich Porumboiu auf. Einer von denen, die in die Höfe eindrangen, die Leute mit Gefängnis bedrohten und ihre Finger in der Türkante einklemmten, wenn sie nicht bereit waren, sich in die Kollektivwirtschaft einzuschreiben.

Es sind viele Agitatoren und Werber gekommen, erzählen sie, und ihre Worte überlagern sich. Begonnen hat es vor dem Haus von Culae Focşa in Suraia. Es waren etwa achthundert Agitatoren und Werber, sagt Sterian Răducanu; ach nein, sagt Ghiţă Porumboiu, es waren nicht mehr als zweihundert. Jedenfalls waren es viele, einigen sie sich dann. Nachdem sie Essen und Getränke verteilt und den Verstand der Leute benebelt hatten, begannen sie, in die Höfe einzudringen. Die nicht unterschreiben wollten, wurden auf die Lastkraftwagen geladen und durch die Dorfstraßen gefahren, damit sie Angst bekämen.

So pflanzte sich Vasile Niculiță vor Culae Focșas Haus auf und versperrte dem Lehrer Gheorghe Mocanu den Weg. Dieser, den ihr hier seht, einer von uns, und nicht etwa ein Schuft, den sie von woanders mitgebracht hatten, geleitete sie zum einen und anderen: Der ist anständig, nehmt ihn im Guten, dieser ist widersetzlich, geht gleich zu mehreren hinein, damit sein Weib und seine Kinder einen Schrecken kriegen, und seid auf der Hut, so redete der. Und warum »seid auf der Hut«? Wozu musst du dich vorsehen, wenn du meinen Garten betrittst und als anständiger Mensch kommst, sag? Gheorghe Mocanu, ebenso wie die anderen alt und eingeschrumpft, sagte nichts, und während die anderen aufgeregt herumfuchtelten, saß er mit eingesackten Schultern still da, die Hände im Schoß. So hab ich ihn auch gefragt: Warum gehst du da rein in die Häuser der Leute und überrumpelst sie? Sagt er: Damit ich dir den Antrag aushändige zum Eintritt ins Kollektiv. Damals saß er nicht so stumm da wie jetzt, damals hatte er eine Stimme, denn hinter ihm standen noch etwa zehn von denen mit den Knüppeln. Und ich sag: Gib mir einen Antrag, damit ich ihn durchles! Ach, komm, gehen wir zu dir nachhaus, sagt der da, der Mocanu, dort kannst du ihn in aller Ruhe durchlesen. Ich aber wusste, was ich wusste, denn bei uns zuhause konnte ich am allerschlechtesten abhauen. Nein, gib ihn mir einfach hier auf der Straße, wozu sollen mein Weib und die Kinder davon etwas erfahren. Und er gab ihn mir. Und sagt: Unterschreib hier unter diesen Zeilen. Ich aber sag: Nu lass uns doch erst mal lesen. Schau an: Ich trete freiwillig in die Elpege* ein, und der Mocanu nickt, bedeutet mir, ja, so ist es, ist doch klar. Ich aber sag: Wenn das freiwillig ist, wieso kommst du uns dann mit dem Zwang? Ich hab aber keine Antwort mehr abgewartet, hab ihm zwei Hiebe auf den Schädel verpasst und bin abgehauen ins Gebüsch der Sereth-Senke. Und von dort aus zu Verwandten nach Galați.

---

* LPG, Abkürzung für: Landwirtschaftliche Produktionsgenossenschaft. (A.d.Ü.)

Nachdem er sich der Knüppelhiebe auf den Kopf des Gheorghe Mocanu erinnert hat, scheint sich Vasile Niculițăs Gemüt etwas abgekühlt zu haben, und er verlangte nicht mehr, dass man ihn hinausbefördere, ja, er vergaß ihn schlichtweg. Er aber hatte nicht vergessen, vor allem die Schande, dass er sich ausgerechnet vor den Jungspunden seiner auswärtigen Agitatorengruppe mit dröhnendem Schädel vom Boden hochrappeln musste. Am nächsten Tag gingen die Werber und die Agitatoren in größeren Gruppen. Aber als sie sich in den Dorfstraßen gegenüberstanden, hier die Dorfbewohner mit Knüppeln, Äxten und Spaten und die Fremden auf der anderen Seite, traten diese, die über weniger Entschlusskraft verfügten, schließlich hatten sie weder ihren Boden zu verteidigen noch ihr Haus, auch nicht Frauen und Kinder, den Rückzug an. Die Dorfleute setzten ihnen nicht nach, sie schauten nur schweigend zu, wie sie sich davonmachten und jenseits der Brücke verschwanden.

Aber ihre Freude währte nur kurz. Am Abend des 27. November tauchten die Polizeiwagen auf, unter der Anleitung von Dumitru Arbănaş – einer der Bedürftigen, der zum Bürgermeister gemacht worden war – fuhren sie durch das Dorf, und er wies ihnen die Häuser, in denen die Köpfe des Aufruhrs wohnten. Diejenigen Bauern, die nicht auf den guten Einfall gekommen waren zu fliehen, wurden unter vorgehaltenen Maschinenpistolen verhaftet. Die den Krieg mitgemacht hatten, erkannten diese Waffe und wussten, wie unerbittlich sie sein konnte. Sie wurden bis zur Bewegungsunfähigkeit verschnürt und wie die Schafe übereinander auf den Lkw geworfen. Die sich davongemacht hatten, wurden nach und nach auch eingefangen, aus dem Dickicht der Weidesträucher, aus dem jungen Wald, bei Verwandten, vom Hunger aus dem Versteck getrieben und vom Frost, vor Angst oder aufgrund der Furcht der Verwandten oder Bekannten, die gehört hatten, dass es ihnen genauso ergehen werde wie den Geflohenen, ja sogar noch übler, wenn sie jemanden in Schuppen oder Kellern verbergen.

Jedes Mal, wenn ich von Galați nachhause kam, sagt Sterian Răducanu, machte ich halt bei Piscu, einem Gevatter. Er hatte eine Lampe im Haus brennen und beehrte mich mit etwas Brot und Speck sowie einem Schoppen Wein. Als ich nun aber zurückkam, brannte kein Licht, und das Tor war zugesperrt. Ich schmiegte mich an die Zäune, denn am Ende der Straßen stand je ein Auto mit Plane, ein ZIL, und bei jedem Auto waren so zwanzig, dreißig Mann. Die Leute standen hinter ihren Zäunen und schauten verängstigt, keiner hatte den Mut, das Tor zu öffnen. Ich schaffte es gerade noch, ungesehen zu entkommen. Aber seitlich in Vadu Roşca war der Himmel rot wie bei einer Feuersbrunst. Das Dorf brennt, sagte ich zu mir, die haben das Dorf angezündet.

Also hatten die Werber ihre Lehren gezogen und trennten sich nicht mehr voneinander.

Sie gingen fortan gemeinsam, zu Dutzenden. Zwei, drei Tage nach den Ereignissen in Suraia – sie ließen ein bisschen Zeit verstreichen, damit sich die Gerüchte verbreiten konnten und die Leute erschraken – kamen sie nach Vadu Roşca, etwa vierzig Mann mit zwei Autos, um in der Schule zu übernachten. Aber irgendwie hatten sie dabei einen Fehler gemacht, die Leute in Vadu Roşca waren nicht verschreckt, sondern vielmehr bösartig geworden. Es sprach sich schnell herum, und die Bauern versammelten sich mit Beilen und Fackeln und zwangen sie, sich in die Schule zu flüchten. Das hat sie gerettet, denn die Leute scheuten sich, mit Erdklumpen die Fensterscheiben der Schule einzuwerfen, oder gar Strohballen an Türen und Fenster zu legen und sie auszuräuchern, sodass, wer partout nicht herauskommen wollte, drinnen wie die Ratten verbrennen mochte. Wenn es das Rathaus gewesen wäre, hätten sie keine Hemmungen gehabt, das war ihnen egal, aber weil es sich um die Schule handelte, genauso gut hätte es die Kirche sein können, hielten sich die Leute zurück und begnügten sich damit, sie mit brennenden Fackeln still zu umkreisen, so dass man hätte annehmen können, sie feierten ein Fest, es sei die Nacht des heiligen Ignatius, in der Feuer angezündet werden, damit sie dem Licht beistehen, die Dunkelheit zu überwinden.

Auch wenn es eine Art Feier war, es entglitt mit den Feuern und alledem. Und um die Autos, mit denen die Fremden gekommen waren, bemühten sich die Roşcaner aus Leibeskräften, sie kippten sie um und warfen sie in den Sereth. Der Feuerschein der Fackeln trieb die Leute zu unbesonnenen Handlungen. Iosandru Areaua zerschnitt die Plane mit dem Messer, er stach hinein, als wollte er sie erstechen, dann reckte er die Messerschneide hoch, als erwartete er, dass dickflüssiges Blut über den Stahl ränne.

Es war schön, erzählt Damian Pătrașcu, Herrgott, war das schön! Seit ich ein kleiner Junge war, hatte ich nicht mehr so viele Fackeln gesehen, zuletzt damals, zu Himmelfahrt, als der Krieg eben zu Ende war. Man hungerte, aber die Leute fanden genügend Mehl, um Törtchen zu backen, brennende Kerzen hineinzustecken und sie im Wasser des Sereth treiben zu lassen. Und jeder sprach die Namen seiner Toten aus, und die Leute weinten durcheinander, einmal aus Schmerz darüber, dass viele ihrer Lieben nicht mehr da waren, und einmal aus Freude darüber, wer alles noch da war, nur ich weinte ganz und gar, denn ich war noch ein Knabe und konnte das eine noch nicht recht vom anderen unterscheiden. Es gefällt mir, die Gesichter der Leute im Licht des nächtlichen Feuerscheins zu betrachten, sie sind schöner als im Sonnenlicht, lebendiger. Wenn es um jene Nacht geht, sind es die Gesichter, woran ich mich am besten erinnern kann, die Gesichter der Leute, scharfkantig beleuchtet, als wären sie in Holz geschnitzt gewesen. Aber die Allerschönste war Radus Dana, ihr Kopftuch war ihr auf die Schultern hinabgerutscht, und sie trug das Haar offen, wie schön sie war, und sie lachte, den Kopf in den Nacken geworfen. Was mögen diese in der Schule versammelten Nichtsnutze gedacht haben, als sie zu den Fenstern hinausschauten, wer weiß. Vor allem, als sie dann noch die Geige und die große Trommel hörten, wie vor einem großen Feiertag. Aurel Dimofte war der Erste, der seine Mütze auf den Boden warf und rief: Lasst uns tanzen, Brüder!, und er stampfte mit seinen Schnürstiefeln auf den steinhart gefrorenen Straßenrand, und Ionuț Cristea folgte ihm. Recht hast, sagte Stan Dumitru, uns hatte das Feuer durchdrehen lassen, es hatte uns die Angst genommen. Und dann folgten auch alle anderen, Ion Areaua und der Dumitru Crăciun ebenso wie der Toader Crăciun, und Stroe und Mainică Mihai. Es war ihr Tanz mit dem Tod, das wussten sie nicht, aber vielleicht spürten sie es. Wir fassten uns um zur Hora* und tanzten sie wie an einem Feiertag. Wir tanzten und jauchzten, und wir glühten. Am nächsten Tag kroch die Hälfte von uns blutüberströmt und schier taub vom Geknatter der Maschinengewehre über den Acker, sofern der Tod einen nicht schon eingefangen hatte.

Nach Mitternacht haben die Leute die Hora aufgelöst und sind nachhause gegangen, die Agitatoren überließen sie Gottes Willen, dachten wohl, sie hätten ihnen genügend Angst eingejagt. Als diese sahen, dass sich der Tanz aufgelöst hatte und die Lichter allmählich verlöscht waren, die große Trommel entfernte sich immer weiter, stürzten die Fremden ins Freie und dankten ihrem Gott dafür, dass an einem ihrer Autos die Reifen heil geblieben waren. Alle quetschten sich in diesen einen Laster, dabei vergaßen sie ihre Knüppel, aber nicht die Angst, bei lebendigem Leib verbrannt zu werden, die sie durchlebt hatten und für die sie sich dann grausam rächen sollten.

Niţu Stan hatte den Krieg bis nach Stalingrad mitgemacht. Er spürte, dass die Stille am nächsten Morgen nicht gerade gut war. Zumal schon vor Tagesanbruch Sterică Răducanu gekommen war, um ihm zu berichten. In Suraia sind Lastwagen mit Offizieren, die auf der Lauer liegen. Und als ich von Piscu zurückkehrte, um unseren Leuten, die noch im Dorf geblieben waren, zu sagen, dass sich neues Unheil ankündigt, tritt am Ende des Dorfes ein kleiner Zivilist in einem marineblauen Mantel aus dem Dunkel. Woher kommst du, hält er mich an. Aus Vadu Roşca. Er hatte einen barschen Ton, aber die Worte klangen irgendwie falsch. Er sollte die Stimme bald wiedererkennen, eher noch als die Gestalt, die er bei der Dunkelheit nicht gut hatte sehen können. Bis zur Besessenheit sollte er sie hören und Tausende Male jene Nacht mit ihren Schrecken durchleben, die sich mit dieser widerwärtigen Stimme verband – die mit dem R-Fehler und dem gezischten S, das Gestottere, das diesen Nicolae Ceauşescu kennzeichnete, den sie aus Bukarest geschickt hatten, damit er ein für alle Mal mit den Widersetzlichkeiten der Bauern in der Sereth-Senke Schluss mache. Was hast du zu dieser Uhrzeit hier zu

---

* Kreistanz, rum. Volkstanz, bei dem sich die Tänzer die Arme auf die Schultern legen. (A.d.Ü.)

tun? Ich bin meine Frau abholen gekommen! Das sagte er, ohne zu merken, ob der andere ihm glaubte oder nicht. Doch jenen, nämlich Nicolae Ceaușescu, kümmerte dies überhaupt nicht. Was ist los in Vadu Roșca? Sind da die Leute mit Heugabeln und Äxten unterwegs? Stericǎ Rǎducau wandte den Blick leicht zur Seite, um zu sehen, ob man am Himmel etwa einen rötlichen Schatten von den Fackeln und dem Tanz sehen könne. Aber der Himmel hing wie eine Glocke über allem, schwarz und unbewegt. Also wandte er sich wieder um und sagte: Hab keine gesehen. Rauchst du? Ja, ich rauche. Ceaușescu gab ihm eine Zigarette und streckte ihm auch das brennende Streichholz entgegen, das er ihm eine ganze Weile vor das Gesicht hielt. Er schaute dich an, um sich dein Gesicht einzuprägen, sagt Damian Pǎtrașcu. Das dachte ich auch, darum, und nur darum. Ich konnte nicht mehr, meine Knie waren weich geworden. Kann ich gehen?, fragte ich. Kannst du. Ich ging, aber ich stolperte beim Gehen über meine eigenen Beine. Er hat mir lange hinterhergeschaut, und deshalb bin ich auch nicht gleich gelaufen, erst als ich schon weiter weg war. Aber er hat mir nicht geglaubt, er wusste, dass ich ihn angelogen hab. Als er mich beim Feuer des Streichholzes betrachtet hat, schaute er mir nicht in die Augen, er schaute auf meine Hand, in der ich die Zigarette hielt, und er sah, wie diese zitterte, dass ich Angst hatte, weil ich log. Er wusste, dass ich ihn angelogen hab. Und warum hat er dich nicht sogleich verhaftet? Warum sollte er mit mir seine Zeit vertun. Er wusste doch, dass er mich am nächsten Tag verhaften würde oder in der nächsten Woche, denn ich hatte keine Fluchtmöglichkeit mehr. Keiner von uns hat mehr fliehen können, sie haben uns alle gefangen und verhaftet, ja, sogar noch mehr als alle.

Nițu Stan hörte sich seine Geschichte an und wusste, dass sie kommen würden und es keinen Weg einer Umkehr mehr gab. Er ging zu den anderen. Auf der Straße holte ihn sein Junge ein, der war eben sechs Jahre alt geworden, und streckte ihm das große Messer entgegen, das für die Schweineschlacht: Papa, nimm das Messer, damit sie dich nicht umbringen ... Sie versammelten sich am Dorfrand auf der Focșani zugewandten Seite. Jeder brachte etwas mit, alte Pferdewagen, dicke Bretter, große Steine, Tische aus ungehobeltem Eichenholz, Zuber. Du, sagte Stan Nițu zu Ionuț Cristea, steig in den Glockenturm. Wenn du siehst, dass sie kommen, läutest du die Glocken. Das sagte ich zu ihm, ich hätte es besser nicht gesagt, denn auch heute noch hab ich ein schlechtes Gewissen, dass ich ihn in den Tod geschickt hab. Und Vasile Haralambie ist ihm noch gefolgt, ein Junge, der war keine zwölf Jahre alt. Der arme Junge, als sie ihn unter der Treppe des Glockenturms fanden, haben sie ihn blau und schwarz geschlagen, der hatte Schüttelfrost bis Dreikönig. Es war still, also war noch Zeit. Sie stellten den Laster quer, den die Knüppelbande am Tag davor zurückgelassen hatte. Alles, was sie sonst noch auftreiben konnten, packten sie dazu: Pferdefuhrwerke, Steine, Kessel, die man sonst zum Fettbraten benutzt, Hackklötze, sie verkeilten Bretter, um alles abzustützen, haben die Löcher mit Werg zugestopft, damit alles dicht sei. Radus Dana ist auf die Fahrerkabine des Lasters gestiegen und wedelte wie verrückt mit ihrem Kopftuch, als wäre es eine Fahne. Nur Nițu Stan hatte sein altes Gewehr aus dem Krieg dabei, aber er hatte keine Patronen dafür, also hielt er es am Lauf und fuchtelte mit dem Kolben herum als wäre es eine Streitaxt. Die anderen alle hatten mitgebracht, was sie auf ihren Höfen so fanden, Beile, Heugabeln, Spaten, Knüppel zum Verjagen der Wölfe, krumme Messer zum Bastschälen. Die Alten standen im Vorraum der Kirche und beteten, die Frauen schluchzten hinter den Zäunen, während die Männer, und zwar ausnahmslos alle, die Barrikade befestigten und durch schmale Lider in die Ferne spähten.

Der Wind hatte sich gelegt, kein Hund bellte, es war weder ein Flügelschlagen noch ein Krähenkrächzen zu hören. Niemand sprach. Plötzlich war ein Brummen zu hören, das ameisengleich den Boden durchzog und das sie zuerst an den Fußsohlen spürten, bevor sie es mit den Ohren vernahmen. Die Äste an den Bäumen begannen zu zittern, obwohl kein Wind ging. Die Panzer kommen, sagte sich Nițu Stan, der glaubte, geschrien zu haben, doch als er um sich schaute und die ratlos verwunderten Gesichter der anderen sah, merkte er, dass sie ihn nicht verstanden hatten, und plötzlich hatte er Mitleid mit ihnen und wollte ihnen zurufen, sie sollten abhauen, was können wir schon ausrichten mit unseren Barrikaden aus Brettern und Werg angesichts der

Panzer, und wo werden wir uns vor ihren Haubitzen verstecken und vor dem kreisenden Feuer ihrer Maschinengewehre; aber seine Stimme war nicht mehr zu hören, denn in der Zwischenzeit hatte die große Glocke zu läuten begonnen. Die Leute schauten entsetzt zum Glockenturm, die Frauen unterdrückten ihr Weinen im Rachen, Dimoftes Frau mit gesegnet dickem Bauch erhob sich, die Hand vor dem Mund, die Alten schlugen noch mehr Kreuze, und die Glocke läutete, und das Zittern in der Luft, das vom Glockenschlagen herrührte, vermischte sich mit dem Zittern des Bodens, sodass man nicht mehr wusste, welches das verdammende Zittern und welches das segnende ist.

Radus Dana hat sie zuerst gesehen, sie wirkten wie ein grünlicher Streifen am Rande des Horizonts, der stetig größer wurde. Nițu Stan hatte mit einem Blick begriffen, dass sein Gewehrkolben und die Beile und Feldgerätschaften, mit denen man den Boden umgraben und im Wald Bäume fällen konnte, ganz und gar unnütz waren angesichts der zwei Panzer, die nun in einem Pulk Autos wie jene, mit denen man Maschinengewehre transportierte, auf die Brücke zufuhren.

Die Panzer blieben stehen und mit ihnen die Laster, die eine Kehre gefahren waren und mit der Ladefläche zur Barrikade zum Stehen kamen. Die Planen wurden hochgeschlagen, und tatsächlich kamen die langen und löchrigen Mündungsrohre von Maschinengewehren zum Vorschein. Den Lastern entstiegen ein paar Offiziere in Securitate-Uniformen, und an ihrer Spitze befand sich der untersetzte Mann mit der Militärmütze und der marineblauen Jacke. Sie blieben auf Höhe der Panzer stehen. Nun gingen auch ein paar Männer vor die Barrikade. Der kleine Mann erhob den rechten Arm, und sie glaubten, er wolle zu ihnen sprechen. Die Glocken waren verstummt.

Die Leute machten einen Schritt zurück. Neben Nițu Stan ging Costică Arbănuș in die Knie und öffnete sein Hemd über der Brust, das bei dieser ruckartigen Bewegung zerriss. An seiner Seite Aurică Dimofte, Stroie Crăciun und, das Beil fest umklammert, Ionică Areaua. Dann kamen nacheinander auch die anderen. Auf der Fahrerkabine des umgekippten Lasters stand wie erstarrt Dana und drückte ihr Kopftuch an die Brust.

Dann geschahen ein paar Dinge gleichzeitig. Jener Mann, Ceaușescu, ließ in einer schnellen Bewegung den rechten Arm herabsinken. Die Glocke begann wieder zu läuten und überdeckte das Sirren der Patronen, aber da blieben noch das Feuer aus den Mündungsrohren und das Blei, das die Luft füllte. Als Erster fiel Aurel Dimofte, er sank auf die Knie und schaute verwundert seine Hände an, die er an die Brust drückte, aus der das Blut hervorquoll, dann warfen ihn die Kugeln, die ihn nach wie vor trafen, aus der knienden Haltung flach auf den Rücken. Radus Dana wurde mit solcher Macht niedergemäht, dass sie erst einmal wie eine Stoffpuppe in die Höhe flog und vom Druck der Kugeln einige Augenblicke lang in der Luft gehalten wurde, bevor sie mit ausgebreiteten Armen auf das Blechdach des Lasters fiel. Den niedergeknieten Costică Arbănaș mieden die Kugeln auf schier wundersame Weise, aber er verharrte reglos, die Augenhöhlen leer, in einem Weinen, das er nicht einmal merkte. Nițu Stan warf sich auf den Boden und rollte sich an den Rand, aber er kroch zurück, Stroe Crăcium herüberzuziehen, der unablässig stöhnte: Lass mich nicht im Stich, Stan ..., bis ihm das Blut aus dem Mund schoss und ihn erstickte. Die Glocke läutete immer noch, als wäre der Glockenturm wie Tünche über die Wände der Kirche geflossen, und die ganze Kirche wäre nun ein Glockenturm mit Messingwänden. Die Glockenschläge wurden schier ohrenbetäubend, sodass sich die riesige Kirche erhob, ihre Grundmauern an den Rand des Horizonts setzte, und der Himmel zu einer messingfarbenen Kuppel wurde, aber eine noch viel größere Glocke schlug an die Wände des Himmels. Die Maschinengewehre zerhackten den Glockenturm, aber die Glocke läutete weiter. Die Panzer fuhren unter fortgesetztem Schussgeknatter langsam los und fegten die Barrikade weg, als wäre sie ein Maulwurfshügel gewesen, über ihre stählerne Haut schüttelten sie gleichermaßen Bretter und Leiber. Die Verwundeten krochen ihnen aus dem Weg, um nicht von den Raupenketten zerquetscht zu werden. Die Maschinengewehre fegten jetzt nur noch über den Glockenturm, es war ein gewaltiger Kampf entbrannt zwischen dem Geläute und dem Sirren der Kugeln, bei dem die Glocke den Sieg davontrug, auch wenn vom Turm, der Putz von Kugeln zerfressen, zerfetzt und im weißen Staub und Qualm des Kalkanstrichs erstickt, nur noch eine arg zerlumpte Hülle übrig geblieben ist. Bis sich langsam das Rohr eines der Panzer erhob und eine Haubitze losfeuerte, die in die Mitte des Glockenturms zielte. Ionuț Cristea war gewiss schon einige Zeit früher gestorben, und die Glocke hatte alleine weitergekämpft. Die Haubitze erschoss nun auch die Glocke.

Als das Geläut verstummte, schwiegen auch die Patronen. Es wollte nicht aufhören, erinnerten sich welche, wir dachten, sie würden uns alle umbringen. Es hat bloß etwa zehn Minuten gedauert, sagten andere, es war wie Hagelschlag, ein Sommerguss.

Als alles schwieg, konnte man auch das Jammern der Verwundeten hören. Bis dahin waren sie eine Art beweglicher Ziele, ungelenke Leiber aus Werg, die sich mit seitlich ausgestreckten Armen um die eigene Achse drehten oder niederknieten und mit den Handflächen die Stellen drückten, an denen sie die Kugeln getroffen hatten, die auf dem Boden krochen, sich mit den Fingernägeln an den Boden klammerten und mit den Sohlen auf dem gefrorenen Erdreich Stufen suchten, auf die sie sich hätten stützen können, als wären sie über eine Treppe gegangen, die Schwächsten suchten Zuflucht in den Armen der Großen, die Blutenden in den Armen anderer Blutender, denn das Blut hatte sich zu vermischen begonnen, sodass man nicht mehr unterscheiden konnte, wessen Wunde diese war.

Ich hatte mich unter die Treppe des Glockenturms gekauert, erinnert sich Vasile Haralambie. Nun schlug die Glocke alleine, als wäre sie lebendig gewesen. Ionuț war tot, seine Hände umklammerten das Seil, Gesicht und Kleider waren bedeckt mit Blut und dem Kalk der Wände. Mit solcherart weißem Gesicht wirkte er wie einer der Heiligen, die auf die Kirchenwände gemalt sind. Dann hörte man einen gewaltigen Krach, und es gab ein Licht wie bei einem Blitzschlag. Die Glocke verstummte. Soldaten kamen. Einer von ihnen hat das Bajonett gezogen und seine Hände mit der Schneide gelöst, damit sich das Seil nicht mehr bewegte.

Dann hab ich die Glockenschläge wie im Traum gehört, erinnert sich Ioniță Haralambie. Ich dachte, ich sei tot und in der Himmelskirche angelangt, aber ich hab die Augen aufgeschlagen und gesehen, wie sie von den Lastern stiegen und zwischen uns, den Verwundeten, einhergingen, die Gewehre niedrig haltend, auf unsere Köpfe zielend.

Uns, die wir noch lebten, erinnert sich Marin Crăciun, rammten sie den Gewehrlauf an den Hals, um uns in Todesangst zu versetzen, wenn es uns denn noch nicht gereicht hatte. Die Toten drehten sie mit dem Gewehr um, und wenn dies nicht ging, mit den Schnürstiefeln an ihren Füßen, damit das Gesicht zu sehen war. Aber sie gaben sich nicht die Mühe, denen, die hier offenen Auges in diesen schrecklichen Tod gegangen waren, wenigstens die Augen zu schließen.

Ich blieb auf den Knien und konnte nicht mehr aufhören zu weinen, erinnert sich Costică Arbănaş. So wie andere vor Angst in die Hosen machen, hab ich es mir über die Wangen rinnen lassen. Ich atmete das Weinen aus und ein, röchelte. Die Tränen waren heiß und flossen in Strömen, man hätte meinen können, ich weinte Blut. Da blieben zwei bei mir stehen, und einer der beiden setzte mir den Gewehrlauf an die Stirn, doch der andere sagte: Lass ihn, siehst du denn nicht, dass er den Verstand verloren hat? Und so blieb ich da bis um die Mittagszeit knien und erinnere mich an rein gar nichts. Nur dass ich wie ein Baumstamm auf die Straße gefallen bin und auch dann nicht aufgehört hab zu weinen. Als ich aufwachte, brach der Abend an, und um mich herum war nichts mehr, nur noch ein süßlicher Geruch nach geronnenem Blut. In der Schule war das Licht an. Ich ging hin und schaute durch das Fenster. Da wurden Leute geschlagen, in einem anderen Raum lagen die Toten kreuz und quer übereinandergeworfen. Erst jetzt, angesichts dieses Grauens, versiegten mir die Tränen ...

Den Cristea haben sie aus dem Glockenturm gezerrt, erinnert sich Lazăr Sandu, und vom Dach heruntergeworfen. Er plumpste herab wie ein toter Vogel. Dann zogen sie ihn an den Händen bis auf die Mitte der Straße. Die Stelle, auf die er gefallen war, sah aus wie ein roter Pilz, und eine rote Linie, an den Stellen unterbrochen, wo sein Kopf gegen Erdklumpen gestoßen war, schien auf dem Boden eine Grenze zu markieren.

Marinică Mihai starb zusammengekauert, erinnert sich Ioniţă Haralambie. Man hätte meinen können, er sei ein schlafendes Kleinkind, wäre da nicht das Blut gewesen, das eine Pfütze unter ihm gebildet hatte. Sein Hund kam und leckte ihm über die Wange, aber auch dieser merkte, dass er kalt und reglos war. Dann hat der Hund am Blut geschnuppert und daran zu lecken begonnen. Den armen Hund trifft keine Schuld, das Blut war noch wärmer, und, wer weiß, vielleicht spürte der Hund, dass das Blut noch lebendig ist und ihn, anders als der Tote, erkannt hat. Er schleckte gemächlich weiter, da war keiner, der ihn von dort vertrieben hätte ...

Meine Mutter hielt mit beiden Händen ihren Bauch fest, erzählte Ionică Dimofte, damit sie mich nicht verliert. So weiß ich also, was ich weiß, nur vom Hörensagen oder wenn sich einmal das eine oder andere ergab, denn niemand hat je vom Anfang bis zum Ende alles erzählen wollen. Sie sagten ein paar Worte und verstummten, als wäre das Gleiche jetzt wieder geschehen. Sie wollten sich nicht mehr erinnern, und so begann ich, der ich mich damals noch im Bauch meiner Mutter befand, mich an ihrer Stelle zu erinnern. Vor allem an die Toten, von denen mein Vater, Aurică Dimofte, der erste war. Sie packten sie und warfen sie wie Säcke von der Mühle übereinander. Dann haben sie sie in einen Klassenraum gepfercht und bis zum Einbruch der Dunkelheit dort liegen lassen. Nun verluden sie sie auf einen Laster und fuhren sie weg, keiner wusste, wohin. Damit sie nicht betrauert werden konnten. Sie begruben sie woanders, am Rande von Friedhöfen, ohne Kreuze, ohne Pfarrer und ohne Kerzen. Ein paar gottesfürchtige Leute haben später Kreuze aus quer übereinandergenagelten Latten aufgestellt, eines für mehrere Tote, so, wie sie begraben worden waren – mehrere gleichzeitig. Vaters Grab habe ich erst nach fünfunddreißig Jahren gefunden, nach der Revolution, und zwar in Florești. Ich sprach mit den alten Totengräbern, und ich erkannte ihn an den Kleidern. Er hatte einen schönen und breiten ledernen Leibgurt, in dem er die Akten über seinen Bodenbesitz aufbewahrte. Man hatte ihn mitsamt den Akten begraben. Als wir den Boden zurückgefordert haben, mussten wir uns auf Zeugenaussagen stützen, die Papiere waren vermodert. Auch erkannte ich ihn am Einschussloch auf der Stirn.

Sie glaubten, ich sei tot, erinnert sich Marin Crăciun. Als sie mich wegtragen wollten, rührte ich mich. Dann trat mir der kleine Mann in der blauen Jacke mit seinem Schnürstiefel in den Bauch und verfluchte mich. Ich aber hab nichts gesagt, nur gestöhnt und ihn im Stillen verflucht. Ich hab ihn ganz schwer verflucht, ganz besonders übel, mitsamt seinem ganzen Geschlecht, und wegen all unserer Toten. Und so ist es dann auch gekommen. Die einen sagen, es wäre wegen der Revolution geschehen, wegen Iliescu, sie mussten ihn erschießen, um ihn zum Schweigen zu bringen, aber das ist nicht wahr. Das kam noch von damals, aus dem Winter damals und von unseren Flüchen, den Verwünschungen durch die Leute aus Vadu Roşca. Sieh den Beweis. Er starb genau so, wie er mit dem Securitate-Bataillon aus Tecuci Dimoftes Aurel umgebracht hat. Gleich zu Gleich. Er ist genau so auf die Knie gesunken, und sie haben so lange auf ihn geschossen, bis er, immer noch in den Knien, nach hinten geworfen wurde, ebenso wie damals Aurică Dimofte. Nur dass Ceauşescu in Verdammnis gestorben ist, die Hände auf dem Rücken gefesselt, er konnte sie nicht wie Aurică an die Brust drücken und versuchen, das Blut zurückzuhalten. Fragen Sie nicht weiter, denn ich höre nicht mehr, die haben mir so lange immer wieder auf den Kopf geschlagen, dass ich nur noch ein Pfeifen höre. Das Letzte, woran ich mich erinnere, es in dieser Welt gehört zu haben, ist Ceauşescus Fluch.

Sie haben uns zwei Tage lang verhört. Sie fragten, und dann schlugen sie, erinnert sich Damian Pătraşcu. Brach einer ohnmächtig zusammen, griffen sie sich den Nächsten. Wer hat zu dieser Erhebung angestiftet? Ob da vielleicht jemand von auswärts gekommen war? Ob wir was über die Gruppen in den Bergen wissen. Wer die Köpfe waren, und wem das mit der Barrikade eingefallen war. Und schließlich alles nochmal von vorne. Uns, die wir die Schuld auf uns genommen hatten, und ein paar weitere brachten sie nach Galaţi. Dort haben sie mir immerzu mit den Schnürstiefeln in den Mund getreten und mir alle Zähne ausgeschlagen. Mitte Januar begann der Prozess vor dem Militärgericht in Constanţa. Dann haben sie uns nach Gherla gebracht. Alle haben wir zwischen fünfzehn und fünfundzwanzig Jahre Gefängnis wegen verbrecherischem Terrorismus gegen die Staatsmacht gemäß Artikel 199 Strafgesetzbuch bekommen. Zwei Jahre lang hatte ich kein Recht auf Pakete und Briefe. Unsere Angehörigen weinten um uns, als wären wir tot. Und wenn wir nicht wie tot waren, was waren wir dann?

Im Herbst 1964 ließen sie uns gehen, erinnert sich Gheorghe Porumboiu. Als ich im Dorf ankam, eilte niemand herbei, mir etwas Gutes zu tun. Die Leute blieben hinter ihren Zäunen und schauten auf uns. Nur die Hunde kamen und leckten an unseren Füßen. Wir zitterten vor all der Kälte, dem Hunger und der Prügel. Aber die Hunde erkannten uns, verbellten uns nicht. Schließlich haben auch die Leute sich an uns gewöhnt. Aber erzählt haben wir nichts, auch hat uns niemand etwas gefragt. Jetzt ist es das erste Mal.

Als in diesem Sommer das Wasser gekommen ist, erinnert sich Marin Crăciun, haben die Leute gesagt, der liebe Gott habe wohl das Blut wegwaschen wollen, das seit fünfzig Jahren getrocknet zwischen den Steinen verblieben war, und heuer sind es genau fünfzig Jahre. Aber so kann es nicht gewesen sein, denn Blut weicht man zuerst mit Blut auf, um es danach mit Wasser abzuwaschen. Darum haben die Wasser den Marin Dobre, den Ionel Crăciun und den Neculai Dimofte und noch ein paar andere mitgenommen, die bei der Barrikade dabei waren und im siebenundfünfziger Jahr den Kugeln entgangen waren, jetzt aber, alt und wacklig auf den Beinen, den schnell ansteigenden Wassermassen nicht mehr entkamen. Ich aber meine, Gott kann nicht auf diese Weise sprechen, denn er weiß ja, dass jenes Blut vor allem in unseren Köpfen existiert. Vielleicht heilt alles erst dann, wenn er uns alle zu sich genommen hat, einen nach dem anderen, aber vielleicht auch dann nicht ...

In Vadu Roșca gab es achtzehn Verurteilte, in Suraia fünfzehn, in Răstoarca vierzig und in Cudalbi fünfzig. Sie waren jung, starben nicht in den Gefängnissen. Aber was sie danach erlebten, kann man auch nicht gerade Leben nennen. In Vadu Roșca gab es am Morgen des 4. Dezember 1957 achtundvierzig Verwundete. Darüber hinaus wurden zehn Tote gezählt: acht Männer, eine Frau, nämlich Radus Dana, und eine Glocke.

Alle in namenlosen Gräbern beerdigt wie unsere anderen Toten, derer wir am 24. April, dem Tag der Massaker, gedenken. Aber auch ohne Gedenken, also nochmal einsamer. Ich war ein Kind, ihre Gräber waren verstreut, und niemand wusste, an welcher Stelle man jemanden beweinen konnte, die Verurteilten waren noch im Gefängnis, in Gherla und in Aiud, Dimoftes Ana und ein paar weitere Witwen hatten sich in die Arbeit gestürzt, um ihre halb verwaisten Kinder aufzuziehen, die noch lange als Banditenbrut gelten sollten. Worauf es mir aber ankam, da ich im Schatten des Nussbaumes an der rückwärtigen Mauer unseres Hauses kauerte, war diese gute und süße Totenspeise; je weniger der Toten gedacht werden konnte, umso süßer die Speise, denn den Toten standen die Sinne nach dieser Welt.

Und wenn sie tot sind, ohne dass ihrer gedacht werden kann, sagte Großvater Garabet, und wenn ihre Gräber unbekannt und ohne Kreuze sind, dann werden wir ihrer zusammen mit unseren kreuzlos begrabenen Toten gedenken. Und weil Dimoftes Ana von ihrem Handel mit Käsereien die Zahlen besser kannte als die Buchstaben, sagte sie Großvater ihre Namen der Reihe nach auf, und er schrieb sie auf ein Stückchen Papier: Dana Radu, Aurel Dimofte, Ionuț Cristea, Dumitru Marin, Ion Arcan, Dumitru Crăciun, Toader Crăciun, Stroie Crăciun, Marin Mihai.

Dann hat Großvater diese Namen unter unsere Namen gemengt, er quetschte sie auf den Papierbogen dazwischen, aber sie passten hinein, denn die Toten mit ihren schmalen Körpern, vor allem die ohne Kreuz und Gedenken, besetzten viel weniger Raum auf dieser Welt als die Lebenden.

Als ich die Magier meiner Geburt nannte, habe ich eine Ungerechtigkeit begangen, weil ich nur Angheluță genannt habe, der mit seinen vom Staubzucker weißen Fingern leuchtete wie Kerzen, und Bobârcă, umgeben von seinen raschelnden Schatten, die aussehen wie Säcke mit Oliven, glänzend schwarzen Oliven, die sich leeren und wieder füllen, unablässig die einen aus den anderen, und Mercan, den Luftkaufmann sowie, rätselhaft, den Halva-Verkäufer, der sich beim Näherkommen entfernt und gleiche Teile abschneidet, wie die Zeit.

Zu den Opfergaben der Magier zählen auch die gesalzenen und gerösteten Nüsse des Harutiun Fringhian. Er war derjenige, der das Geheimnis der Magier von allen am strengsten gewahrt hat. Ich kann mich in seinem Fall an nichts anderes als an seine Geschenke erinnern.

Im *Buch des Flüsterns* habe ich mir die Position bewahrt, die sonst üblicherweise der Erzähler einzunehmen hat, nämlich eine zufällige Anwesenheit. Ich bin keine Person im *Buch des Flüsterns*, und die Dinge hätten sich ohne mich genauso zugetragen. Der einzige Unterschied zwischen mir und den anderen Lesern dieses Buches ist, dass ich sein erster Leser bin, was, wie ich schon sagte, rein zufällig so ist.

Aber vielleicht ist mir auch die Aufgabe, Erzähler zu sein, das heißt der erste Leser, von den vier Magiern zugewiesen worden, jenen des Lichts, des Schattens, der Luft und der Zeit, doch auch von dem fünften, von dem wir nun etwas erfahren werden, Harutiun Fringhian, dem Magier der Früchte.

Dies sind die Früchte unserer Bräuche, sagte Großvater Garabet. Zuvörderst die Aprikose. Obstgärten mit Aprikosen blühten immer schon auf den Feldern zu den Füßen des Ararat, und erst im frühen Mittelalter brachten erste Reisende Kerne und Zweige auch ins restliche Europa, wobei sie aber nicht vergaßen, als alle Lebewesen in einer unveränderlichen Sprache ihren Namen erhielten, diese *Prunus armeniaca* zu nennen. Ihre Farbe hat man als Hintergrundfarbe für die armenische Fahne genommen, darauf befinden sich im Relief die anderen nationalen Symbole. Gewiss, nicht deshalb stand mitten im Hof unseres Hauses in Focşani ein alter Aprikosenbaum, aber ebenso gewiss ist, dass ich ihn deshalb mehr liebte als jeden anderen Baum, und die weichen Kanapees für das Geplauder zur Kaffeezeit wurden direkt unter seine runde Krone gestellt. Großvater sagte, das Orange in der Tönung der Aprikose sei die Farbe, die man am weitesten sehen kann, und diese Wahl habe sich für ein verstreutes Volk wie das unsere als äußerst klug erwiesen.

Die zweite Frucht ist der Granatapfel. Die Frucht der Früchte. Rund wie ein Apfel, groß wie eine Quitte, säuerlich wie die Früchte Jerusalems, mit dicker Schale wie die tropischen Früchte, mit vielen Kernen, als hielte man eine Rispe mit Weinbeeren in den hohlen Händen, und quetscht man ihn aus, so lässt er einen blutfarbenen Saft fließen. Wir sind blutsverwandt mit dem Granatapfel. Die Aprikose ist die Frucht der Sesshaften. Der Granatapfel hingegen ist die Frucht der Einsamkeit und des Exodus. Da er Blut hat wie der Mensch, kann er auch Gefühle haben. Der Granatapfel kann Sehnsucht empfinden. Lange kann er unberührt abwarten. Unter allen Früchten stellt er, bei all seinem Blut, den suggestivsten Ausdruck des Opfers dar. Und von allen Früchten des Bodens hat er allein beschlossen, die Ahnen meiner Ahnen auf ihren Todesmärschen nach Deir-ez-Zor zu begleiten, in die Wüsten Mesopotamiens. Sahag Şeitanian, der mit der Schwester meines Großvaters verheiratet und mein Taufpate war, erzählte von den Granatäpfeln, die sich die abgezehrten Gespenster der Konvois weiterreichten, jeder nahm sich einen Kern und behielt ihn auf der Zunge, unerklärlich kühlend in der Sandglut. Eben deshalb, als Nahrung den Konvois durch die Wüste dienend, hat der Granatapfel dreihundertfünfundsechzig Kerne, einen Kern für jeden Tag des Jahres. Hätte Gott unter den Lebewesen nicht das Lamm zum Symbol der opferbereiten Hingabe ausgewählt, so hätte er sich gewiss für den Granatapfel entschieden. In den man nicht wie in einen Apfel beißen, dem man nicht die Beeren mit den Fingern abrupfen kann, wie bei der Weintraube, den man nicht auf einmal essen kann, wie die Erdbeere, aber man kann sein Blut trinken, wie es die Tuareg in der Wüste nach wie vor mit dem Blut der Lämmer tun, um zu überleben. Der Granatapfel, das verschwiegene Lamm des Herrn.

Und dann die Hausfrüchte. Die Walnüsse, Haselnüsse, Mandeln und Pistazien. Der Walnussbaum war mein erster Lehrer. Ich kletterte auf seine dicken Äste, und wir lasen gemeinsam. Ich blätterte für uns beide die Seiten um, und deshalb blieb mir das Jod auf den Fingern, sein grün-gelbliches Blut, das sich klebrig verdunkelte. Ich wollte Walnussbaum werden, wenn ich groß würde, ich konnte nicht glauben, dass Groß-Sein auch etwas anderes bedeuten konnte als Walnussbaum sein. Es war nicht wahr, später wusste ich es. Der Baum, der zugleich mit mir geboren wurde, war eigentlich eine Birke.

Die Magier waren nicht die Entdecker der Ambra und der Myrrhe, nicht einmal des Goldes oder des Salzklumpens. Auch Harutiun Fringhian, der Magier der Früchte, war nicht der Entdecker der Hausfrüchte, der verborgenen Früchte. Diese waren mit meinen Ahnen und mit den orientalischen Düften gekommen, die sie begleiteten, und waren durch alle Türritzen geschlüpft. An unseren Heimatorten hatte alles, das Pilaw, das *Imam-Baïldîur* mit gehacktem Fleisch in gebackenen Auberginen, die Sarailien* und die süßen Gelees, die Halva und die Baklava, den Geschmack von gerösteten Haselnüssen oder Nüssen, und darüber wallte stets das Aroma frisch gemahlenen und auf kleinem Feuer im Kupfertöpfchen mit dem engen Ausguss gekochten Kaffees. Der Sand knirschte zwischen den Zähnen wie die gerösteten und zerstampften Haselnüsse, erinnerte sich Sahag Şeitanian an den Weg der Konvois nach Deir-ez-Zor. Wenn ich vor Hunger ohnmächtig wurde, hatte ich den Eindruck, die Sanddünen seien Haufen gemahlener Nüsse und Haselnüsse oder Grießhalva, in dem kupferfarben die gerösteten Haselnussstücke funkelten. Dieser Spuk nützte uns überhaupt nichts, er minderte den Hunger nicht und verstärkte bloß unseren Durst. Wir besitzen ein Foto mit Großvater Garabet, mit Onkel Sahag, mit meiner Großmutter Arşaluis und ihrer Schwester Armenuhi, dicklich, in Badeanzügen mit Höschen, die ihnen die Schenkel bedeckten, aber die drallen Schultern kann man sehen. Auf der Rückseite steht: Wir bei Carmen Sylva, 1932. Ich konnte dich kaum überzeugen, auf den Sand zu treten, Sahag, lachte Großvater, du gingst auf den Zehenspitzen, wie auf Glut. Es war wie eine Grießhalva, wiederholte Sahag. Wir waren viele, und man brauchte viel Halva, um unser zu gedenken. Selbst die Hitze roch nach gerösteten Nüssen.

Somit begleitete das Aroma gerösteter Nüsse den Schweiß, das Blut, die Erschöpfung der vom Fieber erfassten Hände und Schläfen überallhin. Der Tod, wenn er kam, roch nach gerösteten Nüssen, und wenn wir unserer Toten gedachten, so roch die Erinnerung an sie wiederum nach

---

* Süßspeise aus flachen gerollten Omeletten mit einer Füllung aus gemahlenen Nüssen, Haselnüssen und Mandeln, die in Honig getränkt sind. (A.d.Ü.)

gerösteten Nüssen, die zerstampft und mit Grießhalva vermischt worden waren.

Von dem Geschenk, das ich bei meiner Geburt bekommen hatte, der Schüssel mit Nüssen, nahm Iriţchin Mairig, die Witwe des Pfarrers Dagead Aslanian, jedes Jahr im Mai einige für die Halva zum Totengedenken. Bis 1968, das Jahr, in dem Großvater gestorben ist, reichten die Nüsse zehn Mal für die Gedenkhalva sowie für Großvaters Beerdigung und die Andacht am vierzigsten Tag nach der Beerdigung. Und Großvater hatte beschlossen, dass es damit seine Richtigkeit hat, wenn die Pfarrersfrau, die Witwe des Der Dagead, die Halva zubereitet, denn sie war diejenige, die als Letzte in *Daidais* Testament genannt wurde – also bei Herrn Harutiun oder Hartin, wie er in den rumänischen Akten stand, damit der Name leichter aussprechbar sei.

DIE GESCHICHTE VOM TESTAMENT DES HARTIN FRINGHIAN. Testamente beginnen ihre Geschichte insbesondere nach dem Ableben dessen, der sie, vor den Bedachten verborgen, wie einen Scherz an die Adresse der Nachkommen oder eingekleidet in allerlei kryptische Formeln verfasst hat, damit die Belohnung dem Beharrlichsten oder Schlauesten zufalle, um von den Erbfolgediskussionen ganz zu schweigen. Nun gut, nichts von alledem traf auf das Testament von Daidai zu, von Hartin Fringhian. Mehr als zwei Jahrzehnte haben Hartin Fringhian und sein Testament miteinander gelebt. Als es abgefasst wurde, im August 1938, konnte Hartin Fringhian noch nicht wissen, dass sein Testament mit ihm selbst sterben würde und dass das großzügigste Testament, das im 20. Jahrhundert auf rumänischem Gebiet erdacht worden ist, sich nicht nur als zu großzügig erwies, als dass andere Menschen ihm hätten folgen können, sondern auch als zu großzügig, als dass die Zeitläufte es hätten fassen können. Hartin Fringhians Testament zählt neben den Waffen des Generals Dro, Mantus Tuba, der Mauser des Misak Torlakian oder der großen Glocke in Vadu Roşca zu den Helden im *Buch des Flüsterns*.

Harutiun Fringhian ist, wie einige weitere Personen dieses Buches, in Anatolien geboren. Genauer in der Stadt Erzerum und im Jahre 1873. Sein Geburtsjahr hat einen anderen Sinn, als uns beim Nachrechnen beizustehen; damals, als er bei meiner Geburt sich als Magier der Früchte erwiesen hat, zählte Onkelchen Hartin schon fünfundachtzig Jahre, mithin war er nicht nur der freigiebigste, sondern auch der älteste der Magier.

Im Herbst 1914 begannen im osmanischen Heer die Einberufungen für den Krieg. Wenn wir mit der Wegkreuzung beginnen, in der Hartin Fringhian sich dafür entschied, einen anscheinend unbedachten Weg einzuschlagen, und zwar die Flucht vor der Einberufung und die Überquerung des Meeres mit einem ausgeliehenen griechischen Namen, statt jenes anderen Weges der armenischen Männer, die in den Krieg geführt wurden, wird man leicht verstehen können, dass er die richtige Wahl getroffen hatte. Halten wir uns an die Spuren der Männer aus Erzerum, die diese Wegkreuzung nicht wahrgenommen haben, so erfahren wir Folgendes: Da die Türken mit den Mittelmächten verbündet waren, wurden die in Erzerum einberufenen Männer an die Front im Kaukasus gegen die russischen Armeen geschickt. Im Dezember 1914 wurden die armenischen Soldaten unter dem Verdacht, sie könnten mit den Russen paktieren, zurückgezogen; es gab schließlich schon armenische Partisanentruppen, die gegen die türkische Armee kämpften. Die armenischen Soldaten aus der türkischen Armee wurden entwaffnet und im Januar 1915 in Arbeitslager geschickt. Anfang Februar gab es bei den osmanischen Truppen an der Kaukasus-Front keinen einzigen armenischen Soldaten mehr. Entwaffnet, in zerlumpten Uniformen, die Epauletten abgerissen und bewacht von türkischen Soldaten, kehrten jene Männer nach Erzerum zurück. Das Schicksal der meisten von ihnen wird von fremden Diplomaten oder Reisenden beschrieben, die sich in jenen Tagen in der Stadt befanden: Achtzig bis hundert Mann wurden aus dem Lager geführt, von den anderen abgesondert, von türkischen Soldaten und Offizieren umzingelt und mit Gewehrsalven und Bajonettstichen niedergemacht. Die Überlebenden wurden mit weiteren zweitausend Mann aus anderen Arbeitslagern ins Lager von Sebastia gebracht. Und von dort aus wurden sie, aneinandergekettet, über die Berge zu den Terrassenhängen in der Gegend von Bozanti geschickt. Im Gebirge wurden sie mit schwer vorstellbarer Rohheit umgebracht und in die Schluchten gestürzt. Es gibt unter den Armeniern kein Zeugnis eines Überlebenden, denn so etwas gab es nicht, lediglich das Manuskript von Pater Knel, Bischof von Sebastia, bezeugt die Vorgänge. Somit ist von den im September 1914 in Erzerum einberufenen Männern kein einziger mit dem Leben davongekommen. Selbstmordversuche wurden keine angezeigt, insofern können wir annehmen, dass alle durch Mord ums Leben gekommen sind. Der Tod war überall. Sich selbst umzubringen, war eine sinnlose Tat.

Hartin Fringhian, der erst einmal als Armenier und danach als Armenier aus Erzerum nicht im Sinn hatte, sein Leben für das Reich aufs Spiel zu setzen, schnürte in einer Septembernacht 1914 sein Bündel, bestieg den Zug nach Konstantinopel und ließ sich dort auf einem Schiff anstellen, das ihn nach Constanţa brachte. Weil nun das einzige Geschäft, das man mit wenig Geld und einigen Aussichten auf Erfolg begründen kann, vor allem wenn man aus einer anderen Gegend kommt und den Vorteil hat, die Preisunterschiede bei den verschiedenen Waren zu kennen, und darüber hinaus auch noch überzeugend zu reden versteht, worauf ja aller Handel gründet, richtete sich Hartin Fringhian einen kleinen Laden ein, in dem er Kaffee, Gewürze und Zuckerwaren verkaufte. Von den zuhause Zurückgebliebenen erfuhr Hartin Fringhian nun nichts mehr. Auch ich habe in meiner Kindheit nie von den zuhause Gebliebenen sprechen gehört. In meiner Briefmarkensammlung, die das Familienalbum ersetzte, hatte ich keine einzige Briefmarke aus der Türkei. In jenem Land gab es niemanden, dem ich hätte schreiben können, denn es gab dort niemanden mehr, der geantwortet hätte. Von den vierzehntausend armenischen Bewohnern der Stadt traf Misak Torlakian im Winter 1915, als er an der Spitze der russischen Armee nach Trapezunt kam, noch zwei Familien an, und diese wühlten mit irren Blicken in den Ruinen ihrer eigenen Häuser herum. Von den vierzigtausend Bewohnern der armenischen Dörfer rings um Trapezunt lebten nur noch etwa tausend versteckt in den Wäldern. Gegen Abend kamen sie heraus und suchten in den verwüsteten Dörfern nach etwas Essbarem, erst einige Monate später trauten sie sich tatsächlich heraus, als sie die Vorhut der russischen Truppen sahen. Was das Wilajet Erzerum betrifft, aus dem mein Großvater Setrak Melichian und Hartin Fringhian stammten, so wurden von den über zweihunderttausend armenischen Bewohnern der drei Städte Erzerum, Erzânga und Bayburt sowie der diese umgebenden armenischen Dörfer, darunter auch das Dorf Zakar, aus der die Familie meiner Mutter stammt, von der russischen Vorhut unter der Anführerschaft Misak Torlakians nur noch zweiundzwanzig Armenier vorgefunden, die sich in eine Kirche geflüchtet hatten und zu Gott beteten, er möge nicht geschehen lassen, was in Urfa geschehen war, wo Armenier, die den Schutz des Altars gesucht hatten, in die Kirche eingesperrt und mitsamt der Kirche bei lebendigem Leib verbrannt worden waren. Die zweiundzwanzig Armenier, zerlumpt, geschwächt vor Hunger und in der Dunkelheit der Krypten beinahe erblindet, wurden von Misaks Freiwilligen in Empfang genommen und über die Grenze nach Jerewan gebracht.

Sodass Hartin Fringhian im Fühjahr 1916 von den mehr als zweihunderttausend armenischen Bewohnern seines Heimatwilajets Erzerum keinen mehr gefunden hätte, weder einen Verwandten noch einen Nachbarn oder Bekannten, dem er hätte schreiben können. Die osmanischen Autoritäten hatten eine solche Situation schon seit Anfang 1915 vorhergesehen, denn einige Monate, nachdem Fringhian aus Angst vor der Einberufung geflohen war, hieß es im Programm zur Liquidierung der Armenier, das Talaat, Behaeddin und Nazîm entworfen hatten: »Die Familien, aus denen jemandem die Flucht gelingt, werden unterdrückt; es werden Maßnahmen ergriffen, um jede Beziehung zu unserem Land zu vereiteln.« Beinahe ein Jahrhundert später können wir bezeugen, dass der Wali von Erzerum in dieser Hinsicht seine Pflicht getreulich erfüllt hat.

Der Welt entrissen, in der er aufgewachsen war, mühte sich Hartin Fringhian redlich in der neuen Welt, die ihn aufgenommen hatte, und wurde nach dem Krieg zu einem bedeutenden Kaufmann in Constanța, ja sogar Vizepräsident der Handels- und Industriekammer der Stadt. Er vergrößerte seinen Kolonialwarenladen, dann gründetete er eine

Ladenkette und fügte ihr ein paar Großhandelsdepots in der Nähe des Hafens hinzu. Doch als sich die Vorboten der großen Krise zeigten, gelang Hartin Fringhian der Coup seines Lebens. Er importierte unraffinierten Zucker aus Amerika und beschloss, ihn auf eigene Rechnung zu verarbeiten. Also kaufte er der Reihe nach zu Spottpreisen Zuckerfabriken. Zuerst die in Chitila, die er auch deshalb ausgewählt hatte, weil sie beide gleich alt waren – die Zuckerfabrik war 1873 von Nicolae Bibescu gegründet worden. Dann kamen die Fabriken in Timișoara und Arad hinzu. Da er keine eigene Familie hatte, lebte er unter seinen Registern, deren Seiten durch eine vertikale Linie in zwei Hälften aufgeteilt waren, auf der linken Seite wurden mit blauer Tinte die Einkünfte eingetragen und auf der rechten Seite in Rot die Ausgaben, während am Fuße jeder Seite, je nachdem, wie ihm das Glück gesonnen war, in Blau oder Rot der Gesamtbetrag stand. Er war ein guter Dienstherr. Baute seinen Arbeitern Häuser, half ihnen mit Vorschüssen auf ihre Gehälter und mit Krediten, vor allem denen, die Kinder hatten, auch arbeitete er mit ihnen Seite an Seite. In Chitila pflanzte er hinter dem Fabrikgelände eine Obstwiese mit Nuss- und Apfelbäumen, unter denen er gerne spazieren ging, auch pflückte er mit kindlicher Freude Früchte von den Bäumen und aß sie an Ort und Stelle.

Er wurde sehr reich. Ein Teil seines Vermögens verblieb weiterhin in den Zuckerfabriken, den Rübenfeldern, den Lagerhallen mit unraffiniertem Zucker, im Handel mit Melasse, den er mit Alkoholfabriken und Viehzüchtern abwickelte, in den Kolonialwarengeschäften von Bukarest und Constanța. Was den anderen Teil des Vermögens betraf, so erwies sich Hartin Fringhian der in Anatolien genossenen Erziehung verpflichtet, die ihm mitgegeben hatte, die wahren Vermögen bemäßen sich in Gold und Edelsteinen, die einzig der Vernutzung durch die Zeitläufte trotzten. So hatten es alle Armenier gehalten, die aus jenen armen Gegenden gekommen waren, in denen selbst das Geld, so wenig es auch gewesen sein mochte, wertvoller war, wenn es in Goldmünzen gezählt wurde. Und sie waren nicht fehlgegangen, denn als die Rote Armee in ihren Vorgärten stand, hatten sie überhaupt keine Mühe, den Schmuck in ihr Bündel zu packen, sich in den finsteren Bauch von Onik

Tokatlians Schiff »Transilvania« zu verkriechen und bei Nacht und Nebel nach Constanța zu fliehen. Die ganze Strecke über das Meer versteckten sie sich zwischen den Warensäcken, die das Funkeln der Edelsteine bestens verbargen, in Marseille gingen sie von Bord und wandten sich allein mit den Dingen, die sie an sich trugen, dem Norden und dem Süden Amerikas zu. Die alten Armenier, deren Vorfahren zur Zeit von Alexander dem Guten und Stefan dem Großen oder gar noch früher hierhergekommen waren, als in der Moldau noch kein Vojevode vom Pferd gestiegen war, den sie um Erlaubnis für ihr Geschäft hätten fragen können, die ihr Geld in Häuser und Güter gesteckt hatten, traf die neue Zeit unerbittlich.

Die Preziosen Hartin Fringhians lagen bestens bewacht im Safe Nr. 78 der Rumänischen Handelsbank. Im Jahre 1945 waren die Mahnungen Onik Tokatlians, der Hartin Fringhian gegenüber den Vorteil hatte, während des Krieges in Odessa, Sevastopol und Poti den Kommunismus bei sich zuhause gesehen zu haben, all seine Armut und Grausamkeit, ergebnislos geblieben. Hartin Fringhian lehnte es ab, Rumänien zu verlassen. Er hielt sich für zu alt, das Leben noch einmal neu zu beginnen. Schließlich ist es auch zu viel für ein Leben, zweimal zu fliehen, hatte er zu Onik Tokatlian gesagt. So entschied sich Hartin Fringhian dazu, seinem Testament treu zu bleiben.

Er hatte es im Sommer des Jahres 1938 ausführlich niedergelegt. Mit der Feder hatte er auf liniertes Papier geschrieben, damit die Sätze mit den runden und linkischen Buchstaben dessen, der auch nach so vielen Jahren im Schreiben der lateinischen Buchstaben noch ungeübt war, gerade blieben. Mitunter vergaß er, bei einem neuen Paragrafen vorne und mit Großbuchstaben zu beginnen, aber in seinem Rumänisch gab es keine Rechtschreibfehler, und selbst in Details, wie es etwa die Grammatikregeln sind, erwies er sich als korrekt.

In seinem Testament verfügte Hartin Fringhian, dass sein Vermögen, welches er präzise benannte, von einer Stiftung zu verwalten sei, die seinen Namen tragen solle. Wie nun aber die Armenier langlebig sind, und der Tod nicht kommen wollte, gründete er im Jahre 1943 selber die Stiftung und stattete sie mit allem aus, dessen sie bedurfte.

Damit sein Testament angewandt werden konnte, hatte Hartin Fringhian zwei Bedingungen vorgegeben: die erste war sein Tod, und die zweite, dass die Gesetze, auf denen sein Reichtum ebenso wie seine Wünsche beruhten, unverändert blieben. Leider ist keine der beiden Bedingungen zur angemessenen Zeit erfüllt worden.

Hartin Fringhian begriff im Jahre 1948 zum ersten Mal, dass der Tod, wenn er zu spät kommt, genauso böse sein kann, wie wenn er zu früh eintrifft, was seiner in Erzerum verbliebenen Familie widerfahren war. Am 11. Juli 1948 wurde das Gesetz angenommen, das die Verstaatlichung vorsah, wodurch der kommunistische Staat der Eigentümer der Fabriken Fringhians wurde. Das war für ihn etwas Neues. Er zog seinen Smoking an und ging zur Börse, hoffte, dort zu verstehen, was geschah. Aber der Sitz der Börse war umzingelt, und die Broker eilten heraus und warfen aus Angst vor Durchsuchungen sogar das Geld aus ihren Hosentaschen weg. Auf dem Pflaster der Strada Doamnei blieb ein funkelnder Teppich aus Goldmünzen liegen, den die Soldaten bewachten und die Passanten verblüfft betrachteten. Hartin Fringhian kehrte verstört in die Calea Victoriei zurück, in sein dreistöckiges Haus mit der Nummer 72 gegenüber dem Königspalast, wo es heute einen weiten Platz gibt, auf dem allerlei Statuen stehen. Staunend schauten die Passanten diesen großen Mann an, der sich trotz seines fortgeschrittenen Alters aufrecht hielt und sich in seinem Smoking deutlich von dem absetzte, was man nun auf der Calea Victoriei zu sehen bekam – graue Anzüge, Militärjacken ohne Epauletten, Menschen, die in abgetretenen Schuhen scheinbar ziellos durcheinanderwuselten, weniger Autos und Kutschen als sonst, dafür eilige Passanten und jede Menge Schnüffler. In diesem Augenblick begann Hartin Fringhian sein Testament zu leben. Ein junger Mann hielt ihn an, er hatte mit den Armen vor ihm herumgefuchtelt und ihn vermutlich zum letzten Mal in die Wirklichkeit zurückgeholt. Warum bist du nicht in der Fabrik?, fragte ihn Fringhian, als hätte dies für ihn noch irgendeine Bedeutung gehabt. Ich komme von der Fabrik, versuchte dieser sich zu entschuldigen. Sie haben mich geschickt, Ihnen zu sagen, Sie sollen nicht mehr kommen. Sie haben Leute geschickt, die Sie verhaften sollen. Sie warten auch zuhause auf

Sie ... Überall suchen sie nach Ihnen ... Du bist es?, fragte der alte Mann ruhig. Ich bin's, Ştefan Niculescu, Herr Fringhian. Der Heizer ... Hartin Fringhian nickte verstehend. Du bist es. Bist ein arbeitsamer Junge. Ich habe dich mit einem netten Sümmchen ins Testament aufgenommen. Nutze es gut, mach dir eine Werkstatt auf ...

Der junge Mann nahm ihn am Arm und brachte ihn davon ab, nachhause zu gehen. Dann zog er seine Arbeitsjacke aus und half ihm, sie über seinen eleganten Anzug mit den Seidenrevers zu ziehen. Nachdem er ihn bis zum Matache-Platz und noch ein Stück darüber hinaus, zu den Hotels am Nordbahnhof, begleitet hatte, bat ihn der Mann noch einmal, nicht zurückzukehren, und verschwand. Hartin Fringhian aber, auf einer Parkbank vor dem säulengestützten Haupteingang des Nordbahnhofs, schaute immerzu auf die Manschetten dieser Milde-Gabe-Jacke, speckig war sie und blau, und presste die Aktentasche an die Brust, in der sich das Testament befand, worin fein säuberlich alle Safenummern mit Gold, Geschmeide, Aktien und Depotscheinen aufgelistet waren.

Für einen Mann von fünfundsiebzig Jahren, vielleicht gerade für einen solchen, erwies sich der Wunsch zu leben machtvoller als die Verwunderung. Hartin Fringhian schaute sich wachsam nach allen Seiten hin um, drückte die Arbeiterjacke über seinem Smoking zusammen, betrat die Bahnhofshalle und verlangte eine Fahrkarte nach Focşani. Er kauerte sich auf der Holzbank eines Waggons der dritten Klasse in die Ecke, schreckte jedes Mal hoch, wenn sich die Tür öffnete oder der Zug an einem Bahnhof hielt, schaute verängstigt zu den Militärpatrouillen, die auf den Bahnsteigen herumstanden, und atmete jedes Mal erleichtert auf, wenn der Zug wieder anfuhr. Fringhian wusste nicht, dass er keinen Grund zur Panik hatte, und zwar nicht deshalb, weil etwa das Gerücht, sie wären ausgeschwärmt, ihn zu verhaften, nicht gestimmt hätte, sondern weil die Securitate eine so lange Liste mit Personen hatte, die sie problemlos verhaften konnte, dass ihr der Sinn nicht danach stand, auf der Suche nach ihm übelriechende Züge zu durchstöbern. Sein erster Gedanke war, sich zu ergeben und das Testament vorweisend zu erklären, dass er, seht hier, nicht zu den Ausbeutern zählte, denn er hatte in Punkt zehn seines Testaments niedergelegt, dass die Fabriken nach seinem Tod verkauft und das Geld an die Arbeiter verteilt werden sollte, jedem nach seinem zuletzt bezogenen Gehalt und der Zahl der Jahre, die er in der Fabrik gearbeitet hatte. Aber weil diese ihn für das verhaften wollten, was er zu seinen Lebzeiten getan hatte, und nicht für das, was er nach seinem Tode tun würde, und vor allem weil in seinem Testament auch alle anderen Vermögenswerte aufgeführt waren, die Safenummern und die Banken, in denen diese sich befanden, gab Hartin Fringhian sich geschlagen, woran er auch gut tat, denn weil er noch recht lebendig war, hatte sein Testament überhaupt keinen Wert, und die Fabriken waren ohnehin vom Staat enteignet worden, somit konnte seine Großzügigkeit, sie an die Arbeiter zu verteilen, auch als Versuch gewertet werden, den Staat auszuplündern.

Nach einer mehr als fünfstündigen Zugreise unter einer herumwuselnden, lärmenden und ihm bis dahin unbekannt gebliebenen Menschenmasse gelangte Hartin Fringhian nach Focşani, stieg auf der dem Bahnhof entgegengesetzten Seite aus und ging zu Fuß bis zum armenischen Friedhof, wo er sich unter den Kastanienbäumen vor der Kapelle auf eine Bank setzte. Ausgeschlossen, dass er, während er so dasaß und auf den Einbruch der Dunkelheit wartete, nicht auch Seferians Gruft gesehen und daran gedacht hat, dass er, wenn er dem Rat Tokatlians gefolgt und 1945 weggegangen wäre, sich heute zusammen mit Seferian in Buenos Aires befände; er hätte sich mit dem Verkauf seines Geschmeides ein geruhsames Alter sichern oder – warum nicht? – ein neues Geschäft eröffnen können, denn nirgendwo auf dieser Welt ist der Boden so reich, dass nicht auch für die Gewürze des Orients ein Plätzchen wäre. Allerdings würden wir uns täuschen, wenn wir meinten, er hätte irgendetwas bedauert. Ich habe in den Seelen meiner Alten den Schmerz wahrgenommen, Melancholie, genügend ungelebte Leben, aber ich habe sie nie dieses oder jenes bedauern gehört. Sie haben ihr Leben so angenommen, wie es war, taten, was sie glaubten, tun zu müssen, und damit basta. Sodass Hartin Fringhian mit seinen fünfundsiebzig Jahren eher als daran zu denken, wie es sein würde, wenn der Tod kommt, darüber hätte nachdenken müssen, was zu tun war, wenn der Tod sich verspätet. Vielleicht dachte er auch an den alten Seferian, allerdings beneidete er ihn nicht dafür, dass sein Leib am anderen Ende der Welt lebendig herumläuft, während seine Gruft hier leer herumstand, auch wusste er gewiss nichts davon, dass sich in der Gruft statt eines ewigen Lichts ein Porträt von Onik Tokatlian in Galauniform befand. Als es dunkel wurde, ging Hartin Fringhian die Câmpineanca-Straße hinunter, dann an der Bahnschranke vorbei durch die Gerberstraße, an der Kirche vorüber, bog ab in die Schneeglöckchengasse und von da aus durch die kleine Straße, die ihren neuen und für unsere Geschichte sprechenden Namen trug: 6. März 1945, die Einrichtung der ersten demokratischen Regierung.

Was ist mit dir los, *Baron* Harutiun?, muss ihn Großvater, von dieser Erscheinung überrascht, gefragt haben. Und Fringhians Antwort muss auf der Höhe der Überraschung gewesen sein: Ich bin gekommen, mein Testament zu überarbeiten ... Da Fringhian zwanzig Jahre älter war, konnte Großvater mit einigem Recht annehmen, er habe den Verstand verloren. Du hast bis hierher zweihundert Kilometer runtergerissen, um dein Testament zu überarbeiten ... Trotz der ungewöhnlichen Situation wirkte Fringhian äußerst ruhig. Feder und Tinte hab ich, aber ich brauche einen Tisch, an dem ich schreiben kann ... und einen Stuhl, auf den ich mich setzen kann ... Und in Bukarest hast du weder Tisch noch Stuhl auftreiben können? Du siehst ja, dass ich das nicht konnte ...

Großvater Garabet wollte ihn noch etwas fragen, aber der Alte gebot ihm mit einer Handbewegung zu schweigen, setzte sich, zog das Testament aus der Aktentasche, schraubte sein Tintenfass auf und bat darum, allein gelassen zu werden. Was nun keine Schwierigkeit darstellte, denn zu dieser Zeit schliefen schon alle Hausbewohner. Dann legte er sich ein paar weiße linierte Blätter zurecht, tauchte seinen Federhalter in die Tinte und schrieb: »Kodizill«.

Eine Weile lang saß er so da und schaute ins Licht der Petroleumlampe, dann ließ er seinen Blick wieder aufs Testament hinunter sinken und las es gemächlich bis ans Ende durch. Schließlich griff er wieder nach dem Federhalter und schrieb: »Unterzeichneter Hartin B.

Fringhian, erhalte mein Testament, das ich am Gericht von Ilfov, Abteilung Notariat, unter der Registriernummer 75075 am 31. August 1938 niedergelegt habe, mit folgenden Änderungen und Ergänzungen aufrecht.« Er kehrte zu Punkt zehn seines Testaments zurück und las mit lauter Stimme: »Ich, der ich sämtliche Aktien meiner Gesellschaften halte, verfüge, dass nach meinem Dahinscheiden die Universalerbin die Vollversammlung einberufen soll, die die Auflösung aller Gesellschaften beschließen wird. Der Betrag, der durch die Auflösung der Gesellschaften erzielt wird, soll unter allen Mitarbeitern, die bei meinem Ableben in den Betrieben arbeiten, nach Maßgabe ihres Bruttomonatslohns aufgeteilt werden.« Worauf er ins Kodizill schrieb: »Die unter Punkt zehn des Testaments vorgesehenen Verfügungen betreffs meiner Gesellschaften, die Zuckerfabriken in Chitila, Timişoara und Arad, werden aufgehoben.« Dann klopfte er an die Tür: Steh auf, sagte er zu Großvater Garabet. Ich brauche einen Zeugen. Soll ich auch Sahag rufen?, fragte Großvater, damit er wenigstens jemanden hatte, mit dem er sich später darüber unterhalten könnte. Nein, Sahag hat ein loses Mundwerk. Also sieh her: Heute von mir verfasst und unterschrieben, 31. Juli 1948, Bukarest. Großvater beanstandete weder das Datum noch den Ort, die beide nicht stimmten, denn in dieser Nacht schien nichts mit rechten Dingen zuzugehen. Damit ich sie verwirre, erklärte Hartin Fringhian. Lass sie doch glauben, ich hätte mich zu jenem Zeitpunkt in Bukarest befunden. Gut, willigte Großvater ein. Aber wo wirst du dann denn sein? Oberhalb von Vidra. Auf Nicolae Filimons Alm. Ich werde Schafhirte. Ich bin sicher, dass sie nicht darauf kommen, mich ausgerechnet dort oben zu suchen. Sorgfältig packte er seine Papiere in die Aktentasche. Großvater zog einen Stuhl herbei und setzte sich ihm gegenüber. Wer sie, Hartin? Fringhian beugte sich über den Tisch, und wenn er bisher im Flüsterton gesprochen hatte, so sagte er nun kaum vernehmlich: Die Securitate ... Die Wahrheit ist, dass sie mich fassen wollen, sie wollen mich verhaften ... Dass sie meine Fabriken gestohlen haben, reicht ihnen nicht ... Und du also Schafhirte? Hartin Fringhian zuckte mit den Schultern. Letztlich, was sind wir denn schon, Garbis? Was waren meine Großmutter und deine Großmutter?

Oder der Großvater deiner Großmutter – was denn sonst als ein Volk von Hirten? Vielleicht wäre es besser gewesen, dort oben in den Bergen zu bleiben; wir hätten nicht herunterkommen sollen in die Ebene und in die Stadt. Sieh, was uns da blühte ... Vorerst werde ich dort oben, jenseits von Vidra, bleiben, bis sich die Dinge einigermaßen sortieren. Wie lange kann dieser Irrsinn dauern? ... Die Amerikaner werden kommen und die Russen davonjagen mitsamt ihren Kommunisten und all dem Pack. Es wäre besser gewesen, ich hätte auch Sahag Bescheid gesagt, sagte sich Großvater. Er hätte sich gefreut, das mit den Amerikanern zu hören. Jetzt bin ich weg, sagte Hartin Fringhian noch. Bevor die Leute aufstehen. Kann sein, dass morgen die Securitate vor deiner Tür steht. Hast du Gold? Woher denn, zuckte Großvater mit den Schultern. Ich hab alles ausgegeben, um diesen Hausplatz zu kaufen, und was mir dann noch übrig geblieben war, haben wir gegen Lebensmittel eingetauscht. Sahag hat in Craiova je zwei Napoleons für einen Sack Weizen bezahlt ... Hartin, einen halben Kopf größer, wiewohl Großvater beinahe einen Meter achtzig maß, aufrecht, das Haar weiß, buschige Augenbrauen, lachte und klopfte ihm, auf der Schwelle stehend, auf die Schulter. Mir kannst du es sagen, Garbis, Junge. Ich habe haufenweise Gold und Edelsteine, da kannst du den Arm bis zur Schulter reinstecken. Alles steht da drin ... und dabei klopfte er auf den Verschluss seiner Aktentasche. Darum suchen sie mich. Und eben deshalb werden sie mich nicht finden. Als er ging, war die Morgendämmerung noch nicht angebrochen. Großvater begleitete ihn. Sie nahmen den Zug nach Odobeşti und von dort aus die Schmalspurbahn, mit der die Waldarbeiter durch Panciu nach Vidra fuhren. Dort wandte Fringhian sich an Großvater: Du gehst zurück nachhause. Ich komme schon zurecht. Und dann ist es immerhin besser, du weißt nichts, falls man dich fragt. Mich kennt Filimon, ich habe ihm Melasse für die Tiere verkauft. Dir wird er nicht vertrauen. Großvater schaute ihm hinterher, da er sich in jener für Landwege ungewöhnlichen Haltung entfernte, in dem Smoking, der dabei war zu verkommen, und den dreckigen Schuhen, die Aktentasche wie ein Steuereintreiber an die Brust gepresst.

Nun befindet sich der Erzähler in einem gewissen Dilemma. Er kann Hartin Fringhian auf seinen Gebirgswegen von Vidra nach Tulnici, dann Richtung Lepşa und zum Wasserfall von Putna nicht folgen. Die Pfade sind schmal, wer sie nicht gut kennt, kommt da schwerlich durch, die Leute hier sind einsam und misstrauisch, die Sommer sind kurz und schattig, während die Winter lang sind und kalt. Und über Nicolae Filimons Alm und Sennerei erfahren wir nur, dass seine Schafhirten ihre Herden über die Hügel in die Berge trieben, mal in Ţifeşti, mal in Sträoane oder Fitioneşti, mal in Cucea de Sus und sogar bis hinauf nach Nereju, wo sie sich am Fuße des Moşinoaia-Klosters niederließen. Hartin Fringhian fand schließlich Nicolae Filimon, vielmehr fand der Besitzer der Schafherden ihn, nachdem er erfahren hatte, dass ein seltsam gekleideter alter Mann nach seiner Sennerei fragt und auf der Suche nach ihm bei den Leuten anklopft und nach einer Stube zum Übernachten fragt, es aber vorzieht, unter dem Vordach zu übernachten, wenn er die Stube mit anderen teilen soll. Und er habe sich eine schmale Aktentasche mit einem kräftigen Bindfaden am Handgelenk festgebunden, darin scheint er kein Geld zu haben, eher sei der Mann verrückt. Aber wenn einer verrückt ist, dann ist es nicht bloß einer, sondern zwei, denn als Filimon ihn in Anghel Chioruls Kneipe sah, umarmte er ihn mit allem Respekt, den die anderen Gäste durchaus verstanden, als sie sahen, dass sich Filimon erst nach dem Alten niedersetzte und beim Gehen ihm die Tür öffnete und erst nach ihm hinaustrat. In seinem armenischen Blut mit steil ansteigenden Pfaden vertraut, schaffte Hartin Fringhian den Aufstieg zur Herde, der er dann auf allen ihren Wegen durch die Berge und Hügel des Karpatenbogens folgte. Über seinen Smoking, den er partout nicht abzulegen bereit war, zog er eine Hirtenjacke, und um die Hosenbeine wickelte er Fußlappen, nur die Lackschuhe zog er aus, sie waren längst durchlöchert, dafür bekam er schwere Militärschuhe mit geriffelter Sohle, sein Anzug mit dem seidenen Kragenspiegel, ausgebeult und an den Ellbogen fadenscheinig geworden, passte unter die weite Hirtenjacke, die er sich unter dem Kinn zuschnürte. Er hatte sich angewöhnt, einen breiten Hirtengürtel zu tragen, unter dem sein Testament, vom Leder festgehalten, besser aufgehoben war als irgendwo sonst, bloß an den Rändern vergilbte es mit der Zeit vom immer erschöpfteren und weniger werdenden Schweiß seines alten Leibes. Und als eines Abends die Paraginǎ-Brüder* und Vasile Sava kamen, um die Verpflegung für ihre Leute abzuholen, scheute sich Nicolae Filimon nicht, Hartin Fringhian an seiner Seite zu belassen. Ion Paraginǎ umrundete ihn, zog seine Pistole und wies damit auf den Alten: Und wer ist dieser da? Der Hirte, ebenso groß wie der Alte, machte ein paar Schritte auf ihn zu und drückte ihm den Pistolenlauf mit dem Finger zur Seite. Steck sie ein, Ion. Der Alte gehört zu uns. Er versteckt sich vor der Securitate ... Ion Paraginǎ ging zu seinem Bruder Cristea hinüber und wies auf den Anzug, den man unter der offenen Jacke sehen konnte: Sag bloß, das ist ein Minister ... Der ist viel mehr als das, antwortete Nicolae Filimon. Er ist eine Art König. Er ist der Zuckerkönig Rumäniens. Die Brüder nahmen den Käse in den Ledersäcken und die Butter in den Holzschachteln und verschwanden, nachdem sie Vasile Sava ausgeschickt hatten, das Gelände zu erkunden. Das nächste Mal kam Cristea Paraginǎ allein. Alles in Ordnung, der Herr, sagte er zu Hartin Fringhian. Ich habe Timaru gefragt, und der hat mir gesagt, dass er euren Namen schon gehört hat. Und er hat mir aufgetragen, dir zu sagen, du sollst bloß noch bleiben, denn die Securitate verhaftet reihenweise Leute wie dich. Und weil der Abend hereingebrochen war und sie das Feuer angezündet hatten, und weil Hartin die Buchführung in Nicolae Filimons Kladde abgeschlossen hatte, aber vor allem, weil er ihn hatte »Herr« sagen hören, was in jener Welt der Waldarbeiter und Hirten ungewöhnlich war, traute auch er sich zu fragen: Aber wer seid Ihr?

Sodass Hartin Fringhian, paradox, inmitten der Fröste, mit jenen unbekannten und rauhen Menschen auf einer Pritsche schlafend, neue Betätigungen lernend und sich an das Leben jenseits der Baumgrenze gewöhnend, in jenem Winter zwischen den Jahren 1948 und 1949 eine der friedvollsten Phasen seines Lebens durchlebte. Aus der Welt draußen

---

* In die Berge geflohene, bewaffnete antikommunistische Widerstandskämpfer. (A.d.Ü.)

drang kein Zeichen bis hierher durch, nur er hatte durch eine Familie aus Vidra, bei der meine Großeltern sich während des Krieges eine Zeitlang aufgehalten hatten, Großvater einen kleinen Zettel zukommen lassen, auf den er die Initialen seines Namens in armenischer Schrift geschrieben hatte, damit Großvater wusste, dass er am Leben war.

Sie saßen ums Feuer, schwiegen zumeist, erzählten manchmal oder machten Pläne für eine Zukunft, die allein dort, im Schnee und nahe am Himmel, möglich zu sein schien. Die Brüder Paragină, Vasile Sava, Hauptmann Mihai Timaru, Gheorghiță Barbu, manchmal auch der Mönch Filimon Tudose vom Kloster Moșinoaia. Aber am häufigsten Cristea Paragină, der wegen der Verpflegung kam, und Amăruței, einen Knaben aus Crucea de Sus, anwies, mit den Quersäcken am Wegrand stehen zu bleiben und Bescheid zu geben, wenn sich aus dem Tal jemand heimlich näherte. Cristea Paragină hatte den Alten ins Herz geschlossen. Hartin Fringhian erzählte ihm von den Orten, die er besucht hatte, von den Hochebenen und Bergen Anatoliens, über das Ameisengewusel in Konstantinopel und die Häfen des Mittelmeers. Cristea hörte entrückt zu und ritzte mit dem Bajonett Zeichnungen in den gefrorenen Boden. Er ließ sich von den Bukarester Salons erzählen, dem orientalischen Ball im Militärcasino, über die königliche Familie, die den Ball eröffnete, darüber, wie sich die Minister in Szene setzten, über die Börse und die großen Industriellen in der Handelskammer. Und er erzählte von ihren verborgenen Erdhütten, der Hütte der Alten und der Hütte der Jungen, darüber, wie sie die Waffen besorgt hatten für ihren Widerstand, über die anderen Partisanennester im Rodnei-Gebirge, im Făgăraș, in Vâlcea und in den Banater Bergen, die auf das Signal warteten, alle zugleich in die Ebene hinabzusteigen, wenn die Amerikaner kämen. Truman hat die Wahlen gewonnen, war Cristeas Nachricht an einem Novemberabend. Er ist gegen die Russen ... Churchill war wirklich gegen die Kommunisten, sagte auch Fringhian. Ohne Churchill geht nichts. Derart, winters am Feuer in den Wäldern oberhalb von Vidra, machten Hartin Fringhian und Christea Paragină hohe Politik, indem sie, Cristea mit seinem Bajonett und der Alte mit der Spitze seines Hirtenstabs, neue Karten auf den Boden zeichneten, auf denen die

Russen und die Rote Armee sich in die Steppe zurückzogen, während die Alliierten Osteuropa und den Balkan besetzten.

Am besten gefiel Hartin Fringhian die Geschichte über die Bulle Stefans des Großen. Das Land gehört uns, den Nachkommen der Leute aus Vrancea, sagten Cristea Paragină, und die anderen, wer auch immer diejenigen gewesen sein mochten, die ihn begleiteten, stimmten zu. Alle Wälder bis hinauf zum Berggipfel jenseits von Soveja, in Lăcăuți, gehören seit fünfhundert Jahren uns. Die Leute in Vrancea dürfen sich nicht erschrecken lassen und in die Kollektivwirtschaften eintreten. Der ganze Boden gehört ihnen, und es gibt überhaupt keinen Grund, weshalb er nun den Verrätern in die Hände fallen sollte. Einmal, als beide Brüder zusammen mit Timaru gekommen waren, zeigten sie ihm die Bulle; Fringhian betrachtete sie entrückt. Dabei spürte er, wie ihm sein eigenes Testament auf der Haut brannte, und er war kurz davor, es ihnen zu zeigen, aber er beherrschte sich und war froh, diese Leute getroffen zu haben, die so viel Respekt vor Erbschaften und Testamenten bezeugten.

Aber die Freuden am Feuer und die Geschichten über ferne Welten endeten plötzlich. Es war beinahe ein ganzes Jahr vergangen. An einem Abend mitten im Oktober kam Cristea Paragină alleine, er stolperte daher und brach am Feuer zusammen. Sie waren von ein paar Leuten verraten worden, die sich zu ihnen gesellt hatten. Die Truppen der Securitate hatten alles umstellt, sie kannten die Erdhütten, wussten über die geheimen Ausgänge Bescheid, waren bestens informiert. Ion Paragină war verwundet und verhaftet worden, ebenso Vasile Sava. Timaru hatten sie mit Handschellen an den Händen und Beinen gefesselt. Es waren zwei Lastkraftwagen. Cristea und Gheorghiță Barbu waren davongekommen, sie hatten sich in der Dunkelheit hinterm Dachbuckel versteckt, waren über die Abkürzung hinuntergestiegen und hatten an einer Wegbiegung auf die Laster gewartet, aber aus Angst, die eigenen Leute zu töten, hatten sie nicht geschossen. Cristea Paragină lag zwei Tage lang danieder, der gute Filimon und Hartin Fringhian päppelten ihn auf, so gut sie konnten, dann verschwand der Mann. In der Vrancea hatte die Hatz begonnen. Fünfzig Mann waren verhaftet und in Ketten nach Galați gebracht worden. Amăriuței wurde erschossen, seinen Leib hatten sie an die hintere Stoßstange des Lasters gebunden und durch das ganze Dorf geschleift, bis er am anderen Ende nur noch ein Stück zerfetzten Fleisches war, das immerhin so viel Würdigung noch erfuhr, dass sie es vor den Hunden bewahrten und beerdigten, indem sie es in einen Straßengraben warfen und mit Erde bedeckten.

Als fast nach einem ganzen Jahr Cristea Paragină eines Abends wie von den Toten auferstanden wieder bei ihrer Sennhütte auftauchte, mit tiefliegenden Augen, bartstopplig und mit ersterbender Stimme, beschloss Hartin Fringhian endlich, nachdem er ihn mit Hirtengerichten aufgepäppelt hatte, ihm sein Testament zu zeigen.

Der Widerstand war niedergeschlagen worden, die Autos der Securitate patrouillierten auf den Dorfstraßen mit aufgeblendeten Scheinwerfern und hielten jeden verspäteten Passanten an. Wer mehr Lebensmittel bei sich hatte, als er selbst und seine Familie für einen Tag benötigten, wurde Befragungen unterzogen. Wer noch Waffen im Haus hatte, was auch immer, Gewehre oder Bajonette, musste diese abgeben, sonst drohte ihm Erschießung. Und sie scherzten nicht, schließlich hatten sie es mehrfach getan. Aber die Rechtsbullen haben sie nicht gefunden, fügte Cristea Paragină hinzu. Und sie werden sie auch nicht finden ... Wenigstens dies. Über seinen Bruder und Mihai Timaru wusste er nur, dass sie lebten und zu lebenslänglicher Gefängnisstrafe verurteilt worden waren. Sie waren zu sehr mit ihnen verfeindet, als dass sie sie ermorden und sie erlösen hätten können, sagte er verbittert. Zusammen mit einem Freund, Gheorghiță Bălan, versteckte er sich in einer verlassenen Mühle oberhalb der Putna-Wasserfälle in Gura Lepșei. Sie schauten sich an, die beiden Männer, weißbärtig und mit Patriarchengesicht der eine, mit dem gekringelten Flaum des jungen Mannes der andere. Dann knöpfte Hartin Fringhian die Hirtenjacke und den Anzug auf, der früher einmal schwarz war und glänzend, hob mit beiden Händen das Leinenhemd hoch und wies auf den Leibgurt. Ich trage dich in mein Testament ein. Bist ein guter Junge. Ich vermache dir eine Million Lei, aber nicht von diesen, die keine zwei Heller wert sind, echte Lei von vor dem Kriege ... eine Million Lei, Banknoten, Schatzbriefe oder

Aktien, was du magst ... Was soll ich denn mit so viel Geld anfangen, mein Herr?, blinzelte Cristea Paragină. Sehen Sie denn nicht, wie wir hier leben? Und das Vorkriegsgeld, wer würde mir das denn noch abnehmen? Hartin Fringhian dachte einige Augenblicke lang nach. Ich weiß, wie wir's machen, beschloss er. Ich trage dich nicht mit Werttiteln ein, obwohl, du wirst schon sehen, die Zeiten kommen wieder. Ich gebe dir Gold und Edelsteine. Ich glaube, wir sind völlig verrückt geworden, mein Herr, seufzte Cristea Paragină, obwohl ihm der alte Mann gefiel, ja, er liebte ihn sogar, und so verrückt, wie er nun war, noch mehr als vordem. Schließlich waren auch die Zeiten verrückt geworden, und der Wind raschelte in den Bäumen und kündigte Schnee an. Kommst morgen gegen Abend wieder, befand Fringhian. Bis dahin werde ich jemanden bitten, mir eine Feder und Tinte aus dem Tal heraufzubringen. Und ich schreibe dir die Safenummern bei der Nationalbank auf einen Zettel. Wenn du hörst, dass ich gestorben bin, gehst du hin und holst dir das Gold. Es ist allzeit gut. Tauschst es gegen Gewehre ein und wartest auf die Amerikaner. Du bist ein junger Mann, hast Zeit. Und bevor sich der kleinere Paragină im Wald verlor, sagte er noch einmal, erleichtert: Morgen Abend. Vergiss es nicht ...

Es war eines der Dinge, die Cristea Paragină nicht vergessen hat, gewiss nicht, denn er hatte ohnehin keine Zeit mehr, es zu vergessen. Im Morgengrauen war die verlassene Mühle von Soldaten umstellt. Cristea versuchte zu entkommen, rannte hinten hinaus, wo ein Zaun mit Stacheldraht das Grundstück begrenzte. Es gelang ihm nicht, jenseits des Grundstücks zu gelangen. Die Kugeln durchlöcherten ihn auf der Innenseite des Zaunes, er hing darin, die Hände um die Drahtspieße geklammert. Gheorghiță Bălan wurde in Ketten nach Galați gebracht und bestialisch gequält, damit er bezeuge, wo sich die Bullen befänden. Aber aus Wut die Kontrolle zu verlieren, ist menschlich, selbst im Falle der Rohlinge, die ihn quälten. Einer von ihnen drehte angesichts von Gheorghiță Bălans Widersetzlichkeit durch, zog die Pistole und schoss ihm das Hirn aus dem Kopf. Man sagt, er habe Varlaam geheißen, aber vielleicht ist auch das nicht wahr. Niemand hat es ermittelt. Ohnehin ähnelten sich all die Verursacher solcher Qualen sehr.

Hartin Fringhian bereitete das Tintenfass und die Feder vor, holte unter dem Leibgurt ein weißes liniertes Blatt hervor und schrieb darauf: »Kodizill. Unterzeichneter Hartin B. Fringhian, erhalte mein Testament, das ich am Gericht von Ilfov, Abteilung Notariat, unter der Registriernummer 75075 am 31. August 1938 niedergelegt habe, mit folgenden Änderungen und Ergänzungen aufrecht:« Dann legte er den Federhalter beiseite, schraubte das Tintenfass zu und wartete. In der Zwischenzeit war der Wind beißender geworden, die Auerhähne zogen sich in die Baumhöhlen zurück, die Schneefälle hatten eingesetzt, Frost klirrte wie Glas, dann ging er zurück, das Eis barst, die Schneemassen wurden lückenhaft und flossen die Berge hinab. Als der Frühling kam und die Hirsche zum Fluss hinuntergingen, wo sie sich unter die Schafe mischten, begriff Hartin Fringhian, dass er umsonst wartete. Er packte seine Papiere zurück unter den Leibgurt und steckte das Tintenfass in die Tasche. Nun blieb ihm nur noch, die Jahreszeiten zu erfassen, die Zahl der Schafe und der Käselaibe, die nach Focșani auf den Markt gebracht wurden. Um geräucherte Fleischwaren gewickelt oder zerknüllt zwischen den Flaschen, mitunter auch vom Wind herbeigeweht, erreichten ihn hie und da Zeitungsseiten; er strich sie glatt und las sie ausgiebig, dabei versuchte er, sich die Wirklichkeit hinter dem vorzustellen, was er da las. Nachrichten kamen mit Verspätung, eine aber erreichte ihn zur rechten Zeit, und zwar zwei weitere Frühlinge später – die Nachricht von Stalins Tod. Hartin Fringhian sollte in jenem Frühling achtzig Jahre alt werden. Es ist an der Zeit, beschloss er. Er rasierte sich den Bart mit dem Rasiermesser in einer Spiegelscherbe ab, zog die Hirtenjacke aus, bürstete, so gut es ging, den fadenscheinigen schwarzen Anzug – die Ellbogen waren ausgebeult, und unter den Achseln war er weiß und steif vom getrockneten Schweiß –, verabschiedete sich vom guten Nicolae Filimon und schlug den umgekehrten Weg ein, nach Vidra, Panciu und Odobești, und dann bis nach Focșani hinunter.

Wie du siehst, Garbis, lebe ich noch, sagte er, als er in den Hof unseres Hauses in Focșani eintrat, und kam damit jeder anderen Frage zuvor. Er versuchte sich immer noch aufrecht zu halten, aber er war älter geworden, die versteckten Gebirgspfade zwingen einen, gebeugt zu gehen, und bei diesem Alter fällt es schwer, sich aus der Hüfte heraus aufzurichten, vor allem, wenn man immerzu die Umgebung im Blick behalten muss. Sein Gesicht war zerfurchter, rauher geworden von der Kälte. Obwohl er die Hände ineinandergelegt hatte, damit man es nicht sehen könne, zitterte die linke Hand leicht, und er konnte es nicht verhindern. Ich brauche ein Zimmer, sagte er. In den Häusern der Kirche, schlug Großvater vor. Da ist noch ein Zimmer in der ehemaligen Schule, neben Minas, dem Blinden. Nimm es mir nicht übel ... Hartin Fringhian nahm nichts übel, er bat nur darum, dass die Tür zur Nacht gut zu verschließen und Tisch und Stuhl darin sein müssten. So soll es sein, bestätigte Großvater. Er wollte ihn fragen, ob er den Tisch benötige, um an seinem Testament weiterzuschreiben, aber er verwarf die Frage. Er hatte ohnehin gesehen, dass dieser die Hände in Höhe seines Leibgurtes hielt, und daraus den Grund geschlossen. Wovon wirst du leben, *Baron* Hartin? Wovon lebst du, Garabet? Ich bin Rentner. Beziehe eine Rente vom Staat ... so gut wie nichts ... Wenn man es recht bedenkt, bei dem, was dir der Staat genommen hat, könnte er dir auch ein klein bisschen was geben. Der Staat ... das ist nicht gut, schüttelte Hartin Fringhian den Kopf, er hatte sein Lebtag kaum den Kopf geschüttelt, meistens hatte er zugestimmt, und zwar nicht dem, was andere gesagt hatten, sondern seinen eigenen Gedanken. Was will man denn vom Staat erwarten? Ich glaube, ich werde wieder ein Geschäft beginnen. Ein Geschäft?, wunderte sich Großvater. In welcher Welt lebst du denn, *Baron* Hartin? Die Geschäfte von früher sind geschlossen worden, die Geschäftswelt funktioniert nicht mehr so, wie du sie kennst, der Staat macht nun die Geschäfte. Hartin Fringhian beugte sich leicht vornüber und sagte mit leiser Stimme, wobei er wieder in die Seiten des *Buchs des Flüsterns* zurückkehrte: Bist du tot, Garabet? Du bist nicht gestorben. Bin ich gestorben? Nein, gottlob. Dann ist auch das Geschäft noch nicht tot. Und Kundschaft findet sich immer.

Einige Zeit später, als mein Großvater frühmorgens zu ihm ging, ihm ein bisschen die Zeit zu vertreiben, fand er ihn aufgeräumt vor, er bürstete soeben mit einer angefeuchteten Bürste die Schulterpartien seines Smokings. Ich fahre nach Bukarest, Ware beschaffen, sagte der alte

Hartin, und Großvater Garabet verzichtete auf die Frage, was das nun für eine verrückte Idee sei. Ich bitte dich nur um das Geld für eine Fahrkarte dritter Klasse. Du kriegst das Geld binnen eines Monats zurück. Da er glaubte, der Alte habe einfach so über Versorgungen gesprochen, die er in Bukarest zu tätigen habe, reagierte Großvater nicht sofort, sodass der andere, aufgrund des grausamen Lebens, das er in den letzten Jahren geführt hatte, annahm, Großvaters Zögern bedeute eine Ablehnung. Er packte Großvater am Kragen, der nun erst merkte, wie stark seine Hand zitterte. Setz dich, sagte Hartin Fringhian. Wenn du nicht glaubst, dass ich dir das Geld zurückgeben kann, machen wir Folgendes. Du gibst mir zehn Lei von diesen heutigen, und ich trage dich mit einer Million von jenen guten Lei von vor dem Krieg in mein Testament ein. Jetzt gleich schreiben wir das Kodizill. Zehn Lei, Garbis, verstehst du, nach meinem Tod wirst du reich sein! Ich habe nicht gesagt, dass ich dir das Geld nicht gebe, antwortete Großvater Garabet. Und hör auf, vom Tod zu reden, wir leben und sehen weiter.

Sie lebten und sahen. Hartin Fringhian bestieg wieder den Zug, der nun nicht mehr so überfüllt war, denn nun fehlten die entlassenen Soldaten, die bettelnden Kriegsinvaliden, die Moldauer mit den eingerollten Leinensäcken, mit denen sie in Oltenien Weizen holten, die Flüchtlinge aller Art. Beruhigt erreichte Hartin diesmal den Nordbahnhof, und mit dem verbliebenen Kleingeld nahm er von hier aus einen anderen Zug, der ihn bis nach Chitila brachte. Der Abend war hereingebrochen. Hartin Fringhian ging zur Zuckerfabrik. Er traute sich nicht, nahe heranzugehen, betrachtete sie von weitem und sog den Duft nach gerösteten Zuckerrüben und Melasse durch die Nüstern, dann ging er um die Fabrik herum, dorthin, wo ungepflegt zwar, aber ertragreich, sein Obstgarten mit Nuss- und Apfelbäumen prächtig herangewachsen war. Er legte sich die verfilzten Säcke unter den Kopf und schlief bis zum Anbruch des Morgens. Dann wachte er auf, streckte sich nach der Kühle der Nacht, schüttelte die Säcke aus und begann, die herabgefallenen Nüsse einzusammeln, wählte nur die gesunden aus.

Das vernachlässigte Wunder eines verlassenen, aber ertragreichen Obstgartens ist wie jedes Wunder nur ein scheinbares. Der Hüter, der darauf aufpasste, dass die Arbeiter keinen Zucker stahlen und über den hinteren Zaun warfen, ließ ab und zu einen Blick über den Obstgarten wandern, immerhin konnte er dort statt der Kupferrohre, die mittlerweile grün angelaufen waren, und der grauen Dächer die großen und beinahe runden Kronen der Nussbäume sehen oder die wie Handhöhlen herabgebeugten Kronen der Apfelbäume. Diesmal aber sah er aus den Augenwinkeln heraus Hartin Fringhian, was nicht weiter schwer war, denn der Alte suchte konzentriert im Gras, ohne sich absichtlich zu verbergen, und sein schwarzer Anzug war weithin zu sehen. He, rief der Hüter, der wie jeder auf ein und demselben Posten alt gewordene Mensch versuchte, ein Maximum an Wirkung durch ein Minimum an Aufwand zu erreichen, he, hau ab von dort! Aber er war selber alt, und der, der dort herumsuchte, war seinerseits alt, weder konnte er laut rufen, noch hörte jener gut. Also stand der Hüter mit trötenförmig um den Mund gelegten Handflächen da, während Fringhian ungestört zwischen den feuchten Gräsern nach Nüssen suchte. Also packte der Hüter, immer noch bedacht, sich nicht zu überanstrengen, ein Stück Holz vom Boden und schleuderte es in die Richtung, in die er gerufen hatte. Diesmal hatte er mehr Erfolg, denn der Nüssesammler hielt inne, schaute sich um, wollte die Ursache der Störung sehen, drückte das Kreuz durch und richtete sich auf. Als er die Silhouette sah und merkte, dass jener seine Schultern auf eine Weise streckte, die allen Arbeitern in der Zuckerfabrik wohlbekannt war, erstarrte der Hüter mit der Hand auf einem weiteren Holzscheit. Dann geschah etwas, das jedem Zuschauer unverständlich hätte bleiben müssen. Statt dass der auf frischer Tat ertappte Dieb, also Hartin Fringhian, Reißaus genommen hätte, rannte der Hüter davon und vergaß sogar darauf, das Holzscheit fallen zu lassen. Und wie man ahnen kann, rannte er nicht auf den Nüssedieb zu, sondern zum Verwaltungsgebäude. Fringhian schaute ihm nach, und als er befand, der Hüter sei in ausreichender Entfernung, schüttelte er seinen Sack und beugte sich wieder hinab, suchte weiter im Unkraut. Sodass er etliche Minuten später auch nicht bemerkte, dass eine Gruppe von Leuten auf ihn zukam, einer ging voran, er schien der Chef der anderen zu sein, denn er trug einen marineblauen Anzug und hatte eine Mütze auf, somit der Direktor, wie man zu jenen Zeiten gesagt hätte. Sie blieben ein paar Schritte vor ihm stehen und schauten ihn schweigend an. Hartin Fringhian sah sie erst, als er sich nach einer weiter weg liegenden Nuss ausstreckte. Er schrak auf, reckte sich aus der Hüfte empor, aber nicht so weit, dass er aufrecht gestanden hätte, vielmehr leicht gebeugt, bereit, sich davonzumachen. Sie schauten sich an, erkannten sich, aber sie zögerten, sich anzusprechen. Der ihm der Direktor zu sein schien, bückte sich und hob etwas aus dem Gras auf. Hartin Fringhian kam diese unvermittelte Geste nach dem langen und betretenen Schweigen bedrohlich vor. Sie werden anfangen, mit Steinen zu werfen, sie werden sich an ihm nicht einmal die Hände schmutzig machen, er hatte so etwas schon in seiner Kindheit gesehen, damals wurden Steine geworfen, bis einer tot war, jetzt konnte man ihn auf diese Art vertreiben, bis an den Rand der Schande. Er wollte davonlaufen, den Sack hinter sich herziehen. Der andere streckte tatsächlich die Hand aus, aber er erhob sie nicht über die Schulter, um zu werfen, sondern streckte sie einfach so aus und öffnete die Faust. Er hatte keine Steine in der Hand, wie der Alte befürchtet hatte, sondern Nüsse. Und weil der Alte angesichts dieser unerwarteten Geste ratlos dastand, ging der Mann mit der Mütze mit offener Hand zwei Schritte auf ihn zu. Fringhian richtete sich vollends auf, wurde wieder der Größte von allen und schaute sie an. Dann griff der Alte mit einer schnellen Handbewegung, damit der andere es sich nicht anders überlege, nach den Nüssen. Ich kenne dich, sagte er, du bist Ştefan Niculescu. Heizer, ein guter Arbeiter ... Ich habe dich in mein Testament aufgenommen, damals schon ... Er schaute sich um: Euch auch, alle ... Wenn ich sterbe, gehört die Fabrik euch. Ihr müsst bloß den Mut aufbringen, sie zu verlangen. Und wenn ihr wollt, könnt ihr sie danach verkaufen, ich habe im Testament festgehalten, wie ihr sie verteilen sollt ... Aber es wäre schade, es ist eine gute Fabrik, nur solltet ihr ein bisschen besser auf sie achten ... Der Mann mit der Mütze gab den anderen ein Zeichen, und diese folgten ihm, beugten sich hinab und begannen Nüsse einzusammeln. Die Größten unter ihnen schüttelten die Bäume, damit es schneller ginge. Es waren viele Hände, die Säckchen füllten sich. Niculescu,

Heizer oder Direktor, oder sowohl das eine wie das andere, schlenkerte mit den Händen, nahm die Mütze ab und deutete eine Art Lächeln an. Dann bat er den Hüter, die Säcke mit den Nüssen auf die Schultern zu nehmen und den alten Mann zum Bahnhof zu begleiten. Er reichte ihm nicht die Hand, zumal er die zerknautschte Mütze noch in den Fingern hielt. Aber er sagte, und das sollte wohl als eine Art Verabschiedung oder Entschuldigung klingen: Kommen Sie nicht wieder ... Herr ...

Fringhian kam nicht wieder. Aber er hatte mit dem Hüter vereinbart, dass er sich nach Verlassen des Zuges fernhält vom Obstgarten, dafür ihm die Säcke übergibt, die er dann, zusammen mit den Arbeitern die Nüsse aufklaubend, füllen und ihm zum Bahnhof bringen wird. Hartin Fringhian erfragte alle Namen, machte ein Kodizill und nahm sie alle in sein Testament mit auf. Die Helfer freuten sich über so viel auf dem Papier festgehaltenes Geld, sie bedankten sich artig, aber sie wären sehr viel dankbarer gewesen, wenn der alte Mann zur Vergütung ihrer Arbeit auf die Zigtausende in seinem Testament verzichtet und ihnen dafür zwei, drei Lei gegeben hätte, mit denen sie sich in der Bahnhofskneipe einen Schnaps hätten kaufen können. So großzügig Hartin Fringhian nach seinem Tode war, so besonnen und berechnend war er zu Lebzeiten.

Zumal sein Geschäft eben erst anlief. Er schloss sich einige Tage lang in seinem Kämmerchen im Hof der armenischen Kirche zur heiligen Maria von Focşani ein, mümmelte Trockenbrot mit Lindenblütentee und spazierte dann im Trippelschritt durch die Straßen, schaute in die Schaufenster, durchstreifte die Schankstuben und Wirtshäuser, betrat Geschäfte und fragte die Verkäufer dies und das, beriet sich mit Sahag Şeitanian und mit anderen, die teils noch Geschäften nachgingen, wie auch immer beschränkt, wie es zu der Zeit eben möglich war, teils früher geschäftlich tätig waren und trotz des Verlustes ihrer Verkaufsläden ihre Gewohnheiten nicht abgelegt hatten.

Es ist an der Zeit, mich umzuorientieren, beschloss er. Die Zeit ist für Süßigkeiten nicht eben günstig. In solch trüben Zeiten ziehen die Leute es vor, ihre Bedrängnisse wegzutrinken, statt an Feiertagen an

Süßigkeiten zu lutschen. Sie kaufen eher gesalzene Sachen, die zum Trinken anhalten, als Süßwaren, die den Durst abwürgen.

So kam es, dass aus dem Zuckerkönig Hartin Fringhian der Händler für gesalzene Naschereien wurde. Bei Mercan, dem Luftmagier, hatte er sich ein paar bauchige Dunstgläser mit angeschlagenem Rand ausgesucht, damit er sie umsonst mitnehmen konnte. Er warf eine Handvoll grobkörniges Salz hinein, goss abgekochtes Wasser darüber und ließ die geschälten Nusshälften darin herumschweben. Etwa zwei Tage genügten, damit sie sich gehörig mit Salz tränkten. Worauf er die aus der Beize gefischten Nüsse in einer Pfanne röstete und begann, die Wirtshäuser aufzusuchen und geröstete gesalzene Nüsse zu verkaufen, die bei einem Bier oder einem sauer Gespritzten wunderbar weggingen. Da mittlerweile die kleinen Krämerläden und Kolonialwarengeschäfte verschwunden waren und mit ihnen die ungeschälten oder in Salz gerösteten Erdnüsse, die türkischen Haselnüsse, die Pistazien und Mandeln, er also keine Konkurrenz hatte, und die Kneipenwirte diejenigen, die Kürbis- oder Sonnenblumenkerne verkauften oder nagten, wobei Letztere allerorten die Schalen achtlos ausspuckten, scheel anschauten, ließ sich Hartin Fringhians Handel mit gesalzenen Nüssen recht gut an. Morgens, wenn die Kneipen geschlossen waren, die Wirte den Tresen polierten oder klebrige Reste von den Tischen wuschen, wenn die Säufer noch schliefen und sich ihr Blut klärte, setzte Hartin Fringhian sich vor der armenischen Kirche oder vor dem Bahnhof auf den Bürgersteig und verkaufte die geschälten Nüsse aus einer Schöpfkanne. Und zu den Feiertagen ging er in die armenischen Häuser und verkaufte mit kleinerem Maß, also mit der Tasse, damit der Preis nicht als zu hoch erschien, kleingehackte Nüsse für den süßen Nusskuchen, die Baklava oder die Anusabur-Suppe. Weil die ursprüngliche Investition zu vernachlässigen war, lief der Handel mit den Nüssen ziemlich gut, so gut, dass Hartin Fringhian es sich bei Wintereinbruch erlauben konnte, sich in Weißmanns Gebrauchtwarenladen neben der Fleischhalle einen gebrauchten Mantel zu kaufen, einen an den Ellbogen abgeschabten, aber sehr warmen Mantel, den der Jude von irgendwelchen trauernden Verwandten erhalten hatte. Solcherart eingemummt, traute sich Hartin Fringhian, den Radius seiner Geschäfte auszuweiten. Zu den hohen Feiertagen quetschte er sich in den Nachtzug nach Bukarest, wo man ihm gegen eine Handvoll Nüsse einen Platz in den zugigen Waggons der dritten Klasse zuwies. Dort ging er schnurstracks zur Armenischen Kathedrale auf dem Boulevard Carol I., der nun Boulevard der Republik hieß, und verkaufte seine Nusskerne. Da ist der Umsatz höher, erklärte er denen, die den Sinn seiner Reisen nicht recht begreifen konnten. Für die Bukarester Armenier, anspruchsvollere Leute, wählte er die beste Ware aus und präsentierte sie verlockender. Er knackte die Nüsse sehr vorsichtig mit einem kleinen Schusterhammer, den er sich von Anton Merzian ausgeliehen hatte, dann entnahm er ihnen das ganze Innere, die Hälften noch fest miteinander verbunden. Auch heute, da ich das *Buch des Flüsterns* schreibe, ein halbes Jahrhundert nach jenen armenischen Festen und den Gesprächen nach dem Gottesdienst, die von den Armeniern im Kirchhof stets noch in die Länge gezogen wurden, gibt es nicht wenige Bukarester, die sich noch gut an Hartin Fringhian erinnern. Wie er die Kirche betrat, aus der Manteltasche ein paar Kerzenstummel nahm, die er wahrscheinlich von Arşag, dem Glöckner aus Focşani, bekommen hatte, sie anzündete und dann hinausging, um reglos am Ausgang des Kirchhofs zu verharren, allerdings auf der Hofinnenseite, damit er nicht von der Miliz verjagt werden konnte. Dort verkaufte er seine wunderbaren Nusskerne, rund waren sie wie Taubeneier. Männer, die heute, da wir das *Buch des Flüsterns* lesen, aufs Alter zugehen und damals Knaben waren, wissen, dass ihre Eltern im Vorbeigehen den alten Hartin Fringhian in seinem abgeschabten Mantel, die Reisetasche mit den Nüssen zu seinen Füßen, kaum grüßten. Sie schämten sich, ihm für die Kanne voller Nüsse das Kleingeld hinzureichen, ausgerechnet ihm, den sie noch so gut aus der Zeit kannten, da der zerlumpte Smoking ein glänzendes Gewand war; und in ihrer Scheu schickten sie die Kinder zum Nüssekaufen. Allmählich kannte Hartin Fringhian auch die Vornamen der Kinder, gab ihnen noch eine oder zwei Nüsse obendrauf, die sie dann auf dem Nachhauseweg essen konnten. Und dann die Strecke zurück zum Bahnhof, so gut es ging unter Umgehung des Zentrums, um denen aus dem Weg zu gehen, die ihn – andere, keine Armenier – hätten erkennen können. Er kehrte mit dem Nachtzug zurück, und wenn dieser sich nicht übermäßig verspätete, drehte er noch eine Runde durch die Kneipen in Bahnhofsnähe. Aber mit stets kürzer werdenden Schritten, er stützte sich an den Wänden ab, um zu Atem zu kommen, zog auch immer früher im Herbst schon den Mantel an, den er im Frühjahr stets später wieder ablegte. Wo es ging, versuchte er sich hinzusetzen, er hörte immer schlechter und hatte gelernt, die Münzen mit den Fingerkuppen zu erkennen, denn seine Sehkraft hatte nachgelassen. Ab und zu fragte er die großzügigeren Kunden und die freundlicheren Kneipenwirte, die ihm von den verbliebenen Resten hin und wieder eine warme Brühe mit Brot hinstellten, oder solche, die er für bedrückter als sich selbst hielt, nach ihren Namen und verfasste, die Nase auf dem Papier, die Feder in mit Wasser verdünnte Tinte getaucht, damit sie länger hielte, ein weiteres Kodizill, durch das er sie in sein Testament mit aufnahm. Das Einzige, was in ihm selbst noch lebendig geblieben war, war sein Testament. Die letzte Veränderung stammt aus dem Jahr 1958, als die anständigeren Kunden und armen Armenier hinzugefügt worden waren. Und die letzte Person war Mariam Aslanian, die Witwe des Pfarrers Dagead, mit ihren vierzigtausend Lei zum Geldwert des Jahres 1938, somit um einiges mehr, als ihre Rente bis zu ihrem Tod ausmachte. An einem Februarabend des Jahres 1959 kam Hartin Fringhian in unseren Hof, wahrscheinlich hat er auch mich gesehen und in seinem erdklumpenrauhen Armenisch aus Erzerum mit mir gesprochen, vielleicht hat er auch in seinen Taschen nach einer geschälten Nuss gekramt, ich weiß es nicht mehr. Von all den Magiern, ich sagte es schon, ist er der einzige, an den ich mich nur aufgrund seiner Geschenke erinnere.

Wie immer, wenn die Armenier meiner Kindheit in entscheidenden Augenblicken ihrer Existenz spürten, dass sie nun widerstehen, bewahren oder erklären müssten, hatte auch Hartin Fringhian seine Gelegenheit, der Fotografie zu begegnen. Wie alle Armenier, die vor den Trennungen, den Kämpfen und Massakern, den Aufbrüchen in Konvois, somit der Begegnung mit dem Tode, das Bedürfnis hatten, sich in eine gewisse Geborgenheit zu begeben, indem sie das fotografieren ließen, was an ihnen lebendig war, bat Hartin Fringhian meinen Großvater darum, ihm ein Foto zu machen. Weil nun der lebendige Teil seines Leibes das Testament war, wollte er sein Testament fotografieren lassen. Und in jener Winternacht des Jahres 1959 fotografierte Großvater Seite für Seite Hartin Fringhians Testament, die Kodizille, die Bekanntmachungen des *Offiziellen Bulletins*, alles. Dann versammelten sie die noch feuchten und klebrigen Blätter, die Großvater sorgsam entwickelt hatte, in einer anderen Mappe, die ihm der Alte zur Aufbewahrung übergab, und Großvater versprach ihm, alles genau so zu tun, wie er es wünschte.

Es war ein strenger Winter, vor allem nach dem Dreikönigsfrost. Nicht so schneereich wie jener des Jahres 1954, als das Brot mit dem Lastkraftwagen herbeigeschafft und von der Straße her direkt aufs Dach geworfen wurde, die Leute stiegen in ihren Häusern auf den Dachboden und stießen mühsam die Dachluke auf, denn außen waren die Häuser bis zur Dachtraufe im Schnee vergraben. Aber Geschäft ist Geschäft, und selbst wenn bei dem Frostgeheul die Kundschaft eher nach Glühwein und Schnaps verlangte denn nach Bier und Gespritztem, setzte Hartin Fringhian seine nächtlichen Runden durch die Kneipen fort und betrachtete tagsüber die Dampfwalzen der Züge, dabei döste er eher vor sich hin, als dass er sein Geschäft betrieb. Abends, den Kopierstift im Mund angefeuchtet, machte er in dem Register mit den senkrecht durch eine Linie unterteilten Blättern seine Buchhaltung, Gewinn und Verlust, dann verglich er das Ergebnis mit den Münzen aus den zweifach überkreuz verknoteten Taschentüchern, die wie Goldbeutel aussahen. Wenn wir berücksichtigen, dass der alte Mann immerzu die gleichen Kleider trug, dass er aß, wo es sich eben ergab, dass er seine Röstpfanne mit auf dem Friedhof gesammelten Zweigen anheizte und seine Ausgaben äußerst gering ausfielen, war das Nussgeschäft des ehemaligen Zuckerkönigs gewinnträchtig. Nicht übermäßig, aber immerhin ausreichend dafür, dass damals, als sie ihn nach einigen Tagen fanden – sie hatten schließlich beschlossen, die Tür aufzubrechen, und fanden ihn mit glasig glänzenden Augen, gekrümmt wie ein degenerierter Vogel –, die Münzen in den verknoteten Taschentüchern für Sarg und Kreuz ausreichten. Und damit Anton Merzian und Krikor Minasian, die sich immerzu stritten, seitdem ihre Schusterwerkstätten Tür neben Tür an der Großen Straße lagen, ausgerechnet dort, am Kopfende von Hartin Fringhians Lager, keinen Grund für ein Zerwürfnis fänden, war das Erste, das sie, ohne die Augen des Toten zu schließen, unternahmen – lass ihn zusehen, dass wir ehrlich zählen, sagte Agop Aslanian, der Buchhalter der Kirchengemeinde, denn wir berauben keine Toten –, das Aufknoten der Taschentücher; sie zählten die Münzen und verglichen ihr Ergebnis mit dem, was im Registerbuch stand. Alles in Ordnung, Hartin, sagte Der Varjabedian, Gott erleuchte deine Seele. Am Ende jener tadellosen Zählung, die Hartin Fringhians Rechnungen mit der Welt bereinigte, schloss der Pfarrer ihm die Augen. Mariam Aslanian, die Pfarrerswitwe, bot an, ihm andere, besser aussehende Kleider ihres Mannes auszusuchen. Großvater gebot ihr Einhalt. Also wurde Hartin Fringhian seinem Wunsch gemäß in dem schwarzen Anzug begraben, der einmal ein Smoking war und jetzt, nach so langem Tragen, zwischen den Fingern zerkrümelte wie altes Papier. Da sie ihn nicht flicken konnten, nahmen sie ein weißes Leintuch, eine Art Gaze, mit dem sie ihn bis unters Kinn bedeckten, das schwarze Gewand ebenso wie die über dem Testament gefalteten Hände.

Dann entfaltete Großvater am Kopfende des Toten das Papierbündel und durchmaß mit ruhiger Stimme alle Zeilen, die Hartin Fringhian mit dem Wunsch unterstrichen hatte, sie bei seinem Tode verlesen zu lassen. »Unterzeichneter Hartin Fringhian, ohne lebende Vorfahren oder Nachkommen, verfüge, dass bei meinem Dahinscheiden mit meinem Vermögen auf folgende Weise zu verfahren ist: Ich begründe die Hartin-Fringhian-Stiftung, der ich meine Immobilie in Bukarest, Calea Victoriei 72, den Schmuck aus dem Safe Nr. 78 in der Rumänischen Handelsbank, 178000 Aktien der Arad-Chitila-Gesellschaft und 72000 Aktien der Banat-Gesellschaft übereigne, die sich in den Safes Nr. 1392, 1389, 1400 der BCR sowie in den Safes Nr. 2231 und 2361 der Rumänischen Nationalbank befinden, ebenso sämtliche Romcolind-Aktien, zehn Millionen Lei Schuldverschreibungen Iași in meiner

Geldkasse und alle weiteren mobilen und immobilen Werte, Schuld-
briefe, Aktien und Staatsanleihen, wo auch immer sie bei meinem Dahinscheiden sich befinden mögen, im Inland oder Ausland, dazu auch
alles Weitere, das ich zu diesem Zeitpunkt besitzen werde. Zweck der
Stiftung ist: In Bukarest ein Krankenhaus mit mindestens achtzig Betten zu erbauen und zu unterhalten, das mit allen nötigen Möbeln sowie
modernen Instrumenten und Apparaten auszustatten ist; in Bukarest
ein Heim für arme orthodoxe rumänische Schüler, Kinder von Landar-
beitern, zu errichten und zu unterhalten. Der Rumänischen Akademie
vermache ich 15 Millionen Lei, mit denen Immobilien für Tagungen an-
zuschaffen sind. Mit den Einkünften aus diesen Immobilien sollen Sti-
pendien an arme und begabte rumänische orthodoxe Schüler vergeben
werden. Dem Ministerium für öffentliche Bildung hinterlasse ich Mittel, aus denen Jahr für Jahr eine Grundschule mit den dazugehörigen
Einrichtungsgegenständen in dörflichen Gegenden errichtet werden
soll. Der Allgemeinen Armenischen Wohlfahrtsgesellschaft in Paris
übereigne ich fünfzig Millionen Lei ...«

Großvater las noch eine Viertelstunde lang weiter, die ganze Liste
mit den Immobilien, Grundstücken, Geldern, die er Kirchen, Universitäten, den verschiedensten öffentlichen Einrichtungen und den Angestellten seiner Fabriken vermacht hatte, ebenso die lange Auflistung
von Begünstigten, von den älteren Partnern, Verwaltern, Vormündern
und Notaren bis hin zu den neuesten, den Wirten, Kunden, Hungerlei-
dern und Samaritern. Dann schloss er das Testament und schlug das
große Kreuz dessen, der Wort gehalten hatte. Aber für Anton Merzian,
der immerzu in Frageform redete, war es nicht anders denn selbstverständlich, noch eine Frage hinterherzuschieben: Wie viel Geld mag das
insgesamt sein? Großvater wiegte den Kopf hin und her und wog die
Blätter in seinen Händen, als könne deren Gewicht ihm die Summe verraten. Ich glaube, so etwa eine Milliarde von den guten Lei ... Eine Milliarde, sagst du?, verwunderte sich der Schuster. Also eine Million mal
einen Tausender. Aha, einen Tausender, ja?, gab sich Anton Merzian
nun aufgeklärt. Eine Milliarde ..., wiederholte Krikor Minasian unver-
ständig, denn dieses Wort hatte er noch niemals ausgesprochen, und er

schaute verwundert auf das ruhige Gesicht des Alten, der da in diesem so schmalen Sarg lag, der eher einer Flaschenkiste von Mercan glich, dem Verkäufer von gläsernem Leergut.

In aller Eile gewaschen und eben deshalb mit Farbresten, die vom Kopierstift herrührten, an den Fingern und in den Mundwinkeln, in seinen zerschlissenen und wie Pergament brüchigen Anzug gekleidet, in einem Sarg aus dünnen und rohen, ungehobelten Brettern gebettet, wurde Hartin Fringhian im Frühjahr 1959 beerdigt. Pfarrer Varjabedian näselte und murmelte das Andachtslied *I veri Jerusalem* vor sich hin. Die paar um den Sarg versammelten Personen verhielten sich eher so, als gälte es eine Sache zu erledigen, niemand, der eine Träne vergossen oder geseufzt hätte. Allein Mariam, die Pfarrerswitwe, weinte, aber nicht wegen des Alten oder der Erbschaft, der sie sich nicht erfreuen konnte, sondern weil sie es seit dem Tod ihres Mannes bei allen Beerdigungen so hielt.

Vergreift euch nicht an ihren Frauen, hatte Armen Garo gesagt. Auch nicht an den Kindern.

Sie waren einzeln, einer nach dem anderen, gekommen und hatten sich am Sitz der Zeitung *Djagadamard* in Konstantinopel versammelt, alle Mitglieder der Spezialmission. Man hatte sie mit Bedacht ausgewählt. Letztlich waren nur diejenigen in die Gruppe aufgenommen worden, die schon einmal aus eigenem Antrieb oder in organisierter Form an verdeckten Aktionen teilgenommen hatten. Ich kann nur solchen vertrauen, die bereits getötet haben, hatte Armen Garo beschlossen. Sie erhielten die Fotos derer, die sie in ihren Verstecken aufstöbern sollten. Und die Verstecke konnten sich überall befinden, in Berlin und Rom ebenso wie in den Steppen von Zentralasien. Talaat Pascha, der Innenminister, breitschultrig und mit einem dicken, gedrungenen Hals, hatte einen kräftigen Körper, und sein Kopf mit dem eckigen Kinn und den Kiefern, die jenen eines reißenden Tieres ähnelten, wirkte wie die Verlängerung der stattlichen Brust. Und die Hände im unteren Teil des Fotos, doppelt so groß wie die eines gewöhnlichen Menschen, verrieten seine Aggressivität. An seiner Seite, fragil und mit feinen Zügen, seine Frau in einem weißen Kleid und mit einem aus Spitzen nach europäischer Mode gearbeiteten Hut, sehr anders als der Fes des Paschas. Dann Enver, kleinwüchsig, allein durch die Absätze seiner Stiefel etwas emporgehoben. Ein hoffärtiger Blick und dünne Finger, die an den Schnurrbartspitzen liegen; er ist stolz auf die Litzen eines militärischen Kommandanten, die er im Überfluss auf den Schultern und auf der schmalen Brust trägt. Sie sollten seine mehr als bescheidene Herkunft als Sohn einer Mutter verschleiern, die sich zu seiner Erziehung eines der im gesamten Imperium am meisten verachteten Berufe hatte hin-

geben müssen, dem einer Leichenwäscherin. Auf einem der Fotos um-
fing sein dünner, besitzergreifender und zugleich schüchterner Arm die
zarte Taille seiner Frau Nadjeh, die eine Prinzessin aus dem herrschaftlichen Harem, somit eine Tochter des Sultans war. Und auf einem anderen Foto versuchte Enver, der Sohn der Leichenwäscherin und Schwie-
gersohn des Sultans, draufgängerisch zu wirken, erstarrt zwischen den
Porträts seiner Idole Napoleon und Friedrich der Große. Djemal Pascha
war in diesem kriegerischen Triumvirat eine Art Lepidus. Hätte er nicht
die Epauletten eines Marineministers getragen, so wäre er mit seinem
durchschnittlichen Gesicht wahrscheinlich ganz unauffällig geblieben,
wiewohl er sich alle Mühe gab, mit der Brutalität von Talaat und dem
würdeheischenden Stolz Envers Schritt zu halten. Dann Dr. Nazîm und
Behaeddin Şakir, die Ideologen der Vereinigungs- und Fortschrittspar-
tei, die auf die Idee gekommen waren, die Kriminellen freizulassen und
in Einheiten der Armee einzugliedern. Diese hatten dann die Arme-
nierkonvois bewacht und an den Wegscheiden niedergemetzelt. Wir
wissen nicht, wie hübsch ihre Frauen waren, sie waren rundlich und
hatten schwarzes Haar, aber ihre Züge sind nicht recht zu erkennen,
denn die einzigen Fotografien, die uns aus ihren jüngeren Jahren vor-
liegen, zeigen sie mit verschleiertem Gesicht, wie sie an den Särgen ihrer Männer weinen, nachdem die richtende Gruppe ihre Mission erfüllt
hatte. Und die anderen, Djemal Azmi, der Präfekt von Trapezunt, Bahbud Khan Djivanşir ... Armen Garo hielt die Fotografien von Talaat und
Enver zusammen mit ihren Frauen hoch. Und schaute der Reihe nach
alle an: Solomon Tehlirian, Aram Yerkanian, Arşavir Şiraghian, Hraci
Papazian, Misak Torlakian.

Ihre Frauen tötet ihr nicht, wiederholte er. Und auch nicht ihre Kinder.

Für uns spielt es keine Rolle, wann diese Begegnung stattgefunden
hat. Das *Buch des Flüsterns* ist kein Geschichtsbuch, sondern eines der
Bewusstseinszustände. Deshalb wird es durchlässig, und seine Seiten
sind transparent. Gewiss, im *Buch des Flüsterns* gibt es viele genaue Daten, die sogar den Tag, die Uhrzeit und den Ort verzeichnen. Der Stift
hat es zu eilig, aber manchmal beschließt er, eine Weile innezuhalten

und dabei auf mich und den Leser zu warten, dann geht er etwas mehr ins Detail, als vielleicht nötig wäre. Jedes Wort mehr erläutert, aber gerade deshalb verkleinert es auch.

Somit würde das *Buch des Flüsterns* all seinen Sinn bewahren, auch wenn wir alle Jahresauflistungen und Tageszählungen daraus strichen. Solche Dinge sind den Menschen zu allen Zeiten und überall geschehen. In seinem Kern bleibt das *Buch des Flüsterns* sich in allen und für alle Zeigen gleich, wie ein Choral von Johann Sebastian Bach, wie ein schmales Tor, durch das die Menschen gebeugt oder aneinandergepresst gehen.

Vor allen anderen haben sie unseren Dichter ermordet, sagte Şavarş Misakian.

Der Sitz der Zeitung war wie durch ein Wunder der Zerstörung entgangen. Außerdem hatten alle Armenier der Hauptstadt nach dem am 24. April 1915 begonnenen Gemetzel, als Hunderte armenische Intellektuelle verhaftet und die meisten von ihnen ermordet worden waren, die Rücknahme der Deportationsanordnung für ein Wunder gehalten. Sie sollten das Schicksal aller anderen armenischen Gemeinden teilen, aus ihren Häusern geworfen und aller Güter beraubt werden, und dieses Schicksal sollte sie sogar noch härter treffen, denn im Unterschied zu den Armeniern aus Van, Sivas oder Adana mussten sie in ihren Konvois die gesamte anatolische Hochebene zu den Wüsten Syriens hin überqueren, und wenn sie nicht von den bewaffneten Kriminellentruppen oder den Nomadenbanden massakriert wurden, verhungerten oder erfroren sie in den weitläufigen improvisierten Zeltlagern und in der Wüste, wo sich die Glut des Tages und der Nachtfrost in gleicher Weise in die Opfer teilten.

Die Zeitung *Azadamard*, das zentrale Presseorgan der Armenischen Revolutionären Föderation, im April 1915 verboten, erschien 1918 unter neuem Namen, der jedoch an den vorherigen erinnerte: *Djagadamard*. Şavarş Misakian war auch früher schon ihr Chefredakteur und soeben zurückgekehrt, um seine Stelle wieder einzunehmen. Er saß abseits in einer Ecke, gehörte nicht zur Spezialmission, aber er verfügte über eine Autorität, die Armen Garo und Şahan Natali nützlich war. Eine Autorität, die ihm nicht seine Statur verlieh, im Gegenteil, seine linke Schulter hing herab und sein Kopf stand schief, er wirkte alles andere denn imponierend. Seine Behinderung aber beeindruckte die anderen, denn sie erinnerte an die Widerstandskraft, mit der er allen Torturen im Militärgefängnis getrotzt hatte, in das er im März 1916 eingekerkert worden war und wo er sich einige Monate später den Händen seiner Folterer entriss und vom dritten Stockwerk in den Innenhof stürzte. Er hatte seine schweren Verletzungen überlebt und war am 27. November 1918, als die Hauptstadt von den alliierten Truppen besetzt wurde, befreit worden, aber sein Leib mit den zerschmetterten Knochen hatte die schiefe Einrichtung der Welt auf sich genommen und erinnerte alle daran, dass er sich von der Todesangst befreit hatte.

Ihre Feinde wussten, dass sie zunächst ihren Dichter umbringen mussten, wenn sie die Armenier auch als Volk vernichten wollten. Bei einem unterdrückten und bedrohten Volk wird der Dichter zum Anführer. Daniel Varujan war mit den anderen Intellektuellen am 24. April 1915 verhaftet worden. Man hatte ihn an einen Baum gebunden und gesteinigt, dann überließ man seinen Leichnam den Tieren als Beute und den Nachtgeistern. Einige Legenden erzählen, er sei am Leben, und während des Brandes von Smirna, erzählten einige, hätten sie einen Moment lang sein Gesicht in den brennenden Spiegeln gesehen. Das Einzige, was ich an diesen Legenden über die Auferstehung des Daniel Varujan überprüfen konnte, ist, dass man zwar den Ort seiner Leiden kennt – an einen Baumstamm gefesselt, somit an ein lebendiges Kreuz –, nicht aber den Ort, an dem sein Grab sein könnte. Da man den Beweis für seinen Tod besitzt, sogar den Namen seines Henkers kennt, Oguz Bey, Vorsteher von Ceanguiri, aber keine Kenntnis über sein Grab hat, können wir uns vom Gedanken seiner Auferstehung verführen lassen.

Andere aus der Gruppe der am 24. April Verhafteten, beispielsweise die beiden Parlamentsmitglieder, der Abgeordnete aus Konstantinopel, Krikor Zohrab, und der aus Erzerum, Vartkes Seringulian, gelangten bis in die syrischen Wüsten nach Urfa, dann nach Aleppo. Von diesen berichtet Rößler, der deutsche Konsul in Aleppo, in einem Brief an den deutschen Botschafter Wangenheim: »Zohrab und Vartkes Effendi befinden sich in Aleppo als Teil eines Konvois mit dem Ziel Diyarbakir. Dies bedeutet für sie den sicheren Tod: Zohrab ist herzkrank, und Vartkes' Frau hat soeben entbunden.« Über die Verbrechen während der Kindheit meiner Großeltern habe ich vieles erfahren, und zwar nicht aus den Berichten der Überlebenden, sondern vor allem aus den Angebereien der Mörder. Welch ein Unterschied zwischen der Scheu der Sterbenden und dem Hochmut der Täter ... So erfahren wir, dass sie mit Bajonetten aufgeschlitzt wurden, Vartkes' Hirn von Gewehrschüssen zerspritzt und Zohrabs Kopf mit Steinen zerschmettert wurde. Ihre Leiber wurden anschließend in Stücke gehackt und liegen gelassen. Hätte sich jemand noch die Mühe gemacht, die vielen Toten jener Tage zu beerdigen, so hätte er sie aus den zerstückelten Körperteilen nicht mehr identifizieren können.

Aber die Welt schreitet voran. Der Ort, an dem Daniel Varujan ermordet wurde, heißt Tuna. Bevor er von den anderen weggebracht wurde, hatte der Dichter gesagt: Kümmert euch um meinen Sohn, der eben geboren wurde. Er möge auf den Namen Varujan getauft werden.

Wir werden ihn rächen, ihn und die anderen, sagte Armen Garo und schaute Şavarş Misakian an. Eben deshalb sollt ihr ihre Frauen und Kinder schonen. Wir sind keine Todesfurien und auch keine Frauenmörder.

Sie saßen im ersten Kreis. Armen hat recht, sagte Şavarş Misakian. Folgt dem Beispiel von General Dro.

Damals war Dro noch nicht General. Im Februar 1905, als in Baku die Massaker begannen und drei Tage lang anhielten, war er erst einundzwanzig Jahre alt. Ein paar Tausend Armenier sind damals von tatarischen Banden umgebracht worden. Und Prinz Nakaschidze, der Gouverneur des Zaren, obwohl vorgewarnt und die verzweifelten Hilferufe der armenischen Bevölkerung sehr wohl vernehmend, hat nichts zu deren Schutz unternommen, sondern den Angreifern Waffen geliefert. Daraufhin hat das Zentralkomitee der Revolutionären Armenischen Föderation dem Generalgouverneur Nakaschidze mitgeteilt, dass es ihn zum Tode verurteilt habe. Der junge Drastamat Kanayan, dem wir schon unter dem Namen General Dro begegnet sind, wurde beauftragt, das Urteil zu vollstrecken.

Am festgesetzten Tag wartete Dro in einer engen Gasse, wo die Garde berittener Kosaken die Prinzenkutsche nicht abschirmen konnte, auf den Prinzen und sein Gefolge. Die Bombe steckte in einem Säckchen und war mit Weintrauben bedeckt. Als er jedoch sah, dass der Prinz von seiner Frau begleitet wurde, zögerte er und verzichtete schließlich auf die Tat, begnügte sich lediglich damit, sie beim Vorbeifahren zu betrachten. Er wartete bis zum Abend. Bei der Rückfahrt befand sich nur der Prinz in der Kutsche. Als der Konvoi auf seiner Höhe angelangt war, warf Dro den Sack in die Kalesche und rannte davon. Die Explosion war gewaltig. Mit Nakaschidze wurden auch mehrere Reiter der Gouverneursgarde zerfetzt. Dro nutzte die Panik aus und verschwand, und noch in der gleichen Nacht brachten ihn ein paar Kameraden über die türkische Grenze. Wo er neun Jahre lang blieb, bis zum Ausbruch des Krieges.

Aber damals konnte sich Dro noch überhaupt nicht vorstellen, was geschehen würde, sagte Arşavir Şiraghian.

Das konnte sich niemand vorstellen. Die Führer der Armenier unterstützten die Jungtürken, damit sie an die Macht kämen, sie meinten, diese würden die Übergriffe des blutrünstigen Sultans Abdul Hamid beenden. Vartkes Effendi, der künftige Abgeordnete aus Erzerum, hatte während der Konterrevolution Halil Bey in seiner Wohnung versteckt, den Gleichen, der einige Zeit später seine Tötung anordnen sollte. Und, traurige Ironie des Schicksals, wenn Dro der Meinung war, eine Frau müsse nicht für die Sünden ihres Mannes bezahlen, so sollte Stalin dreißig Jahre später in Omsk die Ermordung von Dros Frau anordnen, zusammen mit einem seiner Söhne musste sie für die Taten ihres Mannes bezahlen.

In Trapezunt, so Misak Torlakian, wurden ein paar hundert Frauen zusammen mit ihren Kindern und den Alten, die nicht mehr gehen konnten, auf Flachkähne verladen und aufs Meer hinausgefahren. In all ihrem Elend freuten sich die Frauen, als man ihnen sagte, sie würden einen Teil der Strecke auf dem Wasser zurücklegen, und fühlten sich einer zusätzlichen Mühe enthoben. Aber am nächsten Tag kamen die Kähne leer zurück. Man hatte die Frauen im Meer ertränkt. Das Gleiche geschah in Unieh, in Ordu, in Tripolis, in Kerasunt und in Rize. Aus meinem Dorf, Ghiuşana, ist keine einzige Frau mit den Konvois bis nach Mekene, nach Rakka, Ras-ul-Ain oder Deir-ez-Zor gelangt, was nichts anderes heißt, als dass sie alle unterwegs gestorben sind, verhungert, erschossen oder erstochen.

Im Wilajet Kharput, sagte Solomon Tehlirian, wurden im Juni die Notabeln umgebracht, dann hat man in den Städten und Dörfern die Männer ausgehoben. Die Konvois wurden nur mit Frauen, Alten und Kindern gebildet. In Arabkir wurden die Frauen in Kähne verfrachtet und ertränkt. Die Kinder aus dem deutschen Waisenhaus sind im nahe gelegenen See ertränkt worden. Die Frauen aus Mesne, die nach Urfa aufgebrochen waren, sind unterwegs umgebracht und in den Fluss geworfen worden. Auf der Straße zwischen Sivas und Kharput lagen die Leiber der verstümmelten und massakrierten Frauen monatelang an den Wegrändern und in den Schluchten. Es waren zu viele, als dass sie hätten beerdigt werden können. Ihre Skelette waren auch in der ersten Jahreshälfte 1916 noch zu sehen. Von beinahe zweihunderttausend Seelen, die die Konvois zählten, gelangte lediglich ein Zehntel bis nach Ras-ul-Ain und Deir-ez-Zor.

Die ersten Frauen, die nach Meskene, Rakka und Deir-ez-Zor gelangten, so Aram Yerkanian, waren die Leichen, die im Euphrat schwammen. Während des ganzen Juni 1915 bedeckten aufgedunsene Leichen den Euphrat, Köpfe, Arme, Hände und Beine. Ein Durcheinander. Das Wasser des Stromes war rötlich, alles sah so aus, als wäre eben damals der Tod geboren worden.

Der Kreis derer, die Zeugnis ablegten, weitete sich.

Immerzu gibt es Leichen im Euphrat, teilte Rößler mit, deutscher Konsul in Aleppo. Und immer sind die Körper in der gleichen Weise gefesselt, je zwei Rücken an Rücken. Dies beweist, dass es sich nicht um zufällige Hinrichtungen handelt, sondern um einen großangelegten Vernichtungsplan der Behörden. Die Leichen werden den Strom hinab getrieben, und es sind immer mehr. Vor allem Frauen und Kinder.

Über sechshundert Armenier, hatte Holstein, der deutsche Konsul in Mosul, gesagt, vor allem die aus Diarbekir vertriebenen Frauen und Kinder sind während der Transporte auf dem Tigris ermordet worden. Gestern sind die Flachkähne leer in Mosul angekommen. Seit einigen Tagen schwimmen Leichen und menschliche Gliedmaßen im Fluss. Es sind noch weitere Konvois unterwegs, und wahrscheinlich erwartet diese das gleiche Schicksal.

Durch Aleppo ziehen seit Anfang Mai Konvois mit Tausenden Menschen, hatte Guys, der ehemalige Konsul Frankreichs, mitgeteilt. Nach zwei- bis dreitägigem Aufenthalt an extra dafür eingerichteten Stellen erhalten diese Unglücklichen, größtenteils Frauen und Kinder, den Befehl, Richtung Idlib, Mâna, Rakka, Deir-ez-Zor, Ras-ul-Ain, in die Wüsten Mesopotamiens aufzubrechen, an Orte, die unserer Überzeugung nach als deren Grabstätten gedacht sind.

Tausende armenische Witwen aus dem Wilajet Van, so Jackson, der amerikanische Konsul in Aleppo, nähern sich, ohne einen einzigen erwachsenen Mann als Begleiter der Stadt Aleppo; sie sind halbnackt und befinden sich in einem elenden Zustand. Wie die zehn bis zwanzig bisher schon hier durchgekommenen Gruppen bestehen auch diese aus fünfhundert bis dreitausend Personen und führen Kinder in unbeschreiblichem Elend mit sich.

Und wiederum Rößler: Hinsichtlich der Armenier aus Kharput wurde mir berichtet, dass in einem südlich der Stadt gelegenen Dorf die Männer von den Frauen getrennt wurden. Die Männer wurden niedergemetzelt und zu beiden Seiten des Weges, den die Frauen zu gehen hatten, liegen gelassen.

Man könnte glauben, so Aram Andonian, der die Zeugnisse der Überlebenden gesammelt hat, es habe die paar hundert Kinder des Waisenhauses in Deir-ez-Zor nie gegeben.

Erst gegen Ende und am Ziel des Weges glaubten die Autoritäten, die Lösung für ein Problem gefunden zu haben, das bis dahin unlösbar schien: Wie tötet man, ohne dass die Leiber der Toten zurückbleiben? Nicht etwa weil sie sich in irgendeiner Weise schuldig fühlten, sondern weil die Hunderttausende zerteilten Leiber mit schwarz gewordener Haut über den Knochen, die im Wasser trieben oder auf dem Grund der Schluchten lagen, jenseits der Tatsache, dass ihr Anblick die nachkommenden Konvois deprimierte und auf den Tod vorbereitete, auch den Verkehr auf den Straßen und in den Eisenbahnen behinderten, ihr schweres gelbes Miasma verpestete die Luft, auch protestierten die Araber, die das verseuchte Wasser der Flüsse nicht mehr als Trinkwasser benutzen konnten. Um all diese Unzulänglichkeiten zu vermeiden, sollte die Tötung der Kinder aus Deir-ez-Zor der perfekte Mord werden.

Die Waisenkinder, in Meskene und anderen Orten eingesammelt, an denen Flüchtlingslager eingerichtet worden waren, wurden durch die Wüste nach Deir-ez-Zor geleitet. Stellen Sie sich einen Konvoi mit Hunderten von entstellten Kindern vor, zerlumpt und barfuß, wie sie durch die sengende Wüstensonne und den Nachtfrost torkeln und taumeln. Schultern und Rücken voll blutiger Wunden, wuselnde Wundmaden, angetrieben von Reitern, die mit der Peitsche auf sie einschlugen oder mit Stöcken. Die Toten und die Sterbenden wurden auf die Pferdewagen geworfen, die den Konvoi begleiteten. Der Ort, an den sie schließlich gelangten, heißt Abuhahar. Nur noch dreihundert Kinder konnten sich aufrecht halten, alle anderen, die Mehrheit, wurden in den Wagen gefahren. Am Fuße der Berge, welche die Wüste begrenzten, ließen die Soldaten den Konvoi anhalten und die Wagen auf dem nackten Feld entladen. Dann umstellten sie das Lager und warteten auf den Einbruch der Nacht. Und mit dem Abend kamen die Wüstenvögel. Angezogen vom Blutgeruch, dann die einen vom Flug der anderen und zuletzt vom Lärm, dem Krächzen der Rabenvögel und vom schmatzenden Reißen des Fleisches von den Knochen, stürzten sich die Adler und Krähen der Wüste auf die Leiber, die keine Kraft mehr hatten, sich zu widersetzen, selbst wenn sie noch lebten. Die Vögel zielten vor allem auf die Augen, auf Wangen und Lippen, die ihnen umso verlockender erschienen, als die Körper geschwächt waren. Zwei Tage lang hatten sich die Vögel, Schwarm um Schwarm, über jenem entfleischten Gelände am Fuße der Berge niedergelassen, und die Kinder waren den schwarzen stählernen Schnäbeln und Krallen preisgegeben. Diese

Geschichte erzählten entsetzte arabische Nomaden. Und der die Soldaten kommandiert hatte, Hauptmann Rahmeddin, wurde befördert und
schnell zum Kommandanten der Gendarmerie von Rakka ernannt.

Die anderen Waisen, die krank und hungrig im Waisenhaus von
Deir-ez-Zor steckten, wurden an einem eisigen Dezembertag auf Wagen verladen. Die Sterbenden wurden in den Euphrat geworfen; der
Strom, strudelnd und reißend zu dieser Jahreszeit, verschlang die ausgetrockneten Körper sogleich. Nach einem zwölfstündigen Weg durch
die Wüste ohne die geringste Nahrung oder Wasser fand der Kommandant des Konvois, von dem wir wissen, dass er Abdullah hieß, sich aber
gerne Abdullah Pascha nennen ließ, drei verschiedene Weisen, die Kinder zu ermorden. Doch weil er in den Blicken der Soldaten ein gewisses
Zögern verspürte, packte er einen zweijährigen Knaben und zeigte ihn
seinen Leuten: Selbst dieses kleine Kind, sagte er, muss wie alle anderen
dieses Alters ohne Mitleid umgebracht werden. Denn sonst kommt der
Tag, an dem es sich erheben und diejenigen suchen wird, die seine Eltern umgebracht haben. Er wird sich rächen wollen. Das ist der Hunde-
sohn, der uns eines Tages suchen wird, um uns umzubringen! Und er
wirbelte ihn ein paarmal in der Luft herum, schleuderte ihn wütend auf
die Steine und zerschmetterte ihn, noch ehe dieser einmal stöhnen
konnte.

Einen Teil der Wagen stellten sie nebeneinander im Kreis auf, packten so viele Kinder darauf, wie sie irgend fassen konnten, zogen einen
Wagen voller Sprengstoff in die Mitte und ließen sie durch die Detona-
tion zerfetzen, verwandelten sie schlicht und einfach in Russ. Die nicht
mehr gehen konnten, legten sie auf den Boden, streuten trockenes, pe-
troleumgetränktes Gras über sie und zündeten es an. Und die anderen,
die die Wagen nicht mehr hatten fassen können, trieben sie in die Höhlen, in deren Eingängen Holz und Gräser lagen. Sie setzten sie in Brand
und erstickten die Kinder, ihre Leiber blieben blau und verkohlt auf
dem Grund der Höhlen liegen.

Aber selbst das gelungenste Verbrechen kann nicht vollkommen perfekt sein. Ein Mädchen namens Anna hatte sich in der Ausbuchtung
einer Höhle verkrochen, wo es dank eines Risses im Gebirgsgestein ein

bisschen frische Luft atmen konnte. So hat sie überlebt, und als nach einem Tag und einer Nacht das Feuer erloschen war, ging sie hinaus. Sie irrte einige Wochen lang umher, bis sie nach Urfa gelangte, fand dort ein paar geflohene Armenier und erzählte ihnen von der Ermordung der Kinder.

Und aus dem dritten Kreis vernimmt man die Stimme von Djemal Pascha.

Der Marineminister ist alarmiert von der Zahl der Leichen, die im Euphrat treiben. Und dann auch empört, dass die Routen der Konvois den Eisenbahnverkehr stören könnten. Nun begriffen die türkischen Autoritäten, dass ihr Vernichtungssystem, so gut es auch ausgedacht gewesen sein mochte, einen Fehler aufwies: Die Leichen der Ermordeten blieben zurück. Ein Mangel, den Reşid Pascha, Präfekt von Diarbekir, mit allen ihm zu Gebote stehenden Mitteln zu beheben suchte:

Der Euphrat hat mit unserem Wilajet nicht das Geringste zu tun. Die Leichen, die darin treiben, stammen wahrscheinlich aus den Wilajeten Erzerum und Kharput. Die hier sterben, werden auf den Grund der Höhlen geworfen oder, wie es zumeist geschieht, mit Petroleum übergossen und verbrannt. Selten nur findet sich Platz genug, sie zu begraben.

Wir kehren zurück in den ersten Kreis.

Ihr habt die Orte nicht gesehen, an denen die Konvois zusammentrafen, sagte Hraci Papazian, oder, genauer, was von ihnen noch übrig geblieben war. In Deir-ez-Zor. Tausende aus Lumpen aufgebaute Zelte. Frauen und nackte Kinder, die der Hunger schon so geschwächt hatte, dass ihr Magen keine Nahrung mehr annahm. Um keine Zeit zu verlieren, warfen die Totengräber die Leichen und die Sterbenden zusammen auf ihre Karren. Die Lebenden legten nachts vor Kälte Leichen über sich, um sich zu wärmen. Das Beste, was einer Mutter geschehen konnte, war, dass ein Beduine auftauchte, ihr das Kind abnahm und es damit aus diesem gewaltigen Massengrab rettete. Die Ruhr hatte die Luft verpestet. Hunde wühlten mit ihren Schnauzen in den aufgeplatzten Bauchhöhlen der Toten. Allein im Oktober 1915 zogen über vierzigtausend von Soldaten bewachte Frauen durch Ras-ul-Ain, kein einziger

Mann, der noch einigermaßen bei Kräften gewesen wäre, befand sich unter ihnen. Der Kreuzweg der Märtyrerfrauen. Entlang der Bahnlinie war die Straße übersät mit den Leichen vergewaltigter und danach aufgeschlitzter Frauen.

Von 1850000 Armeniern, die im Osmanischen Reich gelebt hatten, sind etwa 1400000 deportiert worden, berichtete der Theologe Johannes Lepsius. Von den anderen 450000 wurden etwa 200000 von der Deportation verschont, vor allem die Bevölkerung von Konstantinopel, Smirna und Aleppo. Der Vormarsch der russischen Truppen rettete weiteren 250000 Personen das Leben, die ins russische Armenien flohen. Ein Teil von ihnen starb dort an Typhus oder Hungers. Die anderen hatten ihr Leben gerettet, aber ihre Herkunftsorte für immer verloren. Von den beinahe 1,5 Millionen deportierten Armeniern gelangten lediglich zehn Prozent an den Endpunkt der Konvois, nach Deir-ez-Zor. Im August 1916 wurden sie nach Mosul auf den Weg gebracht, aber sie sollten in der Wüste umkommen, vom Sand verschluckt oder in Grotten gepfercht, wo man sie allesamt, Tote und Sterbende, in Brand steckte.

Sie schwiegen. Die Kreise schlossen sich enger um Armen Garo. Er schaute Şahan Natali an, Şavarş Misakian und danach alle anderen. Er nahm die Fotos und reichte sie den im ersten Kreis Sitzenden, für jede Mission das passende.

Und trotzdem, wiederholte er müde, bringt keine Frauen und Kinder um.

Den alten Armeniern meiner Kindheit kam der Ort, an dem sie lebten, als zufällig vor. Manch einer hielt auch die Zeit, in der er lebte, für zufällig, nur war die Zeit schwerer zu hintergehen. Eben deshalb schaffte sie es, aus den Albumblättern mit den Fotos herausschlüpfend, aus alten Kleidern oder von unter den Achselhöhlen, sie letztlich einen nach dem anderen selber in Zufälligkeiten zu verwandeln.

Da nun der Ort nichts als eine Konvention war, die man in weniger aggressiven Zeitumständen vernachlässigen konnte, lebten meine Alten mit der Faszination der weiten Räume. Sie sprachen stets so, als könnten sie sich gleichzeitig an mehreren Orten aufhalten. Offenbar half ihnen dies zu einer Zeit zu überleben, als dieses am schwierigsten zu bewerkstelligen war, aber es half ihnen auch zu sterben, wenn nichts mehr dagegen unternommen werden konnte.

Diesbezüglich aber hatten meine Großväter unterschiedliche Ansichten. Großvater Setrak, der Vater meiner Mutter, schien sich niemals zu langweilen. Sein größerer Bruder, Harutin, war vor seinen Augen durch das Schwert gestorben, und dies hatte ihm die Gelegenheit verschafft, wegzurennen und mit dem Leben davonzukommen. Weil ein anderer für ihn gestorben war, dachte er, dass das Leben, das er lebte, in gewisser Weise nicht ihm gehörte oder nur zur Hälfte, dass es ein geliehenes Leben sei. Weil der andere gestorben war, damit er leben konnte, beglich er diese Schuld, indem er seinerseits für andere lebte. Er lebte für seine Töchter, für Elisabeta, meine Mutter, und für Maro, der er den Namen seiner Schwester gegeben hatte, die im krumenlosen Grab der Euphratwasser bestattet worden war. Er lebte, um den armen Kindern Geschenke zu machen, um vor der Hochzeit die Ladenjungen auszustatten, um die Zerlumpten zu bekleiden und die Hungernden zu nähren. Er brachte den armenischen Kriegsgefangenen aus den Reihen der Roten Armee zur Zeit des Antonescu-Regimes etwas zu essen. Steckte zur Zeit der Legionärsherrschaft Ohrfeigen ein, weil man ihn für einen Juden hielt; allein das Kreuz an seinem Hals rettete ihn vor größerem Übel. Kassierte Ohrfeigen, als das kommunistische Regime an die Macht kam, weil diese ihn für einen Legionär hielten, und diesmal nützte ihm das Kreuz auf der Brust gar nichts mehr, im Gegenteil. Aber wie der Prophet sagt, kehrte das aufs Wasser gesetzte Brot zurück; einer der armenischen Kriegsgefangenen, denen er seine milden Gaben hatte zukommen lassen, kehrte als Offizier der Roten Armee wieder, sodass die roten, mit Ohrfeigen traktierten Wangen und die Beschlagnahmung seiner Geschäfte die einzigen schlimmen Ereignisse waren, die ihm zugestoßen sind, immerhin ließen die Kommunisten ihm eines seiner Häuser und gewährten ihm die Gunst, ihn nicht als Ausbeuter, der er in ihren Augen war, ins Gefängnis zu stecken. Dass man ihm nicht nachweisen konnte, wen er ausgebeutet hatte, steht auf einem anderen Blatt, aber die Kommunisten verstrickten sich nicht in solche Spitzfindigkeiten. Ihnen genügte es, dass Großmutter Pelze trug, dass sie ein Klavier besaßen, sommers zur Erholung nach Olăneşti fuhren und – aus dem Regen in die Traufe – Großvater sonntags im Pascha-Biergarten Vergnügungen mit Geigerkapellen organisierte. Nachtportier am Lyzeum »Gebrüder Buzeşti« in Craiova geworden, hatte mein Großvater Setrak in schlaflosen Nächten ausreichend Zeit, über all dies nachzudenken. Auch über die 1942 erhaltene Mitteilung, er würde mit seiner gesamten Familie auf Anordnung des Marschalls im Lager Târgu-Jiu interniert werden, zusammen mit anderen Nansen-Staatenlosen. Die Anordnung wurde zurückgenommen, und Großmutter nahm die Winterkleidung und die Wollstrümpfe für sich und die beiden Mädchen aus dem Koffer, aber sie bewahrte die von Großvater Setrak weiterhin in einem Holzkoffer auf, der nun, nachdem er beinahe ins Lager gesteckt worden wäre, einberufen werden sollte. Er verabschiedete sich von der Familie und reiste im Frühjahr 1944 nach Bukarest, wo seine Karriere als Soldat der rumänischen Armee zusammen mit den anderen Rekruten der Nansen-Kompanie genau drei Tage dauerte. Wie die Kaufmannsmanieren in die Militärstiefel und die eng am Hals geschlossenen Haftel passten, verschweigt uns die Geschichte. Die Kompanie hatte zwei Tage lang exerziert, und am dritten Tag folgte, in den Kasernen rings um den Nordbahnhof untergebracht, die erste Lebendprobe: Sie verfolgten von vis-à-vis die Bombardierung des Bahnhofs. Die Kaserne war zerdeppert, die tapferen zusammengewürfelten Rekruten, eher dazu neigend, Handel zu treiben mit den militärischen Effekten, denn sie für kriegerische Dinge zu verwenden, die ganze aus Armeniern gebildete staatenlos-rumänische Kompanie löste sich von selbst auf; und die Armenier, da sie sahen, dass niemand sie mehr befehligte, machten sich davon.

Sodass Großvater Setrak, der in wenigen Jahren durch so viele verschiedene Zustände gegangen war, der Reihe nach einmal reich und dann arm war, geohrfeigt, zum Juden gemacht, ins Lager gesteckt, einberufen und entlassen, wieder geohrfeigt, verbürgerlicht und entbürgerlicht worden war, diese Welt sehr zu Recht für unbegreiflich hielt.

Wer glaubte, die Welt sei anders als vollends unverständlich, hatte nach Meinung meines Großvaters überhaupt nichts kapiert. Und um zu beweisen, wie absurd die Welt ist, lieferte er den letztgültigen Beweis, der ihm zuhanden war, und zwar das Beispiel seines Todes. Erst einmal ließ er sich von einem Auto anfahren, als er vom Alten Markt nachhause ging, etwa in Höhe des Puricarului-Brunnens, dann fiel er beim Versuch, das Vordach zu reparieren, vom Dach seines Hauses in der Barați-Straße Nr. 4 auf den Kopf. Erst beim dritten Mal gelang es ihm, als er im Winter des Jahres 1985 erfror, weil die Kommunisten Gas sparten, weshalb sie es tagelang abstellten. Damit die Einsparungen möglichst groß gerieten, stellten sie es gerade dann ab, als der Frost am heftigsten war.

Da nun für einen, der stets und mehrfach wie die Nadel durch das Innenfutter am Tod vorbeigeschlüpft war, nichts absurder aussah, als ausgerechnet deshalb zu sterben, weil der kommunistische Staat Gas einsparte, war Großvater Setrak ruhig dahingegangen, die Gelassenheit stand ihm ins Gesicht geschrieben. Er wurde auf dem katholischen Friedhof von Craiova beerdigt, nicht weil er etwa Katholik gewesen wäre, eher damit die Dinge weiterhin unverständlich bleiben.

Großvater Garabet meinte hingegen, alles auf der Welt habe einen Sinn. Im Unterschied zu Großvater Setrak, der seine vorrangig für die Schule vorgesehenen Jahre in Waisenhäusern und Lehrverhältnissen zugebracht hatte, konnte Großvater Garabet das Landwirtschaftslyzeum in Konstantinopel besuchen, was zu jenem Jahrhundertanfang viel bedeutete. Er wusste vieles, war einfallsreich und gelehrsam, hätte zum Verdruss von Großmutter Arşaluis niemals die Wissenschaft zugunsten des Kaufmannsberufs aufgegeben. Infolgedessen war er als Kaufmann ständig pleite, während Großvater Setrak mit Kaffee, Oliven, Kakao und Rosinen immerzu Geld anhäufte. Das heißt, er wäre es gewesen, wenn sein Schwager Sahag Şeitanian ihm seinen Willen gelassen hätte. Aber ewig pleite zu sein, war nicht sein einziger Beruf. Großvater Garabet war Lehrer bei der Kirche, Violinist, konnte nach Noten spielen, war Motorradfahrer, Kalligraf, Fotograf, Maler, Musiklehrer und Lehrer für Armenisch, Porträtist, Sticker und bei Gelegenheit Stehgeiger, somit übte er alle Berufe aus, die keinen Ertrag einbringen.

Sei's drum, nach seinem Dafürhalten war mein Geschlecht in seiner Rechnung mit der Welt quitt: Großvater Setrak häufte an, Großvater Garabet verschleuderte. Der Kommunismus brachte die Dinge wieder ins Lot: Großvater Setrak hatte keine Möglichkeit mehr, etwas anzuhäufen, und Großvater Garabet hatte nichts mehr zu verschwenden.

Da nun für meinen Großvater Garabet die Seite der weltlichen Dinge, die man in Geld bemessen konnte, unbedeutend war, änderte sich sein Leben mit dem Machtantritt der Kommunisten nicht allzu sehr. Eigentlich änderte sich im Leben der Armenier in Focşani hinsichtlich dessen, was sie früher gemacht hatten, nicht eben viel. Wer Uhrmacher war, blieb Uhrmacher. Wer Schuster war, blieb Schuster. Wer Kolonialwarenhändler war, verkaufte weiterhin Kolonialwaren. Der Glöckner blieb Glöckner und der Arzt Arzt. Und selbstverständlich legte auch der Pfarrer in der Kirche seine Soutane nicht ab. Wenngleich die Berufe dieselben geblieben waren, so hatten die sie Ausübenden doch zu leiden. Denn die Uhrwerke, welche die Uhrmacher zu reparieren hatten, waren nunmehr statt schweizerischen Ursprungs russische, an die Stelle der Lackschuhe und der Damenschuhe mit hohem Absatz und Spange traten schwere Treter, die immerzu repariert wurden, bis die Sohle dicker war als das Oberteil. Die Geschäfte für Süßigkeiten waren erhalten geblieben, aber die Delikatessen waren aus den Regalen verschwunden, die Lokums, die Halva aus Sesam, die Leblebis, die Schachteln mit Van-Houten-Kakao, die Säcke mit Kaffeebohnen, die glasierten tropischen Früchte, Mandeln in Schokolade, dafür tauchten in Fett gehüllte Teige auf, harte Neapolitaner und zu trockene Kekse, von denen sich die Creme krümelnd ablöste. Allein die Stückchen Kandiszucker bewahrten, wenn sie ein bisschen Licht auffingen, einen kleinen und widersetzlichen Widerschein des Glanzes von einst. Nachdem er sich mit dem Beistand des Glöckners Arşag die Soutane hochgekrempelt hatte, versteckte Der Dageat Aslanian die alten Bücher und das wertvolle Geschmeide der Kirche in alten Grüften. Erst nach etlichen Jahren holten sie äußerst bedächtig Stück für Stück wieder heraus, zuletzt das wertvollste Stück, den silbernen Vogel, aus dessen Schnabel zu Dreikönig das heilige Salböl ins Taufwasser tropfte, das, alle sie-

ben Jahre erneuert, noch von jenem im Jahre 301 durch Gregor den Erleuchter höchstselbst geheiligten Öl herrührte. Die Glocke war etwas
verschwiegener und bedächtiger. Arşag stieg in den Glockenturm, wo er
jedoch nicht an den Seilen zog, sondern mit der Glocke redete, die ihm
mit unterschiedlich tiefem Schweigen antwortete, wie eine Orgel, deren
Pfeifen nicht sangen, sondern atmeten. Dann schaute er durch die nach
Süden hin sich öffnende Fensterluke, die so klein war, dass man wohl
eine Flinte durchstecken konnte, aber sie lag hoch genug, um bis an
den Stadtrand schauen zu können, ob die Amerikaner kämen. Im Südfenster konnte man keine Amerikaner kommen sehen, dafür sah man
durch das Nordfenster auf der Straße von Tecuci her die Russen kommen. Und mehr als ein Dutzend Jahre später, das Südfenster hatte sich
all diese Zeit still verhalten, konnte er ebenfalls durch das Nordfenster,
diesmal in Begleitung anderer Mitglieder des Kirchenvorstands, die er
alle der Reihe nach hinausschauen ließ, beobachten, wie die russischen
Truppen auf der Straße nach Tecuci wieder abzogen. Aber mittlerweile
war es zu spät, die roten Fahnen hatten Wurzeln geschlagen, und ihre
Wappen mit Hammer und Sichel waren eins geworden mit dem Ver-
putz der Häuser, sodass man sie nur noch durch den Abriss der Mauern
von den Fassaden hätte entfernen können. Sehr richtig bemerkte Sahag Şeitanian, der länger als die anderen vor dem Fenster verweilte: Um
uns befreien zu können, hätten nicht sie abziehen und wir bleiben müssen, sondern wir hätten gehen müssen und sie bleiben. Es war ein nebli-
ger Morgen nach einer Regennacht, die russischen Soldaten verschwanden eilig, der Boden verdreckte ihr Schuhwerk, sodass sie keinen Staub
aufwirbelten.

Auch die Ärzte blieben Ärzte, aber wie es stets zu Kriegszeiten zugeht, nachdem sie die Verhungerten und die von Wunden Übersäten,
die zähneklappernden und das vorgefallene Geschehen beweinenden
Typhuskranken drunter und drüber beerdigt hatten, schafften sie es
mit den Geburten nicht mehr so recht. Mit den Kindern, die in dieser
verkehrten Welt, wo die Sonne im Osten unterging, als fertige Greise geboren wurden.

Somit wahrte mein Großvater Garabet Vosganian zu allem Geschehen den gleichen Abstand. Er wollte die Welt verstehen und hielt alles, was geschah, für wiederholbar, deshalb ließ er seine Modelle an seiner statt leben. Sein Leidensmodell war der Mönch Komitas, dem er auf das Alter zu immer ähnlicher wurde, sodass ich, als ich zum ersten Mal die Totenmaske des Komitas sah, die von mechitaristischen Mönchen auf der venezianischen Insel San Lazzaro aufbewahrt wird, angesichts der ungewöhnlichen Ähnlichkeit erschrak. Für meinen Großvater war Pater Komitas wahrscheinlich nicht bloß das Leidensmodell, sondern auch das Modell seines Wahnsinns.

Oftmals saß er reglos da und murmelte vor sich hin. Wir wussten nicht, was er sagte, Großmutter ließ uns nicht in seine Nähe. Diese Seiten sind im *Buch des Flüsterns* weiß geblieben. Dann schloss er sich in sein Zimmer ein und sang. Er hatte eine Baritonstimme, die hurtig aufsteigen konnte zu einem durchdringenden Tenor, genau wie Komitas' Stimme, die Vincent d'Indy, Camille Saint-Säens und Claude Debussy verblüfft hatte. Er sang und begleitete sich auf der Geige, strich kräftig über mehrere Saiten gleichzeitig, sodass es sich wie ein Quartett anhörte.

Auch Komitas war, ebenso wie seine Freunde Ruben Sevag, Siamanto und der Dichter Daniel Varujan, am 24. April 1915 verhaftet worden. Er behielt seine Archimandriten-Tunika an, nicht aber die Kapuze, die durch ihre Spitze den Berg Ararat symbolisierte, und die sämtliche Repräsentanten der Armenischen Kirche vom Katholikos bis hin zum Mönch tragen. Kapuze und Pelerine gab er an Bedürftige weiter, die in den Konvoi gingen. Sie hatten sie in Autos bis kurz vor Ceanguiri gefahren. Komitas hatte sich unter die Menge gemischt und versucht, so gut er konnte deren Leiden zu lindern, auch ermahnte er sie, ihren Glauben zu bewahren. Nachts blieb er allein und murmelte vor sich hin. Anfangs glaubten seine Weggefährten, er bete, aber er betete nicht, sondern sprach mit jemandem, und wenn dies Gott war, klangen die für einen Mönch ungewöhnlichen Worte tadelnd, nach der Art umgedrehter Psalmen. Und eines Tages sah er eine Frau, die drauf und dran war zu gebären, aber noch bevor er bei ihr sein konnte, hatte ein Soldat den dicken und zuckenden Bauch der Frau mit einem Säbel aufgeschlitzt. In diesem Augenblick verstummte Komitas ebenso, wie Andrei Rubljow fünfhundert Jahre zuvor angesichts der Grausamkeiten der Tataren verstummt war. Er sprach noch ein einziges Mal, die anderen aber glaubten anfangs, es sei ein Scherz, bis sie begriffen, dass Pater Komitas die Zügel seines Verstandes gerissen waren. Er blieb unterwegs stehen und sagte seinen Weggefährten: Beeilt euch nicht! Lasst die Soldaten uns überholen ... Dann, als Daniel Varujan abgeholt und umgebracht werden sollte, erhob er noch einmal die Stimme. Aber er sprach nicht eigentlich, sondern er sang. Zuerst die Psalmen *Vergib mir, Gott!*, jedoch mit rauher Stimme, als erwartete er, dass Gott sich bei uns entschuldigte, dann *Grunk – Der Kranich*. Und als er fertig war, brach er in Gelächter aus. Sein Lachen war die ganze Nacht über zu hören, röchelnd und nervös, wie ein verfaultes Gewebe, das man immerzu zerreißt, zusammenfaltet und wieder zerreißt, immerzu. Viele von ihnen wurden damals umgebracht, es begann mit Daniel Varujan und Siamanto. Den Archimandriten Komitas schickte Oguz Bey, nicht wissend, was er mit ihm tun sollte, nach Konstantinopel zurück. Er verstand sich darauf, Menschen umzubringen, die auf die Knie fielen oder zu fliehen versuchten, er brachte Leute um, die beteten, ihn anflehten, weinten oder ihn verdammten, aber er wusste nicht, wie er jemanden umbringen sollte, der lachte. Und Komitas lachte ununterbrochen, es war ein Lachen, wie man es noch niemals gehört hatte, die Tränen der Leidenden waren darin aufgehoben, und es verhöhnte den Mörder: Dieses Lachen zeigte, dass in Komitas nichts mehr verblieben war, das man hätte umbringen können.

Er sollte sich niemals mehr erholen. Seine Freunde schickten ihn nach Paris ins Sanatorium. Er starb zwanzig Jahre später, Lachen und Weinen hatten sich in seinem Sterbegesicht versöhnt. Sein Antlitz ist entspannt, wie es auch das meines Großvaters war, als sei der Tod eine Rast, als stützte sich einer auf die Brüstung eines kühlen Brunnens und schaute hinein.

Großvater Garabet sang den *Kranich*, das Lied, das von den heimatlichen Gefilden sprach, und er begann danach nicht zu lachen, er schwieg. Ich weiß, was er tat, denn die Spuren konnte man auf der Leinwand sehen, das laute Lachen meines Großvaters bestand aus Farben, er hatte sie, wie ich dachte, ohne Sinn und Verstand mit dem Pinsel auf die Leinwand gesetzt, mit den in die Farben getauchten Fingern auf die Leinwand geschmiert, wenn die Lachsalven sich nicht mehr beherrschen ließen, oder unmittelbar aus den Farbentuben draufgedrückt. Schwarz und Orange herrschten vor, die Großvater sehr bedächtig erforschte, das war seine Weise, sich selbst zu erkunden. In seinem Bemühen, die Welt zu begreifen, hatte Großvater für jedes einzelne Ding seine eigenen methodischen Kriterien. Sich selber entschlüsselte er beispielsweise durch Farben. Der Mensch hat seine je eigene energetische Aufladung. Energie bedeutet vor allem Licht. Licht aber ist eine Kombination von Farben, anhand des Farbenspektrums kann man verstehen, von wie weit es herkommt, welcher Körper es abstrahlt, in welcher Tageszeit wir uns befinden. Genau so verhält es sich auch mit den Menschen; man stellt eine Kristallpyramide vor ihn hin und schaut ihn an. Und das Spektrum ist da. Sieh an, das bin ich, sagte Großvater und betrachtete das von hingeklatschten Farben zerfurchte Blatt, auch strich er mit den Fingern darüber, um nicht bloß die Farben und die Geschmeidigkeit der Linienführung, sondern auch die Glätte oder Schroffheit der Tusche zu überprüfen.

Dies waren übrigens einige der wenigen Augenblicke, in denen er sich als mitbetroffen gebärdete. Ansonsten betrachtete er die Dinge geduldig und in allen Einzelheiten. Selbst wenn er aß, kaute er, um das Wesen der Speise zu verstehen, jeden Bissen bis zu dreiunddreißig Mal, die für das Kauen, wie er sagte, maßgebliche Zahl. Nur so könne man einerseits den Geschmack und den Sinn jedes Nahrungsmittels verstehen und andererseits dieses derart zerkleinern, dass es dem Magen bekömmlich sei. Eigentlich war jener gleich weit von allem anderen entfernte Punkt ebenso weit entfernt von ihm selber. Sich selbst mit der gleichen Gelassenheit zu betrachten, wie man die Bäume im Garten erkundet oder die Chronologie eines Krieges, von einem Ort her, der außerhalb des Gegenstandes selbst lag, war ebenfalls eine Art Narretei. Nur dass Großvater, wie man sieht, sein Leidensmodell in Pater Komitas gefunden hatte, nicht, um diesen nachzuahmen, sondern um sich darin zu spiegeln. Während die Verrücktheit von Pater Komitas eine war, die von innen herrührte, war Großvaters Verrücktheit eine, die über den Dingen schwebte.

Deshalb, so Großvater, der die Meinung vertrat, die Welt gebe es nur, damit sie verstanden werde, sei es in dem Augenblick, da man sich auswendig lerne, wenn man sich selbst dermaßen vorhersehbar werde, dass man sich wie ein Gedicht auswendig vorsagen könne, mit Anfang und Ende, ja sogar mit den dazugehörenden Reimen, an der Zeit, zu sterben.

Wenn, da sie durch diese Welt gingen, Großvater Garabet Vosganian verstand, während Großvater Setrak Melichian nicht verstand, dann war mein Patenonkel Sahag Şeitanian derjenige, der erduldete. Und wenn für meinen Großvater Garabet das erste Verständnis, nämlich das seiner selbst, von den sich kreuzenden Farben herrührte, und für meinen Großvater Setrak das Nichtverstehen seiner selbst von den Ohrfeigen herrührte, die er im Überfluss bezogen hatte, rührte Sahag Şeitanians Leiden an sich selbst von der Begegnung mit Yusuf.

ACHT

Yusufs Geschichte: Im *Buch des Flüsterns* gibt es keine imaginären Personen, schließlich haben alle in dieser Welt gelebt, an ihrem Ort und mit ihren eigenen Namen. Es gibt eine einzige Person, die als imaginär betrachtet werden könnte, denn ihre Existenz verwandelt das *Buch des Flüsterns* in eine Realität, deren Treppenstufen sich wie zwei Spiegel, die sich gegenseitig spiegeln, selbständig vervielfältigen. Ich schreibe häufig über den Erzähler dieses Buches. In meiner Geschichte erzählt der Erzähler über das *Buch des Flüsterns*. Und in diesem neuerlich erzählten Buch tritt wiederum der Erzähler mit seinen Geschichten auf. Er erzählt vom Erzähler und von dessen Geschichte. Wäre die Reihenfolge umgekehrt, und wir gelangten zum letzten Erzähler, dem die Untugend abgeht, sich selbst zu beschreiben, und gelangten wir von ihm auf mich, so hätten wir den Traum, dann den Traum im Traum und immer so weiter. So aber, da ich über den schreibe, der schreibt, dieser seinerseits sich über das Manuskript beugt, in dem sich auch die Autor genannte Person befindet und schreibt, sieht es so aus, als befänden wir uns auf einer Treppe und stiegen hinab, wie dieses ineinandersteckende Holzspielzeug, die Matroschka, die der alte Musaian aus Sibirien mitgebracht hatte. Er hatte sich in der Summe der Jahre vertan und vergessen, dass sein Sohn Arachel mittlerweile das Soldatenalter erreicht hatte.

Von den vielen realen Personen werden Sie auch einige in den Geschichtsbüchern wiederfinden, andere aber gibt es nur im *Buch des Flüsterns*. Obwohl es meistens von der Vergangenheit erzählt, ist dieses Buch kein Geschichtsbuch, denn in den Geschichtsbüchern wird hauptsächlich von den Siegern berichtet; dieses ist viel eher eine Sammlung von Psalmen, denn es erzählt von den Besiegten. Und unter den Personen des Buches gibt es auch eine, die nicht existiert hat, doch diesem Umstand zum Trotz oder gerade deshalb trägt diese Person sogar einen Namen: Sie heißt Yusuf. Dieser Yusuf war nichts anderes als ein Leihname, und seinen Träger gibt es nur deshalb im *Buch des Flüsterns* – wiewohl er nicht zur Konstruktion des Buches gehörte –, weil er der Schlüssel zu der Tür ist, an der in jener Randzeit der kahlen, mit den Fingernägeln aufgekratzten Wände, der aufgerissenen Fußböden und den wie Maulwurfshügel aufgeworfenen Erdhaufen am meisten geweint wurde. Unordentlich war die Erde aufgeworfen worden, wie es häufig bei eilig angelegten Gräbern vorkommt. Und die am hastigsten eingerichteten Gräber sind die Massengräber.

Die Lebenden und die Toten gehören dem Himmel an und der Erde. Allein die Sterbenden gehören ganz und gar dem Tod an. Dieser wandelt unter ihnen einher, gibt sich geradezu sanftmütig; todgeweiht zu sein, ist ein Zustand, bei dem der Tod sich vorsieht, ihn nicht zu bald zu entscheiden. Es ist sein frischer Hafer. Moribund zu sein, ist eine Initiation in den Tod. Von Mamura bis nach Deir-ez-Zor, über eine Distanz von mehr als dreihundert Kilometern, hat ein ganzes Volk die Sieben Kreise durchschritten, den Weg der Initiation in den Tod. Und an dessen Ende traf Sahag Şeitanian auf Yusuf.

MAMURA. DER ERSTE KREIS. Der Weg zog sich schnurgerade neben der Bahnlinie hin. Die Konvois mit den an unterschiedlichen Orten zusammengetriebenen Armeniern, aus dem europäischen Anatolien, aus Smirna, Izmid oder Adrianopolis, aus dem Wilajeten des westlichen Anatolien, Trapezunt, Erzerum oder Kharput, betraten den ersten Kreis zu Fuß. Von weitem gesehen, wirkten sie, eng aneinandergedrängt und die Köpfe geneigt, wie Pilger. Nur dass Pilger von ihrem Glauben geleitet und nicht von Soldaten angetrieben werden, die Nüstern der Pferde im Nacken haben oder bei Ausbruchsversuchen mit Peitschenhieben zurück in den Konvoi gescheucht werden. Sahag Şeitanians Familie bestand aus fünf Personen, der Großmutter, den Eltern, ihm selbst und seiner kleineren Schwester. Die anderen beiden Kinder, schon etwas größer, waren heimlich nach Konstantinopel geschickt worden. Seine

Mutter Hermine war eine zähe Frau. Sie hielt sich noch gut auf den Beinen, umfasste ihre Kinder mit den Armen und ging stets den geraden Weg in der Mitte des Konvois, um sie vor den Hufen der Pferde zu beschützen. Auch um ihnen den Anblick der Leichen am Wegrand zu ersparen, die von Krähen zerrupft wurden. Sie hatten ein bisschen Geld dabei, das Rupen, der Vater, unter seinem Hemd verborgen hielt. Mit einem Teil des Geldes hatten sie eine Art Fahrkarte erwerben können, vielmehr sich die Gunst des Bahnvorstehers von Izmid erkauft, sind in den Zug gestiegen und haben die Strecke Eşchişer–Konya–Bizanti–Adana bis zur Hälfte des Wegs nach Mamura zurückgelegt, wo der Zug auf Befehl der Armee, die die Gleise blockiert hatte, anhalten musste. Aber dass hier der Zug angehalten wurde, wenngleich die Pfade über felsiges Gebiet oder durch die hitzestarrende Ebene beschwerlich waren, hatte ihnen das Leben gerettet, denn die Viehwaggons, in die man sie gesteckt hatte, waren viel zu eng, die Lebensmittel erschöpft, und Wasser hatte ihnen niemand gegeben. Die in den Waggons zurückgebliebenen Toten waren solche, die eben ihre Seele ausgehaucht hatten, denn alle unterwegs Gestorbenen waren während der Fahrt aus den Waggons geworfen worden.

Also hatten sie zweimal Glück gehabt. Das erste Mal, weil sie nicht Hunderte Kilometer zu Fuß zurücklegen hatten müssen, und zum Zweiten, weil man sie just in dem Augenblick aus den Waggons geholt hat, als sie alle zu sterben drohten. Aber die meisten von ihnen, vor allem die Konvois aus den westlichen Wilajeten, hatten diese Möglichkeit nicht. Sie haben den ganzen Weg zu Fuß zurückgelegt; einige von ihnen, die Wohlhabenderen, hatten sich Wagen und Maulesel besorgen können. Aufgrund von Erschöpfung, Kälte, Hunger, der Ausplünderungen und Gemetzel starben von eineinhalb Millionen Deportierten etwa eine halbe Million, bevor sie den Rand des ersten Kreises erreicht hatten. Denen noch diejenigen hinzuzuzählen sind, die dort ankamen, aber nicht auf den eigenen Beinen, sondern angeschwemmt von den Wassern des Tigris und des Euphrat.

Im September begannen die Nächte empfindlich kalt zu werden, doch die Hitze tagsüber ließ nicht nach. Man trieb sie auf ein weitläufiges Gelände in der Nähe der Bahnstation von Mamura. So weit das Auge reichte, hatten sich die Leute mit allem, was zur Hand war, Decken, Kleidungsstücken oder Leintüchern, eine Art Zelt gebaut. Die meisten dieser Zelte stützten sich nur auf vier Stöcke und spannten über drei bis vier Quadratmeter ein ausgebleichtes Stück Tuch, das vor Sonne und Regen einigermaßen Schutz gewährte, aber gegen die Kälte nichts ausrichten konnte. Sahag überschlug mit berechnendem Blick so viele Zelte, dass ein Rand des Geländes nirgendwo abzusehen war. Man hatte diesen Ort absichtlich am Stadtrand und jenseits der Bahn-linie angelegt, denn der Bahndamm mit den Gleisen ließ sich besser be-wachen, und so konnte es niemand wagen, auf der Suche nach Brot in die Stadt zu gehen. Sie hatten noch ein bisschen was zu essen, aßen eilig und mit Bedacht im Schatten ihres Zeltes, damit es ringsum niemand sehen konnte.

Ab und zu versuchten kleinere Gruppen, sich der Bahnlinie zu nä-hern, aber sie wurden stets zurück ins Lager gescheucht. Letztlich aber bedrohten die Soldaten sie nicht mehr und ließen sie ihre Arbeit ver-richten. Denn nun handelte es sich um die, welche von Zelt zu Zelt gin-gen und den Leuten darin halfen, ihre Toten wegzutragen. Und damit die Toten nicht völlig alleine blieben, wurden sie nebeneinander hin-gelegt, als ihre Zahl jedoch stetig zunahm, wurden sie übereinanderge-legt, sodass der Tod Hügel entstehen ließ, die wie Wachtürme das Lager umringten. Die Tiere keuchten vor Hunger und aufgrund des Leichen-gestanks, es waren vor allem Maultiere, an Wagen gespannt oder den Hausrat in Quersäcken auf großen Lastsätteln tragend; sie hatten sich als widerstandsfähiger erwiesen, die Pferde waren verdurstet oder hat-ten sich auf den steilen Gebirgspfaden die Schienbeine gebrochen. Die Hunde hielten sich beiseite, sie erkannten in den Augen der Menschen den gleichen Hunger und die gleiche Hatz, warteten mit den Krähen-schwärmen geduldig auf den Einbruch der Dunkelheit.

Um sich gegenseitig zu wärmen, schliefen sie eng aneinandergekau-ert. Tagsüber zogen sie sich aus und spannten die aneinandergebun-denen Kleider über sich aus. Sie hatten sich mit einem jungen, frisch verheirateten Paar aus Konya darüber verständigt, sich den Wagen zu teilen, den die Männer reihum mit schoben, um das Maultier zu schonen. Eine Frau hatte sich angeboten, ihre Bettwäsche zusammenzunähen, damit sie dem Wind besser widerstand. Sie war mit ihrem Verlobten unterwegs, hatte heiraten wollen, aber die Brautleute waren unterwegs gestorben.

Sahags Mutter hatte zwei Töpfe, in denen sie das Regenwasser auffing. Wenn das Wasser zu Ende war, wischten sie sich mit den Tüchern über die Lippen, die sie über Nacht aufgehängt hatten, damit sie die Tauflüssigkeit auffingen.

Wenn sich die Zelte zu sehr vermehrt hatten und drohten, über die Bahnlinie hinüberzuschwappen, und wenn die Zahl der Leichen derart zugenommen hatte, dass der Todesgestank die Luft zu verpesten drohte, stürmten die berittenen Soldaten durch die Zeltreihen und trieben ein paar Tausend Leute von neuem auf den Weg. Die Zelte brachen unter den Pferdehufen zusammen, und die Menschen wurden mit Peitschenschlägen an den Rand des Geländes gescheucht. Wenn sie ihre Habseligkeiten nicht schnell genug zusammenpacken und ihr Zelt abbrechen konnten, trieben die Reiter sie zur Eile, indem sie die trockenen Tücher ihrer Zeltdächer in Brand setzten.

Sie waren gegen Ende Oktober dran. Bis zur nächsten Rast hatten sie eine Strecke zurückzulegen, die ein kräftiger Mann in fünf Stunden geschafft hätte, sie aber benötigten dafür zwei Tage.

ISLAHIYE. DER ZWEITE KREIS. Der Weg führte durch das Amanus-Gebirge, über den Kamm, dann ging es einen Fluss entlang abwärts auf Islahiye zu. Mit dem Eintritt in den zweiten Kreis kam auch der erste Schnee. Viele steckten in dünnen Lumpen, und allein der vom Schweiß ins Gewebe eingebackene Staub ließ ihre Kleider etwas dicker wirken und wärmer. Die Decke ließen sie auf dem Maultier liegen und hüllten sich den ganzen Weg über in Leintücher. Den Wagen gaben sie auf, er war zu sperrig für die schmalen Pfade, und die Männer schulterten so viel, wie sie eben noch tragen konnten. Als es ein bisschen wärmer wurde, zerrissen sie ein Leintuch in Streifen und banden sich aneinander, damit keiner in eine Schlucht falle. Es war ein sauberer Gebirgsweg, und so blieb er auch nach dem Durchzug des Konvois, denn wer geschwächt zu Boden ging, wurde mit Stockschlägen in eine Schlucht gestürzt. Die Großmutter wurde auf dem Maultier mitgeführt, was ihr im Unterschied zu vielen anderen half, den Weg zu überstehen. Diese endeten erschöpft oder stürzten, weil sie sterbend gegen Felsbrocken gelaufen waren. Als sie auf ein flaches Plateau gelangten, wurde der Konvoi von ein paar Dutzend bewaffneten Kurden empfangen. Wie auf ein Zeichen hin blieben die Soldaten zurück und ließen den unbewachten Konvoi weiterziehen. Sie hielten erst verschreckt an, als sie die Reiter sahen, die Flinten und Säbel schwenkend auf sie zugeritten kamen. Dieses Plateau war schmal, hinter ihnen erhoben sich die Berge, auf beiden Seiten gähnten abschüssige Täler und vor ihnen die Reiter. Diese Szene kennen wir aus Hunderten Schilderungen. Verlassene, schutzlose Konvois, mehrheitlich Frauen und Kinder, die sich hilfesuchend über das Gelände verstreuen, ohne zu wissen, dass man erst dann zur sicheren Beute der auf Raub und Mord sinnenden Reiter wird, wenn man sich aus der Masse herausgelöst hat. Einmal waren die Täter extra aus den türkischen Gefängnissen freigelassene und bewaffnete Kriminelle, dann Kurden, Tschetschenen oder Beduinen. Selten nur fielen sie zufällig über die Leute her, meistens waren sie vorher unterrichtet worden, kannten den Zeitraum und die Strecke der Konvois, und die Soldaten hatten die Anweisung, sich zu entfernen und sie ihr Geschäft verrichten zu lassen. Zuweilen sollten sie lediglich ausgeplündert und die jungen Frauen verschleppt werden, häufiger aber wurden sie bis zum letzten Mann niedergemetzelt. Es gab keine Regel, man konnte umgebracht werden, weil man Geld oder Schmuck bei sich hatte, und man konnte umgebracht werden, weil man nichts hatte, was man ihnen hätte geben können. Am ratsamsten war es, sich auf den Boden zu kauern oder flach hinzulegen und sich tot zu stellen. Wenn man das Glück hatte, nicht von den Hufen ihrer Pferde zertreten zu werden, konnte man so lange ausharren, bis die Reiter von ihrer Jagd auf die lebenden Ziele ermüdet waren oder der Abend hereinbrach und sie sich johlend davonmachten, die zappelnd sich wehrenden Frauen auf dem Sattel um die Mitte gefasst. Zurück blieb ein von Leichen übersätes Gelände, auf dem sich langsam die wenigen verschreckten Überlebenden wieder erhoben.

Der Verlobte der Frau, mit der sie sich angefreundet hatten, war auch umgebracht worden. Er hatte eine wertlose, aber glänzende Kette am Hals getragen, und der Reiter, der diese in seinen Besitz bringen wollte, machte sich keine Mühe, sondern hieb ihm einfach den Kopf ab. Sie mussten ihn dort liegen lassen, den Tieren zum Fraß.

Die Verwundeten hinter sich herziehend, erreichten sie erst gegen Morgen die Ebene bei Islahiye. Auf beiden Seiten des Lagereingangs erhob sich je ein Leichenhaufen, vor allem mit Kinderleichen. Sie spannten ihre Zelttücher auf. Ihr Essen war beinahe aufgebraucht. Morgens durchpflügten berittene Soldaten die Zeltreihen und warfen aufs Geratewohl Brot über die Zelte. Die Leute stürzten sich darauf, versuchten, je ein Stück zu packen, und kämpften darum. Gegen Mittag beruhigte sich das Lager, die Menschen schleppten sich unter die Zeltplanen und wachten bei den Sterbenden.

Die Soldaten hielten sich abseits, denn die schwülen Todesgerüche waren nicht angenehm, ja, sie kündeten die Verbreitung der Ruhr an. Der Lagerkommandant rief die Männer zusammen, die noch bei Kräften waren, und befahl ihnen, die Toten zusammenzutragen. Weil in jenen Herbstmonaten Hunger und Typhus im Lager von Islahiye über sechzigtausend Opfer gefordert hatten, ordnete der Kommandant an, die Toten einige Tage lang am Rande des Lagers liegen zu lassen, bevor sie begraben wurden. Denn draußen im Wind trockneten die Leichen aus und schrumpften, sodass sie weniger Platz einnahmen und die Massengräber mehr fassen konnten.

Dann rückten sie ihre Zelte näher aneinander, sodass die Plünderer, vor allem Beduinen aus den umliegenden Dörfern, nicht mehr zwischen den Zelten hindurchschlüpfen konnten. Denn sie fürchteten sich nicht voreinander, Geld oder Gold stahl aus den Reihen der Deportierten niemand, man hätte damit auch nichts anfangen können. Und was man hätte begehren können, Mehl, Zucker oder Trockenfleisch, hatte längst keiner mehr. Die Tiere suchten an den Mauerrändern oder zwischen den Trassenführungen nach Grasbüscheln. Die innerlich vom Typhus zerfressen wurden, kauerten gekrümmt auf dem Boden und warteten auf den Tod. Die anderen kauten gemächlich die Stückchen krümeligen Brotes, die ihnen von den durchgaloppierenden Pferden herab zugeworfen worden waren.

Nun geschah etwas gleichermaßen Rätselhaftes und Grausames: Es schneite, und sie stürzten mit offenen Handflächen aus ihren Zelten hinaus. Es steckte noch so viel Leben in ihnen, dass die Flocken in ihren Handhöhlen schmolzen und sie die Tropfen von den Fingern lecken konnten. Dann, als sie sahen, dass der Schneefall heftiger wurde, warteten sie ab, ließen den Schnee auf dem Boden liegen, um ihn danach, ebenso wie die Hunde und Maultiere, vom Boden aufzulecken. Sahag begnügte sich noch länger als die anderen, denn er hatte gemerkt, dass der Schnee liegen blieb und wuchs, vor allem auf den Gesichtern der Toten, die noch kälter waren als der Boden.

Aber mit dem Schnee war auch ein grimmiger Frost gekommen, der den Boden gefrieren ließ, die Leintücher, aus denen die Zelte bestanden, in scharfe, schneidende Falten verwandelte, die Luft klärte, dem Gewusel aller Geschöpfe Einhalt gebot und auch die Miasmen wie Rauhreif zu Boden sinken ließ. Die Menschen kauerten sich aneinander, aus mehreren Zelten kamen die Leute und drängten sich in einem größeren zusammen, und dort, wo es jemandem gelungen war, ein paar vereiste Stöckchen aufzutauen und damit ein Feuerchen zu entfachen, gab es ein richtiges Gedränge, auch wenn es ihnen nur von weitem gelang, die ersterbende Flamme zu betrachten.

Die auf den Tod Dahinsiechenden waren vor Hunger so dürr geworden und vom Frost verzehrt, dass ihre Arme oder Beine krachend wie trockene Äste brachen, wenn man sie an den Armen oder Beinen zwischen den Zelten wegzerrte.

Als der Schnee schmolz, wurden wieder Konvois gebildet. Der Himmel weichte auf, und der Regen begann. Die Wege verschlammten. Sie wickelten sich von den Leintüchern abgetrennte Streifen um die Füße, sonst wären ihre nackten Fußsohlen im Boden kleben geblieben, und die Leute hätten keine Kraft mehr gehabt, sie aus dem Schlamm zu ziehen. Im Nieselregen, der sämtliche Konturen verwischte, dauerte der neuerliche Weg fast eine Woche. Man konnte die Toten nicht mehr zählen, denn auf dieser nebligen Wegstrecke, wo man nur noch die bläulichen Dämpfe des eigenen Atems sehen konnte, war das vom Regen durchweichte Fleisch derer, die umkippten, ebenso weich und klebrig geworden wie der lehmige Boden. Die Nachfolgenden traten sie mit Füßen und vermengten ihr Fleisch wie in einem schwarzen Teig mit dem alles verhüllenden Schlamm der Wege. Der Regen aber hörte auch nicht auf, als sie angekommen waren.

BAB. DER DRITTE KREIS. Das Gelände mit den schwarzen Zelten erstreckte sich auf einem Streifen etliche Kilometer außerhalb des Ortes, damit der Zugang der Deportierten zur Stadt verhindert werden konnte. Auf dem lösshaltigen Boden hatte das mit Schnee durchmischte Wasser Tümpel gebildet und das gesamte Gelände in Morast verwandelt.

Sie kamen nicht dazu, ihre unterwegs umgekommenen Gefährten zu zählen, denn selbst mit den nunmehr innerhalb ihres Lagers Gestorbenen kamen sie nicht mehr zurecht. Die Männer, die noch übrig geblieben waren, hatten sich in zwei Gruppen aufgeteilt. Die eine Gruppe trug die Leichen aus dem Lager und kümmerte sich um das Ausheben der Massengräber. Im dritten Kreis kostete es mehr Mühe, die Toten wegzutragen; ausgetrocknet wie der staubige Boden und mit vor Kälte leicht gewordenen Knochen, quollen sie vom Wasser auf, und ihre aufgeweichten Adern platzten, sodass sie rote Flecken bekamen, wie rohes Fleisch. Aufgedunsen und deshalb kaum zu beugen, brauchten sie mehr Platz, und in dem klebrigen Boden mussten die Gräber größer angelegt werden.

Die zweite Gruppe Männer durchkämmte auf der Suche nach etwas Essbarem die Gegend, näherte sich der Stadt jedoch nur bis zu den Müllgruben und den ausfransenden Armenvierteln. Zumeist bestand ihre Beute aus toten Tieren. Einige von ihnen, die noch etwas flinker waren, warfen mit Steinen nach den Krähen oder jagten Hunde, die um das Lager strichen und nach Einbruch der Nacht auf der Suche nach unverfaultem Fleisch die eilig zugescharrten Gräber aufwühlten.

So brach die Typhusepidemie aus. Sie traf zuerst die Kinder. Überzog ihre Wangen mit roten Flecken, die sich aufgrund der Entbehrungen sehr schnell in offene Wunden verwandelten, in denen sich Blut und Fieberschweiß vermengten. Dann griff sie über auf die Mütter, die es nicht über sich gebracht hatten, ihre fiebrig zitternden Kinder nicht in den Arm zu nehmen. Allein der Frost hinderte die Seuche daran, sich auf alle auszuweiten. Aber dem gleichen Frost war es zuzuschreiben, dass es für die Erkrankten keine Rettung gab. Aus Furcht vor der Krankheit blieben die Soldaten auf Distanz, und nur noch selten wagten sie sich zwischen die Zelte, um in aller Eile etwas Brot in den Schneeregen zu werfen. Keiner dachte mehr daran, den Morast davon abzuwischen, und wer das Glück hatte, ein Stück zu erhaschen, rannte schnell davon, es mit denen in seinem Zelt zu teilen, oder er kauerte sich nieder, das Kinn auf der Brust, den Brotkanten umklammert, und verschlang ihn unzerkaut, damit sich keiner mehr auf ihn stürzen und ihm etwas wegnehmen konnte.

Schier wahnsinnig geworden vor Mitleid mit den sterbenden Kindern, wagten sich vor allem Frauen ab und zu bis an den Rand der Niederlassung und baten um etwas zu essen, suchten nach einem besseren Dach oder sauberen Tüchern. Sie wurden mit Steinwürfen und Stockschlägen vertrieben oder schlicht und einfach erschossen.

Die Frau, mit der sie aufgebrochen waren, erkrankte. Sie saß zusammengesunken da, und sie konnten nichts anderes tun, als ihr alle Tücher, die sie noch hatten, über die Schultern zu legen. Eines Tages kehrte der Mann der Şeitanians mit einer toten Krähe zurück, er hatte sie erlegt, als der Vogel in einem Schwarm über dem Leichenhaufen kreiste. Er hatte ein verwildertes Funkeln in den Augen, seine eingefallenen Wangen waren mit gekräuselten Haarbüscheln bedeckt, die Kleider bestanden nur noch aus Lumpen. Damit diese nicht immerzu im Wind flatterten, hatte er sie mit einem Bindfaden, den er sich mehrfach von der Brust bis zur Hüfte um den Leib geschlungen hatte, festgebunden. Statt Schuhen trug er zwei verknotete Fetzenstreifen, und als

Sohle hatte er sich je ein Stück Holz an den Fuß geschnürt. Dies machte seinen Gang unregelmäßig und schlürfend, nur ab und zu, wenn er Schwellen zu überschreiten hatte, hob er die Fußsohlen an. Um jagen zu können, musste er nicht laufen, auch hätte ihm dazu die Kraft gefehlt. Er musste die erlegten Viecher bloß tragen, und für die Hunde und Krähen, fett geworden von der Nahrung, mit der sie das Lager überreich versorgte, reichte ein gezielter Steinwurf. Und mit dem gleichen Stein musste man ihnen danach den Kopf zerschmettern. Oder ihnen ganz schnell den Hals umdrehen. Was Rupen Şeitanian getan hatte, der Kopf des Vogels war in eine unnatürliche Position gedreht. Als Hermine ihn sah, drückte sie ihre Kinder an die Brust und flüsterte aufgewühlt: *Ur es, Asdvadz?* Wo bist du, Gott? Gott liegt auf den Tod danieder, Weib, sagte der Mann. Sieh, seine Engel sind schon tot. Und er warf den schwarzen Vogel mitten ins Zelt.

Es bereitete einige Mühe, mit den feuchten Zweigen ein Feuerchen zu entfachen, über dem sie das Fleisch des gerupften Vogels brieten. Dies aber konnte der kranken Frau nicht mehr helfen, deren eingeschrumpfter Magen keine Nahrung mehr aufnahm. Sie erbrach das einzige Stückchen Fleisch, das sie hatte schlucken können, und erstickte kurz darauf an nicht nachlassenden Spasmen. Das ist das Zeichen des schwarzen Engels, murmelte Hermine. Es ist ein anderes und noch viel schrecklicheres Zeichen, sagte Rupen, wenn Gott selbst die schwarzen Engel umbringt. Und er schaute auf den bleiernen Himmel, auf den morastigen Boden, in den Nieselregen und die Dünste des Lagers, die Himmel und Erde in einem gefräßigen und mörderischen Nebel vereinten. Sie hoben die Frau auf das Maultier, wo sie wie ein Quersack zu beiden Seiten hinabhing, und Rupen brachte sie an den Rand des Lagers, wo die Leiber aufquollen und sich gelatinös auflösten. Aber davor hatten sie ihr die Kleider ausgezogen und sie unter der frierenden kleineren Schwester von Sahag und der jungen Frau aus Konya aufgeteilt, damit die Beduinen sie nicht so spärlich bekleidet zu sehen bekämen und sie begehrten.

Sosehr sich die Ortsansässigen auch vor den Deportierten schützten, indem sie sie wie Hunde mit Steinwürfen und allem, was ihnen sonst noch zur Hand war, vertrieben, indem sie Ermeni! Ermeni! riefen, damit auch andere aus ihren Häusern kämen und sich an der Abwehr der zögernd und friedfertig die Arme vom Körper wegstreckend sich nähernden Geschöpfe beteiligten, sosehr sie sich also wehren mochten, der Typhus griff auch über auf die Stadt. Nun versammelten die Araber ihre Krieger und fielen über das Lager her, zertrampelten es mit den Hufen ihrer Pferde, töteten mit Säbeln und Gewehrkugeln, vertrieben die Leute mit der flachen Säbelklinge oder mit Knüppelschlägen und setzten die Zelte in Brand. Die Soldaten schauten wie immer unbeteiligt und gleichgültig zu, nahmen die ihnen zuteilgewordene Hilfe gegen Hunger, Ruhr und Typhus wohlwollend an. Das Massaker dauerte einen ganzen Tag, und die Krieger hatten angekündigt wiederzukommen, wenn sich die Deportierten nicht schon am nächsten Tag wieder auf den Weg machten, wohin sie auch wollten, aber so weit weg wie irgend möglich von ihren eigenen Häusern.

Obwohl die Anweisungen lauteten, das Lager müsse bis zum Frühjahr geschlossen aufrechterhalten werden, machten sich die Konvois wegen der Unruhe der Einheimischen wieder auf den Weg. Es war der 5. Januar, eigentlich wussten sie dies nicht so genau, denn keiner hatte mehr die Tage gezählt, und weil es keine Zeichen mehr gab, die den einen vom anderen Tag unterschieden hätten, beispielsweise einen sonntäglichen Gottesdienst, merkte man bloß den Wechsel der Jahreszeiten – und auch diesen nur ungefähr. Einigermaßen verlässlich war allein die Zählung der Toten, die von den türkischen Soldaten vorgenommen wurde. Mit dem Bajonett ritzten sie jeweils den Holzpfosten an jedem Lagerort für die Toten. Aber als der Typhus wütete und die Leichen mit dem Wagen herbeigekarrt und gleich in die Gruben geworfen wurden, musste auch diese Zählung aufgegeben werden.

Die Adventszeit versuchten sie nach der Länge der Nächte zu bestimmen, aber weil der Himmel immerzu bewölkt und bleigrau war, schienen die Nächte länger zu sein, als sie es tatsächlich waren. Und die Zahl der Toten nahm stetig zu, denn die Sterbenden hauchten vor allem nachts ihre Seele aus. Aber weil am nächsten Tag die ersten Konvois wieder aufbrachen und keiner wissen konnte, wie viele von ihnen das

Ende der Strecke erreichen würden, beschlossen die paar Priester, die sich von den anderen allein aufgrund ihrer etwas längeren Bärte unterschieden, dass jene Nacht der Vorabend des Heiligen Abends sei.

Wer noch einen Kerzenstummel besaß, zündete ihn an. Hermine sagte: Lasst das Licht erstrahlen. Sie brannten die ganze Kerze nieder, leckten mit den Fingern das warme Wachs auf und strichen es sich über die Hände. Sie hätten sich noch einen Stummel für die Auferstehungsnacht aufbewahren sollen. Bis dahin, sagte Rupen und wickelte seine Füße ein, werden wir alle tot sein.

MESKENE. DER VIERTE KREIS. Damit sie Aleppo nicht zu nahe kämen, wo es wieder die Gefahr einer Verseuchung gegeben hätte, und angesichts der zunehmenden Feindschaft der Ortsansässigen sowie aufgrund der Eilverfügung von Djemal Pascha, die Deportierten fernzuhalten von der Eisenbahnlinie, umging der Konvoi den etwas begehbareren Weg durch Aleppo und Sebil und durchquerte wildere Gegenden bei Tefridje und Lale. Ein kräftiger Mann hätte die Strecke zwischen Bab und Meskene in zwei Tagen bewältigen können, allerdings nur, wenn man annimmt, er habe sich eines geruhsamen Nachtschlafs in einer der Karawansereien erfreuen, er habe sich satt essen können, und seine Maultiere hätten Wasserbeutel mitgeschleppt. Die aus Bab aufgebrochenen Konvois legten diese Wegstrecke bestenfalls in zehn Tagen zurück, mitunter kamen sie jedoch erst nach zwei Wochen an.

Beim Auszug aus Bab begann es wieder zu schneien. Da sie nicht die große Straße nach Aleppo genommen hatten, und die weite Landschaft von Schnee bedeckt war, verfehlten die Konvois häufig die Richtung, und die Soldaten ließen sie nach einigen Überlegungen und Erkundungen umkehren und einen anderen Weg einschlagen. Dabei stießen sie sie mit den Pferdeschnauzen von der Seite an. Kein Wunder, dass sie immer wieder in die Irre gingen, denn die im Konvoi Mitlaufenden, selbst die Widerstandsfähigsten in den ersten Reihen, die Brust im Wind, hatten beim Gehen den Blick gesenkt und erhoben ihn nur selten, dann jedoch nicht, um den Weg zu erkunden – sie hielten ihn ohnehin für endlos –, sondern schauten zum Himmel hoch, suchten nach einem Lichtschimmer, einem Zeichen dafür, dass der Schneefall aufhöre, oder schlicht und einfach irgendein Zeichen. Sie hüllten sich in sämtliche Gewebe und Bettwäschen, die sie noch hatten, und banden sich diese mit Bindfäden um den Leib gegen den Wind. Die dicksten Decken waren für die Füße und Beine bestimmt, sie fertigten sich damit eine Art Filzstiefel an, indem sie sie in Öl tränkten, sofern sie noch welches hatten, oder in Rohöllachen, damit sie das Schneewasser abwiesen. Der Konvoi war geschlossen aufgebrochen, bald jedoch und mit zunehmender Erschöpfung erstreckte er sich über beinahe einen Kilometer. Die Soldaten begnügten sich damit, auf sie einzuschlagen, verzichteten aber darauf, sie anzutreiben. Die mit der Peitsche oder mit Schlagstöcken Traktierten fielen auf die Knie, sie konnten nicht mehr schneller gehen. Sie wurden für widersetzlich gehalten und mit Stockschlägen auf den Kopf umgebracht, die Kugeln sparte man sich. Wo es sie traf, fielen sie bewusstlos in den Schnee, was den Tod bedeutete. Dann gaben sie auf, ließen sie so gehen, wie sie es vermochten. Die Erschöpften wurden beim Gehen immer langsamer und landeten am hinteren Ende des Konvois, es bereitete ihnen zunehmend Mühe, die Füße aus den Schneeverwehungen zu ziehen, und schließlich blieben sie reglos im Schnee stecken, die Beine zu steif, als dass sie ihre Knie hätten beugen können. So starben sie im Stehen, die Arme seitwärts gestreckt, hochgeweht vom Wind, wie schwarze vertrocknete Bäume. Die Fuhrwerke, die der Gouverneur von Aleppo wegen der großen Zahl unterwegs vergessener Leichen und der Seuchengefahr für seine Stadt dem Konvoi hinterhergeschickt hatte, fanden sie mitunter auch nach einigen Tagen noch aufrecht stehend vor, die Arme knackten erfroren im Wind. Anfangs erschraken die Totengräber. Dann rissen sie sie einfach aus dem Schnee, als handelte es sich um Stämme, deren Wurzeln weggefault waren; sie sagten sich, die Erde sei all der Toten überdrüssig und habe beschlossen, diese stehend verenden zu lassen.

Sie schliefen in verlassenen Karawansereien, blieben mitunter zwei Tage, um sich ein wenig zu stärken. Aus Aleppo waren mit den Fuhrwerken für die Leichen ein paar Säcke mit Bulgur angekommen, eine

Art geschälter und geschroteter Weizen, von dem jeder so viel bekam, wie in seine beiden zum Gefäß geschlossenen Handflächen passte. In Tefridje und danach in Lale hatten sie von weitem zahlreiche große Zelte gesehen, sie stützten sich auf Pfeiler, hatten Blechdächer, manche von ihnen sogar gemauerte Unterstände, sodass sie sich freuten, der Kälte zu entkommen. Aber man ließ sie nicht hin, sie durften sich bloß auf ein paar Dutzend Meter dem Gelände nähern. Damit der Weg nach Meskene nicht mit Leichen übersät würde, hatten die Behörden beschlossen, solche Niederlassungen einzurichten und die Sterbenden dort zu sammeln. Um diese kümmerte man sich nicht mehr, in jedem der Zelte lagen fünfzehn bis zwanzig Personen, die man dort sterben ließ. Ihr Zustand war erbärmlich, sie waren nicht mehr in der Lage, sich von der einen auf die andere Seite zu drehen oder das Gesicht vor dem herumwuselnden Ungeziefer zu schützen. Sie starben so, wie man sie abgelegt hatte, oftmals mit offenen Augen, denn ihre Lider waren schmal geworden und zu vertrocknet, als dass sie sich noch hätten schließen können. Deshalb wurden diese Lager nur von wenigen Posten bewacht, die keine Pistolen hatten, sondern Knüppel und Steine gegen die Hunde, Hyänen und Krähen, aber auch dabei ließen sie es an Eifer mangeln.

Die Freude, sich solch einem Ort zu nähern, den sie als einen Schutz vor den Unwettern aus Wind, Regen und Schnee betrachteten, wurde von Verwunderung abgelöst und schließlich von Grausen, wenn der Konvoi in der Umgebung der Zelte angehalten wurde und man sich ihnen nicht nähern durfte. An jedem dieser Orte wurde der Konvoi von einer Gruppe Soldaten empfangen, die von einem Befehlshaber angeführt wurde, bei dem sich ein schwarz gekleideter Mann befand, der Doktor Effendi genannt wurde. Er ließ alle Leute im Konvoi in eine Reihe stellen. Sie mussten einen Schritt Abstand voneinander wahren, damit sie sich nicht gegenseitig stützen konnten. Einige fielen sogleich um und erleichterten somit Doktor Effendis Auftrag. Denn er war nicht gekommen, sich um die Lebenden zu kümmern, sondern um die Toten. Damit nicht so viele Leichen auf den Wegen liegen blieben, zumal Aleppo mit Konsulaten übersät war, die jederzeit Depeschen an die europäischen Höfe schicken konnten, wies Doktor Effendi auf die Moribunden, die sogleich gepackt und in die Zelte gebracht wurden, und wenn ihr Lebenswille noch einen leichten Widerstand zu erkennen gab, schlug man sie zusammen. Doktor Effendi beurteilte jeden einzeln und deutete mit dem Finger auf alle, die Flecken oder Ausschläge hatten, am ganzen Leib zitterten oder außergewöhnlich bleich waren, deren Augen schon tief im Schädel lagen oder in deren Mundwinkeln grünlich-roter Schleim vom Rasseln der durchlöcherten Lungen stand. An jedem der beiden Sterbelager verringerte sich der Konvoi um etwa ein Zehntel. Von den in Bab Losgezogenen gelangten mehr als ein Drittel nicht mehr nach Meskene. Viele hauchten ihre Seele in den beiden Raststätten der Sterbenden aus, die Leiber der anderen verloren sich unterwegs, ihr Fleisch schmolz mit dem Schnee und floss in Bächen dahin, während ihr Gebein im Geröll zermahlen wurde.

In Meskene, an der Grenzlinie des vierten Kreises, trafen die Konvois wieder auf den Euphrat, das bewegte Grab vieler Tausender Deportierter. An der Flussbiegung jenseits von Meskene wurden die Leichen aus dem Norden angeschwemmt, die von den Fluten noch nicht unterspült und von den Fischen gefressen worden waren. Mit Bootshaken wurden die Leichen ans Ufer gezogen. Weil der Boden gefroren war und es zu viele Leiber waren, als dass man mit Gräbern etwas hätte ausrichten können, wurden sie mit Petroleum übergossen und angezündet. Der schwarze Rauch war vom Lager bei Meskene zu sehen, sodass die Deportierten wussten, warum er so dicht, warum der Scheiterhaufen so nass war und nur ein beinahe ersticktes Glosen zustande kam; auch wussten sie, was im Fluss schwamm, und gingen trotzdem ans Ufer, knieten nieder und tranken gierig von dem Wasser mit Leichengeschmack.

Die einen errichteten sich wieder Zelte, andere installierten sich in verlassenen Zelten. Wie jedes Mal nach dem Eintreffen eines neuen Konvois stieg die Zahl der Toten an, um dann auf die übliche Zahl von fünf- bis sechshundert pro Tag zurückzugehen. Die Kälte hatte ein bisschen nachgelassen, vor allem tagsüber, nachts aber herrschte weiterhin grimmiger Frost. Regen und Schnee hielten an, wurden jedoch zur

Wüste hin seltener. Auch die Luft wurde trockener, was den Atem der Sterbenden rasseln ließ. Das Lager wurde strengstens bewacht. Die wenigen, die der Bewachung entkommen konnten und auf den Feldern zur Stadt hin erwischt wurden, tauchten sie mehrmals bis an den Hals ins kalte Flusswasser und ließen sie am Flussufer im Wind zurück. Überlebten sie, so wurden sie zu den Zelten zurückgeschickt, wo sie kurz darauf bibbernd und phantasierend verlöschten.

Mit einem Mal ging das Maultier in die Knie und wollte kein Wasser mehr trinken. Es war ein gutes Tier gewesen. Rupen streichelte ihm lange zärtlich über die Stirne, dann schlug er ihm mehrfach mit einem Stein auf die Stelle, die er zuvor gestreichelt hatte. Die Kinder beweinten es, aber als sie den süßlichen Geschmack des Fleisches verspürten, das nicht faserig war wie das der Krähen und auch nicht bitter wie das von anderem Aas, wischten sie sich die Tränen ab. Es reichte für ein paar Tage, und sie stärkten sich ein bisschen. Auch hatten sie je eine Handvoll Bulgur bekommen. Als sie angesichts dieses mildtätigen Aktes fragend den Blick erhoben, erfuhren sie von dem gleichen Kior Hussein, der die Flüchtenden damit bestrafte, dass er sie ins eiskalte Wasser tauchen ließ, den Grund: Ich will nicht, dass ihr hier sterbt. Wir haben auch so schon genug Kopfzerbrechen. Der Boden ist klebrig, schwer aufzugraben. Ihr werdet ohnehin sterben. Aber schleppt euch von hier auf den eigenen Beinen in die Wüste. Dort muss sich niemand mehr mit euch rumplagen. Wind und Sand werden euch dort begraben.

Da begriffen sie, dass diejenigen, die je ein Kännchen Körner in die Handhöhlen bekamen, weiterziehen mussten. Man ließ sie an den Fluss und von dem Leichenwasser trinken, das, wie das Wasser des Jordan, den Geschmack von Menschenfleisch annehmen sollte. Der Bulgur verschaffte den ruhrgeplagten Eingeweiden vorübergehend Linderung. Und das Wasser ließ die unzerkaut verschluckten Körner im Bauch aufquellen, sodass sie ein schmerzhaftes Hungergefühl und gleichzeitig Sättigung verspürten. Denn der Körper verlangte nach noch mehr Kraft, während der Magen, eingeschrumpft vor Hunger, nun aufquoll, sodass seine vom endlos leeren Mahlen dünn gewordenen Wände zu platzen drohten.

Sahag war abgemagert, seine Waden waren kaum ein bisschen kräftiger als seine Arme. Seine Mutter teilte ein, was ihnen an Mehl und Zucker noch in den Säckchen übrig geblieben war, die sie am Bahnhof von Konya von ein paar Händlern gekauft hatten, die wussten, wohin es mit ihnen ging, und deshalb noch einen Verzweiflungszuschlag berechneten, was den Preis verdreifacht hatte.

Sie aßen abends, damit sie schlafen konnten, denn Hermine hatte beobachtet, dass man bei Nacht den Hunger viel schwerer erträgt, vielleicht weil der Körper dann in sich gekehrt ist. Anfangs hatte sie allen gleich viel davon abgegeben, später dann behielt sie weniger für die Erwachsenen und gab den Kindern mehr. Und in Meskene bekam die Alte überhaupt nichts mehr, die eines Abends ein großes Kreuz schlug, den Kopf zur Wand drehte und starb. So zusammengekauert, wie sie gestorben war, wurde sie am Morgen auf den Karren gehievt und anschließend auch ins Grab geworfen. Weil niemand sich mehr mit dem Waschen der Toten beschäftigte, niemand Totenwache hielt und ihnen im Sarg die Hände über der Brust faltete, hatte es auch keinen Sinn, ihnen warme Tücher um die Gelenke zu wickeln, um die Arme und Beine ausstrecken zu können. Sie hatten auch nichts mehr, womit sie dies hätten tun können, und selbst wenn sie sich die Mühe gemacht hätten, die steif gefrorenen und ausgetrockneten Gelenke wieder zu erweichen, wäre dies vergeblich gewesen, denn die Leiber wurden in den Massengräbern nicht einzeln niedergelegt, sondern aufs Geratewohl durcheinandergeworfen. Vielleicht hätten wir sie noch bis gegen Mittag behalten sollen, sagte Hermine. Bis dahin sind die Gräber aufgefüllt, und sie wäre weiter oben zu liegen gekommen ... Rupen antwortete nicht mehr, er zuckte nur noch mit der Schulter, und die Frau wusste nicht, ob dies nun seine Art zu sprechen war, oder ob er nur seinen zunehmend krummeren Rücken strecken wollte. Die Alte hatte den richtigen Zeitpunkt zum Sterben gewählt. Am nächsten Tag wurde ihre Lagerecke von Soldaten umstellt, die sie wieder zum Aufbruch drängten. Nachdem das Maultier tot war, hätte die Alte ohnehin nicht mehr mitkommen können, also hätte man sie zu den Karren mit den Sterbenden geschleppt, die zurück nach Lale fuhren, wo allein das Ungeziefer und die Geduld, mit der die nebeneinander liegenden Sterbenden ihr Ende erwarteten, im Überfluss vorhanden waren.

DIPSI. DER FÜNFTE KREIS. Für gewöhnlich lagen Meskene und Dipsi nur gute fünf Stunden Fußmarsch auseinander. Der Konvoi benötigte aber knapp zwei Tage. Zum ersten Mal begegneten ihre Schritte sandigen, die Wüste ankündigenden Landstrichen.

Die Fuhrwerke, welche die Toten und Sterbenden eingesammelt hatten, begleiteten sie nun nicht mehr. Ab und zu warteten die Totengräber, die die Leichen einsammelten, bis sich ein Wind erhob, der die Haufen zerlumpter und geschwärzter Leiber mit Sand bedeckte. Die zwei Tage verliefen aber ruhig. Der Himmel hatte aufgeklart, der Wind sich gelegt. Die Leichen lagen am Wegrand, die meisten von ihnen waren von Tieren angefressen. Unter ihnen sterbende, erschöpfte, vor Hunger und Durst zusammengebrochene Frauen und Männer, Kinder, die nicht begriffen, was mit ihnen geschah, und an Steine oder vertrocknete Baumstämme gelehnt den Tod erwarteten. Die Bestrebung, aufrecht sitzen zu bleiben, war das letzte Aufbäumen gegen den Tod, denn sonst, am Wegrand liegend, hätte sie der Sand bedeckt und erstickt.

Das Lager, bestehend aus ein paar Tausend Zelten, lag in einem Tal am rechten Ufer des Euphrat. Bei seiner Einrichtung an dieser Stelle – umringt von Hügeln – hatte man bedacht, dass sich die andauernden Todesmiasmen sowie die der Ruhr und des Typhus hier nicht so leicht ausbreiten konnten. Die Wegstrecke zwischen Meskene und Dipsi war kürzer als die zwischen Bab und Meskene, weshalb der Gouverneur von Aleppo an den Zwischenstationen keine Asyle für die Sterbenden mehr einrichten hatte lassen, die euphemistisch Hastahane, nämlich Spital, genannt wurden. Dafür wurde das gesamte Lager bei Dipsi Hastahane genannt, denn nach den zwei Tagesmärschen über sandige Wege und danach über schmale Gebirgspfade waren die ankommenden Konvois mehr als erschöpft. Und es hatte diesen Namen auch redlich verdient, schließlich starben in den paar Monaten, in denen das Lager als Konzentrationslager diente, darin mehr als dreißigtausend Menschen.

Das sogenannte Spital verfügte über keinerlei Medikamente, und es gab auch keinen Gesundheitsdienst, lediglich ein paar armenische Ärzte unter den Deportierten, die noch überlebt hatten und nicht mehr tun konnten, als die Krankheit zu benennen, falls diese nicht offensichtlich war, sowie die Tage bis zum Eintritt des Todes abzuschätzen. Das Lager bei Dipsi war eine der untersten Stufen bei dieser Initiation in den Tod, nicht so sehr aufgrund der großen Zahl derer, die hier ihr Ende fanden, als wegen der noch sehr viel größeren Zahl derer, die sich hier ansteckten und andernorts verblichen, auf dem Weg nach Deir-ez-Zor, dem Ort, an dem auch die siebte Hülle des Todes fiel.

Nun war es März geworden. Die Regenfälle hatten aufgehört. Hin und wieder, abends oder am frühen Morgen, ballte sich noch eine Wolkenwand zusammen. Für die Deportierten kam der Frühling schier unmerklich, sie schauten nicht mehr herum, und wenn, dann aus Angst, wegen des Pferdegetrappels oder der Flinten und Rufe der Beduinen. Sie schauten vor allem zu Boden. Und so entdeckten sie den Frühling. In der Gegend um Abuhanar, Hamam, Sebka und Deir-ez-Zor, wo die Bäume immer seltener wurden, kam der Frühling unerwartet, wenn die Grasbüschel mit ihren feinen und langen Fäden zu sprießen begannen. Anfangs wussten sie nicht, wie sie dieses Gras essen sollten, an seinen messerscharfen Rändern schnitten sie sich die Münder blutig und erstickten beinahe an den faserigen Halmen. Dann aber unterwiesen die Erfahreneren und Geduldigeren sie in der Fertigkeit des Gras-Essens. Man musste die Grashalme in der Hand zu einem Knäuel kneten, darüber ein bisschen Salz streuen, damit der Grasknödel sich anfeuchtete. Auch zerkaute man ihn nicht sogleich, man musste ihn mit so viel Speichel aufweichen, wie man in seinem ausgetrockneten Mund zusammenbekam, ihn dann ein paar Minuten im Mund behalten, sodass der ausgehungerte Mund ihn in eine Paste verwandeln konnte. Wenn kein Gras mehr zu finden war, riss Rupen die Wurzeln aus dem Boden und wusch sie im Wasser des Euphrat. Er zerschnitt sie in kleine Stückchen und weichte sie in Wasser ein, dann konnte man sie nach einigen Stunden essen.

Es regnete nicht, aber der Himmel war auch nicht klar. Durch die Nähe zur Wüste stieg immerzu eine Art Dunst auf, den der vom Wind aufgewirbelte Staub in die Höhe spannte. Auch die Hunde und Wölfe waren seltener geworden, dafür tauchten die Hyänen auf. Die konnte man schwerer fangen, sie waren schneller und vertrauter mit der trockenen Wüstenlandschaft. Und tote Hyänen waren keine zu finden, denn wenn sie ihr Ende nahen spürten, verschwanden sie in der Einöde, aus der sie gekommen waren. Die Krähen blieben, aber man konnte sie nur schwer treffen, denn in dem perlmutternen Dunst konnte man sie kaum von der vogelleeren Luft unterscheiden; selbst weiße und schwarze Engel wären hier ununterscheidbar geworden.

Als das Gras aufgrund der Miasmen sowie der rings um das Lager weidenden Pferde der türkischen Soldaten immer weniger wurde, beschlossen Hermine und Rupen nach quälenden Erwägungen, Sahag zu den Kurieren zu schicken.

Meine Großväter Garabet Vosganian und Setrak Melichian sangen, wenn sie einsam waren, keine Deportationslieder. Dies taten auch die anderen alten Leute meiner Kindheit nicht. Die Gedichte, die wir als Kinder bei unseren Begegnungen lasen, und die Lieder, denen wir lauschten, erinnerten vor allem an die Fedajin, die in den Bergen gekämpft hatten, und nicht an Massaker und Deportationen. Die Konvois waren schweigend die Stufen ihrer Initiation in den Tod hinabgestiegen. Vielleicht war ihr inneres Leid viel zu groß, als dass sie davon etwas hätten nach außen dringen lassen können. Vielleicht glaubten sie auch an kein Danach mehr.

Doch obwohl nichts mehr nach draußen drang, schrieben die Deportierten noch für sich selbst. Die Manuskripte, die aus dem Raum jener sieben Todeskreise stammen, wurden überall dort auf den Deportationswegen geschrieben, wo man ein Stückchen Holz finden konnte, einen Kilometerstein, einen Stamm mit weicher Rinde oder eine Mauer. Lange, bis Regen und Wind sie löschten, überdauerten armenische Wörter und Buchstaben in Steine oder Rinden geritzt. Die hier vorbeizogen, hinterließen Nachrichten für die ihnen Nachfolgenden. Und diese fügten ihre eigenen Worte hinzu, wenn noch Platz übrig war. In den Lagern zirkulierten Papierblätter, die sich die Menschen weiterreichten. Aus Angst vor Repressalien waren diese weder gezeichnet noch datiert. Es war auch nicht nötig. Die Wirklichkeit war – anders als der Schnee, der sich in Matsch, und der Schlamm, der sich in umhertreibenden Staub verwandelte – unveränderlich.

Die Nachrichten beschrieben die Zustände in jedem der Todeskreise. Die Kuriere überbrachten diese Nachrichten. Flinke Jungen wurden dafür ausgewählt, die sich unbemerkt durchschleichen konnten. Damit sie bei Kräften blieben und schnell ihre Wege schafften, bekamen sie Wegzehrung. Der eine oder andere kehrte nicht mehr zurück, einmal wurden sie in einen vorderen Konvoi gesteckt, womit ihr Weg bis zum Tod abgekürzt war, ein anderes Mal wurden sie unterwegs umgebracht. Deshalb waren die Kuriere immer Freiwillige und wurden unter den Waisenkindern ausgewählt, denn nur wenige Eltern konnten sich entscheiden, sich auf diese Weise von ihren Kindern zu trennen. Derjenige, der an diesem Ende der Konvois darüber befand, hieß Krikor Ankut. Und am anderen Ende der Konvois, in Deir-ez-Zor, entschied bis zu dem Augenblick, da er nach unvorstellbaren Qualen umgebracht wurde, Levon Şaşian darüber.

Krikor Ankut maß den Jungen von Kopf bis Fuß, er schlug ihm mit der flachen Hand auf die Brust und stieß ihn weg, aber Sahag hatte die Kraft, sich dagegenzustemmen, und fiel nicht um. Da beschloss der Mann, dass der Bub richtig war. Der Weg bis nach Deir-ez-Zor hätte etwa sechs Tage zügigen Gehens gedauert, aber die Kuriere gingen vor allem nachts und versteckten sich tagsüber in den Ausbuchtungen der Flussufer, wodurch der Hin- und Rückweg beinahe zwei Wochen dauerte. Sahag erfuhr den Namen dessen, der ihm im Lager von Rakka die Wegzehrung weiter bis nach Deir-ez-Zor zu geben hatte. Rupen und Hermine standen beiseite und schauten zu, sie wussten nicht, ob das, worin sie eingewilligt hatten, zum Guten ihres Sohnes oder zu dessen Verderben ausschlagen sollte. Vor dem Zelt stand jemand Wache, und ein anderer Mann brachte ein Gefäß mit Wasser. Dann wusch Hermine sorgfältig den Rücken des Jungen, und er legte sich, die Arme seitlich ausgestreckt, auf den Bauch. Krikor Ankut tauchte die Feder ins Tintenfass und schrieb bedächtig auf die Haut des Jungen, bedeckte den gesamten Rücken des Jungen bis hinab zum Steißbein mit großen, möglichst stilisierten und damit vereinfachten Buchstaben, damit er schneller fertig werde und den Jungen, der die Kratzer der Feder klaglos hinnahm, nicht unnötig verletzte. Dass seine Haut straff über die Knochen gespannt war, erleichterte den Vorgang. Nun blieb der Junge noch eine Weile reglos liegen, damit die Farbe trocknen konnte. Dann rührten sie etwas Erde in den Wasserkrug, sodass ein feiner Schlick entstand, den sie ihm über die Schultern strichen. Solcherart mit dem Schlamm eingerieben, war er nur ein bisschen schmutziger als vorher. Sie fragten ihn, ob er schwimmen könne, worauf der Junge antwortete, er sei am Ufer des Bosporus aufgewachsen. Dann wies ihm Krikor mit dem Finger auf dem Boden den Weg nach Deir-ez-Zor. Du gehst nachts. Hältst dich nahe am Ufer des Euphrat, gehst nicht zu weit davon weg. Wenn du merkst, dass du nicht mehr entkommen kannst, springst du ins Wasser und bleibst so lange drin, bis die Farbe aufgeweicht und abgewaschen ist. Sie dürfen nicht wissen, was da steht. Ebenso wenn du zurückkommst. Vor allem dann.

Hermine nahm für den Jungen die Wegzehrung entgegen. Sie nahm je eine Handvoll Weizen- und Reiskörner für seine kleinere Schwester, dann umarmte sie ihn und er verschwand in der Nacht. Sie hatten sich nicht einmal verabschiedet. Bei so viel Tod ringsum, den sie als unausweichliche Tatsache hinnahmen, hatten sie sich schon lange voneinander verabschiedet.

Sahag handelte, wie ihm geheißen worden war. Er teilte sich sein Essen ein, darbte auch drei Tage, aber aus Angst, dort nicht mehr wegzukommen, unterbrach er seine Reise nicht in Rakka. Als er in Deir-ez-Zor ankam, suchte er Levon Şaşian auf. Dieser wischte ihm den Dreck von den Schultern und las Krikor Ankuts Botschaft, dann reinigten sie ihn wieder, beschrifteten seinen Rücken mit neuen Buchstaben und trugen ihm die Haut aus Dreck und Asche auf. Zurückgekehrt, erhielt er von Krikor Ankut erst einmal eine Schale Wasser und eine Handvoll Bulgur. Er ließ ihn von den Frauen reinigen, und als er las, bat er darum, allein gelassen zu werden. Mit seinen eigenen Händen wischte er die Schrift vom Rücken des Jungen und sagte: Sag niemandem, was du in Deir-ez-Zor gesehen hast. Die meisten werden dir nicht glauben, und damit wird es dir nichts nützen. Und denen, die dir glauben, wird es erst recht nichts nützen. Geh zurück zu deinen Eltern. Als sie ihn sah, umarmte Hermine ihn unter Tränen, sie weinte nicht vor Freude, ihn wieder an ihrer Seite zu wissen, sondern aus Mitleid.

Mitte April wurde das Lager bei Dipsi aufgelöst, und die letzten Konvois zogen den Euphrat entlang weiter. Das Lager war von Soldaten und berittenen Gendarmen umstellt worden, die zwischen die Zelte stürmten, mit Stöcken und Peitschen um sich schlugen, die Zelte durchstöberten und die Leute zum Rand hin scheuchten, wo sich die Konvois formierten. Als alle, die sich auf den Beinen halten und im Rhythmus der Pferde aus dem Zeltlager hatten laufen können und damit die Sterbenden verlassen hatten, beisammenstanden, wurde das Zeichen zum Aufbruch gegeben. Nach etwa einer Stunde Wegs auf die Hügel zu sahen sie dichten Rauch aufsteigen. Die Zelte waren mit Benzin übergossen und angezündet worden. Aus der Farbe des Rauches und den Formen der Rauchschwaden schlossen sie, dass mit den Zelttüchern auch menschliche Körper brannten, trockene und feuchte, sterbende, alles durcheinander.

RAKKA. DER SECHSTE KREIS. Der Weg dauerte länger als eine Woche. Tagsüber war es glühend heiß, aber die Nächte blieben bitterkalt. Die Leute gingen immer langsamer, schwankten. Diesen schlafwandlerischen Kolonnen, gleichgültig gegenüber ihren berittenen Antreibern und deren Peitschen, drohte wenigstens kein Überfall mehr durch irgendwelche bewaffneten Banden, sie konnten nicht mehr ausgeplündert werden. Nur wenn sie rasteten, näherten sich Araber und kauften mit Weizensäckchen Mädchen. Der Konvoi hielt sich am rechten Euphratufer und gelangte schließlich nach Sebka. Am gegenüberliegenden Ufer lag Rakka, die ihnen verbotene, von hier aus rätselhaft anmutende Stadt. Das Wasser des Euphrat konnte den Durst der Deportierten stillen. Aber die Chancen, etwas Essbares aufzutreiben, waren äußerst gering. Ab und zu verteilten die Gendarmen von den durchgaloppierenden Pferden herab Behälter mit Lebensmitteln, die von den ausländischen Konsulaten oder aus christlichen Gegenden geschickt worden waren. Aufs Geratewohl dahingeworfen, wurde der größte Teil davon sinnlos verstreut. Die Leute zerrten an den Mehl- oder Zuckersäcken, und die Pulvermasse rieselte ihnen über die reißenden Fingernägel. Andere Hilfsgüter, etwa Kichererbsen oder Reiskörner, konnten nicht mehr gegessen werden, weil ihnen die Zähne fehlten. Die Leute verschlangen sie unzerkaut, aber ihr Magen konnte sie nicht mehr verdauen, er hatte mittlerweile diese Fähigkeit verloren oder aufgrund der Ruhr keine Zeit mehr dazu. Rupen ging nicht mehr auf die Jagd, Hunde gab es nur noch selten, und die Wölfe strichen im Rudel durch die Gegend. Und nicht selten hatten sie sich auf die im Müll Herumstochernden gestürzt und sie zerfleischt. Er ging mit den anderen die Toten einsammeln und beteiligte sich beim Ausheben der Massengräber, was nun leichter war, denn hier musste man nicht mit der Spitzhacke den festen oder klebrigen Boden aufhacken, es genügte, wenn man den Sand mit der Schaufel wegschippte, als hätte man eine Düne von einer Seite auf die andere verlegt. Etwas erschwert wurde diese Unternehmung dadurch, dass die Gräber sehr viel tiefer sein mussten, sonst hätte der Wind die Grabhügel weggeweht, und die Toten wären unbedeckt liegen geblieben.

An den Massengräbern betete niemand. Darin wurden vor allem die neuen Toten beigesetzt. Von den in abgelegene Gegenden geleiteten Konvois, wo sie leicht zu umstellen und niederzumetzeln waren, von den Konzentrationslagern bis hin zum Tod durch Erschießung, Verhungern, dem Ertränken in eiskaltem Wasser oder dem Verbrennen der lebendigen Moribunden – alle zur Ermordung der Armenier auf den Wegen Anatoliens von Konstantinopel bis nach Deir-ez-Zor und Mossul benutzten Methoden wurden später von den Nazis gegen die Juden angewandt. Allein, dass in den nationalsozialistischen Lagern die Gefangenen Nummern trugen, und diese makabre Zählung die Verbrechen am jüdischen Volk noch grausamer erscheinen ließ. Es sind nicht mehr Tote, die diese Vernichtungsaktion am armenischen Volk zurückgelassen hat, wenn man überhaupt Verbrechen solchen Ausmaßes durch Zahlen vergleichen kann, aber es sind ungezähltere. Die Namen, die wir kennen, sind die der Henker: Gouverneure, Lagerkommandanten, Paschas, Beys, Aghas und sonstige kleine Würdenträger. Die Opfer haben selten einen Namen. Niemals war der Tod, der von Kreis zu Kreis immer weitere Hüllen abwarf, näher an seinem eigenen Kern, niemals war der Tod namenloser.

Noch hat man keine Tradition entwickelt hinsichtlich der Anlage von Massengräbern. Auf welche Weise müssen die Gräber ausgehoben, wie sollen die Leichen hineingelegt werden, etwa die Männer unten, in die Mitte die Frauen und obenauf die Kinder, wie müssen die Leichen gewaschen, wie sie gekleidet werden, was für ein Gebet hat der Priester zu sprechen, und von welcher Art himmlischer Ruhe redet er, was für ein Kreuz wird gesetzt, wie viele Querbalken müsste dieses Kreuz haben, und was stünde eigentlich darauf. Nichts dergleichen. Jedes Massengrab hat sein eigenes Gesetz, und die einzige gemeinsame Eigenschaft ist die Eile, mit der Massengräber angelegt werden. Was jeden Gedanken an beständige Gewohnheiten zunichtemacht, denn es gibt keine Tradition der Eile. Gräber bekommen einen Namen und werden geschmückt, damit die darin Beerdigten nicht gänzlich vergessen werden. Massengräber werden gemacht, damit die dort Hineingeworfenen so schnell wie möglich vergessen werden. Die Massengräber sind der schuldbeladenste Teil der Geschichte.

Aus diesem Kern des namenlosen Todes habe ich sieben Kreise gezeichnet, deren Mittelpunkt Deir-ez-Zor ist. In dem von ihnen bezeichneten Raum, dessen weiteste und äußerste Linie durch Mamura, Diarbekir und Mossul führt, sind damals über eine Million Menschen gestorben, etwa zwei Drittel aller Toten des Genozids an den Armeniern. Wir wissen, dass sie dort waren, und dass von denen, die in die Todeskreise eingetreten waren und nicht islamisiert, als Sklaven verkauft oder für Harems weggegeben wurden, so gut wie niemand entkommen ist. Jeder konnte überall zu Tode kommen. Es gibt auf der ganzen Welt keine Armenierfamilie, aus der niemand, wie in einem Wirbel, in den Todeskreisen verschwunden ist. Mithin kannst du am Rande jedes Massengrabes beten und denken, es befinde sich jemand aus deiner eigenen Familie darin.

Rupen wusste, dass er etwas Gutes tat. Der Tod war für die Lebenden eine Zuflucht aus ihrer entwürdigenden Lage, und die Massengräber waren für die Toten eine Zuflucht aus ihrer peinlichen Lage. Aber es gab noch einen weiteren Grund, weshalb Krikor Ankut und ein paar kräftigere Männer beschlossen hatten, sich beim Abholen der Toten aus den Zelten und beim Ausheben der Massengräber zu beeilen. Vor ein paar Tagen hatten sie aus einem Zelt, in dem eine größere Familie wohnte, einen Toten ohne Gesicht herausgeholt. Lange betrachteten sie die Leiche mit dem wie von Ratten weggefressenen Gesicht. Aber im Lager gab es keine Schlupflöcher, also gab es auch keine Ratten. Sie begriffen es alle, aber sie sagten kein Wort, auch legten sie kein Schweigegelübde ab, denn sie spürten, dass niemand über so etwas Schreckliches erzählen würde. Als sich solche Anzeichen häuften, beschlossen die Männer, morgens und abends in den Zelten nachzusehen, damit keine Leiche zu lange dort bleibe.

Von Aleppo wurden neue Garnisonen nach Rakka und Sebka geschickt. Die Soldaten und Gendarmen hielten sich in einiger Entfernung vom Lager. Es bereitete keine Mühe, das Lager zu verteidigen. Seine nördliche Begrenzung bildete das Flussufer, und der Euphrat war selbst für einen kräftigen Mann nur schwer zu bezwingen. Links und rechts erstreckten sich die flachen Felder, auf deren Weiten man sich nicht verstecken konnte, und im Süden die Wüste. Und tatsächlich, außer den kleinen Kurieren gelang es nur wenigen zu entkommen; indem sie sich in die vereinzelten Gruppen der Jahrmarktsfrauen auf dem Weg nach Rakka einschlichen und von dort aus den umgekehrten Weg der Konvois nahmen, nach Bab und Mamura oder nach Norden hin, auf Urfa zu.

Die Soldaten bewachten aber nicht nur die Menschen. Sie bewachten auch die wilden Tiere und selbst die Vögel. Die Bewohner von Rakka und die Beduinenstämme fürchteten die Seuchen, die in den Deportiertenkonvois wüteten. Deshalb hatte der Gouverneur von Aleppo es den Totengräbern außerhalb der Konvois verboten, sich dem Lager zu nähern, und die ins Lager geschickten Fuhrwerke wurden den Deportierten überlassen. Und wenn die Deportierten die Pferde nicht getötet hatten, um sie aufzuessen, wurden sie erschossen, damit sie nicht eine der Krankheiten übertrugen. Nachdem sie widerstandslos hatten wüten können, waren sie bösartiger geworden, sodass es kein Heilmittel für sie gab.

Wie sie so dastanden und zu den Zelten schauten, sich die Stiefel polierten, die Pferde striegelten oder die Waffen putzten, sahen die Soldaten in ihren neuen Uniformen aus, als wollten sie zur Parade aufbrechen. Die Gesichter der Deportierten sahen sie nicht, die waren zu weit weg, und wenn sie näher kamen, um ihnen Hilfsgüter zuzuwerfen, rasten sie mit ihren Pferden dahin, mag sein, dass dies ohnehin keinerlei Bedeutung hatte. Außerdem beruhte dieses Gefühl auf Gegenseitigkeit. Für die Deportierten hatten alle Soldaten das gleiche Gesicht, und für die Soldaten waren die Häftlinge vollends gesichtslos, ja entbehrten sogar aller menschlichen Eigenschaften, da man ihnen befohlen hatte, mitleidlos auf alles zu schießen, was den Versuch unternahm, den sechsten Kreis zu verlassen: Mensch, Tier oder Vogel.

Während die Deportierten nach monatelanger Plage und ständigem Hungern sich immer ausgemergelter fühlten, waren die Soldaten immer ausgeruhter, denn die Deportierten waren zunehmend einfacher zu bewachen, auch musste immer öfter gerastet werden. Und die Unverträglichkeit zwischen beiden Gruppen wurde noch dadurch verstärkt, dass die Deportierten immer weniger anhatten und zerlumpter aussahen, während die Uniformen der Soldaten stets wie neu funkelten und ihre Pferde aufgeputzt waren.

Den Männern war es gelungen, ihre Arbeit so zu organisieren, dass die Toten so schnell wie möglich abgeholt wurden. Kam ein neuer Konvoi aus Abuhahar und Hamam, so erweiterten sie umgehend ihren Tätigkeitsbereich und holten auch dort die Leichen ab. Sie arbeiteten jetzt im Rhythmus des Sterbens. Dies hatte jedoch schlimme Folgen, denn der Tod, der sich solcherart bestätigt sah, beschleunigte seinen Rhythmus. Andererseits gab es auch den Soldaten zu denken, die begriffen, dass sich die Menschen im Lager von Sebka anderen Ordnungen unterwarfen als der des Todes, und wer den Mut hat, sich der Ordnung des Todes zu widersetzen, kann sich allem und jedem auf dieser Welt widersetzen. Also beschleunigten sie den Abgang der Konvois nach Deir-ez-Zor, um die Ordnung durcheinanderzubringen. Das Lager in Sebka konnte jedoch die Mannschaften zum Einsammeln der Toten ergänzen; sie füllten sich vor allem aus Angst auf, nicht aus Todesangst, sondern aus Angst vor sich selbst.

Diese Fähigkeit zur Selbstorganisation, so ungewöhnlich sie in einem Lager mit zerlumpten und todgeweihten Menschen auch erscheinen mochte, konnte in Sebka, wo es nur ein paar Tausend Zelte gab, noch hingenommen werden, in Deir-ez-Zor aber, dem Mittelpunkt des siebten Kreises, wo die Deportierten nach Zehntausenden gezählt wurden, hätte sie gefährlich werden können.

Deshalb ließ der Kommandant eines Morgens verlauten, dass sich alle Männer zwischen fünfzehn und sechzig Jahren am Rande des Lagers zu versammeln hätten. Sie würden zur Arbeit geschickt werden, zu Terrassierungsarbeiten. Und sie würden selbstverständlich Essen und Trinkwasser erhalten. Sie traten aus den Zelten, einige mit der Vorstellung, sie würden verschont werden, wenn man ihrer bedarf und sie zur Arbeit heranzieht. Andere traten zögerlich heraus und erst als die Vorsteher sie ermahnt hatten, man würde Reiter schicken und sie aus den Zelten scheuchen. Wieder andere, wie Rupen, reihten sich gleichgültig ein. Seit er Engelsjäger geworden war und ihn die Farbe des Gefieders gleichgültig ließ, es nur noch um das faserige Fleisch darunter ging, herrschte eine große Leere in ihm, er lebte nur noch, um seine Kinder zu beschützen. Deshalb auch hielt er Sahag zurück, als dieser im Glauben, er könnte mit seinen vierzehn Jahren in die Reihe der Männer aufgenommen werden, hinter ihm aus dem Zelt schlüpfte, und verpasste ihm zwei Ohrfeigen rechts und links, die den Jungen verblüfften, aber seinen Drang besänftigten.

Manch einer hatte sich vorgenommen, sich zu verbergen. Etwa der Mann der Frau aus dem Nachbarzelt, mit denen sie sich angefreundet hatten. Zusammen ergaben sie ein Ganzes, und deshalb konnte ein jeder der beiden, der Mann und die Frau, die Gestalt des anderen annehmen. Beim Zusammenstellen der Konvois erregte Năluță, schmale Hüften und entsprechende Brüste, in Männerkleidern niemals die Aufmerksamkeit der Soldaten und konnte sich stets vor denen verbergen, die nach Frauen suchten. Und der Mann, schlank und mit bartlosem Kinn, die Haare in der Wildnis gewachsen, zog Frauenkleider an und erwartete atemlos die Inspektion der Zelte. Aber die gab es nicht. Als die Männer aufgereiht und gezählt waren, beschloss man, dass fünfhundert eine zufriedenstellende Zahl sei, und gab den Befehl zum Aufbruch.

Ohnehin wurde der Männeranteil in den Konvois vermindert. Während sie nach Deir-ez-Zor zogen, waren die Männer das bevorzugte Ziel kriegerischer Angriffe. Mitunter wurden die Konvois von Anfang an zur Fehlervermeidung in Männer und Frauen aufgeteilt; die Männer wurden unterwegs aus Hinterhalten heraus von Kriegerbanden angegriffen oder gleich von den Soldaten erschossen, die sie eigentlich hätten beschützen müssen. Somit bestand der größte Teil der Konvois aus Frauen, Kindern und Alten. Letztere starben fast alle, weil sie mit den anderen bis nach Sebka nicht Schritt halten konnten. Manche der Konvois, vor allem die aus dem Westen, hatten bis hierher tausend Kilometer zurückgelegt.

Die zwei nicht im Zorn, sondern aus Verzweiflung verabreichten Ohrfeigen waren die letzte Erinnerung Sahags an seinen Vater Rupen Șeitanian. Die Männer wurden nach Süden geführt, auf die syrische Wüste zu, und erschossen. Und der Tod kehrte zurück, alles überwindend legte er sich wie ein Tümpel aus grüner Seide über das Lager.

Als der Konvoi mit Hermine und ihren beiden Kindern sowie den zwei Verliebten aufbrach, ging der Frühling zu Ende. Die Wasser des Euphrat hatten sich etwas beruhigt und geklärt. Weil es in den Wilajeten an den beiden Quellgebieten des Euphrat mittlerweile keine Armenier mehr gab, waren auch die Leichen im Fluss seltener geworden, und den von den Fischen Gefressenen, in den Flusswirbeln Verschwundenen oder im Wurzelwerk der Ufer Verfangenen folgten keine nach. Wie jedes andere Grab auch, hatte sich der Euphrat geschlossen und neuem Leben Raum geboten.

Wäre der Weg von Meskene nach Deir-ez-Zor einer anderen Strecke gefolgt, so wären die Deportierten längst verdurstet, zumal nun die große Hitze begonnen hatte. So aber bot der Fluss, der so lange sein totes mit lebendigem Wasser vermengt hatte, jetzt seine sanft dahinplätschernden, sauberen Wellen an. Und so blieb es bis nach Deir-ez-Zor, wo der Euphrat die Konvois ihrem Schicksal überließ und abbog, um sich mit dem Tigris zu vereinen.

DEIR-EZ-ZOR. DER LETZTE KREIS. Der Konvoi bestand hauptsächlich aus irgendwelchen Schemen. Sie wirkten leicht, als wehte sie eben der Wind herbei, ein Vogelschwarm, der sich soeben herabsenkt, und nicht eine Menschenkette. Die fremden Reisenden, denen es gelungen war, sich den Konvois anzunähern oder ihnen nachzufolgen, haben auf ihren Fotos die erschöpft am Wegrand den Tod Erwartenden abgebildet; auf der Wegstrecke nach Deir-ez-Zor zeigen diese Fotos vor allem Kinder. Der Weg in den siebten Kreis war eine Art Kinderkreuzzug, den das Schicksal aller unbewaffneten Kreuzzüge erwartete. Die Kinder auf jenen Fotografien sind nur noch Skelette, ihr Körper ist geschrumpft, der Bauch eingefallen, die Rippen schießen wie Stahlbogen über der Bauchhöhle hervor, Arme und Beine sind stockdünn, die Köpfe unverhältnismäßig groß, ebenso die Augenhöhlen, aus denen die Augäpfel hervorquellen oder in der Tiefe des Schädels versinken. Die Kinder schauen ausdruckslos oder verwirrt und wie von einer anderen Zone her, sie strecken keine Hände mehr aus, verlangen nichts. In ihren Augen ist kein Hass, sie haben noch nicht lange genug gelebt, als dass sie verstehen und verurteilen könnten. Auch ist da kein Verlangen mehr, denn sie haben vergessen, was Hunger ist, keine Traurigkeit, denn sie haben die Freuden der Kindheit nicht erlebt, kein Vergessen, denn sie haben keine Erinnerungen. In ihren Augen sitzt das Nichts, die halboffene Fensterluke hinüber in ein anderes Gefilde.

Der Zusammenbruch einer Frau war auch das Todesurteil für ihr Kind. Meistens blieb es bei der Mutter sitzen, und sie erwarteten beide ihr Ende. In Angst und Schrecken bemerkte Hermine die roten Typhusflecken im Gesicht des Mädchens. Aufgrund der Hitze wurden die Flecken rasch größer. Das Kind um die Schultern an sich drückend, schritt Hermine mit Tränen in den Augen voran. Sahag wollte ihr beistehen, aber seine Mutter ließ ihn nicht in ihre Nähe, wollte ihn vor der Krankheit bewahren. Auch berührte sie ihn nicht mehr, nur wenn er schlief, betrachtete sie ihn genau, suchte mit angehaltenem Atem nach Krankheitssymptomen. Manchmal meinte sie bestürzt, solche entdeckt zu haben. Dann aber atmete sie wiederum erleichtert auf, es waren bloß Staubflecken, die vom Schweiß angefeuchtet die Farbe getrockneten Blutes angenommen hatten. Sie umarmte ihn nicht im Schlaf, streichelte nur ihr Mädchen, auch kümmerte es sie nicht, dass sie selbst erkranken könnte, im Gegenteil, der Gedanke daran, das Kind in jener anderen Welt alleine lassen zu müssen, entsetzte Hermine. Da sie nicht wusste, wie sie ihre Tochter heilen könnte, betete sie darum, zusammen sterben zu dürfen.

Die Strecke von Sebka nach Deir-ez-Zor war die längste und furchterregendste von allen. Beinahe hundert Kilometer Fußmarsch. Weil die Hitze auch den berittenen Soldaten zu schaffen machte, die neben den Konvois in ihren Sätteln dösten, während sich die Deportierten mit im glühend heißen Sand verbrannten Füßen noch eben so dahinschleppten, wurde beschlossen, nachts weiterzugehen, tagsüber rasteten sie am Flussufer, wo ab und zu eine kühle Brise heranwehte. Die wenigen verbliebenen Männer improvisierten Zelte zum Schutz vor der vernichtenden Hitze. Den einen oder anderen packte der Irrsinn im Schlaf: Sie zitterten, schlugen um sich und mussten mit kräftigen Hieben geweckt werden, damit sie nicht im Schlaf erstickten. Andere wurden im Wachzustand irre, brachen plötzlich aufs Geratewohl auf, aber ihr Weg endete recht bald, denn sie hatten die Fähigkeit verloren, auf der Hut zu sein, und wurden von Kugeln niedergestreckt.

Es waren Konvois ohne Schatten. Tagsüber auf dem Boden liegend, warfen sie selbst keinen Schatten, und dort, wo sich ein Fleckchen Schatten zeigte, hüllten sie sich darin ein wie in ein Leintuch. Die Schatten klebten wie Schweiß an ihren Leibern. Nachts, wenn sie zögerlich dahingingen, über Steine stolperten oder in Mulden am Wegrand fielen, wurden sie zu ihren eigenen Schatten. Die Konvois waren derart geschwächt, dass sie nicht einmal die Kraft mehr hatten, Schatten zu werfen und diese dann wie ein Fischnetz hinter sich herzuziehen. Die schattenlosen Konvois benötigten beinahe zwei Wochen, um von Sebka nach Deir-ez-Zor zu gelangen.

Das Lager befand sich auf dem rechten Euphratufer. Diesmal zählten die Zelte nach Zehntausenden. Deir-ez-Zor war der letzte und am weitesten östlich gelegene Ort, an dem man noch solch ein Lager unterhielt. Von Deir-ez-Zor aus gab es keinen Rückweg mehr in diese Welt.

Deshalb bekamen die Deportierten nichts mehr zu essen. Da die Vegetation spärlich war und sich die Zahl der Männer, die von den Leichen angelocktes Wüstengetier hätten erlegen können, verringert hatte, wurde der Hunger unerträglich. Die Menschen waren so geschwächt, dass sich die Krankheiten sehr viel langsamer ausbreiteten, denn der Organismus hatte keine Kraft mehr, eine Krankheit anzunehmen. Die Typhuskranken bekamen kein Fieber, denn sie konnten keine Antikörper mehr ausbilden. Angesichts des Hungers hatten sich die anderen Krankheiten zurückgezogen und es ihm allein überlassen, in die Bäuche zu beißen, die Haut von den Knochen zu ziehen und die Leiber von innen her auszutrocknen.

Auch gab es immer weniger Zwischenfälle. Nachdem die Lagerleitung die Gruppe um Levon Şaşian enttarnt hatte, die nicht bloß die lebenden Nachrichtendienste zwischen den Lagerorten mit der Schrift auf der Haut der Waisenknaben organisiert hatte, sondern auch ein bescheidenes Versorgungssystem mit Medikamenten und Lebensmitteln sowie das gleiche System zur Beerdigung der Leichen im Rhythmus des Sterbens wie in Sebka, nachdem all dies entdeckt worden war, hatte man Levon Şaşian aus dem Lager geholt, und der Lagerleiter persönlich, Zeki Pascha, hat ihn bestialisch ermordet. Jede Form der inneren Organisation des Lagers wurde unterdrückt, und auf diese Weise war nach Meinung der Soldaten jede Gefahr einer Revolte verschwunden. Das Lager versank in Lethargie. Die Angst der Soldaten vor einer Revolte mag als unbegründet erscheinen, zumal sie bestens ausgestattet waren, ausgeruht bis zur Langeweile und bis an die Zähne bewaffnet, während die Deportierten nur noch Skelette waren, zerlumpt und zögerlich dem Todestaumel hingegeben. Die Soldaten aber hatten sich tatsächlich gefürchtet, ebenso die Behörden in Aleppo und Deir-ez-Zor. Die Soldaten hatten gegen andere Soldaten zu kämpfen gelernt, und ihre Waffen waren angefertigt worden, damit sie bedrohlich auf Feinde wirkten, die sich vor dem Tod fürchteten. Noch waren keine Waffen erfunden worden, die geeignet gewesen wären, jene zu beeindrucken, die sich vor nichts mehr fürchteten. Ausgemergelt und von Hunger zerfressen, war den Deportierten nicht bewusst, dass eben die Hinnahme des Todes eine Macht bedeutete, die zu Recht gefürchtet wurde. Obwohl diese Kraft der Furchtlosigkeit vor dem Tod in jedem neuen Kreis zunahm, war der Weg durch die sieben Kreise des Todes von keiner Revolte begleitet. Der Weg der Konvois bedeutete vielmehr Todeserwartung. Der durch das Lager irrende Tod war einer von ihnen geworden, er war eines der Opfer in den Kreisen von Deir-ez-Zor.

Und nach draußen drang er nur als ein stummes Gemurmel. Ein deutscher Reisender, dem es gelungen war, die Deportierten in Deir-ez-Zor zu sehen, war zutiefst verstört, nicht etwa von den offensichtlichen Dingen, die seine Fotos in aller Schrecklichkeit aufzeigen, sondern von einem Detail – an diesem grausamen Ort hatte er keine weinenden Menschen gesehen. Besser gesagt, er hat das nicht gesehen, was man für gewöhnlich unter einem weinenden Menschen versteht, das heißt, er hat keine Tränen gesehen.

Auch ist es nicht wahr, dass die Leute nicht weinten. Aber sie weinten anders. Wer noch die Kraft hatte, aufrecht zu sitzen, wiegte sich in den Hüften, die anderen weinten mit weit geöffneten Augen gegen den Himmel. Aber das Weinen war eine Art ununterbrochenes Stöhnen mit tiefer Stimme, das aus Tausenden von Brustkörben quoll und sich wie ein Generalbass anhörte. Das Weinen war kein Tränenfaden über der Wange, sondern ein Ton. Weil dieser Generalbass endlos dahinfloss und sich auf die Umgebung eingestimmt hatte, wirkte er wie das Rauschen des Windes zwischen den Dünen oder das Dahinfließen des Euphrat und hörte keinen Augenblick lang auf, bis die letzten Konvois aus Deir-ez-Zor auf die Plateaus geführt worden waren, auf denen die Deportierten umgebracht wurden. Dieses trockene Weinen ersetzte die Gebete ebenso wie Verwünschungen, Schweigen und Bekenntnisse, und manch einem ersetzte es auch den Schlaf. Viele schliefen auf diese Weise weinend ein, andere starben mit diesem Weinen, und das Weinen vibrierte in der erstarrten Brust weiter, wie in einer Orgelpfeife. Ich hörte dieses Weinen, wenn Großvater Setrak sich im Garten im Schaukelstuhl wiegte und murmelte und wenn Großvater Garabet sich in seinem Zimmer eingeschlossen hatte und mit dem Geigenspiel aufhörte.

Anfangs irritierte das gestöhnte Weinen die Soldaten, vor allem weil es, von Wind und Wasser aufgegriffen, von überall zu kommen schien. Dann gewöhnten sie sich daran, und der Generalbass erwies sich als verlässlicher denn jeder Wachposten. Solange er gleichmäßig dahinfloss, konnte sich nichts Außerordentliches zutragen. Er wäre abgebrochen, hätten die Leute eine andere Beschäftigung gefunden, als zu sterben oder ihre Toten zu beweinen. Er würde verstummen, sagten sich die Soldaten, lehnten sich die Deportierten auf oder stürben alle. Mit Ausnahme der irre Gewordenen, die zumeist mit einer Kugel in der Brust auf den umliegenden Feldern endeten, rebellierten die Deportierten nicht. Auch starben sie nicht so schnell; anscheinend hatte der Tod, da er nun schon so lange unter ihnen lebte, sie zu lieben begonnen. Obwohl die Lager nach einigen Monaten aufgelöst wurden und die Deportierten in der Zeit alle umgebracht worden waren, ist der Generalbass in Deir-ez-Zor nicht verstummt.

Dann aber, die Ohren gespitzt auf diesen Ton, der sich sein Bett schuf, breiter als das Bett des Euphrat, machten sich die türkischen Soldaten keine allzu großen Sorgen wegen der Bewachung des Lagers von Deir-ez-Zor. Auf der Süd- und Ostseite war keine Bewachung nötig, denn dort begann die Wüste. Wer auch immer versucht hätte, dorthin zu entkommen, hätte nicht die geringste Überlebenschance gehabt. Dann der Euphrat, der das Lager begrenzte und ebenfalls keine Hoffnung bot.

Deir-ez-Zor war eine Zeitlang der Zielort aller Konvois, ohne dass die Behörden beschlossen hatten, was weiterhin zu tun sei. Wahrscheinlich hatten sie erwartet, dass die Konvois auf jenen Wegen allmählich verschwänden und Deir-ez-Zor nur noch eine Art Lazarett sein müsste, in dem die dort Angelangten möglichst bald ihren Geist aufgaben, eine Art Hastahane, wie es sie in Tefridje und Lale gab. All den Gelegenheiten zum Trotz, die ihnen überreich angeboten worden waren, hatten sich etliche Hunderttausend Deportierte darauf versteift, weiterzuleben. Mithin schlicht und einfach zu sterben vergessen. Das Lager war längst überfüllt und schwer zu beherrschen, nicht so sehr wegen der Menschen als aufgrund dessen, was sich über diese hermachte, also wegen der Krankheiten und Miasmen. Weil die Autoritäten in der Hauptstadt des Imperiums eine rasche und endgültige Erledigung der Armenierangelegenheit wünschten, wurde Deir-ez-Zor vom Zielort zur Durchgangsstation. Aber nun handelte es sich nicht mehr um den Übergang in ein anderes Lager, sondern um den Übergang zwischen zwei Welten.

Unter allen Leiden erwies sich der Hunger als das schlimmste, ärger als die Krankheiten oder die Schmerzen. In Ermangelung jedweder Nahrungsquelle und damit abhängig von zufälligen Nahrungsfunden, Gräsern, wildwachsenden Früchten oder wildem Honig bis hin zu toten Tieren, geriet das Lager von Deir-ez-Zor in einen halluzinatorischen Zustand. Die bis auf das Skelett abgemagerten Gestalten schwankten zum Euphrat Wasser trinken und setzten sich anschließend in die pralle Sonne, dabei wiegten sie sich und stöhnten, ernährten sich scheinbar vom Licht, wie die Pflanzen. Manch einer, der vor Hunger jeden Sinn und jedes Gefühl verloren hatte, steckte alles in den Mund, was gerade zur Hand war, sie zernagten Baumrinden, von salzigem Schweiß getränkte Lumpen oder Fäkalien, die wegen des Hungers klein und hart waren wie Ziegenköttel. Nachdem Levon Şaşian und die anderen, die an den Massengräbern gearbeitet und versucht hatten, die Toten zu bergen, ermordet worden waren, blieben die Leichen wieder länger in den Zelten liegen. Und wieder tauchten Tote ohne Gesicht auf, solche, denen ein Arm oder ein Bein fehlte. Die Männer, die nun alle paar Tage durch die Zelte zogen und die verstümmelten oder in Fäulnis begriffenen Leichen abholten, konnte nichts mehr erschüttern. Der eine oder andere von ihnen verrichtete diese Arbeit auch gezielt; aus Krähen- und Hyänenjägern waren Totenjäger geworden. Deshalb schauten die Zeltbewohner sie aufmerksam an und vertrauten nicht jedem ihren Toten an.

Auch erwies sich ihre Aufgabe nicht gerade als einfach. Denn es war schwieriger geworden, die Toten von den Lebenden zu unterscheiden. Die Lebenden lagen stundenlang reglos da und schliefen mitunter mit offenen Augen, sodass sie in der glühenden Sonne, die ihnen die Augäpfel verbrannte, erblindeten. Und die Toten zuckten manchmal aufgrund des gewaltigen Temperaturunterschieds zwischen Tag und Nacht, ihre Gelenke weichten in der Hitze auf oder zogen sich im Nachtfrost zusammen. Sodass sie sie aufs Geratewohl wegschafften; und manch einer, wenn er zu den anderen auf den Haufen geworfen wurde, erwachte und kehrte vom Rand der Grube zurück.

Als das Zeichen gegeben wurde, begannen sich die Konvois wieder zu formieren. Ein Teil wurde nach Osten geleitet, auf Marat und Suvar zu. Die anderen zogen gegen Westen und schlugen den Weg nach Damaskus ein. In beiden Richtungen wartete die gleiche Lösung. Wenn sie ein Plateau erreicht hatten, das die Vorhut für passend hielt, entfernten sich die Soldaten, umzingelten den Konvoi und schossen mit ihren Gewehren von allen Seiten. Wenn niemand mehr auf den Beinen war, pflanzten sie die Bajonette auf, zogen ihre Krummschwerter und gingen zwischen den Leibern hindurch, dabei metzelten sie alle nieder, die nicht von den Kugeln getroffen worden waren. Die Konvois bestanden aus dreihundert bis fünfhundert Personen. Ihr Schicksal war stets das gleiche, manchmal aber überließen die Soldaten die Arbeit den Beduinen und begnügten sich am Ende mit der Inspektion, um sich zu vergewissern, dass die Sache ordentlich erledigt worden war.

Hermine, die Tochter in den Armen, erwartete den Tod. Das Mädchen wurde nun immer häufiger von Schüttelfrost gepeinigt, und Hermine legte sich nachts über das Kind, um es zu wärmen. Sahag war es gelungen, eine Handvoll grüner Dattelpflaumen zu beschaffen, einmal sogar einen Granatapfel, der vom Sattel eines Soldaten herabgefallen war. Sie aßen die süßsauren Kerne einzeln, behielten sie lange unter der Zunge. Die Liebenden im Nachbarzelt hungerten schrecklich, ohne sich irgendetwas zu essen suchen zu können, denn um nichts in der

Welt erlaubte die Frau ihrem Mann, das Zelt zu verlassen, sie fürchtete, die Soldaten könnten ihn sehen und erschießen. Sie schienen sich voneinander zu ernähren, und solcherart aneinandergekettet, hatten sie widerstanden. Bis eines Abends, als sie mit dem Einbruch der Kälte sich aus den Armen des jeweils anderen lösten und sich erhoben. Sie legten ihre Kleider ab, und die Frau reichte sie Hermine. Zieh sie dem Kind an, es zittert vor Kälte. Sie waren völlig nackt. Hermine betrachtete sie mit sprachloser Verwunderung, nicht ihre Nacktheit, die, wie alles andere, was einem Körper im Lager geschehen konnte, nicht ungewöhnlich war. Aber sie waren unsagbar schön. Sie hatten ein seltsames Leuchten in den Augen, ihre Haare waren glattgestrichen und glänzten um ihre Stirnen, ihre Leiber waren von einem herzzerreißenden Weiß, ihre Hüften bogen sich und die Brüste hatten sich gerundet, während seine Muskeln sich rund um die Knochen spannten. In großen Tropfen ergoss sich das Licht über ihre Schultern, und um sie herum entstand kein Schatten. Wir sind uns verabschieden gekommen, sagte er, aber seine Lippen schienen sich nicht zu bewegen. Dann fasste er seine Frau an der Hand, und sie gingen; ihre Gestalten standen ihnen noch lange vor Augen, vielleicht dank der leuchtenden Umrisse, die ihre Leiber bekommen hatten. Sie waren so strahlend hell und so unbekümmert, schwebten beinahe über dem Sand. Hermine und Sahag warteten mit gespitzten Ohren auf die Schüsse. Aber es geschah nichts, auch als sich das Dunkel geschlossen und den Löss und das Wachs ihrer Leiber verhüllt hatte. Nur ein rätselhafter und rauchiger Duft war zurückgeblieben, als hätte jemand Myrrhe und Ambra verbrannt. Sie haben es geschafft, flüsterte Hermine. Ich gehe und hole sie zurück, sagte Sahag. Dort ist die Wüste, sie werden umkommen. Es ist noch niemand aus dem Sand zurückgekehrt. Hermine winkte ihn herbei, damit er sich zu ihr setze. Lass sie ... Sie sind schön und ohne Sünde. Ich denke immerzu, dass Rupen recht hat. Sie sprach von ihrem Mann in der Gegenwart, wie von jemandem, der weit weg gegangen ist und zurückkehren wird, obwohl er zu der Zeit längst mit den anderen Männern des Konvois aus Sebka ermordet worden war. Rupen hat recht. Gott ist tot. Lass sie vorangehen. Hier, wo du sie zum letzten Mal gesehen hast, am Rande des Lagers von Deir-ez-

Zor, ist die Grenze zum Garten Eden. Nur zwei Schritte weiter ist die Himmelspforte. Wir sind dahin zurückgekehrt, wo wir am Anfang aller Zeiten aufgebrochen waren. Aber in der Zwischenzeit ist die Welt ganz und gar verdorben. Vielleicht werden sie die Welt neu beginnen und einen anderen Gott erschaffen.

Sahag schaute ins Dunkel hinaus, wo die aneinandergeschmiegten Leiber des Mannes und der Frau noch einmal vor seinem inneren Auge erstrahlten und verloschen. Und plötzlich strich ein frischer und raschelnder Hauch über seine Stirne. Als hätten sich auf dem Weg der beiden die Sandmassen geteilt und aus dem Erdreich allerlei schön anzuschauende Bäume sprießen lassen. Die zwei Arme eines sehr viel breiteren Flusses vereinten sich vor ihnen: Es waren dies der Euphrat und der Tigris. Und der Mann betrat den von diesen Wassern gespeisten Garten, ließ sein Geschlecht zurück, Vater und Mutter, und umfasste seine Frau. Und sie wurden ein Leib.

Hier aber, unter den Menschen, kamen stets, wenn ein paar hundert Leute in Konvois den Weg Richtung Suvar oder Damaskus eingeschlagen hatten und auf die zu Hinrichtungsstätten verwandelten Plateaus geführt worden waren, vom Westen her andere Konvois an und stiegen herab in den letzten Kreis des Todes. In jenem Juli des Jahres 1916 wurden Massen von Leuten aus dem Lager geschafft, andere Massen gesellten sich hinzu, und trotz dieses ständigen Kommens und Gehens blieb sich das Lager von Deir-ez-Zor gleich, als bewegte sich überhaupt nichts. Ringsum war die Gegend voller Gebeine. Die letzte Grenze war überschritten. Die Lebenden boten sich den Toten an und machten deren Beerdigung zur einzigen Beschäftigung, die sie noch hatten. Die Toten boten sich den Lebenden an und wärmten sie wie Kleidungsstücke in den froststarren Nächten, auch dienten sie jenen, die vor Hunger den Verstand verloren hatten, zur Kommunion.

Hermine schaute mit verlorenem Blick ihr Kind an. Die Sommerhitze trieb die letzten Wassertropfen, die noch die Salze im Körper gebunden hatten, heraus und brachte die Menschen um, trocknete sie aus. Die Lebenden und die Toten, die sich in ihrer Reglosigkeit ebenso wie durch gelegentliche Zuckungen einander angeglichen hatten, glichen sich nun auch aufgrund der dunklen trockenen Färbung ihrer Gesichter.

Dem Rhythmus nach, in dem die Exekutionen aufeinanderfolgten, sollte sich das Konzentrationslager im Herbst des gleichen Jahres auflösen. Auch ohne die Exekutionen hätte niemand unter den Bedingungen, die in Deir-ez-Zor herrschten, bis zum Winter überlebt. In diesem Sommer starben vor allem die Kinder. Viele verblieben unbestattet zwischen den Zelten wie leere Karkassen, zusammengekauert und schwarz verfärbt. Ungeduldig erwartete Hermine, in einen Konvoi aufgenommen zu werden, sie wusste nicht, was sie sich erhoffte, aber sie wünschte sich aus ganzer Seele, wegzukommen von diesem Ort. Mit offenen unbewegten Augen flüsterte das Kind ab und zu: Ich habe Hunger! Wenn sein Jammern vor Erschöpfung zu einem gleichmäßigen und beim Einatmen rasselnden Wimmern geworden war, brach Hermine auf und ging zwischen den Zelten hindurch. Nach einer Stunde kehrte sie mit leeren Händen zurück. Sie haben dir nichts gegeben, nicht wahr?, fragte das Mädchen mit verlöschender Stimme. Sie nickte leeren Blicks. Auch du darfst ihnen später einmal nichts von mir geben ..., lächelte das Kind traurig. Hermine schlug sich derart verstört auf den Mund, dass sie vergaß, ihren Jungen zu verscheuchen, wenn dieser sich näherte, um sie zu liebkosen. Sie schaute ihn ganz ungewohnt an und fasste ihn an den Handgelenken. Komm her!, sagte sie mit einer neuen Stimme. Sie zerrte ihn aus dem Zelt, zum Rand hin, den Fluss hoch, wo die Araber ihre Tiere zur Tränke trieben. Sie blieb bei ihrem Sohn am Ufer des Flusses stehen und betete, es möge schnell gehen.

Der Araber, der auf sie zukam, schaute sie neugierig, aber ohne jedes Mitgefühl an, vor allem den Jungen. Da Hermine und der Junge türkisch sprachen, hätte er ihre Worte als die gemeinsame Sprache verstehen können, die Mohammed auf den Feldern seines Glaubens hinterlassen hatte. Aber dessen bedurfte es nicht, denn sie wussten, worum es ging. Dies hatte sich schon Tausende Male auf den Wegen der Konvois oder am Rande eines Lagers abgespielt. Und damit die Dinge klar seien, ließ Hermine Sahags Hand los und schubste ihn einen Schritt weit voran, aber sie behielt die eine Hand auf seiner Schulter, damit der

Junge nicht zurückrennen konnte. Trotz seiner Schwäche schien Sahag von keiner Krankheit befallen zu sein, und der Araber holte statt seiner Einwilligung ein Säckchen Mehl hervor und hielt es Hermine hin. Sie packte es mit beiden Händen, und nun versuchte Sahag, ihrem Griff entkommen, davonzurennen. Aber der Araber packte ihn um die Hüfte und am Nacken und warf ihn wie einen Quersack aufs Pferd. Er saß hinter ihm auf, stieß einen Schrei aus und entfernte sich im Galopp. Hermine blieb lange wie angewurzelt stehen. Sie fuhr mit einer Hand in das Säckchen, holte eine Handvoll Mehl heraus und erstickte den Schrei, indem sie es sich in den Mund steckte.

Eine Weile lag der Junge in einem anderen Zelt, es war viel größer, an den Wänden mit Teppichen und unverständlichen Inschriften geschmückt, auch lebten Leute darin, die eine heisere und abgehackte Sprache sprachen und ihn gleichgültig ansahen, ihm aber der Reihe nach zu essen brachten, den Schweiß von der Stirne wischten und seine Leintücher wechselten. Als er so weit aufgepäppelt war, dass er reiten konnte, setzten sie ihn auf ein Pferd und zogen mit ihm in die wüsteren Regionen, und wenn sie nicht Karawanen auflauerten, bestand ihre Beschäftigung dort lediglich darin, nachts die Feuer zu hüten, in denen Kameltalg zischte, und tagsüber Wasser aufzuspüren. Sahag hatte keine genaue Erinnerung an jene Tage, er hatte nur die eintönigen Gebete der Männer und das weiße Gewand, das er bekommen hatte, im Gedächtnis behalten. Ein Gewand, auf das der stechende Schmerz seines beschnittenen Gliedes feine Blutfäden verspritzte, wobei er nicht verstand, weshalb dieser neue und männliche Schmerz Lächeln und Befriedigung in den Gesichtern der anderen hervorrief. Mit dem weißen blutbespritzten Gewand erhielt er auch einen neuen Namen, Yusuf, dabei hatte ihn niemand nach seinem alten Namen gefragt. Dies aber sollte einmal zu seinen Gunsten ausschlagen, denn später, als sie ihn suchten, bis nach Urfa und Diarbekir hinaufzogen, fanden sie ihn nicht, weil sie nicht wussten, nach wem sie fragen sollten.

Yusuf wurde ein tüchtiger Bursche. Er lernte, die Kamele am Halfter zu halten und sie beim Grasen zu hüten. Lernte reiten, gewöhnte sich an getrocknete Speisen und lernte angesichts der sandigen Weiten, sich in

Geduld zu üben. Er bekam Männerkleider, hatte sein eigenes Pferd, das einzige Wesen, mit dem er Armenisch sprechen konnte, und er kniete zusammen mit den anderen bei Sonnenaufgang und Sonnenuntergang gen Osten nieder und stammelte etwas, was wie ein Gebet klang. Mit seinem in den Todeskreisen gestählten Körper, den langen Wimpern, die seine Augen vor dem Sand schützten, dem bräunlichen Gesicht, das dem zehrenden Wind widerstand, und den gekräuselten schwarzen Haaren, die ihn gut vor der heißen Sonne bewahrten, hätte er ein guter Wüstenreiter bleiben können. Dass er kein Arabisch konnte, war nur zu seinem Vorteil. So konnte ihm niemand mit Fragen auf den Leib rücken, und er musste nichts über sich erzählen. Er musste nicht zu einem Propheten beten, der ihn hatte bluten lassen, als er sich ihm zeigte, und konnte sich den anderen bewahren, der sich ihm blutend gezeigt hatte.

Er hätte in jenen Gegenden ein guter Reiter und eines schönen Tages sogar der Anführer seines Stammes werden können. Im Winter wäre er hinabgeritten zu den Ufern des Roten Meeres, bis in die Nähe von Medina, und wenigstens einmal im Leben auch nach Mekka, dann wäre er durch Jerusalem und Damaskus hinaufgezogen bis an die Orte, die er recht gut kannte, und noch weiter, in die Berge, nach Ras-ul-Ain und Mossul. Yusuf aber blieb fremd, und den anderen genügte seine Tüchtigkeit, also ließen sie ihn in Frieden und störten seine unverständlichen Gespräche mit dem Pferd nicht.

Yusuf lebte jenes Leben mit einer gewissen Verwunderung. Mit einem Mal aber, wie das häufig geschieht, wenn man nicht genau genug fragt, hatte er begriffen. Sie waren bis nach Mossul gelangt. Es war ein guter Tag gewesen. Sie hatten Ziegenkäse und Kamelhäute verkauft. Im Zelt war es warm und ruhig, es roch nach Gebratenem, aber bevor sie sich auf die Kissen um das Feuer herum setzten, zählten sie die Goldmünzen, die sie in Säckchen verschnürten. Dann bestaunten die Frauen die Geschenke – Bernstein, Tücher und Schmuck. Aber das schönste Schmuckstück hatte der Herr des Zeltes in der Faust und schenkte es, wie ein Zauberer die Finger öffnend, der jüngsten unter seinen Frauen. Sie legte es sich um den Hals und drehte sich erfreut im Kreis herum, tanzte zu den schrillen Tönen der Zummara im Rhythmus der glöckchenbesetzten Trommeln um das Feuer. Funken stoben aus dem Feuer, in dem das tropfende Fett zischte, die Gesichter glänzten und wurden von den Flammen in die Länge gezogen, der Rhythmus der Trommeln vereinte sich mit dem Händeklatschen, und die Frau drehte sich, von ihrer Jugend getragen und der Freude am Geschenk. Das der Junge sah, als sie mit wiegenden Hüften und aus den Schultern heraus die Brüste schwenkend vor ihm stand. Der an einem Goldkettchen hängende, stolz allen zur Schau gestellte Talisman erinnerte ihn an die Zurückhaltung seiner Mutter, die ihn stets verborgen unter ihren Kleidern getragen hatte. Keiner beachtete ihn, als er aus dem Zelt schlich. Die Sinne aufgewühlt, rannte er wie irr durch die Gegend. Auch er wusste nicht, wovor er davonlief, rannte, bis es ihm den Atem verschlug und er auf die Knie fiel. Und weil er das Bedürfnis verspürte, aus seinem Leib zu fahren, sich loszureißen von sich selbst, schrie er. Er setzte sich in den Sand, wiegte seinen Oberkörper und schrie so laut er konnte. Als sein Schreien verloschen war und das Stöhnen aus Deir-ez-Zor seine Stelle eingenommen hatte, jenes trockene Weinen, war Yusuf tot. Er war ein unglückliches, fremdes und stilles Wesen gewesen, an Orten und zwischen Göttern herumgeirrt, die er nicht kannte und an die er nicht glaubte. Im Bluten geboren und gestorben am Schrei. Nicht so, wie es geschieht, wenn ein Körper einen anderen Körper umbringt, also von außen nach innen durchbohrt. Yusuf starb durchdrungen und aufgespießt von innen nach außen, eben von dem Körper, über den er sich – wie eine weiße, blutbespritzte Tunika – gehüllt hatte.

Die neuen Kleider abgelegt – Yusuf war wie ein unbrauchbares Gewand vor seinen Füßen in den Staub hinabgesunken –, kehrte Sahag zu den Zelten zurück. Nunmehr kein Stammessohn mehr, kam er heimlich, verbarg sich im Dunkeln, umschlich die Feuerstellen und die Zeltöffnungen. Er ging zur Koppel und führte leise sein Pferd am Halfter hinaus. Ihr Ritt durch den Sand war still, das Pferd war ihm gefolgt, ohne irgendeine Veränderung wahrgenommen zu haben, es hörte auf ihn, hatte ihn gerochen, Yusuf hatte es für das Pferd ohnehin niemals gegeben. Dann war sein Galoppieren zu hören, aber da waren Pferd und Reiter schon weit weg.

Er hatte den Weg nach Westen eingeschlagen, eine Strecke, die den Konvois entgegenlief; aber leider bedeutet die Rückkehr durch die Kreise des Todes, vom Ostern der Toten zum Ostern der Auferstehung, nicht auch eine Rückkehr in der Zeit. Im Gegenteil, während er eine um die andere Treppenstufe aus der Tiefe, in die er wie in einen Brunnenschacht gefallen war, wieder erklomm, fand er nichts als die Spuren der Konvois vor, Bettler, die an den Wegrändern bettelten, immer wieder neue beängstigende Namen der Schluchten, in deren Geröll die Gebeine zermahlen wurden, Kinder seines Volkes, in Schalwars gekleidet und als Yusufe aufwachsend – wie in Nestern waren diese Yusufe in ihren Brustkörben eingeschlossen. Oftmals war ihm danach, zurückzukehren ins Zelt, jenen Araber vor den Augen seiner Kinder und Frauen umzubringen und den Talisman seiner Mutter an sich zu nehmen. Dann aber sagte er sich, den Araber treffe überhaupt keine Schuld, derjenige, der seiner Mutter den Talisman vom Hals gerissen hatte, halte sich anderswo auf, und er müsste einen viel zu großen Krieg führen, um seiner habhaft zu werden, alle seinesgleichen umzubringen, um die Gewissheit zu haben, dass die Mörder seiner Mutter ihre Strafe erhalten haben. Der Araber hatte sich schließlich als sein Wohltäter erwiesen, und es war nicht dessen Schuld, wenn die Zeitläufte ein Menschenwesen so geringschätzten, dass der Beduine das Leben des Jungen auf ein Mehlsäckchen veranschlagt hatte.

Solange er auf der Flucht war, haben ihn die Erinnerungen verschont. Als er sich schließlich in Silistra niederließ, ging er zu einem Kaufmann in die Lehre und machte anschließend sein eigenes Geschäft auf. Und als er dann noch etwas später sich eine Frau zu suchen begann und bis er sie gefunden hatte abends lange im Hafen bei den Mädchen blieb, die auf Seeleute warteten, erhob und beseelte sich der einstmals abgeworfene Beduinenumhang, zischelte wie eine Schlange und folgte Sahags Spuren. So kam es, dass er eines Abends Yusufs Antlitz zwischen den Lichtern der Öllampen im Fenster gespiegelt sah. Es graute ihm, als er sah, wie er zum Klang der Trommeln und Zummaren herumhüpfte, wie das weiße Gewand des Wüstenmannes zerriss, wie er sein Glied in der Hand hielt und es tänzelnd rieb, wilden Blickes, wie ihm keuchend nicht der Same, sondern Blut durch die Finger quoll. Sahag fand keine Mittel und Wege, das Gespenst zu vertreiben, das ihn mit seinem böse befruchtenden Samen bespritzte, also griff er sich einen Gegenstand und schlug damit das Fenster ein. Yusuf lachte schallend, sein Gesicht aber zersprang, vervielfachte sich in weitere tausend Gesichter, die sich im Zimmer verteilten. Als er sich wieder besann, schaute er sich an, sein verwildertes Gesicht, die Kleidung durcheinander und das Glied in der Hand, steif und entstellt. Er begriff, dass Yusuf in ihn gefahren war, und dass er dieses durchscheinende Wesen nicht bekämpfen konnte, indem er Fensterscheiben zerschlug und Spiegel verhängte.

Sahag und Yusuf hassten sich, aber sie wussten auch, dass sie gezwungen waren, miteinander zu leben. Verzehnfacht hatte nun Yusuf die Qualen zu erdulden, denen Sahag ausgesetzt worden war, musste die Verbeugungen vor einem anderen Erlöser und die allemal züchtigen Gebräuche dieses Glaubens ertragen. Aber er rächte sich auf die einzig ihm zu Gebote stehende Weise an diesem fremden Geschlecht, und zwar durch das Glied, das vom Zeichen seiner Geburt geprägt war und seinen Samen vergiftete. An diesen ewig unfruchtbar gebliebenen Samen gefesselt, der mit den Jahren spärlicher floss, schrumpfte auch Yusuf selbst. In meiner Kindheit war Sahag Şeitanian ein alter Mann. Deshalb habe ich Yusuf nicht kennengelernt.

Entzweigespalten, gewohnt, dass jede seiner Hälften die andere belauerte und hasste, dass sie darauf warteten, die jeweils andere möge einschlafen, um dann auf sie einschlagen zu können, aber fatalerweise stets gemeinsam einschlafend und sich wahrhaftig nur im Traum trennend, denn die beiden Hälften konnten nicht gleichzeitig träumen, begann Sahag, während die andere Hälfte schrumpfte und seine Resignation, keine Kinder kriegen zu können, ebenso wie die seiner Frau Armenuhi zunahm, sich dem Hass hinzugeben; und weil er all den Hass in den Schubfächern seiner gehälfteten Seele nicht mehr unterbringen konnte, richtete er ihn auf die anderen. Erst einmal auf all jene, die Yusuf gleichkamen. Aber weil es davon nur wenige in seinem Umfeld gab, und sein unverbrauchter Hass wie die Zähne wilder Tiere knirschte, die reißen müssen, sonst wachsen sie und durchstoßen die eigene Schädeldecke, ergoss sich Sahags Hass über die Bolschewiken. Die unverhoffte Gelegenheit dazu ergab sich nach dem Krieg, als die Stadt, anders als zuvor, da der einzige Kommunist in Focşani ein versoffener Gemüsehändler war, dessen politische Aktivität darin bestanden hatte, lauthals und mit schwerer Zunge am 10. Mai die Dynastie und den König zu beschimpfen, bis die Behörden begriffen hatten und ihn frühmorgens, noch benebelt vom Rausch der Nacht davor und also stumm, verhaftet hatten; nunmehr also, nach dem Krieg, war die Stadt voller Kommunisten. Sahag pflegte sie Großhändler zu nennen, Kommunisten, Wegelagerer an der großen Straße. Die Kommunisten vergalten ihm seine Zuneigung mit ihrer gewohnten Großzügigkeit, das heißt, sie plünderten seinen Laden aus, und als nichts mehr zu plündern übrig geblieben war, beschlagnahmten sie den Laden. Sahag freute sich jedesmal, Nehmt!, schrie er, fuchtelte mit den Armen und hüpfte auf einem Bein, Plündert!, und er warf mit den Van-Houten-Kakaoschachteln nach ihnen, Das habt ihr mitzunehmen vergessen!, und die Packungen mit Kaffeebohnen flogen durch die Luft; wie Käfer verstreuten sich die Bohnen auf dem Bürgersteig.

Er hatte den Einfall, das Telefunken-Radio in Seferians Gruft zu installieren, und er ging nachts alleine auf den Friedhof, um Radio Free Europe zu hören. Im Sommer des Jahres 1958 betrachtete er gierigen Blicks die Bataillone der Roten Armee, die auf der Straße nach Tecuci verschwanden, dann saß er stundenlang reglos vor dem tellergroßen Bildschirm von Frau Marias Fernseher direkt gegenüber unseres Hauses auf der anderen Straßenseite und verfolgte die Direktübertragung der Beerdigung von Gheorghe Gheorghiu-Dej, wovon ihm nicht das geringste Detail entging, dabei knackte er Sonnenblumenkerne, trank Bier und kiebitzte wie im Stadion. Die Russen haben ihn verstrahlt, sagte er, doch diesmal ohne die geringste Spur eines Vorwurfs. Sie haben ihm die Gallenblase aufgeschnitten!

Sahag Şeitanian war auch der Erste, der sich von der Faszination der Karten hatte hinreißen lassen. Herausgerissen aus den Orten ihrer Kindheit, waren die alten Armenier geflohen, emigriert, hatten Wüsten durchquert, Kontinente, Meere und Ozeane, aber sie waren niemals wirklich gereist. Ihr Gang durch die Welt war Teil ihrer Traurigkeiten, nicht ihrer Neugierde oder Freuden. Deshalb reisten sie auf papierenen Weiten, wie Bücherwürmer.

Die kartografierten Bogen waren wie ein Schnitt in die wirkliche Welt, sie eröffneten eine neue Dimension. Auf diesen Karten nahmen die Kriege stets einen anderen Ausgang als in der Wirklichkeit, die Fedajin aus den Bergen vernichteten die Armeen, den Gefangenen gelang die Flucht aus den Deportationslagern und den Kriegern aus der Umzingelung. Auf dem Balkan landeten die Amerikaner, englische Fallschirmjäger bevölkerten den Himmel, und die Russen zogen sich zurück ins hinterste Sibirien. Und selbstverständlich erstreckte Armenien sich vom Kaukasus bis nach Tyr und Sidon, von Anatolien bis zum Urmia-See, wie zu den Zeiten von Tigranes dem Großen im letzten Jahrhundert vor Christus. Die Welt bestand aus einer Überlagerung von Karten, die Unzahl von Pfeilen darauf wies auf Landgänge, Befreiungen, Vertreibungen, Rückübertragungen, Elan und Triumph. Am wenigsten Bedeutung und damit auch geringste Beachtung kam der untersten aller Karten zu, sie war direkt aufs Gras skizziert worden, nämlich die Wirklichkeit selbst.

Auf seinen Karten galten deshalb andere Verträge, und die Kriege waren anders ausgegangen. Der Vertrag von Sèvres hatte Gültigkeit und war in Kraft. Das Treffen in Jalta hatte nicht stattgefunden, und der vorsätzlich stumpfe Bleistift Stalins hatte nicht Europa zerteilt. Sahag Şeitanian und die anderen Armenier meiner Kindheit waren eher Menschen der Karten, nicht der Erde. Manchmal waren sie derart unbekümmert, war ihr Blick dermaßen in die Ferne gerichtet, dass man den Eindruck haben konnte, sie hätten sich mit den Karten eingerollt und seien von dieser Welt verschwunden.

Im *Buch des Flüsterns* hat jedes Aroma, jede Farbe, jedes Aufblitzen von Verrücktheit seinen eigenen Magier. Wegweiser durch die verschiedensten Gefilde, Magier der Karten, war Micael Noradunghian. Die anderen saßen um ihn herum und schauten mit weit aufgerissenen Augen zu, wie sich unter seinen Händen die Kontinente ausbreiteten. Weise und schweigsam saß mein Großvater da, wie die Karten bewies auch seine Haltung, dass es jenseits des heillosen Durcheinanders der Zeit-läufte einen bestimmten Sinn geben musste. Anton Merzian vergaß, seine Fragen zu stellen, und im Angesicht der Karten, wo alle ihren Platz fanden, musste er auch mit Krikor Minasian nicht mehr streiten. Ştefănucă Ibrăileanu, Măgârdici Ceslov, Agop Aslanian, Vrej Papazian, Ohanes Krikorian und alle anderen traten scheu heran und ließen sich auf dieses neue Bethlehem geleiten, wo sich die Erlösung in Gestalt einer Karte präsentierte. Von diesem Wunderding verzückt, strahlten Sahag Şeitanians Augen. Es waren die einzigen Augenblicke, da er sich innerlich entspannt mit Yusuf versöhnte.

NEUN

Die geschichte des micael noradunghian, magier der karten. Noradunghian war eine Art Magier der rechteckigen Welten. Sein Leben hatte sich aus Bruchstücken zusammengefügt, es war nicht in einem Kontinuum gelebt worden, eher wie die Lebenslinie in einer verschrumpelten Handfläche. Deshalb konnte sich niemand so an ihn erinnern, wie man sich gemeinhin an jemanden erinnert, also wo jemand geboren wurde, was man im Leben getan hatte, mit wem man befreundet und mit wem verfeindet war, wie man gestorben ist – dies Letztere vor allem, um zu verstehen, was von dem Vorausgegangenen ungeklärt geblieben ist. Um Micael Noradunghians Leben zu erzählen, wäre ein Schneiderraum nötig gewesen, in dem man die einzelnen disparaten Sequenzen hätte aneinanderkleben können. Der größte Teil seines Lebens hatte sich eigentlich zwischen diesen erzählten Sequenzen zugetragen. Noradunghian hat sich immerzu außerhalb seines eigenen Lebens situiert, und wir spüren seine Anwesenheit, indem wir nach ihm die Räume betreten, die er soeben verlassen hat.

Micael Noradunghian ist im gleichen Jahr geboren, in dem ein weiterer Held unserer Geschichten geboren wurde: Hartin Fringhian. Und, wie wir sehen werden, sollten ihre Lebensläufe, die sich lediglich stellenweise ähnelten, noch eine weitere gemeinsame Verzweigung erfahren, fünfundsiebzig Jahre später, im Jahre 1948.

Noradunghian entstammte einer Familie mit einem selbst unter Armeniern eher seltenen Namen. Unter den Personen im *Buch des Flüsterns* bin ich niemandem sonst begegnet, der den Namen dieser Familie aus Agn getragen hätte. Und das war nicht irgendeine Familie. Vor allen anderen armenischen Familien hatte diese zu Beginn des zwanzigsten Jahrhunderts die höchsten Ämter des Reiches inne. Fürsorglich von seinen beiden Onkeln Gabriel und Asadur angeleitet, war Micael Noradunghian nach Konstantinopel gegangen, wo er erfolgreich eine Kaufmannsfirma eröffnet hatte. Und weil viele seiner Kunden Armenier aus den östlichen Wilajeten waren, eröffnete er im Galata-Viertel in Konstantinopel auch eine Herberge, die ein lebhaftes Treiben auslöste, etwa so, wie es ein Jahrhundert zuvor in Bukarest die Herberge eines anderen Armeniers, Manuc Bey Mirzaian, getan hatte. In jener Herberge in Galata stieg auch mein Ururgroßvater Haciadur Melichian ab, wenn er vorbeikam, um sich am Ufer des Bosporus zu vergnügen und durch die Straßen mit vielen bunt durcheinandergewürfelten Leuten geritten war. Als sein Onkel Gabriel Noradunghian, Professor an der rechtswissenschaftlichen Schule von Konstantinopel und während der Revolution von 1908 den Jungtürken nahestehend, kurz vor den Balkankriegen sogar zum Außenminister der Hohen Pforte ernannt wurde, ist sein Neffe Micael Staatssekretär im Kommunikationsministerium geworden, also eine Art Vizeminister, zuständig für die Post und das Telegrafenwesen. In diesem Amt muss er damals ein Mitarbeiter von Talaat Pascha gewesen sein, der seinerseits ein ehemaliger Telegrafist war und wie besessen an der Ausbreitung des Telegrafen über das gesamte Reichsgebiet gearbeitet hatte, der gleiche Talaat, der, zur zentralen Figur der Verwaltung geworden, im Jahre 1914 die Amtsenthebung und Entfernung aller hohen armenischen Würdenträger und im Jahr darauf ihre Deportation – an der Seite des gesamten armenischen Volkes – angeordnet hat.

Weil jedoch Micael Noradunghian nichts über sich selbst erzählte, wissen wir nichts über diese Beziehung zu Talaat Pascha, wir können sie nur vermuten. Es scheint sie aber tatsächlich gegeben zu haben, sonst hätte Micael Noradunghian nicht als einer der Ersten gespürt, was geschehen würde, und sich in Sicherheit bringen können. Gabriel Noradunghian legte sein Amt als Außenminister im Jahre 1913 nieder, ebenso verfuhr sein Neffe Micael beim Post- und Telegrafendepartement, und zu Beginn des Jahres 1915 gingen sie nach Paris, wo sie sich um das Schicksal der armenischen Emigranten kümmerten und der alte Minister seine Memoiren zu schreiben begann. Sein Neffe Micael hatte, eingeführt von seinem anderen Onkel, Asadur, die Treppenstufen der

Freimaurerei erklommen und schon 1909 den 33. Grad erreicht. Er gehörte zu den Gründungsmitgliedern des Obersten Konsiliums der Türkei, dessen Konvent zur Gründung der Großen Türkischen Loge er in seiner Herberge in Galata hatte tagen lassen.

Micael Noradunghian kam im Herbst 1920 nach Rumänien. Die Begegnung fand im Haus von Armenag Manisalian statt. Sie hatten auch Harutiun Khântirian, den Konsul der Republik Armenien, hinzugebeten, Krikor Zambaccian und Grigore Trancu-Iași. Großvater gab seine Zurückhaltung zu erkennen. Er glaubte nicht an Geheimgesellschaften. Wenn die Menschen etwas nicht verstehen und sich scheuen, dies zuzugeben, erfinden sie Geheimnisse. Was wäre denn aus dem Christentum geworden, wenn es geheim geblieben wäre, fragte Großvater. Aber Sahag Șeitanian, angetrieben vom stechenden Schmerz seiner Eingeweide, empfahl ihm, hinzugehen. Alles, was keine Rücksicht auf Grenzen nimmt, ist gut für uns, solange Groß-Armenien nicht wiedererrichtet worden ist. Schau dir doch den Bolschewismus und die pantürkische Bewegung an, wie sie sich ausbreiten und gegen die Grenzen anrennen. Die Ideen, mit denen man in den Kampf zieht, müssen das gleiche Format haben; und die Freimaurer ignorieren die Grenzen. Dies aber wird erst um einiges später geschehen, in einem Augenblick, da Micael Noradunghian, alt und resigniert, einiges neu erwägen musste; sein Leben zuvor hatte er im engen und verschatteten Kreis der Freimaurerei zugebracht, nun aber sah er sich genötigt, ins Licht zu treten. Damals jedoch, im Herbst 1920, enthüllte Micael Noradunghian den anderen nur, dass er in Rumänien einen speziellen Auftrag zu erfüllen habe, weshalb man ihm eine Unterredung mit König Ferdinand ermöglichen solle.

Damals wartete Noradunghian nicht mit verschränkten Armen ab. Zu jener Zeit legten die Menschen keinen großen Wert darauf, ihre Berufe aus Büchern zu lernen. Sie traten als Lehrjungen in die Berufe ein, die ihnen zukamen, und wenn der Beruf etwas komplizierter war, wurden sie Gesellen, nahmen danach die Stelle des Meisters ein und führten das Gewerbe weiter. Wenn die Befähigungen angeboren und offensichtlich waren, begann man gleich auf eigene Faust, betrieb sein Handwerk oder Geschäft sogar ohne Tresen und Werkbank, indem man seine Werkzeuge oder Waren zu den Behausungen der Leute trug. Auch wählte man sich sein Gewerbe nicht aufs Geratewohl, dafür musste es einen Spielraum geben, sowohl auf der Seite der Handwerker wie bei der Kundschaft. Und das bedeutet, dass man seinen Platz, ebenso wie dies die Wünschelrutengänger mit ihren Haselnussruten taten, wenn sie den besten Platz zum Graben eines Brunnens erkundeten, finden musste. So gesehen, waren die Armenier ein Volk der Haselnussruten. Eine Geschichte, die erzählte, wie die nach 1915 nach Rumänien gelangten Armenier sich dem Handel und anderen Berufen gewidmet, wie sie sich in einer Welt, die sie nicht kannten, ihren Platz verschafft und gesichert, wie sie ihre Lücken gefunden haben, eine solche Geschichte könnte heute für jedermann ein nützliches Geschäftshandbuch abgeben. Und die Beschreibung der Weise, in der Micael Noradunghian seine Geschäftätigkeit entfaltet hat, wäre darin ein beispielgebendes Kapitel. Er hat keine Geschäfte begründet, sondern wieder angeknüpft, wobei er sich von den politischen Implikationen, die er übrigens verachtete, nicht behindern ließ. Sodass er, nachdem er mit dem zaristischen Russland während des Krieges und danach mit den Weißen, die gegen die Bolschewiken kämpften, Waffengeschäfte betrieben hatte, nach der Niederschlagung der Weißen der bolschewistischen russischen Armee Waffen verkaufte. In Rumänien vertrat er die Levante-Gesellschaft und kam mit den Schiebereien der Zeit bestens zurecht, also gingen bei ihm große Bestellungen der Armee und der Eisenbahn ein. Er setzte seine Geschäfte fort und verlegte seine Firma in die Calea Victoriei, einen Steinwurf entfernt vom Haus des Hartin Fringhian am Palastplatz. Selbstverständlich widmete er sich auch den Dingen, die er schon im Osmanischen Reich gelernt hatte, nämlich Post- und Telegrafendienste zu leiten, wodurch er zu einem der Direktoren der Bukarester Telegrafengesellschaft wurde.

Jenseits dieser Betätigungen, die ihn als großen Kaufmann zeigen, und entsprechend der Bescheinigungen des Innenministeriums hinsichtlich der Verleihung der rumänischen Staatsbürgerschaft an einen, der sich »große Verdienste um Rumänien erworben hat«, erfüllte Noradunghian die Mission, die ihn auf Geheiß des Obersten Konsiliums Frankreichs nach Rumänien geführt hatte. Bis Ende Dezember 1922 hatte Micael Noradunghian die dreizehn Mitglieder im Obersten Konsilium des Antiken Schottischen Ritus für Rumänien initiiert und mit Zustimmung von König Ferdinand den Freimaurerorden in Rumänien wieder zum Leben erweckt. Noradunghian unterschrieb im März 1923 das Hohe Dekret, durch welches die Statuten, die Verfassung und das allgemeine Regelwerk des Antiken Schottischen Ritus mit Akzeptanz für Rumänien veröffentlicht wurden, daraufhin erhielt er den höchsten Rang in der rumänischen Freimaurerei, nämlich jenen eines Souveräns und Großen Kommandeurs des Obersten Konsiliums vom 33. und Letzten Grad in Rumänien, den er, weil er meinte, die rumänischen Freimaurer müssten von Rumänen geführt werden, lediglich ehrenamtlich ausübte.

Immer gibt es etwas, das jeder Biografie entgeht, umso mehr einer rätselhaften wie die, von der wir hier erzählen. Und zwar die Leidenschaft, die so verschiedene Menschen wie den Souverän und Großen Kommandeur Micael Noradunghian, General Drastamat Kanayan und den Kolonialwarenhändler aus Focşani, Sahag Şeitanian, sowie viele andere von denen erfasst hatte, die im *Buch des Flüsterns* vorkommen oder erahnt werden. Yusufs Geschichte. Es gibt auch andere Geschichten, die von seltsamen Gestalten in den Seelen der alten Armenier erzählen, und all diese Gespenster nutzten jede Gelegenheit – ein Fenster oder einen Spiegel, einen Duft, der an den Urquell einer Geruchswahrnehmung erinnerte, einen Namen oder ein Foto – um sich erneut zu zeigen. Aber Yusufs Geschichte ist darunter die umfassendste. Jeder hatte seine je eigene Weise, sich in eine Art Yusuf aufzuspalten, und musste dies mit sich herumtragen, denn sie alle hatten überlebt. Somit trug jeder an der Schuld, nicht mit den anderen gestorben zu sein. Auf diesem schuldbeladenen Weg des Überlebens hatte jeder seine eigene Tür gefunden, die er mit allen ihm zur Verfügung stehenden Kräften verschlossen halten wollte, aber sosehr er sich auch bemühte, mitunter wurde die Tür aus den Angeln gerissen. Und dann drangen Irrsinnsschwaden durch den offenen Spalt. Die sich im Fall von Micael Noradunghian ebenso wie im Falle von Sahag Şeitanian in eine lebhaft bunte Welt der Karten hinausbegaben und sich wie Drachen schwebend und kreiselnd am Himmel drehten.

Noradunghian gehörte nicht zur Zunft der Krieger, sondern zu jener der Schöpfer. Im Unterschied zu General Dro hielt er es für nötig, Armenien nicht irgendwie zu befreien; er nährte die Vorstellung, Armenien könne nur in einer freien Welt frei sein. Deshalb hielt er es auch für keine gute Lösung, einen Feind auf den anderen zu hetzen, etwa in der Hoffnung, dass auf diese Weise, was auch immer passieren mochte, immerhin nur einer übrig bliebe. Weshalb er auch das Vorhaben des Generals, eine Armenische Legion zu gründen, nicht gutheißen konnte. Mehr noch, er verbarg seine feindlichen Gefühle gegenüber dem nationalsozialistischen Deutschland keinesfalls. So gelangte er als einer der Ersten auf jene Liste, auf der sich auch mein Großvater Setrak Melichian befand, für den Großmutter Sofia in Erwartung seiner Deportation in das Lager von Târgu-Jiu schon den Holzkoffer mit Schals, Jacken und Wollsocken vollgestopft hatte.

Auf eine gemeinsame Lösung konnten Noradunghian und General Dro sich erst nach der Katastrophe von Stalingrad einigen, als die Armenische Legion vernichtet worden war und die auf Rache sinnenden Russen deren Reste auf der gesamten Krim-Halbinsel suchten. Ihre Lösung war so einfach wie illusorisch: die Amerikaner. Allein, Noradunghian hatte einen völlig anderen Plan als den, den wir hinsichtlich der Rettung durch die Amerikaner erfahren haben: Im Unterschied zu allen anderen, die eifrig die Zeitungen lasen, mit dem Ohr am Radiogerät hingen und gierig allerlei Gerüchte aufschnappten oder, wie Arşag, starren Blicks durch das Fensterchen im Glockenturm starrten und auf die Ankunft der Amerikaner warteten, hatte Noradunghian einen Plan ausgearbeitet, der vorsah, dass wir zu den Amerikanern gehen. Er hatte ihn schon zu der Zeit entworfen, als die Freimaurerei, kurz vor dem Beginn der Königsdiktatur, zum Schweigen gebracht worden war. Kurz, Rumänien sollte sich zum neunundvierzigsten Mitglied der Vereinigten Staaten von Amerika erklären. Diese die Monroe-Doktrin auf den Kopf stellende Idee sollte auf dem allereinfachsten Weg umgesetzt werden.

Rumänien würde die amerikanische Verfassung annehmen, die best-mögliche Verfassung der Welt, denn sie ging auf Freimaurer zurück, es würde den Dollar als nationale Währung erhalten, stark nicht allein durch seinen Tauschwert, sondern ebenso aufgrund der Freimaurer-symbole auf den Banknoten. Die Vorteile waren unschätzbar: Man war Teil einer Republik, Rumänien konnte Carol II. loswerden, gleichzeitig war man der Gefahren ledig, die einerseits von Deutschland und ande-rerseits von der Sowjetunion drohten. Da nun Rumänien nicht eben ein verschnürter Strohhaufen war, den man im nördlichen Balkan schul-tern und über den Ozean hätte transportieren können, und weil ande-rerseits diese Idee in einem frankophonen Rumänien, das seine eigenen Helden hatte und in seiner gesamten Geschichte Amerikanern besten-falls in Filmen begegnet war, gelinde gesagt ungewöhnlich, wenn nicht geradezu verrückt wirken musste, hielt Micael Noradunghian seinen Plan für nicht durchführbar – eben weil er zu einfach, also nicht ver-wegen genug war. Nach Stalingrad begriffen Micael Noradunghian und General Dro, der eine erfreut, bitter der andere, dass von den zwei sich bekriegenden Feinden nur einer, der gefährlichste, übrig geblieben war, und zwar die Sowjetunion, also kamen sie überein, dass sich die ameri-kanische Lösung unbezweifelbar aufdrängte. Jeder versuchte, auf seine Weise dieses Problem zu lösen: General Dro verschwand im Frühjahr 1944 und hinterließ in seinem Haus mit den armenischen Symbolen in der Bukarester Popa-Soare-Straße allein Partogh, den Glöckner der Armenischen Kathedrale, dessen Nasenbein zu Beginn des Jahrhun-derts, als er Torwart bei Fenerbahce war, von einem Ball zertrümmert worden war. Er musste die Blumen gießen, die Wohnung lüften, in-dem er die Fenster zur Straße hin öffnete, und manchmal die Lichter brennen lassen, damit man nicht wusste, dass General Dro längst mit einem Schiff nach Beirut und von dort aus auf eine lange Reise nach New York und schließlich nach Boston abgereist war. Bei seinem Ritual zur Einbalsamierung dieses toten Hauses wirkte der Kirchendiener der-art überzeugend, dass die Russen, als sie Ende August des gleichen Jah-res in Bukarest eintrafen, beinahe einen Monat benötigten, in dem sie Hunderte Häuser durchstöberten, Tausende Menschen einkerkerten, folterten, deportierten oder erschossen, was ihnen über den Weg lief, bis sie überzeugt waren, dass Drastamat Kanayan, der General der Kanonenfutter-Armeen, ihnen durch die Lappen gegangen war.

Micael Noradunghian hingegen hatte in Rumänien eine Mission zu erfüllen, die ihm vor einem Vierteljahrhundert übertragen und von der er noch nicht entbunden worden war, nämlich das Licht des Freimaurerordens in Rumänien leuchten zu lassen. Und weil er seine Aufgabe nur erfüllen konnte, indem er im Land verblieb, dachte er sich stets neue Strategien aus, die Amerikaner ins Land zu holen. Da sein Plan, Rumänien in die Vereinigten Staaten von Amerika zu integrieren und das Sternenbanner über dem Mitropolie-Hügel flattern zu lassen, gescheitert war, beschloss Noradunghian, dass der Beitritt nicht gescheitert sei, weil der Plan verrückt war, sondern daran, dass er nicht verrückt genug war. Deshalb entwarf Noradunghian nach der Niederlage bei Stalingrad und dem Rückzug der deutschen Truppen einen wirklich großangelegten Plan gegen die bolschewistische Gefahr. Zusammen mit Constantin Bellu, dem Schatzmeister der Großen Nationalen Loge von Rumänien, veränderte er sein Projekt und versuchte diesmal, Europa zu vereinen, jedenfalls so viel davon, wie irgend möglich, und dieses vereinte Europa hätte sich anschließend den Vereinigten Staaten von Amerika angliedern sollen. Auf diese Weise blieb Noradunghian seinen beiden Aufgaben treu: der Freimaurerei nämlich und Rumänien. Er stellte sich eine freimaurerische europäische Union vor, die sich nach ihrer Gründung in eine Staatenunion umwandeln und sich, zur Sicherheit vor den Russen, in die Vereinigten Staaten von Amerika integrieren sollte.

Wir können uns vorstellen, wie sich Sahag Şeitanian gefühlt haben mochte, wenn er bei seinen Bukarest-Aufenthalten fasziniert das Zimmer mit den Landkarten betreten hat. Es waren die einzigen Gelegenheiten, bei denen Sahag und Yusuf ohne Rohheit oder Hass beieinanderstanden, der einzige Ort angesichts der gewaltigen Weiten, die sie gemeinsam durchquert hatten, und die in der Welt der Karten zusammengerollt unter einen Arm passten. Wenn aber das Vereinigungsprojekt realisiert worden wäre, hätte ein und dieselbe Farbe immer weitere

Gegenden überzogen, errettend wäre sie das Mittelmeer entlang und bis zum Bosporus geflossen und von dort aus auf den Spuren der alten Griechen über die Ruinen von Troja, Ephesos und Milet, dann weiter über die sieben Kreise des Todes hinaus bis nach Deir-ez-Zor, an den Ostrand der Union und den Westrand des Gartens Eden, nunmehr eine wüstenähnliche Einöde, in der Sand und Knochen zermahlen wurden. Stundenlang hielt sich Sahag in jenem Zimmer auf, betrachtete mit der erlösenden Faszination dessen die Karten, der keinen Ausweg aus seiner Hoffnungslosigkeit zu sehen vermag.

In einem Punkt jedoch ging der gemeinsame Plan von Micael Noradunghian und General Dro, beides heillose Träumer in unserem alltäglichen Wunder, in die Irre. Sie glaubten nämlich beide, es genüge schon, von einer Sache überzeugt zu sein, um sich schließlich auch durchsetzen zu können. General Dro schien überzeugt, Armenien mit einer einzigen Legion aus ein paar Tausend Mann vom Bolschewismus befreien zu können, dabei war die Hälfte seiner Leute ganz und gar unausgebildet und die andere Hälfte lediglich dadurch motiviert, dass sie der Kriegsgefangenschaft entkam. Und Noradunghian glaubte felsenfest daran, er könne seinen Kreuzzug gegen den Bolschewismus gewinnen, indem die Rechtsprechung des Obersten Konsiliums für Rumänien auf alle anderen Länder übertragen würde; die Große Loge des Mittelmeerraumes hätte dann die vereinigten Freimaurergesellschaften in ein geeintes Europa und schließlich in eine transatlantische Vereinigung überführt.

Wenn die Armenische Legion von General Dro schließlich auf der Krim eingekreist und niedergemetzelt wurde, war der freimaurerischen Vereinigung von Micael Noradunghian mehr Glück beschieden: Sie wurde nie gegründet. Was jedoch nicht heißt, dass die Karten nicht weiterhin ihre farbigen Weiten vorgezeigt hätten und Noradunghian nicht darin fortgefahren wäre, einsam und stur, sein Projekt zu befördern, selbst nach der Ankunft der Russen noch und der Einführung des Kommunismus. Während die Leute um ihn herum bestrebt waren, sich in Sicherheit zu bringen, und über die Grenzen flohen, klopfte Noradunghian an die Türen der Militärmissionen und fremden Vertretungen und stellte die Unterstützung der Freimaurer für einen neuen Krieg gegen den Bolschewismus in Aussicht.

Dann geschahen zwei Dinge, die Noradunghians Projekt endgültig in die Welt der Landkarten verwiesen. Als Erstes traf die Antwort der amerikanischen Gesandtschaft ein: »Vorerst kann man nichts tun, denn Rumänien ist aufgrund der Absprachen zwischen den Großmächten in den Einflussbereich der Sowjetunion übergegangen.« Diese Antwort seitens der Macht, die zuvörderst das Projekt hätte unterstützen sollen, erschütterte Noradunghian. Er gab dies auch nicht an die weiter, die seine Karten betrachten kamen. Dabei hatte er nicht gemerkt, dass für sie die Antwort der Amerikaner oder die Verwirklichung der Union nicht so ausschlaggebend wichtig war, für sie zählte die Illusion mehr als die Wirklichkeit, mehr als die Welt mit ihren Vertragswerken und Grenzen zählten für sie die Karten, und wenn die Welt nicht dahin gelangt wäre, jenen Karten zu gleichen, hätten sie sich wahrscheinlich andere Karten vorgestellt.

Micael Noradunghian hatte zu seinem Glück nicht sehr viel Zeit, sich seinem Leiden hinzugeben, denn sehr bald schon erreichte ihn auch das zweite Unheil. Übrigens eingehüllt in meisterlich gedrechselte Worte, als kämen sie von jemandem, der helfen wollte. Ins Außenministerium geladen, sagte Ana Pauker* zu ihm, es gebe überhaupt keinen Vorbehalt gegen funktionierende Freimaurerlogen. Im Gegenteil; um ihm zu beweisen, welcher Wertschätzung sich die Logen erfreuten, wurde ihm eine Liste mit den Namen der wichtigsten Personen innerhalb der Kommunistischen Partei überreicht, die in die Loge aufgenommen werden sollten. Auch wenn ihre Diskussion äußerst höflich und in einem von Ana Pauker und Micael Noradunghian gequälten und verdorbenen Rumänisch verlief, jeder sich gemäß der Gewohnheiten und im Akzent der fremden Herkunft, die ihm eigen waren, ausdrückte, verstand Noradunghian, dass die Kommunistische Partei der Freimaurerei die Schlinge um den Hals legen und sie für ihre Zwecke

---

* Ana Pauker, eigentlich Hannah Rabinsohn, 1893–1960, kommunistische Politikerin in Rumänien; von 1947 bis 1952 Außenministerin. (A.d.Ü.)

benutzen wollte, vor allem in den äußeren Angelegenheiten. Weshalb er sich mit armenischer Voraussicht und der Weisheit seiner fünfundsiebzig Jahre von diesem Vorschlag als ganz besonders angetan zeigte, nicht so jedoch, dass es schmeichlerisch gewirkt hätte, aber immerhin ausreichend überzeugend, um nicht hochgenommen zu werden und in Handschellen die Unterredung zu verlassen. Ja, er hatte sogar eingewilligt, eine Freimaurerloge speziell für die rumänische Arbeiterschaft zu gründen. Die Freude, die er Ana Pauker gegenüber zum Ausdruck brachte, war so ehrlich, dass er sogleich, als er zuhause eingetroffen war, alle seine Brüder vom 33. Grad zu sich einlud und den Beschluss herbeiführte, die rumänische Freimaurerei einschlafen zu lassen.

Dann, während die Leute der Securitate die Archive zu suchen begannen und die Verhaftung aller Autoren jener freimaurerischen und politischen Utopie der Vereinigten Staaten von Europa vorbereiteten, wählte Noradunghian für sich den Weg, der ihm bei seinem ehrwürdigen Alter am ehesten zuhanden war. Er wurde bettlägerig, und alle, die ihn in diesen Jahren aus Mitgefühl oder in der Absicht besuchten, ihn hinsichtlich der Archive auszuhorchen, kamen darin überein, der Alte liege im Sterben.

Von all jenen, die sich an seinem Lager die Klinke in die Hand gaben, hatte Noradunghian nur einen auch bestellt, und zwar Levon Zohrab. Ihm überreichte er die sehr sorgfältig in Sackleinen eingewickelten Karten. Und Levon Zohrab beschloss infolge einiger Umstände, die uns das *Buch des Flüsterns* beschreibt, sie an Sahag Şeitanian weiterzugeben, den Neffen meines Großvaters väterlicherseits, Garabet Vosganian.

GESCHICHTE IN DER GESCHICHTE. LEVON ZOHRAB UND DAS VERSTECK DER KARTEN. Unter den Helden des *Buchs des Flüsterns* war Levon Zohrab derjenige, der die Schuld, überlebt zu haben, am stärksten empfand. Im Unterschied zu Misak Torlakian und anderen, die bei ihrer Rückkehr nachhause lediglich den Geruch der verbrannten Balken und herrenlos gewordene Gegenstände im Schutt des mit dem Beil von der Wand gehauenen Putzes vorfanden, war Levon Zohrab ein

Zeuge der Vorfälle gewesen. Sein Vater, der Konstantinopler Abgeordnete Krikor Zohrab, hatte ihn schwören lassen, genau das zu tun, was er von ihm wünschte, dann, bevor er der osmanischen Polizei öffnete, schickte er ihn hinter die Draperien und befahl ihm, bis zum Schluss reglos dort zu verharren. Also sah er, wie sie hereinstürmten und, von Harutiun Mägârdician bezeugt – er hatte sie begleitet, um den armenischen Abgeordneten zweifelsfrei zu identifizieren –, seinen Vater am Morgen des 24. April 1915 verhafteten. Er sollte der Gruppe um Daniel Varujan, Siamanto, Vartkes, Pfarrer Komitas und der anderen armenischen Repräsentanten beigefügt werden, die alle am gleichen Tage verhaftet worden waren. Das Zeugnis Levon Zohrabs sollte einige Jahre später Solomon Tehlirian veranlassen, Mägârdician auf eine für äußerst beispielhaft gehaltene Weise umzubringen, indem er ihm nämlich vor den Augen seiner gesamten Familie ins Herz schoss. Damals jedoch hatte Levon Zohrab noch nicht an Rache gedacht, sondern nur an die Beschämung, die er hatte hinnehmen müssen, indem er tatenlos hinter der Draperie der Verhaftung seines Vaters zugesehen hatte.

Levon Zohrab ist nicht bloß der Held der Geschichte in der Geschichte, sondern auch einer der Helden der Konvois hinter den Konvois. Er machte sich auf die Spuren seines Vaters, indem er den Weg der Konvois erkundete. Er beobachtete die Märsche der Deportierten, mischte sich unter sie, wo die Bewachung nicht aufmerksam genug war, und versuchte auf diese Weise, den am 24. April Verhafteten auf die Spur zu kommen; er stieg in Herbergen ab und plauderte mit den Anführern der Gendarmen. Aber weil er zu Fuß unterwegs war, während Krikor Zohrab und Vartkes *Effendi*, die beiden armenischen Abgeordneten, mit dem Zug und anschließend mit dem Auto bis nach Aleppo gefahren worden waren, kam er immer zu spät. Immerzu hatte er einen Konvoi vor sich, unabhängig davon, wie schnell er ging, als hätte ein Konvoi den anderen – wie aufgereiht an einer Perlenschnur – hinter sich hergezogen. In Aleppo erfuhr er vom Tod seines Vaters, ein Offizier berichtete ihm von den Erzählungen eines Kameraden, der sich gebrüstet hatte, eigenhändig Zohrab und Vartkes *Effendi* umgebracht zu haben, auch hatte er in allen Einzelheiten von den schrecklichen Qualen erzählt, denen die beiden unterzogen worden waren. Levon Zohrab hatte sich bemüht, die Stelle zu identifizieren, die Vorstellung, die Gebeine seines Vaters könnten irgendwo herumliegen, ließ ihm keine Ruhe. Er hat alles überprüft, was ihm im Suff erzählt worden war, und hat die Stellen gefunden, die den Beschreibungen entsprachen. Dann heuerte er zwei Ortsansässige mit einem Pferdewagen und den nötigen Werkzeugen an und brach auf, die Gebeine seines Vaters zu suchen. Aber in jenen Weiten, wo auf Schritt und Tritt Gebeine herumlagen, aufgrund der großen Temperaturschwankungen zwischen Tag und Nacht, der Winde und vor allem wegen der Mittagshitze die Leichen sich schwarz verfärbt hatten, die Kleider verfault waren und die Haut von den Knochen gefallen, war es ihm unmöglich, einen Leib aufzufinden, der seinem Vater geglichen hätte. So begann er, alle Leichen zu bestatten, die er fand, und hoffte, auch die seines Vaters könnte darunter sein. Einige Wochen lang widmete er sich dieser Aufgabe, bis kein Einheimischer mehr bereit war, ihn zu begleiten, unabhängig davon, wie gut er ihn bezahlt hätte. Sie fürchteten seinen gläsernen Blick und die Besessenheit, mit der er die Spuren an den zerfallenden Leibern untersuchte, ja, auf die ihm geschilderte Todesart hin untersuchte. Also machte Levon Zohrab noch eine Weile alleine weiter, aber letztlich gab er erschöpft und beunruhigt von den argwöhnischen Blicken, die ihm überallhin folgten, auf. Auch hatten sich Gerüchte verbreitet, es war getuschelt, mal lautstark und mal heimlich behauptet worden, er sei ein gefährlicher Irrer oder gar darauf aus, die Leichen zu bestehlen.

Levon Zohrab kam wie die anderen Zehntausenden Flüchtlinge, die sich diesen Zielort gewählt hatten, über den Hafen Constanța in Rumänien an; ein bunt zusammengewürfelter und fröhlicher Ort, an dem Waren aus allen Ecken und Enden der Welt umgeschlagen wurden, das Geld schnell wie in einem Wirbelstrom kursierte und man sich, so man auf der Flucht war, besser als irgendwo sonst verstecken konnte.

Zohrab jedoch gelang die Flucht vor den anderen, nicht aber vor den eigenen Irrungen. Er entschied sich für ein arbeitsames und entbehrungsreiches Leben inmitten einfacher und brutaler Leute, wie es die Lastenträger im Hafen waren. Dann arbeitete er an Terrassierungen und auf Baustellen, meinte, immerzu Gruben ausheben und anschließend wieder verschließen zu müssen, sei die gerechte Strafe dafür, dass er am Leben geblieben und der Leib seines Vaters nicht einmal bestattet worden war. Aber die größte Qual bestand nicht in der Strafe, sondern darin, sie nicht bis zum Ende durchgehalten zu haben. Die Baustellen benötigten die verschiedensten Materialien, vom Kies bis zu den Ziegeln und Balken, und diese Materialien kamen nicht immer pünktlich an. Levon Zohrab, der es gewohnt war, den Dingen einen ordentlichen Verlauf zu ermöglichen, sprach ein paar armenische Kaufleute in Constanța an und organisierte ein Zwischenlager mit Baumaterialien. Schon bald legte er die Schaufel nieder und betrieb sein Geschäft. Statt der Strafe, der er sich unterworfen hatte, begann er sich nun zu bereichern, wie er nicht ohne eine gewisse Beunruhigung feststellte. Und am schwersten erträglich war ihm, dass er darin nicht innehalten konnte. Das Geld verschaffte ihm keinerlei Erleichterung, im Gegenteil, mit nicht zu bezähmender Leichtigkeit wurde es stets mehr und mehr und steigerte damit seine Schuld, überlebt zu haben. Die überlebenden Armenier entfernten sich immer weiter von dem Leid, das sie hätte heilen können, und bereicherten sich in einem fort. So ging es mit Armenag Manisalian, mit den Israelians, mit den Seferians, mit Avedis Varteresian, Terenig Danelian und Krikor Zambaccian, mit Hartin Fringhian, Hovsep Dudian, mit Micael Noradunghian und vielen anderen. Und so geschah es auch mit Levon Zohrab. Die Macht, die ihn zum Reichtum trieb, auf Mittel und Wege zu sinnen, die Differenz zwischen Einkaufspreis und Verkaufspreis zu vergrößern, war stärker als sein Wunsch, bescheiden und arm zu bleiben und auf diese Weise die Sünde, überlebt zu haben, zu sühnen. Und wenn in seinem Inneren die nicht verheilten Wunden, von der Riffelung der Silbermünzen aufgeschabt, bluteten, vermehrte sich das Geld, verwandelte sich in Gold und Geschmeide und lastete umso schwerer auf ihm. Unfähig, sich dieser Leidenschaft zu widersetzen, die durch seine Venen strömte, weitete er sein Geschäftsfeld aus und zog um nach Bukarest, wo er Micael Noradunghian begegnete. In allen Einzelheiten erklärte ihm dieser, dass man in Rumänien die besten Geschäfte mit der öffentlichen Verwaltung machen könne, und wenn man Zeit sowie die allfälligen Bestechungsgelder sparen wolle, sei es ratsam, gleich auch selber in die Verwaltung einzusteigen. Sodass Levon Zohrab letztlich der oberste Leiter des Tabakmonopols und Besitzer einiger Tabakfabriken wurde.

Wir wissen nicht, wie groß das Vermögen war, das Levon Zohrab angehäuft hatte. Vielleicht wusste er selber es nicht, nachlässig im Zählen des Geldes, ja möglicherweise sogar eingeschüchtert von der Macht, mit der es auf ihn zukam. Auch konnte er es nicht zu Ende berechnen, denn im Unterschied zu Hartin Fringhian trug er sein Vermögen nie in ein Testament ein. Und diejenigen, die es 1948 beschlagnahmten und ihn beim Tabakmonopol rausschmissen, gaben sich aus leicht verständlichen Gründen keine Mühe mit den einzelnen Konten, den Finanztiteln und den Hartgeldrollen. Gealtert, aus seinen Häusern, den Automobilen und Direktorensesseln vertrieben, untergekrochen in der ehemaligen Dienstbotenmansarde seines Hauses am Dacia-Boulevard, hatte Levon Zohrab nun wieder die Gelegenheit, seinem Vater zu begegnen. Diesmal jedoch, sei es, dass seine gealterte Seele der Strafe nicht mehr so gut standhalten konnte, sei es, dass sein Schmerz jetzt grausamer wütete, schließlich war er nun älter als sein Vater bei dessen Tod, diesmal gedachte er seines Vaters mit Zärtlichkeit, als wäre er sein jüngerer Bruder gewesen, und empfand die damals nicht eingelöste Verpflichtung, den Vater zu beschützen, umso belastender.

Diese Selbstgespräche Levon Zohrabs, nunmehr zum älteren Bruder seines Vaters geworden, wurden zweimal unterbrochen. Und das dritte Mal, schon auf den Tod vorbereitet, unterbrach er sie selbst.

Als Erster unterbrach sie Micael Noradunghian, der ihm die Karten übergab. Es ist vorbei, sagte er in seinem schönen, im Robert College in Konstantinopel gelernten Armenisch. Er erzählte ihm, wie er die Freimaurerei hatte einschlafen lassen und damit begann, ihre wertvollsten Gegenstände und Symbole in Sicherheit zu bringen. Und Micael Noradunghian galten die Landkarten als die allerwertvollsten Gegenstände, diese durften unter keinen Umständen in die Hände der Securitate gelangen. Warum ausgerechnet ich?, fragte Levon Zohrab. Weil du etwas davon verstehst. Bei dir sind sie in Sicherheit. Mit dir haben die keine

Rechnung mehr offen, sie haben dir schon alles genommen. Bis auf die Gespenster, hätte er sagen können, aber diese teilte Levon Zohrab ebenso wie er mit niemandem, folglich hätte auch die Securitate mit all ihrem aggressiven Schnüfflergeschick sie nicht finden und ihnen wegnehmen können. Aber ich bin fast genauso alt wie du, gab Levon Zohrab zu bedenken. Und ebenso einsam. Du wirst sie zur gegebenen Zeit weiterreichen. Jedenfalls wird niemand mehr deine Einsamkeit stören. Seit damals sind sie sich nicht mehr begegnet. Als der Prozess begann und die Ermittler nach den Karten fragten, wusste niemand, wo sie zu finden wären, denn sie beide waren nicht mehr am Leben, und die Karten wurden nicht gefunden, obwohl es sie immer noch gab.

Micael Noradunghian aber hatte sich geirrt. Das kommunistische Regime hatte mit Levon Zohrab noch eine Rechnung offen. Und zwar, weil sie – auch hierin war Noradunghian fehlgegangen – Levon Zohrab noch nicht alles genommen hatten, die Ehre war ihm geblieben. Weil ihm der Blick seines Vaters, wie er ihn von seinem Versteck hinter dem Vorhang zuletzt gesehen hatte, ins Gedächtnis eingebrannt geblieben war, fühlte er sich während seines gesamten Lebens von diesem Blick angeschaut, streng und ohne mit der Wimper zu zucken, hinderte er ihn daran, etwas zu tun, was des Namens Zohrab nicht würdig gewesen wäre. Genau deshalb brauchten die Kommunisten ihn zu einer bestimmten Zeit, genauer: sein Ehrenwort. Im gleichen Sommer 1948 drangen vier Männer in Lederkluft in Levon Zohrabs Mansardenzimmer und zwangen ihn, indem sie ihm von beiden Seiten mit den Händen auf die Schultern drückten, sich an den Tisch zu setzen. Zohrab dachte erschrocken, es gehe um die Karten, und rügte sich im Stillen, sie angenommen zu haben. Aber jene Männer waren nicht auf der Suche nach den Karten, überhaupt suchten sie nichts, das man vorher etwa hätte verstecken können. Sie suchten nur, was sie zu finden wussten, weil es sichtlich vorhanden war, und zwar das Telefon. Sie nahmen es vom Nachtkästchen und stellten es vor ihm auf den Tisch. Dann waren aus dem Treppenhaus Schritte zu hören, und ein weiterer Mann betrat das Zimmer. Er trug keinen Ledermantel, sondern einen dünnen Sommeranzug, der irgendwie unordentlich über seinem dicken Leib hing. Er erweckte nicht den beängstigenden Eindruck der anderen, im Gegenteil, er zog den Hut vor dem erstarrten Alten und bemühte sich um eine Höflichkeit, die, selbst wenn man sie unter diesen Umständen für etwas übertrieben halten mochte, überhaupt nicht gezwungen wirkte. Im Unterschied zu den anderen legte der neu Angekommene seinen Hut neben das Telefon, blieb aufrecht stehen, vielleicht aus Respekt, vielleicht auch nur zum Zeichen, dass er nicht lange zu bleiben wünschte, lächelte und sagte: Ich bin Chivu Stoica* – und zwar in einem Ton, als wären damit gleich mehrere Dinge geklärt. Als er diesen Namen hörte, wollte Levon Zohrab sich erheben, aber die Hände der Männer lagen schwer auf seinen Schultern und drückten ihn auf seinen Stuhl. Der Mann warf ihnen einen tadelnden Blick zu und wandte sich an den Alten: Sie brauchen keine Angst zu haben, Herr Zohrab. Er hatte »Herr« gesagt, und zwar ohne ironischen Unterton, hatte die Unterschiede zwischen den verschiedenen Welten, denen sie angehörten, akzeptiert, selbst wenn seine die neuere war und über die andere herrschte. Wir möchten Ihnen nichts Böses tun, wollen weder Sie noch irgendetwas aus Ihrem Besitz mitnehmen. Wir benötigen nichts als Ihr Ehrenwort.

Chivu Stoica zog einen Zettel aus seiner Tasche und legte ihn dem Alten auf den Tisch. Wissen Sie, was das ist, Herr Zohrab? Der Alte setzte die Brille auf, um lesen zu können. Dann reichte er das Papier zurück. Es ist eine Telefonnummer aus der Türkei, sagte er. Sie kennen diese Telefonnummer, nicht wahr, Herr Zohrab, lächelte Chivu Stoica nunmehr, wie es schien, etwas weniger freundlich. Unter uns gibt es ehemalige Arbeiter von Ihnen vom Tabak, sogar enge Mitarbeiter. Sie sagen, Sie hätten diese Telefonnummer häufig benutzt ... Zohrab schaute ihn an, das Lächeln des anderen war erstorben. Wenn ich sterbe, dachte der Alte, werden die Karten verlorengehen, ich habe Micael verspro-

---

* Rumänischer Politiker, geboren 1908 in Smeieni, Selbstmord am 18. 2. 1975 in Bukarest; kommunistischer Funktionär, 1955–1961 Ministerpräsident, 1961–1965 und 1967–1969 Sekretär des ZK, 1965–1967 Vorsitzender des Staatsrats der Volksrepublik Rumänien. (A. d. Ü.)

chen, auf sie achtzugeben. Außerdem war Levon Zohrab außer den Karten und dem durchdringenden Blick seines Vaters nichts mehr geblieben. Seufzend sagte er: Es ist die Nummer des Direktors der Türkischen Staatsbank ... Auf Chivu Stoicas Gesicht kehrte ein breites Lächeln zurück. Er nahm den Hörer ab und reichte ihn Zohrab: Rufen Sie ihn an ... Was soll ich ihm denn sagen, zumal in dieser Situation? Wir haben viele Feinde, Herr Zohrab ... Nach der Verstaatlichung sind die Konten Rumäniens in den ausländischen Banken blockiert worden. Im Hafen Constanța warten mehrere türkische Schiffe mit Erzen. Wir können nur mit frischem Geld bezahlen. Die Kapitäne drohen, die Anker zu lichten. Und unser Land benötigt die Ladung ... Und was könnte ich tun? Den Direktor der Türkischen Staatsbank anrufen ... Wir benötigen drei Tage, um das Geld zusammenzukriegen. Wir werden auch die Verzögerung bezahlen ... Um welche Summe geht es?, fragte Zohrab. Chivu Stoica drehte den Zettel um und schrieb eine Folge von Zahlen hin, die kaum auf die Breite des Zettels passte. Zohrab riss verwundert die Augen auf. Und wie wollen Sie für diese hohe Summe bürgen? Mit Ihrem Ehrenwort, Herr Zohrab. Und wieder hielt er ihm den Hörer hin: Ich warne Sie, einer dieser Männer wurde ausgewählt, weil er Türkisch kann. Chivu Stoica wählte bedächtig, verlangte in herrschaftlichem Tonfall von der Frau in der Zentrale, mit dieser Nummer verbunden zu werden, und Levon Zohrab nahm den Hörer und sprach. Stoica schaute fragend seinen Mann an, der bestätigte, dass alles richtig laufe. Zohrab sprach ein paar Minuten, dann legte er langsam den Hörer nieder. Alles in Ordnung, sagte er, die Schiffe werden warten ... Während der Mann im Leinenanzug den Hut aufsetzte, wobei er wieder die Verbeugung vergaß, und dann von den anderen gefolgt laut polternd im Treppenhaus verschwand, rührte er sich nicht.

Dann drehte Zohrab das Telefon zu sich, nahm den Hörer ab und wählte langsam, sein Gedächtnis bemühend, eine Nummer. Er konnte kaum glauben, getan zu haben, was er eben getan hatte. Sein Vater wiederum, Krikor Zohrab, wäre stolz auf ihn gewesen, vielleicht zum ersten Mal, selbst wenn er ihn hier in dieser Mansarde gesehen hätte, mit Bad über dem Flur und am Ende einer schmalen steilen Treppe, die sein einziger Kontakt mit der Welt geworden war, und die schon seit geraumer Zeit nur noch der Mann erklommen hatte, der ihm die Rente brachte, sowie die Männer, von denen wir hier erzählt haben. Und vielleicht wäre sein Vater vor allem deshalb stolz auf ihn gewesen, weil das mit bebender Stimme gegebene Ehrenwort dessen, der von vier Männern umringt war, deren Waffen man unter der Achselhöhle erahnen konnte, sich als eine verlässlichere Garantie erwiesen hatte, als sie ein ganzer Staat hatte anbieten können.

Sahag Şeitanian kam gleich am frühen Morgen des nächsten Tages. Er tat alles genau so, wie Levon Zohrab es ihn gelehrt hatte; ein paarmal ging er vor dem Haus auf und ab, bis zum Gemeni-Platz und wieder zurück, blieb etwas weiter unten vor dem Ioanid-Park stehen und beobachtete die Fenster an der Straßenfront, ob sich vielleicht ein Vorhang bewegte. Dann erst stieg er die Treppe hoch und vermied dabei jedes Geräusch. Sie setzten sich einander gegenüber, Levon Zohrab und Sahag Şeitanian, beide miteinander durch die Erinnerung an die Todeskreise verbunden. Es ist, als hättest du ihn begraben, sagte Sahag Şeitanian, wer weiß. Was du tun konntest, hast du getan. Ich hätte ihn nicht allein lassen dürfen, flüsterte Levon Zohrab. Er war an der Schwelle des Alters, ich hätte mit ihm gehen müssen. Die hätten dich auch umgebracht. In gewisser Weise haben sie es getan. Sieh, *Baron* Zohrab, sagte mein Pate Sahag Şeitanian und beugte sich über den Tisch. Wir beide tragen das gleiche Leiden in uns, du den Blick deines Vaters und ich den meiner Mutter. Und ich glaube, wir konnten uns nur so verhalten. So war es auch für sie leichter. Wenn du deine Eltern wirklich liebst, musst du sie vor dir sterben lassen.

Aber diesmal war der Grund, weshalb Levon Zohrab ihn zu sich gebeten hatte, ein anderer. Er erzählte ihm von seinem vortägigen Besuch durch Chivu Stoica. Sahag Şeitanian riss die Augen weit auf: Die Türkische Staatsbank? Das heißt ... die Osmanische Bank, *Baron* Zohrab? Die Gleiche, die Armen Garo zur Zeit des Sultans Abdul Hamid hatte in die Luft sprengen wollen? Der Direktor war mein Schulkamerad; wir sind Freunde geblieben. Sie wussten das. Jetzt, da du ihnen geholfen hast, wird es auch dir besser gehen. Sie müssten sich erkenntlich zeigen.

Levon Zohrab lächelte traurig: Ich habe noch drei Tage zu leben, Sahag. Genau die Frist, die sie von der Bank erbeten haben. Derjenige, der dir dankbar sein müsste, wird dein schlimmster Feind. Erst recht, wenn es kein Mensch ist, sondern ein Staat, wie in diesem Fall. Überleg einmal: Das kommunistische Regime mit seiner Partei, mit der ganzen Securitate, den Gefängnissen und den Zehntausenden, die sich überschlagen, um in die Partei einzutreten, all dies sollte machtloser sein als das Wort eines einzigen Menschen, der dazu noch zur Kohorte der Verfolgten gehört? Ich bin ihnen eine Last. Wenn der Kommandant des Konvois sein Geld bekommen hat und das Erz abgeladen ist, werden sie mich abholen kommen und sich vielleicht sogar die Mühe ersparen, mich zu verhaften.

Er stand auf und ging in eine Zimmerecke, an der eine Tür in eine Art Kammer führte. Ich habe ein Versprechen gegeben, das ich einhalten muss, sagte er. Heb bitte dort in der Ecke die Dielen hoch. Vorsichtig, sie könnten beschädigt werden ... Vorsichtig erkundete Sahag das Versteck, hob Noradunghians eingerollte Karten hoch und drückte sie wie ein Baby vor dem Taufbecken an die Brust. Nimm sie, sagte Levon Zohrab, sie gehören dir, du liebst sie am meisten. Dann, als er schon in der Tür stand, hielt er Sahag noch einmal zurück. Meinst du wirklich, es war ein Liebesbeweis, dass ich meinen Vater habe sterben lassen? Nein, so nicht. Dass du ihn liebtest, erweist sich daran, dass du nicht mit ihm und vor seinen Augen gestorben bist. Die Ordnung der Welt sieht vor, dass wir unsere Eltern begraben und von unseren Kindern begraben werden. Was auf uns beide nicht zutrifft, lächelte der alte Zohrab traurig, weder in die eine noch in die andere Richtung, nicht wahr, Sahag? Aber nicht Sahag antwortete ihm, sondern ein höhnisches, zähnefletschendes Stöhnen aus seinen Eingeweiden, Yusuf äußerte sich einem anderen Yusuf gegenüber, der aus dem eingefallenen Brustkorb des Alten antwortete und wild auf den östlichen Gefilden der Karten zwischen nicht beerdigten Alten und ungeborenen Kindern herumtanzte.

Zuerst starb, wie angekündigt und nunmehr seines Versprechens ledig, der alte Zohrab. Er hatte die mörderische Anerkennung seitens des kommunistischen Regimes nicht mehr abgewartet. Der Tod hatte diese Leute in ihrer Jugend verschont, sogar gegen ihren eigenen Willen. Und weil er ihnen damals ausgewichen war, und sie deshalb, ihres eigenen Todes nicht teilhaftig, sich genötigt sahen, in ihren Erinnerungen und Albträumen die Tode der anderen stets aufs Neue zu durchleben, hatte der Tod beschlossen, da er beim ersten Mal herbeigerufen und nicht gekommen war, beim zweiten Mal nur zu erscheinen, wenn er gerufen würde, dann aber sogleich. Deshalb machte der Tod vielen Armeniern meiner Kindheit ein Geschenk: Er diente ihnen im Alter ergeben, flackerte im Kerzenlicht, wirbelte im Kaffeedampf, krümmte sich in die Falten der Leintücher, tröpfelte an Fenstern herab und zwängte sich in Türritzen, und wenn sie ihn riefen, kam er, streckte sie in ihren Betten aus, bedeckte sie mit ihrem Schatten und verlieh ihnen im Sterben ein ruhiges Antlitz. Levon Zohrab starb am Tisch sitzend, den Kopf auf die linke Hand gestützt und den Telefonhörer in der anderen Hand. Jenes Telefon war schließlich der Beweis, dass er anständig gelebt hatte. Wir wissen nicht, wen er hatte anrufen oder ob er jemandem hatte antworten wollen, es gab keinen Hinweis darauf, dass ihn noch jemand besucht haben könnte, außer dem Tod, gewiss, der als Letzter an seiner Seite geblieben war, ihn vom Kreuz abgenommen und gnädig umarmt hatte.

Als Nächster ging Micael Noradunghian. In seiner Nähe zögerte der Tod. Er lag lange danieder, bevor der Tod ihn nach einem rätselhaften Leben kennenlernen konnte. Der Tod mag keine Unbekannten; erst nachdem er seinem Flüstern und Brabbeln gelauscht, seine Albträume beobachtet, seine Blätter durchstöbert und seine Erinnerungen anhand der Falten seines Kopfkissens nachgestellt hatte, war der Tod mit ihm vertraut geworden, fuhr in ihn und erkannte ihn. Er wurde am letzten Wintertag des Jahres 1951 beerdigt. Seinen Sarg hatten nur ein paar Mitglieder des Obersten Konsiliums vom 33. und Letzten Grad begleitet, das er vor etwa drei Jahrzehnten wiederbelebt hatte. Bischof Vazken Balgian sah ihren Wunsch nicht mit Wohlgefallen. Aber er musste ihm zustimmen, zumal er selbst von den Behörden akzeptiert worden war, die sich durch diese Gunst am toten Noradunghian für die Feindschaft des lebenden Noradunghian rächen wollten. Dafür, dass er die Freimaurerei in dem Augenblick hatte einschlafen lassen, als die Kommunisten drauf und dran waren, sie in ihre Hände zu kriegen, musste er bestraft werden. Wie kann man einen Toten anders bestrafen, als indem man das gute Gedächtnis an ihn auf eine harte Probe stellt? Und wie konnten sich die kommunistischen Machthaber anders an einem Feind rächen, als dadurch, dass sie ihm ihre Gunst erwiesen und damit suggerierten, dass das, was wie Widersetzlichkeit ausgesehen hatte, nichts anderes als Unterwerfung gewesen sei, und das kommunistische Regime nun seine Trauer um einen Freund bekunde. Die wenigen aber, die wussten, dass Noradunghian die Freimaurerei nicht hatte einschlafen lassen, um sie zu vernichten, sondern um sie vor Demütigungen zu bewahren, kamen in der Hoffnung auf bessere Zeiten zu seiner Beerdigung und ehrten ihn. Und Bischof Vazken akzeptierte, wie schon gesagt, dass freimaurerische Symbole auf seinen Grabstein eingemeißelt wurden und darunter der Schriftzug erschien: »Großmächtiger Souverän und Großkommandeur des Hohen Konsiliums vom 33. und Letzten Grad von Rumänien«, und weiters: »27. Nachfahre der Pacraduni-Dynastie«, was bedeutete, dass dieser Armenier aus Agn, in Galata Kaufmann geworden, dann Minister in Konstantinopel, aus dem Schatten heraus Herr über die rumänische Freimaurerei, Waffenhändler und Verkäufer von Illusionen, der Nachkomme des letzten großen Königs von armenischem Geschlecht eines der großen und kleinen Armenien war, die sich zwischen der Mittelmeerbeuge und dem Dreieck der Seen Van, Sevan und Urmia gegründet, geblüht hatten und untergegangen waren.

Damals war Sahag Şeitanian längst ein erwachsener Mann. Er brachte auf den Rat meines Großvaters Garabet die Karten in die Kanzlei der Parochie und legte sie dort an eine Stelle, wo sie niemand suchen würde, aber allerlei gefunden werden konnte, und zwar in die Truhe mit den Kirchengewändern. Manchmal, wenn der Glöckner Arşag draußen saß und aufpasste, gingen sie hin und sannen über den Karten nach, träumten von der Auferstehung der Grenzen. Arşag hatte deshalb die Karten nie gesehen, aber weil er gewohnt war, den Vogelflug zu betrachten, suchte er die Grenzen dort, wo es sie nur als bewegliche gibt, mithin unbedeutend. Der blinde Minas ließ die Finger über die Karten gleiten, sein Zeigefinger folgte dem Grenzverlauf bis nach Osten, wo auch der Weg der Karawanen endete. Ich kann überall etwas sehen, immerhin einen Lichtstreif. Nur hier, an dieser Stelle ist es dunkel. Holt eine Kerze und stellt sie da hin. Anton Merzian fragte, ob es nicht besser wäre, die Karten in Seferians Gruft zu bringen, damit jede Gefahr vermieden würde. Krikor Minasian, der keine Gelegenheit verstreichen ließ, über seinen im Frageton vorgebrachten Unsinn zu lachen, befand, wenn man dem ängstlichen Anton Merzian folgte, müsste man die Karten nicht in der Gruft verstecken, sondern gleich richtig vergraben. Die anderen hatten dazu keine Meinung, in einer Sache aber stimmten sie alle überein: Die Amerikaner mit MacArthur an der Spitze sollten ihre Zeit nicht in Korea vertun, sondern sich so schnell wie möglich dem Balkan zuwenden. Sahag Şeitanian, der über den Schlüssel der Kanzlei verfügte und deshalb hin und wieder die Truhe öffnen und die Karten betrachten konnte, zündete auf dem Boden in der Ostecke eine Kerze auf einer Kaffee-Untertasse an, also kam auch der blinde Minas herbei, der unter allen leuchtenden Gegenständen die Kerzen am besten erkennen konnte. Beide schauten sie mit großen dunklen Augen, denn jeder sah nach seinem eigenen Gesetz und auf eine Weise, die er dem anderen nicht mitteilen konnte. In der Gruft kann man sich keine Karten anschauen, sagte Großvater Garabet, sie ist dafür nicht groß genug. Entrollt man die Karten nach so elend langer Zeit, die sie zusammengerollt zugebracht haben, dann verspüren sie das Bedürfnis, mal durchzuatmen, außerdem kann man Karten nicht anschauen, wenn man sich wie ein Krüppel über sie beugt und auf sie starrt, sondern nur wenn man aufrecht steht. Die geduckte Haltung verträgt sich nicht mit der Großartigkeit der Karten. So verblieben die Karten in der Truhe der Kanzlei, und sie kamen hin und wieder vor den hohen Feiertagen und betrachteten sie. Mit der Zeit vergilbten die Karten an den Rändern und rochen nach alten Kirchengewändern, sie holten sie wie ein Tabernakel heraus und schwiegen. Der Kreis, der sich um die Karten versammelte, schrumpfte, bis von den Armeniern meiner Kindheit nur noch Sahag Şeitanian übrig war – und an seiner Seite, anstelle des blinden

Minas, Yusuf, der viel schneller gealtert war; nunmehr war er ein fleischloses Knochengestell, seine Gelenke schlotterten, und er war ebenso blind wie Minas, sodass Sahag, der sich schon so lange an ihn gewöhnt hatte, ihn führte und ihm hin und wieder den Weg zu sich selbst wies, damit Yusuf wieder in seinen Leib zurückfand und sich ausruhen konnte.

Eines Nachts geschah etwas, das sich so noch nie zugetragen hatte. Sahag Şeitanian träumte von Yusuf. Im Traum schlief Yusuf auf seiner Unterlage aus getrockneten und duftenden Gräsern in seinem weißen Zelt in der Wüste. Sich im Schlaf umwälzend, träumte Yusuf seinerseits vom schlafenden Sahag, ebenfalls in einem Zelt, in seinem Zelt aus geflicktem Bettzeug in Deir-ez-Zor, aber es war ein älterer Sahag, der eine weiße, blutbefleckte Tunika trug. Sahag rief im Schlaf Yusufs Namen, rief sein Blut beim Namen und träumte seinerseits den schlafenden Yusuf. Auf diese Weise, indem der eine sich in den Schlaf des anderen vertiefte, begegneten sich Sahag und Yusuf zum ersten Mal im Traum. Damit wusste Sahag, dass Yusuf, zum ersten Mal mit ihm selbst identisch, gestorben war. Es war ein Zeichen. Kurz darauf starb auch er. Außer uns Enkeln gab es nicht mehr viele, die ihn auf den Friedhof hätten begleiten können. Wir fanden die Karten nicht mehr in der Truhe, als wir die Kirchengewänder nach Bukarest ins Armenische Museum brachten. Es hatte sie so lange gegeben, wie sie sich von dieser Welt unterschieden. Während die Kontinente neu verteilt und umgestaltet wurden, waren ganze Flecken auf den Karten weiß geworden und schlicht und einfach verschwunden. Europa hatte sich Stück für Stück zu vereinigen begonnen. Amerika vereinte sich mit Europa zu einer beschützenden Hülle. Die Berliner Mauer fiel, Armenien befreite sich, obwohl es von den drei Seen lediglich den Sevansee behielt und am Fuße des Ararat endete. Der blinde Minas war schon lange gestorben, wie in ein Leichentuch in Kevork Ceauş' Vision eingehüllt und von seinen Töchtern Luiza und Armaveni beweint, und die Karten hatten allmählich das Weiß seiner Augäpfel angenommen. Während die Welt gesundete, erkrankten die Karten am grauen Star. Wie andere Visionäre vor ihnen hatten Micael Noradunghian, Levon Zohrab, Sahag Şeitanian und andere ihresgleichen sich die Wirklichkeit vor der Wirklichkeit vorgestellt, was immerhin bewirkte, dass sie sich auf dieser Welt sicherer fühlten.

Ich weiß nicht, an welcher Krankheit Sahag Şeitanian gestorben ist. Die einen sagen, er sei am Alter gestorben, aber für die Armenier meiner Kindheit war das Alter keine Krankheit. Der Tod hatte ihn unter die Arkaden gebeten und im Schaufenster sich die Todesart und den Augenblick, da es zu geschehen habe, auswählen lassen. Er wählte den Moment, in dem die Karten ausblichen und es nichts mehr gab, was ihn zu wissen bedrängte. Die Apokalypse der Karten war seine Offenbarung, der Tag, an dem die Karten auf die Erde herabsteigen.

ZEHN

Misak Torlakian, aus dem Gemenge gezerrt, war am ganzen Leib von Schlägen malträtiert, er blutete, und seine Kleider waren zu Lumpen zerrissen. Er wurde zu einem düsteren Raum geführt und hineingestoßen. Er krümmte sich auf dem kalten Boden. Schloss die Augen und verharrte die ganze Nacht über auf dem Boden. Der weiße Hengst kehrte zurück und weidete nun ruhig auf dem Feld. Er war gesattelt, aber der Reiter war verschwunden. Misak näherte sich ihm, das Pferd beschnupperte ihn, erhob sich aber nicht mehr auf die Hinterbeine, wieherte kurz und wandte sich ab.

Am Morgen wurde er einigen Soldaten anvertraut, die ihn unter strengster Bewachung über Seitengassen in ein anderes Gefängnis brachten. Die Zelle unterschied sich nicht von der, in der er gelegen hatte, aber er teilte sie mit einem jungen Mazedonier und einem Araber, die wegen Mordes verhaftet worden waren, sowie einem bolschewistischen Russen, der wegen Spionage festgenommen worden war. Sie pflegten ihn, gaben ihm Wasser, setzten ihn auf die einzige Matratze der Zelle und meldeten sich in seinem Namen, wenn sie aufgerufen wurden. Und einer der Wärter, namens Parsegh, erwies sich als Armenier. Er brachte ihm neue Kleider und teilte denen draußen mit, dass Misak Torlakian lebte.

Was nach einer Woche auch öffentlich mitgeteilt wurde, als Misak Torlakian infolge einiger oberflächlicher Verhöre und einer Gegenüberstellung mit dem Bruder des Opfers mitgeteilt wurde, dass der Prozess eröffnet würde und er einen Rechtsanwalt benötige. Den die armenische Gemeinschaft auch sogleich in der Person des Hmaiag Khosrovian gefunden hatte.

Die Zeitzeugen sagen, Misak Torlakian sei während des Prozesses apathisch gewesen. Er habe reglos dagesessen und den Eindruck erweckt, als hörte er den Zeugenaussagen nicht zu, und wenn er gefragt wurde, habe er einsilbig geantwortet. Nicht einmal als die Zeugen der Verteidigung die Umstände schilderten, unter denen die Massaker in Trapezunt 1895 und 1915 geschehen waren oder die in Baku, die Bahbud Khan Djivanşir angefangen hatte, habe er reagiert.

Der Rechtsanwalt Hmaiag Khosrovian hatte kurz davor in Berlin am Prozess gegen Solomon Tehlirian teilgenommen. Durch den Einsatz einer großen Zahl von Zeugen, die aus allen Ecken und Enden der Welt gekommen waren und das Gericht beeindrucken konnten, hatte die Verteidigung nicht für die Unschuld des Angeklagten plädiert, sondern auf Freispruch; sie führte seinen psychischen Zustand und seine verminderte Urteilsfähigkeit im Augenblick des Attentats ins Feld. Solomon Tehlirian wurde als Epileptiker anerkannt, dessen Psyche aufgrund der Traumata, die er während der Deportationen erlitten hatte, zerrüttet war. Obwohl der Mord offensichtlich war, übrigens hat Solomon Tehlirian ihn auch nicht bestritten, entschied sich das Gericht schließlich, ihn freizulassen.

Die gleiche Strategie wandte Hmaiag Khosrovian auch im Prozess in Konstantinopel an. Während Solomon Tehlirian tatsächlich psychisch zerrüttet war, wenn auch nicht in dem Ausmaß, dass er nicht gewusst hätte, was er tat, sondern zerrüttet allein davon, Talaat Pascha nicht schneller gefunden und umgebracht zu haben, konnte man Misak Torlakian, ein Kind vom Lande mit einer robusten Konstitution und ausgestattet mit einiger Erfahrung, wie man sich in Grenzsituationen verhält, nicht so leicht in einen Epileptiker oder Schizophrenen verwandeln. Hmaiag Khosrovian übte mit Misak Torlakian die Simulation einer psychischen Erkrankung und beschloss angesichts von dessen offenkundig fehlender Begabung dazu, dass ein wacher Misak Torlakian es niemals schaffen werde, irgendjemanden davon zu überzeugen, dass er nicht bei Sinnen sei. Deshalb entschied Khosrovian, dass Torlakian nicht im Wachzustand krank sei, sondern im Schlaf.

Der Anwalt hatte verstanden, dass angesichts der erdrückenden Beweise für den Mord Torlakians an Bahbud Khan Djivanşir, selbst angesichts der mildernden Umstände, die durch die erdrückenden Zeugenaussagen über die Deportationen und Massaker an den Armeniern zu berücksichtigen gewesen wären, und bei einem Gericht, das von den Wachen bis zu den Richtern aus Engländern bestand, Misak Torlakian keine Chance gehabt hätte, einer Verurteilung wegen vorsätzlichen Mordes zu entgehen. Und dies führte zur einzig möglichen Strafe, dem Tod durch den Strang. Damit war klar, dass man sich etwas einfallen lassen musste, sonst wäre Misak Torlakian vor den ausländischen Journalisten, die den Prozess beobachteten, vor den Zeugen und der gesamten Welt ein einfallsloser Rächer geblieben, ein Richter ohne Grund, ein sich wehrender und dann am Strick baumelnder Leib mit einem kleinen Bruch zwischen dem Atlas- und dem Axiswirbel. Unter allen Hinrichtungsarten war das Gehenktwerden diejenige mit den geringsten Aussichten, Helden zu schaffen.

Also beschloss Hmaiag Khosrovian, bevor er sich in den Kampf mit den Staatsanwälten begab, gegen das Schweigen von Misak Torlakian anzutreten. Er hatte lange und ausführliche Begegnungen mit dem Angeklagten, schaute ihm beim Schweigen zu, den Blick verloren, sah, wie er sich die von den Fesseln befreiten Handgelenke rieb, unterbrach ihn nicht, wenn er immerzu vor ihm auf und ab quer durch den Raum ging. Zuerst erzählte er ihm von sich selbst, von seinen ermordeten Verwandten, von Solomon Tehlirian und der Art und Weise, wie dieser Talaat Pascha verfolgt hatte; dabei hütete er sich, von der Operation »Nemesis« zu sprechen, obwohl er jenseits des von Armen Garo geleiteten Kreises von Freiwilligen einer der ganz wenigen war, die davon gehört hatten, aber das Geheimnis streng für sich behalten und niemals absichtlich enthüllt hatte, da er meinte, er könne Misak Torlakians Vertrauen eher dadurch gewinnen, dass er Dinge andeute, die er nicht von innen heraus kannte, aber deren Sinn er begriffen hatte. Und so begann Misak allmählich, von den Geschichten des Rechtsanwalts verführt, hier und da, wo Hmaiags Erzählungen sich mit seinen Erinnerungen deckten, das eine oder andere hinzuzufügen und schließlich selber zu erzählen. Von Trapezunt, von seiner Faszination für Waffen, über den ersten Menschen, den er umgebracht hat, über die anderen, darüber, wie er in den Bergen auf der Lauer gelegen und gehofft hatte, Enver Paschas Armee würde auftauchen, von der armenischen Vorhut bei der russischen Armee, die das Armenierviertel in Trapezunt zerstört vorgefunden hatte, über sein Dorf, Ghiuşana, dessen Häuser niedergebrannt worden waren, über die Stube seiner jüngeren Brüder, wo Reste der Bettwäsche noch zerknüllt unter dem von den Wänden geschlagenen Putz und verkohlten Balken gelegen hatten. Von den Träumen mit dem weißen, blutbefleckten Pferd, das sich vor ihm, den Rücken an der Wand, auf die Hinterbeine erhoben hatte und ihn nicht mit seinen Vorderhufen zerquetscht hat, was nur heißen konnte, dass Bahbud Khan Djivanşir nicht sein Reiter war, sondern die Last, von der es, ihn, Misak, auch im Traum noch verfolgend, befreit zu werden wünschte.

All dies trug er mit gedämpfter Stimme, aber leidenschaftlich vor. Und da wusste Hmaiag Khosrovian, dass er endlich auf dem richtigen Weg war. Da er die Operation »Nemesis« nicht anführen konnte, und Misak Torlakians Entscheidung, Bahbud Khan zu töten, nicht als ein Auftrag seitens des Anführers der Gruppe, sondern als persönlicher Entschluss dargestellt werden musste, Ergebnis einer zufälligen Begegnung zwischen dem stämmigen, kraushaarigen Armenier und dem riesenhaften Aserbaidschaner, beschloss der Anwalt, unter Beibehaltung des Rests der Geschichte, den Mord an Misaks Familie aus der Umgebung von Trapezunt in die der kurzzeitigen Hauptstadt der Kaukasusrepublik zu verlegen. Das war nicht schwer, denn Misak kannte die Ortschaften und die armenischen Dörfer in der Umgebung von Baku.

Dann gab es noch den Traum und das blutige Pferd. Khosrovian fragte Misak nicht, wie er zu der Überzeugung gelangt war, das Pferd gehöre eigentlich dem Verfolgten und nicht dem Verfolger. Wenn er über seine Nächte sprach, verlor sich sein Blick wieder, und Misak schien dem Traum entkommen zu wollen, auch um den Preis, sich in einer wenig verlockenden Wirklichkeit wiederzufinden. Kurzum, Hmaiag Khosrovian hatte beschlossen, Misak Torlakian sei ein Schlafwandler. Und sein Verhalten als Schlafwandler müsse minutiös dargestellt werden.

Bevor er Major Davis vorgeführt wurde, dem vom Gericht zur Begutachtung des psychischen Zustandes von Misak Torlakian bestellten Arzt, hatte Hmaiag Khosrovian um den Beistand einiger armenischer Ärzte gebeten, die ihm in allen Einzelheiten erklärten, wie sich Schlafwandler verhalten, sowohl was die nächtlichen Krisen betrifft als auch hinsichtlich der möglichen Folgen am Tag. Somnambulismus kann man erben. Da jedoch alle nahen Verwandten Torlakians während der Deportationen umgebracht worden waren, sollte seine Herkunft aus einer einschlägig vorbelasteten Familie kein Problem darstellen, schließlich war es unmöglich, das Gegenteil zu beweisen. Immerhin konnte seine apathische Haltung während des Tages seinen Kopfschmerzen zugeschrieben werden, eine selbstverständliche Folge der Umkehrungen, die sein Cortex – der sich im Schlaf wie ein Handschuh wendete – zu erleiden hatte. Mehr Schwierigkeiten bereiteten die nächtlichen Ausfälle, die bewiesen werden mussten, und weil die Untersuchungen tagsüber stattfanden, waren hierfür Zeugen vonnöten. Und die einzig verfügbaren Zeugen konnten nur seine Zellengenossen sein. Dies rettete Misak, denn wenn er alleine in einer Zelle gesessen hätte, wären alle seine schlafwandlerischen Bemühungen ergebnislos geblieben.

Torlakian bat seine drei Leidensgenossen um Hilfe: den Araber, den jungen Mazedonier und den bolschewistischen Russen. Zuerst schlugen sie mit den Trinkkannen gegen die Wände und kratzten mit den Fingernägeln daran, bis sie eine Handvoll körnigen Putz beisammenhatten. Weil die äußeren Zeichen der Krankheit nicht simuliert werden konnten, zerriss der Russe, etwas geübter in der Kunst der Tortur, sein Hemd in Streifen und fesselte damit Misaks Hände auf dem Rücken. Dann nahm der Mazedonier den krümeligen Wandputz und hielt ihn dem Armenier in der Kuhle seiner Hände hin, so, als streckte er ihm Trinkwasser entgegen. Und während der Araber ihn am Nacken gepackt hielt, sodass er sein Gesicht nicht schützen konnte, rieb ihm der Mazedonier kräftig mit beiden Händen das Gesicht ab, als würde er ihm das Gesicht waschen. Erst wurden seine Wangen weiß, dann schwollen sie an, die Haut platzte auf, als habe er sich mit einem stumpfen Rasiermesser rasiert. Aber das reichte noch nicht. Er stöhnte und versuchte, seine Hände aus der Verschnürung zu reißen und sie auf die aufgerissenen Wangen zu pressen, als sie ihn in der Zelle die Treppe hochschleppten. Aber seine Hände blieben straff gefesselt, sie nützen einem Schlafwandler nichts, da er nicht wissen kann, dass er sich in Gefahr begibt, und daher auch keinen Grund hat, sich schützen zu wollen. Und oben, am Ende der Treppe, stießen sie ihn hinab. Und dann noch einmal und noch einmal. Er rollte die Treppenstufen hinab, und erst als seine Schultern schwarz wurden, da er ungeschützt hinabfiel, und sein Nasenbein an einer Stufenkante gebrochen war, befanden seine Zellengenossen, dass es nun reichte. Sie lösten die Fesseln, und er blieb reglos liegen, stöhnte nur. Der Mazedonier zerrieb den Kalk zu einem feinen Pulver, mischte grüne verschimmelte Brotkrümel hinein, goss etwas Wasser darüber und verwandelte den Dreckklumpen in einen grünlichen Auswurf, den er dem Verletzten über die Lippen und ganz besonders achtsam in die Mundwinkel strich, wo solch ein Auswurf schließlich hingehörte. So fand ihn der Gefängniswärter am nächsten Morgen vor, und die Mienen der der drei anderen wirkten gleichgültig. Von der Verteidigung in den Zeugenstand gerufen, erzählten sie stets die gleiche Geschichte vom Schlafwandler, der häufig im Schlaf redete und herumging, diesmal aber sei sein Albtraum schlimmer gewesen als sonst, Torlakian sei an die Wände gestoßen, mehrfach die Treppe hochgegangen, an die Eisentür geprallt und heruntergestürzt. Und warum habt ihr ihn nicht geweckt? Wir hatten es früher schon mal versucht, aber kaum waren wir wieder eingeschlafen, ging es mit ihm wieder los. Er wacht von alleine auf, aber erst wenn er seine Albträume zu Ende geträumt hat. Und letztlich, fügten sie hinzu, wen interessiert das schon?

Wie geschickt Torlakian versehrt worden war und wie überzeugend seine Darstellung des Somnambulen gewirkt hat, teilt uns Major Davis' Einlassung mit: »Wenn wir berücksichtigen, dass sein Vater verrückt und seine Großmutter eine Schlafwandlerin waren, wenn wir desgleichen bedenken, dass er die Bilder seiner Eltern und aller seiner Lieben vor Augen hat, die ermordet worden sind, so beweist dies, dass er nicht Herr seiner Sinne ist. Es gibt Zeugnisse seines Somnambulismus, ich habe ihn mit Schaum um den Mund gesehen, und jedermann weiß, dass dies eines der Symptome nach einer somnambulen Krise ist, ebenso, dass auf diese Krisen Depressionen folgen, die häufig zum Verbrechen drängen, wofür dem Kranken keine Verantwortung zukommt, denn er hat keinen Begriff von der Verantwortlichkeit für seine Taten.«

Mit dieser Aussage endete der Prozess. Das Urteil wurde zwei Wochen später verkündet und glich auf schlagende Weise dem, das etliche Monate zuvor in Berlin beim Prozess des Solomon Tehlirian gesprochen worden war, der des Mordes an Talaat Pascha angeklagt war: »Der Angeklagte ist des Mordes überführt, aber das Gericht hält ihn nicht für tatverantwotlich, denn im Augenblick der Tat litt er unter mentalen Störungen.«

Torlakian wurde zurück ins Gefängnis geschickt, aber diesmal in eine Zelle, die er mit niemandem mehr zu teilen hatte, auch durfte er im Gefängnishof spazieren gehen. Nach etwa drei Wochen wurde er eines Nachts ins Büro des Direktors gebracht. Dort erwarteten ihn Zivilkleider. Das Foto zeigt ihn am ganzen Leib abgemagert, die viel zu weiten Kleider hingen an ihm herab, und er hatte die Hände, noch steif von der engen Fesselung, vor dem Bauch zu Fäusten geschlossen. Wie ein Bankangestellter sah er aus, und damit die Umstände definitiv anders aussähen, als sie waren, hatte man ihm eine modische Krawatte mit einem kleinen europäischen Knoten umgebunden und einen Hut aufgesetzt, was ihn wie eine Art Charlie Chaplin aussehen ließ. Diese Angestelltenpositur könnte überzeugend wirken, wäre er nicht von vier Wärtern umstellt gewesen, zwei Türken und zwei Engländern, allesamt in Militäruniformen. Die Wärter begleiteten ihn bis zum Gefängnistor, wo ein Militärfahrzeug mit abgeblendeten Scheinwerfern wartete, das die Engländer mit ihm bestiegen. Durch Seitengassen fuhr das Auto zum Hafen und hielt an einem entlegeneren Kai, wo ein griechisches Schiff vor Anker lag. Misak Torlakian wurde in eine Kabine gesperrt. Die Pistolen in der Hand und jederzeit schussbereit, blieben die Engländer am Kai stehen, bis das Signal zum Auslaufen des Schiffes gegeben wurde. Als das Schiff sich weit genug entfernt hatte, sodass auch der unbedachteste Versuch, an Land zurückzukehren, nicht mehr möglich war, schloss der Kapitän die Kabine auf und setzte Misak davon in Kenntnis, dass man Piräus anlaufen werde, wo er frei sei, hinzugehen, wo immer er hingehen wolle, nicht aber in die Türkei, denn dort würde man ihn sofort wieder verhaften. Das Schicksal brachte es später mit sich, dass Misak Torlakian vom Meer aus den Hafen von Trapezunt wiedersehen sollte und von den Plateaus her den Berg Ararat, der nun jenseits der Grenze lag, aber auf türkischen Boden hat er keinen Fuß mehr gesetzt.

Von Piräus aus ging Misak Torlakian mit dem wenigen Geld, das er bekommen hatte, nach Athen. Niemand folgte ihm. Zum ersten Mal in seinem Leben musste er vor niemandem auf der Hut sein und auch selbst niemanden beschatten. Er konnte alles tun, was ihm in den Sinn kam, denn er hatte nichts zu tun.

Im Alter von zweiunddreißig Jahren stand Misak Torlakian mit leeren Händen da und empfand die Freiheit als eine Last. Er ging zur armenischen Kirche, mischte sich unter die Immigranten, aber diese hatten nun andere Sorgen, sie mussten überleben, was ihnen dadurch gelang, dass sie an den Straßenecken *Pastârma* und *Sugiukh* verkauften. Das Leben saß ihnen im Nacken, und sie hatten keine Zeit mehr, nach rechts oder links zu schauen.

Als er nun nach der Anspannung der letzten Jahre etwas benommen wieder zu sich kam, hielt Torlakian diese Welt für schmerzlich indifferent. Er wandte sich nach Norden, nach Saloniki, wo er einige seiner Gefährten zu treffen hoffte. Armenier gab es zu jener Zeit überall, in den Häfen des Schwarzen Meeres ebenso wie in denen des Mittelmeers, viele von ihnen waren nach dem Krieg zwischen den Türken und den Griechen eben erst angekommen. Misak Torlakian mischte sich unter sie, suchte nach den Kampfgefährten von General Antranik oder Dro Kanayan, den Mitgliedern der Daşnak-Partei. Es verhielt sich genauso wie in Athen. Misak Torlakian erwies sich als unnütz, ja geradezu störend; wie jeder Held, der nicht rechtzeitig gestorben ist. Er suchte sich eine Arbeit. Das Geld ging ihm aus, und zum ersten Mal empfand er den Hunger nicht als einen Grund, sich noch unerbittlicher in die Revolte zu stürzen, sondern als ein menschliches Bedürfnis, deshalb be trachtete er ihn als beschämend. Er hatte noch nie auf die übliche Weise gearbeitet. Die Werkzeuge, mit denen er seit seiner Jugend hantiert hatte, waren Waffen gewesen, vor allem die Mauser. Er hatte mit diesen Waffen gekämpft, sie gereinigt und repariert, sie bewundert, hatte sich an sie gewöhnt, er war nicht bloß ein Kämpfer, sondern ein mit der Waffe Arbeitender.

In Europa schwiegen die Waffen. Mehr noch, der Kontinent schämte sich seiner Unmengen an Waffen. Die Regierungen sprachen von der Liga der Nationen, die Armeen, die angegriffen hatten, wurden entwaffnet, die Soldaten wurden entlassen und ließen das Kriegsgerät stehen. So hätte es auch Misak Torlakian halten können, er aber war Soldat einer Armee, die sich ihre Generäle selbst geschaffen hatte, einer Armee, die sich – die kurze Periode im Frühjahr 1918 ausgenommen – nicht in den Dienst einer Regierung gestellt hatte, sondern eines Volkes, und deren Stärke errechnete sich nicht in Divisionen, sondern in verstreuten Haufen. Auch er war eine Art Soldat, er hätte nachhause entlassen werden können, nur gab es dieses behagliche Zuhause nicht mehr.

Solange er von einem Ort zum anderen reiste, wollte niemand etwas von ihm wissen. In dem Augenblick aber, da er beschloss, sich eine Behausung zu suchen und sich ein Zimmerchen in der Nähe des Hafens zu mieten, wo er von einem Tag auf den anderen eine Arbeit hätte finden können, klopften zwei Soldaten an seine Tür. Mittlerweile hatte es zwischen der Türkei und Griechenland Frieden gegeben. Wer aus der Türkei ausgewiesen worden war, wurde nun in Griechenland nicht mehr gerne gesehen. Torlakian wurde zum Bahnhof eskortiert und unter strengster Bewachung an die jugoslawische Grenze gefahren. In Belgrad suchte er vergeblich nach Solomon Tehlirian. Gut, dass er ihn nicht fand, denn Tehlirian war nicht mehr der Kämpfer, den er bei ihren geheimen Begegnungen in der Redaktion der Zeitung *Djagadamard* in Konstantinopel kennengelernt hatte. Wie es so häufig nach einer die Grenzen des menschlich Verkraftbaren überschreitenden Anspannung geschieht, in der man auf den unglückseligen Gedanken verfallen ist, bloß nicht zu sterben, war Solomon Tehlirian nun für den Rest seines Lebens ermattet. Was, wie wir sehen werden, Misak Torlakian nicht geschehen sollte. Zum ersten Mal war er dem Tod in seiner Kindheit auf den kleinen Plätzen von Trapezunt begegnet, und er hatte ihn nicht nur so kennengelernt, wie es gemeinhin geschieht, nämlich in einem reglosen und kalten Leib hausend. Er hatte somit nicht bloß das tote Abbild des Todes gesehen, sondern war dem lebendigen Tod begegnet, der sich unter die Leute mischt, in der Menge mitläuft und seine Wahl trifft, dem Tod in seiner brutalen und unerwarteten Gestalt.

Weil er in der friedlicher werdenden Welt seinen Platz nicht finden konnte, von den Autoritäten dahin und dorthin geschubst wurde und vereinsamt war, begab sich Misak Torlakian, von der seltsamen Faszination geleitet, die schon so viele andere für die Gefilde Rumäniens empfunden hatten, auf eine Bahnfahrt, die ihn nach einem Tag und einer Nacht an einem frostigen Februarmorgen des Jahres 1922 in Bukarest ankommen ließ. Und sein erster Gang, links und rechts fragend, führte ihn über schneebedeckte Straßen und zwischen liegengebliebenen Straßenbahnen hindurch zur armenischen Kirche auf dem Boulevard Carol I. und danach zum Armenischen Konsulat, wo Harutiun Khântirian ihn umarmte; es war zum ersten Mal, dass er einer solchen Geste teilhaftig wurde, seit er sich von seinen Gefährten der »Nemesis«-Gruppe im Sommergarten vor dem Hotel »Pera Palace« verabschiedet hatte, worauf er mit der Pistole in der Hand die Straße überquert hatte, um den riesenhaften Bahbud Khan Djivanşir einzuholen. Khântirians Umarmung war aufrichtig. Seit der Besetzung Armeniens durch die Bolschewiken suchten ihn immer weniger Leute auf, deshalb, und wie ein Kaufmann ohne Kundschaft, empfing Harutiun Khântirian jeden wärmstens, der über seine Schwelle trat. Und die Stempel vertrockneten in ihren Halterungen, weshalb Khântirian Misak Torlakian einen ganzen Haufen beweiskräftiger Dokumente ausfertigte und überreichte, die so unbrauchbar wie reich bestempelt waren. Von Armenag Manisalian erhielt er noch ein Zertifikat über seine Volkszugehörigkeit; dabei hatte er sich nie vorstellen können, jemals Dokumente zu benötigen, die bewiesen, dass er Armenier sei, aber Manisalian meinte, es sei nicht eben angebracht, die bei seiner Freilassung aus dem Gefängnis erhaltenen Papiere den rumänischen Behörden vorzulegen. Sodass

Misak Torlakian, ausgestattet mit diesen neuen Identitätsnachweisen –
den einen, die seine Zugehörigkeit zu einem Volk ohne Vaterland, und
den anderen, die ihn in den Schutz eines Staates stellten, den es nicht
mehr gab –, über zwei Jahrzehnte in Rumänien blieb.

Im Unterschied zu anderen Helden des *Buchs des Flüsterns* hat Misak
Torlakian sich nicht bereichert. Ihm ist es nicht gelungen, auch nur das
kleinste Geschäft auf die Beine zu stellen. Weil viele andere, die sich
in seiner Lage befanden, von den Häfen angezogen wurden, wo man
zwischen zwei Pfiffen aus den Schiffssirenen jederzeit sein Leben neu
beginnen konnte, ging Misak Torlakian nach Constanţa. Zur gleichen Zeit traf dort auch Levon Zohrab ein, möglicherweise kreuzten
sich auch ihre Wege auf den Holzstegen, zwischen den aufgetürmten
Säcken und den Bretterstapeln, aber von einer Begegnung wissen wir
nichts. Und den Beweis dafür, dass sie sich nicht begegnet sind, liefern
die so unterschiedlichen Schicksale der beiden; Levon Zohrab berei-
cherte sich, anfangs durch den Handel mit Baumaterialien, dann mit
Kolonialwaren, während Misak Torlakian, äußerst geschickt in der
Handhabung der Waffen, sich als gänzlich unbegabt im Umgang mit
Geld erwies. Mit einer kleinen Summe Geldes, die er aus Boston erhalten hatte, wo sich Armen Garo damals aufhielt, und in Erinnerung an
die Betätigungen seiner Familie im Dorf Ghiuşana südlich von Trapezunt, kaufte Misak Torlakian sechs Kühe, mit denen er eine Farm gründete. Er tat sich mit Aram Yerganian zusammen, dem ungestümsten
unter den Mitgliedern der Operation »Nemesis«. Sodass zu Friedenszeiten, als diejenigen, die Wunden geschlagen hatten, nach neuen Gelegenheiten suchten, Wunden zu schlagen, und diejenigen, die verletzt
worden waren, nach einer Ruhefrist suchten, um sich zu heilen, die un-
versöhnlichsten Richter, die Europa von Rom über Berlin und bis in
den Kaukasus auf den Spuren der Mörder am armenischen Volk durchkämmt und das vom Kriegsgericht verhängte Todesurteil vollstreckt
hatten, sich in der Nähe von Constanţa in einer Niederlassung namens
Topraisar mit der Rinderzucht beschäftigten. Nach einigen Monaten,
in denen sie sich mit dem Melken der Kühe abgemüht hatten, gaben
Torlakian und Yerganian klein bei, und jeder von ihnen freute sich, als

dieser Entschluss feststand. Verärgert über seine Niederlage mit den Kühen, meinte Misak Torlakian, sich an ihrem Geschlecht rächen zu sollen, und ließ sich als Arbeiter in einer Gerberei anstellen. Die Kühe aber, die sich ihm nunmehr als stinkende Häute präsentierten, die abgeschabt, gegerbt, gekocht, ausgebreitet und zugeschnitten werden mussten, erwiesen sich als unbeugsam, und Misak Torlakian lebte weiterhin in schrecklichster Armut. In einer Kolonie, die sich ihren Weg Richtung Wohlstand bahnte, verblieb die Gruppe der »Nemesis«-Vollstrecker arm und vereinsamt. Von jeder Verbesserung seiner Lage oder gar Muße verschont, die ein wie auch immer gearteter Wohlstand mit sich gebracht hätte, vom Klingeln der Münzen gemieden, in Elend und Schweigen gehüllt, bewahrte sich Misak Torlakian seinen Hass frisch und ungestüm.

Damals fand die erste Begegnung zwischen Misak Torlakian und meinem Großvater Garabet Vosganian statt, und zwar am 23. April 1923. Misak, der im Büro der Revolutionären Armenischen Föderation in Constanța einen Anzug erhalten und einige Tage davor seine Arbeitsstelle aufgegeben hatte, um sich den schweren Geruch der gegerbten Häute aus dem Leib zu treiben, kam zusammen mit Tatevos Bedrosian, dem Direktor der armenischen Schule, dem Gleichen, der in den vierziger Jahren in deutscher Uniform, aber mit der armenischen Trikolore am Arm, auf der Suche nach Freiwilligen für die Armenische Legion durch die Kirchen ziehen sollte, als Delegierter zur Versammlung der ausländischen Filialen der Daşnak-Partei. Er hatte diese Versammlung gespannt herbeigesehnt, erhoffte er sich doch, sie könnte sein Leben auf die ihm vertrauten Bahnen zurücklenken.

Noch lange danach bemühte sich Misak Torlakian, sich die Gesichter der aus allen Ecken und Enden der Welt herbeigereisten Leute zu vergegenwärtigen. Diejenigen, an die er sich erinnerte, die Männer von den Gebirgspfaden, aus den geheimen Versammlungen der Daşnak-Büros in Trapezunt, Tiflis oder Baku, aus den Freiwilligeneinheiten der russischen Vorhut oder den Flanken der armenischen Armee von Sardarapat, aus der Gruppe, die den Namen der Rachegöttin Nemesis erhalten hatte, sie trugen ihr Haar unfrisiert, aber von einem Band zusammengehalten, das Gesicht verborgen unter einem Bart, sie sprachen wenig, teilten, tot oder lebend, das gleiche Schicksal, als wären sie einer über dem anderen ans gleiche Kreuz geschlagen. Sie erkannten sich an dem irren Blick ihrer schwarzen Augen, dem trockenen und glänzenden Blick derer, die keinen Schlaf kennen, und wenn sie doch einmal einschlafen, in ihren Träumen wach sind. Die Leute von heute waren ihm unbekannt, und auch sie schienen ihn nicht zu erkennen. Sie trugen enge städtische Kleider, waren frisch rasiert und hatten sich das Gesicht mit Pomade eingeschmiert, verströmten den süß-säuerlichen, kribbelnden Duft nach Spezereigeschäft, trugen das Haar zurückgekämmt und beschwert mit Brillantine, sprachen, indem sie die Silben dehnten, und rundeten die wichtigen Wörter ab, die im Armenischen zumeist mit der Silbe *tiun* enden, abstrakte Wörter, die den Eindruck entstehen ließen, sie seien eher darauf aus, zu debattieren als zu entscheiden, keinesfalls jedoch zu handeln. Misak Torlakian, beschämt wegen seiner Kleider, dem Kölnischwasser, mit dem er sich Hände und Gesicht eingerieben hatte, um den abgestandenen Geruch der schweren Dünste aus der Gerberei zu vertreiben, wegen seiner lange schon getragenen Schuhe, hielt sich am Rande, saß da und hörte reglos zu. Von denen, die atemlos im Gerichtssaal von Konstantinopel gesessen hatten, war niemand hier: Sie hätten bezeugen können, dass er auch dort schon so versteinert, dass sein Gesicht auch beim Prozess so verstört und sein Blick so abwesend gewirkt hatten. Und als Hovhannes Kaciaznuni, zwischen 1918 und 1919 erster Ministerpräsident der Republik, seine Rede begann, kauerte er sich wie eine schwarze Spinne in seinen Stuhl, krallte die Fingernägel in die Armlehnen und schaute verzweifelt in die Runde. So begab er sich wieder in die parallele Wirklichkeit, aus der das weiße Pferd mit dem geronnenen Blut am Hals schnaubend über alle hinwegschaute. In dieser parallelen Welt starb die Erinnerung an die Leute später als die Leute selbst. Ebenso verhielt es sich mit den Stimmen. Kaciaznuni sprach ohne Unterbrechung und ohne einen Blick in den Saal zu werfen, als wollte er sich von einer Last befreien. Torlakian kannte ihn noch aus der Zeit, als infolge eines Votums des Nationalrates in Tiflis der Rückzug Armeniens aus der Republik Transkaukasien beschlossen worden war, und er – im Frühjahr des Jahres 1918 – als Premierminister der Republik, die Misak verteidigte, nach Jerewan kam.

Der Revolutionären Armenischen Föderation bleibt nun nichts mehr zu tun, sagte Kaciaznuni. Das Schicksal der Daşnak-Partei ist beschlossen. Während des Krieges haben Banden von Freischärlern – diese Worte schmerzten Misak am meisten – ohne die Genehmigung der Partei agiert, vor allem, weil sie sich nicht beherrschen konnten, und nicht etwa infolge einer organisierten Aktion ... Wir haben den Sinn für die Realitäten verloren und haben uns bis zur Enttäuschung von unseren Träumen leiten lassen ... Nicht außerhalb von uns, sondern in uns selber müssen wir den Grund für unser Unglück suchen ... Unsere Partei wollte alles kontrollieren und gelangte zur Diktatur, während das Parlament nur eine Fiktion blieb. Die Republik hätte mit den Türken zu einer gemeinsamen Sprache finden müssen. War die Ankunft der Bolschewiken ein Unglück für unser Land? Es gibt keine andere Macht, die an deren Stelle treten könnte. Hätten sie ihr Kommen hinausgezögert, so hätten wir selbst sie zu kommen gebeten. Armenien braucht die Bolschewiken ...

Misak Torlakian wartete die Diskussionen nicht mehr ab, er hörte sich nicht einmal die Rede bis zum Ende an, er schlich hinaus, ging wie von Sinnen drauflos, bis er, in einem öden Winkel angelangt, die Stirn an eine Mauer lehnte und weinte. Er fühlte sich nicht allein, sondern, immerhin unter seinesgleichen, verlassen. Nun sagte er das, was er im Saal am liebsten herausgeschrien hätte, aber seine erstickte, von Schluchzern zerhackte Stimme war ein nervöses Weinen, ein eher wütendes denn schmerzerfülltes Sprechen. So, die Stirn an die Wand schlagend, als wäre es die Klagemauer, fand ihn mein Großvater Garabet Vosganian. Großvater legte ihm mit sanfter Gebärde die Hand auf die Schulter, Großvater, der noch nie einen Menschen geschlagen hatte, die Welt hatte ihn noch nie so unverhofft überrumpelt. Wutentstellt wandte sich Misak Torlakian um, Tränen glitzerten auf seinem Gesicht. Er hingegen hatte sich nicht gescheut, sich mit der Welt anzulegen, hier gab es nichts mehr zu verstehen, er wusste genug, das ihn zu strafen anspornte. Das vergossene Blut trocknet nicht, es bleibt wie eine Grenzlinie, und er war der Grenzer, auf der einen Seite befinden sich die Opfer und auf der anderen Seite diejenigen, die bestraft werden müssen. Kein Ufer darf höher sein als das andere, behüte Gott, dass das Blut über das Ufer tritt. Großvater lächelte ihm zu, aber vielleicht fasste jenes wütende und zugleich auch tränenüberströmte Gesicht dieses Lächeln als Verhöhnung auf. Es stimmt schon, die Armenier meiner Kindheit lächelten kaum. Viele der Dinge, die ihnen zuteilgeworden waren, waren traurig. Ihre Erinnerungen, die Lieder, die neuen Toten, sogar die Feiertage.

Obwohl das, was sie erzählten, sangen, zu dem sie beteten, das sie teilten und gemeinsam hatten, traurige Dinge waren, sind die Armenier meiner Kindheit keine traurigen Menschen gewesen. Nun ja, sie lächelten nicht allzu oft, aber sie weinten auch nicht. Lächeln und Tränen entspringen der Verwunderung und der Unruhe, einer gewissen Zweideutigkeit. Die Blicke der alten Armenier aber waren klar, sie waren nicht traurig oder heiter, sie waren gelassen. Ihre Freuden und Schmerzen führten wie Brücken über die ungewissen Zustände hinweg. Gerade weil auch ihre Schmerzen wahr waren, konnten sie sich wahrhaftig freuen. Ich habe sie lachen gesehen, aber nur selten lächeln. Großvater, für den Leben weitgehend Verstehen bedeutete, setzten ungewisse Zustände heftig zu. Er bemühte sich nicht, die Welt vom Bösen ins Gute zu wenden, sondern vom Unklaren ins Einleuchtende. Für ihn waren die ungewissen Zustände Ausdruck der Frische. Deshalb lächelte er, und weil er über die Kraft und den Zauber des Lächelns verfügte, hielten ihn die anderen für ihren Anführer.

Dies aber wird im Focşani der sechziger Jahre und an umzäunten Orten der Fall sein, wie es unser baumbestandener Garten oder der Friedhof waren, auf dem die steinernen Kreuze Seite an Seite mit den Bäumen aus dem Boden wuchsen. Nun befinden wir uns noch im Frühjahr 1923 und in einer Bukarester Seitengasse. Einer der Männer, Misak Torlakian, hat den Kopf an die Wand gelehnt, als läge er auf einem Kissen. Mondsüchtig, selbstverständlich, hätte Rechtsanwalt Hmaiag Khosrovian hinzugefügt. Mit Tränen in den Augen empfand sich Misak Torlakian angesichts der ihn umgebenden Welt als Verirrter, während

411

der andere Mann, Garabet Vosganian, lächelte, weil ich noch nichts verstehe, sagte er sich; weil er sich über mich lustig macht, sagte sich der andere, oder aber er hat Mitleid mit mir, oder er tut nur so, als habe er Mitleid. Jedweder dieser Gründe erschien Misak Torlakian als ausreichend, sich auf meinen Großvater zu stürzen. Weil aber Garabet Vosganian einen halben Kopf größer und geschickt genug war, sich zu schützen, konnte Misak Torlakian ihn nicht treffen. Später sollte er sagen, es habe auch gar nicht in seiner Absicht gelegen, aber Großvater war sich da nicht so sicher. Misak packte ihn am Revers seines Überziehers und näherte sich mit seinem Gesicht, wobei er ihn anzischte: Sag niemals, dass du mich hast weinen sehen! Wem sollte ich das denn sagen?, fragte Großvater, immer noch lächelnd, diesmal aber etwas verlegen. Ich weiß nicht, niemandem, fauchte Torlakian drohend. Männer wie ich weinen nicht. Wer sind die Männer wie Sie? Dies musste Großvater nun beinahe nicht mehr fragen. Das sind wenige, aber es gibt sie ... Wir sind die, die nicht vergessen. Mögen alle anderen weinen, entkommen ... Schwör jetzt, dass du es keinem sagen wirst! Großvater lächelte nun nicht mehr. Ich schwöre, sagte er.

Langsam ließ ihn Misak Torlakian los und glättete dabei die von seinen Händen verknitterten Revers. Er reichte ihm die Hand. Ich bin Misak Torlakian, sagte er, aus dem Dorf Ghiuşana im Wilajet Trapezunt. Und ich bin Garabet Vosganian aus Afion Karahisar, und schüttelte ihm die Hand. Dann wischte sich Misak Torlakian mit dem Ärmel die Tränen von den Wangen und war geheilt. Während Garabet Vosganian durch seinen Schwur zum Bewahrer seines Weinens geworden war. Und genau so wie es uns das *Buch des Flüsterns* erzählen wird, hielt mein Großvater bis zu seinem Tod sein Versprechen, Misak Torlakians Weinen für sich zu behalten, strengstens ein.

Jenes Jahr 1923 sollte für Misak Torlakian das Jahr des Weinens sein. Damit es sichergehen konnte, dass er dies nicht vergessen werde, sollte ihn das Schicksal zweimal weinen lassen. Das zweite Mal aber weinte Misak Torlakian allein. Er kniete im Sand und hatte das Gesicht dem Meer zugewandt.

DIE GESCHICHTE VOM LETZTEN AUFENTHALT IN TRAPEZUNT IM JAHR DES WEINENS. Wähle dir einen Tag aus deinem Leben aus, der dann alles entscheiden wird. Den Tag, durch den man den Sinn deines Lebens am besten beschreiben könnte. Für Misak Torlakian war dies der 24. Mai 1923. Er hatte keine Waffe dabei und war nicht von dem Wunsch geleitet, zu töten, was nur heißt, dass sein Leben nicht allein durch das erklärt werden kann, was in dem Heft im Schrank meines Großvaters Garabet Vosganian steht. Mehr noch, was er damals in der Hand hielt, war nicht die Mauser, von der er sich während seiner gesamten Jugendzeit niemals getrennt hatte, sondern ein Kinderspielzeug, was den Leser des *Buchs des Flüsterns* verwundern könnte. Aber nur, wenn er die Geschichte nicht bis zur letzten Seite liest.

Vielleicht ahnte Misak Torlakian, dass dies der entscheidende Tag sein werde, und durchlebte ihn deshalb mit größter Intensität vom Morgengrauen bis zum Einbruch der Nacht. Er hatte schlecht geschlafen, sich im Schlaf um- und umgewälzt. Kurz nach Mitternacht war er aufgewacht, hatte sich in der Waschschüssel das Gesicht gewaschen, beim Licht der Lampe in einer Spiegelscherbe rasiert und die widerspenstigen Haarsträhnen geglättet, indem er sich mehrmals mit den nassen Fingern durch die Haare gefahren war. Er hatte seine besten Kleider angezogen, sie gebürstet, die Schuhspitzen mit Wachs poliert, den Krawattenknoten zurechtgerückt, den Kragen seines Anzugs geglättet und den Hut aufgesetzt. In der Spiegelscherbe begegnete er seinen flackernden Augen, und anstatt nun mit sich zufrieden zu sein, fürchtete er sich. Er trat aus dem Haus und sog die kühle, süß-salzige Luft der Gerberstraße ein, irgendetwas passte ihm offenbar nicht, er knöpfte den Anzug zu, dann knöpfte er ihn wieder auf und versenkte seine Hände in den Taschen. Er nahm den Hut ab, um die Haarsträhnen hinter den Ohren zu glätten, dann packte er ihn an seinem schmalen Rand und wusste nicht mehr, was er mit ihm anfangen sollte. Plötzlich begriff er, dass all dieses Zurechtmachen nur dazu gedient hatte, die Zeit verstreichen zu lassen, er hatte sich sinnlose Betätigungen ausgedacht, um die Begegnung mit dem Meeresufer hinauszuschieben. Er kehrte nachhause zurück, zog seine neuen Kleider aus und verstreute sie auf dem Boden, als wollte er sich von ihnen befreien, dann zog er ein Paar Leinenhosen an und ein buntes Hemd mit aufgekrempelten Ärmeln. Dann ging Misak Torlakian über die langen, sich rechtwinklig schneidenden Straßen von Constanța geradewegs zum Meer hinunter.

Er stand beiseite, schaute den Dockarbeitern zu, die Seile festbanden und wie kleine graue Schemen auf dem Kai herumwerkelten. Wenn die breitschultrigen Fischerboote still ins Meer stachen, lauschte er dem plätschernden Anschlag des Wassers. Reglos saß er da, empfing die schneidende Brise im Gesicht, die ihm allmählich von den ersten Sonnenstrahlen vergolten wurde.

Noch von seiner langen Lauer im Gebirge daran gewöhnt, reglos abzuwarten und einen Punkt am Horizont anzupeilen, nahm er die anderen Leute erst dann wahr, wenn ihn jemand auf Armenisch grüßte. Dann sah er, dass sich ein paar Dutzend Leute um ihn herum versammelt hatten und ihre Zahl stetig zunahm. Er ging zur Seite, um die Pfarrer nach vorne durchzulassen. Dahinter die Frauen, die sich die Hände rauften. Niemand sprach, denn sie hätten alle die gleiche Geschichte zu erzählen gehabt, die Geschichte ihres Wartens, in der jeweils ein Detail, nämlich der Name des gesuchten Kindes, anders war. Die Behörden hatten ein dickes Seil spannen lassen, damit sich die Menge nicht dem Kai nähern konnte. Als es richtig hell geworden war und sich der Nebel über dem Meer gelichtet hatte, konnte man am Horizont das Schiff erkennen. Misak Torlakian umklammerte das Seil, bis seine Finger weiß waren. Es vergingen noch gut zwei Stunden, bis das Schiff am Kai anlegte und ein paar Offiziere, die Misak an ihren Uniformen als Türken erkannte, herabstiegen und den Behörden die Passagierlisten überreichten. Diese, je zwei, die sich an den Händen hielten, wurden gezählt und dann in Reihen zu je vierzig aufgestellt, insgesamt vierhundert. Das Aussteigen dauerte etwas über eine Stunde. Die Passagiere waren Kinder, und der Anblick dieses neuen Ufers, die bunt gemischte Menge, die sie von jenseits der dicken Seile anschaute, beängstigte sie, sodass sie das natürliche Bedürfnis empfanden, sich aneinanderzudrängen. Diese Reaktion aber schien diejenigen zu schmerzen, die hier stundenlang gewartet hatten. Sie schwiegen und schauten sich an. Die sich angeschaut fühlten, taten einen Schritt zurück und schlossen die Reihen; die wiederum, die schauten und verzweifelt unter den kleinen verstörten Gesichtern nach Familienähnlichkeiten suchten, taten einen Schritt voran, wollten sie umarmen. Die Seile spannten sich, die mit der Wahrung der Ordnung Betrauten stemmten sich gegen die Menge. Eine Stelle, an der diese Linie durchbrochen worden wäre, hätte gereicht, und die Leute hätten jedes Hindernis beiseitegefegt und wären auf die Kinder zugelaufen.

Für Kinder bedeutete jede Annäherung eine Bedrohung. Sie waren es gewohnt, nichts Gutes zu erwarten, hatten Situationen durchgemacht, die sie nicht verstanden, man hatte sie an den Wegrändern eingesammelt oder unter den Planen der Wagen hervorgezogen, mit denen die Leichen transportiert wurden. Manche von ihnen hatte man von der Lagerstatt der sterbenden Mutter weggezerrt. Wieder andere waren von ihren Eltern den Behörden übergeben oder in den Niederlassungen der Wohlfahrtsgesellschaften abgegeben worden, damit sie von dem Weg ins Verderben erlöst würden. Sie hatten in Waisenhäusern gelebt, die von Kongregationen, verstreut zwischen Adana und Beirut, unterhalten wurden, waren zur Arbeit in den Webereien von Aleppo und Damaskus herangezogen worden. Wenn sie sich nicht mehr an ihren Namen erinnern konnten, hatte man ihnen Leihnamen gegeben; sie trugen die gleiche Kleidung, waren brav und schauten aus schmalen, lauernden Augen. Man konnte sie nicht mehr den moslemischen Familien anvertrauen, denn sie waren schon als Armenier registriert worden, es herrschte Frieden, und die ausländischen diplomatischen Vertreter hätten gegen diese gewaltsame Islamisierung protestiert, auch konnte man sie nicht sich selbst überlassen, denn während des Aufwachsens hätten sie sich erinnern oder gar alles begreifen können, was zu einer Gefahr für die Autoritäten werden konnte, die deshalb befanden, es sei die beste Lösung, sie loszuwerden. In alle Welt hatte man Appelle verschickt, die vierhundert, den Todeskreisen entkommenen und in Waisenhäusern verstreuten Kinder wurden nach Konstantinopel gebracht. Die Armenische Gemeinde Rumäniens hatte sie durch ein von Armenag Manisalian, dem Vorsitzenden, unterzeichnetes Antwortschreiben angefordert. Davon wussten die Kinder nichts, und deshalb waren sie verängstigt, als sie nun jenseits des Meeres ein neues Ufer betraten.

Vor den Kindern war ein weißhaariger Mann, der ein Mädchen an der Hand führte, vom Schiff herabgestiegen. Es war Sarkis Sârenṭ, der in den drei Jahren, die das Waisenhaus von Strunga existieren sollte, dessen Direktor war. An seiner Seite befand sich noch ein Kirchenmann. Dem großen Kreuz nach, das er auf der Brust trug, und der spitzen Mütze, musste es sich um einen hohen Würdenträger handeln. Erst später, als Armenag Manisalian auf ihn zuging und ihm die Hand küsste, erfuhren sie, dass er Bischof war, einer von denen, die unter den Armeniern verblieben und wie durch ein Wunder den Massakern in Konstantinopel entgangen waren, Bischof Knel Kalemkelian. Er machte nicht die geringste Geste, um die Menschen zurückzuhalten, erhob bloß die Hand, machte das Kreuzeszeichen und murmelte ununterbrochen *Der voghormia*, Gott erbarme sich. Auch hatte er keinen Grund, ihnen Einhalt zu gebieten, schließlich hatte man die Kinder doch gebracht, damit sie ihre Familien fänden oder Erbarmen. Jedes Kind hatte ein Pappkartonschild um den Hals hängen, auf dem sein armenischer Name stand. Bei denen, die von ihren Eltern zwischen zwei Konvois anderen anvertraut worden waren, und den Größeren, die schon wussten, wen sie zu beweinen hatten, deren Vor- und Nachnamen also bekannt waren, hatte man diese auf Armenisch mit Ölfarbe auf den Karton geschrieben. Diejenigen, die man am Lager ihrer sterbenden Mütter oder verlassen am Wegrand aufgefunden hatte, zu klein, als dass sie etwas davon begriffen hätten, was mit ihnen geschah, und gerade deshalb mit dem Leben davongekommen waren, trugen nur Vornamen, Leihnamen, gewiss, die vielmehr Adjektive als Namen waren, Antranig hieß manch ein Kleiner, Anuş das eine oder andere hübsche Mädchen und Lopig das etwas rundlichere.

Beim Anblick des Bischofs und der sich nähernden ersten Reihe Kinder mit den Kartonstückchen auf der Brust zögerte die Menge. Als sie sie aus der Nähe betrachteten, so ärmlich angezogen, in grauen, flüchtig und mit großen Nadelstichen zusammengenähten Kleidern, zu große unverschnürte Schuhe an den Füßen, mit roten, pustelnübersäten oder erdfarbenen Gesichtern von der schlechten Ernährung, die Hände vor dem Leib ineinandergelegt, damit man die ungeschnittenen Fingernägel nicht sehen konnte, schlugen sich die Frauen die Hände vor den Mund, und die Männer, solchen Verhältnissen weit weniger gewachsen, hielten sich im Hintergrund. Auch waren es die Frauen, die den Mut hatten, auf die Kinder zuzugehen. Jedermann war in Erwartung eines bestimmten Kindes gekommen, jeder hatte ein während der Deportationen verlorenes Kind, das er lebend wiederzusehen hoffte, ein eigenes oder eines aus der Verwandtschaft. Weil aber manche von ihnen nicht mit den armenischen Buchstaben vertraut waren oder diese etwas linkisch auf die Kartonstückchen geschrieben worden waren, vielleicht sogar von den größeren Kindern, vielleicht auch, weil sie nach diesen Jahren die Gesichtszüge der Kinder vergessen oder diese sich verändert hatten, näherten sich die Frauen sehr umsichtig. Manche Mütter, die wussten, dass sie ihre Kinder nie mehr finden würden, begannen leise zu weinen, andere seufzten, als sie sich der letzten Reihe näherten und ihre Hoffnung schwinden sahen. Einige der Frauen waren einfach so gekommen, sie hatten gespürt, dass es den Kindern guttun würde, wenn sie sahen, dass sie jemand empfängt, und hatten kleine Päckchen mit Essen und Bonbons vorbereitet, die sie aufs Geratewohl an die Kinder verteilten. Diesen waren solche Gesten fremd, weshalb sie erst nach mehrfacher Aufforderung die Hände ausstreckten. Als die Sonne schon auf den Mittag zuging, wollte Sarkis Sârenṭ der Menge zurufen, sie möge sich beeilen, aber Bischof Knel hielt ihn zurück. Er hatte mit eigenen Augen die Konvois gesehen und war vertraut mit deren Langsamkeit. Ebenso hielt es auch Armenag Manisalian, der von den Treppen seines Hauses auf der Strandpromenade zuschaute und nicht auf den Bischof zuging, um sich zu bedanken, auch nahm er die Dokumente, die ihm die vierhundert Waisenkinder anvertrauten, erst entgegen, als jeder der Wartenden an den Kindern vorbeigegangen war.

Misak Torlakian spürte einen Knödel im Hals, als er die Kinder, je zwei, die sich an der Hand hielten, vom Schiff herabsteigen und sich artig in Zehnerreihen zu je vierzig aufstellen sah, damit man sie noch einmal zählen konnte und ein Raum für die Wartenden entstand, sodass diese sie eingehend mustern konnten. Er wollte als einer der Ersten auf sie zurennen, aber er befand, es sei angebracht, den Frauen den Vortritt zu lassen, schließlich ist die Sehnsucht einer Mutter stärker. Er näherte sich Bischof Knel Kalemkelian, der aufrecht und mit regloser Miene die zwei Formationen betrachtete, die eine unbewegt, während die andere sich sachte wie das Seil um die Schlepptrosse wand. Er kniete nieder und küsste dem Bischof die Hand. *Astvadz ocnagan, srpazan*, sagte er, Helfe uns Gott, heiliger Vater, und Knel legte ihm die Hand auf den Scheitel und flüsterte: *Astvadz bahaban, dghas*, Gott behüte dich, mein Sohn. Mit dieser Segnung ging Misak Torlakian auf die erste Reihe zu. Sein kleinerer Bruder müsste jetzt etwa zwölf Jahre alt sein, aber er wusste nicht, was dies für ein Kind bedeutet, mit zwölf Jahren war er schon Flintenträger und Geländeführer bei den Fedajin gewesen, er hatte nicht allzu lange unter anderen Kindern gelebt und konnte sie altersmäßig nicht unterscheiden. Er hatte nur so an seinen Bruder gedacht, wie er damals war, als er ihn zum letzten Mal umarmt hatte, nachdem er von der Front in Erzerum desertiert und bis in sein Dorf, nach Ghiușana, geeilt war, um sich von den Seinen zu verabschieden, bevor er über die Grenze nach Russland ging. Damals, 1914, war Calust, was auf Armenisch *der kommen wird* heißt, drei Jahre alt, er war ein verschlafenes Kindchen mit ins Gesicht hängenden Locken, das nach mit Brunnenwasser vermischter Milch roch. Nun aber musste er einen Jüngling suchen, und das brachte ihn aus dem Gleichgewicht. Er ging langsam, las aufmerksam alle Namen, selbst wenn deren Träger Mädchen oder viel zu kleine Kinder waren, als dass sie sein Bruder Calust hätten sein können. So langsam, dass manch einer ihn von hinten anschubste oder ihn beiseiteschob, und die Kinder, verstört von der eindringlichen Suche dieses Mannes, ihn überrascht anschauten, dann senkten sie schnell den Blick, als wollten sie sich verstecken. Er ging langsam, damit die Reihen sich nicht zu schnell erschöpften und die hoffnungsvolle Suche beendet sei. Aufgrund ihrer traurigen Mienen und der unnatürlichen Folgsamkeit, die eher Verweigerung denn Fügsamkeit meinte, glichen sich all diese Kinder auf gewisse Weise. Andererseits schien keiner jener Junge aus dem Geschlecht der

Torlakians zu sein, das Misak, hätte er denn gewusst, was geschehen sollte, mit dem Recht der zwanzigjährigen Altersdifferenz wie seinen eigenen Sohn mitgenommen hätte. Als er auf die letzte Reihe zuging, verlangsamte er seine Schritte noch einmal, schaute nicht mehr über die Köpfe der Kinder, wollte nichts vorwegnehmen, das seine Suche hätte verkürzen können. Er blieb bei einem Jüngling stehen, der im Alter seines Bruders sein konnte, und auf dessen Kartonschildchen tatsächlich der Name Calust stand. Nur der Vorname, kein Familienname. Was nur heißen konnte, dass es einer der aufgefundenen Jungen war, es war eigentlich nicht sein Name, vielleicht hatte man ihn in der überfüllten Kapelle des Waisenhauses neu getauft. Er schaute ihn lange an, das Kind hatte den Blick abgewandt, war verlegen oder auch erschöpft von den vielen Leuten, die vor ihm vorbeigezogen waren. Er hatte einen Apfel bekommen, den er zur Hälfte gegessen hatte, den Rest hielt er in der Hand, und der Saft rann ihm über die Finger.

Misak Torlakian wollte etwas sagen, aber er wusste nicht, was. Weißt du noch, wer deine Eltern sind, wo du herkommst, erinnerst du dich an mich? Da er jedoch nicht wusste, was er zuerst fragen sollte, holte er das Spielzeug aus der Tasche, das er unter den durcheinandergeworfenen Sachen in der Ruine ihres Hauses gefunden hatte. Daran musste sich der Junge erinnern. Er bückte sich zu dem Jungen hinunter und hatte das Spielzeug auf der Handfläche liegen, da wandte ihm das Kind seinen Blick zu. Nun biss sich Misak Torlakian auf die Lippe, beherrschte sich, um nicht in Tränen auszubrechen, und schloss die Hand über dem Spielzeug. Dieser Junge schaute ihn aus sanftmütigen, braunen und irgendwie freundschaftlichen Augen an, aber Calust, sein Bruder, hatte große blaue Augen, die in einer Familie von Gebirgsarmeniern mit dunkler Haut ungewöhnlich waren. Letztlich hatte kein Kind Calusts ungewöhnlich blaue Augen. Misak Torlakian entfernte sich und schaute sich bis zum Ende alles an. Als sich die beiden Gruppen trennten, kam Armenag Manisalian zum Hafen herunter, unterschrieb und nahm die Kinder in Empfang. Bischof Knel segnete noch einmal die Menge und die Kinder, dann händigte er dem Kapitän die Dokumente aus. Torlakian schaute zu, wie die Kinder auf Pferdefuhrwerke verladen wurden, die sich langsam entfernten; wie die Menge schweigend zurückblieb und daraus hin und wieder ein Abschiedswinken zu sehen war, man wusste nicht, wem es galt, am ehesten noch den verlorenen Gestalten; wie sich aus der Menge ein Mann mit seiner Frau herauslöste, die ein Mädchen in den Armen hielt, und wie sie hinter dem Konvoi der Fuhrwerke dahingingen. Es war Nşan Maganian, der, auf ein Wunder hoffend, gekommen war, seine in der Wüste Mesopotamiens verscharrte Tochter zu suchen. Er hob seine Frau Azniv und ihre schon im Aufnahmeland geborene Tochter Anahit auf einen der Pferdewagen und beglich seine Schuld, indem er zu Fuß die vierhundert Kilometer nach Strunga bei Iaşi den Pferdewagen folgte. Manisalian hatte dort in einem verlassenen Gutshaus das Waisenhaus für die vierhundert Kinder eingerichtet. Als Misak Torlakian sich entschloss, den fremden Jungen namens Calust zu suchen, war es schon zu spät. Das Waisenhaus hatte es nur drei Jahre lang gegeben. Die Listen mit den Namen der Kinder hatte man in die ganze Welt geschickt, viele hatten Verwandte in den vier Himmelsrichtungen gefunden und den Weg zurück nach Constanţa genommen, um andere Meere zu überqueren zu wieder neuen Ufern hin, und die anderen waren von mildtätigen Familien aufgenommen worden. Schließlich sammelte der Lehrer Nşan Maganian die Archivalien des Waisenhauses ein und kam nach Ploieşti.

Misak Torlakian blieb als Letzter an jenem Ufer zurück. Die Kais waren verödet, die Fischerboote kehrten ans Ufer zurück, die Landungsstege wurden auf die Schiffe hochgezogen und die Lichter gelöscht. Er kniete nieder und weinte lange und gehörig, ein gesprochenes Weinen, wie das Weinen derer, die in die Todeskreise von Deir-ez-Zor hinabstiegen, wie das Weinen meiner Großeltern, ein Weinen, in dem er erzählte, verdammte, fluchte, ein Weinen, das ihn nicht befreite, sondern in sich selbst versammelte. Er schaute aufs Meer, seine Hoffnungen waren zerschlagen, und seine Lippen murmelten unverständliche Worte. Spätnachts brach er auf zu seiner ärmlichen Stube, allein von der Erinnerung an die blauen Augen seines Bruders Calust begleitet, dem, der kommen wird, und von der Segnung Gottes, die Bischof Knel über ihm ausgesprochen hatte, aber diese sollte nur einen Augenblick lang auf Misak Torlakians Scheitel verweilen.

Ich habe eine Weile geglaubt, Hovhannes Kaciaznuni hat jene Sätze über die Bolschewiken gesagt, um dich vor Stalin zu schützen, sagte Misak Torlakian zu General Dro. Ich dachte, er habe sich mit den Bolschewiken gut stellen wollen, um dich zu retten. Wohingegen er in die Sowjetunion und zu den Bolschewiken gegangen ist, und du wohlbehalten von dort zurückgekehrt bist!

Misak hatte als einer der Ersten, von Tatevos Bedrosian, die Nachricht von Dros Befreiung und seiner Ankunft in Rumänien erhalten. Er dachte, da sei Gottes Hand im Spiel gewesen, das Pferd aus seinen Träumen wieherte frei und erhob sich auf die Hinterbeine. Er eilte nach Buzău, übernachtete beim Kaufmann Hazarian, stieg in aller Herrgottsfrühe in den Zug aus Iași und suchte ihn fieberhaft in allen Abteilen. Er erkannte ihn, in einen russischen Pelzmantel gehüllt, an dem verwegen wirkenden Schnauzbärtchen und seinem scharfen Blick. Wird es so sein wie früher, General?, fragte er ungestüm. Wie in den guten Zeiten ... Es ist Frieden, sagte General Dro. In einer Zeit wie dieser ist es für uns schwer, durch Kampf unsere Grenzlinien wiederzugewinnen ... Aber wie lange sollen wir uns denn noch in Geduld üben?, fragte Misak Torlakian verunsichert. Bis wieder Krieg sein wird, Misak, sagte General Dro. Jedem, der von dort kommt, ist klar, dass Russland zu arm ist, als dass es eine lange Friedenszeit durchstehen könnte. Es wird Krieg geben, Misak, und diesmal müssen wir unter den Siegern sein.

Am Bahnhof von Bukarest stiegen sie aus. Misak begleitete ihn zum Konsulat von Armenien. Harutiun Khântirian empfing ihn mit allen Ehren, das heißt, dass er die Trikolore entrollte, die Porträts aufhängte und die Stempel aufreihte, er befeuchtete die Tuschekästchen wie für den wahren Regierungsvertreter der Republik Armenien und verbarg eilig die nichtssagenden Depeschen aus aller Welt und die Zeitungsausschnitte mit den Verlautbarungen der verschiedenen Exilregierungen in den hintersten Schubladen. Sie trafen sich alle, Siruni, Saruni, der alte Harutiunian, die Brüder Hovnanian, und General Dro sprach mit seiner dünnen, aber kräftigen Stimme zu ihnen: Ihr fragt, gegen wen wir zuerst kämpfen werden? Ich antworte euch umgehend: gegen die Bolschewiken. Die Türken haben unsere Körper ermordet, aber die Bolschewiken ermorden unsere Seelen. Wir müssen unsere Seelen retten, damit wir – endlich unsere Seelen erlöst – unsere zerstückelten Körper wieder beseelen können! Diese Worte erfreuten Misak Torlakian. Aber sie bedeuteten auch das Todesurteil für Dros Familie, die Stalin als Geisel in Sibirien festhielt. Während die Zuhörer, wenn sie nicht in der Friedenszeit zwischen den beiden Kriegen oder im Krieg selbst gestorben sind, allesamt von der Roten Armee verhaftet, in den Weiten Sibiriens starben oder bucklig und beinahe blind, nur noch mühsam den sibirischen Frostwind durch die Nüstern ziehend, zurückkkehrten.

Der Frieden ist etwas für die Sieger, sagte General Dro. Wozu dient uns der Frieden? Es ist schwerer, als Besiegter im Frieden zu leben als im Krieg. Der Krieg gibt dir immerhin noch eine Chance. Betrachten wir also den Frieden als das Vorspiel eines neuen Krieges. So werden wir uns die Hoffnung erhalten.

Die Worte von General Dro hatten einen Magnetismus, dem sie nur schwerlich widerstehen konnten, gesetzt, es hätte ihm jemand widerstehen wollen. Aber sie ließen sich von der Vibration seiner Worte tragen, träumten von ihrem großen Armenien, das in einem Rhombus die drei Seen und den kilikischen Mittelmeerbogen vereinte, vom Reich Tigrans des Großen, zumal der Redende der Held von Sardarapat* war. Dann kehrten sie zurück zu ihren Geschäften, an die Tresen ihrer Banken, in die Handelskammern, in die Warenlager und zu den Getreidesilos, berechneten die Börsenkurse und verglichen die Anlagen in Edelmetallen mit jenen in Titeln und Obligationen. Als sie ihre Kriegsangst überwunden hatten, verstreuten sie sich, um sich heimlich der Wohl-

---

* Die Schlacht von Sardarapat war eine Schlacht der Kaukasuskampagne des Ersten Weltkrieges, die in der Nähe der Stadt Sardarapat (heute Armawir), vierzig Kilometer westlich von Jerewan, von 24. bis 26. Mai 1918 stattfand. Hier wurde nicht nur der Vormarsch der Osmanen nach Armenien, sondern vielleicht auch die totale Vernichtung der Armenier verhindert. (A.d.Ü.)

taten des Friedens zu erfreuen. Und diejenigen, die nicht zu den Lehrern an den armenischen Schulen oder Kustoden der Bibliotheken zählten, bereicherten sich weiter und verlängerten die Liste der Wohltäter auf der Marmorplatte an der Armenischen Kathedrale, und als diese keine weiteren Einträge mehr fassen konnte, errichteten sie Trinkbrunnen, stifteten sie Druckereien, bauten sie Häuser für Waisenkinder, für Schulkinder und für Bücher. Sie verstreuten sich und wandten sich ihren neuen Bestimmungen zu. Misak Torlakian aber blieb bei General Dro, klammerte sich schier verzweifelt an dessen Worte und Träume.

Als Dro dann mit aus Amerika erhaltenem Geld und der Hilfe einiger früheren Kampfgefährten seine Erdölgeschäfte begann, wurde Misak Torlakian eine Art Verwalter. So entfernte er sich nicht allzu sehr von den Versprechungen seiner Jugendzeit. Er lernte, dass in diesen Zeiten nicht nur Dinge mit Rohr und Abzug zu den Waffen zählten. Er verwaltete die Erdölgeschäfte mit der gleichen Hingabe, mit der er lange zuvor auf den Gebirgspfaden die Gewehre für die Fedajin geschleppt, der gleichen Liebe, mit der er seine erste Mauser gepflegt, und der gleichen Aufregung, mit der er im Fort von Erzerum die Handhabung der Kanone gelernt hatte.

Er hielt das Erdöl für eine Waffe und hörte das Stöhnen in den Eingeweiden der Erde, wenn die Sonde das Öl hochpumpte, spürte das ölige Rauschen der Benzine in den Rohren mit der gleichen Wollust, mit der er die Explosionen auf den Schlachtfeldern erlebt hatte. Mit dem Geld, das er beiseitegelegt hatte, kaufte er von Noradunghian, der noch seine Beziehungen zum Waffenhandel unterhielt, Gewehre, reihte sie in Wandregalen auf und holte sie manchmal hervor, wenn Dro im Wald von Strejnicu kriegerische Expeditionen organisierte, bei denen sie beritten unsichtbare Feinde überfielen, die Zweige zerschossen, den Laubwald durchkämmten, um dann keuchend und verschwitzt anzuhalten, sich ihres Schweißes zu erfreuen, der sie in Ermangelung vergossenen Blutes an das Schlachtengetümmel erinnerte.

General Dro hielt weiterhin seine bellizistischen Vorträge, und Misak Torlakian richtete sich in diesen Illusionen bequem ein. Auf diese

Weise zog er einen Kreis um sich, in dem der Krieg mit allen seinen Erhebungen und Gefahren andauerte. Es gab auch noch andere auf diesem Kontinent, die solche Kreise um sich herum imaginiert hatten, inmitten derer sie sich bewaffneten und stählten. Von innen her ausgeweitet, wurden sie immer größer, bis ihre Ränder sich berührten. Europa trat in einen neuen Krieg.

Misak Torlakian hatte im Ersten Weltkrieg mit den Russen gegen die deutsche Armee gekämpft, die mit der türkischen Armee verbündet war. Nachdem die neue russische Regierung den Austritt Russlands aus dem Krieg und den Rückzug der Armee aus den besetzten Gebieten in Anatolien und im Nordkaukasus angeordnet hatte, war Misak in die neue Armee Armeniens eingetreten und wurde, wie wir wissen, in den ersten Schlachten verwundet, die auch die einzig siegreichen waren. Im Zweiten Weltkrieg trugen sich die Dinge gewissermaßen umgekehrt zu. Misak Torlakian kämpfte an der Seite der deutschen Armee gegen die russische Armee. Er tat dies mit dem gleichen Eifer und beurteilte Verbündete wie Feinde anhand der Haltung, die sie zu den armenischen Gebieten einnahmen. Diejenigen, die sie besetzen, sind Feinde, diejenigen, die sie befreien wollen, sind Verbündete. Aber die Deutschen wollen sie nicht befreien, wiederholte Vartan Mestugean, der Direktor der Zeitung *Ararat*. Sie wollen Armenien nicht befreien, sie wollen es für sich selbst erobern … Und Misak schaute ratlos und hilfesuchend zu General Dro. Der General, der so oft schon vor Anführern jeden Ranges und den verschiedensten Menschenmengen gesprochen hatte, wusste auf alles eine Antwort und, dies vor allem, er besaß Überzeugungskraft. Sie drängelten sich um ihn, der General erhob sich, zwirbelte sein Bärtchen, erhob sich bei betonten Silben, die er übrigens eine Terz höher aussprach, auf die Fußspitzen und steckte die Daumen in die Armausschnitte seiner Weste, damit seine Drehungen hin zu den Zuhörern am Rand möglichst theatralisch wirkten. Wir wissen das, und wir wissen auch, dass Wangenheim sich damit begnügt hat, Depeschen nach Berlin zu schicken, und sonst hat er die Augen verschlossen vor den Grausamkeiten der Jungtürken. Aber selbst wenn die Deutschen Armenien besetzt halten wollen, wird es ihnen schwerfallen, denn Armenien ist weit weg. Wir müssen uns vor unseren Nachbarn fürchten, sie haben uns immer ins Unglück gestürzt. Welches Übel haben uns die Griechen mit Alexander dem Großen oder die Römer des Marc Antonius beschert, außer dass sie unsere Könige in die Sklaverei verschleppt und sie um einen Kopf kürzer gemacht haben? Aber die Assyrer und Babylonier, die Meder und Perser, die Parther und Araber und Tataren und Türken und Russen?

Solange die deutsche Armee sich weiter weg befand als die Bolschewiken, die jenseits des Dnjestr lauerten und Ultimaten verkündeten, fanden General Dros Worte viele Anhänger, und die Ausfälle, die er mit seiner Kriegergruppe in den Wald von Strejnicu unternahm, verliefen lärmend und beseelt. Selbst als die deutsche Armee im Land war, fand die Idee, die in die Wehrmacht eingegliederte Armenische Legion zu unterstützen, aufgrund der Disziplin der deutschen Soldaten, der besonnenen Requisitionen – ja, sie bauten sogar Straßen und verbesserten das Kommunikationssystem –, ihre Anhänger, deren einige sogar fanatisch waren. So zum Beispiel jener Tatevos Bedrosian, der Direktor der armenischen Schule von Constanța, der sich nicht scheute, die armenische Trikolore auf der Offiziersuniform des 812. Wehrmachtsbataillons zu tragen. Als jedoch Marschall Antonescu den Armeniern drohte, sie wegen ihrer geringen Kriegsbegeisterung deportieren zu lassen, und die deutsche Armee sich gegenüber den Veranstaltern der Pogrome an den Juden als überaus nachsichtig erwies, seufzten die rumänischen Armenier immer noch, wenn sie vom patriotischen Elan des Generals Dro hörten, auch flossen ihnen immer noch die Tränen, wenn die Lieder von der Flucht erklangen, aber sie weigerten sich, in die Legion einzutreten; und obwohl das Kommandozentrum zwischen Berlin und Ploiești aufgeteilt wurde, zogen sie es vor, mit wohltemperiertem Elan von Armenien zu träumen.

Wie wir schon gesehen haben, besaß Misak Torlakian nichts von dem, was man Selbsterhaltungsinstinkt nennt, ja, wir könnten sogar sagen, er sei geradezu verwegen gewesen. Aber er hatte einen ausgeprägten Instinkt dafür, sich seine Ideale zu bewahren. Und oftmals verachtete er Ersteren aufgrund der maßlosen Übersteigerung des Zweiten.

Wenn er sein Leben, die Zeit, die er in Rumänien verbracht hat, vielleicht ausgenommen, ständig der Gefahr ausgesetzt hatte, so sahen sich seine Träume und sein Enthusiasmus umso besser geschützt und behütet, je mehr die Gefahr zunahm. Also beschloss Misak Torlakian im Jahre 1941, General Dro nach Deutschland zu begleiten. Weil er kein Mann der Karten und Strategien war, überließ er es dem General, mit den Deutschen eine gewisse Ordnung in die Aufstellung der Legion zu bringen, dafür zog er von Lager zu Lager, fragte nach den sowjetischen Gefangenen und stellte Listen auf mit den Häftlingen armenischer Herkunft, dann aber war es Sache des Generals, zu ihnen zu sprechen und sie zu überzeugen. Er wollte sich auch eingliedern und an der Ausbildung der Legionsmitglieder beteiligen, aber man sagte ihm, bei seinen über fünfzig Jahren sei dies nicht möglich. Die deutsche Armee war stolz auf ihre Leistungen, noch war die Zeit nicht gekommen, da auch die Veteranenkontingente aus dem Ersten Weltkrieg zu den Waffen gerufen wurden. Misak, wieder einmal beiseitegeschoben, kehrte nach Ploieşti zurück, dabei musste er in diesem besetzten und durcheinandergeratenen Europa einen Zug nach dem anderen wechseln.

Die Situation in Rumänien hatte sich geändert. Der Beginn des Krieges gegen die Sowjetunion begeisterte General Dro und die Initiatoren der Legion, dafür sollten von nun an die Nächte finster bleiben, aus Furcht vor alliierten Bombardements. Man hatte die Lebensmittel rationiert, und vor den Läden entstanden Schlangen. Solche wie Arşag Sâvagian, die sich bis dahin auf dem Schwarzmarkt für Edelsteine und Gold herumgetrieben hatten, änderten ihr Profil und verkauften nun unter dem Ladentisch Lebensmittel und Treibstoffe. Eine Zeitlang mieden die Bombardements, die stets in der Nacht stattfanden, Ploieşti und die Raffinerien. Die wirkliche Stadt mit seiner Industriezone wurde verdunkelt, aber die Deutschen hatten aus Pappkarton eine weitere Stadt mit Raffinerien und allem Drum und Dran geschaffen, die vom Himmel aus wie eine wirkliche Stadt aussah, auch war sie absichtlich beleuchtet. Die Alliierten bombardierten diese Fälschung beharrlich und freuten sich überaus, wenn sie die Staubwolken aus den zerdepperten Pappkartons aufsteigen sahen. Sie hatten ein solches Vergnügen daran gefunden, endlich einmal unbedrängt bombardieren zu können, dass sie nur schwer begriffen oder sich nicht einmal fragten, wie es kam, dass die Häuser schier über Nacht wiedererrichtet worden waren, wieso sich die Bewohner keine Sorgen machten wegen der unbekümmert mitten in der Nacht noch eingeschalteten Beleuchtung, und die Luftverteidigung, die immerhin die deutsche war, nur beiläufig mal einen Schuss abgab und anscheinend absichtlich keinen Treffer landen wollte. Bis plötzlich eines Morgens sechs Flugzeuge, die sich beim Rückflug verirrt hatten, über der wirklichen Stadt auftauchten und noch bevor die Luftabwehr sie bis auf eines abgeschossen hatte, alles zerbombten.

Misak Torlakian nahm dies als ein Zeichen. Er stach sich in die dicken Venen an den Waden, entledigte sich des schweren schwarzen Blutes und schlug die nunmehr unbrauchbar gewordenen Kataster zu, schließlich brannten die Öllager und die Raffinerien mit ihren durch die Bomben verdrehten und zerfetzten Rohren. Er suchte sich die besten Pistolen aus seinen Regalen zusammen und brach auf nach Berlin. Manche behaupten, auch damals seien Waffen vergraben worden, aber diejenigen, die er zurückgelassen hat, haben sich nicht gefragt, was mit ihnen geschehen war, vielleicht fürchteten sie, sie könnten die Antwort erfahren. Misak Torlakian, General Dro, Tatevos Bedrosian, Simon Pilibossian und die anderen beschlossen, sich zusammen mit der Armenischen Legion auf den Marsch nach Osten zu begeben; der eine steckte sich an der Krankheit des anderen an, ja, manch einer von ihnen starb sogar am Tod eines anderen. Und wie alle ungewöhnlichen Umstände, in denen der Tod unerwartet und zufällig seine Wahl trifft, hat auch ihr Aufbruch Legenden hinterlassen, von denen das *Buch des Flüsterns* auch heute noch erzählt, etwa die Geschichte von den Waffen des Generals Dro. Waffen, die niemals aufgefunden und deshalb zahllos waren, sie bewaffneten sehr viel mehr Leute in ihrem Leichtsinn, ihrem Aufbrausen und in ihrem inneren Aufstöhnen, als sie es hätten tun können, wenn jemand sie herbeigeschafft hätte.

Misak Torlakian hatte sein ganzes Leben in Todesnähe zugebracht, und wie jeder, der auf der Grenzlinie lebt, übertrat er häufig, mitunter auch aus Achtlosigkeit, die Grenzrestriktionen. Sodass er, aus Unaufmerksamkeit, die Todeszone betrat, um danach auf die gleiche Weise von dort zurückzukehren. Er spürte die Überquerung der Grenzlinie durch die plötzliche Kälte in seinen Knochen und das Erstarren seiner Sprechwerkzeuge, an dem kalten Schweiß, der sich ihm bläulich über die Stirn legte, und dem Blut, das schwarz in seinen Mundwinkeln saß, aber am häufigsten merkte er sie durch eine seltsame Melancholie. Einen melancholischen Zustand, der ihn seit seiner Jugendzeit nicht mehr verlassen hatte, als er den ersten Menschen umgebracht hat. Schwer zu sagen, welche Melancholien ihn auf seinen Tausende und Abertausende Kilometer messenden Wegen zwischen Berlin, Warschau, Rostow am Don, Simferopol, Stalingrad und Armavir heimsuchten. Aber das vorherrschende Gefühl war Starrsinn. Ebenso seines wie das des Todes, der ihm nicht mehr von der Seite wich, ihn aus nächster Nähe begleitete, der einmal wie ein Affe auf seiner Schulter saß, kurz quiekte und Schabernack trieb, oder schwankend hinter ihm herging und nur das verschwitzte Schnauben einer Stute hören ließ, er legte sich ihm mit rötlichem Fuchsrücken eingerollt zu Füßen oder flog wie ein Vogel um ihn herum.

Angesichts der verschiedenen Verkörperungen des Todes erstaunte ihn nicht deren Grausamkeit als vielmehr ihre Sinnlosigkeit. Der Tod dürfte doch nur für diejenigen sinnlos sein, die sich an den Gedanken, sterben zu müssen, gewöhnt hatten und ihn in ihrem Bett empfingen. Sinnlos war somit der Tod als Versöhnung. Für Misak hatte der Tod, der jedenfalls, der ihn begleitete, stets einen Sinn, eine Erklärung. Nur der Tod als Opfer konnte erlösen. Die einen opferten, andere opferten sich selbst oder wurden geopfert. Das Opfer war die einzige Weise, in der das Leben den Tod besiegen konnte. Eine Sache, die ein Opfer verdiente, sie hatte Misak Torlakians Leben geleitet, seit er ein junger Bursche war und Waffen für Njdehs oder Kevork Ceauş' Genossen auf die Berge getragen oder eingewilligt hatte, in die Spezialmission »Nemesis« einzusteigen. Der Tod konnte keine Befriedung sein, er musste als Risiko angenommen werden.

Doch schockiert hatte Torlakian auf seinen Wanderschaften durch die russischen Steppen, als er der Reihe nach mit der von den immensen Weiten ausgelösten Depression kämpfte, mit dem Staub der Sommerglut, den der Wind herbeiwehte, und der auf den Wangen brannte, die Motoren der Autos verstopfte und die Nüstern der Pferde, der den Speichel trocknen ließ und zwischen den Zähnen knirschte, mit dem Herbstregen und dem Morast, in dem die Räder der Fahrzeuge versanken, der sich wie die Arme gewaltiger Medusen um die Waden der Soldaten schlang und sie hinabzog, dem Regen, der das Fleisch von den Knochen verzehrte und das Holz von den Baumstämmen, dann mit dem Frost, mit dem Schnee und dem Eiswind, der alles erfrieren und selbst die Nachtmahre noch gläsern funkeln ließ, was also Misak Torlakian schockierte, war die überwältigende Sinnlosigkeit des Todes.

Dies hatte er zum ersten Male in Warschau gefühlt. Sein Vertrauen in die Fähigkeit der Deutschen, überall für Ordnung zu sorgen, geriet ins Schwanken, als er in der polnischen Hauptstadt die Ghettos sah. Intensiv durchlebte er seine Verwunderung angesichts der Massenerschießungen, deren Sinn er nicht verstehen konnte, denn der Tod hatte ebenso wie das Leben sein Recht auf Eigenständigkeit. Die Gruppenhinrichtungen und die Massengräber kamen ihm vor wie eine Verhöhnung des Todes; dabei kann man mit dem Tod verfeindet sein, man kann sich vor ihm fürchten, man kann ihn verachten, aber man darf ihn nicht verhöhnen.

Eine Zeitlang blieben Misak Torlakian und die Gruppe, mit der er aus Berlin aufgebrochen war, weit hinter der Front. Bis zu dem Zeitpunkt, als die Armenische Legion die Nordkaukasus-Linie berührte. Bevollmächtigt mit Papieren, die er in Berlin bekommen hatte, ging Misak die Gefangenenkonvois durch und befreite ein paar armenische Soldaten, die dann abzogen, die Reihen der Legion zu stärken. Durch Bessarabien reiste er hinunter auf die Krim, wo er ein paar seiner Bekannten aus der Zeit, als er während des Ersten Weltkriegs nach Russland gegangen war, wiedertraf und einige örtliche Filialen der von den Bolschewiken verbotenen Daşnac-Partei einrichtete. Dabei erhoffte er sich, diese würden nach dem Krieg die Armenier beschützen und bei der Befreiung Armeniens behilflich sein können, diesmal jedoch von der deutschen Besatzung. Als sich nun das Vordringen der Deutschen immer schwieriger gestaltete und verzögerte, rückte Misak stets näher an die Front heran, die er im Winter 1942 sogar erreichte, als die deutschen Armeen in den Kessel am Don-Knie geraten waren. Sein Instinkt hatte Torlakian dabei geholfen, außerhalb der Umzingelung zu verbleiben, und er nutzte diese Gelegenheit, um – während die beiden Armeen wie in einem Bienenkorb in der Schlacht von Stalingrad versammelt waren – bis in die armenischen Gebiete zu reisen. Dieser Krieg, in dem ein Sieg immer illusorischer wurde, gewährte ihm jedoch seinen persönlichen Triumph. Er näherte sich Armavir in der Ararat-Ebene und konnte an einem klaren Morgen die beiden Bergspitzen Sis und Masis in all ihrer Herrlichkeit bewundern, zwei schneebedeckte Berggipfel, die im Himmel hingen, höher als der Nebel reichten, das Bergmassiv von Dünsten bedeckt, aber die Gipfel waren frei, strahlten unwirklich, wirkten wie zwei Köpfe ohne Leiber, zumal diese Leiber sich jenseits der Grenze befanden, auf türkischem Gebiet, und der Berg, den es auf so vielen armenischen Fahnen gab, zu hoch auch, als dass ihm jemand ein Halfter hätte anlegen können, verweigerte sich dieser Demütigung durch die Geschichte.

Mittlerweile war die Armenische Legion ins Zentrum der Operationen gerückt. Nachdem sie eine Weile den Teil der deutschen Truppen, die zum Sturm auf Stalingrad abgezogen worden waren, in der Verwaltung der besetzten Gebiete vertreten hatte, befand General Dro, dass sie nun ihre Bestimmung, die Bolschewiken aus Armenien zu vertreiben, erfüllen müsse. Weil die Front nur unter größten Mühen vorankam, hielt es der General für angebracht, die Armenische Legion vorauszuschicken, und der einzige Weg bestand darin, hinter der Front mit Fallschirmen abzuspringen.

Diese Idee, bestechend in ihrer Verwegenheit, erwies sich als verheerend. In Simferopol trennte sich Misak Torlakian traurig und hoffnungsvoll von seinen Freunden, mit denen er in den Bergen Anatoliens, an den Fronten des Ersten Weltkriegs und in der Armee der Republik Armenien gekämpft oder in Ploiești gemeinsamen Träumen nachgehangen, ja sogar, wie im Fall von Simon Pilibossian, sich Seite an Seite unter den Schutz und den Ansporn der Göttin Nemesis begeben hatte.

Sie verbrachten die ganze Nacht mit Erzählen. Dann umarmte Misak, der es zunehmend schwerer ertragen hatte, wegen seines Alters nicht als Freiwilliger in der Legion kämpfen zu dürfen, Simon Pilibossian und die anderen, blieb neben dem Feldtelegrafen sitzen und wartete auf Nachrichten.

Es war, wie schon gesagt, eine Katastrophe. Bei so vielen sowjetischen Soldaten in ihren Reihen, die aus Todesangst über Nacht zu Soldaten der Wehrmacht geworden waren, ist es gut möglich, dass sie verraten wurden. Vielleicht waren auch die Orte nicht richtig ausgewählt oder die Nächte nicht dunkel genug. Oder aber das Schicksal hatte schlicht und einfach, gelangweilt von den vielen zur Kriegszeit ausgeworfenen Würfeln, beschlossen, einen absolut chancenlosen Versuch von allem Anfang an zu entscheiden.

Es ist viel zu wenig über die Armenische Legion gesprochen worden. Vor allem ihre Verleumder haben über sie geredet, und es vorgezogen, in ihr bloß das Bataillon 812 der Wehrmacht zu sehen, das im Berliner Kommandozentrum seinen Ursprung hatte, und nicht in Ploieşti, wo die Initiative dazu gefasst worden war. Die Tatsache, dass diese Armee eher eine Freiwilligenlegion als eine Division der deutschen Armee war, wird durch die Art untermauert, wie sie endete, durch einen Akt kollektiven Selbstmords. Es gibt Tiere, die Lemminge beispielsweise, die dann, wenn sie sich zu stark vermehrt haben, als dass sie der Boden ertragen könnte, auf dem sie leben, sich zum Teil umbringen, indem sie sich ins Meer stürzen. Solch ein Gesetz wird offenbar auch bei manchen Völkern wirksam, die mehr anstreben, als ihnen die Welt zugesteht, und unter der Last der eigenen Träume zusammenbrechen; so lassen sich sowohl die Illusionen der Armeniergruppe aus Piteşti als auch das tragische Geschick der Armenischen Legion von A bis Z erklären.

Die Soldaten der Legion wurden also hinter den russischen Linien mit Fallschirmen abgeworfen. Die nicht einer nach dem anderen in der Luft schon erschossen wurden, sondern schwer wie tote Vögel herabfielen, von ihren Fallschirmen wie von Leichentüchern bedeckt, wurden an ihren Zielorten niedergemäht oder später, halb verhungert und mit wild flackernden Augen, gefasst.

Simon Pilibossians Gruppe war es gelungen, den Boden zu erreichen. Ihr Radiosender hat noch eine Weile gesendet, dann schwieg auch er. Deshalb wissen wir, was mit Simon Pilibossian geschehen ist. Er sprang mit dem Fallschirm ab, aber beim Landen hatte er sich das Kniegelenk gebrochen. Nachdem er den unverletzt gebliebenen Gefährten befohlen hatte, auszuschwärmen, hatte er sich an einen Baumstamm gelehnt, das Gewehr vor sich in den Boden gerammt und sich eine Kugel in den Kopf geschossen. Andere waren nicht so mutig wie er, und da es keinen Sender mehr gab, der von ihnen berichtet hätte, hatten sie auch keinen Anteil an einem postumen Ruhm. Es hat von den hinter der Front abgesprungenen Soldaten der Armenischen Legion keine Überlebende gegeben. Die nicht durch Kugeln umgebracht worden waren, wurden von der unendlichen Weite verschlungen. Und wer noch nicht geflohen war und auch keine Möglichkeit gefunden hatte, der zweiten Umzingelung auf der Krim zu entkommen, wurde je einzeln gejagt, ebenso wie die Hauptfiguren der Daşnac-Partei. Ich sprach von der zweiten Umzingelung, der auf der Krim, denn in der ersten, der von Stalingrad, war die Armenische Legion nicht gefallen, sie konnte nicht zwischen den Fronten gefangen genommen werden, und zwar aus dem einfachen Grund, dass sie darüber hinweggesprungen war. So kam es, dass die Armenische Legion in der langen Liste der verschiedensten Opfer des Zweiten Weltkriegs weder die Zahl der Gefangenen noch die der Verwundeten entscheidend beeinflusst hat, sie wurde umstandslos den Toten zugerechnet.

Solange sich die russische Front zurückzog, war es Misak Torlakian leichtgefallen, die Linien von der einen auf die andere Seite zu überschreiten, ja, er konnte sogar seine Pilgerreise zum Berg Ararat fortsetzen. In dem Augenblick, da die Front sich nach der deutschen Kapitulation in Stalingrad umkehrte und die Russen auf dem Vormarsch waren, blieb Misak – fasziniert vom Waffengedröhne und blindlings sich dem Tod anvertrauend, mit dem er verbandelt war, die beiden führten sich gegenseitig – nahe an der Schusslinie, sodass er in den Kessel von Odessa geriet. Dort lernte er Onik Tokatlian kennen, den Kapitän der »Ardealul«, der sich um die Rettung der eingekesselten Soldaten kümmerte. Er bot auch Misak einen Platz auf dem Schiff an, aber Misak lehnte ab. Es wäre zu einfach, hatte ihm der Tod zugeflüstert. Und hinzugefügt: Du kannst nicht den Platz eines Soldaten einnehmen. Es wirkte so, als hättest du ihn von hinten erschossen.

Da er es ablehnte, sich über das Wasser zu retten, gelang es Misak Torlakian, auf dem Festland zu entkommen. Weil er so nahe bei ihm war, bewahrte der Tod ihn vor den Kugeln. Er hatte es sich angewöhnt, mit ihm zu sprechen, gestikulierte oder murmelte, sprach mit den toten Freunden, und der Tod antwortete in ihrem Namen. Mit Müh und Not schaffte er es auf einen Lastwagen, der sich durch eine Lücke in der Umzingelung schlängelte. Zwischen den Pferdefuhrwerken der Flüchtlinge, den endlosen Kolonnen von Soldaten und Fahrzeugen aller Art, ab und zu anhaltend, um sich zur Wehr zu setzen, zwischen Schrapnelleinschlägen, welche die Konvois durcheinanderwirbelten, zog er die Ukraine hinauf bis nach Czernowitz. Keinen Augenblick lang hat er sich vor dem Frontverlauf gehütet, auch ist er keinen Schritt schneller gegangen, als sich dieser bewegte, als hätte er sich vom Berg Ararat nicht anders denn unter Schubsern fortbewegen können. Er lauerte auf den Augenblick, da sich die Dinge ändern würden, dann wollte er sich wieder, wie vor dreißig Jahren bei der Belagerung von Trapezunt, in die Vorhut der Truppe einreihen. Aber die Dinge änderten sich nicht, und die russische Offensive zerstörte jede Illusion. An einem trüben Frühlingstag des Jahres 1944 ordnete Dro ihnen an, den kürzesten Weg zurück nach Berlin einzuschlagen, wobei er ihnen empfahl, sich nur noch darum zu kümmern, ihre eigene Haut zu retten.

Misak Torlakian kehrte auf dem gleichen durchwühlten Weg voller sich drängelnder Menschen, unter einem tief hängenden Regenhimmel, den die Kanonenschüsse noch verengten, und allseits von der gleichen Sinnlosigkeit des Todes erfasst, zurück. Der Sinn verpflichtet zur Beschränkung. Aber weil von allem, was es in der Welt gibt, der andere zu Kriegszeiten zum nutzlosesten Ding wird, starben die Menschen in unzählbaren Mengen. Auf diese Weise erwies sich das zwanzigste Jahrhundert hinsichtlich seiner Rechnungen mit dem Tod unter allen christlichen Jahrhunderten als das verschwenderischste.

Der Bahnhof von Focşani lag nicht auf dem kürzesten Weg nach Berlin, und Misak Torlakian schien sich nicht aufgrund eines Befehls dort aufzuhalten. Er war gekommen, um sich zu verabschieden. In Begleitung von Großvater Garabet schritt er über die Bahnhofsstraße, auf der die Kastanien noch keine Blätter getrieben hatten, und trat in den Hof der armenischen Kirche. Du bleibst hier, sagte Großvater Garabet. Wir werden etwas für dich finden, damit du was zum Leben hast ... Hier ist kein Platz mehr für mich. Bald werden die Russen über euch kommen. Und wenn sie dich dann fragen, wirst du sagen müssen, dass du mich nicht kennst. In Simferopol und in Rostow am Don haben sie in den Häusern, in denen ich gelebt hatte, alle erschossen. Und schließlich musst du keine Betätigung für mich finden, ich weiß, was ich zu tun habe. Wenn ich es mir so recht überlege, habe ich niemals etwas anderes tun können als dies ... Du hast getan, was zu tun war, sagte Großvater Garabet. Alles zu seiner Zeit. Sie hätten dir dafür beinahe den Strick um den Hals gelegt. Du selbst hast gesagt, es kämen andere Zeiten. Wie dem auch sei, Misak, es wird wieder Frieden geben. Wer bestimmt in unserem Namen, ob Frieden sein soll oder Krieg?, empörte sich Misak Torlakian. Wer fragt uns, ob wir Frieden wollen und welches unsere Bedingungen sind? Die Welt will Frieden, sagte Großvater in dem gedämpften Tonfall, in dem er seine Urteile zu verkünden pflegte. Manchmal beeilen sich die Leute zu sehr, und aus dieser Eile entstehen Kriege. Und aufgrund der gleichen Eile ermüden sie, und aus ihrem Keuchen wird der Frieden geboren. Der Krieg ist ein Keuchen. Der Frieden ist ein Keuchen. Wo liegt der Unterschied? Der Rhythmus, Misak. Die Differenz liegt im Rhythmus. Du hast gekämpft, hast gemordet, hast deine Pflicht erfüllt. Nun ist es an der Zeit, dass du dich beruhigst. Das stimmt nicht, sagte der andere. Halte dich nicht an Armen Garo, der vor uns geweint hat. Er ist alt geworden. Oder an Hovhannes Kaciaznuni. Auch er ist alt geworden. Simon Pilibossian ist tot, also wird er niemals alt werden. Er hat die große Liste bewahrt, aus der Armen Garo und Şahan Natali die sieben, acht Namen für die Operation »Nemesis« ausgewählt hat. Simon hat mir die Liste überlassen, als er zu seiner Mission aufbrach. Er hat sich eine Kugel in den Kopf geschossen, also hat er mir diese Liste zum Vermächtnis gemacht. Darauf stehen einundvierzig Namen. Verstehst du? Siebzehn von den dort auf der Liste Eingetragenen sind mittlerweile aufgrund ihres Alters gestorben, sechs sind durch Kugeln oder am Strang gestorben, je nachdem, was sie verdient hatten. Achtzehn sind übrig geblieben. Wer schließt in diesem unserem Krieg Frieden? Derjenige, der vergibt, sagte Großvater Garabet. Er rauchte selten, aber er nahm die Zigarette von Misak Torlakian an, der Augenblick nahte, und sie fanden, sie sei das Einzige, was sie teilen konnten. Aber wir können noch etwas teilen, sagte Misak Torlakian. Diese Geschichte. Er nahm das Holzpferdchen aus der Tasche und wischte mit dem Ärmel seines Sakkos darüber. Vergeblich, die Mähne wollte nicht glänzen, das Holz war alt und die Farbe abgeblättert. Das ist alles, was mir von Calust, meinem kleineren Bruder, geblieben ist. Ich fand es in seinem Zimmer zwischen den Trümmern, als ich in unser Dorf zurückgekehrt bin. Ich hatte es ihm geschenkt, ich hatte es mit dem Bajonett aus Nussholz geschnitzt. Ich hatte nicht gewusst, warum ich von Bahbud Khan träume, der mich auf einem blutenden Pferd verfolgt, aber das Pferd zerschmettert mich nicht unter seinen Hufen. Damals dachte ich, es sei deshalb so, weil niemand in seinem eigenen Traum stirbt. Ich dachte, wenn ich den Aserbaidschaner umbringe, wird der Traum verschwinden. Aber er verschwand nicht ganz, das Pferd ist geblieben, und ich träume weiterhin von ihm. In meinen Albträumen reiten andere auf ihm und quälen es. Jeder, der von dort entkommen ist, hat seine eigenen Albträume, sagte Großvater. Wir werden uns von ihnen nur befreien können, indem wir sterben, nicht dadurch, dass wir den Tod anderer herbeiführen. Ich habe einen Sohn, und das hilft mir. Vielleicht solltest du dich auch häuslich niederlassen und das Gleiche tun. Ich bin zu alt für so etwas, Garbis. Wenn ich zu alt war, um an der Front zu sterben, wo es die schönsten und jüngsten Toten gab, dann bin ich auch zu alt, um Kinder zu machen. Wir waren Verdammte, aus welcher Schuld auch immer. Wer kann schon wissen, ob diese Verdammnis mit uns endet und nicht auf die Kinder übergeht? Denk an unsere Großeltern und unsere Eltern. Vielleicht haben wir das im Blut? Vielleicht wird das Opfersein vom Vater auf den Sohn übertragen. Aber Misak ..., sagte Großvater, doch dieser unterbrach ihn mit einer Handbewegung. Garbis, ich bin nicht gekommen, um mich mit dir zu beraten. Ich zweifle nicht und benötige keinen Rat, auch fühle ich mich nicht verloren, wie vor zwanzig Jahren, sodass ich der Tröstung bedürfte. Ich bin nur gekommen, um mich zu verabschieden. Damit du von mir weißt, mehr nicht ... Ich werde dir hin und wieder eine Nachricht zukommen lassen, auf ganz bestimmte Weise, der du entnehmen kannst ... Und jetzt sollten wir uns verabschieden, hier, vor der Kirche, wie zwei Männer. Verabschiedungen am Bahnhof sind was für Verliebte ... Am Tor blieb er stehen und schaute zurück zu Großvater, der unter der Kastanie auf der Bank des blinden Minas sitzen geblieben war. Sahag kannst du es erzählen, ihm allein. Das Blut sieht gleich aus, in allen Adern, wenn man es ungehindert fließen lässt, man wird den Unterschied zwischen Henker und Opfer nicht erkennen können. Ich bin sicher, er wird verstehen.

Was wird nun geschehen?, fragte Sahag Şeitanian. Mittlerweile war Misak Torlakian verschwunden. Sein Aufenthalt in Focşani war nicht bemerkt worden, und es war niemand gekommen, um nach ihm zu fragen. Im Mai verschwand auch General Dro, dann Tatevos Bedrosian mit seiner gesamten Familie aus Constanţa. Von den Initiatoren der Armenischen Legion waren die einen in Russland gestorben, andere nach Deutschland geflohen, aber in Rumänien war niemand mehr geblieben. Da die Keimzelle verschwunden war, weiteten die Aufklärungsdienste der Roten Armee den Kreis aus, und vor allem in Bukarest und Constanţa begannen die Verhaftungen. Großvater war nahe dran, kurz vor Weihnachten verhaftet zu werden, während er die Kiste mit den gesammelten Schuhen in die Kirche trug, aber sei es, dass ihr Auto schon mit Verhafteten vollgestopft war, sei es auch, dass die russischen Soldaten nach einer weißen, somit schlaflosen Wodkanacht etwas träge geworden waren, Großvater, von Sahag Şeitanian beiseitegezerrt, konnte davonrennen, und er hörte nur noch die Rufe der Soldaten, die eher dazu angetan waren, ihn zu verscheuchen denn zu verfolgen. Und solange die Russen Misak Torlakian noch in Rumänien suchten, konnten sie nicht anderswo seiner habhaft geworden sein, sodass er frei seine

Leidenschaften hinsichtlich der ihm von Simon Pilibossian anvertrauten Liste ausleben konnte, und das Pferd trabte durch seine Träume.

Was wird jetzt geschehen?, fragte Sahag Şeitanian. Sagen wir, es wird Frieden sein, antwortete Großvater Garabet, denn so gehörte es sich. Andererseits hat es so viele Kriege gegeben, die, verschiedene, ineinandergemengt waren, dass die Friedensverhandlungen es nicht schaffen, sie alle zu besänftigen. Und weil man nicht alle Leute zu den Verhandlungen zusammenrufen kann, werden manche von ihnen ihre Kriege weiterführen. Was für eine Art Frieden soll das dann sein?, fragte Sahag und spürte, wie Yusuf unruhig wurde und in seinen Eingeweiden aufquoll; fertig zur Geburt.

ELF

Was wird jetzt geschehen?, fragte Sahag Şeitanian und schaute über den Zaun herüber. Nach der vom König vollzogenen Ernennung von Petre Groza zum Premierminister hatte unsere Straße sich soeben beeilt, ihren Namen zu ändern, aus dem hinreichend uninteressanten bisherigen Namen Dulapuri* wurde 6. März 1945 – die Einsetzung der ersten demokratischen Regierung. Der Straßennamen bestand eigentlich nur aus dem Teil, der sich auf das Datum bezog, den Rest hatte man hinzugefügt, um die Ortsansässigen darin zu unterstützen, im Grunde nichts von dem zu begreifen, was mit ihnen geschah. Was wird geschehen?, fragte Sahag Şeitanian und schaute über die Straße auf die Männer in Ledermänteln, die Carol Spiegel, den Nachbarn von vis-à-vis, verhaften gekommen waren. Auf unserer Straße, der 6. März 1945, war dies das Ereignis, mit dem die erste demokratische Regierung ihren Einstand gegeben hat.

Was wird jetzt geschehen? Dies hatte Sahag Şeitanians Großmutter vor fünfzig Jahren gefragt, als sie an dem Tag, an dem die Osmanische Bank besetzt wurde, unter ihren weiten Röcken Pistolen für Armen Garos Gruppe durch die Seitengassen von Konstantinopel trug. Was wird geschehen?, hatten die anderen Eltern der alten Armenier meiner Kindheit von Trapezunt bis Adana, entlang der anatolischen Halbinsel und von einem Meer zum anderen gefragt, als sie im Morgengrauen die Trompeten hörten, die den Abschaum der Städte um die türkische Armee herum versammelten, um über die armenischen Stadtviertel herzufallen. Die gleiche Frage sollten sie sich auch zwanzig Jahre später stellen, als man auf den Kreuzungen der großen Straßen

* Dulapuri = rum. Schränke. (A.d.Ü.)

439

die dicken Trommeln und die Stimmen der Ausrufer hörte, langgezogen und kehlig wie der Ruf des Muezzins vom Turm der Moschee, die mitteilten, dass alle armenischen Familien in drei Tagen ihre Häuser zu verlassen hätten und nur so viel mitnehmen dürften, wie sie selber tragen könnten, auch hätten sie sich an den Stadträndern, an den Osttoren, in Konvois einzureihen. Auf den Lippen zurückbehalten hatten sie die Frage, wie lange die Widerstandsfähigsten unter ihnen die sieben Stufen des Todes nach Deir-ez-Zor hinabgestiegen waren. Was wird nun geschehen?, hatten die wenigen Überlebenden gefragt, die auf dem europäischen Ufer des Bosporus lebten, und die der Rauch aus den christlichen Stadtvierteln von Smirna und Konstantinopel zu den Häfen und den viel zu schmalen Landungsbrücken der Schiffe getrieben hatte. Ihr Weg zurück nachhause war von den Leichen gesäumt, die man in weiße Tücher gehüllt über den Damm geworfen hatte, Markierungszeichen, hinter die sie niemals mehr zurückgehen sollten. Und was wird jetzt geschehen?, hatten sie sich gefragt, als sie ihre Staatenlosenpässe fremden Behörden vorzeigten, drunter und drüber in provisorischen Unterkünften schliefen, tagsüber irgendwelche Lastenträgerdienste verrichteten, Wunder was von hier und da verkauften und dann allmählich ihre Geschäfte begründeten, die statt des erstickenden Rauchs der verstreuten Feuersbrünste die Spezereiaromen des Orients erstehen ließen. Was wird geschehen? Als sie wieder einmal der Krieg einholte, sie sahen, wie die verbündeten deutschen Armeen mit der beginnenden Ostfront sich festbissen, begannen sie, nächtens ihre Fenster mit schwarzem Pappkarton zu verdecken, und bereiteten ihre Koffer vor, stopften sie in Erwartung einer neuerlichen Deportation voll mit dicker Kleidung. Dann, als sich die Front umkehrte, versteckten sie sich hinter den Zäunen, schauten sich die neue siegreiche Armee an, die den Passanten die Uhren mitsamt den Ketten wegriss, um sie sich wie Medaillen um den Hals zu hängen, quer durch die Höfe der Leute hinter den Mädchen her war und auf der Suche nach Spiritus, den nur Soldaten trinken konnten, deren Kehlen vom Rauschen des Todes und des Steppenwinds ausgetrocknet waren, die Schaufenster der Apotheken einschlug. Was wird geschehen?, hatten sie sich gefragt, als sie das mit so viel Mühe zusammengetragene Gold hinter den Kacheln ihrer Öfen, unter den vom Boden gelösten Dielenbrettern, unter den Ackerfurchen im Garten oder unter der Hundehütte versteckten, als sie ihre Wertpapiere zwischen die Holzscheite im Schuppen steckten, als sie die Leute in den Ledermänteln hörten und sahen, wie sie nachts gegen Türen traten und sich die Menschen aus den Wohnungen so schnappten, wie sie zu dieser Stunde anzutreffen waren, im Pyjama oder in Pantoffeln, wie es meinem Onkel Ervant Hovnanian geschehen war. Sie lebten vor allem, indem sie sich und das, was sie um sich herum gesehen haben, befragten; so viele Konvois, welche die Massengräber füllten oder in den Sandmassen Mesopotamiens zugrunde gingen, so viele entfesselte Massen, so viel durchwühlte Erde und so viele dröhnende Himmel, es hätte ihnen als Antwort genügen können. Nur war diese Frage von Furcht begleitet, und selbst wenn sie altem Leid entsprang, verlangte die Furcht nach neuen Antworten, denn jede neue Furcht ging, im Unterschied zur Angst, mit einer neuen Hoffnung einher.

Gerade weil Großvater dies wusste, enthielt er sich einer Antwort und begnügte sich damit, die Schulter zu zucken. Sie erwarteten gar nichts anderes, sondern wären enttäuscht gewesen, wenn Großvater geantwortet hätte. Sie fragten sich gegenseitig, vor allem, um sich nicht so allein zu fühlen. Außerdem spürten auch sie wie die vor ihnen, dass die Antwort stets woanders zu suchen war.

Trotzdem gab es eine Antwort, und zwar von einem, von dem sie es am allerwenigsten erwartet hatten, nämlich vom alten Herrn Anton Ferhat. Sie saßen auf den Schemeln vor der Kapelle des armenischen Friedhofs jenseits der Bahnlinie und aßen in bunten Tellern Halva, welche die Pfarrersfrau aus geröstetem Grieß, in der Pfanne gebräunten Nüssen, Rosinen und Gewürznelken gemacht hatte. Etwas weiter weg befand sich die Familiengruft der Seferians, die noch nicht zum geheimen Treffpunkt des Kirchenkomitees geworden war. Und daneben waren zwei frische Gräber mit einem einzigen Holzkreuz am Kopfende, auf das mit gelber Farbe zwei Namen geschrieben waren.

Der alte Herr Ferhat war berühmt für seine Knauserigkeit. Er war keinesfalls der Einzige, der leidenschaftlich maßhielt, denn so gut wie alle alten Armenier meiner Kindheit, die Tellerchen mit gerösteter Halva in den Händen, scheuten Ausgaben. Aber Anton Ferhat war nicht irgendein Geiziger, er verfügte über einen äußerst kreativen Geiz, was ihm nicht nur dabei half, Krisen der Großzügigkeit zu vermeiden, sondern auch Argumente zu finden, mit denen er eine auf seine Prinzipien gegründete Welt als die großzügigste aller möglichen Welten darstellen konnte. Kurz gesagt, je tiefer er sich in seinen Geiz verkroch, umso angerührter war er von der eigenen Großzügigkeit. Er hatte sich eine strenge Buchführung über alle seine Güter angewöhnt und hätte um nichts in der Welt eine Minderung seines Vermögens akzeptiert, war von keiner Versuchung zur Mildtätigkeit zu erweichen. Aber sieh an, Anton Ferhat war der Erste, der mildtätig wirkte und die Antwort zu seinem Teil einer Opfergabe machte. Ohne jedoch seine Prinzipien zu verletzen, denn als Antwort schenkte er das Einzige her, das er, obwohl er es besaß, nicht in sein Buchhaltungsregister eingetragen hatte, also minderte er durch dieses Geschenk auch keinesfalls sein Hab und Gut, sondern sein Leben.

Was wird nun geschehen?, fragten sie, und als Erster antwortete der alte Herr Ferhat, und er tat dies nicht allein, sondern zusammen mit seiner Frau, die, so gut es eben ging, ihre breiten Hüften zusammenquetschte, um, früher, zusammen mit ihm auf den Sessel am schwer mit Leckereien beladenen Tisch und nunmehr an der Seite ihres guten Mannes ins Grab zu passen. Wenn wir jedoch ganz gerecht urteilen wollen, so hatte Dicran Bedrosian als Erster geantwortet, und zwar als die Fragen, die sich auf die neuen Zeitläufte bezogen, noch gar nicht gestellt wurden. Aber die anderen waren der Meinung, was Dic Bedrosian geschehen war, könne man nicht als eine mögliche Antwort auf die permanente Frage ansehen, sondern als eine zünftige Lehre für den Starrsinn, mit dem er sich stets auf die Seite der Bolschewiken geschlagen hatte. Deshalb schwieg Dic Bedrosian, der sich nun immer reflexartig die leere Stelle am linken Armgelenk rieb, als könne er noch immer nicht glauben, was ihm geschehen war, und nahm hin, dass als Erster der alte Anton Ferhat antwortete, der zwar seinerseits nun schwieg, aber angesichts der Tatsache, dass er tot war, wirkte sein Schweigen sehr viel beredter.

Der Alte hatte sich den Tod nicht so sehr durch seinen kreativen Geiz zugezogen, sondern vor allem durch das Symbol dieser Kreativität, den Pflaumenbaum hinten in seinem Hof. Die Familie Ferhat veranstaltete üppige Mahlzeiten, insonderheit aus Initiative der respektablen Madame Ferhat, die beim Beaufsichtigen ihrer auf der Ofenplatte brodelnden Töpfe aus ihrem tiefsten fettgepolsterten Inneren heraus seufzte: Wie schrecklich, wenn man hungrig ist! Der Tisch war offensichtlich nur für Frau und Herrn Ferhat gedeckt. Dann, vor der Unzahl leerer Teller, an deren Rändern das Fett glänzte, den gewaltigen Hintern in den Schraubstock des Sessels gequetscht, seufzte Madame Ferhat noch einmal, diesmal abschließend, schlussfolgernd: Wie schrecklich, wenn man hungrig ist, wie schrecklich! Die Gäste kamen jedoch erst nach der Siesta, wenn die Spuren des Mittagessens vollständig beseitigt waren. Die von Familie Ferhat angebotene Bewirtung war stets die gleiche und trotzdem unterschiedlich, von August bis Oktober jeweils eine Schüssel mit Pflaumen, anfangs grünlich und von der Größe einer kleinen Mirabelle und später, auf den Herbst zu, immer reifer. Und im restlichen Jahr war die gleiche Schüssel mit getrockneten Pflaumen gefüllt, deren heilsame Wirkung die Familie Ferhat unablässig rühmte. Nun gut, eben in den Ästen jenes so nützlichen Pflaumenbaums vernahm der alte Herr Ferhat an einem Septemberabend ein beunruhigendes Rascheln. Er griff sich sein Gewehr und schlich mit dem verzweifelten Elan dessen, der soeben das Teuerste auf der Welt zu verlieren droht, unter den Pflaumenbaum, wo er sein Gewehr entsicherte und zu schießen drohte, indem er aufs Geratewohl nach oben zielte. Sein Vorgehen wirkte bei weitem nicht so entschlossen wie überraschend und brachte es mit sich, dass der Eindringling erschrak und ein Jugendlicher, von herabgeschüttelten Blättern und Früchten begleitet, zwischen den Ästen herabfiel und sich zitternd, die Hände erhoben, an den Baumstamm stellte. Herr der Situation und überaus empört, befahl Ferhat dem Burschen, sich nackt auszuziehen, und mit einer finsteren Drohung für den Wiederholungsfall stieß er ihn mit dem Gewehrkolben nackt auf die Straße. Der Pflaumenbaum setzte nach diesem Vorfall ungestört seine Früchteproduktion fort, Jahr um Jahr, mindestens ein Jahrzehnt lang. Als die Russen kamen, requirierten sie alle Waffen, und Herr Ferhat, wie alle Geizkragen die Schärfe des Gesetzes fürchtend, gab sein Gewehr ab, verlangte dafür aber einen Bon, auf dem sein Name eingetragen sein sollte, damit zumindest theoretisch sein Kataster nicht zu leiden habe, sein Eigentumsrecht respektiert sei und man ihm eines schönen Tages das Gewehr zurückgeben könne. Und seine Erwartungen wurden erfüllt, wenngleich nicht ganz genau auf die Weise, die er sich gewünscht hatte. Der Jugendliche aus dem Pflaumenbaum war mittlerweile ein erwachsener Mann geworden, und weil die Betätigung, der er sich, wie wir gesehen haben, hingegeben hatte, ihm in jenen undurchsichtigen Zeiten vielfältige Perspektiven eröffnete, trat er in die neue politische Polizei ein; er bekam einen Ledermantel, Stiefel, mit denen man gut durch Treppenhäuser trampeln, Türen eintreten und sie den Leuten in den Bauch rammen konnte, sowie das Recht, in allerlei Papieren herumzublättern, wie zum Beispiel in dem Register der beschlagnahmten Waffen. Wo gleich obenan Anton Ferhats Name eingetragen war. Wir kennen den Namen des Mannes nicht, denn es hat ihn danach niemand gesucht, aber er wurde von den Lesern des *Buchs des Flüsterns* als der diebische Bube identifiziert. Denn über dem Leib des armen Alten wurde das Gewehr gefunden, und man hatte ihm ein paar getrocknete Pflaumen zwischen die Kiefer gesteckt, deren heilsame Wirkung ohne Resultat geblieben war, denn Anton Ferhat blutete bis zu seinem Tode, ohne dass irgendjemand auf der Straße sein Stöhnen gehört hätte. Der Mann hatte an die Tür geklopft, und die ihm geöffnet hat, war Frau Ferhat, die auf die Frage hin, was er denn wünsche, zur Antwort eine Kugel in die Brust und eine in die Stirn bekommen hat. Irritiert, jedoch nicht durch die Schüsse, denn zu jener Zeit waren sie recht üblich, auch nicht durch den Lärm, mit dem sie zu Boden gefallen war, denn auf welche Seite sie auch gefallen wäre, die weiche Polsterung von Madame Ferhat hätte keinen Laut entstehen lassen, sondern durch die Stille, die sich danach ausgebreitet hatte, tauchte der alte Ferhat im Vestibül auf. Und der Mann, der zu schießen verstand, schoss ihm in die Lunge und in den Bauch und ließ ihn qualvoll sterben, an den Pflaumen ersticken, die er ihm in den Mund gedrückt hatte. Großvater Garabet zuckte mit den Schultern, aber die anderen schauten über seine Schultern hinweg, und als sie die aufs ungehobelte Holz des Kreuzes geschriebenen Namen sahen, empfingen sie von Anton Ferhat die erste Antwort hinsichtlich der Ereignisse, die kommen sollten.

Die zweite Antwort kam von *Eşek* Simon, also von Simon Măgarul*, ein anderer Simon als mein Onkel, der sich zu jener Zeit, verlockt von den Fanfaren, Restaurants, geschenkten Häusern und Steuerbefreiungen, mit denen ihn die Losungen der kommunistischen Armenier von der anderen Küste des Schwarzen Meeres her geködert hatten, auf seine Repatriierung vorbereitete. *Eşek* Simon war klein, hatte drahtiges Haar, das geradezu senkrecht nach oben gekämmt war, als hätte er eine Schuhbürste auf dem Kopf getragen. Jenseits seines lächerlichen Aussehens hatte seine Haartracht immerhin die Funktion, seiner Größe noch etwas hinzuzufügen, oder besser, seiner fehlenden Größe, ebenso wie die Schuhe mit den hohen Absätzen, die Krikor Minasian speziell für ihn angefertigt hatte. Er hatte schwarze durchdringende Augen, die jedes für sich genommen schön waren, aber leider schielte er dermaßen stark, dass seine Blicke sich schon über der Nasenwurzel rechtwinklig schnitten. Übrigens hatte *Eşek* Simon sich selbst in dem Autoporträt, das er an Der Ignadios nach Galați in der Hoffnung geschickt hatte, einen vorderen Platz auf der *Liste der Entsprechungen* zu ergattern, so beschrieben: »Schöne Augen sein vorhanden, schaut nur eines mir zum andern.«

Vor dem Krieg hatte *Eşek* Simon eine Teestube auf der Hauptstraße eröffnet, wo er, um sich eine Kundschaft zu schaffen, zusammen mit Kemancist Rupen, der dafür extra aus Constanța angereist war, kleine Veranstaltungen organisierte. Kemancist Rupen, noch kleiner als er, war auf einen Stuhl ohne Lehne geklettert und ließ seine Beine im Leeren baumeln, die paar Haarfäden vom Schädel her waren in einem schö-

---

* Măgarul = rum. der Esel. (A.d.Ü.)

nen Bogen über die Stirn gelegt und mit Brillantine eingeschmiert; er spielte die *Kemancea*, eine Art Mandoline, und seufzte wehmütig nach seiner Geliebten, womit er die Seufzer meiner Großmütter und Tanten sowie anderer Damen jener Zeit hervorrief, die in eng an der Taille anliegenden Kostümen steckten, ihre Handtaschen auf dem Schoß hielten und die Spitzen ihrer Schnallenschuhe kreuzten, denn es galt als unschön, die Beine übereinanderzuschlagen, zumal es sich um ein Teehaus und nicht ein Café handelte, und ab und zu wischten sie sich mit dem Taschentuch heimliche Tränen aus den Augenwinkeln. Unsere Großmütter und Tanten waren dicklich und hatten Grübchen in den Wangen und an den Ellbogen. In ihrer drallen Art gefielen sie den Männern im Teehaus, die in ihren steifen Anzügen schwitzten, den Hals abgeschnürt von starren Fliegen. Gerade deshalb konnten die Rundungen ihrer Hüften und Wangen ihren koketten Antrieb, feine Keksstückchen im Tee einzuweichen und sich anschließend mit den Fingerspitzen die Krümel aus den geschwungenen Winkeln ihrer Lippen zu wischen, nicht im Geringsten besänftigen. Und sie kicherten oder lachten lauthals, als nach dem Jammergesang *Kemancist* Rupens, der ab und zu von den Seufzern der Zuhörerschaft: »Vah! Vah!« oder tiefer: »Aman! Aman!« unterbrochen worden war, *Eşek* Simons kleine Szenen folgten. Da er zu jung war, als dass er vor den Massakern in Erzerum zur Schule hätte gehen können, und jetzt zu alt, als dass er sie dort wieder hätte aufnehmen können, wo er sie gar nicht verlassen hatte, sprach *Eşek* Simon eine ganz und gar durchmischte Sprache, die allerdings den Vorteil hatte, dass sie unabhängig von irgendeiner Nation von allen verstanden wurde. Seine in verdrehten Wörtern vorgetragenen Sketches klangen lustig und lösten in Verbindung mit dem ernsthaften Ton, in dem er sie vortrug, seiner Haarbürste, die sich wie Pharaonenschmuck über seinem kleinwüchsigen Körper erhob, und dem verknoteten Blick Salven von Gelächter aus. Seine Gedichtchen wurden auch lange nach seinem Tode noch aufgesagt, auch wir Kinder hatten einige davon auswendig gelernt und sagten sie bei Unterhaltungen auf, und die alten Armenier lachten wieder wie in *Eşek* Simons Teehaus. Hier eines der berühmtesten seiner Gedichtchen, die Fabel *Die Grille und die Ameise*, die, gefügt in gebundener Form, in einem tadellosen Rumänisch-Türkisch-Armenisch vorgetragen wurde:

Grille und Pornic

Madame Pornic, Madame Pornic,
Geben Sie zu mir her ein Stück!
Ganze Sommer gespielt und gesungen;
Siktir, nix von dir jetzt bekommen!

Aber das Beiwort *Eşek*, also »der Esel«, stammt nicht aus der Zeit, als Simon ein lustiger und erfolgreicher Teestubenbesitzer war, der sich allein deshalb von einem leichten Schatten von Traurigkeit gestreift sah, weil er auf der *Liste der Entsprechungen* des Der Ignados, dem Pfarrer aus Galaţi, einen Platz in dem Bereich eingenommen hatte, wo ihm schon kein zweiter Name oder bestenfalls der einer unförmigen Witwe mit Oberlippenbart gegenüberstand, einer Gestalt, die selbst dem gekreuzten Blick Simons nur schwer zuzumuten war. Den Namen *Eşek* hatte er aufgrund eines Vorfalls nach Kriegsende erhalten, und dies war die zweite überzeugende Antwort auf die Frage danach, was geschehen werde.

Hätte er ein Kaffeehaus gehabt, so hätten die Zeitläufte ihn vielleicht noch ein, zwei Jahre hingenommen. Aber Teestuben waren selten, und zwischen Czernowitz und Iaşi waren die Russen keiner mehr begegnet. Die Offiziere setzten sich an die Tische, das war das Gute daran; weil sie wussten, dass die Offiziere in Simons Teestube ein und aus gingen, hüteten sich die gemeinen Soldaten, sie zu betreten. Schlecht daran war, dass es den Offizieren hier über alle Maßen gut gefiel. Sie saßen mit übereinandergeschlagenen Beinen da, hatten die Pistolen gut sichtbar auf der Tischecke liegen und verlangten russischen Tee. Simon wusste nicht, was russischer Tee war, und hatte anfangs gefragt, dann aber hatte er gemerkt, dass jeder Tee, den er ihnen heiß servierte, russischer Tee war, und sie bestätigten ihm dies, so war es. Sie nahmen noch ein Gläschen Cognac oder Rum, das sie unverzüglich hinunterkippten, und bestellten ein zweites für den Tee, dann bekamen sie noch ein weiteres Stück Würfelzucker oder ein gläsern funkelndes Bonbon, das sie unter der Zunge hielten, während sie gewöhnlich recht laut ihren Tee schlürften.

Weil aber diese Kundschaft die andere zu vergraulen begann, wurden die Abendveranstaltungen in Simons Teestube seltener, dann verschwand der zweite Protagonist, *Kemancist* Rupen, plötzlich spurlos. Die neuen Kunden, die eher den Tee in den Cognac gossen als den Cognac in den Tee, und oftmals das Bezahlen vergaßen, um nicht davon zu reden, dass sie zu unpassenden Uhrzeiten kamen und unbekümmert so lange herumsaßen, wie sie dazu Lust hatten, verärgerten Simon, und er wandte sich mit einer Beschwerde an die Kommandantur. Die hörte ihm aufmerksam zu, dann, vor die Wahl gestellt, Simon einen Gefallen zu tun, oder den russischen Offizieren zu gestatten, sich so zu benehmen, wie es ihnen gefiel, befand sie, wenn Simon nicht begreife, welche besondere Ehre ihm seitens der glorreichen sowjetischen Armee zuteilwerde, sei er nicht würdig, das Teehaus weiterhin zu besitzen. Folglich wurde es requiriert, und dies war die zweite Huldigung, welche die armenische Gemeinde der Stadt Focşani dem befreienden sowjetischen Soldaten nach Dic Bedrosians Uhr darbrachte. Diese was muss mir bedeutsam?, fragte Simon, *Requirierung* schien ihm ein schwer verständliches und ziemlich unangenehmes Wort zu sein, wenn er von der Entschlossenheit im Gesicht des zu diesem Zweck vorbeigeschickten Offiziers ausging, den zwei bewaffnete Blondschädel begleiteten, die sich schon an den Bonbonnieren zu schaffen machten. Das heißt, dass wir dir dein Teehaus wegnehmen, übersetzte ihm der Offizier und rammte ihm einen Finger auf die Brust, was andeuten sollte, dass die gleiche Geste auch mit überzeugenderen Mitteln, wie es ein Gewehrlauf oder das Bajonett wären, vollführt werden könnte. Nehmen, nehmen, empörte sich Simon, aber für Tausch was geben? Das ist gut!, kam als Antwort, nix geben für Tausch. Es dient jetzt der Armee. Simon konnte ein solches Geschäft nur schwer verstehen, er kratzte sich den Schädel, was ihn zwang, sich wegen dem schier viereckigen Haarschober auf seinem Kopf auf die Zehenspitzen zu erheben. Weißt du, was geträumt ich?, fragte er nach reiflicher Überlegung. Der Offizier machte große Augen, das neue Thema hatte ihn überrascht. Dann erklärte ihm Simon unter erläuternder Gestikulation: Ich geträumt so: Meine Arsche waren Kohlkopf, du waren Ziege, und Ziege fressten meine Arsche. Angesichts dieser Transfiguration, aus der bei aller sprachlichen Verballhornung klar hervorging, worauf Simons Aufforderung an den Offizier hinauslief, errötete dieser bis über beide Ohren, und sein erster Impuls war, die Pistole zu ergreifen. Dann aber sagte er sich, für solch eine Missgeburt wäre eine Kugel in die Stirn eine zu große Ehre, also packte er ihn im Nacken, zerrte ihn zur Tür und rief ihm »Du Esel!« hinterher. Da sich Simon jedoch nicht so leicht wegschaffen ließ, sich gar kräftig auf die Hinterbeine stemmte, strengte sich der Offizier, immer noch Simon am Nacken gepackt, kräftiger an und deutete auf brutale Weise Simons Aufforderung um, das heißt, er versetzte ihm ein paar kräftige Stiefeltritte in den Körperteil, den er »Kohlkopf deiner Mutter, du Arsch!« nannte. Und solcherart die Faust mit dem Stiefel begleitend und fortwährend »Du Esel!« rufend, warf der Offizier Simon auf die Straße und rief ihm ein letztes »Wehe, ich erwisch dich hier noch einmal, du Esel!« hinterher. So verbittert Simon auch sein mochte, wenn sie ihn beim Kaffee im Kirchhof aufforderten, »Erzähl, Eşek!«, also »du Esel«, dann erzählte Simon seinen Traum von der Ziege und dem Kohlkopf unter dem schallenden Gelächter der Zuhörer. Aber der Traum blieb Traum, und das Teehaus blieb verloren. Ohne Simons Sachkenntnis büßte es erst einmal seinen Reiz ein, dann die Aromen der englischen, chinesischen und indischen Tees, die bunten Tassen bröckelten und taugten allmählich nur noch zum Wodka- oder Glühweintrinken, und schließlich verwandelte sich das Teehaus in eine Spelunke. Eşek Simon schlich spätnachts herbei, nachdem sich das letzte Getrampel und Gelalle entfernt hatte, lugte sehnsüchtig durch die zerfetzten Vorhänge, hauchte auf die Scheibe, rieb sie mit dem Ärmel trocken und hatte die schmierigen Vitrinen vor Augen. Dann ließ er sich auf den Treppen nieder und wiegte sich bis zum Morgengrauen. Wo sie ihn eines Morgens fanden. Um ihn zu verscheuchen, traten sie ihm mit dem Stiefel in die Rippen. Erst als sie sahen, dass Eşek Simon ohne ein überraschtes oder schmerzhaftes Aufschrecken auf die Seite gekippt war, begriffen sie, dass er gestorben war. Sie riefen solche wie Großvater herbei, sie mögen sogleich vorbeikommen und ihren Toten abholen, damit er nicht die Zecher vertreibe. Die sich natürlich nicht vertreiben ließen, sondern mit großen Schritten über den Körper des Toten hinweggingen. Er schreckte sie keinesfalls, im Gegenteil, das tat ihnen gut, denn der Anblick des Todes steigerte den Durst der russischen Soldaten. Nachdem er sein ganzes Leben lang alles Mögliche ausprobiert hatte, sich eine Kerze links und eine rechts hingestellt und versucht hatte, sie beide gleichzeitig anzuschauen, bis ihm der Kopf vor Schmerzen zu zerplatzen drohte, oder er schloss je ein Auge und entfernte den Blick des anderen, so weit es irgend ging, von seiner Nasenwurzel, ließ die Augäpfel in seinem Schädel in die eine und dann in die andere Richtung kreisen, setzte sich lächerliche Brillengläser jeden Stärkegrads auf, bis er auf alle viere fiel, nach alledem entdeckte Eşek Simon schließlich das Heilmittel gegen seinen verknoteten Blick, und dieses Heilmittel war der Tod. Bevor der blinde Minas ihm die Augen schloss – immer rief man ihn dafür, denn die Berührung seiner Finger war die leichteste –, konnten sie sehen, dass Eşek Simons Augen gerade standen. Nun wäre endlich der Augenblick eingetreten, da er, das Hindernis beseitigt, auf der *Liste der Entsprechungen* des Der Ignados hätte vorankommen können. Aber leider war er mit der gewonnenen Eigenschaft des geraden Blicks einer anderen unerlässlichen Eigenschaft für das Vorankommen verlustig gegangen, nämlich der, lebendig zu sein, um nicht zu sagen, dass Der Ignadios selbst schon lange gestorben war, und die Liste, die zu ihrer Zeit viele Leute zusammengebracht hatte, darunter auch meine Großmutter Arşaluis mit Großvater Garabet, wurde mitsamt den an sie gerichteten Erwartungen unter dem Kirchenschmuck der armenischen Kirche von Galaţi vergessen.

Was wird jetzt geschehen? Dies war Eşek Simons Antwort, und die anderen lachten, wenn sie sich daran erinnerten, wohingegen Eşek Simon sich ärgerte, weil sie nicht einmal seinen Tod ernst nahmen.

Mein Laden war eine arme Schuhmacherwerkstatt, sagte Krikor Minasian und schielte resigniert zu Anton Merzian hinüber, fürchtete, seine traurige Rede werde auf dem Gesicht des anderen ein Lächeln der Genugtuung hervorrufen. Ich habe nicht verstanden, wozu sie die brauchten. Die Fabriken ja, das verstehe ich, obwohl, wenn man sich's recht überlegt, was ist das für ein Staat, der, anstatt dein Eigentum zu schützen, es dir wegnimmt. Aber meine arme Bude mit den zwei Lehrlingen? Also waren sie nicht zufrieden, dass ich etwa zwei Jahre lang russische Stiefel umsonst repariert hab. Oder vielleicht gerade darum, sie hatten sich daran gewöhnt, ihre Dinge ohne Geld erledigen zu lassen. Ich mache die gleiche Arbeit, und ist es nun besser so? Mit der Werkstatt in der Küche, heimlich, ohne Lehrlinge, denn die kriegen einen Rappel, wenn du sie zur Arbeit anhältst, und verpfeifen dich beim Fiskus, weil du keine Quittungen ausstellst. Man muss doch völlig blödsinnig sein, neunzig Prozent Steuern auf den Profit zu zahlen oder, wie man heute sagt, Benefiz. Es heißt, wenn du etwas verdienst, ist es Profit, wenn der Staat etwas verdient, ist es Benefiz, denn der Staat – von wegen! – profitiert nicht, er ist bloß Nutznießer. Ich kann nicht glauben, dass ausgerechnet sie, die sogar wissen, was du zwischen den Holzscheiten im Schuppen versteckt hast, nicht wissen, dass ich weiterhin meine Schusterwerkstatt betreibe. Ich glaube, was sie am meisten aufgebracht hat, war die Firma. Und ich Tolpatsch – nun schaute er absichtlich Anton Merzian an und bedeutete ihm, er müsse diesen letzten Worten nicht unbedingt überzeugt zustimmen – hatte mir ein unglaubliches Firmenschild machen lassen, farbig, damit man es schon vom Anfang der Straße sehen konnte. Jetzt sieht man es nicht mehr, von nirgendwo, es steht im Schuppen hinter dem Werkzeugschrank. Ab und zu nehme ich es hervor, ich setze mich auf den Schemel und schaue es an. Ich habe mir gesagt, das behältst du, wer weiß, vielleicht wird man es einmal wieder brauchen. Nur dass es an den Rändern abzublättern begonnen hat; der Rest ist ausgeblichen, es steht im Dunkeln, das arme, Firmenschilder ernähren sich vom Licht, wie die Blätter. Was kann es Traurigeres für einen Kaufmann geben, als dass er zusehen muss, wie seine Firma vor seinen Augen zugrunde geht ... Was haben die sich gedacht, wie wollen sie in einem Land gut leben, in dem die Firmen sterben? Alles, was ich von meinem Laden habe retten können, als sie ihn mir genommen haben, war das Glöckchen von der Eingangstür. Es ist nicht gealtert, ist immer noch ein Kind und hat ein fröhliches Klingeln, es freut sich, wenn es von der Tür angestoßen wird, woher soll es denn auch wissen, dass es nicht mehr die gleiche Tür ist?

Eine weitere Frage, auf die niemand antworten musste. Zu jener Zeit wurde der armenische Friedhof von einem Zaun aus rohem Holz umfasst. Mittlerweile sind die Deckel des *Buchs des Flüsterns* silbrig geworden, damals aber hatten sie die Farbe des Holzes. Sie waren somit vom *Buch des Flüsterns* umfasst, und wie alles, das sich darin befand, waren ihre Stimmen gedämpft, man konnte sie kaum hören. Deshalb gaben sie Anton Merzian zu verstehen, er möge vorsichtiger sein, denn wenn er redete und sich ständig etwas fragte, liefen seine Sätze in sich zuspitzenden Enden aus und waren deshalb lauter zu hören.

Müssen wir nicht weiterleben?, antwortete Anton Merzian. Das müssen wir, nicht wahr? Darum sind wir von zuhause weggegangen, aus Furcht vor den Jataganen, darum sind wir hierhergekommen, weil einige sagten, Rumänien sei ein gesegnetes Land, wo du – selbst wenn du bloß dasitzt und scheißt, Pardon! – dein Geld machst, und darum haben wir uns an jedem Jahresanfang auf Teufel komm raus bemüht, unsere Autorisationen zu kriegen, wenn wir sie erneuern mussten, elende Nansenianer, die wir waren, denn wenn wir nicht lebten, was würden wir dann tun? Wir haben Angst vor der Herrschaft, ohne Staat und ohne Papiere sind wir von ihrem Mitleid abhängig, sie haben uns hier aufgenommen, aber Staatenlose wie wir dürfen gar nicht woandershin gehen, selbst wenn wir heimlich über die rumänische Grenze gehen, nimmt uns niemand auf. Vielleicht bloß mitten auf dem Meer, wenn dort noch ein Inselchen übrig geblieben sein sollte, auf das noch niemand seinen Fuß gesetzt hat, aber solche Orte gibt es nicht, und selbst wenn es sie gäbe, wovon sollte man dort leben, wenn man alleine ist, wem sollte man die Schuhe besohlen? Aber wir gehen nirgendwohin, hier haben wir unser Haus, einen Ort zum Kaffeetrinken und einen Platz auf dem Friedhof, meine Frau Zaruhi, vierzig Jahre sind vergangen, seit ich sie von ihrem Vater gestohlen habe, in Panciu, sie ist auch alt geworden, und sie ist so taub, dass sie es gar nicht hören würde, wenn ich ginge und die Tür hinter mir zumachte, kann man sie verlassen?

Und immerzu und immer wieder weggehn, so weit die Füße tragen, mir reicht es, und seht ihr nicht, dass überall, wo wir hingehen, die Sipahi sind, die Kurden oder die Beduinen, dass die Bolschewiken dort sind, dass uns immer wieder wer einholt? Und was sag ich dann? Tun wir das, was sie sagen, wenn sie es so wollen?

Und ungefähr was wollen sie?, fragte Sahag, der selbst auch so seine Vermutungen hatte.

Nun, rechnen wir mal, ja?, ereiferte sich Anton Merzian und rundete fein und rhetorisch die Enden seiner Sätze. Was hast du für einen Lohn, Dic, als Uhrenverkäufer, du, der du früher der größte Uhrmacher an der Hauptstraße warst? Und weil Dic Bedrosian schwieg und sich verlegen das nackte Handgelenk rieb, fuhr wiederum Anton Merzian fort: Du hast dreihundert im Monat, sagst vergelt's Gott, wenn du so viel hast? Und du, Ștefănucă, großer Anwalt, der du bist? Ștefănucă Ibrăileanu, mit struppigen Haaren und schattigen Augen, ganz sein Onkel Garabet, weniger vielleicht der Bart und die Hypochondrien, hätte ohnehin nicht sogleich antworten können, denn er hätte zuerst die halb verloschene Zigarette, die er zwischen den Lippen stecken hatte, weglegen müssen. Soll ich dir sagen, dass du auch etwa so viel hast? Und was machst du mit dem Geld, damit kannst du gerade einmal deine Brotkarte bezahlen und noch ein bisschen was drumherum, damit du nicht sagen musst, du hast nur trockenes Brot zu essen wie die Anachoreten, denn Kleider haben wir Gott sei Dank noch aus der Zeit vor dem Krieg. Und freut euch nicht, dass ein neuer Krieg kommt, und wir die so leicht loswerden, wie diese die anderen losgeworden sind, und dann kauft ihr euch andere Kleider, denn ihr wisst doch wohl? Der Krieg kommt über uns, wenn es uns besser geht, nicht wenn wir so arm sind wie jetzt, wie heißt es so treffend, beim armen Mann schießen nicht einmal die Kanonen, und wenn wir nicht mehr so arm sein werden, wie wir es jetzt sind, werden wir eben noch ärmer sein, schaut euch um, wenn es noch lange so geht, werden wir so weit kommen, dass wir das Brot und die Fische unseres Herrn Jesus Christus unter uns aufteilen, nicht wahr, Pfarrer? Und der Pfarrer, der in der Ecke saß und die Hände unter den weiten Ärmeln seiner Soutane wie in einem Muff gefaltet hatte, vielleicht war es der alte Dagead Aslanian, oder es trug sich nach seinem Tod zu, kurz nach Kriegsende, sodass er nicht mehr aus voller Kenntnis der Lage beipflichten konnte, oder es war Der Mampre Berberian, welcher dermaßen entschlossen beipflichtete, dass er, als zu Beginn der sechziger Jahre die Emigration der Armenier aus Rumänien begann, einer der Ersten war, der seine Akten einreichte, oder es war der alte Der Varjabedian mit seinem runden Bärtchen und den dünnen roten Äderchen auf den Wangen, durch die von einem Sonntag zum anderen die Reste des Messweins flossen, oder es war der junge Archimandrit Zareh Baronian, schön wie eine byzantinische Ikone, der Pfarrer, welcher auch immer es gewesen sein mochte, pflichtete bei, denn er hielt die Erwähnung des Erlösers selbst unter solch traurigen Umständen für eine positive Sache. Wir aber, die wir uns fürchten, was tun wir?, fuhr Anton Merzian ermutigt fort. Wir tun, was der Staat wünscht, was sonst? Wenn der Staat uns nicht genug gibt für ein anständiges Leben, so müssen wir trotzdem leben, denn von Menschen ohne Staat hat man schon gehört, schaut, wir, die wir Staatenlose sind, aber wer hat je von einem Staat ohne Menschen gehört? Und dann, wenn sie uns nicht einmal so viel arbeiten lassen, wie wir möchten, was können wir dann zum Leben sonst tun, als so von der Seite her uns was zu nehmen, na ja, also, wie man so sagt, zu stehlen? Seht ihr nicht, dass der Staat will, dass wir stehlen, damit er sich nicht um uns kümmern muss, und dass er sich entlastet fühlt, wenn er sieht, wie gut wir seine Hinweise verstehen? Sodass, was dieser da mit dem länglichen Kopf nicht versteht – es war nicht schwer zu begreifen, dass Krikor Minasian gemeint war –, wir mit unseren normalen Köpfen über den Schultern sehr wohl verstehen, und wenn das alle verstünden, wäre es auch nicht gut, denn dann bliebe uns nichts mehr zum Stehlen, also stehlen eben wir, die Gescheiteren, meint ihr nicht auch?

Aber du musst schnelle Augen haben und flinke Hände, und das können wir nicht mehr, sondern nur noch unsere Kinder, also habe ich zu meinen Kindern gesagt: Jungs! Worauf wartet ihr noch? Wo kann man am besten stehlen, nicht etwa dort, wo man von keinem Besitzerauge beobachtet und von keinem Finanzbeamten überprüft wird? In den Genossenschaften! Dann also auf in die Genossenschaft! Tagsüber arbeiten die Jungs in der Genossenschaft und abends in der häuslichen Werkstatt; sie bringen alles mit, sodass wir alles haben, was wir benötigen, Leder und Halbsohlen, Vorschuhe und Nägelchen und Schusterleim. Geht der Hammer kaputt oder die Zange oder der Leisten? Bitte sehr, ein Hammer, eine Zange und ein Leisten! Nur haben meine Jungs auch schon ein paar Laster angenommen und unterscheiden nicht mehr, jetzt hat es auch zuhause schon auf die schlampige Tour begonnen, sodass ich sie ständig im Blick behalten und ihnen sagen muss: Schneid das Stück gerade ab, sparsam, glaubst du, du bist in der Genossenschaft? Sodass ich euch dazu, was geschehen wird, Folgendes sage: Jedes Verlernen geht mit einer Lehre einher, warum sonst hätte der Staat, als er uns unsere Läden genommen hat, dafür die Genossenschaft gegeben?

In diesen Dingen konnte ein Körnchen Wahrheit stecken. Großvater Garabet stöberte in einer Kiste und holte ein Paar Schuhe hervor. Ervant Hovnanian war schon in der Lubjanka gestorben, ebenso Saruni und der alte Harutiunian, die Schuhe waren für immer herrenlos geblieben. Und wenn ihr es geschafft hättet, sie ihnen zu geben, sagte Anton Merzian noch, unzufrieden darüber, dass die anderen seine Antwort für nicht ausreichend hielten, vor allem, weil seine Intervention aus einem Haufen ineinander verflochtener Fragen bestanden hatte und – nicht wahr? – zwei gut gezielte Fragen aufschlussreicher sind als eine zögerliche Antwort, hätten wir uns dann nicht lächerlich gemacht? Statt solcher Schuhe wickelt man sich gegen die Fröste Sibiriens besser die Füße in Lumpen ein, wie unsere Toten in Deir-ez-Zor, nicht wahr, Sahag? Sahag Şeitanian antwortete nicht, auch Yusuf, das heißt Josef, sein kleinerer Bruder, schwieg.

Stattdessen sprach Vrej Papazian. Er war etwas jünger als die anderen, hatte ein schönes Gesicht mit mandelförmigen Augen und einem warmen Lächeln. Seine Schwester Virginica hatte die gleichen Augen, dazu noch langes gewelltes Haar und eine schmale Taille. Aber weil Virginica als Frau nicht an diesen Gesprächen teilnahm, bloß schweigend und im Vorbeigehen, wenn sie ihnen noch ein Stückchen aromatische

Leichenschmaus-Halva auf die Teller legte, sprach Vrej Papazian an ihrer Stelle.

Was für ein fleißiges und schönes Mädchen Virginica doch ist, sagte Vrej, rumänische und armenische Wörter vermischend, wie es seine Art war. Aber sie hat sich in einen verliebt, in den sie sich nicht hätte verlieben dürfen, sie hat kein Glück, wie so viele gute Mädchen. Sich keinen von all den Männern, die bei uns an die Tür geklopft haben, auszuwählen, und es waren Männer verschiedenster Art, sorgsam gekleidete, anständige, die einen mit Blumen und Champagner, andere mit Blumen und Bonbons, die ärmeren nur mit Blumen, und sich stattdessen blind in einen zu verlieben, der wie ein Kriegsgefangener in einem abgetragenen Militärmantel ohne Rangabzeichen steckte, und, wenn er nicht hinausgeschickt wurde, die Fäkaliengrube zu reinigen oder die trockenen Blätter aus dem Straßengraben zu fegen, tatsächlich im Gefängnis der Garnison saß, das kann ich nicht verstehen. Ja, zu allem Unglück hatte der Mensch zuhause in Nakhicevan auch noch eine Frau und Kinder, deren Foto er in der Tasche trug. Aber meine Virginica stand schon am frühen Morgen da und starrte mit großen Augen auf das Tor der Garnison; wie an Feiertagen trug sie das schwarze Kostüm, hatte die Haare wie Pensionatsmädchen mit einem feinen Netz umfangen und wartete, hoffentlich, hoffentlich kommt er mit dem Reisigbesen oder dem Schrubber zum Reinigen der Toiletten, ihr Prinz in kaffeebraunen langen Unterhosen und mit den schweren, schief gelaufenen Tretern ohne Schnürsenkel. Schrecklich, nicht?, platzte es, angewidert vom Bild der schief gelaufenen Treter, aus Anton Merzian hervor. Schon in aller Herrgottsfrühe, noch fuhren die Kutschen nicht zum Bahnhof, ging sie den langen Weg zur Garnison, nachdem sie ihm die ganze Nacht im Lampenschein Wollsocken gestrickt und Hemden genäht hatte, die er darunter tragen konnte, und die sein Weib und die Kinder auf dem Foto warm halten sollten. Der Bursche war tatsächlich nicht gerade hässlich, aber wer weiß schon, wie er wirklich aussah, so unrasiert und mit hängenden Schultern nach so vielen Jahren Gefängnis? Da frag ich: Was hast du bloß an dem gefunden, Mädchen? Und sie sagt: Er versteht es, zuzuhören ... Also, was willst du damit sagen, dass er zuzuhören versteht? Wir können alle zuhören, die wir Ohren haben zum Hören. Ja, sagt sie, er aber versteht es, schön zuzuhören, und er langweilt sich nie. Wenn man ihnen von weitem zuschaute, wie ich es einmal getan habe, dann war es auch so.

Virginica und der Soldat traten gemeinsam aus der Tür der Garnison, mit den kleinen Schritten von Leuten, die sich ihres Gangs erfreuen, und ein paar Meter hinter ihnen der Wachsoldat. Sie wandten sich dem öffentlichen Park zu, mit dem großen Reisigbesen fegte er ein, zwei Stunden die Blätter von den Alleen, dann setzten sie sich auf eine Bank. Ans andere Ende der Bank setzte sich der Wachsoldat, der zur Belohnung ein Essenspaket und manchmal auch ein rundes Bündel Zigaretten erhielt. Virginica öffnete dem Mann das Paket, im Sommer schnitt sie ihm die Tomaten und Paprika und im Winter die sauren Gurken, sie strich ihm buttrigen Käse aufs Brot und legte alles andere in der Reihenfolge der Speisen aus, an der Rückenlehne stand die Thermoskanne mit Tee oder warmer Milch. Dann ließ sie ihre Hände im Schoß ruhen und schaute ihn lange an. Der Mann kaute langsam, er hatte die Augen niedergeschlagen, ab und zu erhob er den Blick zu ihr hin und lächelte, wenn er ihren traf, dann versenkte er sich wieder in seine Gedanken. Er aß bedächtig, kaute jeden Bissen zu Ende, um ihr eine Freude zu bereiten, denn sie wussten beide, dass der Wachposten sie für die Dauer des Essens in Ruhe ließ. Dann packte sie eilig alles wieder zusammen, denn nun folgte der Teil, der ihr die größte Freude bereitete, er wandte sich ihr zu, lächelte weich, und sie wagte es, ihre Finger auf der Bank so weit zu seinen hin zu strecken, bis sie die seinen berührten und schließlich ihre beiden Handflächen ineinander ruhten, dann erzählte sie. Er unterbrach sie nicht und fügte auch nichts hinzu. Zunächst, weil das, was Virginica aus ihrem Leben erzählte, einfach und einleuchtend war, und weil sie alles bis in die kleinsten Einzelheiten hinein beschrieb, blieb nichts unklar, und zum Zweiten, weil es über sein Häftlingsleben nichts zu erzählen gab, wohingegen er sie mit Geschichten aus seinem Leben davor, trotz ihrer neugierigen Nachfragen, zu verschonen wusste. Sie jedoch achtete mit größter Aufmerksamkeit auf alles, was um sie herum geschah, es musste doch etwas Neues geben, von dem sie ihm erzählen konnte, ein Bruchstück aus einem Traum, ein Brief aus weiter Ferne, ein Fest in der Gemeinde, ein Stückchen Stoff, aus dem sie sich einen neuen Rock nähen konnte, ein neuer Trieb am Zitronenbaum auf der Terrasse. Zwischen ihnen wuchs der Zitronenbaum, Virginica pflückte hin und wieder eine Frucht und brachte sie ihm; an solchen Tagen war sie glücklicher als jemals sonst. Ebenso wie sie die Speisen in ihrer Tasche angeordnet hatte, waren auch die Gegenstände geordnet, von denen sie ihm vom Höckchen aufs Stöckchen kommend erzählte, und wenn sie nicht ans Ende gekommen war, der Wachsoldat sich aber sichtlich zu langweilen begonnen hatte, bat sie: Sei so gut, Mann, und lass uns noch ein bisschen, und ließ sich anschließend nicht mehr erweichen, ihre Geschichten eher zu beenden, als bis der Mittag vorbei war, doch wenn er bis zum Beginn des Abends weggeblieben wäre, hätte der Mann drei Tage Arrest bekommen, was für Virginica ebenso viele Tage des vergeblichen Wartens vor der Garnison bedeutet hätte. Wenn die Tore der Garnison für diesen in der Fremde vergessenen Kriegsgefangenen verriegelt blieben, kehrte Virginica betrübt nachhause zurück, öffnete die Pakete und aß tränenden Auges aus jedem ein bisschen, dabei stellte sie sich vor, wie sich die Mahlzeit auf der Parkbank gestaltet hätte, und erzählte ihm in Gedanken die eine Nacht zuvor sorgsam zusammengetragenen Geschichten. Dann verbrachte sie den nunmehr nutzlos gewordenen Rest des Vormittags vor dem Lampenschirm und repassierte die ihr von ihrer Schwägerin Arusiag anvertrauten Strümpfe. Diese unterhielt eine Repassierwerkstatt und war in dieser Zeit sehr gefragt, da Seidenstrümpfe nur sehr schwer zu beschaffen waren, und die Damen sich gezwungen sahen, ihre Strümpfe, wie es eben ging, stopfen zu lassen. Nachmittags, nur nachmittags, hatte sie gebeten, denn die Vormittage mussten frei bleiben, Virginica war Verkäuferin, sie verkaufte Glasperlen sowie anderen billigen, den Zeitläuften entsprechenden Schmuck, aber auch dünne Goldketten, Silberschmuck und manchmal auch mit feinem Goldstaub überzogene Stücke. Abends ordnete sie ihre Pakete für den nächsten Tag, stellte sie im Keller kalt, den Tee oder die Suppe neben den Gasherd für ein letztes Aufwärmen, bevor sie dann frühmorgens in die Thermoskanne oder in

Dunstgläser gegossen wurden. Danach schloss sich Virginica in ihrem Zimmer ein, goss sich heißes Wasser in die Waschschüssel und parfümierte es mit Salzpulver oder blauen Kristallen, die sie von türkischen Zigeunerinnen in Balcic gekauft hatte, rieb sich ausgiebig mit dem eingeweichten Handtuch ab und setzte sich dann so, die Poren von der salzigen Hitze geöffnet, das Fleisch erfrischt, splitternackt und strahlend vor den Spiegel und kämmte sich ausgiebig das Haar. Ohne sich von dem Spiegel wegzubewegen, schloss sie sodann die Augen und streichelte ihre Schultern, dann die bei ihrer kupferbraunen Haut violetten Brustwarzen und ließ die Hand langsam sinken, die Knie leicht geöffnet, zum Versteck zwischen den Schenkeln, wobei sie sich langsam weiter streichelte und seufzte, bis ihr Unterleib erbebte. Dann schloss sie die Schenkel um die nunmehr ruhenden Finger und blieb noch ein paar Minuten so sitzen, wartete, dass sich in ihrem Inneren, den Kreisen gleich, die sich auf dem Wasser ausbreiten, das Zittern aus ihrem Unterleib durch den gesamten Körper fortsetze. Danach schaute sie sich aus feucht glänzenden Augen und rot vor Scham im Spiegel an, schlüpfte unter die Decke und verkroch sich vor ihren Phantasien, kehrte zu den Dingen zurück, von denen sie am nächsten Tag erzählen wollte, und in denen vom Erzittern der inneren Frau keine Rede war.

Jedes Wort, das in ihrer Umgebung gesprochen wurde, ob es nun zurechtweisend oder zärtlich gemeint war, die Gesten und alltäglichen Ereignisse aus den damals üblichen Schlangen beim Anstehen um Brot auf Bezugsscheine, um Kleider, die man gegen Brot eintauschte, aus den Versammlungen der Arbeiter, bei denen Fragmente aus der Zeitung *Scînteia** verlesen wurden, denen sie zur Seite und gegen die Wand gerückt zugehört hatte, all dies nahm in Virginicas Schilderungen ganz und gar außergewöhnliche Dimensionen an, vor allem durch die Kraft der Einzelheiten und die Leidenschaft, die sie in jede Geschichte legte, wobei sie allerlei Interpretationen entwarf, alternative Lösungen vor-

---

* Scînteia = rum. Der Funke, die offizielle Parteizeitung in Rumänien bis Ende Dezember 1989; eine Übernahme aus der Sowjetunion; die dortige Parteizeitung hieß Iskra (ebenfalls: Der Funke). (A.d.Ü.)

schlug, nicht erklärte Schuld suggerierte und uneingestandene Absichten.

Wir können nur ungefähr abschätzen, wie lange diese Liebe gedauert hat, die nur deshalb hatte stattfinden können, weil die Zeitläufte immer erdrückender wurden, und je grausamer die Herrschaft wird, umso hilfloser ist sie angesichts der unmöglichen Vorkommnisse. Die Zeit war zu lang, meinte Vrej Papazian, der aus Mitleid mit seiner Schwester darum gebetet hatte, sie möge endlich vorbei sein, zu kurz war sie, wenn wir Virginica folgen, in deren Leben sich niemals mehr etwas ereignen sollte, das erzählenswert gewesen wäre, den Tag ausgenommen, an dem der Zitronenbaum verendete, den sie drei Jahre lang in der Erwartung in den Armen gehalten hatte, er werde seinen Geist aufgeben. Wie diese Zeit auf den Mann gewirkt hatte, können wir nicht wissen, denn er war im *Buch des Flüsterns* nur ein Passant, er verließ es und schloss die Tür hinter sich, um nie wieder zurückzukehren. Weil das Leben jedes einzelnen Menschen in parallele Biografien eingeht, deren eine bestimmt in irgendeinem mehr oder weniger ausführlichen, ermittelnden oder spitzfindigen Register eingetragen ist, je nach der Zeit, in der wir uns befinden, fand jemand zufällig die Papiere, die den armenischen Gefangenen in der Garnison von Focșani erwähnten, und so erinnerte die Rote Armee sich seiner. Sodass Virginica an einem Herbsttag, als sie ihm auf der Bukarester Chaussee entgegentrat, das Lächeln an den Lippen dahinschmolz, denn sie sah, dass der Soldat, in einen neuen Mantel gekleidet, statt eines Reisigbesens oder Schrubbers einen Holzkoffer in der Hand hielt. Den Weg bis zum Bahnhof durchlebte Virginica wie einen verrückten Traum, sie hätte ihn am liebsten zur Seite gezogen, damit sie gemeinsam hätten fliehen können. Du bist doch jetzt frei, nicht? Aber er war nicht frei, er befand sich bloß zwischen zwei Garnisonen, am Zug sollte er mit ein paar weiteren, in anderen Garnisonen vergessenen Häftlingen, einer russischen Militäreskorte übergeben werden. In der Sowjetunion wird er bei endlosen Verhören für das Vergehen, in Kriegsgefangenschaft geraten zu sein, zur Rechenschaft gezogen werden und ein Geständnis ablegen müssen über alle strategischen Geheimnisse des sowjetischen Staates, die er während der Gefangenschaft an die Feinde des Volkes verraten hat, nämlich an die deutsche Armee und an die rumänische Armee aus der Zeit, als der König deren oberster Befehlshaber war. Was wird jetzt geschehen?, fragte Virginica außer sich und klammerte sich zum ersten Mal an seinen Arm, dabei nahm sie nicht einmal wahr, dass er den Ärmel fest an seinen Körper presste und verlegen ein bisschen zur Seite wich. Was wird jetzt geschehen?, wiederholte Vrej Papazian ihre Frage, und wollte damit vor ihr rechtfertigen, warum er gerade jetzt und unter diesen Umständen Virginicas Geschichte erzählte. Misak Torlakian hatte recht, Bahnhöfe sind die passenden Orte für die Trennungen von Liebenden. Unter der großen Garnier-Uhr im Durcheinander des Bahnsteigs, das vom wallenden Rauch der Lokomotiven noch verstärkt wurde, wagte Virginica zum ersten Mal, sich an seine Brust zu schmiegen und ihm die Arme um den Nacken zu legen. Den Koffer in der Hand, stand er einige Augenblicke verdutzt und steif da, dann legte er die Hand auf den Kopf der Frau und zog ihn langsam zu sich heran. Während des Krieges waren dies die üblichen Szenen gewesen, nun, da der Krieg schon seit mehr als drei Jahren vorbei war, waren sie unüblich geworden, aber sieh an, auch jetzt noch wurden aus irgendwelchen Winkeln Wesen eingesammelt, die im Durcheinander nach dem Beginn des Friedens vergessen worden waren. Er streichelte ihr über das Haar, war verwirrt und verlegen, wusste nach all diesen Jahren nicht mehr, was er zu tun habe, wenn sich eine Frau in seinen Armen befand. Komm zurück und suche nach mir ..., flüsterte sie. Wenn sie mich gehen lassen, werde ich kommen, sagte er. Versprichst du's?, insistierte sie, nicht etwa, weil sie ihm nicht glauben mochte, sie wollte ihn nur noch einmal diese Worte aussprechen hören. Er bückte sich, öffnete seinen Koffer und steckte ihre Tasche mit dem Essen hinein, sie wies ihn darauf hin, den Tee nicht zu vergießen, und er nahm die Mandoline heraus, die er sich im Gefängnis gebaut hatte. Bewahr du sie bis dahin auf ..., sagte er und hielt ihr das Instrument hin, das, von ihren schmalen Fingern über die Saiten weg berührt, einen unpassenden Akkord lange nachklingender Töne von sich gab. Der Wachsoldat hatte sie nicht aus den Augen gelassen, er reichte die Papiere einem sowjetischen Offizier, der sie sich von allen

Seiten ansah und Soldaten herbeibeorderte, die in unmittelbarer Nähe gewartet hatten, sie kamen, packten den Mann an den Armen und gaben ihm auf Russisch einen kurzen Befehl. So blieb Virginica auf dem Bahnsteig zurück und sah bangen Herzens, wie ihr Geliebter brutal zur Waggontreppe geschubst wurde und dabei kaum noch Zeit fand, einen Blick zur Seite zu tun. Lange stand sie reglos da, hielt die Mandoline in den Armen und wartete vergeblich darauf, dass er sich am Waggonfenster zeige und ihr ein Zeichen gebe. Mit tränenüberströmten Wangen näherte sie sich der Bahnsteigkante und erschrak erst, als sich auf diesem Gleis ein weiterer Zug kreischend näherte. Einen Augenblick lang fasziniert von den Traversen der Eisenbahn, fühlte sie sich von ihren erlösenden Schwellen angezogen. Aber Virginica widerstand schließlich dieser Verlockung; dass sie sich nicht umbrachte, indem sie sich vor die Räder des Zuges warf, hilft dieser Geschichte, nicht in den Schatten anderer berühmter Geschichten zu treten. Also rettete Virginica ihre Geschichte vor vorhersehbaren Situationen, sie rettete auch die Mandoline, die jetzt, nachdem sie bis zu ihrem Tod wie ein Heiligtum bewahrt worden war, im Armenischen Museum des Kulturhauses von Bukarest mit der Erklärung ausgestellt wird, ein armenischer Soldat der Roten Armee habe sie während seiner Gefangenschaft in Rumänien gebaut. Auf diese Weise ist Virginicas Geschichte, die beinahe aus den Seiten des *Buchs des Flüsterns* ausgebrochen wäre, doch noch zurückgekehrt, aber die Kraft, mit der sie selbst der Versuchung zum Selbstmord widerstanden hatte, konnte sie nicht vor den Leiden bewahren, die noch folgen sollten.

Wir hatten geglaubt, es wäre vorbei, sagte Vrej Papazian, alle glaubten wir, es sei vorbei, auch wenn wir sie nachts vor dem Fenster zur Straße aufrecht dastehen sahen, ins Leintuch gehüllt, wie ein Gespenst; und am Tage saß sie versteinert neben ihrem Lampenschirm. Hätten wir sie nicht wachgerüttelt und sie erinnert, dass es Zeit war, zur Arbeit zu gehen, so wäre sie imstande gewesen, dort sitzen zu bleiben und ganze Schleppnetze aus Seidenfäden zusammenzuflicken. Wir warteten nur, dass Zeit verging, und mit ihr, wie alles auf der Welt, die Leidenschaft, die sie plagte. Nur dass dann das andere Unglück geschah, das uns alle unvorbereitet getroffen hat, sodass wir überhaupt nichts mehr tun konnten, zumal Virginica, mit den Abrechnungen konfrontiert, die nicht mehr stimmten, alles auf sich nahm, und zwar irgendwie erfreut, dass nun alle Bedrängnis vorüber sei. Wir haben immer gesagt, Armenier sind wir, ehrlich sind wir, Kaffee machen wir zwar aus Kichererbsen, aber bei alledem werdet ihr weder je einen toten Teufel noch einen Armenier im Gefängnis zu sehen bekommen. Und er wurde doch gesehen, und sogar in unserer Familie. Virginica bekam drei volle Jahre, und sie schien sich zu freuen, dass sie den Sonntagsbesuchen und dem Defilee mit dem Rosengelee und den in Wassergläsern versenkten Teelöffelchen unter den Nasen der Prätendenten entkommen war, die nun, nachdem sie erfahren hatten, dass Virginica keinen Geliebten mehr hatte, unser Haus bedrängten. Wir haben uns einen Rechtsanwalt genommen, aber der konnte nichts tun, denn der Schaden war offensichtlich, und Virginica hatte alles auf sich genommen. Alles in allem Schmuck von ungefähr fünfzig Gramm Gold und eine mir unbekannte Menge Silber, die sie aus dem Geschäft entwendet und für nichts und wieder nichts an Weißmann verkauft hatte, den Trödler am Markt, damit sie Geld für das Essen und die Bestrickung jenes Habenichts hatte. Sie hätte das von uns verlangen sollen, so wäre uns allen die Schande und ihr das Gefängnis erspart geblieben, aber eigentlich, und wenn ich es mir recht überlege, ich glaube nicht, dass ich ihr so viel Geld gegeben hätte, der reinste Wahnsinn, wir aßen Linsensuppe und Gemüse, das wir mit Zwiebeln in der Pfanne brieten, damit es nach Braten schmeckte, und er bekam gegrillte Filets und Focşanier Creme. Man hätte sie nicht einmal etwas fragen können, sie wäre einem sofort ins Gesicht gesprungen. Und der Mann, also der Gefangene?, fragte Ştefănucă Ibrăileanu, der die Geschichte bis dahin kannte, denn er war der Anwalt, den sie sich genommen hatten. Sag bloß, der ist genau zu der Zeit zurückgekehrt, als das Mädchen im Gefängnis saß? Ach woher denn?, erwiderte Vrej und klaubte sich einen Nusskern aus den Wellen von geröstetem Grieß. Von dem hat niemand mehr etwas gehört. Wir glauben, er ist in irgendeinem Lager in Sibirien umgekommen, wo sie solche Leute, die sie aus den europäischen Garnisonen eingesammelt hatten, hingeschickt haben. Virginica sagt zwar nein, er sei vielmehr zu seiner Frau und den Kindern nach Nakhicevan zurückgekehrt, und die Arme meint natürlich, besser so als tot. Aber woher weißt du von dem Foto mit Frau und Kindern?, fragte der blinde Minas, der Fotografien leidenschaftlich liebte, er sah sie sich mit den Fingern an, und während des Krieges standen die Frauen bei ihm Schlange mit den Fotos ihrer an die Front geschickten Männer, damit er mit seinen Fingern darüber fuhr und ihnen sagte, ob sie noch lebten oder nicht. Manchmal merkten die Frauen, dass Minas mehrfach mit den Fingern über das Foto des in den Krieg gezogenen Mannes gestrichen und kein Zeichen gespürt hatte, dann kamen sie an einem der nächsten Tage mit einem anderen Foto wieder, glaubten, vielleicht sei das Foto schuld. Minas lächelte traurig, aber er hat sie niemals belogen. Stell dir vor, sagte Vrej, er hat es ihr gezeigt, statt es vor ihr zu verbergen. Und sie schaute sich die Kinder auf dem Foto an und tat so, als wundere sie sich. Dann geschieht es ihr recht, folgerte Anton Merzian und warf einen Blick zu den Frauen hinüber, wo Virginica, einem Laster folgend, das sie sich im Gefängnis zugelegt hatte, an der Zigarette zog, Rauchkringel ausstieß und zusah, wie sie sich auflösten; wenn sie schon dumm war, ist sie dann wenigstens vernünftig geworden? Diebstahl ist eine ernste Angelegenheit, fügte Măgârdici Ceslov hinzu, den kannst du nicht für dein Seelenheil begehen. Jedenfalls stiehlst du, wenn du stiehlst, für dich selbst, was soll mir da das Stehlen für andere. Darum haben sie sie auch erwischt, denn wer für sich selbst stiehlt, der passt auf, der achtet auf sein Leben, wie man so sagt, eben darum stiehlt er ja, damit es ihm besser geht, wer für jemand anderen stiehlt, der kümmert sich nicht um sich selbst, dem ist sein eigenes Leben keine zwei Groschen wert. Und er erhob den Zeigefinger: Wenn du vom Staat stiehlst, darfst du nicht gleichgültig sein, immerzu musst du die Ohren gespitzt halten, du kannst niemals wissen, wann er zuschlägt. Und Vrej Papazian schloss: So kann ich euch die Geschichte nicht zu Ende erzählen, denn sie ist unbeendet geblieben. Über ihn weiß niemand etwas zu sagen, er hat kein Lebenszeichen mehr gegeben, und sie wartet immer noch auf ihn. Lediglich so viel: Der Baum ist eingegangen, er hatte mit einer Zitrone, die an dem einzig grün gebliebenen Zweig hing, darauf gewartet, dass Virginica zurückkehrte, und als sie sich neben ihn setzte und ihn umarmte, hat er seine Seele ausgehaucht. Wie kann ein Baum seine Seele aushauchen?, fragte der Pfarrer, den man nicht zu einer derartigen Kommunion geladen hatte. Wie der Mensch auch, mit einem Mal wird er weich, dann erstarrt er, schließt die Augen und kriegt kein Licht mehr. Die Geschichte war ein klein bisschen durcheinandergeraten. Der Mann und die Frau konnten nicht mehr vertrieben werden, sie waren in der Welt geblieben, in die sie gefallen waren, aber der Baum, der ihnen seine Früchte gegeben hatte, war sterblich geworden.

Dann schob Großvater die Kiste zu Arşag, dem Glöckner, hinüber. Die Leute waren abgelenkt, sagte der Glöckner. Viele waren in die Kirche gekommen, hatten sich in die Bänke gesetzt, einige waren entlang der Wände stehen geblieben. Nur im Chorgestühl hat sich niemand hingesetzt, denn es war kein Gottesdienst. Und vor der königlichen Tür stand die Kiste. Sie hatten die Glocke läuten gehört und waren gekommen, diejenigen, die es schon wussten, haben in Zeitungspapier eingewickelte Schuhe mitgebracht, die anderen brachten, was sie konnten. Ich hatte sie vom Glockenturm aus kommen gesehen. Ich habe immer schon vor euch gesehen, was geschehen würde, denn vom Glockenturm aus kann man weit sehen. Deshalb hat Gott, der mir eine weitere Sicht geschenkt hat, mir etwas vom Gehör genommen. Hierher, wo ich mich aufhalte, kommen oft die Vögel und setzen sich aufs Dach, dann schwirren mitunter nachts die Fledermäuse herum, und die Spinnweben funkeln. Wenn die Glocke läutet, erheben sich die Schwärme und kreisen über dem Glockenturm. Ich beneide die Vögel dafür, dass sie sich so hoch hinaufschwingen und so weit sehen können. Ich habe Fallen aufgestellt, aber nie einen fangen können, sie spüren das, wenn sie mich sehen, wissen dann, dass gleich wieder die Glocke läuten wird. Und weil ich weiter sehen kann, frage ich mich das öfter als ihr. Man könnte meinen, dass ich, da ich eine Minute früher weiß, was geschehen wird, besser Bescheid wüsste als ihr, aber dem ist nicht so. Noch hat niemand einen so hohen Glockenturm erbaut, dass man aus seinen Fenstern schauen und die vollständige Antwort erfahren könnte. Ja, ich könnte sagen, was ich dort sehe, wo euer Blick nicht hinreicht oder ihr bloß einen Nebelstreif sehen könnt, das beunruhigt mich. Darum bin ich auch beunruhigter als ihr. Und deshalb habe ich mich dafür entschieden, die Glocke zu läuten, denn es kommt mir unnatürlich, ungerecht vor, dass sie so ruhig und gelassen ist, während es uns umtreibt, weil wir nicht wissen, was noch geschehen wird. Eben deshalb fliegen die Vögel davon, sie hüten sich vor mir, setzen sich nicht auf meine Schultern, sie spüren meine Unruhe, und sie mögen keine unruhigen Menschen. Wie man leicht erkennen kann, verraten die Vögel und die Augen unsere Unruhe. Und in dieser unserer Geschichte, die sich aus vielen anderen Geschichten zusammensetzt, wie ein aus vielen Taschentüchern zusammengeknotetes Seil, sterben die Leute mit offenen Augen. Du weißt das am besten, Minas, denn du legst deine Hand auf ihre kalte Stirn, fährst damit langsam die Wangen hinab und klappst ihre Augenlider zu. Erinnere dich an Harutiun Fringhian, der über seinem Testament die Hände gefaltet hatte, in seinem Kämmerchen, wo die in der Pfanne vergessenen und verkohlten Nüsse stanken. An den armen *Eşek* Simon mit dem plötzlich geraden statt überkreuzten Blick. An Ohanes Krikorian, der im Stadion noch auf dem Rasen sitzen geblieben war, als alle schon gegangen waren, den Blick auf den Punkt in der Mitte des Spielfeldes gerichtet, und, kalt und gelb wie Wachs, darauf wartete, dass ein Spiel beginne – nur er und Gott selbst mochten gewusst haben, welches. Auch du selbst, Minas, wirst, wenn du gestorben bist, mit trockenen, offenen Augen daliegen, das kann Garabet mir bezeugen, denn er wird es dann an deiner Stelle tun. Anton Ferhat, blutüberströmt und mit weißem Schaum auf den Lippen, aber die Augen weit offen. Auch warst du es, Garabet, der uns von den anderen erzählt hat, die nicht zu uns gehören, aber auf ihre Weise unsere Frage beantworten und ebenso gestorben sind, den Blick wie einen Anker in die Welt geworfen, die sie zurückließen, die Toten aus Vadu Roşca, allen voran Aurică Dimofte, der Sohn der Milchfrau, selbst Mantu, der Zigeuner, der jetzt im Kirchhof auf uns wartet und noch nicht weiß, für wen von uns er sich zu spielen vorbereitet. Wahrscheinlich hatten auch unsere Toten in Sibirien die Augen offen, sie hatten sogar noch mehr Gründe als wir anderen, nur dass sich dort vielleicht niemand die Mühe gemacht hat, ihnen die Lider zu schließen, und da wir keine Nachricht mehr von ihnen bekommen haben, ist es vermutlich nicht falsch, noch auf sie zu warten, wenn nämlich ihre Augen nicht geschlossen sind, sind sie auch noch nicht ganz tot. Derjenige, der einmal von uns erzählen wird, wird schreiben müssen, dass in diesem Buch die Leute mit offenen Augen sterben, jedenfalls solange das, was sie erlebten, nicht ausreichte, um eine Antwort zu finden. Und damit, Garabet, mein lieber Freund, ist alles gesagt, was gesagt werden musste. Und in die Kiste, die du in den Altarraum gebracht und vor der königlichen Tür abgestellt hast, und in die manch einer ein Paar Schuhe gelegt hat, die kein erwachsener Mensch je tragen wird, lege ich zum ewigen Gedenken an die erschöpften und barfüßigen Menschen aller Konvois wo auch immer auf der Welt, wenn meine Stunde gekommen ist, statt einer Antwort auf die Frage: Was ist zu tun?, den Blick nach meinem letzten Seufzer.

Jetzt waren ein paar mehr in der Kirche. Manche von ihnen hatten lebendige Blicke und waren darauf vorbereitet, ihre Antworten zu geben, andere hatten fahle Gesichter, waren unter dem Putz hervorgekommen.

Der Erste, der sich in der Stille traute, an die Kiste heranzutreten, war mein Großvater Garabet Vosganian. Vorsichtig stellte er einen nach dem anderen alle Schuhe, sogar die einzelnen paarlosen Kurzstiefel, die einige der Anwesenden mitgebracht hatten, nebeneinander hin, damit sie möglichst wenig Platz einnahmen, reihte sie auf, als stünden sie auf der Schwelle zu einem geweihten Raum oder auf einer Wiese mit frischem Gras, die vielleicht die Leute verlockt hatte, barfuß weiterzugehen.

Dann kam Micael Noradunghian mit einer seiner Karten, deren Rand noch am wenigsten ausgeblichen war, sie endete in der unteren Ecke rechts mit einer Reihe schwarzer Punkte; und auf der Höhe des letzten Punktes stand »Deir-ez-Zor«, wonach der Rand der Welt abgeschnitten war, sodass man den Eindruck haben konnte, dort beginne entweder die Wüste Mesopotamiens oder aber der Garten Eden, aber dies konnte nur der mit Gewissheit erfahren, der den Weg bis zu Ende ging. Micael Noradunghian legte die Karte in die Kiste, aber auch sie konnte, wie man sieht, keine befriedigende Antwort geben, denn die Antwort begann erst dort, wo es jenseits des Schnitts auf der Karte weiterging.

Dann kam Harutiun Khîntirian, verbeugte sich vor allen und zeigte seinen Stempel, den er in der Hoffnung, er könne irgendwann mal wieder von Nutzen sein, auf das Tuschekissen drückte, dann legte er ihn an die Seite, damit er nicht die eingerollte Karte des Micael Noradunghian berühre.

Dann kam Arşag Sâvagian und holte aus seiner Brusttasche das von seinem Schweiß entfärbte Foto, auf dem als ein schwarzer Fleck das Blut aus der Schläfe des Alten im Wald bei Strejnicu zu sehen war, schüttelte davon die welken Blätter ab, die nur er sah, und ließ es ebenfalls wie ein Blatt hinabschweben.

Dann kam Harutiun Fringhian, öffnete sein Testament, nahm ein weißes Blatt Papier hervor und schrieb geduldig die Namen aller Anwesenden auf. Wo er nicht weiterwusste, flüsterte ihm mein Großvater, der hinter ihm saß, über die Schulter. Anschließend blies er über das Blatt, damit die Tinte trocknete, glättete es, legte eine Handvoll Nüsse in die Mitte und faltete es vorsichtig zusammen.

Dann kam Onik Tokatlian, der sein ausgelaufenes Auge aus dem von der Kugel zerschmetterten Gesicht in die Kiste legte. Dann überlegte er und fügte mit den Fingerspitzen auch das Spiegelbild dieses Auges hinzu.

Der blinde Minas ging schweren Schrittes und hielt die Laterne über seinen Kopf erhoben, mit der er nächtens den einsamen Reisenden den Weg wies. Doch bevor er die Laterne in die Kiste tat, blies er die Flamme aus, denn in der Welt jenseits des Kistenrandes konnte er sehen, und die anderen waren so blind, wie er es gewesen war.

Dann kam mein Großvater Setrak Melichian, er lächelte mit diesem Lächeln, das sowohl zu den heiteren als auch zu den traurigen Momenten passte. Er holte den aus eingefädelten Olivenkernen angefertigten Gebetskranz aus der Tasche, ließ ihn langsam durch die Finger gleiten und legte ihn vorsichtig wie einen Ring über die anderen Gegenstände.

Dann kam Levon Zohrab und löste erst einmal Verwunderung aus, denn er kam mit leeren Händen. Aber weil ihm nur sein Wort geblieben war, hatte er ebendies mitgebracht. Er blieb unter dem Bild des Pantokrators stehen, stellte sich ihn einen Moment lang mit den Gesichtszügen seines Vaters vor, öffnete anschließend die Hände und blieb unter der Kuppel stehen, bis sich die Innenflächen seiner Hände erwärmten und füllten, dann legte er das in die Kiste, was lediglich ein blasser Strahl, ein Lichtteilchen war, man konnte es nicht sehen, aber die anderen glaubten ihm.

Dann kam Khoren Melichian, der ältere Cousin meines Großvaters, und brachte ein feines braunes Kaffeepulver, das er wie Erdkrumen über alles streute.

Meine Großmutter Arşaluis war die erste Frau, die sich heranzutreten traute. Sie hatte Mut gefasst, weil das, was sie als Antwort präsentierte, nicht eigentlich ihre Antwort war. Sie brachte das geblümte, sorgfältig zusammengefaltete Kleid der Frau Spiegel, eines jener Kleider, die Frau Spiegel und andere Frauen ihresgleichen, die nun Schwarz trugen, niemals mehr tragen würden.

Sie schauten ihn an, aber Sahag Şeitanian, der mit der selbstverständlichen Unrast dessen die Frage gestellt hatte, in dessen Brust zwei Wesen leben, hielt es für angebrachter, auf seinem Platz sitzen zu bleiben. Sein Vater Rupen ging durch ihn hindurch; seine Kleider waren zerfetzt und mit Bindfäden verschnürt, damit nicht der Wind an den zerrissenen Tuchrändern hineinfahre, die Füße hatte er mit Lumpen umwickelt. Und weil Rupen Şeitanian gegen den Frost zwei Brettchen in die Lumpen gewickelt hatte, die sich beim Gehen nicht bogen, war er steif schlurfend mit dem Gang der frischen Toten auf ihn zugekommen. Er hatte die Beine der Krähe in der Hand, der Vogel hing mit offenen Flügeln herab, und weil er nun vor dem Altar stand, und auch die vor ihm nicht gesprochen hatten, vermied er es, noch einmal zu sagen, dass Gott tot sei, doch bevor er dem Vogel die Flügel anlegte, damit er in die Kiste passte, zeigte er den umgedrehten Kopf des Vogels mit dem offenen Schnabel und deutete auf diese Weise an, dass, auch wenn wir es nicht wagten, Gottes Tod zu verkünden, wir dies auf jeden Fall von seinen Verkündern sagen könnten.

Dann kam, vorzeitig gealtert, Levon Harutiunian. Er ließ seinen Blick über die in den Bänken Sitzenden kreisen, schaute zur Empore hoch, wo man die kleine Orgel *Amen iev ïnt hokvuït kum* spielen hörte, und zu den an den Wänden Aufgereihten. Er wies auf Hagop Djololjan Siruni und Vahan Ghemigian, die sich ins Seitengestühl gesetzt hatten, weil dort der einzige Platz in der Kirche war, an dem man reden konnte. Nur wir drei werden zurückkehren, sagte Siruni. Dort, wo wir uns befinden, denken wir an euch und an die Kiste mit Geschenken, die ihr, unsere Brüder aus Focşani, uns vor vielen Jahren am Weihnachtstag gebracht habt. Wir konnten nicht erraten, was sie enthielt, aber wir müssen euch sagen, dass uns hier nichts mehr von Nutzen sein kann, denn wir alle sind allein angesichts des Todes. Unsere Augen beginnen auszubleichen, verbrannt vom Harz, das wir Tropfen für Tropfen an den Baumrinden sammeln müssen. Nach so viel Plage, bis hinauf zu den Zweigen steigen wir auf der Suche nach Harznestern, brechen uns die blutleeren Arme ab. Oftmals schmeckt die Kasha, die wir hier essen, nach Fleisch, denn das Blut aus unserem nackten Zahnfleisch mischt sich darein. Ich habe die Namen der Frauen vergessen, die ich geliebt habe. Wir haben neue Namen erhalten, sie bestehen aus Ziffern, die alles über einen sagen, was nötig ist, die ersten Zahlen benennen den Paragrafen im Strafgesetzbuch und die letzten die Jahre, die man zugemessen bekommen hat. So werden wir eins mit unseren Strafen und sind sonst nichts mehr. Levon Harutiunian war mit dem Gesagten einverstanden, zog den Entlassungsschein hervor, auf dem seine Strafe vermerkt war, und legte ihn als mögliche Antwort für diejenigen, die ihn etwas hätten fragen können, in die Kiste. Und Siruni gab das Wertvollste, das er bei sich trug, die starke Lupe, die er zum Lesen brauchte, seit seine Augen beinahe blind geworden waren, denn alle anderen wertvollen Dinge, die er besessen hatte, Manuskripte, alte Fermane und Briefe, waren in Holzkassetten verpackt und von der Securitate in den Kellern ihrer Archive versteckt worden. Dann gingen sie langsam alle drei, Levon Harutiunian, Siruni und Vahan Ghemigian, um zu den unendlichen weißen Weiten zurückzukehren, wo sie vor nichts außerhalb oder in ihnen fliehen konnten, zu dieser neuen Entdeckung des zwanzigsten Jahrhunderts, in die Konzentrationszone, wo es zwar Sühne, aber keine Läuterung gab.

Dann kam Virginica Papazian. Selbst in diesem gelblichen Weihrauchdunst leuchtete die Zitrone, die sie in der Hand hielt. Die Frucht war größer, als sie je eine gesehen hatten, aber da fiel ihnen ein, dass Virginica stets das vergossene Blut an die Wurzeln getan hatte, mithin verstanden sie, die verstrichene Zeit bedenkend, woher dieses ungewöhnliche Leuchten kam.

Ein paar Augenblicke lang kam niemand mehr, und doch schauten sie sich gegenseitig an, es war ihnen, als näherte sich jemand der Kiste und schlüpfte unbekümmert und ohne einen Gedanken daran zu verschwenden, dass er jemand anderem hätte den Platz wegnehmen können, hinein, und die Anwesenden wussten, dass es der wohlanständige Herr Bleibwodubistian war, der, eben weil es ihn nicht gab, allen bekannt war.

Arşavir Acterian löste Verwunderung aus, denn er war mit je einer Antwort in jeder Hand gekommen; und das hatte bisher niemand getan. Aber Arşavir wollte nicht die Regel brechen, mehrere Antworten geben und mehr Platz in der Kiste beanspruchen, als ihm zukam. Er hatte sich bloß noch nicht entscheiden können, was von den beiden seine Antwort war: In der einen Hand hielt er ein Buch mit Eselsohren, das er aus dem Regal des Antiquariats genommen hatte, in dem er als Verkäufer tätig war, und in der anderen Hand hatte er ein Paar Handschellen. Er überlegte noch ein bisschen, war versucht, das Buch hineinzulegen, aber diese Frage war nicht gestellt worden, um die Antwort zu bekommen, die ihnen gefallen hätte, sondern um die Antwort zu bekommen, die sie für wahr hielten, auch wenn sie Angst vor ihr hatten. Und so steckte Arşavir das Buch in seine weite Jackentasche und legte die Handschellen in die Kiste.

Dann folgte auf seinen Spuren Simon Şeitanian, holte eine Handvoll Erde hervor, weichte sie mit dem Hauch seines Atems auf und knetete sie rund. Er biss hinein wie in einen Apfel, kaute langsam, schob den Bissen in seinem Mund nach rechts und nach links und legte dann die von einem anderen, ebenfalls aus dem Garten Eden vertriebenen Baum gepflückte Frucht in die Kiste; und niemand konnte wissen, ob jener Baum für das Gute oder für das Böse stand.

Nun kam Mariam, *Iriţchin mayrig*, und streute die auf der Herdplatte gegarte Halva, in die geröstete Nussstückchen und Haselnüsse sowie Gewürznelken zum Aromatisieren gemengt waren, zum Gedenken all des anderen darüber.

Misak Torlakian kam nicht, denn seine Antwort war noch nicht vorbereitet.

Die kleine Orgel schwieg, und der Putz an der Wand schloss sich wieder, zurück blieb nur ein feines, alkalisches Pulver. Die Leute verharrten schweigend, warteten. Als klar war, dass niemand mehr eine Antwort hatte, trat als Erster wieder mein Großvater Garabet Vosganian zu den königlichen Türen. Es war an der Zeit, denn die Kiste war gefüllt. Vorsichtig setzte er den Deckel darauf, dann hob er sie sich mit einiger Mühe auf die Schulter. Langsam und mit den Fußspitzen die Ränder der Gegenstände abtastend, damit er nicht stolpere, ging er hinaus. Auch alle anderen kamen heraus, manche aber glaubten, sie würden nun wie an Karfreitag die Kirche umrunden und anschließend die Kiste über die Köpfe hochrecken, damit die in einer Prozession Folgenden unter ihr hindurchgehen könnten, bevor sie wieder in die Kirche gingen. Großvater aber zeigte ihnen an, dass sie geradeaus durch den weitläufigen Kirchhof auf der Allee, durch den alten Friedhof und zwischen den Kastanien hindurch, vorbei an den Gebäuden der ehemaligen armenischen Jungen- und Mädchenschule, auf die Straße zögen. Das Gefolge kam schweigend hinterher. Am Zaun wartete Mantu mit seiner Bläserkapelle. Bevor sie sich an der Spitze des Umzugs in Formation aufstellten, wandte sich Mantu fragend an Großvater Garabet. Ich hoffe, du hast es nicht vergessen, bedeutete ihm Großvater. Die Neunte Symphonie von Beethoven. Den dritten Satz, das Andante. Mantu nickte zustimmend und wandte sich bedeutungsvoll um zu den anderen. Der kleine Mantu, Budişteanu, Frunză, die Brüder Câlţea und Fofoc erhoben die Trompeten, Flügelhörner und den Kontrabass; Mantu verfügte: Zum Kuckuck nochmal, Jungs! Gemächlich ... Großvater Garabet wollte ihm die Partituren reichen, aber der Zigeuner benötigte sie nicht mehr. Seit dem Tag, als die Bücher verbrannt wurden und sie den Rauch zurückgehalten hatten, damit er sich nicht verstreute, waren ein paar Jahre vergangen, also hatten sie genügend Zeit gehabt, zu verstehen, wovon die Rede war. Sie gingen auf dem Bahnhofsboulevard los, dann die lange Gerberstraße hinab, die Straße der Friedhöfe. Und wieder ließ Mantus Tuba den Rauch, der von unten kam, nicht aufsteigen und den von oben sich nicht herabsenken, sodass sie durch dieses Meer gespaltenen Rauches gingen. Mit dem linken Fuß den Takt stampfend, verringerte Mantu seine Schritte, um die voranzulassen, die Geschenke mitgebracht hatten, was sie durch ihre gefalteten Hände anzeigten. Mercan hatte das wertvollste Einmachglas mitgebracht, in dem er die Luft aufbewahrte, durch die ein Erzengel geflogen war, der, nach der grünlichen Färbung zu urteilen, Erzengel Rafael gewesen sein musste. Angheluță pustete seine weißen und funkelnden Mehle durch die kugelig geschlossenen Hände und beleuchtete damit den oberen Rauch, während Bobârcă Oliven und Kaffeebohnen verstreute, die den unteren Rauch verdunkelten. Vorneweg aber ging Taor, der Halva-Verkäufer, er schob sein Wägelchen sachte und konnte in diesem Augenblick zwei Schritte von einem entfernt und im nächsten Moment schon am Ende des Weges sein, ohne dass man den beim Näherkommen oder Sich-Entfernen von ihm durchmessenen Weg hätte erkennen können. Da der Weg zur Bahnstrecke nach dem Verlassen des Kirchhofs an allen Friedhöfen der Stadt vorbeiführte, kamen auch noch viele andere und wurden mit aufgenommen. Nițu Stan, der seine alte und unbrauchbar gewordene Flinte am Lauf hinter sich herzog, mischte sich, begleitet von seinen Leuten aus Suraia und Vadu Roșca, unter die anderen. Und neben ihm Cristea Paragină, den Brustkorb in Stacheldraht geschnürt.

Vor der Kirche des heiligen Spiridon blieb der Prozessionszug etliche Augenblicke lang stehen, auch die Bläser legten eine Pause ein, ebenso die durch die Handflächen gepusteten Pulver, und die beiden Rauchschichten vereinten sich. Sie verbeugten sich in alle vier Himmelsrichtungen. Mein Großvater war erschöpft, aber er konnte die Kiste mit den erläuternden Geschenken auch nicht für einen Augenblick jemand anderem anvertrauen. Und für ein paar Schritte, bis Großvater, der die Last kaum noch auf der Schulter halten konnte und immer mehr dem Archimandriten Komitas zu ähneln begann, ein paarmal durchgeatmet hatte, kam einer von jenen, die auf den Namen Simon hörten, also Simon Şeitanian oder Simon Pilibossian oder der fröhliche Simon, und half ihm, indem er die Kiste ein paar Schritte weit selber trug. So schritt man voran, Großvater erholte sich beim Gehen, und sie hielten nicht mehr an, auch wenn manch einer Mühe hatte, mitzukommen, auch wenn der Boden unter ihren Füßen allmählich heiß wurde und wie Sand zerkrümelte, auch wenn der Rauch rötlich waberte, wie der mittags vom Wasser des Euphrat aufsteigende Dunst, auch wenn sie wankten, sich aneinander festhielten, damit sie nicht fielen, sich die zerrissenen Kleider mit Bindfäden umwickelt hatten und immer mehr den Gestalten glichen, die sie vergessen wollten. Mantu, der eifrig bemüht war, den Rhythmus der Tuba zu halten, und seinen Bläsern anzeigte, wann sie jeweils mitspielen und wann sie still sein sollten, schaute sich zu Großvater um, dessen Gesicht immer länger wurde, die Bartstoppeln waren ihm gesprossen und seine schwarzen Mantelschöße flatterten wie ein Umhang. Großvater schaute auf die Partitur und rief ihm über die Köpfe der Leute zu, alles sei perfekt, sie spielten zum ersten Mal fehlerfrei. Da er nicht zu spielen aufgehört hatte, konnte Mantu nicht verstehen, was Großvater gesagt hatte, aber er fühlte, als er die Hand mit der Partitur wedeln sah, dass alles richtig war, und weil der Totenmarsch fehlerfrei gespielt wurde, war er der einzig Glückliche bei diesem Umzug.

Als sie über die Bahnschranke schritten, übernahm Großvater, der auf jedwede Frage eines Zöllners, wäre eine solche gestellt worden, am besten hätte antworten können, die Kiste wieder von einem der Simons, welcher es auch immer gewesen sein mochte. Der Konvoi war endlos geworden. Die Leute folgten ihnen, traten aus ihren Höfen oder tauchten schlicht und einfach plötzlich inmitten der Menge auf. Einige fragten nach dem Namen des Toten, aber weil sie keine Antwort erhielten und nirgendwo den Tisch und die Kirchenfahne sahen, sondern an ihrer Stelle das Wägelchen des Halva-Verkäufers und die kugelförmig geschlossenen Hände der drei anderen Magier, gingen sie aus Neugierde mit. Andere, von denen man im Vorbeigehen nur einen Teil des Gesichts hinter einem Bretterzaun abwartend hatte stehen sehen, erkannten in dem Umzug vertraute Gesichter, die sie hinzuriefen. Manch einer reihte sich auch nur ein, um sich nicht allein zu fühlen, wieder andere sahen sich plötzlich mit eingereiht oder waren einfach vom Bürgersteig hineingeschubst worden. Auch gab es einige, die hatten die Neunte Symphonie erkannt, selbst in dieser reduzierten Form für Blechbläser; sie kamen mit der Erwartung hinzu, dass nach dem als Trauermarsch gespielten Andante der vierte Satz, die *Ode an die Freude*, beginnen werde, nur dass dieses Andante nicht mehr zu enden schien, und weil die Ränder immer steiler wurden, geradezu mauerartig, kamen sie nicht mehr heraus.

Der Konvoi wurde schmaler, damit er durch das Friedhofstor passte. Von oben betrachtet, sah er aus wie eine Sanduhr, bei der die Torpfeiler die Engstelle zwischen Stadt und Friedhof bildeten, den beiden Welten, und der Menschenstrom, verengt wie ein Sandfaden, floss aus einer Schale der Sanduhr in die andere. Wenn der gesamte Sand durchgeflossen ist, wird die Sanduhr umgedreht, und der Konvoi wird sich, der Welt der Toten ansichtig geworden, die bevorsteht, neu formieren und wiederum durch das enge Tor hinausziehen, die Straßen der Stadt und die Häuser bevölkern, die bis dahin verlassen worden waren, leer, Türen und Fenster im Wind auf und zu klappend und an die Rahmen schlagend.

Beim Betreten des Friedhofs schwiegen Mantus Bläser. Großvater, der den Weg am besten kannte, ging, die Kiste auf den Armen, voran, vorbei an der Kapelle, dann über die Hauptallee, wo vor allem Marmorkreuze standen, weiße oder schwarze, niemals gemischte, und hielt vor der leeren Gruft Seferians. Vorsichtig setzte er die Kiste ab und untersuchte den Deckel, damit sich dieser nicht öffne, die Antworten herauslasse und ihnen erlaube, sich kreuz und quer in der Welt zu zerstreuen. Und so, gut verschlossen, der Menge vorangetragen, die ihr auf ihrem Weg, den die Magier mit ihrem Pulver gebahnt hatten, gefolgt war, verwandelte sich die Kiste wieder in das, was sie von allem Anfang an schon gewesen ist, nämlich in den Schrein der erläuternden Gaben.

Dann warteten sie eine Weile, dass sich der ganze Konvoi versammelte, all die vielen verschiedenen Leute mit nackten Sohlen voller Dornen oder in blutige Lumpen gehüllt, gekleidet in verstaubte und verschwitzte Fetzen, die Schädel verwahrlost und gebeugt oder das Gesicht erhoben und vergeblich suchend zum Himmel gerichtet, mit dem Wanderstab herumstochernd, wo die Augen nichts mehr sahen, Kinder an die Brust drückend, einer den anderen stützend, die einen beim Gehen schlafend, denn ihr Weg im Konvoi war endlos.

Arşag, der Glöckner, der es nicht mehr durch die Menge schaffte, baumelte, die Hände fest um das Seil geklammert, und ließ die Glocke ohrenbetäubend läuten, als dröhnte es aus den Glockentürmen aller sieben Kirchen, und das Pendeln des Seils ließ ihn bis nah an Großvater und die anderen heranschweben, die einen stillen Kreis um den Schrein gebildet hatten. Dann ließ er das Seil los und kam herunter, ergriff den Weihrauchkessel und schwenkte ihn weit aus. Und der Pfarrer, es konnte Der Dagead, Der Mampre, Der Varjabedian, Archimandrit Zareh, die Altardiener unserer Kirche zur heiligen Maria aus Focşani oder jedweder andere Pfarrer aus der langen Reihe seit Gregor dem Erleuchter sein, oder sogar davor, vom Lehrer des Lichts her, er sang *I veri Ierusalem* und suggerierte damit, woher der Schrein gekommen war und wohin er zurückkehren werde. Worauf die Kiste mit den nicht zu Ende gesprochenen Antworten, der Schrein, den Steinmetzen anvertraut wurde, welche die Grabplatte abhoben und den Schrein in das Grab setzten, das sich der Mensch gemacht hatte, und worin niemand mehr begraben werden sollte.

Arşag, der Glöckner, hatte keine Liste dabei, wie er sie stets für solche Gelegenheiten anfertigte, und der Pfarrer sprach keine Namen, derer ewig gedacht werden möge. Weil in dieses Grab die Antworten so vieler Leute gelegt wurden, die man in dem verdrehten Durcheinander nicht mehr voneinander unterscheiden konnte, beteten sie vor einem Massengrab und nahmen die Schuld auf sich, nicht lange genug am Rande jener anderen gebetet zu haben, die verstreut in der Sandeinöde lagen und eilig geschlossen worden waren. Und dieser Platz der Menschen, die nicht im gleichen Boden ihre Ruhe fanden, auf dem sie geboren worden waren, oder nicht in dem Grab beerdigt wurden, das sie für sich geschaffen hatten, wurde deshalb als Massengrab angesehen. Die Steinmetze fügten die Steine mit all dem darin eingeschlossenen und bewahrten Schweigen, Licht und Zeugnis, setzten die Platte wieder ein, meißelten die Zeichen in die Platte und glätteten den Putz in den Ritzen mit der Geschicklichkeit, über die nur sie verfügten. Worauf sich die Konvois schneller zerstreuten, als sie sich gebildet hatten, die einen gingen durch das Friedhofstor den Weg zurück, übrigens der einzige Weg, um zurückzukehren, andere lehnten wartend an den Steinkreuzen, und wieder andere verzogen sich wie Mairegen in den Boden.

Und so, der Schrein einmal beerdigt, erwies sich, dass Antworten ebenso sterben wie die Menschen und dem Leben Platz machen, damit es weitergehen kann.

ZWÖLF

Die Geschichte der Menschen ist zu großen Teilen auch eine Geschichte der Pferde. Bloß erwähnen die Chroniken zumeist nur die Menschen, was dazu führt, dass die Geschichte nicht nur ungerecht, sondern auch unklar wird.

Wenn die Chroniken die Kriege zu Ende erzählt haben, kommt jede Armee und sammelt ihre Toten ein. Auf dem Schlachtfeld bleiben nur die umgekommenen Pferde liegen. Schaut man sie sich an, wie sie unbegraben erstarren, die Mäuler aufgerissen, blutigen Schaum an der Trense, die Bäuche aufgeplatzt, das Schienbein gebrochen, so könnte man den Eindruck bekommen, auf jenem Feld habe sich nicht etwa ein Krieg zwischen Menschen, sondern ein Krieg zwischen Pferden abgespielt.

Die Chroniken schreiben über die Kriege zwischen Armeen und über umgebrachte Menschen, denn dafür können sie jederzeit Erklärungen beibringen, auch können sie bei jeder einzelnen Schlacht einigermaßen genau bestimmen, wer als Sieger daraus hervorgegangen ist. Über umgebrachte Pferde könnte man nicht das Gleiche sagen. Man könnte keine Begründung für ihren Tod finden, vielleicht nur die, dass die Menschen in ihrer Grausamkeit sich häufig selbst nicht genügen. Für Kriege zwischen Pferden, wie sie die verlassenen Schlachtfelder nahelegen, gibt es keinerlei Rechtfertigung, niemand kümmert sich darum, die umgebrachten Pferde zu preisen, noch nie wurde der unbekannte Held aus den Reihen der Pferde gewählt, obwohl sie, für die Sache anderer gekämpft und gestorben, jedes Recht auf Heldentum hätten, entzündet niemand eine Kerze für sie, allein das hungrige Feld mit den krächzenden Schwärmen entfacht an ihrer Lagerstatt schwarze Vögel.

Man hätte deutlich mehr über die Welt verstehen können, wäre über die Geschichte der Menschen und die Geschichte der Pferde gleichermaßen geschrieben worden. Über die Pferde, die aus Leibeskräften die Sturmkanonen ziehen, in erschöpfenden Märschen Pässe überqueren, Vertriebene oder Flüchtende in Konvois begleiten, auf ihren Rücken ganze Völker herbeitragen und sich mit anderen vermischen lassen, wie von Sinnen mit dem durchbohrten und tödlich getroffenen Reiter über die Schlachtfelder rasen, eingeschirrt die Kampfwagen der Sieger ziehen oder ohne Halfter, aber beladen mit Verwundeten und den Quersäcken der Besiegten mitlaufen, immerzu an der Spitze der Armeen vorangaloppieren, ohne Panzer und ohne das Recht, verwundet zu werden, denn ein verwundetes Pferd ist ein totes Pferd. Die Pferde zählen immer zu den Verlierern, niemals zu den Siegern. Außerdem liegt es nicht in ihrer Absicht, jemanden zu besiegen. Die einzige Art, in der dieser Gladiator der Geschichte in einer Schlacht siegreich sein kann, ist, am Leben zu bleiben. Die Chroniken schreiben vor allem über die Sieger, die Besiegten, nun ja, die werden erwähnt, um den Sieg ruhmreicher zu gestalten, und die Pferde zählen zu den Besiegten, deren Erwähnung niemandes Ruhm mehrt, es ist ruhmreicher, Menschen umzubringen als Pferde, denn Menschen können sich widersetzen.

Das *Buch des Flüsterns* erzählt, da es nicht für herrschaftliche Höfe geschrieben worden ist, vor allem von den Besiegten. Die entweder zu den Schwachen gehörten oder sich entschieden haben, zu den Besiegten zu gehören, weil das, was sie erringen wollten, nicht von dieser Welt war. Deshalb ist es selbstverständlich, dass in solch einer Geschichte die Menschen und die Pferde nicht unabhängig voneinander dargestellt werden können.

Vielleicht bin ich durch das kleine Holzpferdchen zum Erzähler im *Buch des Flüsterns* bestimmt worden. Es war kein verlockendes Spielzeug. In meiner Kindheit waren die Spielsachen mit Motoren und Lämpchen, die blinken und rattern, wenn sie sich bewegen, noch nicht erfunden worden. Die Spielsachen meiner Kindheit waren unbeweglich und still. Ich hatte einige mit Werg gefüllte Stoffpuppen, die noch aus der Zeit stammten, als Großmutter Arşaluis und ihre Schwester Armenuhi sich nach dem Krieg gezwungen sahen, ihr Hutgeschäft zu schließen, und deshalb Puppen machten und für wenig Geld verkauften. Ich hatte auch einen etwas größeren, weich anzufassenden Elefanten und einen Plastiklöwen, dem ich mit meinen ersten vereinzelten Zähnen gerne in die Beine biss. Und es gab noch das Holzpferdchen, das eben deshalb alles überstanden hatte, weil man nicht mit ihm balgen, nicht hineinbeißen und es nicht verbiegen konnte. Ich hatte es von niemandem geschenkt bekommen, ich fand es eines Tages auf dem Brettchen neben dem Ofen, bei dem dicken, mit Bindfäden verschnürten Heft mit der Aufschrift »Nemesis«. Doch damals konnte ich noch nicht lesen, und selbst wenn ich es schon gekonnt hätte, wäre ich nicht imstande gewesen, zwischen der Rachegöttin, den mit sepiafarbener Tinte eingetragenen Namen und dem etwa fünfzehn Zentimeter langen, irgendwie ungeschickt mit dem Taschenmesser aus Holz geschnitzten und in einer undefinierbaren Farbe gestrichenen Pferdchen eine Verbindung herzustellen. Ich mochte es am meisten, weil es mir eben niemand geschenkt hatte, ich hatte es gefunden, und es war meines geworden, außerdem hatten sie es mir wegnehmen wollen. Das Holzpferdchen war Grund und Gegenstand meiner ersten Widersetzlichkeit. Damit darfst du nicht spielen!, sagte Sahag Şeitanian, und was hätte ich sonst tun können, als auf einen Baum zu klettern, dorthin, wo ich von den Erwachsenen nicht erwischt werden konnte. Sie sprachen leise, aber man weiß ja, dass Kinder auch Flüstern gut hören können. Lass ihn, sagte Großvater, er weiß nichts davon und hat keine Schuld. Schließlich hat er recht, das Holzpferdchen ist schließlich ein Spielzeug ... Was soll das für ein Spielzeug sein?, fauchte Sahag Şeitanian, der mit Spielzeug nicht vertraut war und keine Kinder hatte, die ihn mit der selbst nicht erlebten Kindheit hätten vertraut machen können. Was will man denn mit so etwas spielen? Du siehst ja ..., antwortete Großvater in der Gewissheit einer endgültigen Wahrheit. Dann machte er mir ein Zeichen, mitsamt dem Pferdchen herunterzukommen, und damit ich sichergehen konnte, alles richtig verstanden zu haben, steckte ich es unter die Bettdecke und hielt es beim Einschlafen in den Armen.

Das erste Holzpferdchen kam bei uns im Frühling 1951 an. Als man

Großvater sagte, es sei ein Paket aus Amerika da, dachte er: Das heißt, dass es meiner Schwester in Argentinien gut geht, sodass sie uns sogar etwas schicken kann. Aber das Paket war nicht aus Argentinien, sondern aus den Vereinigten Staaten. Damals konnte man nicht einfach so hingehen, den Empfang quittieren und sein Paket entgegennehmen. Erst einmal musste man erklären, wer einem das Paket warum geschickt hatte, und wenn einem der Absender genannt worden war, musste man Aussagen über ihn machen, wer das war, auf welche Weise man mit ihm verwandt war, und wenn man nicht verwandt war, wie man die betreffende Person kennengelernt hatte, was das Paket eventuell enthalten könnte, ob man selber um die Zusendung des Pakets gebeten hatte, oder ob der Absender es aus eigenem Antrieb geschickt habe, ob man in brieflichem Kontakt stehe, ob er versprochen habe, einem eine Einladung nach Amerika zu schicken, und was man allgemein davon halte. Misak Torlakian, den kenne ich, sagte Großvater. Wir sind nicht verwandt, wir haben uns hier in Rumänien angefreundet, er ist während des Krieges verschwunden, ich wusste überhaupt nicht, dass er in Amerika ist, fügte er scheinbar wie eine Entschuldigung hinzu und als begreife er erst jetzt aufgrund der Miene des Postangestellten, dass es übel ist, in Amerika zu sein. Also wissen Sie nicht, was er Ihnen geschickt hat? Keine Ahnung, sagte Großvater bangen Herzens, denn er kannte Misaks Leidenschaft für Waffen und traute ihm alles zu. Dann lassen Sie uns das Paket zusammen öffnen, und der Postbeamte begann, mit der Zange die Nägelchen herauszuziehen, mit denen das Holzkistchen verschlossen war. Er zerrte das zerknüllte Papier beiseite, steckte die Hand hinein und suchte. Da ist etwas Hartes drin, sagte er, und Großvater fiel das Herz in die Hose. Dann nahm er das Pferdchen heraus, und beide waren sie überrascht, jeder aus beinahe den gleichen Gründen. Der Beamte war unzufrieden, dass dies alles war, und nichts dabei war, das er für sich hätte behalten können, und Großvater war aus dem gleichen Grund erleichtert. In dem Augenblick, als er unterschrieb und das Paket mit dem Pferdchen ausgehändigt bekam, begann Großvater sich Gedanken zu machen. Ebenso wie sein Schwager Sahag Șeitanian, der auf der Bank zwischen den weichen Kissen, die bunten Kaffeeschalen vor sich, das Holzpferdchen mitten auf dem Tisch betrachtete. Sahag schwieg, aber er hatte die gleiche Frage auf den Lippen: Was wird jetzt geschehen? Was hier geschah, bewies, dass der Schrein mit den Antworten zu früh geschlossen worden war. Misak war eben jetzt erst angekommen, und seine Antwort war anders als die der anderen. Großvater Garabet erinnerte sich an die Szene vor vielen Jahren im Hof der armenischen Kirche von Focşani: Es ist das Zeichen der Rache, Sahag, hatte er seufzend gesagt, denn er hätte diese Worte gerne vermieden. Er ging ins Haus, stocherte an den Schlössern herum und holte das mit Bindfäden verschnürte Heft mit den Pappkartondeckeln hervor. Sie gingen noch einmal die alten Namen der Rächer und der Umgebrachten durch. Dann schrieb Großvater mit sepiafarbener Tinte in die Spalte der Vollstrecker: »Ein Pferd aus Holz«. In der Spalte der Umgebrachten ließ er den Platz frei und trug nur den Monat und das Jahr ein: Mai 1951. Dann nahm er das Holzpferdchen und untersuchte es genau. Dies ist nicht das Pferdchen, das Misak mir gezeigt hat, sagte er. Er hat noch eines gemacht, das genau so aussieht, das andere behält er noch bei sich … Warum wohl?, fragte Sahag nur, um nicht der Antwortende zu sein. Dann schlug Großvater Garabet noch einmal das Heft auf, strich »Ein Pferd« durch und schrieb »Das erste Pferd« darüber.

Das zweite Pferdchen kam ein Jahr später an, ebenfalls im Mai. Weil auf dem Paket nicht der Streifen »par avion« klebte, hieß dies, dass das Paket mit dem Schiff gekommen ist, befand Großvater Garabet, was etwa zwei bis drei Wochen in Anspruch nahm. Das Paket war somit Ende April aufgegeben worden, wenn die Armenier ihrer Toten bei den Massakern gedenken. Herrgott, Garabet, sagte Sahag, was sollen wir tun? Er hatte nur so für sich gesprochen, denn Yusuf, nunmehr sehr alt, widersetzte sich nicht mehr, wartete nur noch auf den Tod des anderen, um endlich, ohne ihn zu belauern, selber zur Ruhe zu kommen. Er schaute bloß melancholisch das Pferdchen an, das ihn an eine Welt erinnerte, in der sie beide von innen nach außen gestülpt worden waren wie ein Handschuh, und er, Sahag, war derjenige, der innen im Brustkorb tobte. Großvater Garabet, der stets auf eine Antwort vorbereitet war, wusste diesmal nicht, was er sagen sollte. Wer mag es diesmal gewesen sein?, fragte wiederum Sahag. Für Großvater war es der Tag der schwierigen Antworten. Auf der Liste, die Misak mir gezeigt hat, waren achtzehn Namen. Es kann jeden von ihnen getroffen haben. Er sollte sich beruhigen. Komm, wir schreiben ihm einen Brief, ihm oder General Dro. Gerne hätte er noch hinzugefügt, wenn er schon Lust habe, jemanden umzubringen, so möge er es doch mal mit den Bolschewiken probieren, aber er hielt sich zurück. Du bist verrückt, sagte Großvater. Wir haben keine Adresse, auf der Schachtel steht nur der Name und darunter der Staat, Kalifornien. Wie willst du ihn finden? Und schließlich, wie willst du ihm schreiben, und was willst du schreiben, alle Briefe werden geöffnet. Dann würde wieder der Irrsinn losgehen mit den Waffen des Generals. Ja, gut, aber wir wissen ja nicht, wo Dros Gewehre sind ... Und wen kümmert das? Ihr Vergnügen ist nur, dich zu quälen, sie müssen das nicht rauskriegen. Sahag legte sich das Holzpferdchen auf die offene Handfläche: Wir können es nicht einmal jemandem sagen ..., seufzte er. Großvater drehte das Pferdchen um und um. Doch, ich glaube doch ... Es gibt jemanden, dem ich es erzählen und den ich um Rat fragen kann ... Bleib ruhig sitzen ..., flüsterte Sahag. Das fehlte uns noch, dass die was von *Nemesis* hören ... Sie sprachen im Flüsterton, gewiss, und mitten im Hof, um von jeder Seite des Zaunes möglichst weit weg zu sein, im Schutz des alten Aprikosenbaumes. Wem kannst du so etwas sagen, wem kannst du so sehr vertrauen? Ich rede vom Beichtgeheimnis, sagte Großvater. Der Mampre? Sahag prustete. Gibt es etwas, das der Alte nicht sofort seiner Frau und seiner Tochter erzählt? Ich rede nicht von Der Mampre. Sondern von Vazken Balgian, unserem Bischof.

Sahag Şeitanian schloss frühmorgens seinen Kiosk mit Süßwaren beim Bahnhof auf, bereitete auf seinem Primuskocher Kaffee vor, den sie dann beide gemächlich tranken. Dann fuhr Großvater nach Bukarest, um dem Bischof dieses Geheimnis anzuvertrauen, das in diesen Zeiten, da Geheimnisse so schwer zu bewahren waren, umso gewichtiger war.

Das *Buch des Flüsterns* ist keine Chronik der erlebten oder imaginierten Dinge, sondern der Dinge, die jemandem anvertraut wurden. Was jedoch diesen Teil unserer Geschichte betrifft, so bleibt sie uns gänzlich unbekannt, denn uns fehlt nicht bloß jede Mitteilung darüber, sondern wir können uns den Fortgang der Dinge auch nicht vorstellen – wie es auch bei der Begegnung zwischen Onik Tokatlian und Mesia Hacerian der Fall war. Wir wissen, dass Großvater nach Bukarest gefahren und sogleich zum Bischofssitz in der Armenischen Straße gegangen ist. Nur dass ihn anstelle von Asadur, dem Hausmeister, vor dem Tor ein Milizmann empfing, der ihn kurz aufforderte, weiterzugehen. Großvater schaute ihm über die Schulter, um doch wenigstens zu sehen, was dort geschah. Die Fenster waren geschlossen, und die einzige Erklärung, die ihm der Milizmann gab, bevor er ihn noch einmal aufforderte, sich davonzumachen, war, dass es an diesem Abend keine Tanzveranstaltung geben werde. Ratlos suchte Großvater im Nachbarhof, bei der Kathedrale, nach Partogh, dem Glöckner mit der gebrochenen Nase, und erst dieser klärte ihn auf, wie die Dinge standen. Eines Nachts hatten die von der Armenischen Front in Begleitung der Miliz an die hinteren Fenster geklopft, wo die Zimmer von Bischof Vazken und Diramayr, seiner alten Mutter, lagen, und sie aufgefordert, binnen zwei Stunden von dort zu verschwinden. Mitten in der Nacht fanden sich Vazken und seine Mutter, die noch irgendetwas in zwei Jutesäcke hatten packen können, unter freiem Himmel wieder. So fand ich sie am frühen Morgen auf den Kirchentreppen sitzen, sie dösten auf den Säcken vor sich hin und zitterten vor Kälte, fügte Partogh hinzu. Eine Zeitlang hausten sie in den Kanzleibüros auf dem Kirchhof, dann zogen sie in die zwei darüber liegenden Zimmer, die ich inzwischen für sie hergerichtet hatte. Der Bischof hat sich nicht beklagt, auch seine Mutter nicht, damit es ihr nicht aufs Herz schlage, aber was hat der Arme alles durchmachen müssen, es ist eine Schande. Und warum steht der Milizmann vor dem Tor des Bischofssitzes? Wo stehen die denn nicht? Damit niemand ohne einen Befehl dazu hineingeht, vor allem der Bischof selber. Eine Weile war es ein Lager für allerlei alten Kram, Sachen, die sie aus den Kirchen zusammengetragen hatten, Bücher, Archive, Kirchengewänder. Dann haben sie die Sachen weggeschafft und verbrannt, die Bücher zuerst. Anschließend haben sie den Sitz der Armenischen Front darin untergebracht, aber denen hat es nichts genützt, schließlich haben die Kommunisten, die sie geschaffen hatten, damit sie uns andere vernichten, auch sie abgeschafft. Jetzt ist eine Art Club drin, die Jugend trifft sich hier zum Tanzen, wenn sie nicht ausgerechnet auf den Dielen des Bischofssitzes tanzten, wäre es richtig schön, es kommen auch Rumänen. Großvater, der seit zwei Jahren, als man ihn ins Innenministerium einbestellt hatte, um schriftlich die rumänische Staatsbürgerschaft zu beantragen, nicht mehr in Bukarest gewesen ist, war entsetzt. Aber Vazken Balgian empfing ihn sanft lächelnd und mit der gleichen Freude wie immer. Bevor jedoch Großvater etwas sagen konnte, gab er ihm einen Wink, zu schweigen, dann bat er ihn zu einem Spaziergang durch den Hof, rings um die Kathedrale, wo sie, zwar nicht vor fremden Blicken, dafür umso mehr vor fremden Ohren geschützt waren. Abends kehrte Großvater ziemlich verstört nach Focşani zurück, aber wir führen diese Verstörung nicht auf die Verhältnisse zurück, in denen sich der Bischofssitz befand, denn solche Dinge geschahen in jenen Jahren recht häufig, sondern vielmehr auf das Gespräch während des Spaziergangs mit dem Bischof rund um die Kathedrale. Hast du es ihm gesagt?, fragte Sahag Şeitanian. Großvater bejahte. Vergeblich versuchte Sahag, eine andere Antwort zu bekommen, sie kam nicht. Warten wir noch, fügte Großvater dann doch noch hinzu. Seit die Russen gekommen sind, warten wir, was können wir sonst tun? Lass uns abwarten, wenn wieder ein solches Zeichen eintrifft, werde ich ihn verständigen. Bis dahin tun wir nichts, er wird uns sagen, was zu tun ist. Ist es denn so kompliziert?, probierte es Sahag Şeitanian noch einmal. Großvater aber, vielleicht hatte er versprochen, nichts von dem Gespräch mit dem Bischof preiszugeben, möglicherweise dachte er auch an Yusuf, der, selbst so gealtert und geschwächt, immerhin noch wie ein Fremder unter ihnen verblieben war, wiederholte nur noch ohne eine Chance, es sich anders zu überlegen: Warten wir ...

Das dritte Pferdchen, haargenau so wie die anderen beiden, kam nach zwei Jahren. Wieder schlug Großvater das Heft auf, notierte das Datum seines Eintreffens und ließ in Höhe des Namens des Ermordeten eine freie Stelle. Er wartete auf eine andere Nachricht, die ihm helfen konnte, den freien Platz auszufüllen, aber diese kam nicht. Aus einem Postskriptum zum Brief seiner Schwester erfuhr er, dass General Dro in Boston gestorben war. Weil offensichtlich war, dass der aus Buenos Aires eingetroffene Brief ebenso wie die anderen davor in einem schattigen Büro in Bukarest gelesen worden war, was man daran erkennen konnte, dass er aufgrund der Dämpfe wellig geworden und dann eilig wieder zugeklebt worden sein musste, wunderte sich Sahag Şeitanian, dass man ihn hatte durchgehen lassen. Großvater war der Meinung, sie dächten, jede Nachricht, die ihren Empfänger traurig macht und eine Hoffnung in ihm zerstört, eignet sich, verbreitet zu werden. Und was die Reise nach Bukarest betraf, die nun mit diesem neuerlichen Zeichen durch das Holzpferdchen fällig geworden war, so hatte Großvater keine Gelegenheit mehr, sein Versprechen zu halten. Ein paar Monate zuvor war Bischof Vazken Balgian zum Katholikos, also zum obersten Patriarchen aller Armenier gewählt worden und nach Jerewan gegangen. Sodass Großvater nie mehr erfahren hat, wozu er geraten hätte, und Sahag noch viel weniger. Ein paar Jahre nach dem Tod meines Großvaters Garabet, so um 1975, kam Vakzen Balgian, in einem weißen Mantel und mit einer strahlenden Kapuze auf dem Kopf, für ein paar Tage nach Bukarest zurück. Ich befand mich mit meinem Vater im Hof der Kathedrale, mittlerweile waren die Zeiten etwas lockerer geworden, der Bischofssitz war der Kirche zurückerstattet worden, der Hof, durch den Bischof Vazken Balgian und Großvater Garabet spaziert waren, normalerweise leer, war jetzt von einer Menschenmasse überfüllt, darunter Sahag Şeitanian, mein Vater und ich, nunmehr ein groß geratener Heranwachsender mit Schnurrbart. Der Katholikos trat aus der Kathedrale, segnete das Volk, und als er zum Tor ging, sah er in der Menge Sahag und Vater, mich konnte er nicht kennen, und rief ihnen über die Köpfe der Leute zu: Wo ist Garabet? Aber Sahags Antwort ging unter, die Meinen versuchten, näher an ihn heranzukommen, aber sie wurden von der Menschenmasse verschluckt, und die Kapuze des Patriarchen entfernte sich. Mein letzter Versuch, etwas über jenes Gespräch zu erfahren, fand 1994 statt, als ich selbst Katholikos Vazken, diesmal in Armenien, in seinem Salon in Etschmiadsin, begegnet bin, am Sitz der armenischen Patriarchen, dem Ort, wo nach armenischem Verständnis der Einzig Geborene herabgestiegen ist. Ich überreichte dem Patriarchen die Geschenke, die ich mitgebracht hatte, ein paar Bücher in rumänischer Sprache und einen Sack mit Maismehl, denn er sehnte sich nach der Bukarester Mămăliga* und den Leuten, die er gekannt hatte, er wusste, wer ich war, aber er wusste nicht, dass ich Garabets Enkel bin; ich sagte es ihm und hoffte, er würde mir sagen, was zu sagen war. Aber der Katholikos war schon krank, er hatte die Hand am Kinn und lächelte versöhnt. Und zu dem, was ich zu erfahren wünschte, sagte er nur: Garabet, ja, ja ... Mittlerweile hatte sich die Welt verändert, die Grenzen hatten jenen auf Noradunghians Karten zu ähneln begonnen, aber nicht auch den Träumen des Generals Dro, denn Armenien war nun eine unabhängige Republik, jedoch auf nicht einmal dreißigtausend Quadratkilometer geschrumpft, isoliert und arm. Vielleicht hätte die Antwort, die Großvater nach dem Erhalt des dritten Pferdchens erwartet und ich nun in seinem Namen mit dem Blick von ihm erbat, heute nicht mehr in die Zeit gepasst.

Vakzen Balgian, in Bukarest geboren, war nicht durch die Todeskreise gegangen, aber er war der Seelsorger vieler, die diese Leidenszeiten erlebt hatten; von ihnen hatte er die Macht über den Tod erhalten, sodass er auch kam, als er ihn versöhnt mit der Welt herbeirief, und er kurz nach unserer Begegnung starb. Vielleicht wollte er mir auch, als er Großvaters Namen hörte, andeuten, dass er mir das nicht zu sagen bräuchte, zumal sie beide sich sehr bald schon wiederbegegnen würden.

Das vierte Pferdchen kam kurz nach dem dritten. Dies kommt nun wegen General Dro, sagte Großvater, Misak hat sich beeilt, damit wir nicht glauben, dass mit dem Tod des Generals alles vorbei ist. Mit anderen Worten, damit wir nicht die Hoffnung verlieren. Von welcher Hoffnung sprichst du, Garbis, seufzte Sahag. Sieh dich doch um ... Lauter absurde Dinge. Umso mehr ..., sagte Großvater. Und nachdem sie so eine Weile im Hof gesessen, das Holzpferdchen angeschaut, und Groß-

---

* Mămăliga = Maisbrei, wird so ähnlich wie die italienische Polenta zubereitet und in der rumänischen Küche vielfach eingesetzt. (A. d. Ü.)

vater seine Ankunft durch das Hinzufügen einer weiteren Zeile in seinem der Operation »Nemesis« gewidmeten Heft verzeichnet hatte, sagte er zu Sahag: Komm. Er steckte das Pferdchen in die Tasche, sie gingen durch die Straße des 6. Mai, früher Dulapuri, bogen dann ab auf die Schneeglöckchenstraße und von dieser auf die Gerberstraße, die Straße der Friedhöfe. Auf dem armenischen Friedhof fanden sie eine geschützte Stelle, jedes Mal eine andere. Zwei volle Schaufeln reichten aus, um ein kleines Loch auszuheben und das Pferdchen zu begraben, dann wurden sie zurückgeschaufelt und das Hügelchen mit den Handflächen glattgedrückt. Dann sprach Großvater aus dem Groll heraus, den er dem feuchten, alles bedeckenden Erdreich gegenüber empfand, das *Hair mer*, also das Vaterunser, und schlug das große Kreuz. Es ist schon seltsam, sagte Sahag, wir wissen nicht einmal, wen wir begraben. Und wer es auch immer gewesen sein mag, ein Christ konnte es nicht gewesen sein. Kann nichts schaden, erwiderte Großvater. Wenn sein Gott sie nicht annimmt, ist es seine Sache, dann bleiben eben sowohl das Kreuz als auch das Gebet uns überlassen. Auf diese Weise empfing der Schrein neue Antworten, die sich, von den Leuten unverstanden, wiederholten. Und nachts züngelten von der Fäulnis unterhaltene Flämmchen auf dem Friedhof.

Das fünfte Pferdchen kam uns einige Jahre später ins Haus geflattert. Großvater Garabet und Sahag Șeitanian hatten mittlerweile angenommen, die Dinge hätten sich endgültig beruhigt. Deshalb waren meine alten Armenier noch unvorbereiteter als bei der Ankunft des ersten. Vielleicht sind sie darum auch etwas nachlässiger mit ihm umgegangen, sodass das auf der Stellage vergessene Pferdchen mich erblickte und dachte, ich sei der Knabe, von dem sich ein anderes ebensolches Pferdchen vor beinahe sechzig Jahren getrennt und eingewilligt hatte, mein Spielzeug zu werden.

Wenige Tage nach der Ankunft dieses fünften Pferdchens, das sich unter meine Spielsachen mischte, wurde Präsident Kennedy erschossen. Meine alten Armenier trafen sich zum letzten Mal in Seferians Gruft. Das Holzpferdchen war in meine Tasche geschlüpft und hatte dort stillgehalten, während ich auf den Alleen des Friedhofs mit Kasta-

nien und Nüssen spielte. Sahag verfolgte es mit den Blicken, aber Großvater schaute ihn rügend an und versagte es sich strengstens, auch nur
ein Wort über jene seltsamen Botschaften von Misak Torlakian zu verlieren, selbst dann, als Sahag begonnen hatte, von den Waffen des Generals Dro zu sprechen.

Das sechste Pferdchen kam kurz danach. Damals ging auch meines
verloren. Sicher hat Sahag, der es nicht aushielt, zuzuschauen, wie ich
mit diesem Todesboten spielte, es versteckt und zusammen mit dem
sechsten auf den Friedhof mitgenommen, sodass Großvater zweimal
das Vaterunser sprechen musste. Aber die Sache war geschehen. Das
Pferdchen hatte mich ausgesucht, und mir blieb keine Wahl, ich war
zum Erzähler bestimmt worden.

Mittlerweile schienen sich die Dinge wieder etwas zurechtzurücken.
Im Jahr 1964 begannen die aus politischen Gründen Verurteilten allmählich wieder heimzukehren. Nachdem meine Urgroßmutter und
mein Onkel Simon schon gestorben waren, als ich zwei Jahre alt war, sodass ich mich nicht an sie erinnere, war Carol Spiegel der dritte Tote aus
unserer Bekanntschaft. Aber seinen Tod habe ich bloß als ein schwarzes Kleid gesehen, das Frau Spiegel mit einem Mal zu tragen begonnen hatte. Die Erwachsenen hatten verschiedenste Angewohnheiten,
sie tranken Kaffee, manche, etwa Ştefănucă Ibrăileanu, rauchten, wieder andere, beispielsweise Ohanes Krikorian, regten sich auf und bekamen dabei ein knallrotes Gesicht. Sie spielten Tavla oder Ghiulbahar,
indem sie die Würfel in einem Becher schüttelten, hatten somit allerlei Beschäftigungen, die wir Kinder nicht ausprobieren oder verkosten
durften. Und der Tod schien eine davon zu sein. Wir durften keinen
Kaffee trinken, obwohl wir manchmal heimlich die Untertassen ableck-
ten, in die etwas Kaffee verschüttet worden war, weil die Hände unserer Großeltern, die das Tablett mit den Kaffeetassen in den Hof hinaus-
trugen, im Alter zu zittern begonnen hatten. Ebenso durften wir nicht
sterben, wiewohl sich der Tod schon in meinem Kinderkopf eingenis-
tet hatte, und sei es auch nur ein klein wenig, wie der auf die Untertasse
übergeschwappte Kaffee.

Manchmal schloss Großvater sich in seinem Zimmer ein, spielte

Geige und summte Klagelieder. Der Tod kam zu ihm, und sie sprachen über die lange Schar von Toten. Der Tod erzählte von den alten Toten, sie waren die einzigen, über die er sprechen durfte, schließlich gehörten sie tatsächlich ihm, die neuen Toten erschienen mit fahlen Gesichtern und strahlenden Augen hinter den Fensterscheiben, glitten wie Salböl daran hinab. Großvater erzählte dem Tod von mir, von unseren Spaziergängen im Park, durch die Alleen mit roten Blumen und üppig schweren Blättern, über unsere Karambolage-Spiele mit Kastanien, über den Wal Moby Dick, den wir Kinder uns verängstigt, auf dem Viehmarktgelände auf einem Tieflader ausgestellt, anschauten, davon, wie wir zusammen Geige und Klavier spielten, Schuberts *Serenade* oder das *Menuett* von Boccherini, und wie wir versucht hatten, als das Licht unaufmerksam war, die Spiegel zu fotografieren. Aus alledem begriff der Tod, dass mein Großvater noch das eine oder andere auf der Welt zu tun hatte, also erfand er eine Entschuldigung und machte sich davon. Wo der Tod gestanden hatte, auch nur ganz kurz, blieb etwas zurück, eine Melancholie, ein Dunstschatten auf dem Spiegel, eine fotografische Platte, die zu viel Licht bekommen hatte, und wenn Großvater herauskam, waren seine Augen eingefallen, es war sinnlos, auf ihn einzureden, denn er antwortete nicht, setzte sich bloß unter den Aprikosenbaum im Hof. Die neuen Toten stiegen von Bäumen herab, kamen zwischen den Gräsern hervor, zischelten wie die Hausschlange, ließen sich, nachdem sie stets kleiner werdende Kreise gedreht hatten, mit angelegten Flügeln herabsinken und setzten sich ringsum nieder, während Großvater ihnen aus dem *Buch des Flüsterns* vorlas, das sich während meines Heranwachsens schrieb, und sie stimmten dem Gehörten zu, denn im Unterschied zu den alten Toten fanden die neuen Toten ihre Ruhe eher dann, wenn man möglichst viel von ihnen sprach.

Dann schloss Großvater das Buch und legte es beiseite. Vom Tisch her schaute ihn das siebte Pferdchen an. Die neuen Toten öffneten den Kreis, indem sie sich ineinander verzogen, bis sie verschwunden waren, jeder auf dem Weg, den er gekommen war. Ein kühler Wind blieb zurück, es war Anfang November. Ich hole das Heft, sagte Sahag Şeitanian. Ist wahrscheinlich nicht mehr nötig, sagte Großvater Garabet. Mit diesem Pferdchen stimmt etwas nicht. Es war genau so wie alle anderen, mit dem Taschenmesser aus Holz geschnitzt, man konnte die Kerben der Klinge gut erkennen, das Maul war aufgrund der seitlichen Kanten etwas spitz geraten. Es ist weiß, sagte Großvater. Die anderen waren aus rohem Holz, Nussbaum, dieses ist angestrichen. Und was könnte dies bedeuten? Dies ist ein anderes Pferdchen, es ist das Pferd aus einem Traum. Es ist weiß, das Pferd aus Misaks Traum. Erinnerst du dich, es galoppierte aufgezäumt, aber allein und blutete. Aber dieses Pferdchen ist nichts als weiß ... Man könnte sagen, das weiße Pferd hat endlich seinen Reiter gefunden, nicht wahr? Und wer könnte das sein?, fragte Sahag, der seinerseits eines schönen Tages kreuz und quer durch seine Träume reiten sollte. Misak, wer sonst ...

Mittlerweile waren mit der Freilassung der politischen Gefangenen und der Überwindung der Raketenkrise in den Elektrogeschäften von Focşani Radioapparate mit Kurzwellenempfang aufgetaucht, was zur Folge hatte, dass man mit den entsprechenden Vorsichtsmaßregeln zuhause sogar Free Europe, Radio Liberty und die BBC hören konnte. Sodass das Radio selbst, einmal das Einschalträdchen kurz gedreht, den millimetergroßen Wellenanzeiger durch das Knacken und Rauschen bewegt, zu einer Gestalt im *Buch des Flüsterns* wurde. Wahrscheinlich traf sich das Kirchenkomitee deshalb nicht mehr in Seferians Gruft, der Telefunken war nun im Bereich der Wellen nicht mehr der einzige Zugang zur freien Welt.

Man hatte das Radio in Sahags Zimmer unter einer Stickerei installiert, die den Troubadour Sayat Nova darstellte. Der Anschluss des Gerätes an die freie Welt war ein richtiges Ritual. Wir Kinder waren, wie übrigens auch die Frauen, nicht zugelassen, aber aus unterschiedlichen Gründen; wir, weil man uns in der Schule aushorchen konnte, und die Frauen, weil sie nichts verstanden, aber verstehen wollten, weshalb sie fortwährend dazwischenfragten. Onkel Sahag hob das bestickte Tuch ab, faltete es und legte es auf das Nachtkästchen. Dann setzte er sich hin, rief nach der Konfitüre und bat Großvater herbei. Die Sendersuche lief jedes Mal gleich ab. Denn nach jedem Hören stellte Sahag auf die Mittelwelle um, auf der man Radio Bukarest empfing – wer weiß, die sind überall, wir dürfen uns keine Blöße geben, wie die Idioten, welche »die«?, fragte Tante Armenuhi, als sie das Tablett mit der Konfitüre brachte; sie, antwortete Onkel Sahag, die also, die nicht wir sind. Die Konfitüre war rosa, aus den Rosenblättern im Garten gemacht, und sie war klebrig, um das Löffelchen bildete sie einen Klumpen, und Löffelchen samt Konfitüreklumpen wurden in ein Kristallglas mit kaltem Wasser gesteckt. Die Konfitüre wurde nur in Kristallgläsern, niemals in einem anderen Gefäß serviert, damit man in deren Klarheit die rosa Paste wie eine Frucht des Wassers betrachten konnte. Wenn die Konfitüre alle war, ganz gemächlich wie ein Bonbon gelutscht und mit der Zunge über den Gaumen gestrichen, tranken die alten Armenier meiner Kindheit das im Glas verbliebene Wasser in kleinen Schlucken. Möglicherweise hatten sich meine Alten, mein Pate Sahag und Großvater Setrak, diese Gewohnheit auf den Irrwegen ihrer Kindheit angeeignet, auf den Wegen durch die Wüste, als das wenige Wasser, das man fand, eher zum Kosten denn zum Trinken gereicht hatte. Also setzten sich die beiden mit dem noch unberührten Konfitürentablett in die Sessel und beugten sich zum Radio hinunter, als hätten sie vor, miteinander zu flüstern. Dann stellte Sahag auf Kurzwelle um und ließ die Anzeige über die Skala wandern, wobei er den Frequenzknopf ganz sachte bewegte; und die Wanderung des Anzeigers wurde von Knacken, Rauschen und kleinen Redefetzen in allerlei Sprachen begleitet. Schneller, sagte Großvater, wir verpassen die ersten Meldungen ... Sahag beeilte sich nicht, er fuhr mit dem Anzeiger ein bisschen weiter, als nötig gewesen wäre, dann ein bisschen zu weit zurück, betastete und beschnupperte die Umgebung, als spürte er eine Beute auf, und fixierte schließlich die senkrechte Nadel an der besten Stelle, dann hörte er ein paar Sekunden zu, fingerte vorsichtig noch ein bisschen am Rädchen herum, nickte zufrieden, griff nach dem Konfitüreglas und hörte mit gesenktem Kopf zu. So verlockend es auch gewesen sein mochte, das eine oder andere zu kommentieren, sie schwiegen, bis die Nachrichten beendet waren, warfen sich hin und wieder einverständige Blicke zu, siehst du, genau so, wie ich es dir gesagt hatte ... (Großvater), oder: ... geschieht ihnen recht, den Bolschewiken (Sahag), aber die Kommentare sparten sie sich für nachher auf, wenn die Konfitüre alle war und sie in kleinen Schlucken das Rosenwasser tranken.

An jenem Nachmittag wurde ihr Ritual plötzlich in dem Augenblick unterbrochen, da Sahag Şeitanian die Finger von dem Knopf nahm, an dem er mit einem gemächlichen Wonnegefühl gedreht hatte, und gefolgt von seinem Schwager Garabet Vosganian das Löffelchen mit Konfitüre ergriff, um mit der Zungenspitze darüberzufahren. Den Boden aufreißend schoss das Pferdchen aus der Stelle, an der sie es eilig begraben hatten, raste um die Welt, erhob sich auf die Hinterbeine und wieherte, rief nach seinem Reiter, dessen Blut zu dem auf Sattel und Zaumzeug passte. Der Sprecher von Radio Liberty meldete zu Beginn der Sendung in armenischer Sprache, dass Misak Torlakian am Morgen des gleichen Tages in Montebello gestorben war. Er sollte in zwei Tagen auf dem Evergreen-Friedhof der Stadt beerdigt werden, und es würden zahlreiche Teilnehmer aus der großen armenischen Gemeinde Kaliforniens erwartet. Misak Torlakian, der Kampfgefährte von General Dro, sagten sie. Kein Wort, gewiss, über die Operation »Nemesis«. Und erst recht nichts über den Traum vom weißen Pferd, der nun in eine Holzkiste gesperrt wurde.

Es war der Abend des 12. November 1968. Das genaue Datum hat zweifellos keine Bedeutung, das *Buch des Flüsterns*, wiewohl voller Zahlen, wie ein Geschichtsbuch, ist eigentlich an keine dieser Zahlen gebunden. Die wahre Geschichte, die sich lohnt, erzählt zu werden, ist die, die sich jederzeit, wenn es genügend Leute gäbe, sie zu erzählen, und genügend Zuhörer, die sie sich merkten, in eine Legende verwandeln könnte, mithin die am wenigsten genaue Geschichte. Ich habe die Zahlen nicht benutzt, weil ich etwa für unsere im Flüsterton erzählten Geschichten zusätzliche Einzelheiten benötigt hätte, sondern weil es die einzig mögliche Weise war, in der ich die Abfolge der Ereignisse einigermaßen klar darstellen konnte. Auch wenn die Geschichte zu jeder anderen Zeit und an jedem anderen Ort genauso gut betrachtet werden kann, ist es doch in ihr selbst wichtig zu wissen, wer wen geboren hat, wer wen beerbt, wer wen verdammt, und wer genau eine Person der Geschichte bleiben, also von wem auch nach seinem Tod noch erzählt werden kann. In dieser letzten Hinsicht ist das *Buch des Flüsterns* etwas ungewöhnlich, denn im Unterschied zu anderen Geschichtswerken ist der Tod hier nur ein Detail, und wichtiger als der Tod, mithin auch das Leben, ist das Gedächtnis.

Und was den Fortgang der Ereignisse betrifft, wissen wir, dass mein Großvater Garabet Vosganian das Ende des Nachmittagsjournals von Radio Liberty nicht mehr abgewartet hat. Er stand auf, blieb einige Augenblicke, den Blick ins Leere gerichtet, aufrecht stehen, dann wandte er sich um und ging mit langsamen, unsicheren Schritten zur Tür. Eigentlich ja zuerst vom Radio weg, um sich von der Lärmquelle zu entfernen, und dann zur Tür, setzte einen Fuß vor den anderen, und seine Arme begleiteten seinen Gang mit einem schroffen Schlenkern. Er schritt übertrieben betont, und dies hätte selbst bei einem jungen Menschen ungelenk gewirkt, erst recht bei einem Alten. Er ging so, wie er gegangen wäre, wenn er uns die neuen Toten hätte vorführen wollen. Sahag folgte ihm mit dem plötzlich fröhlich erwachten und wie ein alter Affe herumtollenden Yusuf.

Garabet mit seinem gemächlichen Gang und den leeren Augen erinnerte Sahag – und so hatte er auch Yusufs Fröhlichkeit verstanden – an die Alten, die sich in den Konvois zwischen Meskene und Deir-ez-Zor dahinschleppten, und er erschrak, nicht etwa vor dieser Vision, sondern vielmehr deshalb, weil es nach so langer Zeit jetzt wieder möglich geworden war, sie zu haben. Was ist los mit dir, Garbis?, fragte er ihn und räumte ihm den Weg frei, das heißt, er öffnete ihm die Tür und räumte ihm die Blumentöpfe und die Gartenwerkzeuge, die draußen liegengeblieben waren, aus dem Weg, denn so, wie er nun über sie hinwegsah, hätte er leicht darüber stolpern können. Er setzte sich auf die Bank unter dem Aprikosenbaum, und Sahag stopfte ihm die weichen Kissen zurecht und rannte davon, zwei Kaffees zubereiten: Den einen stellte er Großvater hin, und den anderen nahm er selbst, schlürfte lange und schnalzte laut, um ihm Appetit zu machen. Was ist los mit dir, Garbis?, fragte Sahag noch einmal, als er sah, dass auch sein Versuch, ihn durch den Kaffeeduft zur Besinnung zu bringen, schiefgegangen war. Als aber Großvater die Tasse ergriff und mit einem Schluck leerte, wollte Sahag ihn warnen, der Kaffee sei sehr heiß, aber Großvater schien das nicht zu spüren oder gar darunter zu leiden. Wie man an seiner abwesenden Haltung erkennen konnte, hatten sich seine Nerven aus den Fingerspitzen zurückgezogen und um das Herz herum verknäult. Und dann sprach Großvater seine letzten Worte aus, aber nicht in dem würdevollen Tonfall der letzten Dinge, sondern im Flüsterton, was, wie wir sehen werden, dramatische Folgen haben sollte: Es ist vorbei ... Endlich ist es vorbei ...

Er blieb reglos sitzen, der Rücken gerade und die Handflächen auf die Knie gestützt, bemüht, die Augen offen zu halten, genau so wie seine Verwandtschaft aus Afion Karahisar oder die anderen, von den Frauen und ihren Kindern umringten Familienoberhäupter auf den Fotos, die kurz vor 1915 angefertigt worden waren, als die Armenier in den anatolischen Weiten, anscheinend im Vorgefühl dessen, was geschehen sollte, beschlossen hatten, sich nun, solange sie noch alle lebten, fotografieren zu lassen. Wären aufgrund einer neuen Ordnung die Personen auf den Fotos mit dem Tod der Abgebildeten davon verschwunden, so hätten diese Fotos schon nach einem oder zwei Jahren seltsam ausgesehen, mit leeren Stühlen, senkrecht stehenden, von niemandem festgehaltenen Wanderstäben, Kindern auf den Schößen nicht vorhandener Mütter, oder mit Müttern, die Arme vor der Brust vereint haltend, die jedoch nichts mehr darin festhielten – Fiktionen irgendwelcher Exorzisten, aufgebrochen, ein Volk von Gespenstern zu suchen. Großmutter Arşaluis und ihre Schwester Armenuhi, Sahags Frau, schauten erschrocken hinter den Küchenvorhängen hervor. Wir, die wir nichts verstanden und meinten, das alles sei nur ein Spiel, mit dem einzigen Unterschied zwischen den Spielen, dass bei den einen derjenige gewinnt, der übrig bleibt, während beim anderen die gewinnen, die abhauen; wir Kinder also schauten hinter den Stämmen der Apfelbäume im hinteren Garten hervor. Großvater Garabet aber beachtete keinen von uns, er schaute stur geradeaus, als wartete er auf das Zeichen des Fotografen, den nur er allein sah, und der ihn fotografieren oder aber ihm das Zeichen geben würde, wann er aus dem Foto verschwinden solle. Er blieb eine Weile so sitzen, Onkel Sahag saß ihm ratlos gegenüber und wartete, dass die anderen, die neuen Toten, sich rechts und links von ihm niedersetzten. Bis sich in unserem Hof das Gruppenbild zusammengefügt hatte, auf dem die Köpfe mit der Entfernung kleiner wurden. Dann, als sich alle eingefunden hatten, erhob der Fotograf den Arm und ließ ihn blitzartig fallen, während das erhitzte Pulver auf der runden Platte aufblitzte. In diesem Augenblick begann Großvaters Vorbereitung auf den Tod. Er stand unsicher auf, jedenfalls stellte es sich uns so dar, aber vielleicht ging er auch gerade und hatte schon vergessen, im Rhythmus mit der Welt zu schwanken. Er ging in sein Zimmer und schloss hinter sich die Tür. Die Frauen atmeten erleichtert auf, dachten, es handle sich wieder einmal um einen seiner Rückzüge ins Alleinsein, warteten geduldig, dass er sich bis zum Einbruch des Abends wieder erhole. Aber sie warteten, und es wurde Nacht, sie hatten sogar vergessen, uns schlafen zu schicken, sodass wir alle vor Großvaters Tür standen, die er nicht zugesperrt hatte, aber wir scheuten uns, sie zu öffnen, denn drinnen war eine Art Klagegesang zu hören, ununterbrochen wie das Murmeln der Deportiertenlager von Deir-ez-Zor, jemandes Flüstern, das nicht aufhört, einzuatmen, und dabei scheinbar den Wunsch verspürt, sich des Lebens in dieser atmenden Brust zu entledigen. Es war ein Klagegesang ohne Traurigkeit, wie ein mittelalterlicher *Scharakan* oder ein buddhistischer Gesang, ein Generalbass aus tiefster Brust, der den Tod, der für die Angehörigen meiner Großeltern viel zu oft unerwartet gekommen war, herbeirief, nun möge er gütig sein und kommen, wenn er gerufen wurde. Am Morgen war der Klagegesang, der seiner Brust entsprungen war, nicht mehr zu hören, und plötzlich füllte sich unser Hof mit Vögeln.

Der Erste, der es wagte, die Tür zu öffnen und über die Schwelle zu treten, war Onkel Sahag. Großvater hatte sich ins Bett gelegt, er lebte noch, drehte den Kopf zu ihnen und schaute sie an. Seine Stirn war von Schweißtropfen übersät, und Großmutter wischte ihm die Schläfen mit dem Zipfel ihres langen Rockes ab. Er antwortete nicht auf ihre Fragen; es ist vorbei, sagte Sahag Şeitanian an seiner Stelle, endlich ist es vorbei, aber er konnte ihnen nichts mehr über die Holzpferdchen sagen und vor allem nichts über das letzte, das weiße Pferdchen, das besagte, dass das Blut, das ihm unter dem Sattel hervorquoll und vom Halfter tropfte, nicht länger mehr fremdes Blut war, dass diejenigen, denen Gottes Wille die Untaten auf der Welt nachgesehen hatte, dem Urteil der Menschen trotzdem nicht entgangen waren. Der Menschen, die den Willen eines Gottes wahrgenommen hatten, der sich im zwanzigsten Jahrhundert als unaufmerksamer denn gewöhnlich erwiesen hatte. Und so war nach mehr als einem halben Jahrhundert Armen Garos Liste erschöpft. Es ist vorbei, flüsterte Großvater der Göttin Nemesis zu. Diese tanzte mit funkelnden Augen, barfuß und Ringe mit Glöckchen an den Waden; es ist vorbei, flüsterte er, und deshalb vielleicht, und wegen der Trommeln kann es sein, dass sie ihn nicht gehört hat.

Großmutter schickte nach Doktor Zilbermann, mittlerweile zu Argintaru geworden. Er untersuchte Großvater, horchte sein Herz ab, maß seinen Blutdruck, ließ seine Hand lange auf seiner feuchten Stirn liegen und fand nichts, verschrieb nur ein paar Medikamente, die den Organismus stärken sollten. Dann ließ er sich von Onkel Sahag bis ans Tor begleiten, schaute verwundert auf die Vögel und räsonierte mit lauter Stimme, dass es wahrscheinlich schneien werde, nahm kein Geld für die Untersuchung, was schon ein besorgniserregendes Zeichen war, und sagte noch einmal, diesmal unter Männern, dass er keinerlei Krankheit habe feststellen können, aber was ihn sehr viel mehr beunruhige, sei die Klage. Es ist eine neue Krankheit, sagte er, ich bin ihr auch bei unseren alten Juden begegnet, die aus den Lagern zurückgekehrt sind; die Bücher benennen sie nicht und kennen auch kein Heilmittel dagegen.

Großvater Garabet lag etwa zwei Wochen danieder. Er lehnte das Essen ab und trank nur Tee. Sie saßen reihum an seinem Bett und wischten ihm die Stirn ab. Der Schweiß war jedoch sofort wieder da, er hatte zwar kein Fieber, aber seine Stirn überzog sich mit Schweißtropfen, als hätte er welches. Sodass sein Körper, der nun keine Nahrung mehr erhielt, und Wasser nur hin und wieder, vermischt mit Medikamenten, die eher dazu angetan waren, diejenigen zu beruhigen, die sie ihm verabreichten, als dass sie bei ihm irgendeinen Effekt gehabt hätten, austrocknete, die Muskeln schwanden, verdünnten sich rings um die Knochen, als wären sie dicke Seile, die ihn zusammenbanden, die Haut über den Wangen fiel ein, die Wangenknochen traten spitz heraus, und seine Nase ragte einsam und krumm hervor, während seine Augen, selbst wenn sie halb geschlossen waren, in den fleischlos eingefallenen Höhlen kulleräugig zu starren schienen.

Großvater begann immer mehr, Pfarrer Komitas zu ähneln. Sein Bart wuchs, und was anfangs stachlig und grau war, wurde allmählich durchscheinend und weich, hing ihm wie Algenbüschel an beiden Seiten des Gesichts herab. Wenn man ihm den Schweiß abwischte und seinen kahlen Schädel mit dem Handtuch bedeckte, erinnerte er an die Totenmaske von General Antranik. War er bis unters Kinn zugedeckt oder öffnete er die Augen, sodass sie trocken und unnatürlich die Blässe der Wangen überstrahlten, veränderte sich das Gesicht wieder auf andere Weise. Bis er bei seinem eigenen Tod angelangt war, ging er durch eine ganze Reihe von Toden, die ihm vorausgegangen waren. Jeder Fötus im Bauch einer Mutter ähnelt der Reihe nach etwas anderem, einem Grünen Augentier, dann einer Larve, einem Fisch, einem Fleischflosser, der schon an Land zu gehen lernt, Gestalten, die man leicht für deformiert hätte halten können, wenn man ihren Sinn nicht begriffen hätte. Die Ontogenese wiederholt die Philogenese, sollten wir einige Jahre später in der Schule lernen. Bevor das Kind geboren und damit es selbst wird, trägt es das Antlitz der anderen Kinder, die vor ihm waren. Still in seinem Bett liegend, die Arme neben dem Körper, die Augen halb geschlossen und beinahe unbewegt, aber sich in den Bäuchen des Todes windend, um und um drehend, wiederholte mein Großvater die Gestalten der Toten vor ihm. Bis der Tod ihn gebären würde, ausreichend alt, die Wangen trocken und eingefallen, sich selbst wie eine Mumie in weiche und dünne Muskeln einwickelnd, die Stirn kalt und klar; dann wird er wieder er selbst sein, ein Kind des Todes.

Vater beschloss, dass für uns nun der Augenblick gekommen war, von Großvater Abschied zu nehmen. Er nahm mich und meinen Bruder Melic an den Händen, küsste uns, ermutigte uns und schob uns in Großvaters Zimmer, nachdem Großmutter aufgeräumt und etwas Parfüm verspritzt hatte, das jedoch die Luft keinesfalls erfrischte, sondern eher noch stickiger werden ließ; auch hatte sie die Vorhänge so weit geöffnet, dass wir ihn sehen konnten. Ich schaute auf den Spiegel, den wir nicht hatten fotografieren können, und einen Augenblick lang dachte ich, der Winkel, in dem sich nun Großvaters Augen zum Spiegel befanden, sei genau der, den wir seinerzeit so lange gesucht hatten.

Für mich war das ein neuer Geruch, die Luft rings um eine Person, die diese eher ausstieß, als dass sie sie eingeatmet hätte. Wir setzten uns auf die vorher dafür vorbereiteten Stühlchen, man sagte uns, wir sollten schweigen, und das taten wir auch, saßen kindlich da, die Waden aneinandergepresst und die Hände auf den Knien. Großvater Garabet wandte uns langsam den Kopf zu und öffnete die Augen. Diesmal waren sie schwarz, seine Pupillen hatten sich geweitet, versuchten, so viel wie möglich zu sehen, aber unter geringem Lichteinsatz. Dies ist meine letzte Erinnerung an meinen lebenden Großvater, obwohl mir nicht ganz klar ist, von welcher Seite der Zollstation jener Blick ausgegangen war. Aber es war etwas, von dem er ganz bestimmt gewünscht hatte, es möge sich ereignen, denn – so hatte es der lebendige Großvater Garabet einst gesagt – jedes Volk definiert sich durch etwas, das weder vom Namen herrührt noch von Orten, weder von den Toten noch von Festungen, das einzig und allein ihm angehört, und die Armenier kann man am besten durch ihre Augen verstehen, groß sind sie und länglich, mit geschwungenen Wimpern und buschigen Brauen, verschattet und melancholisch, selbst dann, wenn sie, selten einmal, heller gefärbt sind. Nachdem er mir seinen Blick anvertraut hatte, sprach Großvater Garabet unerwartet.

Er hatte eine neue Stimme, die aus seinem tiefsten Inneren kam, aber ich hörte sie, als hätte er mir direkt ins Ohr gesprochen. Er bewegte seine Lippen sehr langsam, die Worte waren gehaucht, keinesfalls gesprochen, und deshalb hörte man sie vibrieren. Was er mir sagte, schien einen ganz bestimmten Sinn zu haben, ich glaubte, ihn zu verstehen, und bemühte mich, aufmerksam zu sein und keinen Laut zu überhören. Eigentlich verstand ich kein Jota. Ich schaute meinen Bruder an, der verlegen den Blick gesenkt hatte. Dann zu Vater, der hinter uns stand, meinen Blick als einen Hilferuf auffasste und mir sanft mit der Hand über den Kopf streichelte. Ich aber hätte gerne erfahren, ob sie etwas verstanden, während sie nur das taten, was sie tun mussten, nur ich mühte mich, dort etwas zu verstehen, wo die Dinge für alle Welt klar waren. Großvater sprach mit jener ungewöhnlichen Stimme, die aus seinem gesamten Wesen zu entspringen schien, aus dem Bauch, sie rasselte, als käme sie aus dem Rachen, war nasal und hatte Verknappungen, die der langsam gewordenen Zunge zuzurechnen waren. Die Worte aber verstand ich nicht. Sie waren beruhigend, in einem Ton ausgesprochen, dem jede Traurigkeit abging, sie enthüllten mir etwas, von dem er sich ganz gewiss wünschte, ich allein würde es verstehen, aber auf eine solche Weise, dass ich sie nicht würde weitergeben können, deshalb fixierte er mich mit jenem verfinsterten Blick. Sehr viel später, als ich mich traute, meinen Vater Bergi Vosganian zu fragen, was Großvater damals gesagt hatte, gestand er mir, dass auch er kaum etwas verstanden hatte. Es seien vermischte Wörter gewesen, aus allen Sprachen, die Großvater gesprochen hatte, vor allem aus denen seiner Kindheit, dem Türkischen, Russischen, Arabischen und Persischen, verborgene Erinnerungen, unzerkaute Bissen, unterdrückte Ängste, Worte, die er am Lager anderer Sterbender gehört hatte und mir nun wiederholt habe, Dinge, die ich wissen hätte müssen oder zumindest erahnen, denn allmählich mussten sie aufgedeckt werden. Gerne hätte ich mit meinem Kinderblick woandershin geschaut, es war mehr, als ich verstehen konnte, aber ich konnte meinen Blick nicht von seinen Augen lösen. Großvater hat mir etwas anvertraut, und ich habe alles angenommen, bis er ebenso unerwartet schwieg, wie er zu sprechen begonnen hatte.

Als ich groß genug geworden war und nicht bloß in Freuden und Ängsten zu denken begann, sondern auch in Worten, habe ich überrascht festgestellt, dass die Stimme, die mir nunmehr in meinen Worten in den Ohren klang, jene unvertraute Stimme meines Großvaters war, aus Vibrationen gebildet, wie Arşag, der Glöckner, allseits bedrängt von den Vögeln, die immer noch herbeigeflogen kamen, sich die Sprache in einer idealen Welt vorgestellt hätte. Die Stimme meines Großvaters war zu meiner inneren Stimme geworden.

Das Salböl wird alle sieben Jahre erneuert, das neue, aus den Essenzen von über hundert verschiedenen Kräutern gewonnen, wird über das alte gegossen und vom Katholikos mit dem Goldenen Arm umgerührt, sodass es die Beigaben des heiligen Gregor des Erleuchters bewahrt. Dieses erneuerte Salböl wird weltweit in alle armenischen Gemeinden verschickt und zum Dreikönigsfest in einen silbernen Vogel gegossen. Durch den Schnabel des Vogels werden ein paar Tropfen zur Wasserweihe ausgegossen. Ich selbst erhielt, als ich im versilberten Taufbecken der armenischen Kirche zur heiligen Maria in Focșani getauft wurde, mit diesem Salböl das Kreuzeszeichen auf die Stirn. Und wenn wir die Art und Weise bedenken, in der es von der Hand des Katholikos zubereitet wird, könnte man sagen, es habe noch ein paar Tropfen jenes ursprünglichen Salböls in sich, das nicht mit dem Goldenen Arm umgerührt worden war, sondern von Gregor dem Erleuchter mit dessen eigenem Arm. Das Salböl ist eine der immer noch jungen Gaben, die uns die alten Toten geschenkt haben. Ich bekam von meinem Großvater dessen innere Stimme auf ähnliche Weise übertragen, die älteren Worte waren in die neuen gegossen worden. Sodass diese innere Stimme, durch Generationen hindurch weitergetragen, vielleicht auch ein lebendiges Geschenk seitens der alten Toten ist. Eine Annahme, gewiss. Deren Bestätigung werde ich erst in dem Augenblick erhalten, da ich meinerseits diese Stimme jemand anderem anvertrauen werde, aber davon wird jemand anderes erzählen müssen.

Ich habe jenes Zimmer nicht mehr betreten, bis Großmutter Arşaluis nach einer Woche mit dem Sinn für das Praktische, den sich die Frauen in tragischen Momenten bewahren, die Bettwäsche gewechselt, die Vorhänge beiseitegeschoben und die Fenster geöffnet hat. Der große Spiegel blieb bis zum Seelengedenken nach vierzig Tagen verhängt, aber ich kann bezeugen, dass ich in der Zeit mehrfach ins Zimmer hineingegangen bin und den schwarzen Schleier ein bisschen beiseitegeschoben habe, um in den Glanz des Spiegels zu schauen, als blickte ich durch eine angelehnte Tür. Er freute sich des Lichts wie ein angekettetes Tier, dem man etwas zu fressen bringt.

Arşag, der Glöckner, saß unter den Vögeln, und je dichter sie auf den Ästen hockten, die größeren, schwarzen setzten sich mit angelegten

Flügeln auf die Wege und Beete, umso stärker überkam ihn das Gefühl, sie seien seinetwegen gekommen, also entschuldigte er sich bei den Vögeln mit ausgestreckten Armen. Und als sich der erste Vogel auf seiner Schulter niederließ, unter Missachtung der Tatsache, dass er eigentlich der Vogeljäger war, oder ihn bei seiner Wacht mit einem Baumstamm verwechselnd, fühlte Arşag, dass nun nichts mehr zu machen war, er klopfte an das Küchenfenster und gab Großmutter zu verstehen, dass er den Pfarrer und die anderen Mitglieder der Kirchengemeinde holen gehe. Weil Großmutter Arşaluis eingesunken auf dem Stuhl saß und einen Zipfel ihres Taschentuchs vor den Augen hatte, wartete Arşag ihre Zustimmung nicht mehr ab und ging, die Vögel wie einen Vorhang zur Seite scheuchend, zum Tor.

Sie traten in die Küche und setzten sich schweigend um den Tisch. Großmutter stellte einen Teller mit trockenem Gebäck in die Mitte und goss jedem eine Tasse Kaffee ein. Sie tranken wortlos. Der junge Priestermönch Zareh Baronian saß am Kopfende des Tisches, er machte das Kreuzeszeichen, das die anderen wiederholten, dann griffen sie nach dem Gebäck. Wenn sie es nicht im Kaffee einweichten, knabberten sie daran, wandten es im Mund hin und her, damit es aufweiche und sie es mit dem Zahnfleisch zerkleinern konnten. Sie tranken und bemühten sich dabei, keine Geräusche zu machen, was beim Kaffeetrinken für sie eine neue Herausforderung bedeutete. Ihre Blicke waren auf den Boden gesenkt, jeder fürchtete, der Blick eines anderen könnte ausgerechnet ihn auffordern, als Erster einzutreten. Es herrschte die Verlegenheit, welche die Leute dann befällt, wenn sie durch das Schicksal eines anderen mit ihrem eigenen Schicksal konfrontiert werden.

Mägârdici Ceslov begriff, dass es ihm als dem Jüngsten in der Runde am leichtesten fallen müsse, sich hineinzuwagen, also nahm er sein Herz in die Hand und trat ein. Schwarzes Licht hüllte ihn ein, und die Tür schloss sich hinter ihm. Die anderen reckten die Hälse und warteten.

Er glaubt, er befinde sich in Seferians Gruft, sagte Mägârdici Ceslov und setzte sich.

Vielleicht hatte sich die Welt, die sie gekannt hatten, bis auf die

Größe von Seferians Gruft verengt, oder aber die Gruft hatte sich über die ganze neue Welt ausgedehnt. Dann kam Arşag, der Glöckner, herein. Weil er Großvater Garabet nicht hören und an seinen Lippenbewegungen nichts Besonderes erkennen konnte, weil es vielleicht zu dunkel war oder Großvater sprach, ohne die Lippen zu bewegen, legte Arşag ihm die Hände auf die Brust und nahm seine Vibrationen auf.

Er glaubt, er sei eine Glocke, sagte Arşag und zeigte seine Hände vor.

Er glaubt, ich sei Anton Merzian, sagte Krikor Minasian, der andere Schuster von der Großen Straße der Vereinigung.

Er glaubt, ich sei Krikor Minasian, sagte Anton Merzian, als er herauskam. Was aus der Perspektive des Todes das Gleiche ist, nicht wahr?

Als Ohanes Krikorian eintreten wollte, hielt Pfarrer Baronian ihn zurück, erhob, Zeige- und Mittelfinger zum Zeichen des Erzengels Michael vereint, die rechte Hand.

Lass die anderen eintreten, sagte Archimandrit Baronian. Du bist schon tot, was geht es dich an, was er sagt?

Aber ich will nicht hören, was er sagt, flüsterte Ohanes Krikorian. Ich will mit ihm sprechen. Ich sehne mich danach, ihn zu sehen.

Dafür musst du noch etwas Geduld haben. Alles andere möge Gott dir vergeben!

Dann ging Ivănucă Ibrăileanu hinein, der noch schnell einmal an der Zigarette gezogen hatte, bevor er sich erhob: Damit ihm klar ist, dass ich gekommen bin.

Er glaubt, ich sei sein Vater, der alte Kevork, den wir ohnehin nicht gekannt haben, sagte er, und niemand fragte ihn, wie er dies habe verstehen können, wenn Großvater Garabet ihn für seinen Vater gehalten hatte, so hatte er ganz gewiss Armenisch oder Türkisch gesprochen.

Vrej Papazian blieb länger drin. Er hatte während des Wartens etwas Mut bekommen oder, da er ein seelenguter Mensch war, geduldiger zugehört. Als er herauskam, schauten sie ihn neugierig an.

Er glaubt, er habe verstanden, sagte er.

Agop Aslanian, der Sohn des Pfarrers Dagead, kam verstört heraus.

Er glaubt, ich sei er, sagte er und bat mit den Blicken um Beistand.

Dann ging Sahag Şeitanian hinein.

Er glaubt, dass er er selbst ist!

Dann ist es an der Zeit, sagte der junge Archimandrit Zareh Baronian.

Er ging hinein, gab ihm die Letzte Ölung und befreite ihn.

So starb mein Großvater Garabet Vosganian in der Nacht vom 27. auf den 28. November 1968 vorbereitet.

Wir Kinder wurden vor der Beerdigung nicht in das Haus der Großeltern gelassen. Tante Armenuhi hatte uns in ihr Haus auf der anderen Straßenseite aufgenommen. Über diese Tage und über Großvater weiß ich nur, dass auf unerklärliche Weise immer noch Schweißtropfen auf seine Stirn traten, was Doktor Zilbermann bis zu dem Zeitpunkt, da die Anzeichen des Todes offensichtlich wurden, hatte annehmen lassen, es handle sich lediglich um einen klinischen Tod. Aber so etwas entsprach nicht Großvaters Wesen.

Aufgrund dieses Schweißes, der anfangs heiß war und danach auch nicht so kalt, wie er es hätte sein müssen, ist ein guter Teil seines Leibes schlicht und einfach verdunstet, wie in der Sonne stehengebliebenes Wasser. Erst einige Zeit später, als ich half, meinen anderen Großvater, Setrak Melichian, in den Sarg zu betten, erinnerte ich mich daran, was mit Großvater Garabet während seines Sterbens geschehen war; er war leicht wie ein Vogel, seine Knochen waren porös und zerbrechlich geworden. Und die Vögel hatten Wache gehalten. Sie haben sich erst viel später wieder zerstreut, auf die Bäume im Friedhof und danach zum Lagerschuppen am Bahnhof, wo zwischen zwei Lokomotiven Waggons mit Getreide standen.

Der Leichenzug begann an der armenischen Kirche und zog über den Weg des Schreins auf die Gerberstraße und dann über den Bahndamm. Da Mantu gestorben war und seine Bläser auseinandergegangen waren, gab es niemanden, der den Rauch geteilt hätte, die von unten her wabernden Rauchschwaden daran gehindert hätte, sich zu erheben, und die vom Himmel herabströmenden, sich niederzulassen, sodass die Stadt an jenem letzten Herbsttag des Jahres 1968 in einen feinen Dunst eingehüllt war. Wie ich so hinter dem Lastwagen einherging, auf dem der Sarg auf einem für solche Anlässe, wie mir schien, etwas zu bunten Teppich stand, hatte ich den Eindruck, an etwas noch nie Dagewesenem teilzuhaben, einem gewaltigen Umzug, den die ganze Welt mit angehaltenem Atem betrachtet. Ich war schmerzerfüllt, aber ich war auch stolz auf mein kindliches Leid und darauf, dass die Leute auf dem Bürgersteig stehen blieben, die Kopfbedeckungen abnahmen, das Kreuz schlugen und uns betrachteten. Wenn ich mich recht erinnere, waren wir bloß ein paar Dutzend Personen, eher ein spärliches Grüppchen denn ein Leichenzug im wahrsten Sinne des Wortes, niemals werden es mehr so viele sein wie bei der Beisetzung des Schreins, der Versammlung der Überraschungen des morgigen Tages.

Jetzt, da ich das *Buch des Flüsterns* schreibe, verstehe ich, dass mein kindlicher Gang hinter dem langsam mit dem Sarg voranfahrenden Laster nicht an der Câmpineanca-Schranke, wo auf einem nach rechts abbiegenden Weg der armenische Friedhof begann, zum Stehen kam. Mit kleinen Schritten ging ich weiter in meinem karierten Mantel, den ich, wie es damals üblich war, von meinem größeren Bruder geerbt hatte; meine Arme und Beine sind länger geworden, und der Mantel ist klein geblieben, wie eine Anzugjacke, die kaum noch über der Brust zu schließen war, ich wuchs, war ein Jugendlicher, erbte die länglichen und verschatteten Augen meines Geschlechts. Als Großmutter Arşaluis, Tante Armenuhi, Onkel Sahag Şeitanian, dann Großvater Setrak Melichian und Großmutter Sofia erschöpft aufgegeben hatten, luden wir auch sie auf den Laster, damit sie sich auf dem bunten Teppich ausruhten. Mein Leben bestand zu der Zeit größtenteils aus jenem wiederholten Gang hinter jemandem her, der zu erschöpft war, und dabei habe ich zu verstehen begonnen, dass es, wie einsam ich mich auch immer fühlen mochte, die Einsamkeit des Leichenzuges gab. Ich trat nicht aus der Reihe, war der Nächste, auch konnte ich mich nicht beeilen, denn Tote kann man nicht überholen.

Auch sie selbst konnten sich nicht beeilen. Verlegen die einen, aus ihren Gedanken gerissen die anderen, hielten wir vor der herabsinkenden Bahnschranke. Großvater war ein geduldiger Mensch, ich habe ihn niemals in Eile gesehen. Das einzige Mal, da wir von meinem Großvater sagen können, er sei gerannt, war am Weihnachtstag des Jahres 1944, als er, die Kiste mit den Schuhen in der Hand, in seinem Rücken und neben dem mit einer Plane bedeckten Lastkraftwagen, der meine Onkel Hovnanian und andere nach Sibirien brachte, das Klacken des durchladenden Gewehrs hörte, dessen Lauf auf ihn gerichtet war. Ich habe ihn oftmals reglos dasitzen, aber niemals seine Zeit vertrödeln oder sinnlos warten gesehen. Vielleicht hatte das Warten vor der herabgelassenen Bahnschranke seinen eigenen Sinn; alles war vor dem rot-weiß angestrichenen Balken, an dessen Mitte eine Laterne baumelte, zum Stehen gekommen: der Laster, die Himmel und Erde ineinandermengenden Rauchschwaden, wir und die Vögel. Der Zug nach Bukarest kam langsam vom Bahnhof her angerollt und hielt einen Augenblick in Höhe des Weges; der gleiche Zug, der in unseren Erzählungen so viele Personen transportiert hatte, sie zeigten sich, schauten durch die Fenster, mein Onkel Sahag Şeitanian, der mit den Jutesäcken unter dem Arm während der Hungerszeit nach Bukarest fährt, um sie in Craiova mit Weizen zu füllen, oder wie er mit Micael Noradunghians Karten heimkehrt, Harutiun Fringhian in seinem abgeschabten Mantel über dem schweißstarren Smoking, der seine Quersäcke mit Nüssen schleppt, Misak Torlakian, das Holzpferdchen in der Tasche, Onkel Simon auf dem Weg zum Hafen und von dort weiter über das Meer, und so viele andere, die auf Reisen gehen, sich verabschieden oder stehen bleiben, um Großvater zu rufen, er möge einsteigen. Vielleicht ist genau dies geschehen, die Lokomotive pfiff plötzlich fröhlich und entfernte sich mit ihren Waggons, die Rauchschwaden vermengten sich mit dem Dampf der Lokomotive, ebenso die Vögel, der Leichenzug ging wieder los, der Laster fuhr holpernd über die Schienen, der Sarg machte einen lebendigen Hüpfer, und danach vollzog sich alles ordnungsgemäß. Der junge Archimandrit Zareh Baronian betete mit seiner schönen Stimme, Arşag, der Glöckner, begleitete ihn und schaute verschreckt zu den Vögeln hin, denn er wusste nicht recht, ob sie für Großvater Garabet oder für ihn herbeigeflogen waren, letztlich aber zeigte es sich, dass sie für den einen wie für den anderen gekommen waren.

Die Familienmitglieder standen am offenen Grab, Vater hielt uns Kinder an der Hand, und wir hatten die Blicke gesenkt, schauten, von unserer Neugierde erschreckt, die uns nach vorne und dem Tod ins Antlitz zu blicken verlockte, auf unsere Schuhspitzen. Großmutter Arşaluis trat hin und wieder an den Sarg und wischte die Schweißtropfen ab, die Großvater nach wie vor auf die Stirn traten. Dann Tante Armenuhi und Onkel Sahag mit Yusufs Gesicht, auf dessen Schulter sich ein schwarzer Vogel aus der Familie der Rabenvögel niedergelassen hatte, einer jener Vögel, die lange leben und beharrlich daran erinnern, dass uns die Erinnerungen überleben werden. Im zweiten Halbkreis standen die Mitglieder der Kirchengemeinde, die Nachbarn und andere Leute, die wir nicht kannten, sie hatten sich in den Leichenzug eingereiht, wollten, eben weil sich in ihrem eigenen Leben nichts ereignete, Zeugen dieses Geschehens sein, das der Tod war. Hinter uns hatte sich der feine Nebel herabgesenkt, aber nicht bis auf die novemberlich gefrorenen Grasspitzen, er begann etwa in der Höhe eines erwachsenen Menschen, denn im Unterschied zu uns, die wir ihn nicht sahen, konnte dieser Nebel die neuen Toten sehen, die in einem weiteren Kreis das Grab umstanden, und hatte sich auf ihre Schultern gelegt. Was wir jedoch in Augenhöhe sehen konnten, war ebenfalls eine Art Dunst, aber der war rötlicher, denn von den neuen Toten sahen wir nur die Wunden, die sich noch nicht geschlossen hatten.

Dann traten wir an den Sarg und küssten, bevor der Sarg geschlossen wurde, die Stirn des Toten. Ich hatte die Augen geschlossen und ließ mich von Vater führen. Weil Großmutter die Schweißtropfen nicht so schnell abtrocknen konnte, wie sie wieder auftraten, kam mir die kalte und feuchte Stirn wie ein Baumstamm vor, und ich behielt einen salzigen Geschmack, wie Meerwasserspritzer, auf den Lippen. In gewisser Weise mochte dies eine ausgemachte Sache gewesen sein, der Tod wünschte sich Großvater lebendig. Bevor der Sarg geschlossen wurde, legte Sahag Şeitanian neben die Ikone, die man dem Toten unter die über der Brust gefalteten Hände geschoben hatte, damit sie ihn nun, da er sich nicht mehr selber zur Wehr setzen konnte, vor dem Teufel beschütze, das Heft mit den harten Deckeln, in dem die Geschichte der Operation »Nemesis« ebenso niedergelegt war wie der Galopp der Holzpferdchen, und während der Archimandrit das *Hair mer* sprach, wiederholte er die geflüsterten Worte, die Großvater befreit hatten: Es ist vorbei, endlich ist es vorbei ...

Doch ebenso wie das *Buch des Flüsterns* so lange nicht abgeschlossen sein wird, wie es Angst auf der Welt gibt, besaßen auch Großvaters geflüsterte Worte nicht die Macht endgültiger Verfügungen. In diesem Fall hatte sich mein weiser Großvater geirrt. Es war noch nicht vorbei. Fünf Jahre später sollte ein beinahe achtzigjähriger Armenier namens Kurken Yanikian, der somit zur gleichen Zeit geboren worden war wie das *Buch des Flüsterns*, im Hotel Baltimore in Los Angeles mit zwei Pistolenschüssen den türkischen Konsul und seinen Sekretär erschießen. Und damit dieses Jahrhundert, das zwanzigste nach Christus, nicht nur ein Jahrhundert der Verwunderungen und Verirrungen, sondern auch des Absurden bleibe, kehrt mit dem *Buch des Flüsterns* auch das Jahrhundert – wie die Schlange, die sich im Bestreben, einen perfekten Kreis zu bilden, selber vom Schwanz her zu verschlingen beginnt – nach Trapezunt zurück. Dort sollte genau hundert Jahre nach Misak Torlakians Geburt in einer türkischen Familie ein Knabe geboren werden, der, im Namen des Hasses erzogen, noch als Jugendlicher am 14. Februar 2007 den armenischen Journalisten Hrant Dink umbringen wird.

Nachdem die Erdschollen auf den ins Grab hinabgelassenen Sarg geworfen worden waren, verließen wir den Friedhof, wir auf unsere Weise, Großvater auf seine Weise und die Vögel auf ihre. Nur die Nebelschwaden blieben, ganze Konvois durchscheinender Gestalten, sie schritten langsam, unnatürlich, wie ein verirrter Traum; so viele ungelebte Leben, die Kinder und Enkel in ein Nichtleben hineingebaren, und ihre irdischen Begleiter, die Helden dieses Buches sowie anderer Bücher, die noch geschrieben werden, in einen feinen Nebel der neuen und bis ans Ende der Tage nicht genannten Toten einhüllten, eine bittersüße Melancholie, wie Luft, durch die noch nie ein Vogel geflogen ist.

DANKSAGUNG

Zuerst all jenen, die mit Schriften, Studien und Forschungsarbeiten sowie durch ihre öffentliche Haltung und ihre Überzeugung dazu beigetragen haben, die in diesem Buch dargestellten Themen zu enthüllen, ihre Aktualität und – dies vor allem – ihren unversöhnten Anteil an der Geschichte als Herausforderung zu bewahren.

Denen, die das Manuskript gelesen und nützliche Empfehlungen beigesteuert haben: Madeleine Karacaşian, Eduard Jeamgocian, Sergiu Selian, Arpiar Sahaghian, Bedros Horasangian, Mihai Stepan-Cazazian.

Für die vom Centre de Recherche sur la Diaspora Arménienne und von der *Revue d'Histoire Arménienne Contemporaine* angebotene Dokumentation.

Für die minutiöse Lektüre und die Vorbereitung dieser Seiten für den Druck Ştefan Agopian sowie Magdalena Bedrosian und Bianca Cernat.

Für die lebendigen Details über das Focşani von früher, die mir Teodora Fântânaru zur Verfügung gestellt hat, Direktorin der Kreisbibliothek Vrancea »Duiliu Zamfirescu«, ebenso Horia Dumitrescu, Direktor des Vrancea-Museums, sowie Professor Teodor Passan, der Präsident der Philatelistengesellschaft Focşani.

Silviu Lupescu und dem jungen Mitarbeiterteam des Polirom-Verlags.

Den Brüdern Anuş und Agop Kârmâzian, Bergi Margarian, Arachel Musaian, Antranig Pilosian, Vartan Arachelian, Vramşabuh Derderian, Şaram Hazarian, Harutiun Bartumian, Simon Tavitian, Levon Harutiunian, Bogdan Arşag Căuş und so vielen weiteren Personen, deren versammelte Erinnerungen und Nostalgien mit mir zusammen dieses Buch geschaffen haben.

Meinen Eltern dafür, dass sie mich mit Erinnerungen auf die früheren Generationen gewiesen haben und dass sie leben.